Christian Jacq ist Schriftsteller und Ägyptologe und hat in Frankreich für seine historischen Romane über ägyptische Themen zahlreiche Auszeichnungen erhalten.

Von Christian Jacq sind außerdem erschienen:

Das Testament der Götter (Band 63046)
Im Bann des Pharao (Band 60139)

Deutsche Erstausgabe Mai 1997
© 1997 für die deutschsprachige Ausgabe
Droemersche Verlagsanstalt Th. Knaur Nachf., München
Das Werk einschließlich aller seiner Teile ist urheberrechtlich geschützt.
Jede Verwertung außerhalb der engen Grenzen des Urheberrechts-
gesetzes ist ohne Zustimmung des Verlages unzulässig und strafbar.
Das gilt insbesondere für Vervielfältigungen, Übersetzungen,
Mikroverfilmungen und die Einspeicherung und Verarbeitung
in elektronischen Systemen.
Titel der Originalausgabe »La loi du désert«
Copyright © 1993 Librairie Plon
Originalverlag: Librairie Plon, Paris
Umschlaggestaltung: Agentur Zero, München
Umschlagfoto: Claus Hansman, München
Satz: MPM, Wasserburg
Druck und Bindung: Elsnerdruck, Berlin
Printed in Germany
ISBN 3-426-63055-9

2 4 5 3 1

CHRISTIAN JACQ

Der Gefangene der Wüste

Roman

Aus dem Französischen
von Stefan Linster

Danksagung des Übersetzers

*Mein besonderer Dank gilt
Frank Förster für seine freundliche
und sachkundige Mithilfe.*

Erhaben ist die Maat, dauerhaft ihre Wirksamkeit; nie ward sie erschüttert seit der Zeit des Osiris.
Das Unrecht vermag sich der Menge zu bemächtigen, doch niemals wird das Böse sein Unterfangen zum Gelingen führen.
Gib dich keiner Machenschaft hin, denn GOTT straft derlei Treiben . . .
Wenn du auf die Regeln hörst, die ich dir soeben sagte, werden deine Werke vorankommen.

Die Lehre des Weisen Ptahhotep

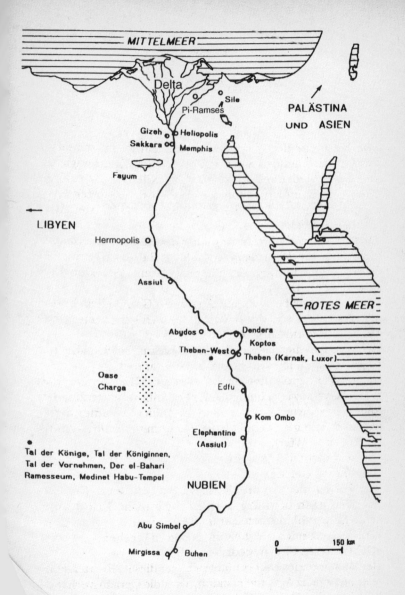

1. KAPITEL

Die Hitze war derart drückend, daß einzig ein schwarzer Skorpion sich auf den Sand im Hof des Straflagers wagte. In der Abgeschiedenheit zwischen dem Niltal und der Oase Charga, zweihundert Kilometer westlich der Heiligen Stadt Karnak gelegen, nahm dieses Gefangenenlager vor allem rückfällige Missetäter auf, die dort bei Zwangsarbeit ihre harten Strafen abbüßten. Wenn die Temperatur es erlaubte, hielten sie die Wüstenstraße instand, die das Tal mit der Oase verband und auf der die mit Waren bepackten Eselkarawanen dahinzogen.

Zum zehntenmal trug Richter Paser sein Gesuch dem Vorsteher des Lagers vor, einem Riesen, der Ungehorsame ohne viel Federlesens züchtigte.

»Ich ertrage diese besondere Behandlung nicht, die mir zugute kommt. Ich will wie die anderen arbeiten.«

Hager, recht groß, mit dunkelblondem Haar, breiter und hoher Stirn sowie grünen, ins Kastanienbraune stechenden Augen, bewahrte Paser, der seine Jugendlichkeit unter dieser harten Prüfung eingebüßt hatte, noch immer eine Achtung erzwingende Würde.

»Ihr seid nicht wie die anderen.«

»Ich bin ein Gefangener.«

»Ihr wurdet nicht verurteilt, Ihr seid in geheimem Gewahrsam. Was mich betrifft, gibt es Euch gar nicht. Kein Name, keine Kennzahl im Verzeichnis.«

»Das hindert mich nicht daran, Steine zu brechen.«

»Geht und setzt Euch wieder.«

Der Vorsteher des Lagers hütete sich vor diesem Richter. Hatte er nicht ganz Ägypten erstaunt, als er die Gerichtsverhandlung jenes berühmten Heerführers Ascher durchgesetzt hat-

7

te, der von Pasers bestem Freund, dem Hauptmann Sethi, beschuldigt worden war, einen ägyptischen Kundschafter gefoltert und getötet sowie mit den Erbfeinden, den Beduinen und Libyern, gemeinsame Sache gemacht zu haben?

Der Leichnam jenes Unglücklichen war nicht an der von Sethi angegebenen Stelle gefunden worden. Daher hatten die Geschworenen, weil sie den Heerführer nicht verurteilen konnten, sich damit begnügt, eine zusätzliche Untersuchung zu verlangen. Eine rasch abgebrochene Ermittlung, da Paser, in einen Hinterhalt geraten, selbst des Mordes an der Person seines geistigen Vaters, des Weisen Branir und zukünftigen Hohenpriesters von Karnak, beschuldigt worden war. Angeblich auf frischer Tat ertappt, war er festgenommen und unter Mißachtung des Gesetzes verschleppt worden.

Der Richter ließ sich im Schneidersitz auf dem glühendheißen Sand nieder. Unaufhörlich dachte er an seine Gemahlin Neferet. Lange Zeit hatte er geglaubt, sie würde ihn niemals lieben; dann war das Glück gekommen, so heftig wie die Sommersonne. Ein jäh zerschlagenes Glück, diese Gefilde der Seligen, aus denen er verstoßen worden war ohne Hoffnung auf Wiederkehr.

Ein heißer Wind erhob sich. Er wirbelte Sandkörner auf, die die Haut peitschten. Das Haupt mit einem weißen Stoff bedeckt, schenkte Paser dem keinerlei Beachtung; er ließ den Lauf seiner Untersuchung noch einmal an sich vorüberziehen.

Als niederer, vom Lande gekommener Richter und ein wenig verloren in der großen Stadt Memphis, hatte er den Fehler begangen, sich zu gewissenhaft zu zeigen und einen befremdlichen Verwaltungsvorgang allzu genau zu prüfen. So hatte er die Ermordung von fünf Altgedienten aufgedeckt, welche die Ehrenwache des Großen Sphinx von Gizeh gebildet hatten; der Meuchelmord war als Unfall verschleiert worden. Dazu den Diebstahl einer beträchtlichen Menge Himmlischen Eisens, das den Tempeln vorbehalten war, und eine Verschwörung, in die gewichtige Persönlichkeiten verwickelt waren.

Doch es war ihm nicht gelungen, die Schuld des Heerführers Ascher und dessen Absicht, Ramses den Großen zu stürzen, endgültig und zweifelsfrei zu beweisen.

Als der Richter schließlich alle Vollmachten erhalten hatte, um eine Verbindung zwischen den bisher unzusammenhängenden Punkten aufzudecken, war das Unheil hereingebrochen. Paser erinnerte sich an jeden Augenblick jener grauenvollen Nacht. Die nicht gezeichnete Botschaft, die ihn benachrichtigt hatte, daß sein Meister Branir in Gefahr wäre; seinen verzweifelten Lauf durch die Nacht; die Entdeckung des Leichnams des Weisen Branir, in dessen Hals eine perlmutterne Nadel steckte; das Eintreffen des Vorstehers der Ordnungskräfte, der nicht einen Augenblick gezögert hatte, den Richter als Mörder zu betrachten; die schäbige verschwörerische Mittäterschaft des Ältesten der Vorhalle, des höchsten Gerichtsbeamten von Memphis; die geheime Festsetzung in diesem Straflager, auf die, am Ende des Weges, ein einsamer Tod folgen würde, ohne daß die Wahrheit ans Licht käme.

Die Machenschaft war mit höchster Umsicht geschmiedet worden. Mit Branirs Unterstützung hätte der Richter in den Tempeln ermitteln und die Diebe des Himmlischen Eisens aufspüren können. Sein Meister war jedoch, wie die Altgedienten, von irgendwelchen geheimnisvollen Angreifern, beseitigt worden, deren Ziele weiter unbekannt blieben. Der Richter hatte in Erfahrung gebracht, daß eine Frau und mehrere Männer von fremdländischer Herkunft zu jenen gehörten; daher auch hatte sich sein Verdacht auf den Metallforscher Scheschi, den Zahnheilkundigen Qadasch und die Gemahlin des Warenbeförderers Denes – eines reichen, geachteten und unehrlichen Mannes – gerichtet, doch er war zu keiner Gewißheit gelangt.

Paser widerstand Hitze, Sandsturm und karger Ernährung, weil er überleben, Neferet wieder in seine Arme schließen und die Gerechtigkeit neu erblühen sehen wollte.

Was hatte der Älteste der Vorhalle, sein Amtsvorgesetzter, ersonnen, um sein Verschwinden zu erklären, welche Verleumdungen verbreitete er über ihn?

9

Flucht war unmöglich, wenngleich das Lager auf die benachbarten Hügel hin nicht befestigt war. Zu Fuß würde er nicht weit kommen. Man hatte ihn hier eingekerkert, um ihn zu vernichten. Wenn er verbraucht und zermürbt sein würde, wenn er jegliche Hoffnung verloren hätte, würde er, wie ein armer Wahnsinniger Unzusammenhängendes widerkäut, irre reden.

Weder Neferet noch Sethi würden ihn im Stich lassen. Sie wenigstens verweigerten sich der Lüge und dem Rufmord, sie würden in ganz Ägypten nach ihm suchen. Er mußte standhalten, die Zeit in seinen Adern verrinnen lassen.

*

Die fünf Verschwörer fanden sich in dem verlassenen Hof ein, in dem sie sich üblicherweise zu treffen pflegten. Die Stimmung war fröhlich, ihr Plan verlief wie vorgesehen.

Nachdem sie die Große Pyramide des Cheops geschändet und die wichtigsten Kennzeichen der Macht, den goldenen Krummstab und das Testament der Götter, entwendet hatten, ohne die Ramses der Große jede Rechtmäßigkeit einbüßte, näherten sie sich nun Tag um Tag ihrem Ziel.

Die Ermordung der Altgedienten – sie hatten den Sphinx bewacht, von dem der unterirdische Gang ausging, durch den sie in die Pyramide hatten dringen können – und die Beseitigung des Richters Paser waren unwesentliche, bereits vergessene Zwischenfälle.

»Die Hauptsache bleibt noch zu tun«, verkündete einer der Verschwörer. »Ramses hält weiter stand.«

»Seien wir nicht zu ungeduldig.«

»Ihr sprecht für Euch selbst!«

»Ich spreche für uns alle; wir benötigen noch etwas Zeit, um die Grundmauern unseres zukünftigen Reiches zu legen. Je mehr Ramses die Hände gebunden sind, je handlungsunfähiger und je bewußter er sich ist, seinem Fall entgegenzugehen, desto leichter wird unser Sieg sein. Er kann niemandem offenbaren, daß die Große Pyramide geplündert wurde und daß der überirdische Kraftquell, der unter seiner Obhut steht, versiegt ist.«

»Schon bald werden seine Kräfte erschöpft und er wird gezwungen sein, die Verjüngungsriten zu begehen.«

»Wer wird ihm dies auferlegen?«

»Der altüberlieferte Brauch, die Priester und er selbst! Es ist ihm unmöglich, sich dieser Pflicht zu entziehen.«

»Zum Ende des Sed-Festes wird er dem Volk das Testament der Götter vorzeigen müssen!«

»Jenes Testament, das in unseren Händen ist.«

»Dann wird Ramses abdanken und den Thron seinem Nachfolger überlassen.«

»Und zwar dem, den wir auserkoren haben!«

Die Umstürzler kosteten bereits ihren Sieg aus. Sie würden Ramses dem Großen, in den Rang eines Sklaven herabgesetzt, keine Wahl lassen. Jedes Mitglied der Verschwörung würde seinen Verdiensten gemäß belohnt werden, alle würden schon bald eine herausragende Stellung bekleiden. Das größte Land des Erdenrunds gehörte ihnen; sie würden die inneren Gefüge umwandeln, die Räderwerke verändern und das Land ihren Vorstellungen entsprechend umformen, die denen von Ramses, der überkommenen Werten verhaftet war, so grundlegend entgegengesetzt waren.

Während die Frucht reifte, knüpften sie ein Netz von Beziehungen, Gefolgsleuten und Bundesgenossen. Verbrechen, Bestechung, Gewalt: keiner der Verschwörer bereute sie. Die Eroberung der Macht hatte ihren Preis.

2. KAPITEL

Der Sonnenuntergang färbte die Hügel rötlich. Genau zu dieser Stunde durften Brav, Pasers Hund, und sein Esel, Wind des Nordens, ihr Futter genießen, das Neferet ihnen am Ende eines langen Arbeitstages reichte. Wie viele Kranke hatte sie geheilt? Bewohnte sie noch das Häuschen in Memphis, dessen Erdgeschoß das Amtszimmer des Richters einnahm, oder hatte sie sich wieder in ihr Dorf im thebanischen Bezirk begeben, um ihren Beruf einer Heilkundigen weitab vom unruhigen Treiben der Stadt auszuüben?

Des Richters Mut sank allmählich. Er, der sein Dasein der Gerechtigkeit geweiht hatte, wußte, daß diese ihm niemals widerfahren würde. Kein Gericht würde seine Unschuld anerkennen. Und selbst angenommen, daß er diesem Arbeitslager entkäme, welche Zukunft könnte er Neferet bieten?

Unversehens setzte sich ein Greis neben ihn. Der hagere, zahnlose Mann mit sonnenverbrannter und runzliger Haut stieß einen Seufzer aus.

»Für mich hat es nun ein Ende. Zu alt ... Der Vorsteher befreit mich vom Steineschleppen. Ich werde mich um die Küche kümmern. Gute Neuigkeit, nicht wahr?«

Paser nickte.

»Warum arbeitest du eigentlich nicht?« fragte der Greis.

»Man verbietet es mir.«

»Wen hast du bestohlen?«

»Niemanden.«

»Hier gibt es nur wirkliche Verbrecher, die so viele Male rückfällig geworden sind, daß sie nie mehr aus dem Straflager herauskommen werden, weil sie ihren Schwur gebrochen haben, keine Straftat mehr zu begehen. Die Gerichte scherzen mit solchen Ehrenworten nicht.«

»Haben sie deiner Meinung nach unrecht?«

Der Alte spie in den Sand.

»Das ist aber eine sonderbare Frage! Bist du etwa auf Seiten der Richter?«

»Ich bin einer.«

Die Nachricht seiner Freilassung hätte Pasers Gegenüber nicht mehr erstaunt.

»Du machst dich über mich lustig.«

»Glaubst du, mir steht der Sinn danach?«

»Na, so was, na, so was . . . Ein Richter, ein echter Richter!« Er starrte Paser ängstlich und achtungsvoll an. »Was hast du getan?«

»Ich habe eine Untersuchung durchgeführt, und man will mir den Mund verschließen.«

»Dann mußt du in eine merkwürdige Sache verwickelt sein. Ich, jedenfalls, bin unschuldig. Ein unlauterer Mitbewerber hat mich bezichtigt, Honig gestohlen zu haben, der mir gehörte.«

»Bist du Imker?«

»Ich besaß Stöcke in der Wüste, meine Bienen gaben den besten Honig von Ägypten. Meine Nebenbuhler sind neidisch geworden; sie haben mir eine Falle gestellt, in die ich auch gegangen bin. Bei der Verhandlung habe ich mich heftig erregt. Ich habe den Spruch zu meinen Ungunsten zurückgewiesen, ein zweites Verfahren gefordert und meine Verteidigung mit einem Schreiber vorbereitet. Ich war mir sicher zu gewinnen.«

»Aber du wurdest abermals bestraft.«

»Meine Gegner haben bei mir zu Hause einige in einer Werkstatt entwendete Gegenstände versteckt. Beweise der Rückfälligkeit! Der Richter hat seine Untersuchung nicht weiter vertieft.«

»Er hat unrecht daran getan. An seiner Stelle hätte ich die Beweggründe der Ankläger genauer erkundet.«

»Und wenn du dich an seine Stelle setztest? Wenn du belegen würdest, daß die Beweise falsch sind?«

»Dafür müßte ich zunächst einmal hier herauskommen.«

Der Imker spie erneut in den Sand.

»Wenn ein Richter sein Amt verletzt, setzt man ihn nicht in geheime Haft in ein Straflager wie dieses. Man hat dir nicht einmal die Nase abgeschnitten. Du mußt ein Spitzel sein oder irgend jemand von der Sorte.«

»Wie du meinst.«

Der Greis erhob sich und ging davon.

*

Paser rührte die übliche dünne Suppe nicht an. Er hatte kein Verlangen mehr zu kämpfen. Was hatte er Neferet zu bieten, außer Erniedrigung und Schande? Besser wäre es, wenn sie ihn nie wiedersähe und ihn vergäße. Sie würde das Andenken eines Gerichtsbeamten von unerschütterlichem Glauben bewahren, eines wahnsinnig Verliebten, eines Träumers, der an das Recht geglaubt hatte.

Auf dem Rücken ausgestreckt, betrachtete er den lapislazulifarbenen Himmel. Schon bald würde er entschwinden.

*

Die weißen Segel glitten auf dem Nil dahin. Bei Anbruch der Nacht vergnügten sich die Flußschiffer damit, von einem Boot aufs andere zu springen, während der Nordwind ihren Seglern Geschwindigkeit verlieh. Man fiel ins Wasser, man lachte, man fuhr sich derb an.

Auf der Böschung saß eine junge Frau, die die Rufe der Wagemutigen nicht wahrnahm. Ins Goldgelbe gehendes Haar, ein makelloses Gesicht mit lieblichen Zügen, Augen von sommerlichem Blau – schön wie ein erblühter Lotos saß Neferet da und rief die Seele von Branir, ihrem ermordeten Lehrmeister, an; inständig bat sie ihn, Paser zu beschützen, den sie mit ihrem ganzen Sein liebte. Paser, dessen Tod amtlich verkündet worden war, ohne daß sie daran zu glauben vermochte.

»Dürfte ich Euch einen Augenblick sprechen?«

Sie drehte den Kopf.

Neben ihr stand der Oberste Arzt des Reiches, Neb-Amun, ein fein gewandeter Fünfzigjähriger.

Ihr grimmigster Feind.

Wiederholt hatte er ihre Laufbahn zu zerstören gesucht. Neferet verabscheute diesen Höfling, der nach Reichtümern und weiblichen Eroberungen gierte, der die Heilkunst als Mittel benutzte, um Macht über andere auszuüben und zu Vermögen zu gelangen.

Mit fiebrigem Blick bewunderte Neb-Amun die junge Frau, deren leinenes Kleid so vollkommene wie erregende Formen erahnen ließ. Feste und hoch angesetzte Brüste, lange und schlanke Beine, zarte Hände und Füße entzückten das Auge. Neferet war strahlend schön.

»Laßt mich bitte in Ruhe.«

»Ihr müßtet mir weit mehr Hochachtung entgegenbringen; was ich weiß, wird in höchstem Maße Eure Neugierde erregen.«

»Eure Ränkespiele sind mir einerlei.«

»Es geht aber um Paser.«

Sie konnte ihre Gemütsbewegung nicht verbergen.

»Paser ist tot.«

»Falsch, meine Teure.«

»Ihr lügt!«

»Ich kenne die Wahrheit.«

»Muß ich Euch anflehen?«

»Unerbittlich und stolz seid Ihr mir lieber. Paser lebt, wurde jedoch beschuldigt, Branir ermordet zu haben.«

»Das ist … das ist wahnwitzig! Ich glaube Euch nicht.«

»Das solltet Ihr aber. Der Vorsteher der Ordnungskräfte, Monthmose, hat ihn festgenommen und in geheime Haft gesetzt.«

»Paser hat seinen Meister nicht getötet!«

»Monthmose ist vom Gegenteil überzeugt.«

»Man will ihn zerschmettern, sein Ansehen vernichten und ihn hindern, seine Ermittlungen fortzusetzen.«

»Das kümmert mich nicht.«

15

»Weshalb dann all diese Enthüllungen?«

»Weil ich allein imstande bin, Pasers Unschuld zu beweisen.«

Bei dem Schauder, der Neferet erzittern ließ, mischte sich Hoffnung mit Bangigkeit.

»Falls Ihr wünscht, daß ich dem Ältesten der Vorhalle diesen Beweis erbringe, müßt Ihr meine Gemahlin werden, Neferet, und Euren kleinen Richter vergessen. Seine Freiheit erfordert diesen Preis ... An meiner Seite werdet Ihr an Eurem wahren Platz sein. Nun überlasse ich es Euch, über alles Weitere zu entscheiden. Entweder Ihr befreit Paser, oder aber Ihr verurteilt ihn zum Tode.«

3. KAPITEL

Sich dem Obersten Arzt hingeben zu müssen erfüllte Neferet mit Abscheu, wenn sie jedoch Neb-Amuns Vorschlag zurückwies, würde sie zu Pasers Henker werden.

Wo war er gefangen, welche Qualen mußte er erleiden? Falls sie zu lange zögerte, würde die Haft ihn zugrunde richten. Neferet hatte sich Sethi, Pasers treuem Freund und Bruder im Geiste, nicht anvertraut: Er hätte den Obersten Arzt auf der Stelle getötet.

Sie entschied sich, dem Ansuchen des Erpressers zuzustimmen, sofern sie Paser wiedersehen dürfte. Beschmutzt und verzweifelt, würde sie diesem dann alles gestehen, bevor sie sich vergiftete.

Kem, der nubische Ordnungshüter unter des Richters Befehl, näherte sich der jungen Frau. In Pasers Abwesenheit setzte er seine Rundgänge durch Memphis fort, stets von Töter begleitet, seinem furchterregenden Babuin, der sich besonders auf die Ergreifung von Dieben verstand, die er dadurch festsetzte, daß er seine Reißzähne in ihre Beine schlug.

Kem war einst die Nase abgeschnitten worden, weil er in die Ermordung eines Hauptmanns verwickelt gewesen war, welcher sich des Schmuggels mit Gold schuldig gemacht hatte; als man später des Nubiers Redlichkeit anerkannt hatte, war er Ordnungshüter geworden. Ein künstlicher Ersatz aus bemaltem Holz milderte die Auswirkungen der Verstümmelung etwas ab. Kem bewunderte Paser. Wenn er auch nicht das geringste Vertrauen in die Gerechtigkeit setzte, glaubte er doch an die Rechtschaffenheit des jungen Gerichtsbeamten, die Grund seines Verschwindens war.

»Ich habe die Möglichkeit zu erfahren, wo sich Paser befindet«, erklärte Neferet mit großem Ernst.

»Im Reich der Toten, aus dem niemand zurückkehrt. Hat Heerführer Ascher Euch den Bericht nicht übermittelt, dem zufolge Paser in Asien auf der Suche nach einem Beweis gestorben sei?«

»Dieser Bericht ist eine Fälschung, Kem. Paser ist am Leben.«

»Sollte man Euch etwa belogen haben?«

»Paser wird beschuldigt, Branir ermordet zu haben, doch der Oberste Arzt Neb-Amun verfügt über den Beweis seiner Unschuld.«

Kem ergriff Neferet an den Schultern.

»Er ist gerettet!«

»Unter der Bedingung, daß ich Neb-Amuns Gemahlin werde.«

Wutentbrannt schlug sich der Nubier mit der Faust in die linke Hand.

»Und wenn er Euch nur verspotten wollte?«

»Ich will Paser wiedersehen.«

Kem betastete seine hölzerne Nase.

»Ihr werdet es nicht bereuen, mir vertraut zu haben.«

*

Nach dem Aufbruch der Sträflinge schlich Paser in den Küchenverschlag, einen Holzbau mit einem Leinengewebe als Bedachung. Er wollte einen der Feuersteinsplitter stehlen, mit denen man das Feuer anfachte, und sich die Adern damit durchschneiden. Der Tod würde langsam, doch sicher sein; in praller Sonne würde er sacht in eine wohltuende Betäubung versinken. Am Abend dann würde ein Wächter ihn mit dem Fuß anstoßen und seine Leiche in den glühenden Sand rollen. Diese letzten Stunden wollte er in Fühlung mit Neferets Seele verleben, in der Hoffnung, daß sie ihm zwar unsichtbar, doch gegenwärtig bei dem allerletzten Übergang beistünde.

Als er sich des scharfen Steinsplitters bemächtigte, erhielt er einen kräftigen Schlag in den Nacken und brach neben einem Kochkessel zusammen.

Eine Schöpfkelle aus Holz in der Hand, spöttelte der alte Imker: »Der Richter wird zum Dieb! Was hattest du mit diesem Feuerstein vor? Rühr dich nicht, oder ich schlage zu! Dein Blut vergießen und diesen verfluchten Ort auf dem Wege des üblen Todes verlassen! Töricht und eines Mannes von Wert unwürdig.«

Der Bienenzüchter senkte die Stimme.

»Hör mir zu, Richter; ich kenne eine Möglichkeit, hier herauszukommen. Ich, für meinen Teil, hätte nicht die Kraft, die Wüste zu durchqueren. Doch du, du bist jung. Ich rede, wenn du einwilligst, für mich zu kämpfen und meine Verurteilung aufheben zu lassen.«

Paser kam wieder zur Besinnung.

»Zwecklos.«

»Weigerst du dich?«

»Selbst wenn ich ausbreche, werde ich nie mehr Richter sein.«

»Werde es wieder für mich.«

»Unmöglich. Man bezichtigt mich eines Verbrechens.«

»Dich? Lächerlich!«

Paser rieb sich den Nacken. Der Alte half ihm aufzustehen.

»Morgen ist der letzte Tag des Monats. Ein von Ochsen gezogener Karren wird von der Oase kommen und Nahrung bringen; er wird leer zurückfahren. Spring hinein und steig erst ab, wenn du zu deiner Rechten das erste trockene Tal siehst. Geh sein Bett hinauf bis zum Fuße eines Hügels; dort wirst du eine Quelle inmitten eines kleinen Palmenhains finden. Fülle deine Kürbisflasche. Anschließend mußt du in Richtung Niltal gehen und versuchen, auf Nomaden zu treffen. Zumindest wirst du dein Glück versucht haben.«

*

Der Oberste Arzt Neb-Amun hatte zum zweiten Male die Fettwulste von Dame Silkis geleert, der jungen Gemahlin des reichen Bel-ter-an, eines Papyrusherstellers und hohen Beamten, dessen Einfluß unaufhörlich wuchs. Als Chirurg, der

19

Eingriffe zum Zwecke der Schönheit vornahm, verlangte Neb-Amun ungeheure Entgelte, die ihm seine Kundinnen auch ohne Sträuben entrichteten. Edelsteine, Stoffe, kostbare Nahrungsmittel, Gegenstände zur Einrichtung, Werkzeuge, Ochsen, Esel und Ziegen mehrten seinen Reichtum stetig; allein ein unschätzbares Schmuckstück fehlte noch: Neferet. Andere waren ebenso schön; doch in ihr verwirklichte sich ein einzigartiges Ebenmaß, bei dem sich Klugheit und Anmut vereinten, um ein Licht ohnegleichen erstrahlen zu lassen.

Wie hatte sie sich bloß in einen derart blassen Menschen wie Paser verlieben können? Jugendliche Leichtfertigkeit, die sie ihr ganzes Leben lang bereut hätte, wenn Neb-Amun nicht eingeschritten wäre.

Bisweilen fühlte er sich so mächtig wie PHARAO; war er nicht im Besitz jener Geheimnisse, die Leben retteten oder verlängerten? Herrschte er nicht über die Heiler und Arzneikundler des Reiches? War er nicht der, den die hohen Würdenträger inständig anflehten, um ihre Gesundheit wiederzuerlangen? Wenn seine Helfer auch im verborgenen wirkten, um ihm die besten Behandlungsverfahren an die Hand zu geben, war es doch Neb-Amun, und niemand anderes, der den Ruhm erntete. Und Neferet besaß eine überragende heilkundlerische Begabung, die er ausnutzen mußte.

Nach einem gelungenen Eingriff gönnte sich Neb-Amun eine Woche der Erholung in seinem Haus auf dem Lande, im Süden von Memphis, wo ein Heer von Dienern auch den kleinsten seiner Wünsche befriedigte. Während er die niederen Tätigkeiten seinem Stab von Heilern überließ, den er mit großer Strenge überwachte, sann er auf seinem neuen Vergnügungsboot über die der zukünftigen Beförderungen nach. Dabei überkam ihn das jähe Verlangen, jenen Weißwein aus dem Delta, der von seinen eigenen Weingärten stammte, sowie die letzten Schöpfungen seines Kochs zu kosten.

Unerwartet benachrichtigte sein Verwalter ihn von der Anwesenheit einer jungen und hübschen Besucherin. Neugierig ging Neb-Amun zum Tor seines Anwesens.

»Neferet! Welch wunderbare Überraschung … Möchtet Ihr mit mir zu Mittag speisen?«

»Ich habe es eilig.«

»Ihr werdet bald die Gelegenheit haben, mein Herrenhaus zu besichtigen, dessen bin ich sicher. Solltet Ihr mir Eure Antwort überbringen?«

Neferet senkte den Kopf. Freudige Erwartung befiel den Obersten Arzt.

»Ich wußte, daß Ihr Euch der Vernunft beugen würdet.«

»Gewährt mir etwas Zeit.«

»Da Ihr gekommen seid, ist Eure Entscheidung getroffen.«

»Werdet Ihr mir die Gunst einräumen, Paser wiederzusehen?«

Neb-Amun zog ein schiefes Gesicht.

»Ihr zwingt Euch eine unnötige Prüfung auf. Rettet Paser, aber vergeßt ihn.«

»Ich schulde ihm diese letzte Begegnung.«

»Wie es Euch beliebt. Doch meine Bedingungen bleiben unverändert: Ihr müßt mir zuerst Eure Liebe beweisen. Anschließend werde ich einschreiten. Aber erst dann. Sind wir uns einig?«

»Ich bin nicht in der Lage zu verhandeln.«

»Ich schätze Eure Klugheit, Neferet; sie kommt allein Eurer Schönheit gleich.«

Er faßte sie sanft am Handgelenk.

»Nein, Neb-Amun, nicht hier, nicht jetzt.«

»Wo und wann?«

»Im großen Palmenhain, nahe dem Brunnen.«

»Ein Ort, der Euch teuer ist?«

»Ich gehe oftmals dorthin, um mich zu sammeln.«

Neb-Amun lächelte.

»Die Natur und die Liebe verbinden sich trefflich. Wie Ihr finde ich Gefallen am Zauber der Palmen. Wann?«

»Morgen abend, nach Sonnenuntergang.«

»Für unsere erste Vereinigung nehme ich die Dämmerung noch hin; danach jedoch werden wir im Licht der Öffentlichkeit leben.«

4. KAPITEL

Paser glitt aus dem Karren, sobald er das Trockental erblickte, das sich zwischen den Felsen in Richtung eines von den Winden gepeitschten Hügels schlängelte. Sein Sturz auf den Sand geschah völlig lautlos; das Gefährt setzte seinen Weg in Staub und Hitze fort. Der schlummernde Wagenlenker überließ den Ochsen die Führung.

Niemand würde die Verfolgung des Ausbrechers aufnehmen; dieser Glutofen und der Durst gewährten keinerlei Aussicht auf Überleben. Irgendwann würde eine Schar Krieger auf Erkundung seine Gebeine aufsammeln. Barfüßig und mit einem zerschlissenem Schurz bekleidet, zwang sich der Richter, langsam zu gehen und mit seinem Atem hauszuhalten. Hier und da bezeugten Schlangenlinien, daß mit dem Auftauchen von Hornottern zu rechnen war, jener gefürchteten Kriechtiere der Wüste, deren Biß den Tod bedeutete.

Paser stellte sich vor, er wandelte mit Neferet durch grünschillernde, vom Gesang der Vögel beseelte und von Kanälen durchzogene Flure; sogleich erschien ihm die Landschaft weniger feindlich, das Vorankommen leichter. Er folgte dem trockenen Flußbett bis zum Fuß des abschüssigen Hügels, wo, beinahe ungebührlich, drei Palmen beharrlich grünten.

Der Richter kniete nieder und grub mit bloßen Händen ein Loch; einige Zentimeter unter der bröckeligen Sandkruste war die Erde feucht. Der alte Imker hatte ihn nicht angelogen. Nach einer Stunde nur von kurzem Rasten unterbrochener Anstrengungen zeigte sich Wasser. Nachdem er sich erquickt hatte, schlüpfte er aus seinem Schurz, reinigte ihn mit Sand und rieb sich damit die Haut ab. Dann füllte er das kostbare Naß in die Kürbisflasche, die er mit sich trug.

In der Nacht wanderte er gen Osten. Ringsum war immer

wieder Zischen vernehmbar; die Schlangen kamen in der Abenddämmerung heraus. Sollte er auf eine von ihnen treten, würde er unweigerlich einen grauenvollen Tod erleiden. Allein ein kundiger Heiler, wie etwa Neferet, kannte die Gegenmittel. Der Richter schob jeden Gedanken an die drohende Gefahr beiseite und schritt unter der Obhut des Mondes vorwärts. Die nächtliche Kühle erfrischte ihn. Als der Morgen graute, trank er ein wenig Wasser, grub eine Kuhle, bedeckte sich mit Sand und schlief zusammengekauert ein.

Als er wieder erwachte, begann die Sonne zu sinken. Mit schmerzenden Muskeln und brennendem Kopf setzte er seinen Weg in Richtung des so fernen, so unerreichbaren Tales fort. Als sein Wasservorrat aufgebraucht war, mußte er auf die Entdeckung eines Brunnens bauen, den ihm ein Kreis aus Steinen anzeigen würde. In dieser unermeßlichen, bald ebenen, bald hügeligen Weite begann er zu taumeln. Mit trockenen Lippen und geschwollener Zunge war er am Ende seiner Kräfte. Worauf konnte er noch hoffen, wenn nicht auf das Einschreiten einer wohltätigen Gottheit?

*

Neb-Amun ließ sich am Saum des großen Palmenhains absetzen und schickte seine Sänfte zurück. Er genoß bereits diese wunderbare Nacht, in der Neferet sich ihm hingeben würde. Er hätte ein wenig mehr Feuer und Leidenschaft vorgezogen, doch was kümmerten schon die Umstände. Er erhielt, was er sich wünschte, wie gewohnt.

Die Wächter lehnten mit dem Rücken an den Stämmen der Palmen und spielten Flöte; sie tranken frisches Wasser und plauderten. Der Oberste Arzt schlug den Hauptweg ein, bog nach links und wandte sich zum alten Brunnen. Der Ort war einsam und friedlich.

Sie erschien, wie aus den Schimmern des Abendlichts geboren, die ihr langes Leinenkleid gelbrötlich färbten.

Neferet gab ihm nach. Sie, die so Stolze, sie, die ihm die Stirn geboten hatte, würde ihm wie eine Sklavin gehorchen. Wenn er sie erobert hätte, würde sie, ihre Vergangenheit vergessend, ihm ergeben bleiben. Sie würde einsehen, daß einzig Neb-Amun ihr das Dasein bieten konnte, das sie sich, ohne es zu wissen, erträumte. Sie liebte die Heilkunst zu sehr, um sich lange hinter einer untergeordneten Stellung zu verschanzen; war Gemahlin des Obersten Arztes zu werden nicht das erstrebenswerteste Geschick überhaupt?

Sie bewegte sich nicht. Er trat auf sie zu.

»Werde ich Paser wiedersehen?«

»Ihr habt mein Wort.«

»Sorgt für seine Freilassung, Neb-Amun.«

»Das ist meine Absicht, wenn Ihr einwilligt, mir zu gehören.«

»Weshalb so viel Grausamkeit? Seid großmütig, ich flehe Euch an.«

»Haltet Ihr mich etwa zum Narren?«

»Ich richte mich an Euer Gewissen.«

»Ihr werdet meine Frau werden, Neferet, weil ich so entschieden habe.«

»Entsagt diesem Wunsch.«

Er trat noch näher und blieb einen Meter vor seinem Opfer stehen.

»Euer Anblick bereitet mir Gefallen, doch ich verlange andere Freuden.«

»Gehört mich zu vernichten auch dazu?«

»Euch von einer trügerischen Liebe und einem Leben im Mittelmaß zu befreien.«

»Ein letztes Mal, entsagt.«

»Ihr gehört mir, Neferet.«

Neb-Amun streckte die Hand nach ihr aus.

In dem Augenblick, da er sie berührte, wurde er harsch zurückgezerrt und auf die Erde geworfen. Zutiefst erschreckt, erblickte er seinen Angreifer: einen riesigen Pavian, mit aufgerissenem Maul und Geifer an den Lippen. Er krallte seine linke behaarte und kräftige Hand um die Kehle des Obersten Heilkundigen, während die rechte die Hoden packte und an ihnen zog. Neb-Amun brüllte auf.

Kems Fuß setzte sich auf die Stirn des Obersten Arztes. Ohne sein Opfer loszulassen, hielt der Babuin inne.

»Wenn Ihr Euch weigert, uns zu helfen, wird mein Affe Euch entmannen. Ich, für meinen Teil, hätte nichts gesehen; und er wird keine Gewissensbisse haben.«

»Was wollt Ihr?«

»Den Beweis für Pasers Unschuld.«

»Nein, ich . . .«

Der Affe stieß ein dumpfes Knurren aus. Seine Finger schlossen sich fester.

»Ich willige ein, ich willige ein!«

»Ich höre Euch zu.«

Neb-Amun keuchte.

»Als ich Branirs Leichnam untersucht habe, konnte ich feststellen, daß der Tod mehrere Stunden, vielleicht sogar einen ganzen Tag, zurücklag. Der Zustand der Augen, das Aussehen der Haut, die Verkrampfung des Mundes, die Verletzung . . . All diese Erscheinungen trogen nicht. Ich habe meine Befunde auf einem Papyrus festgehalten. Die Tat war keineswegs frisch und Paser lediglich ein Zeuge. Es bestanden keinerlei belastende Hinweise gegen ihn.«

»Weshalb habt Ihr die Wahrheit verschwiegen?«

»Eine allzu schöne Gelegenheit . . . Neferet schien mir zum Greifen nah.«

»Wo befindet sich Paser?«

»Ich . . . das weiß ich nicht.«

»Aber gewiß doch.«

Der Babuin knurrte erneut. In heilloser Angst gab Neb-Amun auf.

»Ich habe den Vorsteher der Ordnungskräfte bestochen, daß er Paser aus dem Weg räume. Er mußte am Leben bleiben, damit ich meine Erpressung bewerkstelligen konnte. Er ist in geheimer Verwahrung, wo, weiß ich nicht.«

»Kennt Ihr den wahren Mörder?«

»Nein, ich schwöre Euch, ich kenne ihn nicht!«

Kem zweifelte nicht an der Aufrichtigkeit der Antwort. Wenn der Babuin ein Verhör führte, logen die Verdächtigen nicht.

25

Neferet dankte im Gebet der Seele Branirs. Der Meister hatte seinen Schüler beschützt.

*

Das dürftige Nachtmahl des Ältesten der Vorhalle bestand aus Feigen und Käse. Zur Schlaflosigkeit kam nun noch mangelnde Eßlust hinzu. Da er keine andere Gegenwart mehr ertrug, hatte er seinen Diener fortgeschickt. Was hatte er sich vorzuwerfen außer dem Wunsch, Ägypten vor Unordnung zu bewahren? Gleichwohl war sein Gewissen nicht im Frieden. Niemals während seiner langen Laufbahn hatte er sich derart von der Maat entfernt.

Angewidert stieß er den Holznapf zurück.

Draußen erhob sich mit einem Mal ein Wimmern. Kamen bereits die Gespenster, die, wie die Geschichten der Zauberer behaupteten, die ehrlosen Seelen peinigten?

Der Älteste trat hinaus.

Von seinem Babuin begleitet, stand Kem vor ihm und hielt den Obersten Arzt Neb-Amun am Ohr fest.

»Neb-Amun wünscht, ein Geständnis abzulegen.«

Der Älteste mochte den nubischen Ordnungshüter nicht. Er kannte dessen gewalttätige Vergangenheit, mißbilligte seine Vorgehensweisen und beklagte seine Verpflichtung bei den Ordnungskräften.

»Neb-Amun steht hier unter Zwang. Seine Aussage wird ohne jeden Wert sein.«

»Nicht seine Aussage, sein Geständnis.«

Der Oberste Arzt versuchte, sich zu befreien. Der Pavian biß ihm in die Wade, ohne die Reißzähne hineinzuschlagen.

»Nehmt Euch in acht«, empfahl Kem. »Wenn Ihr ihn reizt, kann ich ihn nicht mehr halten.«

»Geht!« befahl der Gerichtsbeamte erzürnt.

Kem stieß den Heilkundigen dem Ältesten entgegen.

»Beeilt Euch, Neb-Amun. Babuine haben keine Geduld.«

»Ich verfüge über einen Hinweis in der Sache Paser«, erklärte mit belegter Stimme der angesehene Heiler.

»Keinen Hinweis«, berichtigte Kem, »sondern den Beweis seiner Unschuld.«

Der Älteste wurde blaß.

»Soll das eine Herausforderung sein?«

»Der Oberste Arzt ist ein ernsthafter und geachteter Mann.« Neb-Amun zog aus seinem Obergewand eine versiegelte Papyrusrolle hervor.

»Hierauf habe ich meine Feststellungen bezüglich des Leichnams von Branir niedergeschrieben. Daß es sich um eine frische Tat handelte, war eine . . . Fehleinschätzung. Ich hatte vergessen . . . Euch diesen Bericht zu übermitteln.«

Der Gerichtsbeamte nahm das Schriftstück mit wenig Eilfertigkeit an sich; er hatte das Gefühl, ein glühendes Scheit zu berühren.

»Wir haben uns geirrt«, bedauerte der Älteste der Vorhalle.

»Für Paser ist es jedoch zu spät.«

»Vielleicht nicht«, wandte Kem ein.

»Ihr vergeßt, daß er tot ist!«

Der Nubier lächelte.

»Eine weitere Fehleinschätzung, zweifelsohne. Euer guter Glaube wird Euch getrogen haben.«

Mit einem Blick gebot der Nubier seinem Affen, den Obersten Heilkundigen loszulassen.

»Bin ich . . . bin ich frei?«

»Verschwindet.«

Neb-Amun eilte humpelnd davon. In seiner Wade waren die tiefen Male von den Zähnen des Affen eingedrückt, dessen Augen in der Nacht leuchteten.

»Ich werde Euch eine ruhige Stellung verschaffen, Kem, wenn Ihr einwilligt, diese beklagenswerten Vorkommnisse zu vergessen.«

»Laßt Euch nicht mehr weiter ein, Ältester der Vorhalle; sonst werde ich Töter nicht zurückhalten. Bald wird die Wahrheit, die ganze Wahrheit, verkündet werden müssen.«

5. KAPITEL

Inmitten der Landschaft von goldfarbenem Sand und schwarzen und weißen Bergen erhob sich eine Staubwolke. Zwei Männer zu Pferde kamen näher. Paser hatte sich in den Schatten eines ungeheuren, von einer natürlichen Pyramide abgebröckelten Felsens geschleppt. Ohne Wasser war es unmöglich, weiterzuwandern.

Falls es sich um Männer der Ordnungskräfte der Wüste handelte, würden sie ihn ins Straflager zurückbringen. Wenn es aber Beduinen waren, würden sie nach ihrer augenblicklichen Laune verfahren: ihn entweder foltern oder als Sklaven benutzen. Mit Ausnahme der Karawanenführer wagte sich niemand in diese weite Wüstenei vor. Bestenfalls würde Paser das Straflager gegen Gefangenschaft eintauschen.

Zwei Beduinen, in Gewändern mit farbigen Streifen!

Sie trugen langes Haar, ihr Kinn zierte ein kurzer Bart.

»Wer bist du?«

»Ich bin aus dem Straflager der Diebe entflohen.«

Der Jüngere stieg vom Pferd und schaute sich Paser aufmerksam an.

»Du wirkst nicht sehr kräftig.«

»Ich bin durstig.«

»Wasser muß verdient werden. Steh auf und kämpfe.«

»Ich habe nicht die Kraft dazu.«

Der Beduine zog seinen Dolch aus der Scheide.

»Wenn du nicht imstande bist, dich zu wehren, wirst du sterben.«

»Ich bin Richter, kein Krieger.«

»Richter! Dann kommst du nicht aus dem Straflager der Diebe.«

»Man hat mich zu Unrecht beschuldigt. Irgend jemand will mein Verderben.«

»Die Sonne hat dich irre gemacht.«

»Wenn du mich tötest, wirst du im Jenseits verdammt werden. Die Richter der Unterwelt werden dir die Seele zerstückeln.«

»Das schert mich nicht!«

Der Ältere hielt den bewaffneten Arm auf.

»Die Schwarze Zauberkunst der Ägypter ist gefährlich. Bringen wir ihn wieder auf die Beine; danach wird er uns als Sklave dienen.«

*

Panther, die goldhaarige Libyerin mit den hellen Augen, ließ ihren Zorn nicht verrauchen. Der leidenschaftliche und erfinderische Liebhaber Sethi war einem weinerlichen und trübsinnigen Schwächling gewichen. Sie, die unnachgiebige Feindin Ägyptens, war ehedem in die Hände eines Streitwagenhauptmanns gefallen, eines bereits bei seinem ersten Asienfeldzug zum Helden gewordenen Kriegers. Einer unüberlegten Anwandlung folgend, hatte er ihr die Freiheit geschenkt, die sie sich doch nicht zunutze machte, so sehr mochte sie es, mit ihm zu schlafen. Und selbst als Sethi dann aus dem Heer gejagt worden war, nachdem er versucht hatte, jenen Heerführer Ascher zu erwürgen, den er einen seiner Kundschafter hatte ermorden sehen und den das Gericht dennoch nicht hatte verurteilen können, da der Leichnam des Unglücklichen verschwunden war, hatte der junge Mann seinen Schwung und seine Tatkraft nicht verloren.

Indes, seit dem Verschwinden seines Freundes Paser verschloß er sich in Schweigen, aß nicht mehr, sah sie nicht mehr an.

»Wann wirst du wieder lebendig?«

»Wenn Paser zurückkehrt.«

»Paser, immer dieser Paser! Begreifst du denn nicht, daß seine Gegner ihn beseitigt haben?«

»Wir sind nicht in Libyen. Töten ist eine derart schlimme Tat, daß sie zur völligen Auslöschung verdammt. Ein Mörder wird nicht wiedererweckt.«

»Es gibt nur ein Leben, Sethi, nämlich hier und heute! Vergiß diese Albernheiten.«

»Einen Freund vergessen?«

Die Liebe nährte Panther. Ohne Sethis Körper zu spüren, welkte sie dahin.

Sethi war ein Mann von stattlicher Erscheinung, mit länglichem Gesicht, offenem und geradem Blick und langem schwarzem Haar; Stärke, Betörungskraft und Lebensart kennzeichneten für gewöhnlich sein gesamtes Betragen.

»Ich bin eine freie Frau, und ich will es nicht hinnehmen, wie ein Stein zu leben. Wenn du weiter so leblos bleibst, gehe ich fort.«

»Nun, dann geh.«

Sie kniete nieder und legte ihm die Arme um den Leib.

»Du weißt nicht mehr, was du sagst.«

»Wenn Paser leidet, leide ich; wenn er in Gefahr ist, lastet Furcht auf mir. Daran wirst du nichts ändern.«

Panther knotete Sethis Schurz auf. Er wehrte sich nicht. Niemals war ein Männerkörper schöner, mächtiger, ebenmäßiger gewesen. Seit ihrem dreizehnten Lebensjahr hatte Panther viele Liebhaber gekannt; keiner hatte sie derart befriedigt wie dieser Ägypter, dieser eingeschworene Feind ihres Volkes. Sie streichelte sanft seinen Oberkörper, seine Schultern, streifte seine Brust, glitt langsam zum Nabel hinab. Ihre leichten und sinnlichen Hände spendeten Lust.

Endlich zeigte er eine Regung. Mit entschiedenem, beinahe grobem Griff riß er die Träger ihres kurzen Gewands herunter. Nackt streckte sie sich neben ihm aus, schmiegte sich an ihn.

»Dich zu spüren, nur noch eins zu sein mit dir ... Damit würde ich mich völlig begnügen.«

»Ich nicht.«

Er rollte sie auf den Bauch und legte sich auf sie. Mit träger Sinnlichkeit ihren Sieg auskostend, empfing sie seine Begierde wie ein Jugend spendendes, salbendes und warmes Wasser.

Plötzlich wurde draußen nach ihm gerufen. Eine dunkle, ungestüme Stimme. Sethi eilte zum Fenster.

»Kommt«, sagte Kem. »Ich weiß, wie wir Paser finden können.«

*

Der Älteste der Vorhalle goß das kleine Blumenbeet vor dem Eingang seines Hauses. In seinem Alter verspürte er mehr und mehr Mühe, sich zu bücken.

»Kann ich Euch helfen?«

Der Gerichtsbeamte wandte sich um und entdeckte Sethi. Der ehemalige Hauptmann der Streitwagentruppe hatte nichts von seinem Stolz eingebüßt.

»Wo befindet sich mein Freund Paser?«

»Er ist tot.«

»Lüge.«

»Es wurde ein amtlicher Bericht verfaßt.«

»Das ist mir einerlei.«

»Die Wahrheit mißfällt Euch, doch niemand kann sie ändern.«

»Die Wahrheit ist, daß Neb-Amun das Gewissen des Vorstehers der Ordnungskräfte und das Eure gekauft hat.«

Der Älteste der Vorhalle richtete sich auf.

»Nein, meines nicht!«

»Dann redet.«

Der Älteste zögerte.

Er hätte Sethi wegen Beleidigung eines Gerichtsbeamten und Gewaltandrohung verhaften lassen können. Doch er schämte sich seines eigenen Handelns. Gewiß, dieser Richter Paser machte ihm angst: zu entschieden, zu leidenschaftlich, vom Gedanken der Gerechtigkeit zu sehr erfüllt. Doch er, der alte, in allen Ränkespielen bewanderte Gerichtsbeamte, hatte er den Glauben der Jugend nicht verraten? Das Schicksal des niederen Richters ging ihm nicht aus dem Sinn.

31

Vielleicht war er bereits tot, in jedem Fall ganz sicher außerstande, die Prüfung einer solchen Haft durchzustehen.

»Das Straflager der Diebe, nahe Charga«, murmelte er.

»Erteilt mir eine amtliche Entsendung.«

»Ihr verlangt zuviel von mir.«

»Sputet Euch, ich habe es eilig.«

*

Sethi ließ sein Pferd am letzten Rastplatz zurück, unmittelbar am Rande der Wüstenstraße zu den Oasen. Allein ein Esel würde die Hitze, den Staub und den Wind aushalten können. Mit seinem Bogen, an die fünfzig Pfeilen, einem Schwert und zwei Dolchen bewehrt, fühlte Sethi sich Manns genug, jedem Gegner zu trotzen, wer immer er auch sein mochte. Der Älteste der Vorhalle hatte ihm ein Holztäfelchen ausgehändigt, worauf geschrieben stand, daß er den Richter Paser nach Memphis zurückschaffen sollte.

Ganz gegen seinen Willen war Kem an Neferets Seite geblieben. Wenn Neb-Amun sich von seinen Schrecken erholt hätte, würde er nicht tatenlos bleiben. Nur der Babuin und sein Herr könnten die junge Frau in wirkungsvoller Weise beschützen. Der Nubier, der den Richter so gerne selbst befreit hätte, nahm hin, daß er als Schutzwall dienen mußte.

Als Sethi ihr seinen Aufbruch ankündigte, hatte Panther sich heftig ereifert. Falls ihr Geliebter länger als eine Woche fern bliebe, wollte sie ihn mit dem erstbesten betrügen und ihr Unglück überall hinausschreien. Sethi hatte nichts anderes versprochen, als daß er mit seinem Freund zurückkehren würde.

Der Esel trug Wasserschläuche und Körbe mit gedörrtem Fleisch und Fisch, Früchten und Broten, die mehrere Tage weich bleiben würden. Mensch und Tier würden sich wenig Rast gönnen, so eilig hatte es Sethi, zum Ziele zu gelangen.

*

In Sichtweite des Lagers, einer Ansammlung von in der Wüste verstreuten armseligen Holzverschlägen, rief Sethi den Gott Min an, den Schutzherrn der Karawanenführer und Entdeckungsreisenden. Obgleich er die Götter als unzugänglich erachtete, war es bei manchen Anlässen besser, sich deren Beistand zu sichern.

Sethi weckte den Vorsteher des Lagers auf, der unter einem Zeltdach schlief. Der Hüne fluchte lauthals.

»Ihr habt hier den Richter Paser in Gewahrsam.«

»Den Namen kenn' ich nicht.«

»Er ist nicht in den Verzeichnissen aufgenommen, ich weiß.«

»Kenn' ich nicht, sage ich Euch doch.«

Sethi zeigte ihm das Täfelchen. Es erweckte keinerlei Beachtung.

»Hier gibt's keinen Paser. Nur rückfällige Diebe, keine Richter.«

»Ich bin in amtlichem Auftrag hier.«

»Wartet die Rückkehr der Gefangenen ab, dann werdet Ihr es ja sehen.«

Der Vorsteher des Straflagers schlummerte wieder ein.

Sethi fragte sich, ob der Älteste der Vorhalle ihn nicht in die Irre geschickt hatte, während er Paser in Asien beseitigen ließ. Zu arglos, einmal mehr!

Er betrat den Küchenverschlag, um seinen Wasservorrat aufzufüllen.

Der Koch, ein zahnloser Greis, fuhr aus seinem Schlaf hoch.

»Wer bist du denn?«

»Ich komme, meinen Freund zu befreien. Unglücklicherweise hast du keine Ähnlichkeit mit Paser.«

»Welchen Namen hast du gerade ausgesprochen?«

»Paser, der Richter.«

»Was willst du von ihm?«

»Ihn befreien.«

»Tja ... Zu spät!«

»Erkläre dich.«

Der alte Imker antwortete mit gesenkter Stimme: »Dank meiner Hilfe ist er entflohen.«

»Er, mitten in der Wüste! Er wird keine zwei Tage durchstehen. Welchen Weg hat er genommen?«

»Das erste Trockental, den Hügel, den kleinen Palmenhain, die Quelle, die felsige Hochebene, und dann geradewegs in östlicher Richtung zum Tal! Wenn er ein zähes Leben hat, wird es ihm gelingen.«

»Paser hat keinerlei Widerstandskraft.«

»Dann beeile dich und finde ihn; er hat versprochen, meine Unschuld zu beweisen.«

»Solltest du etwa kein Dieb sein?«

»Nur ein ganz kleiner, ganz und gar nicht so wie andere. Ich will mich wieder um meine Bienenstöcke kümmern. Dein Richter soll mich nach Hause bringen.«

6. KAPITEL

Monthmose empfing den Ältesten der Vorhalle in seinem Waffenraum, in dem er Schilde, Schwerter und Jagdbeutestücke zur Schau stellte. Der verschlagene Vorsteher der Ordnungskräfte mit stets näselnder Stimme hatte eine spitze Nase und einen kahlen roten Schädel, der häufig von Juckreiz befallen war. Da er zur Beleibtheit neigte, hielt er sich an Fastenkost, um sich eine gewisse Schlankheit zu bewahren. Bei allen großen Empfängen zugegen, mit einem beachtlichen Netz von Freundschaften ausgestattet, umsichtig und geschickt, herrschte Monthmose uneingeschränkt über die verschiedenen Einheiten der Ordnungskräfte des Reiches. Niemand hatte ihm je den geringsten Fehler vorhalten können; mit allergrößter Sorgfalt wachte er über seinen Ruf als unantastbarer Würdenträger.

»Ein außeramtlicher Besuch, werter Ältester?«

»Ein vertraulicher, wie Ihr sie schätzt.«

»Ist dies nicht Gewähr für eine lange und friedliche Laufbahn?«

»Als ich den Richter Paser in geheime Haft setzte, habe ich eine Bedingung geäußert.«

»Mein Gedächtnis läßt mich im Stich.«

»Ihr solltet die Beweggründe des Mordes aufdecken.«

»Vergeßt nicht, daß ich Paser auf frischer Tat ertappt habe.«

»Weshalb hätte er seinen Meister töten sollen, einen Weisen, der auserkoren war, Hoherpriester von Karnak zu werden, seinen teuersten Beistand, mit anderen Worten?«

»Neid oder Wahn.«

»Haltet mich nicht für einen Schwachsinnigen.«

»Was schert Euch dieser Beweggrund? Wir haben uns dieses Pasers entledigt, das ist die Hauptsache.«

35

»Seid ihr Euch seiner Schuld gewiß?«

»Ich wiederhole Euch: Er war über Branirs Körper gebeugt, als ich ihn ergriffen habe. Zu welchem Schluß wärt Ihr an meiner Stelle gelangt?«

»Und der Beweggrund?«

»Ihr selbst habt es doch anerkannt: Ein Verfahren hätte einen überaus schlechten Eindruck bewirkt. Das Land muß seine Richter achten und Vertrauen in sie haben. Paser hat einen verderblichen Hang, Ärgernisse zu erregen. Sein Meister Branir hat zweifelsohne versucht, ihn zu beruhigen, er ist in Harnisch geraten und hat zugeschlagen. Ihr und ich waren großmütig ihm gegenüber, da wir sein Ansehen geschützt haben. Amtlicherseits ist er während einer Entsendung gestorben. Ist dies für ihn wie für uns nicht die befriedigendste Lösung von allen?«

»Sethi kennt die Wahrheit.«

»Wie . . .?«

»Kem hat den Obersten Arzt Neb-Amun zum Reden gebracht. Sethi weiß, daß Paser noch lebt, und ich habe eingewilligt, ihm den Haftort zu nennen.«

Der Zorn des Vorstehers der Ordnungskräfte erstaunte den Ältesten der Vorhalle. Monthmose hatte den Ruf eines beherrschten Mannes.

»Unvernünftig, vollkommen unvernünftig! Ihr, der höchste Gerichtsbeamte der Stadt, Ihr beugt Euch einem unehrenhaft entlassenen Krieger! Weder Kem noch Sethi können handeln.«

»Ihr laßt die schriftliche Aussage von Neb-Amun außer acht.«

»Unter der Folter erwirkte Geständnisse haben keinerlei Bestand.«

»Sie liegt weit zurück, ist mit Zeitangabe und Siegel versehen.«

»Vernichtet sie!«

»Kem hat den Obersten Arzt aufgefordert, eine Zweitschrift anzufertigen, deren Echtheit von zwei Dienern seines Anwesens beglaubigt wurde. Pasers Unschuld steht fest. In den

Stunden, die dem Verbrechen vorangingen, arbeitete er in seinem Amtszimmer. Zeugen werden dies bestätigen, ich habe es nachgeprüft.«

»Lassen wir es gelten ... Doch weshalb habt Ihr ihm den Ort genannt, wo wir ihn versteckt halten? Das hatte keine Eile.«

»Um mit mir selbst in Frieden zu sein.«

»Bei Eurer Erfahrung, in Eurem Alter, hättet Ihr ...«

»Eben, in meinem Alter. Der Richter der Toten kann mich von einem Augenblick zum anderen zu sich rufen. In der Sache Paser habe ich den Geist des Gesetzes verraten.«

»Ihr seid für die Belange Ägyptens eingetreten, ohne Euch um die Vorrechte eines Einzelnen zu sorgen.«

»Eure Reden täuschen mich nicht mehr, Monthmose.«

»Solltet Ihr mich im Stich lassen?«

»Falls Paser zurückkehrt ...«

»Man stirbt rasch im Straflager der Diebe.«

*

Eine ganze Weile hatte Sethi bereits den Hetzritt von Pferden gehört. Sie kamen aus östlicher Richtung, zwei an der Zahl, und näherten sich geschwind.

Plündernd umherstreifende Beduinen, auf der Suche nach leichter Beute.

Sethi wartete ab, bis sie in günstiger Entfernung waren, spannte dann den Bogen; ein Knie auf der Erde, legte er auf den linken an.

An der Schulter getroffen, fiel der Mann hintenüber vom Pferd. Sein Spießgeselle stürmte auf den Angreifer zu. Sethi spannte erneut seinen Bogen. Der Pfeil bohrte sich in den Oberschenkel. Vor Schmerz aufheulend, verlor der Beduine die Herrschaft über sein Reittier, sackte zusammen, stürzte auf einen Fels und wurde ohnmächtig. Die beiden Pferde liefen im Kreis weiter.

Sethi setzte die Spitze seines Kurzschwerts an die Kehle des Nomaden, der sich taumelnd wieder erhoben hatte.

»Woher kommst du?«

»Vom Stamm der Sandläufer.«

»Wo lagert der?«

»Hinter den schwarzen Felsen.«

»Habt ihr euch in den letzten Tagen eines Ägypters bemächtigt?«

»Ein Verstörter, der behauptet, Richter zu sein.«

»Was habt ihr mit ihm gemacht?«

»Das Oberhaupt verhört ihn gerade.«

Sethi sprang auf den Rücken des kräftigsten Pferdes und
ergriff das zweite an seinem groben beduinischen Zaum-
zeug. Die beiden Verletzten müßten selbst sehen, wie sie
überlebten.

Die Reittiere preschten einen von Gestein gesäumten und
zusehends steileren Pfad hinauf; wild schnaubend und das
Fell dunkel von Schweiß, erreichten sie die Kuppe eines mit
Findlingen gespickten Hügels.

Der Ort wirkte unheilvoll.

Zwischen den verbrannten schwarzen Felsen senkten sich
Mulden ab, in denen Sand aufwirbelte; sie gemahnten an die
Feuerseen der Unterwelt, in denen die Verdammten ihre
Strafe verbüßten.

Unterhalb des Abhangs befand sich das Lager der Nomaden. Das höchste und bunteste Zelt in der Mitte mußte das
des Stammesoberhaupts sein. Pferde und Ziegen standen
abseits in Pferchen. Zwei Späher, einer an der Süd-, der
andere an der Nordseite in Stellung, überwachten die Um-
gegend.

Entgegen dem gebräuchlichen Kriegsrecht wartete Sethi die
Nacht ab; die Beduinen, die sich Beutezügen und Plünde-
rungen hingaben, verdienten keinerlei Schonung.

Lautlos kroch der Ägypter Meter um Meter voran und erhob
sich erst in unmittelbarer Nähe des südlichen Wachtpostens,
den er mit einem Handkantenschlag ins Genick erschlug.

Da die Sandläufer ständig die Wüste auf der Suche nach
irgendeiner Beute durchstreiften, fanden sich nur wenige
von ihnen im Lager. Sethi schlich bis zum Zelt des Anführers
und schlüpfte durch ein als Einlaß dienendes Loch hinein.

Angespannt und mit größter Aufmerksamkeit, fühlte er sich bereit, jede erdenkliche Gewalt einzusetzen.

Verdutzt erblickte er ein unerwartetes Schauspiel.

Das beduinische Stammesoberhaupt lag auf Kissen ausgestreckt und lauschte Pasers Worten, der im Schreibersitz neben ihm saß. Der Richter schien keinem Zwang ausgeliefert.

Der Beduine sprang hoch. Sethi stürzte sich auf ihn.

»Töte ihn nicht«, ermahnte ihn Paser, »wir beginnen gerade, einander zu verstehen.«

Sethi drückte seinen Gegner auf die Kissen, so daß dieser bewegungsunfähig war.

»Ich habe den Anführer nach seiner Lebensweise befragt«, erklärte Paser, »und habe versucht, ihm zu beweisen, daß er irregeht. Meine Weigerung, zum Sklaven zu werden, selbst wenn es mein Leben kosten sollte, hat ihn erstaunt. Er wollte wissen, wie unser Rechtswesen gehandhabt wird, und . . .«

»Wenn du ihn nicht mehr belustigst, wird er dich an den Schwanz eines Pferdes binden, und dann wirst du über scharfes Gestein geschleift und zerfetzt werden.«

»Wie hast du mich gefunden?«

»Wie hätte ich dich verlieren können?«

Sethi fesselte und knebelte den Beduinen.

»Laß uns hier verschwinden. Zwei Pferde erwarten uns auf der Kuppe des Hügels.«

»Wozu soll das gut sein? Ich kann nicht nach Ägypten zurück.«

»Folge mir, statt Albernheiten daherzureden.«

»Ich habe nicht die Kraft dazu.«

»Du wirst sie wiederfinden, wenn du erfährst, daß deine Unschuld festgestellt wurde und daß Neferet sich nach dir sehnt.«

7. KAPITEL

Der Älteste der Vorhalle wagte nicht, dem Richter Paser in die Augen zu schauen.

»Ihr seid frei«, verkündete er mit gebrochener Stimme.

Der Älteste war auf bittere Vorwürfe, ja gar auf eine Anklage in aller Form gefaßt. Doch Paser begnügte sich damit, ihn unverwandt anzustarren.

»Selbstverständlich ist der Hauptanklagepunkt fallengelassen worden. Was alles übrige anbelangt, bitte ich Euch um etwas Geduld ... ich sorge dafür, daß Eure Verhältnisse wieder in Ordnung gebracht werden.«

»Und der Vorsteher der Ordnungskräfte?«

»Er leistet Euch Abbitte. Er wie ich wurden übel getäuscht ...«

»Von Neb-Amun?«

»Der Oberste Arzt ist nicht wirklich schuldig. Ein schlichtes behördliches Versehen ... Ihr wurdet Opfer eines unseligen Zusammentreffens von Umständen, mein teurer Paser. Falls Ihr Klage zu erheben wünscht ...«

»Ich werde es mir überlegen.«

»Bisweilen muß man zurückzustecken verstehen ...«

»Setzt mich unverzüglich wieder in mein Amt ein.«

*

Neferets blaue Augen glichen zwei kostbaren Edelsteinen, aus dem Herzen der Goldenen Berge im Lande der Götter erwachsen; der Türkis an ihrem Hals schützte sie vor Verwünschungen und Hexerei. Ein langes weißes Leinenträgergewand ließ ihre Gestalt noch edler erscheinen.

Schon als er sich ihr näherte, atmete Paser ihren Duft. Lotos und Jasmin verströmten von ihrer seidig glänzenden Haut. Er nahm sie in seine Arme, und sie blieben lange vereint, ohne ein Wort hervorzubringen.

»Demnach liebst du mich ein wenig?«

Sie trat einen Schritt zurück, um ihn anzuschauen.

Er war stolz, leidenschaftlich, etwas toll, gewissenhaft und unerbittlich, jung und alt zugleich, ohne oberflächliche Schönheit, nicht robust, aber tatkräftig. Jene, die ihn für schwach und wenig widerstandsfähig hielten, täuschten sich gründlich. Und trotz seines strengen Gesichts, seiner hohen, abweisend erscheinenden Stirn und seines fordernden Wesens war er dem Glück keineswegs abgeneigt.

»Ich will nie wieder von dir getrennt sein.«

Er drückte sie an sich. Das Leben hatte eine gänzlich neue Würze, kräftig wie der junge Nil. Ein Leben, das dem Tod gleichwohl so nahe war in dieser ungeheuren Totenstadt von Sakkara, durch die Paser und Neferet dann Hand in Hand gemächlich schritten. Sie wollten sich ohne Säumen in stiller Andacht vor dem Grabe Branirs sammeln, ihres ermordeten Meisters, der Neferet sein gesamtes Geheimwissen über die Heilkunst weitergegeben und Paser ermutigt hatte, die in ihm ruhende Berufung Gestalt annehmen zu lassen.

Auf dem Weg dorthin betraten sie noch die Mumifizierungswerkstätte, wo Djui gerade zu ebener Erde, den Rücken gegen die mit gebranntem Kalk getünchte Wand gelehnt, Schweinefleisch mit Linsen aß, obwohl dieses Fleisch während der heißen Jahreszeiten doch verboten war. Der nicht beschnittene Balsamierer, der abseits der Sterblichen lebte, scherte sich nicht im geringsten um solche Glaubensvorschriften; sein Gesicht bestand nur aus Länge, seine dichten schwarzen Augenbrauen wuchsen über der Nase zusammen; die dünnen Lippen wirkten blutleer, die Hände endlos lang und seine Beine gebrechlich.

Auf dem Einbalsamierungstisch lag der Leichnam eines betagten Mannes, dessen Seite er soeben mit einem Obsidianmesser eingeschnitten hatte.

»Ich kenne Euch«, sagte er, während er zu Paser aufschaute.

»Ihr seid der Richter, der über den Tod der Altgedienten Ermittlungen anstellt.«

»Habt ihr Branir einbalsamiert?«

»Das ist mein Beruf.«

»Habt Ihr nichts Ungewöhnliches festgestellt?«

»Nichts.«

»Ist irgend jemand an sein Grab gegangen?«

»Seit der Beisetzung niemand mehr. Allein der mit dem Totendienst betraute Priester ist in die Kapelle getreten.«

Paser war enttäuscht. Er hatte gehofft, der Mörder hätte, von Gewissensbissen befallen, das Verzeihen seines Opfers erfleht, um seiner Bestrafung im Jenseits zu entgehen. Aber selbst diese Bedrohung erschreckte jenen offenbar nicht.

»Hat Eure Untersuchung zu irgend etwas geführt?«

»Sie wird.«

Ungerührt grub der Balsamierer die Zähne in eine Scheibe Schweinefleisch.

*

Die Stufenpyramide beherrschte die Landschaft der Ewigkeit. Etliche Gräber waren mit Blick auf sie ausgerichtet, auf daß diese an der Unsterblichkeit des PHARAOS Djoser teilhatten, dessen gewaltiger Schatten jeden Tag die ungeheure steinerne Treppe hinauf- und hinabstieg.

Gewöhnlich bevölkerten Bildhauer, Hieroglyphenschneider und Zeichner unzählige Baustellen. Hier wurde eine Gruft ausgehoben, dort eine wiederhergestellt. In langen Reihen zogen dann Arbeiter mit Kalk- oder Granitblöcken beladene Holzschlitten, Wasserträger erquickten die Durstigen.

An diesem Festtag jedoch, an dem man Imhotep, den Baumeister der Stufenpyramide, verehrte, war die Stätte menschenleer. Paser und Neferet gingen zwischen den Reihen der Gräber hindurch, die auf die ersten Dynastien zurückgingen und die einer der Söhne Ramses' des Großen mit Sorgfalt unterhielt. Wenn der Blick sich auf die in Hieroglyphenschrift verfaßten Namen der Verstorbenen legte, ließ er sie wiedererstehen, indem er die Grenzen der Zeit aufhob. Die Macht der Worte überstieg die des Todes.

Branirs Grabstätte, nahe der Stufenpyramide gelegen, war aus schönem weißen Stein der Steinbrüche von Tura errichtet. Der Zugang zum Totenschacht, der zu den unterirdischen Gemächern führte, in denen die Mumie ruhte, war von einer riesigen Platte verschlossen worden, während die Kapelle den Lebenden weiter offenstand, die sich dort in Gesellschaft der Statue und anderer Darstellungen des Verstorbenen, die mit seiner unvergänglichen Lebenskraft behaftet waren, zu Festmahlen zusammenfinden konnten.

Der Steinschneider hatte ein herrliches Abbild von Branir geschaffen, ihn in der Erscheinung eines betagten Mannes mit heiterem offenem Blick und kräftigem Körperbau verewigt. Die wichtigste Inschrift, in waagrecht untereinander angeordneten Zeilen, hieß den Wiedererstandenen willkommen im schönen Westen; zum Ende einer ungeheuren Reise würde er zu den Seinen, seinen Brüdern, den Göttern, gelangen, sich mit Sternen nähren und sich mit dem Wasser des Urmeeres reinigen. Von seinem Herzen geleitet, würde er über die vollkommenen Wege der Ewigkeit wandeln.

Paser las mit lauter Stimme die den Gästen des Grabes gewidmeten Sprüche.

»Lebende, die Ihr auf Erden seid und an diesem Grabmal vorübergeht, die Ihr das Leben liebt und den Tod haßt, sprecht meinen Namen aus, auf daß ich lebe, sagt für mich den Opferspruch auf.«

»Ich werde den Mörder finden«, versprach Paser.

Neferet hatte von einem friedlichen Dasein, fern aller Auseinandersetzungen, Zwiespalte und allen Ehrgeizes geträumt; doch ihre Liebe war im Sturm geboren, und weder Paser noch sie selbst würden Frieden erfahren, bevor sie nicht die Wahrheit herausgefunden hätten.

*

Als die Finsternis besiegt war, ward es wieder Licht über der Erde. Bäume und Gräser grünten erneut, die Vögel flogen pfeilschnell aus ihren Nestern, die Fische sprangen aus dem Wasser, die Schiffe fuhren den Fluß hinauf und hinab. Paser und Neferet traten aus der Kapelle, deren halberhabene Bildwerke an den Wänden die ersten Strahlen der Morgenröte empfingen. Sie hatten die Nacht bei Branirs Seele zugebracht, die sie ganz nahe, mitschwingend und voll Wärme gefühlt hatten.

Niemals würden sie von ihm getrennt sein.

Da der Festtag nun zu Ende war, kehrten die Handwerker wieder auf die Stätte zurück. Priester begingen die morgendlichen Riten, um dem Andenken der Entschwundenen Ewigkeit zu verleihen. Paser und Neferet schritten den gedeckten Aufweg des Königs Unas* hinab, der auf einen Taltempel mündete, und ließen sich unter Palmen, am Rain der Ackerflächen, nieder. Ein kicherndes Mädchen brachte ihnen Datteln, frisches Brot und Milch.

»Wir könnten hier bleiben, die Missetaten, die Gerechtigkeit und die Menschen vergessen.«

»Wirst du etwa zum Träumer, Richter Paser?«

»Man hat sich meiner auf schändlichste Art und Weise entledigen wollen, und man wird auch in Zukunft nicht davon abrücken. Ist es weise, einen von vornherein verlorenen Krieg anzustrengen?«

»Für Branir, für das Wesen, das wir verehren, haben wir die Pflicht, uns zu schlagen, ohne dabei an uns selbst zu denken.«

»Ich bin bloß ein niederer Richter, den die Obrigkeit in den abgelegensten Winkel seines Gaus** zurückversetzen wird. Man wird mich mühelos zerbrechen.«

»Solltest du Angst haben?«

---

* Letzter König der 5. Dynastie.
** Größte Verwaltungseinheit des Landes, unter Führung des Gaufürsten. *(Anm. d. Übers.)*

»Es mangelt mir an Mut. Das Straflager war eine harte Prüfung.«

Sie legte ihren Kopf auf seine Schulter.

»Wir sind von nun an zusammen. Du hast nichts von deiner Kraft eingebüßt, das weiß ich, das fühle ich.«

Eine liebliche Wärme erfüllte Paser. Schmerz und Leid vergingen, die Müdigkeit verflog. Neferet war eine Zauberin.

»Einen Monat lang wirst du jeden Tag in einem Kupferbecken aufgefangenes Wasser trinken. Das ist ein wirksames Heilmittel gegen Abgespanntheit und Verzweiflung.«

»Wer sonst hat diese Falle legen können, außer der, der wußte, daß Branir bald Hoherpriester von Karnak und somit unser kostbarster Beistand werden sollte?«

»Wem hast du dies anvertraut?«

»Deinem Verfolger, dem Obersten Arzt Neb-Amun, um ihn zu beeindrucken.«

»Neb-Amun ... Neb-Amun, der den Beweis deiner Unschuld besaß und mich nötigen wollte, ihn zu heiraten!«

»Ich habe einen furchtbaren Fehler begangen. Als er von Branirs bevorstehender Ernennung erfuhr, hat er beschlossen, einen zweifachen Schlag zu führen: mich zu beseitigen und gleichzeitig dieser Schandtat zu bezichtigen.«

Auf Pasers Stirn grub sich eine Falte.

»Er ist nicht der einzig mögliche Schuldige. Als man mich festgenommen hat, begab sich Monthmose, der Vorsteher der Ordnungskräfte, höchstselbst zum Ältesten der Vorhalle.«

»Ordnungskräfte und Gerichtsbehörde im Verbrechen verbündet ...«

»In einer Verschwörung, Neferet, einer Verschwörung, die Männer mit Macht und Einfluß eint. Branir und ich wurden hinderlich, weil ich entscheidende Anhaltspunkte zusammengetragen hatte und weil er mir erlaubt hätte, meine Untersuchung zum Abschluß zu führen. Weshalb ist die Ehrenwache des Sphinx ausgelöscht worden: Das ist die Frage, auf die ich die Antwort finden muß.«

»Solltest du den Metallforscher Scheschi, der des Diebstahls

Himmlischen Eisens schuldig ist, und den treubrüchigen
Heerführer Ascher außer acht lassen?«
»Ich bin nicht imstande, eine Beziehung zwischen Verdächtigen und Missetaten herzustellen.«
»Vor allem anderen müssen wir uns Branirs Andenken widmen.«

*

Sethi hatte darauf bestanden, die Heimkehr seines Freundes
Paser würdig zu begehen, und hierfür den Richter und seine
Frau in eine ehrenhafte Schenke von Memphis geladen, wo
man toten Wein aus dem Jahre Eins von Ramses' Thronbesteigung, gebratenes Lamm von erster Güte, Gemüse mit
Tunke und unvergeßliches Feingebäck auftrug. Der unverbesserliche Spaßvogel hatte versucht, sie den Mord an Branir
für einige Stunden vergessen zu lassen.
Als er dann taumelnd und mit benebeltem Hirn zu Hause
eintraf, stieß er auf Panther. Die goldhaarige Libyerin packte
ihn jäh an den Haaren.
»Wo kommst du her?«
»Vom Straflager.«
»Halb betrunken?«
»Völlig betrunken, aber Paser ist gesund und wohlauf.«
»Und ich, sorgst du dich auch um mich?«
Er ergriff sie um die Leibesmitte, hob sie hoch und hielt sie
über seinem Kopf in die Höhe.
»Ich bin zurückgekehrt, ist das kein Wunder?«
»Ich brauche dich nicht.«
»Du lügst. Unsere Körper haben sich noch lange nicht
vollständig entdeckt.«
Er legte sie sanft aufs Bett, zog ihr das Kleid mit der Bedachtsamkeit eines alten Liebhabers aus und drang mit dem
Ungestüm eines Jünglings in sie. Sie schrie vor Wonne auf,
unfähig, sich dieses Ansturms zu erwehren, den sie so sehr
ersehnte.
Als sie sich schließlich Seite an Seite, keuchend und verzückt

erholten, legte sie die Hand auf Sethis Brust. »Ich hatte geschworen, dich während deiner Abwesenheit zu betrügen.«

»Mit vollem Erfolg?«

»Du wirst es nie erfahren. Der Zweifel wird dich leiden lassen.«

»Gib dich keiner Täuschung hin. Für mich zählt einzig der Augenblick und die Sinnesfreude.«

»Du bist ein Ungeheuer!«

»Beklagst du dich etwa darüber?«

»Wirst du Richter Paser nochmals helfen?«

»Wir haben unser Blut vermischt.«

»Ist er entschlossen, sich zu rächen?«

»Er ist Richter, und dann erst Mensch. Die Wahrheit beschäftigt ihn mehr als sein Groll.«

»Hör mir wenigstens dies eine Mal zu. Ermutige ihn nicht, und falls er doch darauf beharrt, halte dich abseits.«

»Weshalb diese Ermahnung?«

»Er wagt sich an einen zu starken Gegner heran.«

»Was weißt du darüber?«

»Nur eine Vorahnung.«

»Was verbirgst du mir?«

»Welche Frau verstünde dich zu täuschen?«

*

Das Amtszimmer des Vorstehers der Ordnungskräfte glich einem brummenden Bienenstock. Monthmose ging unablässig auf und ab, erteilte – bisweilen widersprüchliche – Befehle, trieb seine Gefolgsleute an, die Papyrusrollen, Holztafeln und selbst die winzigsten Schriftstücke, die sich seit seinem Amtsantritt angesammelt hatten, hinauszutragen. Fiebrigen Blicks kratzte Monthmose sich den kahlen Schädel und fluchte über die Langsamkeit seiner eigenen Verwaltung.

Als er auf die Straße trat, um das Beladen eines Karrens zu überprüfen, stieß er mit Richter Paser zusammen.

»Mein teurer Richter …«

»Ihr schaut mich an, als wäre ich ein Gespenst.«

»Wo denkt Ihr hin! Ich hoffe, Eure Gesundheit …«

»Das Straflager hat sie erschüttert, doch meine Gemahlin wird mich geschwind wider auf die Beine bringen. Zieht Ihr um?«

»Das Amt für Bewässerung hat eine überreichliche Nilschwelle vorausgesagt. Ich muß Vorkehrungen treffen.«

»Dieses Viertel wird nicht überschwemmt, so scheint mir.«

»Man ist nie vorsichtig genug.«

»Wo richtet ihr Euch ein?«

»Nun … bei mir zu Hause. Das ist nur für den Übergang, selbstverständlich.«

»Vor allem ungesetzlich. Ist der Älteste der Vorhalle davon unterrichtet worden?«

»Unser werter Ältester ist sehr müde. Ihn zu belästigen wäre unziemlich gewesen.«

»Solltet Ihr diese Auslagerung von Schriftstücken nicht unterbrechen?«

Monthmoses Stimme wurde näselnd und schrill.

»Ihr seid vielleicht unschuldig an dem Verbrechen, dessen man Euch bezichtigt hat, doch Euer Stand bleibt weiter ungeklärt und erlaubt Euch nicht, mir Befehle zu erteilen.«

»Das stimmt, der Eure jedoch zwingt Euch, mir zu helfen.«

Die Augen des Vorstehers der Ordnungskräfte verengten sich wie die einer Katze.

»Was wollt ihr?«

»Die Nadel aus Perlmutt untersuchen, die Branir getötet hat.«

Monthmose kratzte sich den Schädel.

»Mitten beim Umzug …«

»Dabei handelt es sich nicht um verwahrte Schriften, sondern um ein Beweisstück. Es muß sich bei dem betreffenden Vorgang befinden, zusammen mit jener Botschaft, die mich getäuscht hat, Ihr wißt schon: ›Branir ist in Gefahr, kommt rasch.‹«

»Meine Männer haben sie nicht gefunden.«

»Und die Nadel?«

»Einen Augenblick.«

Der Vorsteher der Ordnungskräfte verschwand im Gebäude. Das geschäftige Treiben beruhigte sich. Träger mit Papyri legten ihre Last auf Gestellen ab und kamen wieder zu Atem. Monthmose kehrte nach einer ganzen Weile mit düsterer Miene zurück.

»Die Nadel ist verschwunden.«

8. KAPITEL

Sobald Paser das in einer Kupferschale enthaltene Heilwasser trank, verlangte Brav seinen Anteil, ein hochbeiniger Rüde mit langem, sattsam geringeltem Schwanz, hängenden Ohren, die sich sogleich aufstellten, wenn die Fütterung nahte, und einem schönen Band aus rosenfarbenem und weißem Leder um den Hals, in dem geschrieben stand: »Brav, Gefährte des Paser«. Begierig schlabberte der Hund die wohltuende Flüssigkeit, schon bald von des Richters Esel gefolgt, der auf den lieblichen Namen Wind des Nordens hörte. Schelmin, Neferets grüne Äffin, sprang auf den Rükken des Esels, zog den Hund am Schwanz und suchte eiligst wieder Zuflucht hinter ihrer Herrin.

»Wie soll ich unter solchen Bedingungen meine Gesundheit pflegen?«

»Beklagt Euch nicht, Richter Paser. Ihr genießt das Vorrecht, im eigenen Heim und fortwährend von einer gewissenhaften Heilkundigen behandelt zu werden.«

Er küßte sie auf den Hals, genau an der Stelle, die sie schaudern ließ. Neferet brachte es übers Herz, ihn zurückzudrängen.

Paser ließ sich im Schreibersitz nieder und entrollte auf seinem Schoß einen Papyrus von beachtlicher Güte, der an die zwanzig Zentimeter in der Breite maß. Zu seiner Linken den zusammengerollten Teil, und das aufgezogene Ende zu seiner Rechten. In Anbetracht der Gewichtigkeit der Botschaft würde er die Rückseite des Schriftstücks leer belassen. Um dem Text ein erhabenes Gepräge zu verleihen, wollte er in senkrechten Zeilen schreiben, die jeweils durch einen geraden Strich voneinander getrennt wären, den er mit seiner schönsten Tinte und einem Schreibrohr ziehen würde, dessen Spitze in Vollendung zugeschnitten war.

Seine Hand zitterte nicht im mindesten.

Dem Wesir Bagi, von seiten des Richters Paser.

Mögen die Götter den Wesir beschützen, Re ihn mit seinen Strahlen erleuchten, Amun seine Rechtschaffenheit erhalten, Ptah ihm Wahrhaftigkeit gewähren. Ich hoffe, es steht mit Eurer Gesundheit zum besten, und daß Euer Wohlstand und Glück nicht schwinden. Wenn ich mich in meiner Eigenschaft als Gerichtsbeamter an Euch wende, dann nur deshalb, weil ich Euch über Sachverhalte von außerordentlicher Schwere in Kenntnis setzen möchte. So wurde ich nämlich nicht allein zu Unrecht der Ermordung von Branir dem Weisen bezichtigt und in ein Straflager für Diebe verschleppt, nun ist auch noch die Tatwaffe verschwunden, die der Vorsteher der Ordnungskräfte, Monthmose, doch in Verwahrung hatte.

Als niederer Bezirksrichter glaube ich, das verdächtige Betragen des Heerführers Ascher offenkundig gemacht und bewiesen zu haben, daß die fünf Altgedienten, die für die Ehrenwache des Sphinx abgestellt waren, beseitigt worden sind.

In meiner Person ist unser gesamtes Rechtswesen verhöhnt worden. Man hat danach getrachtet, sich meiner zu entledigen, und zwar mit tätiger Mitwisserschaft des Vorstehers der Ordnungskräfte sowie des Ältesten der Vorhalle, um eine Untersuchung niederzuschlagen und Verschwörer zu schützen, die weiterhin ein Ziel verfolgen, das sich meiner Kenntnis entzieht.

Mein persönliches Schicksal kümmert mich wenig, doch ich will den oder die Schuldigen am Tode meines Meisters ausfindig machen. Es mag mir erlaubt sein, meiner Besorgnis um das Land Ausdruck zu verleihen; falls so viele grauenhafte Todesfälle ungesühnt blieben, würden dann das Verbrechen und die Lüge nicht schon bald zur neuen Richtschnur des Volkes werden? Allein der Wesir besitzt die Fähigkeit, die Wurzeln des Übels auszumerzen. Und eben deshalb erbitte ich dessen Einschreiten, unter dem Blick der Götter und indem ich auf die Maat schwöre, daß meine Worte der Wahrheit entsprechen.

Paser setzte den Tag der Abfassung hinzu, drückte sein Petschaft auf, rollte den Papyrus zusammen, schnürte ihn und verschloß ihn mit einem Tonsiegel. Dann schrieb er seinen Namen sowie den des Empfängers darauf. In weniger als einer Stunde würde er das Schreiben dem Briefboten aushändigen, der es im Laufe des Tages im Haus des Wesirs abgeben würde.

Jäh besorgt stand der Richter auf.

»Dieser Brief kann unsere Verbannung bedeuten.«

»Bewahre Zuversicht. Das Ansehen des Wesirs Bagi ist wohlerworben.«

»Falls wir uns irren, werden wir auf ewig getrennt werden.«

»Nein, ich würde mit dir gehen.«

*

Im Gärtchen war niemand.

Weder Sethi noch Panther, der späten Stunde zum Trotz. Kurz vor Sonnenuntergang hätten die beiden Verliebten eigentlich frische Luft unter der Laube, nahe dem Brunnen, schöpfen müssen. Da die Tür des kleinen weißen Hauses offen war, trat Paser hinein.

Befremdet durchschritt er den Hauptraum. Endlich hörte er Geräusche. Sie kamen nicht aus dem Schlafgemach, sondern aus der Küche unter freiem Himmel, die auf der Rückseite der Wohnstatt lag. Ganz ohne Zweifel arbeiteten Panther und Sethi dort!

Die goldhaarige Libyerin war dabei, Butter herzustellen, unter die sie Bockshornklee und Gartenkümmel mengte und die sie ohne Zusatz von Wasser oder Salz, damit sie nicht braun würde, im kühlsten Teil des Kellergewölbes aufbewahren wollte.

Sethi bereitete Bier zu. Aus gemahlenem und geknetetem Gerstenmehl hatte er einen Teig gewalkt und diesen in kleinen, um den Ofen angeordneten Formen oberflächlich angebacken. Die so erhaltenen Brotlaibe weichten nun in vergorenem Dattelsaft und Wasser; danach mußte das Ganze

gemaischt, die Flüssigkeit hierauf abgeläutert werden und
erneut vergären, bis man sie schließlich in mit Lehm ausge-
kleidete Krüge umfüllte, was für die Aufbewahrung unerläßlich war.
Drei solcher spitz zulaufender Krüge, die von Stopfen aus
getrocknetem Nilschlamm verschlossen waren, befanden
sich bereits in den Aussparungen eines erhöht angebrachten
Brettes.
»Stürzt du dich nun ins Handwerk?« fragte Paser.
Sethi drehte sich um.
»Ich hatte dich gar nicht gehört! Ja, Panther und ich haben
beschlossen, zu Vermögen zu gelangen. Sie wird Butter her-
stellen und ich Bier.«
Erbittert stieß die Libyerin den fetten Klumpen zurück,
wischte sich die Hände an einem braunen Stück Stoff ab und
verschwand, ohne den Richter zu grüßen.
»Nimm es ihr nicht übel, sie ist leicht aufbrausend. Vergessen
wir die Butter. Zum Glück gibt es ja noch das Bier! Koste mal.«
Sethi zog den dicksten Krug aus seinem Loch, nahm den
Stopfen ab und brachte das Ausschankrohr an, das mit
einem Seiher versehen war, welcher lediglich die Flüssigkeit
durchließ und die darin schwebenden Teigteilchen zurück-
hielt.
Paser schlürfte, unterbrach sich jedoch fast im selben Augen-
blick.
»Sauer!«
»Wie, sauer? Ich habe die Anleitung wortgetreu befolgt.«
Sethi schlürfte seinerseits und spie aus.
»Ungenießbar! Ich entsage der Bierherstellung, das ist kein
Beruf für mich. Wie weit bist du?«
»Ich habe dem Wesir geschrieben.«
»Gewagt!«
»Unerläßlich.«
»Das nächste Mal wirst du das Straflager nicht überstehen.«
»Die Gerechtigkeit wird siegen.«
»Deine Gutgläubigkeit ist rührend.«
»Wesir Bagi wird handeln.«

53

»Weshalb sollte nicht auch er darein verstrickt und bestochen sein wie der Vorsteher der Ordnungskräfte und der
Älteste der Vorhalle?«

»Weil er der Wesir Bagi ist.«

»Dieses alte Stück Holz ist für jede Art von Gefühl unzugänglich.«

»Er wird den Belangen Ägyptens Vorrang einräumen.«

»Die Götter mögen dich hören!«

»Vergangene Nacht habe ich jenen grauenvollen Augenblick
wiedererlebt, als ich die in Branirs Hals steckende Nadel aus
Perlmutt erblickt habe. Ein kostbarer Gegenstand, teuer zu
erwerben, den allein eine kundige Hand zu handhaben
vermochte.«

»Eine Fährte?«

»Bloß ein Gedanke, vielleicht ohne jede Bedeutung. Würdest du einem Besuch der großen Weberei von Memphis
zustimmen?«

»Ich, mit einem Auftrag unterwegs?«

»Die Frauen dort sind sehr schön, munkelt man.«

»Hast du etwa Angst vor ihnen?«

»Die Werkstätte unterliegt nicht meiner Gerichtsbarkeit.
Monthmose würde den kleinsten falschen Schritt ausnutzen.«

*

Das Weberhandwerk, das PHARAOS alleiniger Verfügungsge-
walt unterstand, beschäftigte eine große Zahl an Männern
und Frauen. Diese arbeiteten an waagrechten Webstühlen
mit zwei Walzen zum Ab- und Aufwickeln der Kettfäden
sowie an senkrecht stehenden, die aus einem rechteckigen
Rahmen bestanden, bei denen sich die Kettenfäden von der
oberen Walze, dem Kettbaum, abwickelten und das fertige
Gewebe auf den unteren Zeugbaum gerollt wurde. Manche
dieser Stoffe überschritten zwanzig Meter in der Länge,
während ihre Breite zwischen einem Meter zwanzig und
einem Meter achtzig schwankte.

Sethi beobachtete einen Wirker, welcher, die Beine bis zur

Brust herangezogen, die Borte eines Obergewands für einen Vornehmen fertigstellte; mehr Aufmerksamkeit widmete er darauf zwei jungen Frauen, die Fasern gerösteten Flachses zwirnten und das Garn zu einem Knäuel aufwickelten. Wieder andere, nicht minder anziehende, befestigten gerade den Zettel am oberen Kettbaum eines auf den Boden gelegten Webstuhls, bevor sie die gespannten Fäden dann paarweise zu einem Fach überkreuzten. Eine Spinnerin handhabe eine Stockspindel, an der eine Holzscheibe als Schwunggewicht befestigt war, mit verblüffender Fertigkeit.

Sethi blieb nicht unbemerkt; sein längliches Gesicht, sein offener Blick, das lange schwarze Haar und sein von Gewandtheit und Kraft geprägtes Erscheinungsbild ließen wenige Frauen gleichgültig.

»Was sucht ihr hier?« fragte die Spinnerin, die dabei war, Fasern zu nässen, um einen feinen und widerstandsfähigen Faden zu erhalten.

»Ich würde mich gerne mit dem Leiter der Werkstätte unterhalten.«

»Dame Tapeni empfängt nur die vom Palast empfohlenen Besucher.«

»Macht sie niemals eine Ausnahme?« flüsterte Sethi.

Etwas verwirrt ließ die Spinnerin von ihrer Spindel ab.

»Ich werde sie fragen.«

Die Weberei war weiträumig und sauber, wie es das Haus der Arbeitsaufsicht verlangte. Das Licht drang durch rechteckige, unter dem flachen Dach eingelassene Luken herein, die Belüftung war dank der geschickten Anordnung länglicher Fenster gewährleistet. Den Winter über arbeitete man im Warmen; während des Sommers im Kühlen. Die besonders geschulten Fachkräfte erhielten nach mehreren Jahren der Lehre eine hohe Entlohnung, ohne Unterschied des Geschlechts.

Während Sethi gerade einer Weberin zulächelte, kehrte die Spinnerin zurück.

»Wollt Ihr mir bitte folgen.«

Dame Tapeni, deren Name »das Mäuschen« bedeutete, thronte in einem ungeheuren Raum, in dem Webstühle, Zettel, Garnspulen, Nadeln, Stockspindeln und andere für die Ausübung ihrer Kunst notwendige Gerätschaften gelagert waren. Die kleine, äußerst rege Frau mit schwarzem Haar, grünen Augen und dunkler Haut führte die Arbeiter mit harter Hand. Ihre scheinbare Sanftheit verbarg eine bisweilen anstrengende Herrschsucht. Doch die Waren, die aus ihrer Werkstatt kamen, waren von einer derartigen Schönheit, daß ihr keinerlei Tadel angelastet werden konnte. Die dreißigjährige Junggesellin Tapeni hatte nichts anderes als ihren Beruf im Sinn. Hausstand und Kinder erschienen ihr als Hindernisse für ihre weitere Laufbahn.

Im selben Augenblick, als sie Sethi erblickte, spürte sie so etwas wie Angst.

Angst, sich törichterweise Hals über Kopf in einen Mann zu verlieben, der bloß zu erscheinen brauchte, um zu gefallen. Doch sogleich wandelte sich die Furcht in ein anderes, ein ungemein erregendes Gefühl: den unwiderstehlichen Drang der Jägerin nach ihrer Beute. Ihre Stimme war wie eine Liebkosung.

»In welcher Weise kann ich Euch helfen?«

»Es handelt sich um eine ... persönliche Angelegenheit.«

Tapeni schickte ihre Bediensteten fort. Der Duft des Geheimnisvollen verstärkte ihre Neugierde nur noch.

»Nun sind wir allein.«

Sethi ging einmal im ganzen Raum herum und blieb vor einer Lage perlmuttener Nadeln stehen, die auf einem stoffbespannten Brettchen aufgereiht waren.

»Sie sind herrlich. Wer ist befugt, sie zu gebrauchen?«

»Sollte Euch etwa an den Geheimnissen meines Berufes gelegen sein?«

»Sie erfüllen mich mit Leidenschaft.«

»Seid Ihr Aufseher des Palastes?«

»Ihr könnt unbesorgt sein: ich suche nach einer Person, die derartige Nadeln benutzt.«

»Einer entflohenen Geliebten?«

»Wer weiß?«

»Auch Männer bedienen sich ihrer. Ich hoffe, Ihr seid nicht ...«

»Eure Befürchtungen können rasch zerstreut werden.«

»Wie heißt ihr?«

»Sethi.«

»Euer Beruf?«

»Ich reise viel.«

»Händler und ein wenig Spitzel ... Ihr seid sehr schön.«

»Ihr seid hinreißend.«

»Wirklich?«

Tapeni zog den hölzernen Schnapper zu, der als Riegel diente.

»Findet man diese Nadeln in jeder beliebigen Weberei?«

»Lediglich die größten besitzen solche.«

»Die Zahl der Benutzer ist demnach begrenzt.«

»Gewiß.«

Sie trat näher, ging um ihn herum, berührte seine Schultern.

»Du bist stark. Du dürftest dich zu schlagen wissen.«

»Ich bin ein Held. Würdet Ihr einwilligen, mir die Namen zu geben?«

»Vielleicht. Hast du es eilig?«

»Den Besitzer einer Nadel wie diese hier ausfindig zu machen ...«

»Schweig ein wenig, wir werden später darüber reden. Ich bin bereit, dir zu helfen, sofern du zärtlich, sehr zärtlich bist ...«

Sie legte ihre Lippen auf die von Sethi, der nach kurzem Zaudern genötigt war, das Angebot zu beantworten. Höflichkeit und der Sinn für Gegenseitigkeit gehörten zu den unantastbaren Werten eines fortgeschrittenen Volkes. Ein Geschenk nicht abzulehnen, gehörte unbedingt zu den Geboten von Sethis sittlicher Anschauung.

Dame Tapeni rieb das Geschlecht ihres Liebhabers mit einer Salbe aus zerstoßenen Akazienkernen und Honig ein; da diese den Samen unfruchtbar machte, würde sie sich, den

57

Lärm der Webstühle und die Beschwerden der Arbeiter vergessend, in aller Seelenruhe an diesem wundervollen männlichen Körper ergötzen können.

Für Paser Nachforschungen anzustellen, dachte Sethi, hatte auch sehr angenehme Seiten.

9. KAPITEL

Richter Paser und sein Ordnungshüter, der Nubier Kem, umarmten sich brüderlich. Der schwarze Hüne wurde von seinem Babuin begleitet, der sich mit derart forschenden Blicken umschaute, daß er die Vorübergehenden erschreckte. Zu Tränen gerührt, fuhr sich der Nubier an die künstliche Holznase, die ihm die abgeschnittene ersetzte.

»Neferet hat mir alles erzählt. Wenn ich frei bin, so habe ich das nur euch beiden zu verdanken.«

»Der Pavian hat zu überzeugen gewußt.«

»Neuigkeiten von Neb-Amun?«

»Er erholt sich in seinem Herrenhaus.«

»Sicher wird er bald wieder zum Angriff übergehen.«

»Wer zweifelte daran? Ihr müßtet Euch umsichtiger verhalten.«

»Sofern ich noch immer Richter bin. Ich habe dem Wesir geschrieben. Entweder befaßt er sich nun mit der Untersuchung und bestätigt mich in meinen Ämtern, oder er verwirft mein Ersuchen als unverschämt und unzulässig.«

Mit rotem pausbäckigem Gesicht, die Arme mit Papyri beladen, trat Gerichtsschreiber Iarrot in Pasers Amtsstube.

»Dies alles hier habe ich während Eurer Abwesenheit bearbeitet! Soll ich mich wieder daranmachen?«

»Mein zukünftiges Geschick ist mir zwar unbekannt, doch ich verabscheue unerledigte Vorgänge. Solange man es mir nicht verboten hat, werde ich mein Petschaft gebrauchen. Wie steht es um Eure Tochter?«

»Die ersten Anzeichen von Masern und eine Rauferei mit einem abscheulichen Jungen, der sie im Gesicht gekratzt hat ... Ich habe Anzeige gegen die Eltern eingereicht. Zum

59

Glück tanzt sie Tag um Tag besser. Aber meine Frau ... welch ein Drachen!«
Griesgrämig ordnete Iarrot die Papyri in die richtigen Kästchen.
»Ich werde mein Amtszimmer vor der Antwort des Wesirs nicht mehr verlassen«, bekundete Paser.
»Und ich werde mal in der Gegend von Neb-Amuns Haus umherstreifen«, bemerkte der Nubier.

*

Neferet und Paser hatten den Entschluß gefaßt, niemals in Branirs Haus zu wohnen. Dort, wo das Unglück zugeschlagen hatte, sollte niemand bleiben. Sie würden sich mit der kleinen Dienstunterkunft begnügen, die zur Hälfte mit den Unterlagen des Richters angefüllt war. Falls man sie daraus verjagte, wollten sie in den thebanischen Bezirk zurückkehren.
Neferet stand früher als Paser auf, der gerne bis tief in die Nacht arbeitete. Nachdem sie sich gewaschen und geschminkt hatte, fütterte sie den Hund, den Esel und die grüne Äffin. Brav, der an einer kleinen Entzündung an der Pfote litt, wurde mit Nilschlamm behandelt, dessen läuternde und entzündungshemmende Eigenschaften rasche Wirkung erzielten.
Die junge Frau legte ihren Beutel auf den Rücken von Wind des Nordens; mit seinem angeborenen Ortssinn führte sie der Esel durch die Gäßchen des Viertels zu den Kranken, die ihren Beistand erbeten hatten. Diese entlohnten die Heilerin, indem sie die unterschiedlichsten Nahrungsmittel in jene Körbe füllten, die der Esel mit offenkundiger Befriedigung trug. Reiche und Arme wohnten keineswegs in verschiedenen Vierteln; mit Bäumen und Büschen bepflanzte Terrassen überragten kleine Häuser aus getrockneten Lehmziegeln; gewaltige, von Gärten umgebene Herrenhäuser reichten dicht bis an belebte Gäßchen heran, in denen Tiere und Menschen unterwegs waren. Hier rief man sich

lauthals an, wurde gefeilscht und gelacht, doch Neferet hatte
kaum Zeit, den Gesprächen und den Belustigungen beizuwohnen, da sie zu einer Kranken mußte, in die die bösen
Geister der Nacht gefahren waren.

Nach drei Tagen ungewissen Ringens gelang es ihr nun endlich, das tückische Fieber aus dem Körper des jungen Mädchens zu vertreiben. Die kleine Kranke konnte wieder Am-
menmilch aus einem irdenen Gefäß in Gestalt eines Nilpfer-
des zu sich nehmen, die Bewegungen ihres Herzens waren
kräftig, die Schläge gleichmäßig. Neferet schmückte ihren
Hals mit einer Blumenkette und ihre Ohren mit leichten Ringen; das Lächeln der Genesenden war der schönste Lohn.

Als sie übermüdet heimkehrte, fand sie Sethi im Gespräch
mit Paser.

»Ich habe Dame Tapeni, die Vorsteherin der größten Weberei von Memphis, aufgesucht.«

»Mit Erfolg?«

»Sie willigt ein, mir zu helfen.«

»Eine ernstzunehmende Spur?«

»Noch nicht. Zahlreiche Personen haben derartige Nadeln
benutzen können.«

Paser senkte die Augen.

»Sag einmal, Sethi ... Ist diese Dame Tapeni hübsch?«

»Nicht unangenehm.«

»War die erste Fühlungnahme lediglich ... freundschaft-
lich?«

»Dame Tapeni ist unabhängig und liebevoll.«

Neferet salbte sich mit Duftöl und schenkte ihnen dann zu
trinken ein.

»Dieses Bier ist völlig gefahrlos«, bemerkte Paser, »was auf
dein Verhältnis mit Tapeni vielleicht nicht zutrifft.«

»Denkst du dabei an Panther? Sie wird die Erfordernisse der
Untersuchung verstehen.«

Sethi küßte Neferet auf beide Wangen.

»Ihr beide solltet nicht vergessen, daß ich ein Held bin!«

*

Denes, der reiche und allseits bekannte Warenbeförderer, liebte es, sich im Aufenthaltsraum seines prunkvollen Herrenhauses in Memphis auszuruhen. An den Wänden prangten Lotosblüten; die farbigen Fliesen am Boden stellten in einem Weiher tummelnde Fische dar. In einem Dutzend Körben auf niedrigen Beistelltischchen lagen Granatäpfel und Trauben. Wenn er von den Hafenanlagen heimkehrte, wo er das Einlaufen und Ablegen seiner Schiffe überwachte, labte er sich gerne an gesalzener Dickmilch und Wasser, das in einer irdenen Kanne kühl gehalten wurde. Auf Kissen ausgestreckt, ließ er sich von einer Dienerin walken und von seinem persönlichen Bader die Haare seines feinen weißen Bartkranzes zurechtstutzen. Doch der Warenbeförderer mit seinem eckigen, plumpen Gesicht hielt sofort inne, Befehle zu erteilen, wenn seine Gemahlin Nenophar in Erscheinung trat; die üppige und eindrucksvolle, stets nach dem neuesten Geschmack gewandte Dame besaß drei Viertel des Vermögens der Eheleute. Daher auch befand Denes es bei ihren zahlreichen Auseinandersetzungen für ratsam, ihr nachzugeben.

An diesem Nachmittag kam es zu keinem Streit. Denes hatte seine Leichenbittermiene aufgesetzt und hörte nicht einmal Nenophars flammender Rede zu, die Gift und Galle ob der Steuern, der Hitze und der Mücken spie.

Als ein Diener den Zahnheilkundler Qadasch hereinführte, stand Denes auf und umarmte ihn.

»Paser ist zurückgekehrt«, verkündete der Heiler äußerst düster.

Qadasch, ein weinerlicher Mann mit niedriger Stirn und vorspringenden Wangenknochen, rieb sich fortwährend die roten Hände wegen seines schlechten Blutkreislaufs. Auf seiner Nase standen blaurote Äderchen, die jederzeit zu platzen drohten. Sein weißes Haar war in Unordnung geraten, und er lief aufgeregt hin und her.

Er und sein Freund Denes hatten unter den Verdächtigungen des Richters leiden und dessen Angriffe erdulden müssen, ohne daß es Paser gelungen war, ihre Schuldhaftigkeit zu beweisen.

»Was ist nur geschehen? Ein amtlicher Bericht hat doch Pasers Ableben verkündet!«

»Beruhige dich«, riet ihm Denes. »Er ist zurückgekehrt, wird es jedoch nicht mehr wagen, irgend etwas gegen uns zu unternehmen. Seine Haft hat ihn gebrochen.«

»Was weißt du schon darüber?« widersprach Nenophar, die gerade dabei war, sich zu schminken, und hierfür ein Salböl aus der Vertiefung eines Löffels entnahm, dessen Stiel einen liegenden Schwarzen, die Hände hinterm Rücken gefesselt, darstellte. »Dieser kleine Richter ist ein erbitterter Mensch. Er wird sich rächen.«

»Ich fürchte ihn nicht.«

»Weil du blind bist, wie gewöhnlich!«

»Deine Stellung am Hof erlaubt uns doch, ständig über Pasers Umtriebe unterrichtet zu sein.«

Dame Nenophar, die mit großem Feuer einen Stab von Handelsvertretern leitete, welche in ihrem Auftrag ägyptische Erzeugnisse in der Fremde verkauften, hatte die Ämter einer für die Stoffe des Palastes zuständigen Kammerfrau und einer Prüferin des Schatzhauses erhalten.

»Das Räderwerk des Rechtswesens und das des Handels haben nichts miteinander gemein«, wandte sie ein. »Und wenn er bis zum Wesir vorstieße?«

»Bagi ist so steif wie unzugänglich. Er wird sich von einem ehrgeizigen Gerichtsbeamten nicht an der Nase herumführen lassen, dessen einziges Ziel darin besteht, Aufsehen zu erregen, um seine Bekanntheit zu steigern.«

Das Eintreffen des Metallkundlers Scheschi unterbrach ihr Gespräch. Klein, die Oberlippe von einem schwarzen Schnurrbart geziert, und in einem Maße verschlossen, daß er sich tagelang in Schweigen hüllte, glich er mehr seinem eigenen Schatten.

»Ich habe mich leider verspätet.«

»Paser ist wieder in Memphis!« enthüllte ihm Qadasch stammelnd.

»Ich weiß Bescheid.«

»Was meint Heerführer Ascher dazu?«

63

»Er ist so überrascht wie Ihr und ich. Wir hatten mit Freuden die Ankündigung vom Tod des niederen Richters vernommen.«

»Wer hat ihm zur Freiheit verholfen?«

»Das ist Ascher nicht bekannt.«

»Welche Maßnahmen gedenkt er zu ergreifen?«

»Es war mir nicht vergönnt, von ihm ins Vertrauen gezogen zu werden.«

»Wie steht es um die Bewaffnungsvorhaben?« wollte Denes wissen.

»Sie gehen ihren Gang.«

»Irgendein Feldzug in Aussicht?«

»Der Libyer Adafi hat einige Unruhen in der Nähe von Byblos geschürt, doch die dortigen Ordnungskräfte haben genügt, den Aufruhr der beiden Dörfer zu ersticken.«

»Ascher behält also weiter PHARAOS Vertrauen.«

»Solange seine Schuld nicht bewiesen ist, kann der König wohl kaum einen Helden absetzen, den er höchstselbst ausgezeichnet und zum Vorsteher der Ausbilder seines Asien-Heeres benannt hat.«

Nenophar legte sich eine Amethystkette um den Hals.

»Der Krieg und die Geschäfte vertragen sich häufig gut miteinander. Falls Ascher einen Feldzug gegen Syrien oder gegen Libyen ins Auge faßt, müßt ihr mich unverzüglich benachrichtigen. Och werde meine Handelswege dementsprechend ändern und mich Euch gegenüber großzügig zu zeigen wissen.«

Scheschi verbeugte sich.

»Ihr vergeßt Paser!« begehrte Qadasch auf.

»Ein einsamer Mann gegen Kräfte, die ihn zermalmen werden«, höhnte Denes. »Spinnen wir unser Netz weiter.«

»Und wenn er alles durchschaut?«

»Lassen wir Neb-Amun handeln. Ist unser glänzender Oberster Arzt nicht als erster betroffen?«

*

Neb-Amun nahm am Tage ungefähr zehn heiße Bäder in einer großen Wanne aus rosenfarbenem Granit, in die seine Diener eine wohlduftende Flüssigkeit gossen. Dann salbte er sich die Hoden mit einem schmerzstillenden Balsam, der nach und nach seine Qual linderte.

Der verfluchte Babuin von diesem Kem, diesem nubischen Ordnungshüter, hatte ihm seine Männlichkeit beinahe abgerissen. Zwei Tage nach dem Überfall hatte eine Schar Pickel die zarte Haut des Hodensacks befallen. Da er eine Vereiterung befürchtete, hatte der Oberste Arzt sämtliche Eingriffe abgesagt, die alternden Damen des Hofes zum Erhalt ihrer Schönheit versprochen waren, und sich zur Pflege in das schönste seiner Herrenhäuser zurückgezogen.

Je mehr er Paser haßte, desto mehr liebte er Neferet. Gewiß, sie hatte ihn zum Narren gehalten, doch er hegte deswegen keinen Groll gegen sie. Ohne diesen mittelmäßigen, in seiner Halsstarrigkeit unheilvollen Richter wäre die junge Frau ihm erlegen und seine Gemahlin geworden.

Neb-Amun war noch nie gescheitert. Er litt bis ins Mark an dieser unerträglichen Schmach.

Der beste Verbündete von Neb-Amun war immer noch Monthmose. Die Stellung des Vorstehers der Ordnungskräfte, der die Botschaft, die Paser zu seinem Meister locken sollte, sowie die Tatwaffe vernichtet hatte, wurde aber im höchsten Maße heikel. Eine scharfe Untersuchung würde zumindest seine Unfähigkeit beweisen. Monthmose, der sich sein ganzes Leben lang in Ränken geübt hatte, um sein Amt zu erhalten, würde eine Absetzung nicht ertragen.

Demnach war noch nicht alles verloren.

*

Heerführer Ascher leitete in eigener Person die Übung der Einsatztruppen, die, sobald sie den Befehl erhielten, gen Asien ziehen würden. Der kleinwüchsige Mann mit dem Gesicht eines Nagers, kurz geschorenem Haupthaar und von schwarzen Borsten bedeckten Schultern, kurzen Beinen und einer von einer Narbe gezierten Brust, fand wahren Gefallen daran, diese Krieger leiden zu sehen, die, Säcke voller Steine auf den Rücken, gezwungen waren, in Sand und Staub zu kriechen und sich gegen mit Messern bewaffnete Angreifer zu verteidigen. Die Hauptleute genossen keinerlei Vorrechte; auch sie mußten ihre Leibestüchtigkeit unter Beweis stellen.

»Was denkt Ihr über diese zukünftigen Helden, Monthmose?«

Der Vorsteher der Ordnungskräfte, den sein wollener Überwurf kurzhalsig erscheinen ließ, vertrug die Frische der Morgendämmerung nur schlecht.

»Meinen Glückwunsch, Heerführer.«

»Die eine Hälfte dieser Trottel ist für den Dienst untauglich, und die andere ist kaum mehr wert! Unsere Streitkräfte sind zu reich und zu faul. Wir haben den Geschmack am Sieg verloren.«

Monthmose nieste.

»Habt Ihr Euch etwa erkältet?«

»Die Sorgen, die Erschöpfung ...«

»Richter Paser?«

»Eure Hilfe wäre mir kostbar, Heerführer.«

»In Ägypten ist das Rechtswesen für jedermann unantastbar. In anderen Ländern besäßen wir mehr Freiheiten.«

»Ein Bericht bekräftigte doch, er sei in Asien verstorben ...«

»Ein schlichtes Versehen der Verwaltung, für das ich nicht verantwortlich bin. Das Gerichtsverfahren, das Paser gegen mich anstrengte, hat kein Ergebnis gebracht, und ich bin in meinen Ämtern belassen worden. Alles übrige ist mir einerlei.«

»Ihr solltet umsichtiger sein.«

»Ist dieser niedere Richter nicht abgesetzt worden?«

»Die gegen ihn vorgebrachten Anklagepunkte wurden fallengelassen. Könnten wir nicht gemeinsam ... eine Lösung erwägen?«

»Ihr seid Ordnungshüter, ich bin Krieger. Vermengen wir die Dinge nicht.«

»Für unsere jeweiligen Belange ...«

»Meine Belange bestehen darin, mich soweit als möglich von diesem Richter fernzuhalten. Auf später, Monthmose; meine Krieger warten auf mich.«

10. KAPITEL

Die Hyäne durchstreifte die südliche Vorstadt, stieß ihr unheilvolles Geheul aus, lief die Böschung hinunter und stillte ihren Durst im Kanal. Kinder kreischten verängstigt auf. Ihre Mütter zogen sie in die Häuser und warfen die Türen zu. Niemand wagte sich an das riesige, sich seiner Kraft bewußte Tier heran. Selbst die erfahrenen Jäger unternahmen keinen Versuch, sich ihm zu nähern. Erquickt kehrte die Hyäne wieder in die Wüste zurück.

Jeder entsann sich der uralten Weissagung: Wenn die wilden Tiere dereinst am Flusse trinken, wird das Unrecht herrschen und das Glück das Land fliehen.

Das Volk murrte, und seine tausendfach von einem Viertel zum anderen wiederholte Klage gelangte bis zu den Ohren von Ramses dem Großen. Das Unsichtbare begann zu sprechen; indem es sich in einer Hyäne verkörperte, stellte es den König in den Augen des Landes bloß. Überall sorgte man sich wegen des schlechten Vorzeichens, und man machte sich Gedanken über die Rechtmäßigkeit der Herrschaft.

Bald würde PHARAO handeln müssen.

*

Neferet fegte das Zimmer mit einem kurzen Handbesen aus; auf den Knien liegend, hielt sie den starren Stiel mit fester Hand und wedelte geschmeidig die langen, zu Strähnen zusammengebundenen Binsenfasern hin und her.

»Die Antwort des Wesirs kommt und kommt nicht«, bemerkte Paser, der auf einem Hocker saß.

Neferet legte ihren Kopf in den Schoß des Richters.

»Weshalb quälst du dich ohne Unterlaß? Die Unruhe frißt an dir und schwächt dich.«

»Was wird Neb-Amun gegen dich unternehmen?«

»Wirst du mich denn nicht beschützen?«

Er streichelte ihr übers Haar.

»Alles, was ich mir wünsche, das finde ich bei dir. Wie schön diese Stunde doch ist! Wenn ich an deiner Seite schlafe, durchströmt mich eine Ewigkeit an Glück. Dadurch, daß du mich liebst, hast du mein Herz emporgehoben. Du bist in ihm, du füllst es mit deiner Gegenwart aus. Sei niemals fern von mir. Wenn ich dich ansehe, brauchen meine Augen kein anderes Licht mehr.«

Ihre Lippen vereinten sich, mit der Sanftheit einer ersten Liebeserregung.

An jenem Morgen stieg Paser mit großer Verspätung in sein Amtszimmer hinab.

*

Als Neferet sich gerade anschickte, zu ihren Krankenbesuchen aufzubrechen, kam eine junge Frau völlig atemlos auf sie zugelaufen.

»Wartet, ich bitte Euch!« flehte Silkis, die Gattin des hohen Beamten Bel-ter-an.

Der Esel, der bereits den Heilmittelbeutel trug, schien einverstanden, noch etwas zu warten.

»Mein Gemahl würde den Richter Paser gerne dringend sehen.«

Bel-ter-an, Hersteller und Verkäufer von Papyrus, war wegen seiner Fähigkeiten als Wirtschafter aufgefallen, darauf in den Rang eines Schatzmeisters der Kornhäuser und schließlich in den eines stellvertretenden Vorstehers des Schatzhauses erhoben worden. Da Paser ihm zu einer heiklen Zeit beigestanden hatte, brachte Bel-ter-an diesem große Dankbarkeit und Freundschaft entgegen. Silkis, die weit jünger war als er, hatte Neb-Amuns Dienste in Anspruch genommen, dem es gelungen war, ihr Gesicht und ihre kräftigen Hüften schlanker zu machen. Bel-ter-an legte Wert darauf, sich an der Seite einer Gemahlin zu zeigen, die den schönsten Damen Ägyptens ebenbürtig, und sei es um den Preis eines Eingriffs. Mit ihrer reinen Haut und den nun feineren Zügen glich Silkis einer Heranwachsenden mit reifen Formen.

»Falls er zustimmte, mit mir zu kommen, würde ich ihn zum Verwaltungssitz des Schatzhauses bringen, wo Bel-ter-an ihn empfangen könnte, bevor er ins Delta aufbricht. Zuvor jedoch würde ich gerne in den Genuß Eurer Behandlung kommen.«

»Woran leidet Ihr?«

»An entsetzlichen Kopfschmerzen.«

»Was eßt Ihr zunächst?«

»Viel Süßes, das gestehe ich ein. Ich mag Feigensaft leidenschaftlich, schwärme für Granatapfelsaft und tränke mein Feingebäck mit Karobesaft.«

»Wie steht es mit Gemüse?«

»Das mag ich weniger.«

»Mehr Gemüse, weniger Leckereien. Eure Kopfschmerzen müßten sich dann legen. Örtlich werdet Ihr eine Salbe auftragen.«

Neferet verordnete ihr ein Heilmittel aus Schilfstengel, Wacholder, Piniensaft, Lorbeerfrüchten und Terebinthenharz, das Ganze zerstoßen, zermahlen und unter Fett gerührt.

»Mein Gemahl wird es Euch reichlich entgelten.«

»Wie Ihr beliebt.«

»Würdet Ihr einwilligen, unsere Ärztin zu werden?«

»Wenn mein Heilverfahren Euch behagt, warum nicht?«

»Mein Gatte und ich wären sehr erfreut darüber. Darf ich den Richter mitnehmen?«

»Sofern Ihr ihn nicht verliert.«

*

Je schneller Bel-ter-an arbeitete, desto häufiger vertraute man ihm schwierige und heikle Vorgänge an. Sein außergewöhnliches Gedächtnis für Zahlen und seine Fähigkeit, mit verblüffender Geschwindigkeit zu rechnen, machten ihn unersetzbar. Einige Wochen nach seinem Aufstieg in den Kreis der hohen Beamten des Schatzhauses kam er in den Genuß einer weiteren Beförderung und wurde zu einem der engsten Gefolgsmänner des Vorstehers vom Hause des Goldes und des Silbers, welcher für die Einnahmen und Ausgaben des Landes verantwortlich war. Man geizte nicht mit Lob über ihn; genau, schnell, planvoll und geradezu arbeitswütig, schlief er wenig, war er der erste, der in den Amtsräumen des Schatzhauses eintraf, und der letzte, der ging. Manch einer verhieß ihm eine überwältigende Laufbahn.

Bel-ter-an war von drei Schreibern umringt, denen er seinen amtlichen Schriftwechsel ansagte, als seine Gemahlin Paser hereinführte. Er umarmte ihn überschwenglich, beendete seine augenblickliche Arbeit, entließ die Schreiber und bat seine Frau, ihm ein reichhaltiges Mittagsmahl zu bereiten.

»Wir haben zwar einen Koch, aber Silkis ist peinlichst auf die Güte der Erzeugnisse bedacht. Ihre Meinung ist entscheidend.«

»Ihr scheint sehr beschäftigt.«

»Ich hätte mir nicht vorgestellt, daß meine neuen Obliegenheiten derart erhebend wären. Doch sprechen wir lieber von Euch!«

Bel-ter-an, der das pechschwarze Haar mittels eines duftenden Salböls auf dem runden Schädel geglättet trug, besaß einen schweren Knochenbau sowie fleischige Hände und Füße. Er sprach sehr schnell, war unablässig in Bewegung und schien, von zehn Vorhaben und tausend Sorgen getrieben, gänzlich außerstande, auch nur einen Augenblick der Ruhe zu genießen.

»Ihr habt einen wahren Leidensweg durchgestanden. Ich bin erst sehr spät davon unterrichtet worden und konnte in keinster Weise einschreiten.«

»Ich mache Euch deswegen keinen Vorwurf. Nur Sethi konnte mich aus dieser üblen Lage befreien.«

»Und wer sind die Schuldigen, Eurer Meinung nach?«

»Der Älteste der Vorhalle, Monthmose und Neb-Amun.«

»Der Älteste wird zurücktreten müssen. Der Fall Monthmose ist schon heikler; er wird schwören, getäuscht worden zu sein. Was Neb-Amun anlangt, verschanzt er sich zur Zeit in seinem Anwesen, doch er ist nicht der Mann, der leicht aufgibt. Vergeßt Ihr nicht auch den Heerführer Ascher? Er haßt Euch. Während der Verhandlung hätte er beinahe Euer Ansehen zugrunde gerichtet. Ist nicht er es, der insgeheim die Fäden zieht?«

»Ich habe dem Wesir geschrieben und ihn gebeten, die Ermittlungen weiterzuführen.«

»Ausgezeichneter Einfall.«

»Er hat noch nicht geantwortet.«

»Ich bin zuversichtlich. Bagi wird niemals dulden, die Gerechtigkeit dermaßen verhöhnt zu sehen. Wenn Eure Feinde sich gegen Euch vorwagen, werden sie es mit ihm zu tun bekommen.«

»Selbst wenn er mir den Vorgang entzieht, selbst wenn ich nicht mehr Richter bin, werde ich Branirs Mörder dingfest machen. Ich fühle mich für seinen Tod verantwortlich.«

»Wie kommt ihr denn zu solchen Gedanken?«

»Ich bin zu geschwätzig gewesen.«

»Quält Euch doch nicht so.«

»Mich des Mordes an ihm zu bezichtigen war der grausamste Schlag, den man mir versetzen konnte.«

»Sie sind gescheitert, Paser! Ich legte Wert darauf, Euch zu sehen, um Euch meiner Unterstützung zu versichern. Wie auch immer die zukünftigen Prüfungen aussehen mögen, ich bin mit Euch. Solltet Ihr nicht den Wunsch hegen umzuziehen, eine etwas großzügigere Behausung zu bewohnen?«

»Ich warte erst die Antwort des Wesirs ab.«

*

Selbst im Schlaf blieb Kem stets auf der Hut. Aus den in den fernen Landstrichen Nubiens zugebrachten Jahren seiner Kindheit und seiner Jugend hatte er sich das Gespür des

Jägers bewahrt. Wie viele seiner Genossen waren, sich ihrer selbst zu sicher, in der Grassteppe ums Leben gekommen, von den Krallen eines Löwen zerfleischt.

Der Nubier wachte mit einem Schlage auf und betastete seine hölzerne Nase; manchmal träumte ihm, das leblose Gebilde verwandele sich in pochendes Fleisch. Doch dies war nicht der Zeitpunkt für Wunschbilder; mehrere Männer klommen die Stiege hinauf. Auch der Babuin hatte die Augen geöffnet. Kem lebte von Bögen, Schwertern, Dolchen und Schilden umgeben; daher war er im Nu gewappnet, während zwei Ordnungshüter die Tür der Unterkunft einrammten. Er schlug den ersten nieder, der Pavian den zweiten; doch zwanzig Angreifer folgten ihnen auf dem Fuße.

»Flieh!« befahl der Nubier seinem Affen.

Der Babuin schenkte ihm einen Blick, in dem sich Verdruß und das Versprechen baldiger Rache mischten. Der Horde durch ein Fenster entwischend, sprang er auf das Dach des Nachbarhauses und verschwand.

Kem, der unter Einsatz aller Kräfte kämpfte, war schwer zu bezwingen; auf den Rücken geworfen und geknebelt, sah er Monthmose eintreten.

Der Vorsteher der Ordnungskräfte höchstselbst legte ihm eine Handschelle in Form einer hohlen Mandel um die gefesselten Gelenke.

»Endlich«, sagte er lächelnd, »haben wir den Mörder gefaßt.«

*

Panther zerstieß Splitter von Saphir, Smaragd, Topas und Blutstein, ließ das so gewonnene Pulver durch ein feines Sieb aus Binse rieseln, schüttete es dann in einen Kessel, unter dem sie mit Sykomorenholz ein Feuer anfachte. Sie fügte ein wenig Terebinthenharz hinzu, um eine kostbare Salbe zu erhalten, aus der sie einen Kegel gestalten würde; damit wollte sie Perücken, Haare und Hauben einfetten und sich den ganzen Körper beduften.

Sethi überraschte die goldhaarige Libyerin, als sie sich über das Gemisch beugte.

»Du kostest mich ein Vermögen, du Luder, und ich habe noch keine Möglichkeit gefunden, zu Reichtum zu gelangen. Ich kann dich nicht einmal mehr als Sklavin verkaufen.«

»Du hast mit einer Ägypterin geschlafen.«

»Woher weißt du das?«

»Ich rieche es. Ihr Geruch besudelt dich.«

»Paser hat mir eine knifflige Nachforschung anvertraut.«

»Paser, immer dieser Paser! Hat er dir befohlen, mich zu betrügen?«

»Ich habe mich mit einer bemerkenswerten Frau unterhalten, der die größte Weberei der Stadt untersteht.«

»Was ist so ... bemerkenswert an ihr? Ihr Hintern, ihr Geschlecht, ihre Brüste, ihr ...«

»Sei nicht so unflätig.«

Panther stürzte sich auf ihren Liebhaber mit einer solchen Heftigkeit, daß sie ihn gegen die Wand preßte und ihm den Atem nahm.

»Ist es in deinem Land etwa kein Verbrechen, untreu zu sein?«

»Wir sind nicht vermählt.«

»Aber gewiß doch, da wir ja unter einem Dach leben!«

»Wegen deiner Herkunft bedürften wir eines Vertrages. Ich verabscheue Schriftkram.«

»Wenn du sie nicht augenblicklich verläßt, töte ich dich!«

Sethi kehrte die Lage um. Nun wurde die Libyerin gegen die Wand gepreßt.

»Hör mir genau zu, Panther. Niemand hat mir jemals mein Verhalten vorgeschrieben. Falls ich eine andere heiraten müßte, um meine Pflichten als Freund zu erfüllen, würde ich es tun. Entweder du begreifst das, oder du gehst.«

Ihre Augen weiteten sich, doch es zeigte sich keine Träne. Sie würde ihn töten, das war sicher.

*

Paser wollte gerade mit seiner schönsten Schrift eine zweite Botschaft für den Wesir abfassen, um den Ernst der Lage deutlicher zu unterstreichen und ein dringliches Einschreiten von seiten des Ersten Gerichtsbeamten Ägyptens zu erbitten, als der Vorsteher der Ordnungskräfte unversehens in sein Arbeitszimmer trat.

Monthmose machte ein erfreutes Gesicht.

»Richter Paser, ich verdiene Eure Glückwünsche!«

»Aus welchem Grund?«

»Ich habe Branirs Mörder festgesetzt.«

Ohne die gemessene Haltung des Schreibers aufzugeben, sah Paser Monthmose scharf an.

»Die Angelegenheit ist zu ernst, als daß sie sich für Scherze eignete.«

»Ich scherze nicht.«

»Sein Name?«

»Kem, Euer nubischer Ordnungshüter.«

»Hanebüchen.«

»Dieser Mann ist ein Rohling! Entsinnt Euch seiner Vergangenheit. Er hat bereits getötet.«

»Eure Anschuldigungen sind äußerst schwerwiegend. Auf welchen Beweis stützt Ihr Euch?«

»Einen Augenzeugen.«

»Er möge vor mir erscheinen.«

Monthmose wirkte plötzlich verlegen.

»Das ist leider unmöglich und vor allem unnötig.«

»Unnötig?«

»Das Gerichtsverfahren wurde bereits durchgeführt und der Spruch gefällt.«

Sprachlos stand Paser auf.

»Ich verfüge über ein vom Ältesten der Vorhalle unterzeichnetes Schriftstück.«

Der Richter las den Papyrus. Zum Tode verurteilt, war Kem in einem Verlies des Großen Gefängnisses eingekerkert worden.

»Der Name des Zeugen taucht nicht auf.«

»Das ist ohne Bedeutung ... Er hat Kem Branir töten sehen und hat dies unter Eid bezeugt.«

75

»Wer ist es?«

»Vergeßt ihn. Der Mörder wird bestraft, das ist das Wesentliche.«

»Ihr verliert Eure Kaltblütigkeit, Monthmose! Ehedem hättet Ihr es nicht einmal gewagt, mir ein derart jämmerliches Schriftstück vorzulegen!«

»Ich verstehe nicht . . .«

»Die Verurteilung ist in Abwesenheit des Beklagten ergangen. Diese Unrechtmäßigkeit zieht die Aufhebung des Verfahrens mit sich.«

»Ich bringe Euch den Kopf des Schuldigen, und Ihr erzählt mir von Paragraphen!«

»Von Gerechtigkeit«, berichtigte Paser.

»Seid doch ein einziges Mal verständig! Manche Bedenken führen zu nichts.«

»Kems Schuld ist nicht bewiesen.«

»Was kümmert es. Wer wird einen verstümmelten Schwarzen und Gesetzesbrecher vermissen?«

Wenn Paser nicht die Würde seines Richteramtes zu tragen gehabt hätte, hätte er die Gewalt, die in ihm aufflammte, nicht bezähmt.

»Ich kenne das Leben besser als Ihr«, fuhr Monthmose fort. »Manchmal sind Opfer notwendig. Euer Amt verpflichtet Euch, zuerst an das Reich, sein Wohlbefinden und seine Sicherheit zu denken.«

»Sollte Kem diese bedrohen?«

»Weder Euch noch mir gereicht es zum Nutzen, gewisse Schleier zu lüften. Osiris wird Branir in den Gefilden der Gerechten aufnehmen, und die Missetat wird bestraft werden. Was wünscht Ihr mehr?«

»Die Wahrheit, Monthmose.«

»Schierer Wahn!«

»Ohne sie würde Ägypten sterben.«

»Ihr seid es, der verschwinden wird, Paser.«

*

Kem fürchtete den Tod nicht, doch er litt unter der Abwesenheit seines Babuins. Nach so vielen Jahren gemeinsamer Arbeit schien er eines Bruders beraubt; es war ihm nun verwehrt, mit diesem verschwörerische Blicke zu tauschen und auf sein Gespür zu vertrauen. Gleichwohl war er froh, ihn in Freiheit zu wissen. Er selbst war in einer Art Kellergewölbe mit niedriger Decke eingesperrt, in dem eine erstickende Hitze herrschte. Kein Gerichtsverfahren, eine standrechtliche Verurteilung und eine kurze und bündige Hinrichtung: Diesmal würde er seinen Feinden nicht entrinnen können. Paser würde keine Zeit zum Einschreiten haben und konnte lediglich das Verschwinden des Nubiers beklagen, das Monthmose als Unfall verschleiern würde.

Kem empfand keinerlei Wertschätzung für die menschliche Gattung. Er betrachtete sie als verderbt, niederträchtig und heimtückisch, gerade noch tauglich, als Fraß für jenes Ungeheuer zu dienen, das neben der Waage des Letzten Gerichts die Verdammten verschlang. Einer der wenigen Glücksfälle seines Lebens war es, Paser kennengelernt zu haben; durch sein Verhalten bezeugte er das Vorhandensein einer Gerechtigkeit, an die Kem seit langem schon nicht mehr glaubte. Mit Neferet, seiner Gefährtin in Ewigkeit, nahm Paser einen von vornherein verlorenen Kampf auf, ohne sich um sein eigenes Schicksal zu sorgen. Der Nubier hätte ihm liebend gerne bis zum Ende geholfen, bis zum endgültigen Untergang, da die Lüge wie gewöhnlich den Sieg davontragen würde.

Die Tür seines Verlieses öffnete sich.

Der Nubier stand auf und wölbte die Brust vor. Er würde dem Henker keinesfalls das Erscheinungsbild eines bezwungenen Mannes bieten. Mit einem Hüftschwung trat er aus seinem Gefängnis, indem er den zu ihm ausgestreckten Arm zu Seite stieß. Von der Sonne geblendet, glaubte er, seine Augen würden ihn trügen.

»Das ist doch nicht . . .«

Paser schnitt den Strick durch, der Kems Handgelenke fesselte.

»Ich habe die Anklageschrift wegen zahlreicher Unrecht-
mäßigkeiten niedergeschmettert. Ihr seid frei.«
Der Hüne schloß den Richter in seine Arme, daß er ihn
beinahe erdrückte.
»Habt Ihr denn nicht schon genug Ärger? Ihr hättet mich in
diesem Mauseloch vergessen sollen.«
»Sollte die Einkerkerung Eure Geistesgaben beeinträchtigt
haben?«
»Und mein Affe?«
»Auf der Flucht.«
»Er wird zurückkommen.«
»Er ist ebenfalls entlastet. Der Älteste der Vorhalle hat die
Stichhaltigkeit meiner Einsprüche anerkannt und den Vor-
steher der Ordnungskräfte bloßgestellt.«
»Ich werde Monthmose den Hals umdrehen.«
»Ihr würdet Euch eines Mordes schuldig machen. Wir haben
Besseres zu tun, vor allem, den geheimnisvollen Augenzeu-
gen herauszufinden, der Ursache für Eure Festnahme war.«
Der Nubier hob die geballten Fäuste gen Himmel.
»Den, den sollt Ihr mir lassen!«
Der Richter antwortete nicht. Kem fühlte sich von einer
grimmigen Freude beseelt, als er seinen Bogen, seine Pfeile,
seinen Knüttel und seinen mit Ochsenleder überzogenen
Holzschild wiederfand.
»Der Babuin ist ein Töter«, fügte er hinzu. »Ihn wird kein
Gesetz aufhalten.«

*

Vor Cheops' geplündertem Sarkophag sammelte sich Ramses der Große mit zugeschnürter Kehle und schmerzender
Brust. Der mächtigste Mann des Erdenrunds war zum Sklaven einer Bande von Mördern und Dieben geworden. Indem
diese sich der Heiligen Sinnbilder des Pharaonentums bemächtigt und ihn des Beweises der von den Göttern gewoll-
ten übersinnlichen Macht beraubt hatten, entäußerten sie
ihn der Rechtmäßigkeit seiner Herrschaft und nötigten ihn,

früher oder später zugunsten eines Ränkeschmieds abzudanken, der das seit so vielen Dynastien in Angriff genommene Werk zerstören würde.

Es war nicht allein seine Person, die diese Verbrecher zu vernichten trachteten, sondern auch die vollkommene Reichsführung und die althergebrachten Werte, die er verkörperte. Falls Ägypter unter den Schuldigen zu finden waren, hatten sie nicht allein gehandelt; Libyer, Hethiter oder Syrer hatten ihnen wohl das unseligste aller Vorhaben eingegeben, um Ägypten von seinem Sockel zu stürzen und es den fremden Einflüssen in einem Maße zu öffnen, daß es in deren Abhängigkeit fiele.

Von PHARAO zu PHARAO war das Testament der Götter weitergegeben und unversehrt bewahrt worden. Heute nun hatten unreine Hände es in Besitz, und dämonische Hirne bedienten sich seiner. Lange Zeit hatte Ramses gehofft, der Himmel würde ihn behüten und dem Volke bliebe das Verhängnis verborgen, bis er eine Lösung gefunden hätte.

Doch der Stern des großen Herrschers begann zu erblassen. Die nächste Nilschwelle würde unzureichend ausfallen. Gewiß, die Vorräte der königlichen Kornspeicher würden die am stärksten benachteiligten Gaue nähren, und kein Ägypter müßte Hungers sterben. Doch die Bauern wären gezwungen, ihre Äcker zu verlassen, und man würde munkeln, der König besäße nicht mehr die Fähigkeit, das Unheil abzuwehren, sofern er nicht ein Verjüngungsfest beginge, bei dem Götter und Göttinnen ihm neue Kraft einflößen würden. Eine Kraft indes, die einzig dem Inhaber jenes Testamentes vorbehalten war, das die Rechtmäßigkeit seiner Herrschaft bewies.

Ramses der Große betete flehentlich das Licht an, dessen Sohn er war; er würde sich nicht kampflos ergeben.

11. KAPITEL

Den Holzstiel seines Rasiermessers fest in der Hand, führte der Bader die kupferne Klinge über die Wangen, das Kinn und den Hals von Richter Paser, welcher vor seiner Wohnstatt auf einem Hocker neben Wind des Nordens saß, der das Schauspiel gelassenen Blicks verfolgte, während Brav zwischen den Beinen des Esels seelenruhig schlief.

Wie alle Bader war auch dieser geschwätzig.

»Wenn Ihr Euch so fein herausputzt, dann hat man Euch sicher in den Palast bestellt.«

»Wie könnte man Euch das verbergen?« Paser ließ unerwähnt, daß er soeben eine äußerst knappe Antwort des Wesirs erhalten hatte, die ihn unverzüglich aufforderte, an diesem schönen Sommermorgen bei ihm zu erscheinen.

»Eine Beförderung?«

»Recht unwahrscheinlich.«

»Mögen die Götter Euch gewogen sein! Allerdings ist ein guter Richter ja ihr Verbündeter.«

»Das wäre in der Tat von Vorteil.«

Der Bader tauchte seine Klinge in einen langstieligen Kelch, der mit Natron versetztes Wasser enthielt. Er trat einen Schritt zurück, betrachtete sein Werk und schor dann die letzten widerspenstigen Haare unterm Kinn.

»Pharaos Ausrufer haben in den letzten Tagen sonderbare Erlasse verbreitet; weshalb legt Ramses der Große solchen Wert darauf zu bekräftigen, daß er das einzige Bollwerk gegen Unheil und Umwälzungen sei? Im ganzen Land zweifelt niemand daran. Nun ja, niemand ... Man munkelt dennoch, seine Macht nehme ab. Die Hyäne, die im Fluß trinkt, die schlechte Nilschwelle, die Regenfälle im Delta zu dieser Jahreszeit ... Das alles sind greifbare Zeichen der Unzufriedenheit der Götter. Manche meinen, Ramses sollte ein Erneuerungsfest begehen, um wieder in den Vollbesitz seiner überirdischen Kräfte zu gelangen. Das wäre herrlich! Vierzehn Tage Erholung, freie Ausgabe von Nahrungsmitteln, Bier nach Belieben, Tänzerinnen in den Gassen ... Während der König im Tempel mit den Gottheiten eingeschlossen wäre, würden wir es uns gutgehen lassen!«

Die pharaonischen Erlasse hatten auch Paser stutzig gemacht. Welchen heimlichen Widersacher fürchtete Ramses? Er hatte das Gefühl, der Herrscher befände sich in Abwehrhaltung, ohne den sichtbaren oder unsichtbaren Feind zu nennen, den er bekämpfte. Indes lag Ägypten weiter in Frieden; es gab kein Anzeichen irgendeiner inneren Zerrüttung, mit Ausnahme dieser rätselhaften Verschwörung, die Paser, zumindest teilweise, aufgedeckt hatte. Doch in welcher Weise brachte der Diebstahl des Himmlischen Eisens PHARAOS Thron in Gefahr?

Blieb noch Heerführer Ascher, den Sethis Aussage als Verräter und Bundesgenossen der Asiaten darstellte, welche stets bereitstanden, Ägypten, das Land allen Reichtums, einzunehmen. Wenn er auch eines der höchsten Ämter innerhalb der Streitkräfte bekleidete, würde er denn tatsächlich so weit gehen, Truppen gegen den Herrscher aufzuwiegeln? Diese Annahme schien sehr unwahrscheinlich. Der Treubrüchige strebte nach persönlichen Vorteilen und nicht nach der Bürde einer Regentschaft, die auszufüllen er unfähig wäre.

Seit der Ermordung seines Meisters Branir verlor Paser den Boden unter den Füßen. All sein Grübeln führte ins Leere, er fühlte sich hin- und hergeworfen wie die Last eines Esels. Ihm, der eine hieb- und stichfeste Klageschrift gegen Heerführer Ascher und seine möglichen Helfershelfer erstellt hatte, mangelte es an Klarsicht, so besessen war er von dem gemarterten Antlitz des verehrten Menschen, dessen Leben man ausgelöscht hatte.

»Ihr seht vortrefflich aus«, fand der Bader. »Erwähnt mich doch bitte im Palast; ich würde liebend gerne einigen Vornehmen den Bart scheren.«

81

Der Richter nickte.

Nun musterte auch Neferet ihn von oben bis unten.

Sorgfältig gekämmt, gewaschen, mit Duftöl gesalbt und ein
Schurz von strahlendem Weiß: Die Begutachtung bot keinen
Anlaß zu Tadel.

»Bist du bereit?« fragte sie ihn.

»Es muß wohl sein. Wirke ich ängstlich?«

»Äußerlich nicht.«

»Der Brief des Wesirs enthielt keinerlei Ermutigung.«

»Hoffe nicht auf das geringste Wohlwollen, und du wirst
nicht enttäuscht werden.«

»Falls er mich absetzt, werde ich verlangen, daß die Untersuchung fortgeführt wird.«

»Wir lassen Branirs Tod nicht ungesühnt.«

Ihr Lächeln, hinter dem unbeugsame Willenskraft stand,
flößte ihm etwas Mut ein.

»Ich habe Angst, Neferet.«

»Ich auch. Aber wir werden nicht zurückweichen.«

*

Mit schweren schwarzen Perücken auf den Häuptern und
langen weißen und gefältelten Gewändern bekleidet, die in
Höhe des Nabels von einer Schleife geziert waren, hatten die
Neun* Freunde von PHARAO, auf eine Einbestellung des
Wesirs hin, bereits den ganzen Morgen über getagt. Zum
Ausgang recht lebhafter Streitgespräche war schließlich Ein-
stimmigkeit erzielt worden. Der Hüter der Maat, der Oberste
Verwalter der Beiden Weißen Häuser,** der Zuständige der
Kanäle und Vorsteher der Wasserbauten, der Oberste Ver-
walter der Schriften, der Oberste Verwalter der Felder, der
Vorsteher der Geheimen Sendungen, der Schreiber der Lie-

---

* Die Zahl 9, Plural des Plurals, steht im Ägyptischen symbolisch für
»Vollständigkeit«, »Vollkommenheit« (vgl. »Götterneunheit«). Es
gab auch Zehner- und Dreizehnerräte. *(Anm. d. Ü.)*
** Unserem heutigen Wirtschaftsminister entsprechend.

genschaften und der Kammerherr des Königs hatten nach vertieftem Meinungsaustausch dem überraschenden, zunächst als wirklichkeitsfern, wenn nicht gar als gefährlich erachteten Vorschlag des Wesirs doch zugestimmt. Die Dringlichkeit der unheilschwangeren Lage rechtfertigte indes eine schnelle und ungewöhnliche Entscheidung.

Als Paser angekündigt wurde, wandelten die Neun Freunde in den Großen Anhörungssaal mit kahlen weißen Wänden hinüber, in dem sie sich auf steinernen Bänken zu beiden Seiten von Bagi niederließen, der selbst auf einem niedrigen Lehnstuhl Platz genommen hatte.

An seinem Hals hing das beeindruckende Herz aus Kupfer, das einzige rituelle Geschmeide, das er sich zugestand. Ein Pantherfell unter seinen Füßen beschwor die gezähmte Wildheit.

Richter Paser verneigte sich vor der erlauchten Versammlung und warf sich auf den Boden. Die eisigen Gesichter der Neun Freunde verhießen nichts Gutes.

»Erhebt Euch«, gebot Bagi.

Paser blieb dem Wesir gegenüber stehen. Dem Gewicht der Blicke dieser Neun, aus denen keinerlei Nachsicht sprach, standzuhalten, war eine fürchterliche Prüfung.

»Richter Paser, pflichtet Ihr bei, daß allein die Gerechtigkeit den Wohlstand unseres Landes bewahrt?«

»So lautet meine tiefste Überzeugung.«

»Wenn man jedoch nicht nach der Gerechtigkeit handelt, wenn diese als Lüge angesehen wird, werden die Aufständischen das Haupt erheben, die Hungersnot wüten und die Dämonen heulen. Entspricht dies noch immer Eurer Überzeugung?«

»Eure Worte drücken die Wahrheit aus, die ich lebe.«

»Ich habe zwei Botschaften von Euch erhalten, Richter Paser, und ich habe sie diesem Rat zur Kenntnis gebracht, auf daß jedes seiner Mitglieder über Euer Verhalten richten kann. Glaubt Ihr, Eurem Auftrag treu geblieben zu sein?«

»Ich denke nicht, daß ich Verrat an ihm begangen habe. Ich habe bis ins Fleisch gelitten, ich habe den Geschmack der

Verzweiflung und des Todes auf der Zunge gespürt, doch diese Leiden sind bedeutungslos im Vergleich zu der Schmähung, die dem Richteramt zugefügt wurde. Man hat es besudelt, man hat es mit Füßen getreten.«

»Wenn Ihr erfahrt, daß der Vorsteher der Ordnungskräfte, Monthmose, wie auch der Älteste der Vorhalle von dieser Versammlung und mit meiner Billigung ernannt worden sind, behaltet Ihr dann Eure Anschuldigungen aufrecht?«

Paser schluckte schwer.

Er war zu weit gegangen. Selbst im Vertrauen auf das Offenkundige, selbst mit unbestreitbaren Beweisen ausgestattet, durfte ein niederer Richter sich nicht an Würdenträger heranwagen. Der Wesir und sein Rat vertraten unweigerlich die Sache ihrer unmittelbaren Gefolgsleute.

»Was immer es mich auch kosten mag, ich halte meine Anschuldigungen aufrecht. Ich bin zu Unrecht verschleppt worden, der Vorsteher der Ordnungskräfte hat nicht die leiseste Nachforschung durchgeführt, der Älteste der Vorhalle hat die Wahrheit zugunsten der Lüge verworfen. Sie haben mich beseitigen wollen, damit die Untersuchungen bezüglich Branirs Ermordung, des rätselhaften Todes der fünf Altgedienten und des Verschwindens des Himmlischen Eisens nicht weiterverfolgt werden. Ihr, die Neun Freunde von PHARAO, Ihr werdet diese Wahrheit gehört haben und sie nicht vergessen. Die Verderbnis hat sich aus dem Schutz der Heimlichkeit gewagt und einen Teil des Reiches vergiftet. Wenn die kranken Glieder nicht abgeschlagen werden, wird der ganze Körper befallen.«

Paser senkte die Augen nicht und ertrug den Blick des Wesirs, dem sich nur wenige Menschen zu stellen wagten.

»Übereilung und Starrsinn führen die besten der Richter in die Irre«, wies Bagi hin. »Welchen dieser beiden Wege würdet Ihr einschlagen: Es in Eurem Leben zu etwas zu bringen oder der Gerechtigkeit zu dienen?«

»Weshalb sollten die beiden gegensätzlich sein?«

»Weil das Dasein eines Menschen selten mit dem Gesetz der Maat übereinstimmt.«

»Das meine wurde ihm durch Eid geweiht.«

Der Wesir schwieg eine ganze Weile. Paser wußte, daß er einen unumstößlichen Spruch fällen würde.

»Der Hüter der Maat, der Kammerherr des Königs und ich selbst haben die Sachverhalte genau geprüft, Verhöre durchgeführt und sind zu denselben Schlußfolgerungen gelangt. Der Älteste der Vorhalle hat tatsächlich schwere Verfehlungen begangen. Auf Grund seines Alters, seiner Erfahrung und seiner dem Rechtswesen geleisteten Dienste verurteilen wir ihn zur Verbannung in die Oase Charga, wo er seine Tage in der Einsamkeit und der Sammlung beenden wird. Niemals wird er ins Tal zurückkehren. Seid Ihr befriedigt?«

»Weshalb sollte mich das Unglück eines gefallenen Richters erfreuen?«

»Verurteilen ist eine Pflicht.«

»Die Untersuchung weiterzuführen ist eine andere.«

»Ich vertraue sie dem Ältesten der Vorhalle an. Euch, Paser.«

Der Richter wurde bleich.

»Mein jugendliches Alter . . .«

»Die Würde des ›Ältesten‹ begründet sich nicht zwangsläufig auf dem Alter an Jahren, sondern auf der Sachkunde, die diese Versammlung Euch zubilligt. Solltet Ihr die Last dieser Bürde derart fürchten, daß Ihr diese ablehnen wolltet?«

»Ich war nicht darauf gefaßt . . .«

»Das Schicksal versetzt seine Schläge in einem Augenblick, so geschwind und unvorhergesehen, wie das Krokodil zum Fluß schnellt. Wie lautet Eure Antwort?«

Paser erhob die zusammengelegten Hände zum Zeichen der Ehrfurcht und Annahme und verneigte sich.

»Richter der Vorhalle«, erklärte Bagi, »Ihr besitzt keinerlei Rechte. Allein Eure Pflichten zählen. Möge Thot Euer Denken lenken und Eurem Urteil die Richtung weisen, denn einzig ein Gott bewahrt den Menschen vor seinen Schändlichkeiten. Wißt um Euren Rang, seid stolz auf ihn, doch brüstet Euch seiner nicht. Stellt Eure Ehre über die Menge, wirkt im stillen und zum Nutzen anderer. Laßt den Strick des Steuerruders nicht aus der Hand gleiten, seid ein Pfeiler in

Eurem Amt, liebt das Gute, haßt das Böse. Unterlaßt jede Lüge aus, seid weder leichtfertig noch verworren, bewahrt Euer Herz vor Gier. Erforscht die Tiefen der Menschen, über die Ihr Gericht halten werdet, dank dem Auge des Re, dem himmlischen Licht. Streckt den rechten Arm aus und öffnet die Hand.«

Paser gehorchte.

»Hier ist Euer Petschaftring. Er wird die Schriftstücke beglaubigen, denen Ihr Euer Siegel aufdrücken werdet. Von heute an werdet Ihr an der Pforte des Tempels Sitzung halten, um Recht zu sprechen und um dortselbst die Schwachen zu schützen. Ihr werdet der Ordnung in Memphis Geltung verschaffen, darüber wachen, daß die Steuern vorschriftsgemäß entrichtet werden, daß die Arbeit auf den Feldern und die Abgabe der Nährmittel geordnet vonstatten gehen. Falls nötig, werdet Ihr im höchsten Gerichtshof Eure Sitzung halten. Gebt Euch unter keinen Umständen mit dem zufrieden, was Ihr hört, und dringt in die Geheimnisse der Herzen.«

»Da Ihr Gerechtigkeit wollt, wer wird sich denn mit Monthmose, dem Vorsteher der Ordnungskräfte, befassen, dessen Schurkerei unverzeihlich ist?«

»So möge Eure Untersuchung seine Vergehen näher bestimmen.«

»Ich verspreche Euch, keiner Leidenschaft nachzugeben, und mir die nötige Zeit zu nehmen.«

Der Hüter der Maat erhob sich.

»Ich bestätige die Entscheidung des Wesirs im Namen des Rates. Von diesem Augenblick an wird der Älteste der Vorhalle Paser als solcher in ganz Ägypten anerkannt. Ihm werden eine Wohnstatt, Güter, Bedienstete, Amtsräume und Beamte zugewiesen.«

Hierauf erhob sich auch der Oberste Verwalter der Beiden Weißen Häuser.

»Gemäß dem Gesetz wird der Älteste der Vorhalle mit seinen Gütern für jede unbillige Entscheidung haftbar sein. Falls einem Kläger eine Entschädigung zustünde, wird er diese höchstselbst begleichen, ohne Rückgriff auf Mittel des Reiches.«

Plötzlich stieß der Wesir einen sonderbaren Klagelaut aus. Alle Blicke wandten sich ihm zu. Bagi griff sich mit der Hand an die rechte Seite, klammerte sich an die Lehne seines Stuhles, versuchte vergebens sich festzuhalten und brach wie leblos zusammen.

*

Als Neferet Paser mit Schweiß auf der Stirn und ängstlichen Augen herbei laufen sah, glaubte sie, er wäre aus dem Palast geflohen.

»Der Wesir ist soeben von einem Unwohlsein befallen worden.«

»Ist der Oberste Arzt bei ihm?«

»Neb-Amun ist leidend. Keiner seiner Gefolgsleute will es wagen, ohne seine Erlaubnis einzuschreiten.«

Die junge Frau nahm ihre Handuhr, die sie sich am Gelenk festmachte, und legte ihren Beutel auf den Rücken von Wind des Nordens. Der Esel schlug sofort den richtigen Weg ein.

Bagi war auf Kissen gebettet.

Neferet horchte ihn ab, lauschte der Stimme des Herzens in der Brust, in den Venen und den Adern. Sie gewahrte zwei Strömungen, eine, die die rechte Körperseite erhitzte, eine andere, die die linke Seite abkühlte. Das Übel war tiefliegend und betraf den gesamten Organismus. Indem sie sich ihrer Wasseruhr am Handgelenk bediente, berechnete sie die Taktfolge des Herzens und die Reaktionszeit der Hauptorgane.

Die Höflinge warteten mit Bangigkeit auf ihren Befund.

»Ein Leiden, das ich kenne und das ich behandeln werde«,* verkündete sie endlich. »Die Leber ist betroffen, die Pfort-

---

* Feste Redewendung des ägyptischen Arztes, um Befund und eine der drei möglichen Prognosen kundzutun. *(Anm. d. Ü.)*

87

ader verstopft. Die Adern der Leber, die das Herz mit der Leber verbinden, und der Gallengang sind in schlechtem Zustand. Sie spenden nicht mehr genügend Wasser und Luft und führen ein zu dickes Blut.«

Neferet flößte dem Kranken den Saft von in den Tempelgärten angebauter Wegwarte* ein. Diese Pflanze mit breiten himmelblauen Blüten, die sich um die Mittagszeit schlossen, besaß etliche heilende Wirkstoffe; unter eine kleine Menge alten Weins gemengt, vermochte sie zahlreiche Erkrankungen der Leber und der Gallenblase zu lindern. Die Ärztin pendelte das gestaute Organ aus und legte ihm die Hand auf; der Wesir erwachte, äußerst bleich, und erbrach sich.

Neferet forderte ihn auf, sich mehrere Kelche Wegwartenwein einzuverleiben, bis er die Flüssigkeit bei sich behielt; endlich erholte sich der Körper des Kranken.

»Die Leber ist wieder geöffnet und ausgewaschen«, stellte Neferet fest.

»Wer seid Ihr?« fragte Bagi.

»Die Heilkundige Neferet, Richter Pasers Gemahlin. Ihr solltet auf Eure Ernährung achtgeben«, hob sie mit ruhiger Stimme hervor, »und alle Tage Wegwarte trinken. Um in Zukunft eine derart ernste Stauung zu vermeiden, die Euch dahinraffen würde, werdet Ihr einen Heiltrunk auf der Grundlage von Feigen, Rosinen, eingeschnittenen Sykomorenfeigen, Perseafrüchten, Gummi und Harz zu Euch nehmen. Ich werde Euch diese Mischung selbst zubereiten, die ihr dann dem Tau aussetzen und in der Morgendämmerung abläutern müßt.«

»Ihr habt mir das Leben gerettet.«

»Ich habe meine Pflicht getan, und wir hatten Glück.«

»Wo übt Ihr aus?«

»In Memphis.«

Der Wesir erhob sich. Trotz seiner schweren Beine und eines bohrenden Kopfschmerzes tat er ein paar Schritte.

---

* Zichorie, Chicoree.

»Ruhe ist nun unerläßlich«, befand Neferet, während sie ihm half, sich zu setzen. »Neb-Amun wird Euch ...«
»Ihr werdet mich pflegen.«

*

Eine Woche später überreichte der vollends wiederhergestellte Wesir Bagi dem neuen Ältesten der Vorhalle eine Stele aus Kalkstein, auf der drei Paar Ohren eingemeißelt waren, das eine dunkelblau, das zweite gelb und das letzte blaßgrün. Mit dieser Ohrenstele wurde der Lapislazulihimmel, an dem die Sterne der Weisen herrschten, das Gold, das das Fleisch der Gottheiten bildete, und der Türkis der Liebe beschworen; und ebenso wurden damit die Pflichten des Obersten Richters von Memphis versinnbildlicht: nämlich den Klagenden Gehör zu schenken, den Willen der Götter zu achten und sich ohne Schwäche wohlwollend zu zeigen.
Zuhören war die Grundlage aller Erziehung, Zuhören blieb die wichtigste Tugend eines Gerichtsbeamten. Ernst und gesammelt nahm Paser die Stele in Empfang und hob den Kalksteinblock vor sich in Augenhöhe hoch, im Angesicht aller Richter der großen Stadt, die sich eingefunden hatten, den neuen Ältesten zu beglückwünschen.
Neferet weinte vor Freude.

12. KAPITEL

Inmitten eines bescheidenen Viertels gelegen, das sich aus weißgetünchten zweigeschossigen Häuschen zusammensetzte, in denen Handwerker und niedere Beamte wohnten, versetzte die dem Ältesten der Vorhalle zugestandene Wohnstatt das junge Paar in Entzücken. Erst wenige Tage zuvor beendet und für einen Würdenträger bestimmt gewesen, der im Tausch etwas Gleichwertiges erhalten würde, war sie somit noch nie bewohnt worden. Das ganz in der Länge errichtete, von einem Flachdach bekrönte Gebäude umfaßte acht mit Wandmalereien ausgeschmückte Räume, welche vielfarbene, sich in Papyrusdickicht tummelnde Vögel darstellten.

Paser wagte nicht einzutreten. Er verharrte eine Weile im Geflügelhof, wo ein Bediensteter Gänse nudelte; Enten planschten in einem kleinen Teich, den Lotosblüten verschönerten. Im Schutz einer Hütte schliefen zwei Knaben, die eigentlich das Geflügel mit Korn füttern sollten, wie Murmeltiere. Der neue Gebieter des Anwesens weckte sie nicht auf. Auch Neferet erfreute sich daran, über einen solchen Reichtum zu verfügen. Sie besah sich die fette Erde, die Würmer auflockerten, deren Ausscheidungen einen ausgezeichneten Dung für Getreide ergaben. Kein Bauer trachtete ihnen nach dem Leben, wußte man doch, daß diese Ringelwürmer die Fruchtbarkeit des Bodens gewährleisteten.

Brav war der erste, der, von Wind des Nordens sogleich gefolgt, durch den herrlichen Garten tollte. Der Esel kauerte sich unter einem Granatapfelbaum nieder, dessen Schönheit die dauerhafteste von allen war, da sich eine neue Blüte erst öffnete, wenn die alte verwelkte. Der Hund zog eine Sykomore vor, deren rauschendes Blattwerk an die Süße des Honigs erinnerte.

Neferet streichelte die feinen Triebe und die reifen, bald roten, bald türkisenen Früchte und zog ihren Gemahl dicht an sich, unter den Schatten der Sykomore, des Horts der Himmelsgöttin Nut. Entzückt bewunderten sie eine Allee Feigenbäume, die aus Syrien eingeführt waren, und ein Lusthäuschen aus Schilfrohr, in dem sie die Herrlichkeiten der Sonnenuntergänge genießen würden.

Ihre besinnliche Ruhe war nur von kurzer Dauer; Schelmin, Neferets kleine grüne Äffin, stieß einen Schmerzenslaut aus und sprang ihrer Herrin in die Arme. Betreten hielt sie ihr die Pfote hin, in die sich ein Akaziendorn gebohrt hatte. Die Verletzung durfte nicht vernachlässigt werden; falls der Fremdkörper zu lange in der Haut verbliebe, würde er auf längere Sicht eine jener inneren Blutungen hervorrufen, die bereits zahllose Heilkundige zur Verzweiflung gebracht hatten. Unaufgefordert stand Wind des Nordens auf und kam näher. Neferet zog aus ihrem Beutel ein Skalpell hervor, holte den Dorn mit unendlicher Behutsamkeit heraus und bedeckte die Wunde mit einer Salbe aus Honig, Koloquinte, zerstoßenem Tintenfischschulp und zu Pulver zermahlener Sykomorenrinde. Falls sich eine kleine Entzündung einstellen sollte, würde sie diese mit Höllenpulver* behandeln. Schelmin schien dem Todeskampf wahrlich nicht nahe; von dem Dorn befreit, kletterte sie gleich wieder auf eine Dattelpalme, um nach einer reifen Frucht zu suchen.

»Wenn wir vielleicht hineingingen?« schlug Neferet vor.

»Die Angelegenheit wird ernst«, erwiderte Paser.

»Was meinst du damit?«

»Wir haben uns vermählt, das ist wahr, doch wir besäßen nichts. Die Lage hat sich nun geändert.«

»Solltest du meiner bereits überdrüssig sein?«

»Vergiß niemals, Heilerin, daß ich es war, die dich deinem Seelenfrieden entreißen kam.«

»Ich entsinne mich anders; war nicht ich es, die dich als erste bemerkt hat?«

---

* Arsensulfid.

»Eigentlich hätten wir, von einer Schar Verwandten und Freunden umringt, Seite an Seite sitzen müssen, während Träger mit Stühlen, Kleidertruhen, irdenen Gefäßen, Gegenständen zur Körperpflege, Sandalen und was weiß ich noch alles an uns vorübergezogen wären! Du wärst zuvor in Festtagsgewändern beim Klang der Flöten und Sistren mit einer Sänfte gebracht worden.«

»Ich ziehe diesen Augenblick vor, der uns beide ohne Lärm und ohne Prunk hier vereint.«

»Sobald wir die Schwelle dieses Herrenhauses überschritten haben, werden wir dafür verantwortlich sein. Die Obrigkeit würde mich tadeln, daß ich keinen Vertrag abgefaßt hätte, der deine Zukunft sichern wird.«

»Ist dein Vorschlag ernst gemeint?«

»Ich richte mich nach dem Gesetz. Ich, Paser, ich bringe alle meine Güter dir, Neferet, dar, die du deinen Namen behalten wirst. Da wir beschlossen haben, gemeinsam unter einem Dach zu leben, demnach also verheiratet sind, werde ich dir Entschädigung im Falle der Trennung schulden. Ein Drittel dessen, was wir gemeinsam vom heutigen Tage an erworben haben werden, wird dir von Rechts wegen zustehen, und ich werde dich nähren und kleiden müssen. Über alles Weitere wird das Gericht entscheiden.«

»Ich muß dem Ältesten der Vorhalle gestehen, daß ich schier wahnsinnig in einen Mann verliebt bin, und daß ich die feste Absicht habe, bis zu meinem letzten Atemzug mit diesem vereint zu bleiben.«

»Vielleicht, doch das Gesetz ...«

»Sei still, und laß uns das Haus besichtigen.«

»Eine Berichtigung noch: Ich bin es, der schier wahnsinnig in dich verliebt ist.«

Engumschlungen überschritten sie die Schwelle ihres neuen Lebens.

Im ersten, recht kleinen und niedrigen Raum, der der Verehrung der Ahnen vorbehalten war, sammelten sie sich lange in anbetungsvollem Gedenken an die Seele Branirs, ihres ermordeten Meisters. Dann entdeckten sie den Empfangssaal, die Zimmer, die Küche, den Bedürfnisraum, der mit Abflüssen aus gebranntem Ton und einem Abort mit einer Sitzplatte aus Kalkstein ausgestattet war.

Der Baderaum entzückte sie. Zu beiden Seiten der in einer Ecke eingelassenen marmornen Platte befanden sich zwei backsteinerne Bänkchen, auf denen sich Diener und Dienerinnen bereithielten, um Wasser auf denjenigen zu gießen, der ein Schwallbad wünschte. Kalksteinerne Fliesen verkleideten die Ziegelmauern, damit diese nicht der Feuchtigkeit ausgesetzt waren. Ein leichtes Gefälle, das in Richtung auf ein irdenes, tief eingelassenes Senkloch verlief, erlaubte das Abfließen des Schmutzwassers.

Im gut belüfteten Schlafzimmer fand sich zunächst ein Fliegennetz, das über dem großen Bett aus massivem Ebenholz mit Füßen in Gestalt von Löwenpranken hing. Auf den Seitenteilen lächelte das fröhliche Antlitz des Gottes Bes, welcher den Schlaf behütete und dem Schläfer glückselige Träume schenkte. Sprachlos verweilte Paser über der Auflage aus geflochtenen Pflanzenschnüren von erster Güte. Die zahlreichen Querhölzer waren in vollendeter Kunst angeordnet worden, um einem hohen Gewicht viele Jahre über standzuhalten.

Am Kopfende lag ein Gewand aus weißem Leinen, dem Stoff der Braut, das ihr auch als Bahrtuch dienen würde.

»Niemals hätte ich geglaubt, auch nur eine Nacht in einem solchen Bett zu schlafen.«

»Weshalb noch warten?« fragte sie schalkhaft.

Sie breitete den kostbaren Stoff auf der Auflage aus, ließ ihr Kleid herabgleiten und streckte sich nackt und glücklich aus, Pasers Körper auf sich empfangen zu können.

»Diese Stunde ist so lieblich, daß ich sie nie vergessen werde; durch deinen Blick verleihst du ihr Ewigkeit. Entferne dich nicht von mir; ich gehöre dir wie ein Garten, den du mit Blumen und Düften bereichern wirst. Wenn wir nur noch eins sind, gibt es den Tod nicht mehr.«

*

Schon vom nächsten Morgen an vermißte Paser sein kleines
Haus eines jungen Richters und begriff, weshalb Wesir Bagi
sich mit einer bescheidenen Wohnung im Stadtkern begnügt hatte.

Gewiß, Bürsten und Besen aus Binse waren zahlreich vorhanden und begünstigten eine gründliche Reinigung, doch
bedurfte es hierfür auch einer kundigen Hand, die sich ihrer
zu bedienen verstand. Weder er noch Neferet hatten Zeit,
sich dieser Mühsal zu unterziehen, und es kam überhaupt
nicht in Frage, den Gärtner oder den Zuständigen des Geflü-
gelhofs darum zu ersuchen, die sich kaum bequemen würden, von ihren besonderen Tätigkeiten abzulassen! Und
niemand hatte daran gedacht, eine Hausdienerin anzustellen.

Neferet und Wind des Nordens brachen zeitig zum Palast
auf; der Wesir wünschte ihren Besuch vor seiner ersten
Anhörung. Ohne Gerichtsschreiber, ohne eingerichteten
Arbeitsraum, ohne Bedienstete fühlte der Älteste der Vorhalle sich ganz und gar verloren als Herr eines für ihn viel zu
großen Anwesens.

Die Weisen hatten fürwahr recht gehabt, als sie die Gattin
die »Herrin des Hauses« nannten.

Der Gärtner riet ihm zu einer Frau von ungefähr fünfzig
Jahren, die ihre Dienste den in Not befindlichen Besitzern
gegen Entgelt anbot; für sechs Tage Arbeit verlangte sie
nicht weniger als acht Ziegen und zwei neue Obergewänder!
Bis aufs Blut geschröpft und sich gewiß, ihrer beider Vermögensmittel ernsthaft in Gefahr zu bringen, war der Älteste
der Vorhalle genötigt einzuwilligen. Neferets Rückkehr würde seiner Beunruhigung ein Ende setzen.

*

Sethi riß erstaunt die Augen auf und betastete die Wände.
»Sie sehen gediegen aus.«
»Das Bauwerk ist noch neu, aber von angemessener Güte.«
»Ich glaubte, der größte Spaßvogel von Ägypten zu sein,

doch du übertriffst mich um tausend Ellen. Wer hat dir dieses Herrenhaus geliehen?«

»Das Reich«, antwortete Paser.

»Du behauptest also weiterhin, daß du der neue Älteste der Vorhalle bist?«

»Falls du mir nicht glaubst, höre auf Neferet.«

»Sie ist deine Helfershelferin.«

»Begib dich in den Palast.«

Sethi schien erschüttert.

»Wer hat dich ernannt?«

»Die Neun Freunde von PHARAO, mit dem Wesir an der Spitze.«

»Dieser alte Griesgram von Bagi hätte demnach deinen Vorgänger abgesetzt, einen seiner geschätzten Standesbrüder mit einem Ansehen ohne Makel?«

»Die Makel gab es. Bagi und der Hohe Rat haben der Gerechtigkeit gemäß gehandelt.«

»Ein Wunder, ein Traum ...«

»Meine Eingabe wurde erhört.«

»Weshalb hat man gerade dich in ein derart gewichtiges Amt berufen?«

»Ich habe schon darüber nachgedacht.«

»Mit welchem Ergebnis?«

»Nehmen wir an, ein Teil des Hohen Rates wäre von Heerführer Aschers Schuld überzeugt, und der andere nicht; ist es dann nicht gewitzt, eine zusehends gefährlicher werdende Untersuchung dem Richter anzuvertrauen, der den ersten Schleier gelüftet hat? Wenn irgendeine Gewißheit, in der einen oder anderen Richtung, erlangt ist, wird es ein leichtes sein, mich entweder bloßzustellen oder zu belobigen.«

»Du bist weniger töricht, als es den Anschein macht.«

»Diese Haltung entrüstet mich nicht, sie stimmt mit dem ägyptischen Recht überein. Da ich die Angelegenheit in Gang gebracht habe, ist es an mir, meine Arbeit zu vollenden. Worüber sollte ich mich beklagen? Man gibt mir Möglichkeiten in die Hand, die ich nicht erhofft hatte. Branirs Seele beschützt mich.«

95

»Baue nicht auf die Toten. Kem und ich werden dir einen besseren Schutz gewährleisten.«

»Glaubst du, ich wäre bedroht?«

»Mehr und mehr gefährdet. Für gewöhnlich ist der Älteste der Vorhalle ein betagter, umsichtiger Mann mit dem festen Entschluß, keinerlei Gefahr einzugehen und seine Vorrechte zu genießen. Alles in allem also das genaue Gegenteil von dir.«

»Was kann ich dafür? Das Schicksal hat entschieden.«

»Ich bin vielleicht nicht der Verrücktere von uns beiden, aber das gefällt mir. Du wirst den Mörder von Branir festnehmen, und ich werde mir Aschers Kopf gönnen.«

»Und Dame Tapeni?«

»Eine wunderbare Geliebte! Sie reicht nicht an Panther heran, aber welch ein Erfindungsreichtum! Gestern nachmittag sind wir im entscheidenden Augenblick aus dem Bett gefallen. Eine gewöhnliche Frau hätte sich eine kurze Rast gewährt, aber sie nicht. Ich mußte mich vollends auf der Höhe zeigen, obgleich ich unten lag.«

»Meine Bewunderung ist dir gewiß. Und was hast du auf einem weniger geselligen Gebiet von ihr erfahren?«

»Du bist wahrlich kein Fachmann in Liebesdingen. Wenn ich ihr allzu forsche Fragen stelle, wird sie sich wie eine Schöne der Nacht zur Mittagszeit verschließen. Wir sind gerade erst auf die hochberühmten Damen zu sprechen gekommen, die sich der Webkunst befleißigen. Manche sind Meisterinnen der Nadel. Das ist die richtige Fährte, ich spüre es!«

*

Endlich kehrte sie im Gefolge von Wind des Nordens heim. Brav begrüßte den Esel mit Freudengekläff, und sogleich begannen die beiden Gefährten gemeinsam zu schmausen, der eine seine Ochsenrippe, der andere frischen Futterklee. Schelmin hatte keinen Hunger; ihr Bauch war derart voll von stibitzten Früchten, daß sie sie sich ein langes Mittagsschläfchen gönnte.

Neferet war strahlend schön. Weder Müdigkeit noch Sorgen hatten Macht über sie. Häufig fühlte Paser sich einer solchen Gemahlin unwürdig.

»Wie geht es dem Wesir?«

»Viel besser, doch man wird ihn bis zum Ende seiner Tage pflegen müssen. Seine Leber und seine Gallenblase sind in jämmerlichem Zustand, und ich bin nicht sicher, das Anschwellen seiner Beine und seiner Füße bei Müdigkeit verhindern zu können. Er sollte viel gehen, nicht ganze Tage im Sitzen verbringen, und frische Luft auf dem Lande schöpfen.«

»Du verlangst Unmögliches von ihm. Hat er mit dir über Neb-Amun gesprochen?«

»Der Oberste Arzt ist leidend. Das Einschreiten von Kems Babuin scheint Spuren hinterlassen zu haben.«

»Sollte es angebracht sein, sich in Mitleid zu ergehen?«

Wind des Nordens »Iah« unterbrach sie. Es war nicht genügend Futter vorhanden.

»Mir wächst alles über den Kopf«, gestand Paser ein. »Ich habe zwar einstweilen für ein Vermögen eine Hausdienerin eingestellt, doch ich verliere mich in diesem großen Haus. Wir haben keinen Koch, der Gärtner macht, was er will, und ich verstehe mich nicht auf die Handhabung dieser ganzen Bürsten. Meine Vorgänge sind heillos vernachlässigt, ich habe keinen Gerichtsschreiber, ich ...«

Neferet küßte ihn.

13. KAPITEL

In einem Schurz mit gestärktem Schoß und einem herrlichen gefältelten Hemd mit langen Ärmeln beglückwünschte Bel-ter-an Neferet und Paser herzlich.

»Diesmal werde ich Euch auf die unmittelbarste Art und Weise helfen. Ich bin mit der Neuordnung der Amtsräume der Leitenden Verwaltung betraut worden. Als Ältester der Vorhalle genießt Ihr Vorrang.«

»Es ist mir unmöglich, die geringste Bevorrechtigung anzunehmen.«

»Dies ist keine. Es handelt sich dabei lediglich um eine ordnungsgemäße Verfügung, die Euch erlauben wird, die Gesamtheit Eurer Unterlagen bei der Hand zu haben. Wir werden Seite an Seite in großzügigen und weiten Räumlichkeiten arbeiten. Hindert mich doch bitte nicht daran, zum Vorteil unser beider Arbeitsleistung einzutreten!«

Bel-ter-ans rascher Aufstieg verblüffte die gelangweiltesten und überheblichsten Höflinge, obwohl ihn niemand bekrittelte. Er entstaubte die in alter Gewohnheit verwurzelten Ämter, entledigte sich fauler oder unfähiger Beamter, bot den tausend Schwierigkeiten, die Tag für Tag auftauchten, die Stirn. Mit ansteckend leidenschaftlicher Begeisterung ausgestattet, faßte er seine Untergebenen gerne hart an. Söhne vornehmer Familien beklagten sich wegen seiner bescheidenen Herkunft, gehorchten ihm jedoch zähneknirschend, da ihnen sonst drohte, in ihr Heim zurückgeschickt zu werden. Kein Hindernis schreckte Bel-ter-an ab; er legte Maß an, nahm es mit unerschöpflicher Tatkraft in Angriff und räumte es schließlich aus. Als bemerkenswerten Erfolg konnte er für sich verbuchen, der Erhebung der Holzsteuer wieder Geltung verschafft zu haben, der die Großgrundbesitzer, das Gemeinwohl völlig außer acht lassend, allzu lange entronnen waren. Bei dieser Gelegenheit hatte Bel-ter-an es nicht versäumt, sich an Pasers kluges und treffliches Einschreiten zu erinnern. Wenn sich also eine unlösbare Schwierigkeit einstellte, nahm Bel-ter-an sich ihrer aus Verpflichtung an.

Paser erkannte wohl, daß er einen gewichtigen Verbündeten besaß. Mit seiner Hilfe würde er wohl einigen Fußangeln entgehen.

»Meine Gattin fühlt sich viel besser«, vertraute Bel-ter-an Neferet an. »Sie ist Euch überaus dankbar und betrachtet Euch als eine Freundin.«

»Und Ihre Kopfschmerzen?«

»Sind weniger häufig. Wenn sie auftreten, tragen wir Euren Balsam auf: Er ist von beachtlicher Wirksamkeit! Trotz Eurer Ermahnungen bleibt Silkis allerdings weiterhin äußerst naschhaft. Ich verstecke den Granatapfelsaft und den Honig, doch sie beschafft sich insgeheim Karobesaft oder gar Feigen. Wie Ihr hat der Traumdeuter sie vor einem Mißbrauch von Süßem gewarnt.«

»Kein Heilkundiger vermag den eigenen Willen zu ersetzen.«

Bel-ter-an verzog das Gesicht.

»Seit einer Wochen schmerzen mir die Zehen. Es bereitet mir sogar einige Mühe, mein Schuhwerk überzustreifen.«

Neferet untersuchte die kleinen fleischigen Füße.

»Ihr werdet Ochsentalg und Akazienblätter zum Köcheln bringen, eine Paste daraus bereiten und diese auf die empfindlichen Stellen auftragen. Falls das Heilmittel Euch keine Linderung verschafft, verständigt mich.«

Die Hausdienerin verlangte nach Neferet, die sich bestens in ihre Stellung als Herrin des Hauses eingewöhnte. Schon bald wollte sie sich ihr Sprechzimmer in einem der Flügel des Herrenhauses einrichten. Im Palast wuchs ihr Ansehen stetig; des Wesirs Heilung hatte ihr zu einem Ruhm verholfen, den ihr die Ärzte des Hofes, noch immer wie gelähmt wegen Neb-Amuns Abwesenheit, neideten.

»Diese Wohnstatt ist herrlich«, bemerkte Bel-ter-an, während er ein Stück Wassermelone kostete.

»Ohne Neferet wäre ich daraus geflüchtet.«

»Laßt es nicht an Ehrgeiz mangeln, mein werter Paser! Eure Gemahlin ist eine Ausnahmeerscheinung. Zweifelsohne dürftet Ihr einige Eifersucht erregen.«

»Die von Neb-Amun genügt mir.«

»Sein Schweigen ist nicht von Dauer. Ihr und Neferet habt ihn gedemütigt; er sinnt auf Rache. Eure Stellung allerdings macht ihm die Sache schwieriger.«

»Was denkt Ihr über die jüngsten Erlasse von PHARAO?«

»Sie sind mir ein Rätsel. Weshalb hat der König es nötig, derart seine Macht zu bekräftigen, die niemand bestreitet?«

»Die letzte Nilschwelle war dürftig, eine Hyäne hat im Kanal getrunken, mehrere Frauen haben mißgebildete Kinder zur Welt gebracht . . .«

»Aberglaube des Volkes!«

»Der einen bisweilen mit Furcht erfüllt.«

»So ist es an den Dienern des Reiches, zu beweisen, daß er unbegründet ist. Werdet Ihr das Verfahren gegen Ascher und die Ermittlungen über den geheimnisvollen Tod der Altgedienten wieder aufnehmen?«

»Sind dies nicht die wesentlichen Gründe meiner Ernennung?«

»Viele im Palast haben gehofft, diese traurigen Vorkommnisse würden dem Vergessen anheimfallen. Ich stelle mit Freuden fest, daß dem nicht so ist, und habe auch nicht weniger von Eurer Tapferkeit erwartet.«

»Maat ist eine lächelnde, doch unerbittliche Göttin. In ihr ist der Quell allen Glücks, sofern man nicht Verrat an ihr begeht. Nicht nach der Wahrheit zu trachten würde mich hindern, frei zu atmen.«

Bel-ter-ans Tonfall wurde düster.

»Aschers Stillhalten besorgt mich. Er ist ein ungestümer Mann, ein Anhänger forscher, rücksichtsloser Taten. Da er von Eurer Beförderung weiß, hätte er eigentlich in offen sichtbarer Weise handeln müssen.«

»Ist sein Handlungsspielraum denn nicht eingeschränkt?«

»Gewiß, aber freut Euch nicht zu früh.«

»Das liegt nicht in meiner Wesensart.«

»Ihr seid nun nicht mehr allein, aber Eure Feinde sind nicht verschwunden. Alles, was ich in Kenntnis bringe, werdet Ihr erfahren.«

*

Während zweier Wochen lebte Paser wie im Taumel. Er nahm Einsicht in die ungeheure Schriftenverwahrung des Ältesten der Vorhalle, wachte über das streng getrennte Einordnen der Täfelchen aus rohem Ton, Kalk und Holz, der Rohentwürfe von Urkunden, der Bestandsaufnahmen von Einrichtungsgegenständen, des amtlichen Briefwechsels, der gesiegelten Papyrusrollen, der Schreiberausrüstung; er prüfte das Verzeichnis der Bediensteten, bestellte jeden Schreiber zu sich, kümmerte sich um Auszahlung, Anpassung und Ausgleich der Gehälter, bearbeitete den Rückstand bei den eingegangenen Klagen und berichtigte etliche Irrtümer der Verwaltung. Wenn er auch vom Umfang der Aufgaben überrascht war, so sträubte er sich dennoch nicht dagegen und errang bald die wohlwollende Aufmerksamkeit seiner Untergebenen. Jeden Morgen besprach er sich mit Bel-ter-an, dessen Ratschläge ihm wertvoll waren.

Paser war gerade dabei, einen heiklen Liegenschaftenfall zu bereinigen, als ein rotgesichtiger Schreiber mit feisten Zügen vor ihn trat.

»Iarrot! Wohin wart Ihr verschwunden?«

»Meine Tochter wird Tänzerin werden, das ist sicher. Da meine Gattin sich dem entgegenstellt, bin ich gezwungen, mich scheiden zu lassen.«

»Wann werdet Ihr Eure Arbeit wieder aufnehmen?«

»Dies hier ist nicht mein Platz.«

»Im Gegenteil! Ein guter Gerichtsschreiber ...«

»Ihr seid eine zu hohe Persönlichkeit geworden. In diesen Amtsräumen müssen die Schreiber hart arbeiten und die

101

Zeiten einhalten. Das behagt mir nicht. Ich ziehe es vor, mich um die Laufbahn meiner Tochter zu kümmern. Wir werden von Gau zu Gau ziehen und an den Dorffesten teilnehmen, bis wir einen Vertrag bei einer anerkannten Truppe erhalten. Die arme Kleine muß gestützt werden.«

»Ein endgültiger Entschluß?«

»Ihr arbeitet zu viel. Ihr werdet auf allzu mächtige Belange prallen. Ich möchte lieber rechtzeitig auf meinen Würdenstock, meinen Amtsschurz und meine Grabstelle verzichten und fernab aller Verhängnisse und Streitigkeiten leben.«

»Seid Ihr sicher, Ihnen zu entrinnen?«

»Meine Tochter vergöttert mich und wird stets auf mich hören. Ich werde für ihr Glück sorgen.«

*

Denes kostete seinen aufsehenerregenden Sieg aus. Das Ringen war hart gewesen, und seine Gemahlin hatte all ihre Beziehungen spielen lassen müssen, um die unzähligen Mitbewerber zur Seite zu drängen, die äußerst verbittert über ihre Niederlage waren. Somit würden also Denes und Dame Nenophar das Festmahl zu Ehren des neuen Ältesten der Vorhalle ausrichten können. Lebensart und Gewandtheit des Warenbeförderers sowie die Überzeugungskraft seiner Gemahlin trugen ihnen, einmal mehr, den Titel der Zeremonienmeister der höchsten Kreise von Memphis ein. Pasers Ernennung war eine solche Überraschung gewesen, daß sie ein wahrhaftiges Fest verdiente, bei dem die Mitglieder der besten Gesellschaft an Vornehmheit wetteifern würden.

Paser machte sich ohne Begeisterung bereit.

»Dieser Empfang ist mir lästig«, gestand er Neferet.

»Du stehst im Mittelpunkt, mein Liebling.«

»Ich würde es vorziehen, den Abend mit dir zu verbringen. Mein Amt schließt nicht zwangsläufig solcherlei gesellschaftliches Treiben mit ein.«

»Wir haben sämtliche Einladungen der angesehenen Persönlichkeiten ausgeschlagen; diese hier besitzt jedoch amtliches Gepräge.«

»Diesem Denes mangelt es nicht an Dreistigkeit! Er weiß, daß ich ihn verdächtige, an der Verschwörung teilzuhaben, und er mimt den entzückten Gastgeber!«

»Eine ausgezeichnete Kriegslist, um dich sanfter zu stimmen.«

»Glaubst du, sie wird Erfolg haben?«

Neferets Lachen bezauberte ihn. Wie schön sie doch war in ihrem eng anliegenden Gewand, das die Brüste unbedeckt ließ! Ihre schwarze Perücke mit Lapislazuli-Glanz brachte die Feinheit ihres kaum geschminkten Gesichts noch mehr zur Geltung. Sie war die Jugend, die Anmut und die Liebe.

Er nahm sie in seine Arme.

»Ich habe nicht übel Lust, dich einzusperren.«

»Eifersüchtig?«

»Wenn irgend jemand dich nur mit einem Blick anschaut, erwürge ich ihn.«

»Ältester der Vorhalle! Wie könnt Ihr es wagen, solche Gräßlichkeiten auszustoßen?«

Paser umschloß Neferets Leib mit einem Gürtel aus Amethystperlen, den Zwischenglieder aus getriebenem Gold in Form von Pantherköpfen zierten.

»Wir sind vollends verarmt, doch du bist die Schönste.«

»Ich fürchte wohl, es könnte sich hier um einen Betörungsversuch handeln.«

»Ich bin entlarvt.«

Paser streifte den linken Träger ihres Gewandes ab.

»Wir kommen bereits jetzt zu spät«, wandte sie ein.

*

Bevor sie ihre Festgewandung anlegte, begab Dame Nenophar sich noch in die Küchen, wo ihre Fleischer einen Ochsen zerlegt hatten und nun die einzelnen Stücke zuschnitten, die sie an einen Balken hängten, der von gegabelten Pfosten getragen wurde. Sie wählte höchstselbst die

Stücke zum Rösten aus sowie jene, die im Schmortopf zube-
reitet werden würden, kostete die Tunken und versicherte
sich, daß mehrere Dutzend gebratene Gänse zur rechten
Zeit gar wären. Dann stieg sie in den Keller hinunter, damit
der Mundschenk ihr die Weine und Biere vorzeigen konnte.
Beruhigt über die Erlesenheit von Speisen und Getränken,
begutachtete Nenophar den Festmahlssaal, in dem Dienerinnen und Diener auf niedrigen Tischen goldene Kelche,
silberne Schüsseln und alabasterne Teller anordneten. Das
gesamte Herrenhaus duftete erlesen nach Jasmin und Lotos.
Der Empfang würde unvergeßlich sein.
Eine Stunde vor Eintreffen der ersten Geladenen pflückten
die Gärtner Früchte, die frisch und mit ihrem vollen Aroma
dargereicht werden sollten; ein Schreiber hielt die Anzahl
der im Festsaal hingestellten Krüge Wein fest, um Unlauter-
keiten entgegenzuwirken. Der leitende Gärtner prüfte die
Sauberkeit der Alleen, während der Türhüter an seinem
Schurz zupfte und die Perücke zurechtrückte. Als unnach-
giebiger Wächter des Anwesens würde er einzig die bekann-
ten Persönlichkeiten einlassen sowie all jene, die mit einem
Einladungstäfelchen ausgestattet waren.
Als die Sonne sich neigte und anschickte, zum Gebirge des
Westens hinabzusteigen, stellte sich ein erstes Paar beim
Türhüter vor. Letzter erkannte sie als einen königlichen
Schreiber nebst Gemahlin, denen bald die Obersten der
großen Stadt nachfolgten. Dame Nenophars Gäste wandelten durch den großen, mit Granatapfel-, Feigenbäumen und
Sykomoren bepflanzten Garten; plaudernd standen sie um
die Teiche, unter Lauben oder Lusthäuschen aus Holz, bewunderten die an den Wegkreuzungen stufenförmig aufgetürmten Blumengebinde. Die Anwesenheit von Bagi, der
sonst keinem Empfang beiwohnte, sowie sämtlicher Freunde
des Königs beeindruckte die Gesellschaft; dieser Abend versprach denkwürdig zu werden.
Genau in jenem Augenblick, da die Sonnenscheibe entschwand, zündeten die Diener Lampen an, die den Garten
und das Herrenhaus hell erleuchteten. Auf der Schwelle

erschienen Dame Nenophar und Denes. Schwere Perücke, weißes Gewand mit goldgewirkter Borte, Pektoral von zehn Reihen Perlen, Ohrgehänge in Gestalt von Gazellen und vergoldete Sandalen, was sie betraf, Stufenperücke, langes gefälteltes Gewand mit Umhang, mit Silberfäden verschönerte Sandalen, was ihn anlangte: So zeigten sich die Gastgeber als vollendetes Paar nach dem neuesten Geschmack, das sich glücklich fühlte, seinen Reichtum offen und in der unausgesprochenen Hoffnung darzustellen, allseits Neid zu erregen.

Den höfischen Gepflogenheiten entsprechend, schritt der Wesir als erster auf sie zu. Von den ausgetretenen Sandalen abgesehen, die er seiner schwere Beine wegen trug, begnügte er sich mit einem weiten, wenig geschmackvollen Schurz und einem weißen kurzärmeligen Leinenoberhemd. Entzückt verbeugten sich Dame Nenophar und Denes.

»Welch eine Hitze«, klagte der Wesir. »Erträglich ist eigentlich nur der Winter. Einige Augenblicke in der Sonne, und schon brennt meine Haut.«

»Eines unserer Becken steht Euch zur Verfügung, falls Ihr Euch vor dem Festmahl erfrischen wollt«, schlug Denes vor.

»Ich kann nicht schwimmen, und ich verabscheue Wasser.«

Der Zeremonienmeister geleitete den Wesir zu dessen Ehrenplatz. Die Freunde von PHARAO folgten ihm nach, dann die hohen Würdenträger, die anderen königlichen Schreiber und die verschiedenen Persönlichkeiten, denen das Glück zuteil geworden war, zu einem der prunkvollsten Feste des Jahres geladen zu sein. Bel-ter-an und Silkis gehörten zu letzteren; Nenophar begrüßte sie beiläufig.

»Wird Heerführer Ascher kommen?« flüsterte Denes seiner Gemahlin leise ins Ohr.

»Er hat sich soeben entschuldigen lassen. Er ist durch dienstliche Erfordernisse verhindert.«

»Und der Vorsteher der Ordnungskräfte, Monthmose?«

»Er ist leidend.«

Im Festmahlssaal, dessen Decke Weinranken zierten, ließen die Geladenen sich auf bequemen, mit Kissen versehenen

Prunkstühlen nieder. Vor sich kleine runde Tische, auf denen Kelche, Teller und Schalen standen. Musikantinnen, eine Flöten-, eine Harfen- und eine Lautenspielerin, trugen fröhliche und leichte Weisen vor.

Nackte nubische Mädchen schwärmten zwischen den Tafelgästen aus und legten auf deren Perücken kleine duftende Salbkegel ab, die beim Schmelzen liebliche Gerüche verbreiten und lästige Insekten fernhalten würden. Einem jedem wurde eine Lotosblüte dargereicht. Ein Priester goß Wasser auf den Opfertisch, der in der Mitte des Raumes stand, um die Speisen kultisch zu reinigen.

Plötzlich kam Dame Nenophar zu Bewußtsein, daß der Held des Abends fehlte.

»Diese Verspätung ist unglaublich!«

»Mach dir keine Gedanken. Paser ist ein wahres Arbeitstier; irgendein Vorgang wird ihn aufgehalten haben.«

»An einem Abend wie diesem! Unsere Gäste werden ungeduldig, wir müssen mit dem Auftragen beginnen.«

»Sei nicht so aufgeregt.«

Außer sich bat Nenophar die beste Tänzerin von Memphis, früher als vorgesehen aufzutreten. Die im zwanzigsten Lebensjahr stehende Schülerin Sababus, der Eigentümerin vom achtbarsten Haus des Bieres der Stadt, trug lediglich einen Gurt aus Muscheln, welche in köstlicher Weise bei jedem ihrer Schritte aneinanderrasselten. Tätowierungen auf ihrem linken Oberschenkel stellten den Gott Bes, einen heiteren, bärtigen Zwerg, den Bürgen jedweder Freuden, dar. Die Künstlerin fesselte sogleich die Aufmerksamkeit der Runde; bis zu Pasers und Neferets Eintreffen würde sie sich zusehends gewagteren, geschmeidigeren Figuren hingeben.

Während die Geladenen Weinbeeren und hauchfeine Melonenscheiben knabberten, um die Eßlust anzuregen, gewahrte die zunehmend gereiztere Nenophar mit einem Mal eine gewisse Unruhe an der Pforte des Anwesens. Da waren sie endlich!

»Kommt rasch.«

»Ich bin untröstlich«, entschuldigte sich Paser.

Wie erklären, daß er sich des Verlangens, Neferet zu entkleiden, nicht hatte erwehren können, daß sein Ungestüm ihn dazu verleitet hatte, einen Träger zu zerreißen, daß es ihm gelungen war, sie die zeitlichen Zwänge vergessen zu lassen, und daß ihre Liebe mehr zählte als die glänzendste aller Einladungen? Zerzaust hatte Neferet ein neues Gewand aussuchen und Paser überreden müssen, ihr Bett der Lust zu verlassen.

Die Tänzerin zog sich zurück, und die Musikantinnen unterbrachen ihr Spiel, als das junge Paar über die Schwelle des Festsaals schritt. Dies war der Augenblick, in dem es von Dutzenden Augenpaaren ohne Nachsicht beurteilt wurde.

Paser hatte sich nicht um Vornehmheit bemüht: Mit kurzer Perücke, nacktem Oberkörper und kurzem Schurz glich er einem jener ernsten, abweisenden Schreiber aus der Zeit der Pyramiden. Das einzige Zugeständnis an die Gegenwart war ein gefältelter Überschoß, der kaum die Nüchternheit der Gewandung abmilderte. Die Erscheinung entsprach seinem Ruf unerbittlicher Strenge. Eingefleischte Spieler schlossen Wetten ab über den Zeitpunkt, da er, wie alle und jedermann, der Bestechlichkeit erliegen würde. Andere waren belustigt, wenn sie an die weitreichenden Vollmachten eines Ältesten der Vorhalle dachten, dessen unziemliche Jugendlichkeit ihn unvermeidlicherweise zu Maßlosigkeiten hinreißen würde. Und man bekrittelte die Entscheidung des alten Wesirs, der zunehmend abwesender und allzu voreilig schien, seine Macht stückchenweise zu übertragen. Etliche Höflinge bedrängten Ramses bereits, ihn durch einen erfahrenen und rührigen Verweser abzulösen.

Neferet regte nicht zu solchen Streitgesprächen an. Ein schlichtes Blumenband um das Haar, ein breites Pektoral, das ihre Brüste verbarg, zarte lotosförmige Ohrgehänge, Reife an den Handgelenken und Fesseln, ein langes Gewand aus durchsichtigem Leinen, das ihre Formen mehr hervorhob als verhüllte: Sie zu betrachten verzückte den Überheblichsten und besänftigte den Mißmutigsten; zu ihrer Jugend und Schönheit gesellte sich der Glanz einer wachen Klug-

heit, die sich, ohne verächtlich zu wirken, in ihrem spötti-
schen Blick ausdrückte. Niemand ließ sich indes täuschen;
ihre Anmut schloß keineswegs eine unbeirrbare Willensstär-
ke aus, die nur wenige Menschen würden zu erschüttern
vermögen.
Weshalb aber hatte sie sich nur in diesen niederen Richter
vernarrt, dessen strenges Gebaren noch längst keine Gewähr
bot für eine erfolgreiche Zukunft? Gewiß, er hatte eine
herausragende Stellung erlangt, doch er würde nicht imstande sein, sich lange darin zu halten. Die Liebelei würde
erlöschen und Neferet einen weit blendenderen Manne
erwählen. Dort, wo der unglückliche Oberste Arzt Neb-
Amun gescheitert war, würde ein anderer zum Erfolg gelangen. Einige der Damen in gewissem Alter beklagten die
Kühnheit der Gewandung bei der Gattin eines hohen Gerichtsbeamten, nicht wissend, daß Neferet kein anderes
Kleid anzuziehen hatte.
Der Älteste der Vorhalle und seine Gemahlin nahmen Platz
an der Seite des Wesirs. Diener sputeten sich, ihnen eine
Scheibe geröstetes Ochsenfleisch und auserlesenen Rotwein
aufzutischen.
»Ist Eure Gattin leidend?« erkundigte sich Neferet besorgt.
»Nein, sie geht niemals aus. Ihre Küche, ihre Kinder und
ihre Wohnung inmitten der Stadt genügen ihr.«
»Ich schäme mich beinahe, ein derart großes Herrenhaus
angenommen zu haben«, gestand Paser.
»Ihr tätet unrecht daran. Wenn ich das Anwesen ausgeschlagen habe, das PHARAO dem Wesir zugesteht, dann nur, weil
ich das Land verabscheue. Vierzig Jahre sind es nun schon,
daß ich am selben Ort wohne, und ich habe nicht die Absicht
umzuziehen. Ich mag die Stadt. Die freie Luft, das Ungeziefer, die Felder, so weit das Auge reicht, dies alles ist mir
einerlei oder stört mich sogar.«
»Als Heilkundige«, erinnerte Neferet, »würde ich Euch trotz
allem anraten, Euch so häufig als möglich zu bewegen.«
»Ich gehe zu Fuß in meine Amtsräume, und kehre abends zu
Fuß nach Hause zurück.«

»Ihr brauchtet mehr Ruhe von den Amtspflichten.«

»Sobald die berufliche Lage meiner Kinder gefestigt ist, werde ich meine Arbeitszeiten verringern.«

»Sorgen?«

»Nicht um meine Tochter. Bei ihr erlebe ich eine schlichte Enttäuschung; sie war als Weberlehrmädchen dem Tempel der Hathor beigetreten, fand jedoch keinen Gefallen an einem Leben, bei dem die Rituale den Tagesablauf bestimmen. Sie ist dann als Buchhalterin des Korns auf einem großen Gut eingestellt worden und wird es dort zu etwas bringen. Mit meinem Sohn ist schwieriger umzugehen; das Brettspiel ist seine ganze Leidenschaft, er verliert dabei die Hälfte seines Lohnes als Prüfer für gebrannte Ziegeln. Zum Glück lebt er noch zu Hause, und seine Mutter ernährt ihn. Falls er auf meine Stellung baut, um die seine zu verbessern, täuscht er sich. Ich habe dazu weder das Recht noch den Wunsch. Doch diese, ach so gewöhnlichen Schwierigkeiten sollen Euch nicht entmutigen; Kinder zu haben ist das allergrößte Glück.«

Die vortrefflichen Gerichte und die Weine verzückten die Gaumen der Tafelgäste, die eine Menge Belanglosigkeiten austauschten, bis sich der Älteste der Vorhalle zu einer kurzen Ansprache erhob, deren Ton die Versammelten erstaunte.

»Allein das Amt zählt, und nicht der Mensch, der es für eine flüchtige Zeitspanne bekleidet. Meine einzige Führerin wird Maat sein, die Göttin der Gerechtigkeit, die den Weg der Gerichtsbeamten dieses Landes vorzeichnet. Falls es zu Fehlern in der jüngsten Vergangenheit gekommen ist, fühle ich mich dafür verantwortlich. Solange der Wesir mir sein Vertrauen gewährt, werde ich meine Aufgabe erfüllen, ohne die Belange der einen oder anderen zu bevorrechten. Die laufenden Angelegenheiten werden nicht unter dem Schleier der Vergessenheit bleiben, selbst wenn angesehene Persönlichkeiten dabei betroffen sind. Die Gerechtigkeit ist der kostbarste Schatz Ägyptens; ich wünsche mir, daß jede meiner Entscheidungen diesen bereichern möge.«

Pasers Stimme war kraftvoll, klar und entschieden. Wer noch an seinem Durchsetzungsvermögen zweifelte, wurde eines Besseren belehrt. Die augenscheinliche Jugendlichkeit des Richters mußte kein Nachteil sein; im Gegenteil, sie würde ihm eine unerläßliche Tatkraft verleihen, die sich in den Dienst einer beeindruckenden Reife stellte. Viele änderten ihre Meinung; die Herrschaft des neuen Ältesten der Vorhalle würde vielleicht nicht nur kurzlebig sein.

Spät in der Nacht gingen die Geladenen auseinander; Wesir Bagi, der sich gerne früh zu Bett legte, hatte sich als erster zurückgezogen. Jeder bestand darauf, Paser und Neferet seinen Gruß zu entbieten und sie zu beglückwünschen.

Endlich konnten sie in den Garten hinaustreten. Laute Stimmen erregten jäh ihre Neugier. Als sie sich einer Tamariskengruppe näherten, wurden sie Zeugen eines heftigen Zanks zwischen Bel-ter-an und Nenophar.

»Ich hoffe, Euch nie wieder in diesem Haus zu sehen.«

»Ihr hättet mich eben nicht einladen sollen.«

»Die Höflichkeit nötigte mich dazu.«

»Nun, weshalb dann dieser Zorn?«

»Es genügt Euch nicht, daß Ihr meinen Gatten mit einer Abgabennachforderung verfolgt, Ihr müßt auch noch mein Amt einer Prüferin des Schatzhauses abschaffen.«

»Es war ein Ehrenamt. Das Reich setzte Euch ein Gehalt aus, das mitnichten der tatsächlichen Arbeit entsprach. Ich bringe wieder Ordnung in die allzu verschwenderischen Verwaltungsbehörden und werde nichts davon zurücknehmen. Seid gewiß, daß der neue Älteste der Vorhalle mir beipflichten wird und daß er in gleicher Weise gehandelt und sogar eine Strafe verhängt hätte. Dank mir entgeht Ihr dieser.«

»Eine feine Art, Euch zu rechtfertigen! Ihr seid gefährlicher als ein Krokodil, Bel-ter-an.«

»Diese Echsen reinigen den Nil und verschlingen die überzähligen Flußpferde. Denes sollte sich in acht nehmen.«

»Eure Drohungen beeindrucken mich nicht. Listigere Ränkeschmiede als Ihr haben sich die Zähne ausgebissen.«

»So wünsche ich mir denn viel Glück.«

Wutentbrannt ließ Dame Nenophar ihr Gegenüber stehen, und Bel-ter-an begab sich zu seiner ungeduldig wartenden Gattin.

*

Paser und Neferet begrüßten die Morgenröte auf dem Dach ihres Herrenhauses. Sie gedachten des glücklichen Tages, der gerade anbrach und der sie mit einer Liebe, so süß wie der Duft der Feste, erleuchten würde. Auf Erden wie im Jenseits, wenn die Menschengeschlechter dahingeschwunden wären, würde er die geliebte Frau mit Blumen schmükken und Sykomoren pflanzen an jenem Teich frischen Wassers, in dem sie sich an ihrem Bild nie sattsehen würden. Ihrer beider vereinte Seele käme unter dem schattigen Laubwerk sich laben, gespeist vom Gesang der leise im Wind schaukelnden Blätter.

14. KAPITEL

Paser war völlig besessen von einer Dringlichkeit: nämlich eine Verhandlung abzuhalten, die Kems Unschuld endgültig und unwiderruflich beweisen und ihm seine Würde zurückgeben sollte. Nebenbei würde er dadurch den gespensterhaften sogenannten Zeugen des Vorstehers der Ordnungskräfte ausfindig machen und letzteren anklagen, zu Falschaussagen angestiftet zu haben. Unmittelbar nach ihrem Aufstehen und noch vor dem ersten Kuß ließ Neferet ihn zwei kräftige Schlucke Kupferwasser trinken; ein heimtückischer Schnupfen bewies, daß die Körpersäfte des Ältesten der Vorhalle infolge seiner Haft weiterhin verseucht und geschwächt waren.

Paser verschlang sein Morgenmahl zu rasch und eilte in sein Amtszimmer, wo er sogleich von einem Heer an Schreibern umlagert wurde, die ihm eine Reihe grimmiger Klagen entgegenhielten, die an die zwanzig kleine Dörfer eingereicht hatten. Auf Grund der Ablehnung eines Aufsehers der königlichen Kornhäuser war ihnen weder Öl noch Getreide geliefert worden; beides war für das Wohlbefinden der durch die ungenügende Nilschwelle geschädigten Bewohner jedoch unerläßlich. Sich auf eine veraltete Vorschrift berufend, waren die ausgehungerten Bauern dem niederen Beamten völlig gleichgültig.

Mit Bel-ter-ans Hilfe verwendete der Älteste der Vorhalle zwei lange Tage darauf, diese dem Anschein nach so einfache Angelegenheit zu bereinigen, ohne irgendwelche Verwaltungsirrtümer zu begehen. Der Aufseher der Kornhäuser wurde zum Zuständigen jenes Kanals ernannt, der eines der Dörfer, das er zu verpflegen ablehnte, versorgte.

Dann tauchte eine weitere Schwierigkeit auf: ein Streitfall

zwischen Obsterzeugern und den mit der Buchführung der Erträge betrauten Schreibern des Schatzhauses; um ein endloses Verfahren zu umgehen, begab Paser sich selbst in die Obstgärten, strafte die Betrüger ab und schlug die ungerechtfertigten Anschuldigungen der Steuerbeamten nieder. Dabei erkannte er, in welchem Maße das Gleichgewicht von Handel und Wandel des Landes, dieser Bund zwischen freiem, persönlichem Wirtschaften und Lenkung durch die Oberste Verwaltung, ein unablässig erneuertes Wunder war. Dem Einzelnen oblag es, nach seinen Bedürfnissen zu arbeiten und, jenseits einer gewissen Schwelle, den Gewinn aus seiner Mühsal zu ernten; dem Reich hingegen, die Bewässerung, die Sicherheit der Habe und der Menschen, die Lagerhaltung und Ausgabe der Nahrungsmittel im Falle ungenügender Nilschwellen sowie jede Aufgabe des gemeinen Wohls zu gewährleisten.

Da er begriff, daß es ihm die Luft abschnüren würde, falls er seine Zeiteinteilung nicht in den Griff bekäme, legte Paser das »Verfahren Kem« auf die folgende Woche fest. Sobald der betreffende Tag bekanntgemacht war, erhob ein Priester vom Tempel des Ptah einen Einwand dagegen: Es handele sich bei jenem um einen Schlechten Tag, nämlich den Jahrestag des kosmischen Zweikampfes zwischen Horus, dem Himmlischen Licht, und seinem Bruder Seth, dem Sturmgewitter.* An einem solchen Tag war es ratsamer, sein Haus nicht zu verlassen und keine Reise zu unternehmen; selbstverständlich würde Monthmose sich diesen Rechtfertigungsgrund zunutze machen, um nicht zu erscheinen.

Zornig auf sich selbst, hätte Paser beinahe die Arme sinken lassen, als ihm eine dunkle Zollangelegenheit vorgelegt wurde, die fremdländische Kaufleute betraf. Als der erste Augenblick der Entmutigung vorüber war, begann er die Unterlage zu lesen, schob sie aber sogleich wieder beiseite; wie hätte er

---

* Papyri zur *Tagewählerei* vermitteln uns die Listen der »Guten Tage« und »Schlechten Tage«, die jeweils mythologischen Ereignissen entsprechen.

das Elend des nubischen Ordnungshüters vergessen können, der in den finstersten Winkeln der Stadt nach seinem Babuin suchte?

Monthmose, der Vorsteher der Ordnungskräfte, sprach Paser wenig später in einer bevölkerten Straße an, wo der neue Älteste der Vorhalle gerade Nubische Rotblüten für einen Absud erwarb, auf den sein Hund ganz versessen war.*

Offensichtlich recht unwohl in seiner Haut, gab Monthmose sich salbungsvoll.

»Ich bin getäuscht worden«, gestand er ein. »Im Grunde meiner selbst habe ich stets an Eure Unschuld geglaubt.«

»Ihr habt ich trotz alledem ins Straflager geschickt.«

»Hättet Ihr an meiner Stelle nicht ebenso gehandelt? Die Gerechtigkeit ist verpflichtet, sich auch gegenüber Richtern unerbittlich zu zeigen; andernfalls ist sie nicht mehr glaubwürdig.«

»In diesem besonderen Fall ist nicht einmal über sie entschieden worden.«

»Unglückseliges Zusammentreffen verschiedener Umstände, mein teurer Paser. Heute nun begünstigt Euch das Schicksal, und wir alle freuen uns darüber. Ich habe erfahren, Ihr trüget Euch mit der Absicht, unter der Vorhalle eine Verhandlung bezüglich dieser bedauerlichen Angelegenheit Kem abzuhalten.«

»Ihr seid gut unterrichtet, Monthmose. Es muß lediglich noch der Zeitpunkt festgesetzt werden, der diesmal kein Schlechter Tag sein wird.«

»Sollten wir diese beklagenswerten Wechselfälle nicht vergessen?«

»Vergessen ist der erste Schritt zum Unrecht. Ist die Vorhalle nicht der Ort, an dem ich die Schwachen schützen und sie vor den Mächtigen erretten soll?«

»Euer nubischer Ordnungshüter ist kein Schwacher.«

»Ihr seid der Mächtige, der danach trachtet, ihn zu zerstö-

---

* Es handelt sich dabei um *Karkadeh*, ein auch im heutigen Ägypten noch geschätztes Getränk aus den Blättern und Blüten der Malve.

ren, indem Ihr ihn eines Verbrechens bezichtigt, das er nicht begangen hat.«

»Nehmt ein Übereinkommen an, das Euch etliche Verdrießlichkeiten ersparen würde.«

»Von welcher Art?«

»Gewisse Namen könnten ausgesprochen werden ... Die angesehenen Persönlichkeiten hängen an Ihrer Ehrbarkeit.«

»Was sollte ein Unschuldiger befürchten?«

»Gemunkel, Gerüchte, Böswilligkeiten ...«

»Unter der Vorhalle wird dies alles hinweggefegt. Ihr habt einen schlimmen Verstoß begangen, Monthmose.«

»Ich bin der ausführende Arm des Rechts. Euch von meiner Person zu trennen wäre ein ernster Fehler.«

»Ich will den Namen des Augenzeugen, der Kem beschuldigt, Branir ermordet zu haben.«

»Ich habe ihn erfunden.«

»Gewiß nicht. Ihr hättet Euch mit diesem Beweisgrund nicht vorgewagt, wenn es die Person nicht gäbe. Ich betrachte die Falschaussage als verbrecherische Handlung und geeignet, ein Menschenleben zugrunde zu richten. Die Gerichtsverhandlung wird abgehalten; sie wird Eure Rolle als Einflüsterer und Fädenzieher ans Licht bringen und mir erlauben, Euren berüchtigten Zeugen in Kems Beisein zu verhören. Sein Name?«

»Ich weigere mich, ihn Euch zu nennen.«

»Ist es eine derart hochgestellte Persönlichkeit?«

»Ich habe mich verpflichtet, Schweigen zu wahren. Er ging viele Gefahren ein und bestand darauf, nicht zu erscheinen.«

»Verweigerung der Zusammenarbeit bei einer Ermittlung: Ihr kennt die diesbezügliche Strafe.«

»Ihr geratet auf Abwege! Ich bin nicht irgend jemand, sondern der Vorsteher der Ordnungskräfte!«

»Und ich der Älteste der Vorhalle.«

Mit einem Mal kam Monthmose, dessen Schädel ziegelrot und dessen Stimme sehr schrill geworden war, zu Bewußt-

115

sein, daß er nicht mehr einen niederen, nach Rechtschaffenheit dürstenden Landrichter vor sich hatte, sondern den höchsten Gerichtsbeamten der Stadt, der weder übereilt noch zögerlich auf das Ziel zuschritt, das er sich gesteckt hatte.

»Ich muß darüber nachdenken.«

»Ich erwarte Euch morgen früh in meinem Amtszimmer. Ihr werdet mir den Namen Eures falschen Zeugen enthüllen.«

*

Wenngleich das zu Ehren des Ältesten der Vorhalle ausgerichtete Festmahl ein voller Erfolg gewesen war, dachte Denes nicht weiter an diese prunkvolle Feier, die sein Ansehen erhöht hatte. Er mußte sich nun vielmehr damit befassen, seinen Freund Qadasch zu beruhigen, der in einem Maße erregt war, daß er stotterte. Ruhelos auf und ab gehend, strich der Zahnheilkundler unablässig die widerspenstigen Strähnen seiner weißen Haarpracht zurecht. Der starke Blutandrang rötete seine Hände, und die Äderchen auf seiner Nase schienen bald zu platzen.

Die beiden Männer hatten sich in den abgelegensten Teil des Lustgartens zurückgezogen, fernab neugieriger Ohren. Der Metallkundler Scheschi, der zu ihnen gestoßen war, hatte sich versichert, daß niemand sie hören konnte. Am Fuße einer Dattelpalme sitzend, teilte der kleine Mann mit dem schwarzen Schnurrbart Qadaschs Besorgnis, obwohl er dessen Aufgeregtheit beklagte.

»Deine Vorgehensweise ist ein einziges Verhängnis!« warf Qadasch Denes vor.

»Wir waren uns alle drei einig, uns Monthmoses zu bedienen, Kem anklagen zu lassen und auf diese Art den Eifer des Richters Paser zu dämpfen.«

»Und wir sind gescheitert, jämmerlich gescheitert. Wegen des Zitterns meiner Hände bin ich außerstande, meinen Beruf weiter auszuüben, und Ihr habt mir das Himmelseisen verweigert! Als ich mich auf diese Verschwörung eingelassen habe, habt Ihr mir ein Amt an der Spitze des Reiches versprochen!«

»Zunächst das des Obersten Arztes an Stelle von Neb-Amun«, erinnerte Denes beschwichtigend, »und später ein höheres noch.«

»Von diesen schönen Träumen kann ich mich verabschieden!«

»Selbstverständlich nicht.«

»Solltest du etwa vergessen, daß Paser Ältester der Vorhalle ist, eine Verhandlung durchführen will, um Kem von jedem Verdacht reinzuwaschen, und den Augenzeugen, also mich selbst, erscheinen zu lassen!«

»Monthmose wird deinen Namen nicht aussprechen.«

»Dessen bin ich mir nicht so sicher wie du.«

»Er hat sein ganzes Leben lang Ränke geschmiedet, um diese Stellung zu erhalten; falls er uns verrät, verdammt er sich selbst.«

Der Metallkundler Scheschi pflichtete mit einem Kopfnicken bei. Etwas ermutigt nahm Qadasch einen Kelch Bier an. Denes, der während des Festmahls zu reichlich gegessen hatte, rieb seinen aufgeblähten Bauch.

»Der Vorsteher der Ordnungskräfte«, beklagte er, »ist ein Unfähiger. Wenn wir die Macht ergreifen, werden wir ihn beiseite schieben.«

»Jede Übereilung wird schädlich sein«, hob Scheschi mit leiser, kaum hörbarer Stimme hervor. »Heerführer Ascher wirkt im dunkeln, und ich bin mit meinen Erfolgen nicht unzufrieden. Bald werden wir über eine ausgezeichnete Bewaffnung verfügen und die wichtigsten Waffenkammern in unsere Gewalt bekommen. Vor allem aber sollten wir nicht in Erscheinung treten. Paser ist davon überzeugt, daß Qadasch mir das Himmlische Eisen hat stehlen wollen und daß wir verfeindet sind; ihm sind unsere wahren Beziehungen unbekannt, und er wird sie nicht entdecken, sofern wir vorsichtig sind. Dank Denes' öffentlicher Bekundungen glaubt er, der derzeitige Einsatz gelte der Herstellung unzerbrechlicher Waffen. Bestärken wir ihn in dieser Meinung.«

»Sollte er so arglos sein?« sorgte sich der Zahnheilkundler.

»Im Gegenteil. Ein Vorhaben von solcher Tragweite wird seine ganze Aufmerksamkeit auf sich lenken. Was gäbe es Bedeutenderes als ein Schwert, das imstande wäre, ohne zu zerbrechen, Helme, Rüstungen und Schilde zu spalten? Mit ihm könnte Ascher einen Umsturz aushecken, um sich die Macht anzueignen. Das ist die Wahrheit, die sich dem Geist des Richters aufdrängen wird.«

»Sie würde dich zum Mittäter machen«, fügte Denes hinzu.

»Mein Gehorsam, in meiner Eigenschaft als Fachmann, schließt meine Verantwortlichkeit aus.«

»Ich bin dennoch besorgt«, beharrte Qadasch, der erneut mit seinem Auf und Ab begann. »Seit er sich uns in den Weg gestellt hat, haben wir Paser unterschätzt. Und heute ist er Ältester der Vorhalle!«

»Der nächste Sturm wird ihn hinwegfegen«, prophezeite Denes.

»Jeder Tag, der verstreicht, ist uns günstig«, erinnerte Scheschi. »PHARAOS Macht zerbröckelt wie ein verwitterter Stein.«

Keiner der drei Verschwörer bemerkte die Gegenwart eines Zeugen, dem nicht ein Wort der Unterredung entgangen war.

Auf dem Wipfel einer Palme hockend, starrte Töter, der Pavian des Ordnungshüters, sie mit seinen roten Augen unverwandt an.

*

In heller Entrüstung wegen Bel-ter-ans besessenem und streitlustigem Verhalten, blieb Dame Nenophar nicht untätig. Sie hatte die mit den Geschäften betrauten Vertreter der fünfzig wohlhabendsten Memphiter Familien zu sich bestellt, um ihnen die Lage klar vor Augen zu führen. Deren Herren waren, wie sie selbst, im Genuß einer gewissen Zahl an Ehrenämtern, die sie zwar nicht auszuüben brauchten, die ihnen jedoch ermöglichten, vertrauliche Kenntnisse zu erhalten und in bevorzugter Fühlung mit der Hohen Verwaltung zu bleiben. In seiner Besessenheit, alles neu zu ordnen, schaffte Bel-ter-an diese Ämter eines nach dem anderen ab. Seit dem Anbeginn seiner Geschichte hatte Ägypten stets alle Unmäßigkeiten an herrschsüchtiger Einflußnahme von Emporkömmlingen dieses Schlages zurückgedrängt, die so gefährlich wie Sandottern waren.

Der flammenden Ansprache von Dame Nenophar wurde einstimmig beigepflichtet. Man kam zu dem Schluß, daß ein Mann es sich selbst schuldig war, die Sache der Vernunft und der Gerechtigkeit zu ergreifen: Paser, der Älteste der Vorhalle. Daher auch erwirkte eine Abordnung, aus Nenophar und zehn herausragenden Vertretern der Vornehmen bestehend, bereits am nächsten Tage eine Anhörung. Niemand kam mit leeren Händen; zu Füßen des Richters legten sie Salbölgefäße, einen Posten kostbarer Stoffe und eine Schatulle randvoll mit Geschmeide nieder.

»Empfangt diese Huldigungen an Euer Amt«, sagte der Älteste von ihnen.

»Eure Großzügigkeit bewegt mich, doch ich bin genötigt, sie auszuschlagen.«

Der alte Würdenträger entrüstete sich.

»Aus welchem Grund?«

»Sie könnte ein Bestechungsversuch sein.«

»Dieser Gedanke liegt uns fern! Bereitet uns die Freude, sie anzunehmen.«

»Nehmt diese Geschenke wieder mit und gebt sie Euren verdientesten Untergebenen.«

Dame Nenophar befand es für unerläßlich, einzugreifen.

»Ältester der Vorhalle, wir fordern die Achtung der Hierarchie und der herkömmlichen Werte.«

»Ihr werdet in mir einen Verbündeten finden.«

Die Gattin des Warenbeförderers Denes glich in ihrem feurigen Eifer mehr denn je einer Statue.

»Bel-ter-an hat gerade ohne irgendeinen ernsthaften Grund mein Ehrenamt einer Prüferin des Schatzhauses abgeschafft und schickt sich nun an, etliche Mitglieder der geachtetsten Memphiter Familien zutiefst zu verletzen. Er tastet unsere

119

Bräuche an und vergreift sich an sehr alten Vorrechten. Wir fordern Euer Einschreiten, auf daß diese Verfolgungen aufhören.«

Paser las ihnen darauf einen Absatz aus den Lehren der Maat vor.

»Du, der du Richter bist, mache keinen Unterschied zwischen einem Reichen und einem Mann des Volkes. Schenke keinerlei Aufmerksamkeit den schönen Kleidern, mißachte nicht den, dessen Gewandung einfach ist wegen seiner bescheidenen Mittel. Nimm keinerlei Geschenke an von jenem, der Habe besitzt, und benachteilige nicht den Schwachen zu jenes Gunsten. Auf diese Weise wird das Land festgefügt bleiben, sofern du dich allein um die Taten bekümmerst, wenn du deinen Spruch fällst.«

Diese allen bekannten Gebote stifteten gleichwohl Verwirrung.

»Was bedeutet diese Ermahnung?« verwunderte sich Nenophar.

»Daß ich Bescheid weiß über die Umstände, und daß ich Bel-ter-an beipflichte. Eure ›Vorrechte‹ sind wohl kaum alt zu nennen, da sie auf die ersten Jahre von Ramses' Herrschaft zurückgehen.«

»Solltet Ihr etwa den König tadeln?«

»Er regte Euch, die Vornehmen, an, neue Obliegenheiten auszufüllen, und nicht Gewinn aus einem Titel zu ziehen. Der Wesir hat nicht den leisesten Einwand gegen Bel-ter-ans Neuordnung der Verwaltung erhoben. Die ersten Ergebnisse sind ermutigend.«

»Solltet Ihr beabsichtigen, die Vornehmen verarmen zu lassen?«

»Ihnen ihre wahre Größe wiederzugeben, auf daß sie ein Beispiel seien.«

Bagi, der Unnachgiebige, Bel-ter-an, der Ehrgeizige, Paser, der nach Vollkommenheit strebende Schwärmer: Dame Nenophar schauderte bei dem Gedanken, daß diese drei verbündet waren! Zum Glück würde der alte Wesir nicht mehr lange säumen, in den Ruhestand zu treten, der Schakal würde mit seinen langen Zähnen auf Stein beißen und der rechtschaffene Richter früher oder später den Versuchungen erliegen.

»Lassen wir die überkommenen Sprüche! Welchen Standpunkt nehmt Ihr ein?«

»Bin ich nicht deutlich genug gewesen?«

»Kein Würdenträger baut seine Laufbahn ohne unsere Beihilfe auf.«

»Ich werde mich darein schicken, die Ausnahme zu sein.«

»Ihr werdet scheitern.«

*

Tapeni war unersättlich. Sie besaß zwar nicht Panthers unnachahmliches Feuer, doch verriet sie einen wunderbaren Erfindungsreichtum, sowohl bei den verschiedenen Stellungen als auch bei den Liebkosungen. Um sie nicht zu enttäuschen, war Sethi gezwungen, ihr bei ihren Ausschweifungen zu folgen und ihr dabei sogar vorauszueilen. Tapeni empfand eine tiefe Zuneigung für den jungen Mann, dem sie Schätze an Zärtlichkeit vorbehielt. Die kleine, leicht überspannte Braunhaarige verstand sich auf die Kunst des Kusses bald mit Feingefühl, bald mit Heftigkeit.

Zum Glück war Tapeni durch ihre Arbeit gleichfalls stark beschäftigt; daher blieben Sethi Zeiten der Ruhe, die er sich zunutze machte, um Panther zu beschwichtigen und ihr seine unverminderte Leidenschaft zu beweisen.

Tapeni schlüpfte in ihr Gewand, Sethi zog seinen Schurz zurecht.

»Du bist ein äußerst stattlicher Mann und ein ungestümer Hengst.«

»›Hüpfende Gazelle‹ würde dir gut ziemen.«

»Die Dichtkunst ist mir gleichgültig, doch deine Manneskraft bezaubert mich.«

»Du weißt ihr mit überzeugendem Gebärdenspiel zuzureden. Aber wir haben den Anlaß meines ersten Besuches völlig aus dem Blick verloren.«

»Die perlmutterne Nadel?«

»Ganz genau.«

»Ein schöner, seltener und kostbarer Gegenstand, den allein eine Person von Wert handhabt, die sich auf die Weberei versteht.«

»Sind sie dir alle bekannt?«

»Selbstverständlich.«

»Bist du bereit, sie mir zu nennen?«

»Das sind Frauen, Nebenbuhlerinnen ... Du verlangst zuviel von mir.«

Sethi hatte diese Antwort befürchtet.

»Wie könnte ich dich dazu betören?«

»Du bist der Mann, den ich wollte. Abends und bei Nacht fehlst du mir. Ich bin gezwungen, mich selbst zu lieben, indem ich an dich denke. Werden diese Qualen nicht langsam unerträglich?«

»Ich könnte dir von Zeit zu Zeit eine Nacht zugestehen.«

»Ich will alle Nächte.«

»Wünschst du etwa ...«

»Die Heirat, mein Liebling.«

»Aus sittlichen Grundsätzen stehe ich ihr eher feindlich gegenüber.«

»Du wirst deine Geliebten aufgeben müssen, reich werden, bei mir wohnen, auf mich warten, immerzu bereit sein, meine tollsten Wünsche zu befriedigen.«

»Es gibt beschwerlichere Tätigkeiten.«

»Wir werden unsere Verbindung nächste Woche amtlich machen.«

Sethi begehrte nicht auf. Er würde wohl eine Möglichkeit finden, dieser Sklaverei zu entrinnen.

»Und die Künstlerinnen der Nadel?«

Tapeni zierte sich.

»Habe ich dein Ehrenwort?«

»Ich besitze nur eines.«

»Ist diese Auskunft denn so wichtig?«

»Für mich ja. Wenn du jedoch ablehnst ...«

Sie klammerte sich an seinen Arm.

»Sei nicht verärgert.«

»Du spannst mich auf die Folter.«

»Ich wollte dich necken. Nadeln von dieser Sorte verstehen nur wenige vornehme Dame in Vollendung und mit sicherer Hand zu benutzen. Dieses Werkzeug erfordert Fingerspitzengefühl und Genauigkeit. Ich wüßte nur drei: die Gemahlin des ehemaligen Obersten Aufsehers der Kanäle an erster Stelle.«

»Wo hält sie sich auf?«

»Sie ist um die Achtzig und weilt auf der Insel von Elephantine, nahe der Südgrenze.«

Sethi verzog das Gesicht.

»Und die beiden anderen?«

»Die Witwe des Vorstehers der Kornhäuser besaß, obwohl sie klein und zierlich ist, eine unglaubliche Kraft. Doch sie hat sich vor nun zwei Jahren den Arm gebrochen und . . .«

»Die dritte?«

»Ihre Lieblingsschülerin, die trotz ihres Vermögens fortfährt, die meisten ihrer Kleider selbst zu fertigen: die Dame Nenophar.«

123

15. KAPITEL

Die Sitzung sollte um die Mitte des Morgens eröffnet werden. Obwohl er seinen Babuin nicht hatte aufspüren können, war Kem gewillt zu erscheinen.

Schon vom ersten Frühlicht an unterzog Paser die Vorhalle, wohin ihn das Schicksal rief, einer genauen Prüfung. Monthmose entgegenzutreten würde nicht einfach sein; in seine allerletzten Verschanzungen getrieben, würde der Vorsteher der Ordnungskräfte sich keineswegs wie eine verängstigte Ente verschnüren lassen. Der Richter befürchtete eine tückische, von einem Würdenträger schlechterdings zu erwartende Regung, welcher bereit war, andere zu zertreten, um seine Vorrechte zu schützen.

Paser trat aus der Vorhalle und betrachtete den Tempel, an den sie sich anlehnte. Hinter den hohen Mauern wirkten die Priester, die Bewahrer der göttlichen Kraft; im vollen Bewußtsein der menschlichen Schwächen weigerten sie sich, diese als Verhängnis hinzunehmen. Der Mensch war Lehm und Stroh, GOTT allein errichtete die Wohnstätten der Ewigkeit, in denen die Kräfte der Schöpfung weilten, auf ewig unerreichbar und dennoch gegenwärtig im geringsten Feuerstein. Ohne den Tempel wäre das Rechtswesen bloß Drangsal, Rache, Alleinherrschaft einer bestimmten Schicht gewesen; dank seiner hielt die Göttin das Steuer fest in der Hand und wachte über die Waage. Kein Sterblicher konnte die Gerechtigkeit in Besitz haben; lediglich Maat, mit ihrem Leib so leicht wie eine Straußenfeder, wußte um das Gewicht der Taten. Den Gerichtsbeamten oblag es, ihr mit der zärtlichen Liebe eines Kindes für seine Mutter zu dienen.

Monthmose tauchte unversehens aus der endenden Nacht auf. Trotz der warmen Jahreszeit leicht fröstelnd, hatte Paser

124

sich einen wollenen Umhang über die Schultern geworfen; dem Vorsteher der Ordnungskräfte genügte das lange, gestärkte Gewand, das er mit Erhabenheit trug. An seinem Gurt hing ein kurzer Dolch mit feiner Klinge. Sein Blick war kalt.

»Ihr seid ein Frühaufsteher, Monthmose.«

»Ich habe nicht die Absicht, die Rolle des Angeklagten zu spielen.«

»Ich habe Euch als Zeugen geladen.«

»Euer Vorgehen ist leicht zu durchschauen: Ihr wollt mich unter der Last mehr oder minder erfundener Vergehen zermalmen. Muß ich Euch daran erinnern, daß ich, wie Ihr, das Gesetz zur Anwendung bringe?«

»Wobei Ihr vergeßt, es auf Euch selbst anzuwenden.«

»Eine Ermittlung läßt sich nicht allein mit guter Gesinnung durchführen; bisweilen muß man sich die Hände schmutzig machen.«

»Solltet Ihr nicht verabsäumt haben, sie zu reinigen?«

»Dies ist nicht die Stunde für Gewäsch über Sittlichkeit. Zieht einen gefährlichen Nubier nicht dem Vorsteher der Ordnungskräfte vor.«

»Keine Ungleichheit vor dem Gesetz: Ich habe einen Eid in diesem Sinne geleistet.«

»Wer seid Ihr eigentlich, Paser?«

»Ein Richter Ägyptens.«

Diese Worte waren mit so viel Kraft und feierlichem Ernst ausgesprochen worden, daß sie Monthmose erschütterten. Er hatte das Mißgeschick, auf einen jener Gerichtsbeamten der alten Zeit zu stoßen, wie sie auf den halberhabenen Bildnereien des goldenen Zeitalters der Pyramiden dargestellt waren, einen jener Männer mit aufrechtem Haupt, die der Redlichkeit Ehrfurcht zollten, die Wahrheit liebten und Rügen sowie Lobreden gegenüber unempfindlich waren. Nach all den Jahren, die er in den gewundenen Irrgängen der Hohen Verwaltung zugebracht hatte, war der Vorsteher der Ordnungskräfte überzeugt gewesen, daß dieses Gezücht mit dem Wesir Bagi endgültig verschwinden würde. Doch leider, gleich dem Unkraut, das man bereits vernichtet glaubte, blühte es mit Paser wieder auf.

»Weshalb setzt Ihr mir so hart zu?«

»Ihr seid kein unschuldiges Opfer.«

»Ich wurde geschickt gelenkt.«

»Von wem?«

»Das entzieht sich meiner Kenntnis.«

»Aber, aber, Monthmose! Ihr seid der bestunterrichtete Mann von Ägypten, und Ihr sucht mir einzureden, daß ein einzelner Mensch, der noch durchtriebener und machtbesessener wäre als Ihr, die Fäden an Eurer Stelle gesponnen hätte?«

»Ihr wünschtet die Wahrheit, nun wißt Ihr sie. Ihr müßt anerkennen, daß sie mir nicht zur Ehre gereicht.«

»Meine Zweifel bleiben bestehen.«

»Damit tut Ihr unrecht. Über den wahren Grund des Todes der Altgedienten weiß ich nichts; und über den Diebstahl des Himmelseisens auch nicht mehr. Die Ermordung Branirs bot mir die Gelegenheit, mich über den Umweg einer nicht unterzeichneten Anzeige Eurer zu entledigen. Ich habe nicht gezögert, da ich Euch verabscheue. Ich verabscheue Eure Klugheit, Euren Willen, koste es, was es wolle, zum Ziel zu gelangen, Eure Verweigerung jeglichen Zugeständnisses. Eines nahen oder fernen Tages hättet Ihr Euch an mich herangewagt. Meine letzte Möglichkeit war Kem; falls Ihr ihn als Sündenbock angenommen hättet, hätten wir ein Stillhalteabkommen geschlossen.«

»Könnte Euer falscher Augenzeuge nicht der fragliche Dunkelmann sein?«

Monthmose kratzte sich den rosenroten Schädel.

»Es gibt sicherlich eine Verschwörung, deren denkender Kopf Heerführer Ascher ist, doch ich bin nicht in der Lage gewesen, die Fäden zu entdecken. Wir haben gemeinsame Feinde; weshalb sollten wir uns nicht verbünden?«

Pasers Schweigen erschien ihm als gutes Zeichen.

»Eure Unversöhnlichkeit wird nur eine gewisse Zeit bestehen«, versicherte Monthmose. »Sie hat Euch ermöglicht, in der Hierarchie weit aufzusteigen, doch überspannt diesen

Bogen nicht. Ich kenne das Leben; hört auf meine Ratschläge, und es wird Euch wohl dabei ergehen.«

»Ich muß einen Augenblick nachdenken.«

»Das lasse ich mir gefallen! Ich bin bereit, meinen Groll zu ersticken und Euch als Freund zu betrachten.«

»Wenn Ihr nicht im Mittelpunkt der Verschwörung steht«, befand Paser, laut denkend, »ist die Sache weit ernster, als ich es mir vorgestellt hatte.«

Monthmose war aus der Fassung gebracht. Er hatte eine anderen Schluß erhofft.

»Der Name Eures falschen Zeugen wird so zu einem wesentlichen Anhaltspunkt.«

»Beharrt nicht weiter.«

»Dann werdet Ihr also alleine stürzen, Monthmose.«

»Wagt Ihr etwa, mich anzuklagen ...«

»Und zwar der Verschwörung wider die Sicherheit des Reiches.«

»Die Geschworenen werden Euch nicht folgen!«

»Wir werden sehen. Es gibt genügend Klagegründe, um sie aufzuschrecken.«

»Und wenn ich Euch diesen Namen nenne, werdet Ihr mich dann in Frieden lassen?«

»Nein.«

»Ihr seid wahnsinnig!«

»Ich werde keiner Erpressung nachgeben.«

»In dem Fall besteht für mich kein Gewinn darin, zu sprechen.«

»Wie es Euch beliebt. Bis nachher dann, bei Gericht.«

Monthmoses Finger verkrampften sich um den Griff des Dolches.

Zum allerersten Male in seiner Laufbahn fühlte der Vorsteher der Ordnungskräfte sich wie in einem Netz gefangen.

»Welche Zukunft behaltet Ihr mir vor?«

»Die, die Ihr selbst gewählt habt.«

»Ihr seid ein ausgezeichneter Richter, ich bin ein guter Ordnungshüter. Ein Fehler kann doch wiedergutgemacht werden.«

127

»Der Name Eures falschen Zeugen?«

Monthmose würde nicht alleine untergehen.

»Der Zahnheilkundler Qadasch.«

Der Vorsteher der Ordnungskräfte lauerte auf eine Regung Pasers. Da der Älteste der Vorhalle stumm blieb, zögerte er zu verschwinden.

»Qadasch«, wiederholte Monthmose.

Dann drehte er sich auf dem Absatz um und hoffte dabei, diese Enthüllung würde ihn retten. Die Gegenwart eines aufmerksamen Zeugen, dessen rote Augen nicht einen Augenblick von ihm gewichen waren, hatte er nicht bemerkt. Auf dem Dach der Vorhalle hockend, ähnelte der Babuin einer Statue des Gottes Thot. Er saß auf seinem Hinterteil, die Hände flach auf den Schoß gelegt, und schien in stiller Versenkung.

Paser wußte, daß der Vorsteher der Ordnungskräfte nicht gelogen hatte. Ansonsten hätte der Affe sich auf ihn gestürzt. Der Richter rief Töter herbei. Der Pavian zögerte, ließ sich dann an einem Säulchen hinabgleiten, stellte sich vor Paser und reichte ihm die Hand.

Als der Pavian Kem wiederfand, sprang er ihm an den Hals, und Kem weinte vor Freude.

*

Die Wachteln überflogen die Äcker und gingen in den Kornfeldern nieder. Von einer langen Strecke erschöpft, hatte das Leittier die Gefahr nicht wahrgenommen. Papyrussandalen an den Füßen und flach auf die Erde gedrückt, spannten die Jäger ein engmaschiges Netz aus, während ihre Helfer Stoffetzen schwenkten, um die Vögel aufzuscheuchen, die darauf in großer Zahl gefangen wurden. Gebraten würden die Wachteln zu einer der meistgeschätzten Speisen auf den erlesensten Tafeln werden.

Paser hatte keinen Gefallen an diesem Schauspiel. Ein Wesen der Freiheit beraubt zu sehen, und sei es auch nur eine einfache Wachtel, verursachte ihm wahre Pein. Neferet, die

die kleinste Gefühlsregung bei ihm wahrnahm, zog ihn weiter über die Flur. Sie gingen bis zu dem von Sykomoren umstandenen See der still ruhenden Wasser, den ehedem ein thebanischer König für seine Große Königsgemahlin hatte ausheben lassen. Der Überlieferung zufolge kam die Göttin Hathor sich bei Sonnenuntergang in ihm baden. Die junge Frau hoffte, der Anblick dieser glückseligen Gefilde könnte den Richter mit Frieden erfüllen.

Bewies das Geständnis des Vorstehers der Ordnungskräfte denn nicht, daß Paser von den ersten Tagen seiner Ermittlungen in Memphis an sein Augenmerk auf einen der dienstbaren Geister der Verschwörung gelenkt hatte? Qadasch hatte nicht gezaudert, Monthmose zu dingen, um den Richter ins Straflager zu schicken. Von Schwindel übermannt, fragte sich der Älteste der Vorhalle, ob er nicht das Werkzeug eines höheren Willens wäre, der seinen Weg vorzeichnete und ihn zwang, diesem zu folgen, was immer auch geschehen mochte.

Qadaschs Schuld führte ihn dazu, sich Fragen zu stellen, auf die er nicht überstürzt und ohne Beweise antworten durfte. Ein sonderbares, bisweilen unerträgliches Feuer peinigte ihn; lief er in seiner Eile, die Wahrheit entdecken zu wollen, nicht Gefahr, diese zu verzerren, während er kopflos die notwendigen Schritte übersprang?

Neferet hatte entschieden, ihn seinem Arbeitszimmer und seinen Unterlagen zu entreißen, ohne seinen Einwänden Beachtung zu schenken, und hatte ihn in die freundliche Einsamkeit der ländlichen Gefilde des Westens entführt.

»Ich verliere kostbare Stunden.«

»Sollte meine Gesellschaft derart beschwerlich sein?«

»Verzeih mir.«

»Etwas Abstand zu nehmen ist für dich unbedingt notwendig.«

»Der Zahnheilkundige Qadasch führt uns wieder zum Metallkundler Scheschi, folglich zu Heerführer Ascher, demnach zu der Ermordung der fünf Altgedienten und zweifelsohne zum Warenbeförderer Denes und zu seiner Frau! Die Verschwörer gehören der obersten Schicht des Landes an.

Sie wollen die Macht an sich reißen, indem sie einen Aufstand der Streitkräfte anzetteln und sich die alleinige Verfügung über neue Waffen sichern. Und genau deshalb hat man Branir beseitigt, den zukünftigen Hohenpriester von Karnak, der mir erlaubt hätte, in den Tempeln wegen des Diebstahls des Himmlischen Eisens zu ermitteln; und aus diesem Grund hat man auch versucht, mich zu beseitigen und mich dazu des Mordes an meinem Meister bezichtigt. Die Angelegenheit ist ungeheuerlich, Neferet! Gleichwohl bin ich nicht sicher, recht zu haben. Ich zweifele an meinen eigenen Behauptungen.«

Sie lenkte ihn auf einen Pfad, der um den See führte. In der ersten Hälfte des Nachmittags, unter der bleiernen Hitze, schlummerten die Bauern im Schatten von Bäumen oder Hütten.

Neferet kniete sich an der Böschung nieder und pflückte eine Lotosknospe, mit der sie sich das Haar schmückte. Ein silbriger Fisch mit prallem Bauch sprang aus dem Wasser und entschwand in einem Bogen glitzernder Tröpfchen.

Die junge Frau glitt in die Wogen; naß schmiegte sich das leinene Kleid an ihren zarten Körper und enthüllte ihre Formen. Sie tauchte ein, schwamm geschmeidig und begleitete verspielt einen Karpfen mit der Hand, der vor ihr hin und her schwamm. Als sie dem Wasser wieder entstieg, erfüllte ihr Duft noch stärker die Luft.

»Möchtest du mir nicht folgen?«

Sie anzusehen war so wundervoll, daß Paser vergessen hatte, sich zu rühren. Er ließ seinen Schurz fallen, während sie aus ihrem Kleid schlüpfte. Nackt und umschlungen eilten sie zu einem Papyrusdickicht und liebten sich, vom Glück überwältigt.

*

Paser hatte sich Neferets Entscheidung heftig widersetzt. Weshalb hatte der Oberste Arzt Neb-Amun sie zu sich gerufen, außer, um ihr eine Falle zu stellen oder sich zu rächen?

Kem und sein Babuin sollten Neferet folgen, um ihre Sicherheit zu gewährleisten. Der Affe würde sich in Neb-Amuns Garten schleichen; falls der Oberste Arzt sie irgendwie bedrohte, würde er auf barscheste Weise einschreiten.

Neferet verspürte keinerlei Furcht; im Gegenteil, sie freute sich, die Absichten ihres grimmigsten Feindes zu erfahren. Trotz aller Warnungen von Paser willigte sie in Neb-Amuns Bedingungen ein: eine Unterredung unter vier Augen.

Der Türhüter gewährte der jungen Frau Einlaß, und sie begab sich in eine Allee von Tamarisken, deren üppige und ineinander verflochtene Äste bis zur Erde reichten; die Früchte mit den langen zuckrigen Härchen mußten im Morgentau gelesen und in der Sonne getrocknet werden. Aus dem Holz fertigte man hochgeschätzte, dem des Osiris ähnliche Särge und Stäbe, welche die Feinde des Lichtes abwehrten. Über die ungewöhnliche Stille verwundert, die in dem ausgedehnten Anwesen herrschte, bedauerte Neferet jetzt doch, sich nicht mit einer derartigen Waffe versehen zu haben.

Nicht ein Gärtner, nicht ein Wasserträger, nicht ein Diener. Auch der Umkreis des prächtigen Herrenhauses schien verwaist. Zögernd überschritt Neferet die Schwelle. Der weite, den Besuchern vorbehaltene Raum war kühl, gut belüftet, kaum durch einige wenige Lichtstrahlen erhellt.

»Ich bin gekommen«, verkündete sie.

Niemand antwortete. Die Wohnstatt wirkte verlassen. Hatte Neb-Amun das Treffen vergessen und sich wieder in die Stadt begeben? Ungläubig erkundete sie die persönlichen Gemächer.

Der Oberste Arzt schlief, auf dem Rücken ausgestreckt, in dem großen Bett seines Zimmers mit den von Enten im Fluge und ruhenden Silberreihern gezierten Wänden. Sein Gesicht war ausgehöhlt, seine Atmung kurz und ungleichmäßig.

»Ich bin gekommen«, wiederholte sie leise.

Neb-Amun erwachte. Verwundert rieb er sich die Augen und richtete sich auf.

»Ihr habt es gewagt ... das hätte ich nie geglaubt!«

»Seid Ihr so furchterregend?«

Er betrachtete sie mit entrücktem Blick.

»Ich war es. Ich wünschte Pasers Verschwinden und Euren Untergang. Euch gemeinsam glücklich zu wissen quälte mich; ich wollte Euch arm und flehentlich zu meinen Füßen. Euer Glück verhinderte das meine. Weshalb hätte ich Euch nicht irgendwann betören können? So viele andere sind mir erlegen! Doch Ihr seid ohnegleichen.«

Neb-Amun war stark gealtert; seine Stimme, berühmt für ihre schmachtenden Schwingungen, wurde zittrig.

»Woran leidet Ihr?«

»Ich bin ein verachtenswerter Gastgeber. Möchtet Ihr vielleicht von meinem Pyramiden-Kuchen mit Dattelmusfüllung kosten?«

»Ich bin nicht naschhaft.«

»Dennoch liebt Ihr das Leben und gebt Euch ihm rückhaltlos hin! Wir wären ein wunderbares Paar geworden. Paser ist Euer nicht wert, das wißt Ihr; er wird nicht lange Ältester der Vorhalle sein, und es wird Euch versagt bleiben, zu Reichtum zu gelangen.«

»Ist dies so wichtig?«

»Ein armer Heiler kommt nicht vorwärts.«

»Bewahrt Euer Reichtum Euch etwa vor dem Leiden?«

»Eine Gefäßgeschwulst ...«

»So etwas ist nicht unheilbar. Um den Schmerz zu lindern, empfehle ich Sykomorensaft, der zu Beginn des Frühlings vom Baum gezapft sein sollte, bevor er noch Früchte trägt.«

»Ausgezeichnete Verordnung. Ihr beherrscht die Heilkunst in Vollendung.«

»Ein Eingriff ist dennoch unabwendbar. Ich würde einen Einschnitt mittels eines geschärften Schilfblatts vornehmen, die Geschwulst entfernen, indem ich sie mit einer Flamme herausbrennen würde, und die Blutung mit einem Brenneisen stillen.«

»Ihr tätet recht daran, wenn mein Körper in der Lage wäre, den Eingriff zu verkraften.«

»Solltet Ihr derart geschwächt sein?«

»Meine Tage sind gezählt. Aus diesem Grund habe ich meine Nächsten und Bediensteten fortgeschickt. Alle fallen mir lästig. Im Palast dürfte ein hübscher Wirrwarr herrschen. Niemand wird während meiner Abwesenheit irgend etwas eigenständig unternehmen. Diese Trottel, die mir auf Wort und Fingerzeig gehorchen, wissen nicht mehr ein noch aus. Welch ein jämmerliches Possenspiel ... Euch wiederzusehen hellt meinen Todeskampf auf.«

»Dürfte ich Euch untersuchen?«

»Viel Spaß dabei.«

Sie horchte die Stimme des Herzens ab, die schwach und ungleichmäßig war. Neb-Amun log nicht. Er war ernsthaft krank. Er verharrte reglos, während er Neferets Duft atmete, die Sanftheit ihrer Hand auf seiner Haut, die Zärtlichkeit ihres Ohres an seiner Brust auskostete. Er hätte seine Ewigkeit dafür gegeben, wenn diese Augenblicke nie endeten. Doch über einen solchen Schatz verfügte er nicht mehr; zu Füßen der Waage des Letzten Gerichts wartete die Große Fresserin Ammut bereits auf ihn.

Neferet trat einen Schritt zurück.

»Wer behandelt Euch?«

»Ich selbst, der hochrühmliche Oberste Heilkundige des Reichs Ägypten!«

»Auf welche Weise?«

»Durch Verachtung. Ich hasse mich, Neferet, weil ich nicht imstande bin, Euch dazu zu bringen, mich zu lieben. Mein Dasein war eine nicht endende Kette von Erfolgen, Lügen und Schändlichkeiten, doch es fehlt mir Euer Antlitz, die Leidenschaft, die Euch zu mir hätte hintreiben sollen. Ich sterbe an Eurer Abwesenheit.«

»Ich habe nicht das Recht, Euch im Stich zu lassen.«

»Zögert nicht einen Augenblick, macht Euch Euer Glück zunutze! Sollte ich genesen, würde ich wieder zum wilden Raubtier werden und keine Ruhe finden, bis ich Paser aus dem Wege geräumt und Euch erbeutet hätte.«

»Ein Kranker verdient Pflege.«

»Würdet Ihr diese Aufgabe übernehmen?«

»Es gibt ausgezeichnete Heiler in Memphis.«

»Ihr, und sonst niemand.«

»Seid nicht kindisch.«

»Hättet Ihr mich geliebt, ohne Paser?«

»Ihr kennt die Antwort.«

»Lügt, ich bitte Euch!«

»Noch heute abend werden Eure Diener zurückkehren. Ich empfehle eine leichte Kost.«

Neb-Amun richtete sich auf.

»Ich schwöre Euch, daß ich an keinem der Ränkespiele mitgewirkt habe, die Euren Gemahl beschäftigen. Ich weiß nicht das geringste über Branirs Ermordung, den Tod der Altgedienten und die Umtriebe des Heerführers Ascher. Mein einziges Ziel war es, Paser ins Straflager zu schicken und Euch zu zwingen, meine Frau zu werden. Solange ich lebe, werde ich kein anderes haben.«

»Soll man nicht dem Unmöglichen entsagen?«

»Der Wind wird sich drehen, dessen bin ich gewiß!«

16. KAPITEL

Strahlend streichelte Panther Sethis Brust. Er hatte sie mit dem Ungestüm einer beginnenden Nilschwelle geliebt, die so gewaltig brandete, daß ihre Flut bis gegen die Gebirge vorstürmte. »Weshalb bist du so düster?«

»Sorgen ohne Bedeutung.«

»Zur Zeit wird viel gemunkelt.«

»Worüber?«

»Über das Glück von Ramses dem Großen. Manche behaupten, es hätte sich gewendet. Letzten Monat gab es eine Feuersbrunst in den Hafenspeichern; mehrere Unglücke auf dem Fluß; vom Blitz entzweigespaltene Akazien.«

»Alltäglichkeiten.«

»Nicht für deine Landsleute. Sie sind überzeugt, PHARAOS überirdische Macht würde sich erschöpfen.«

»Welch ein Unsinn! Er wird ein Verjüngungsfest begehen, und das Volk wird seine Freude herausschreien.«

»Worauf wartet er?«

»Ramses hat ein sicheres Gespür für die rechte Tat zur rechten Zeit.«

»Und deine Verdrießlichkeiten?«

»Völlig unbedeutend, sage ich dir doch.«

»Eine Frau.«

»Meine Nachforschung.«

»Was will sie?«

»Ich bin genötigt, sie . . .«

»Eine Heirat, mit einem Vertrag in gebührender Form! Mit anderen Worten, du verstößt mich!«

Außer Rand und Band zerschlug die goldhaarige Libyerin ein paar irdene Schalen und hieb einen mit Stroh bezogenen Stuhl auseinander.

»Wie ist sie? Groß, klein, jung, alt?«

»Klein, mit pechschwarzem Haar, nicht so schön wie du.«

»Reich?«

»Selbstredend.«

»Ich genüge dir nicht mehr, ich besitze kein Vermögen! Du vergnügst dich nicht mehr länger mit deiner goldhaarigen Hure und wirst ehrbar mit deiner dunkelhaarigen Dame aus besseren Kreisen!«

»Ich benötige unbedingt eine Auskunft.«

»Mußt du deshalb heiraten?«

»Eine reine Formsache.«

»Und ich?«

»Hab etwas Geduld. Sobald ich habe, was ich brauche, werde ich mich scheiden lassen.«

»Wie wird sie das aufnehmen?«

»Für sie ist es bloß eine Laune. Sie wird rasch vergessen.«

»Geh nicht darauf ein. Du begehst einen ungeheuren Fehler.«

»Unmöglich.«

»Hör auf, ständig Paser zu gehorchen!«

»Der Heiratsvertrag ist bereits unterzeichnet.«

*

Paser, Ältester der Vorhalle, Erster Gerichtsbeamter von Memphis, unangefochten maßgebend in sittlichen Dingen, schmollte wie ein verstimmter Heranwachsender. Er konnte sich nicht mit den Anstrengungen abfinden, die Neferet zu Neb-Amuns Gunsten unternahm. Die junge Frau hatte mehrere Heiler um Mithilfe gebeten, die sich an das Lager des Obersten Arztes begaben, hatte die Diener wieder in das Anwesen zurückgeholt, Sorge getragen, daß der Kranke gepflegt und umhegt wurde.

Dieses Verhalten brachte ihn in Harnisch.

»Man hilft seinen Feinden nicht«, wetterte er.

»Darf ein Richter sich so äußern?«

»Er muß es.«

»Ich bin Ärztin.«

»Dieses Ungeheuer hat danach getrachtet, uns beide, dich und mich, zu vernichten.«

»Er ist gescheitert. Und jetzt zerstört er sich selbst aus seinem Innern heraus.«

»Sein Leiden tilgt seine Vergehen nicht.«

»Du hast recht.«

»Wenn du dem zustimmst, dann kümmere dich nicht weiter um ihn.«

»Er beschäftigt keinen meiner Gedanken, aber ich habe meiner Pflicht entsprechend gehandelt.«

Pasers Gemüt hellte sich etwas auf.

»Solltest du eifersüchtig sein?«

Er zog sie an sich.

»Niemand ist dies mehr als ich.«

»Wirst du mir erlauben, jemand anderen als meinen Gatten zu behandeln?«

»Falls das Gesetz es mir gestattete, nein.«

Mit besorgtem Blick reichte Brav die rechte Pfote Neferet und die linke Paser. Jede Meinungsverschiedenheit zwischen seinen Gebietern machte ihn unglücklich. Seine akrobatische Haltung löste ein unbändiges Gelächter aus, in das der Hund beruhigt mit seinem Kläffen einstimmte.

*

Sethi schob zwei mit Papyri beladene Schreiber beiseite, drängte einen Gerichtsdiener aus dem Weg und stieß die Tür von Pasers Amtszimmer auf, der gerade einen Kelch Kupferwasser trank. Der ehemalige Held, dessen langes schwarzes Haar ihm wirr ins Gesicht hing, schnaubte vor Wut.

»Irgendeine Verdrießlichkeit, Sethi?«

»Ja, nämlich du!«

Der Älteste der Vorhalle erhob sich und schloß die Tür. Das Gewitter würde heftig sein.

»Wir könnten uns anderswo unterhalten.«

»Auf gar keinen Fall! Dieser Ort ist nämlich der Grund meines Zorns.«

»Solltest du Opfer einer Ungerechtigkeit sein?«

»Du verbiederst zusehends, Paser! Schau dich doch um: verstockte Schreiberlinge, engstirnige Beamte, nur um ihre Beförderung bekümmerte Kleingeister. Du vergißt unsere Freundschaft, du vernachlässigst die Ermittlungen bezüglich Heerführer Ascher, du strebst nicht mehr nach der Wahrheit, als ob du nicht mehr an mich glaubtest! Man hat dich in der Falle der Titel und der Ehrbarkeit gefangen. Ich jedenfalls habe Ascher einen Ägypter foltern und töten sehen, ich weiß, daß er ein Verräter ist, und du, du plusterst dich auf wie ein Würdenträger.«

»Du hast getrunken.«

»Schlechtes Bier, und viel zuviel. Ich hatte es nötig. Niemand wagt es, so wie ich mit dir zu sprechen.«

»Feinheiten sind nicht deine Stärke, doch ich habe dich nicht für töricht gehalten.«

»Beleidige mich nicht noch zu alledem! Streite es ab, wenn du dich traust.«

»Setz dich.«

»Ich, für meinen Teil, mache keine faulen Zugeständnisse.«

»Nimm wenigstens einen Waffenstillstand an.«

Ein wenig schwankend, gelang es Sethi, sich niederzukauern, ohne das Gleichgewicht zu verlieren.

»Sinnlos, mich beschwatzen zu wollen. Ich habe dein Spiel durchschaut.«

»Da hast du Glück. Ich jedenfalls verliere mich in dem Ganzen.«

Verwundert wandte Sethi sich Paser zu.

»Was willst du damit sagen?«

»Sieh genauer hin: Ich bin mit Arbeit überhäuft. Als niederer Richter in meinem Memphiter Viertel hatte ich etwas Zeit, um ermitteln zu können. Hier muß ich Hunderte von Gesuchen beantworten, zahllose Vorgänge bearbeiten, die Wut der einen und die Ungeduld der anderen besänftigen.«

»Da hast du deine Falle! Danke ab, und folge mir.«

»Was erwägst du?«

»Heerführer Ascher den Hals umzudrehen und Ägypten von dem Übel zu heilen, das es zerfrißt.«

»Dieses letzte Ziel wird so nicht erreicht werden.«

»Aber gewiß doch! Wenn man der Verschwörung das Haupt abschlägt, gibt es keinen Aufstand mehr!«

»Und der Mörder Branirs?«

Sethi zeigte ein grimmiges Lächeln.

»Ich, ich war ein guter Ermittler. Allerdings habe ich Dame Tapeni heiraten müssen.«

»Ich weiß dein Opfer zu schätzen.«

»Andernfalls hätte sie nicht geredet.«

»Nun bist du reich.«

»Panther nimmt es schlecht auf.«

»Ein Verführer mit deinen Überzeugungskräften dürfte das Beste daraus machen.«

»Ich und verheiratet ... Das ist schlimmer als das Straflager! Sobald wie möglich werde ich mich scheiden lassen.«

»Ist die Feier gut vonstatten gegangen?«

»Im allerengsten Kreis. Sie wollte niemanden dabei haben. Im Bett hat sie sich dann ausgetobt. Für Tapeni bin ich ein unerschöpfliches Naschwerk.«

»Und deine Nachforschung?«

»Nur Personen hohen Ranges benutzen diese Art von Nadeln, mit der Branir getötet wurde. Unter ihnen ist die Geschickteste und Beachtenswerteste Dame Nenophar. Wenn sie das Amt einer Prüferin des Schatzhauses auch nur ehrenhalber bekleidet, ist sie doch tatsächlich Kammerfrau der Stoffe und weiß in diesem Beruf bestens Bescheid.«

Nenophar, die Gemahlin des Warenbeförderers Denes, die ingrimmigste Feindin Bel-ter-ans, der des Richters beste Stütze war! Indes, als Mitglied der Geschworenenversammlung anläßlich von Aschers Verhandlung hatte sie Paser nicht gerügt. Ein weiteres Mal fühlte der Richter sich in einer mißlichen Lage. Ihre Schuldhaftigkeit schien einleuchtend, dennoch wollte die Überzeugung in ihm nicht wachsen.

»Setze sie auf der Stelle fest«, riet Sethi.

»Der Beweis ist nicht erbracht.«

»Wie bei Ascher! Weshalb verweigerst du dich unablässig dem Offenkundigen?«

»Nicht ich, Sethi, sondern das Gericht. Um eine des Mordes angeklagte Person für schuldig zu befinden, verlangen die Geschworenen eine tadelsfreie Klageschrift.«

»Aber ich habe nur deswegen geheiratet!«

»Versuche, mehr herauszubekommen.«

»Du wirst zunehmend anspruchsvoller, und du verschanzt dich in einem Geflecht von Gesetzen, die dich von der Wirklichkeit entfernen. Du weist die Wahrheit zurück: Ascher ist ein Verräter und Freveltäter, der sich des Asien-Heers zu bemächtigen sucht, und Nenophar hat deinen Meister ermordet.«

»Weshalb handelt der Heerführer nicht?«

»Weil er seine Männer in unseren Einflußgebieten und in Ägypten selbst in Stellung bringt. Als Ausbilder der Hauptleute in Asien schafft er sich ein Gezücht von Schreibern und Kriegern, das ihm treu ergeben ist. Bald wird er durch die Mithilfe seines Freundes Scheschi über unzerbrechliche Waffen verfügen. Diese werden ihm erlauben, jeder beliebigen Heerschar entgegenzutreten. Wer über die Bewaffnung gebietet, herrscht über das Land.«

Paser zweifelte noch immer.

»Ein Umsturz durch die Streitkräfte hat keinerlei Aussicht auf Erfolg.«

»Dies hier ist nicht mehr das Goldene Zeitalter, sondern das Reich von Ramses! In unseren Gauen zählen die Fremden nach Tausenden; unsere teuren Landsleute sind mehr darauf bedacht, sich zu bereichern, als die Götter zufriedenzustellen. Die alte Sittlichkeit ist nicht mehr.«

»Die Person von PHARAO bleibt heilig. Heerführer Ascher verfügt nicht im mindesten über diese Größe. Nicht eine Sippe wird ihn unterstützen, das Land wird ihn zurückweisen.«

Der Einwand trug. Sethi mußte anerkennen, daß sein – in einem Lande Asiens unanfechtbarer – Gedankengang nicht für das Ägypten von Ramses dem Großen taugte. Eine aufrührerische Gruppe, auch wenn sie hervorragend bewaffnet war, könnte kaum die Billigung der Tempel und noch weniger die Zustimmung des Volkes erzwingen. Um die Beiden Länder zu regieren, genügte Gewalt nicht. Es bedurfte eines überirdischen Wesens, das imstande war, einen Bund mit den Göttern zu schließen und über der Erde eine jenseitige Liebe erstrahlen zu lassen. Lachhafte Worte in den Ohren eines Griechen, eines Libyers oder Syrers, doch wesentliche in denen eines Ägypters; wie bedeutend seine Fähigkeiten als gerissener Kriegsherr und Ränkeschmied auch sein mochten, Ascher verfügte keineswegs über jene besonderen Eigenschaften.

»Es ist sonderbar«, meinte Paser. »Wir hatten drei mögliche Schuldige für die Ermordung Branirs ins Auge gefaßt: den Ältesten der Vorhalle, der verbannt an Entkräftung stirbt; Neb-Amun, der von einer schlimmen Krankheit geschlagen ist; und Monthmose, der sich am Rand des Abgrunds befindet. Alle drei hätten die Botschaft schreiben können, die mir auftrug, meinen Meister aufzusuchen und mich in den Hinterhalt lockte, durch den man mich danach bezichtigen konnte. Und du, du fügst denen noch Dame Nenophar hinzu. Der ehemalige Älteste jedoch scheint mir unbeteiligt; sein Verhalten war das eines verbrauchten, schwachen, von all seinen Zugeständnissen erdrückten Gerichtsbeamten. Neb-Amun hat Neferet geschworen, daß er an keiner dieser Machenschaften teilhabe. Und der Vorsteher der Ordnungskräfte, der für gewöhnlich so gewandt und selbstsicher ist, erscheint mir als der Gelenkte und nicht als der Dunkelmann. Wenn wir uns bisher so schwer getäuscht haben, weshalb dann in bezug auf Dame Nenophar nicht zögern?«

»Da hast du doch deine Verschwörung! Heerführer Ascher begnügt sich nicht mit seinen besonders geschulten Einsatztruppen. Er benötigt die Unterstützung durch die Vornehmen und die Reichen. Gesichert wird ihm diese von Dame Nenophar und Denes, den wohlhabendsten Memphiter Kaufleuten! Dank ihres Vermögens wird er sich Schweigen,

Gewissen und Helfershelferschaft erkaufen. Die ganze Machenschaft wird von zwei Gehirnen geleitet.«

»Hat Denes nicht das Festmahl zur Feier meiner Einsetzung ausgerichtet?«

»Hat er nicht versucht, auch dich zu kaufen? Als ihm dies nicht gelingt, bastelt er eine Wahrheit zurecht, die ihm zupaß kommt. Erst bist du der Mörder Branirs; dann ist Qadasch Augenzeuge desselben Mordes, um deinen treuen Ordnungshüter, Kem, ein für alle Mal aus dem Wege zu räumen.«

Diesmal erwies sich Sethi trotz seiner Trunkenheit überzeugend.

»Wenn du recht hast, sind unsere Widersacher noch zahlreicher und mächtiger, als wir vermuteten. Sollte Denes denn die Statur eines Herrschers haben, ein Reich zu lenken?«

»Sicher nicht! Er ist zu sehr von sich eingenommen, zu gleichgültig anderen gegenüber. Und zu kurzsichtig; sein Vermögen und seine persönlichen Vorteile sind seine einzigen Gefilde. Dame Nenophar hingegen ist weit mehr zu fürchten, als es den Anschein macht; ich halte sie für fähig, eine Regentschaft zu übernehmen. Das hier ist kein böser Traum, Ältester der Vorhalle! Die fünf Leichen der Altgedienten, Branir ermordet, mehrere Beseitigungsversuche ... Ägypten hat solche Wirren seit Jahrzehnten nicht mehr erlebt! Deine Untersuchung stört. Da du über eine gewisse Macht verfügst, benutze sie! Dein Schreibkram kann warten.«

»Er gewährleistet das Gleichgewicht des Landes und das tägliche Glück der Bevölkerung.«

»Und wenn die Verschwörung gelingt, was wird dann davon bleiben?«

Paser erhob sich angespannt.

»Die Untätigkeit fällt dir schwer, Sethi.«

»Ein Held braucht Großtaten.«

»Bist du bereit, Gefahren einzugehen?«

»So sehr wie du. Ich will die Bestrafung von Heerführer Ascher erleben.«

*

Silkis Leibkrämpfe hatten besorgniserregende Ausmaße angenommen. Da er eine Ruhr befürchtete, war Bel-ter-an Neferet höchstselbst mitten in der Nacht holen gegangen. Die Heilkundige ließ die Kranke Dillfenchelsamen einnehmen; dessen schmerzstillende und verdauungsfördernde Wirkstoffe sollten die Krämpfe abschwächen. Als Balsam, mit Weißer Zaunrübe und Koriander vermengt, linderte er auch Kopfschmerzen. Die Körner des schönen gelbblühenden Doldengewächses würden jedoch nicht genügen, solange die Durchfälle schmerzhaft waren; alle Viertelstunde mußte Silkis sich daher einen Kelch aus den Schoten hergestelltes Karobebier unter Beimengung von Öl und Honig einverleiben. Eine Stunde nach Beginn der Behandlung ließen die Krankheitserscheinungen nach.

»Ihr seid wunderbar«, stammelte die Leidende.

»Habt keine Angst. Schon von morgen an werdet Ihr wiederhergestellt sein. Trinkt das Karobebier eine Woche lang.«

»Muß ich irgendwelche späteren Verschlimmerungen befürchten?«

»Keineswegs. Es handelt sich um eine schlichte Vergiftung durch verdorbene Speisen. Bei ungenügender Behandlung wäre Anlaß zur Sorge gewesen. Einige Tage lang solltet Ihr nur Getreidespeisen zu Euch nehmen.«

Bel-ter-an bedankte sich herzlich bei Neferet und zog sie dann beiseite.

»Seid Ihr aufrichtig gewesen?«

»Ihr könnt völlig unbesorgt sein.«

»Erlaubt mir, Euch eine kleine Stärkung anzubieten.«

Neferet schlug diesen Augenblick der Ruhe vor einem langen Tag nicht aus, an dem sie an die zehn reiche und arme Kranke besuchen mußte. Bald würde die Dämmerung anbrechen; sie brauchte gar nicht erst zu versuchen, noch etwas zu schlafen.

»Seit meinem Eintritt ins Schatzhaus«, verriet ihr Bel-ter-an, »leide ich an Schlaflosigkeit. Während Silkis schlummert, sitze ich über den Fällen des nächsten Tages. Manchmal bildet sich eine schmerzende Kugel in meiner Magengrube, und ich bin fast ganz starr vor Muskelkrämpfen.«

»Ihr erschöpft Eure Nerven.«

»Das Schatzhaus gewährt mir keine Ruhe. Ich stimme Euren Vorwürfen zu, Neferet, aber könnte ich sie nicht Euch selbst entgegenhalten? Ihr rennt von einem Winkel der Stadt zum anderen und widersteht keinem einzigen Bittgesuch. Euer Platz ist anderswo. Dem Palast mangelt es an fähigen Heilern wie Euch. Neb-Amun hat sich mit Mittelmäßigen umgeben und somit Leere um sich geschaffen. Wenn er Euch aus der Gemeinschaft der amtlich bestallten Heilkundler gejagt hat, dann doch nur wegen Eurer überragenden Sachkunde.«

»Der Oberste Arzt entscheidet über die Benennungen, daran können weder Ihr noch ich etwas ändern.«

»Ihr habt den Wesir und mehrere Hochrangige geheilt. Ich trage deren Aussagen zusammen und werde sie die dem Rat für Standesgerichtsbarkeit vorlegen. Die Stumpfsinnigsten werden gezwungen sein, Eure Verdienste anzuerkennen.«

»Ich verspüre wenig Lust, für mich selbst zu kämpfen.«

»Als Ältester der Vorhalle kann Paser nicht zu Euren Gunsten einschreiten, ohne der Voreingenommenheit verdächtigt zu werden. Was für mich nicht gilt. Ich werde mich für Euch schlagen.«

*

Theben war in Aufruhr. Die große Stadt des Südens, Hüterin der ältesten Bräuche und Überlieferungen, voller Feindseligkeit den Neuerungen in Handel und Wandel gegenüber, die Memphis, die Nebenbuhlerin im Norden, allzu willfährig billigte, sie erwartete mit Ungeduld den Namen des neuen Hohenpriesters, der herrschen sollte über mehr als achtzigtausend Gefolgsleute, fünfundsechzig Städte und Dörfer, eine Million Männer und Frauen, die mehr oder minder unmittelbar für den Tempel arbeiteten, über vierhunderttausend Stück Vieh, vierhundertfünfzig Weingärten und Obsthaine sowie neunzig Schiffe. PHARAO obläge es, dem Tempel die

Kultgegenstände, Nährmittel, Öle, Weihrauch, Salben sowie Kleidung zu stellen und Ländereien zu überlassen, deren Besitzverhältnisse von großen Stelen angezeigt wären, die an den Feldrainen an jeder Ecke stünden; dem Hohenpriester fiele es zu, Abgaben auf die Waren und bei den Fischern zu erheben. Der Oberste Priester des Amun verwaltete ein Reich im Reiche; daher mußte der König einen Mann ernennen, dessen Treue und Gehorsam ihm gewiß waren, ohne daß es sich indes um eine blasse Persönlichkeit ohne allen Einfluß und Durchsetzungsvermögen handeln durfte.

Branir wäre von diesem Schlage gewesen; sein gewaltsames Ende hatte Ramses den Großen in äußerste Verlegenheit gebracht. Am Vorabend der feierlichen Einsetzung war seine Wahl noch immer nicht bekannt.

Paser und Sethi hatten sich sowohl aus Neugierde als auch Notwendigkeit hinbegeben. Der Memphiter Hohepriester des Ptah nämlich hatte ihnen, zu Rate gezogen, keine Auskunft in bezug auf den Raub des Himmlischen Eisens geben können. Ganz ohne Zweifel stammte das kostbare Metall aus einem Tempel des Südens; nur der Hohepriester von Karnak konnte die Ermittler auf eine ernsthafte Fährte leiten. Doch wem würde Paser gegenüberstehen?

In seiner Eigenschaft als Ältester der Vorhalle wurde Paser nebst Sethi, den er seinen Gefolgsmann nannte, an der Anlegestelle vorgelassen. Zahllose Kähne bevölkerten das zwischen dem Nil und dem Tempel ausgehobene Becken; Baumreihen sorgten für Kühle.

Von einem Priester geführt, gingen die beiden Freunde zwischen den Sphingen mit PHARAOS Antlitz hindurch, deren Blicke die Gemeinen fernhielten. Vor jedem der achtsamen Wächter versorgte eine Bewässerungsrinne eine etwa fünfzig Zentimeter tiefe Grube, in der Blumen wuchsen. Auf diese Weise war der Heilige Weg, der von der Außenwelt in den Tempel führte, von den lebhaftesten und schillerndsten Farben geziert.

Paser und Sethi erhielten Zugang in den ersten Großen Hof, wo Priester mit kahlgeschorenen Schädeln und leinenen

Gewändern die Altäre mit Blumen schmückten. Wie auch immer die Dinge standen, die Riten mußten gewährleistet werden. Die Reinen, die Gottesväter, die Gottesdiener, die Hüter der Geheimnisse, die Hüter der Riten, die Sterndeuter und die Musikanten gingen ihren Beschäftigungen nach, die von der seit den Zeiten der Pyramiden geltenden Maat festgelegt waren. Lediglich einige wenige von ihnen weilten ständig im Innern des Heiligtums; die anderen wirkten dort während mehr oder minder langer Zeiträume, die sich von einer Woche bis zu drei Monaten erstreckte. Zweimal am Tage und zweimal in der Nacht nahmen sie Waschungen vor, weil sie der Ansicht waren, daß die innere Askese von einer makellosen äußeren Reinlichkeit erhöht würde.

Die beiden Freunde ließen sich auf einem steinernen Bänkchen nieder. Die Stille des Ortes, seine Erhabenheit, der tiefe, in den Steinen der Ewigkeit eingeschriebene Friede, ließen sie ihre Sorgen und Fragen vergessen. Hier hatte das Leben, vom allmählichen Zerfall der Vergänglichkeit befreit, eine andere Würze. Selbst Sethi, der nicht an die Götter glaubte, erfüllte es die Seele mit Macht.

*

Der neue Hohepriester von Karnak hatte vom König die Kennzeichen seines Amtes, einen Stab aus Gold und zwei Ringe, empfangen. Von nun an würde das Oberhaupt des reichsten und ausgedehntesten aller Tempel Ägyptens dessen Schätze hüten und bewahren. An jedem Tagesanbruch würde er die beiden Türflügel des Verborgenen Heiligtums, des Schreins des Lichts, öffnen, damit Amun sich erneuerte im Mysterium des Aufgangs. Er hatte den Eid geleistet, daß er das Ritual achten, die Opfergaben stets wiederholen und Sorge tragen würde für die göttliche Wohnstatt, auf daß die Schöpfung, die Welt des Ersten Augenblicks, im Gleichgewicht bliebe. Vom nächsten Tage an würde er sich um seine reichliche Dienerschaft kümmern, die den Vorsteher seiner Hausgemeinschaft, einen Haushofmeister, einen Kammerherrn, persönliche und andere Schreiber sowie Vorleute umfaßte; und schon bald würde er das ruhige Dasein vermissen, aus dem PHARAOS Entscheidung ihn gerissen hatte. In diesem so eindringlichen Augenblick dachte er an das wichtigste Gebot der Maat: *Erhebe die Stimme nicht im Tempel, GOTT verabscheut die Schreie. Möge dein Herz voll Liebe sein. Befrage GOTT nicht unbesonnen, denn er liebt die Stille. Die Stille gleicht dem Baum, der im Obsthain wächst; seine Früchte sind süß, sein Schatten ist erquickend, er grünt und er beendet seine Tage in dem Obsthain, in dem er geboren ward.*

Der Hohepriester sammelte sich lange im Allerheiligsten, allein im Angesicht des Naos, das die Gottesstatue barg. Niemals hatte er eine solche Gemütsbewegung zu erleben gehofft, die sein Streben von gestern und seine jämmerlichen Sehnsüchte zu Nichts zerfallen ließ. Das Gewand des ersten Dieners des Amun beraubte ihn seiner Menschlichkeit und machte ihn in seinen eigenen Augen zu einem Unbekannten. Was kaum von Bedeutung war, da er keine Muße mehr haben würde, sich mit seinen Neigungen oder seinen Zweifeln zu befassen.

Der Hohepriester trat zurück, indem er seine Spuren verwischte. Sobald er das Allerheiligste verlassen hätte, würde er sich umwenden, um der irdischen Welt des Tempels zu trotzen.

*

Jubel und Freudenrufe begrüßten das Erscheinen des neuen Hohenpriesters an der Schwelle des ungeheuren Säulensaals, den Ramses errichtet hatte. Von nun an war es an ihm, mit seinem goldenen Stab auf dem Wege voranzuschreiten und eine friedliche, dem Ruhme Amuns verschworene Heerschar zu lenken.

Paser fuhr hoch.

»Unglaublich!«

»Du kennst ihn?« fragte Sethi.

»Das ist Kani, der Gärtner.«

17. KAPITEL

Als er die Huldigung der Würdenträger im Großen Hof entgegennahm, verharrte Kani lange vor Paser. Der Richter verbeugte sich. In der Begegnung ihrer Blicke teilten die beiden Männer dieselbe tiefe Freude.
»Ich würde Euch gerne baldmöglichst zu Rate ziehen.«
»Ich werde Euch noch heute abend empfangen«, versprach Kani.

*

Der Palast des Hohenpriesters nahe dem Eingang des Tempels war ein Wunderwerk an Baukunst und Ausschmückung. Die Schönheit der Malereien, welche die göttliche Gegenwart in der Natur priesen, bezauberten das Auge. Kani begrüßte Paser in seinem persönlichen Arbeitszimmer, das bereits mit Papyri angefüllt war.
Voll Wärme umarmten sie sich brüderlich.
»Es freut mich für Ägypten«, erklärte der Richter.
»Könntet Ihr doch recht behalten! Branir war für das Amt auserkoren, das ich bekleide. Ein Weiser unter den Weisen ... wer wird ihm ebenbürtig sein? Ich werde sein Andenken jeden Morgen ehren, und Opfergaben werden seiner im Tempel aufgestellten Statue dargereicht werden.«
»Ramses hat sich nicht getäuscht.«
»Ich liebe diesen Ort, das ist wahr, als ob ich immer in ihm gelebt hätte. Wenn ich heute hier bin, so verdanke ich das Euch.«
»Meine Hilfe war geringfügig.«
»Entscheidend. Ihr wirkt bekümmert.«
»Meine Untersuchung erweist sich als äußerst schwierig.«

»Wie könnte man Euch helfen?«

»Ich hege den Wunsch, im Tempel von Koptos zu ermitteln, in der Hoffnung, die Herkunft des Himmlischen Eisens zu erfahren, das dem Metallkundler Scheschi, dem Helfershelfer von Heerführer Ascher, übergeben wurde. Um den ersten anzuklagen und die Schuld des zweiten zu beweisen, muß ich seinen Weg zurückverfolgen. Ohne Eure Erlaubnis ist mir das unmöglich.«

»Sollten Priester Mitwisser von Verbrechern sein?«

»Man kann es nicht ausschließen.«

»Wir werden uns der heiklen Angelegenheit nicht entziehen. Gebt mir eine Woche.«

*

Paser wohnte, am ganzen Leib kahl geschoren, in einem kleinen Haus nahe dem Heiligen See von Karnak und nahm als »reiner Priester« an den Riten teil. Jeden Tag schrieb er Neferet, pries ihr die erhabene Pracht und den Frieden des Tempels. Sethi, der nicht gewillt war, sein langes Haar zu opfern, nahm Zuflucht bei einer Freundin, die er bei der Teilnahme an einem Fischerstechen kennengelernt hatte. Die Schöne war noch nicht verheiratet und träumte von Memphis; er widmete sich ihr mit Leib und Seele, um sie zu zerstreuen.

Am festgesetzten Tag empfing der Hohepriester die beiden Freunde in seinem Anhörungssaal. Kani hatte sich bereits verändert; wenn die Züge des ehemaligen Gärtners, des Fachkundigen für Heilpflanzen, auch weiterhin von der Sonne gemeißelt und von tiefen Falten zerfurcht blieben, war sein Gebaren inzwischen würdevoll geworden. Als er ihn auserkor, hatte Ramses den erhabenen Priester hinter dem demütigen Manne erahnt. Er würde keiner Eingewöhnung bedürfen; in derart kurzer Zeit war Kani bereits von seinem Amt ganz durchdrungen.

Paser stellte ihm Sethi vor, der sich an diesem streng-feierlichen Ort unbehaglich fühlte.

»Es ist tatsächlich Koptos, wo Ihr ermitteln müßt«, verkünde-

149

te der Hohepriester. »Die Fachleute für kostbare Metalle und seltene Gesteine unterstehen dem Oberen des Tempels, der selbst ehedem Bergmann und dann Ordnungshüter der Wüste war. Wenn irgend jemand Euch über die Herkunft dieses Himmlischen Eisens erhellen kann, dann wohl er. Koptos ist der Ausgangspunkt aller großen Erkundungszüge zu den Bergwerken und Steinbrüchen.«

»Könnte er darin verwickelt sein?«

»Den Berichten zufolge, die mir vorgelegt wurden, nein. Er überwacht genauso scharf, wie er überwacht wird, und kümmert sich um die Lieferungen der kostbaren Werkstoffe an sämtliche Tempel von Ägypten. Seit zwanzig Jahren ist er ohne Fehl. Seiner Verantwortung untersteht namentlich die Goldstraße. Ich habe gleichwohl eine schriftliche Anweisung vorbereitet, die Euch Zugang zur Schriftenkammer des Tempels verschaffen wird. Meines Erachtens findet die Unterschlagung anderswo statt; sollte man sich nicht vielleicht unter die Bergleute und Schürfer mischen?«

*

Ein heftiger Wind ließ Sethis langes schwarzes Haar flattern; am Bug des Schiffes stehend, das gen Memphis segelte, wollte sein Zorn nicht verrauchen, so sehr entrüstete er sich über Pasers Ruhe.

»Koptos, die Wüste, die Schätze des Sandes ... Welch ein Irrsinn!«

»Mit dem Schriftstück, das Kani mir ausgehändigt hat, kann ich den Tempel in Koptos von Grund auf durchstöbern.«

»Hanebüchen! Diebe solchen Schlages sind nicht töricht genug, um Spuren ihrer Missetaten zu hinterlassen.«

»Deine Meinung erscheint mir vernünftig. Folglich ...«

»Folglich müßte man den Helden spielen und sich in ein Abenteuer in Gesellschaft von Gesindel ohne Gesetz und Glauben stürzen, das nicht zaudert, den Nächsten für ein Goldkorn umzubringen! Früher hätte mich diese Erfahrung vielleicht gereizt, doch ich bin verheiratet und ...«

»Du, ein kleiner biederer Alltagsmensch!«

»Ich würde gerne ein wenig Tapenis Vermögen auskosten als Gegenleistung für meine guten und treuen Dienste. Und außerdem, hast du mich nicht gebeten, sie weiter zu bedrängen, um mehr Auskünfte zu erhalten?«

»Auf Kosten einer Frau zu leben, das sieht dir gar nicht ähnlich.«

»Schick doch deinen Nubier!«

»Er wäre rasch erkannt. Dann werde eben ich die Fährte weiterverfolgen.«

»Du redest wirr! Du würdest es keine zwei Tage durchstehen.«

»Ich habe das Straflager überlebt.«

»Die Erzsucher sind es gewohnt, vor Durst umzukommen, die brennendste Sonne zu ertragen und gegen Skorpione, Schlangen und Raubtiere anzukämpfen! Vergiß diesen schwachsinnigen Unfug!«

»Die Wahrheit ist mein Beruf, Sethi.«

*

Neferet wurde dringend an Neb-Amuns Lager gerufen. Obgleich sich drei Heilkundige ständig um ihn bemühten, war der Kranke, nachdem er nach der jungen Frau verlangt hatte, in tiefe Ohnmacht gesunken.

Wind des Nordens willigte ein, als Reittier zu dienen; in gleichmäßigem Trott schlug er die Richtung zum Herrenhaus des Obersten Arztes ein.

Sofort bei ihrem Eintreffen erlangte Neb-Amun das Bewußtsein wieder. Ihn plagte der Magen, er klagte über Schmerzen im Arm und in der Brust. »Herzanfall«, lautete Neferets Befund. Sie legte ihm die Hand auf die Brust, bannte das Leiden, bis die Qual endlich nachließ. Dann ließ sie die Wurzel einer Weißen Zaunrübe in Öl köcheln und vervollständigte den Heiltrunk mit Akazienblättern, Feigen und Honig.

»Davon werdet Ihr viermal am Tage trinken«, empfahl sie ihm.

»Wie lange habe ich noch zu leben?«

»Euer Fall ist ernst.«

»Ihr versteht nicht zu lügen, Neferet. Wie lange noch?«

»GOTT allein ist Herr unseres Geschicks.«

»Verschont mich mit schönklingenden Redensarten! Ich habe Angst vor dem Sterben, ich will wissen, wie viele Tage mir noch bleiben, ich will Freudenmädchen kommen lassen und meinen Wein trinken!«

»Ganz, wie Ihr wollt.«

Wachsbleich klammerte Neb-Amun sich an ihren Arm.

»Ich kann das Lügen nicht lassen, Neferet! Ihr seid es, die ich will. Küßt mich, ich bitte Euch. Einmal, nur ein einziges Mal . . .«

Sie machte sich sanft von ihm frei.

Neb-Amuns Gesicht bedeckte sich mit Schweiß.

»Das Gericht des Jenseits wird streng sein. Mein Dasein war nur Mittelmaß, doch ich bin glücklich gewesen, die erlauchteste Gemeinschaft der Heilkundigen zu führen. Es hat mir nur eine Frau gefehlt, eine wahre Frau, die mich womöglich etwas weniger schlecht hätte werden lassen. Bevor ich Osiris gegenübertrete, werde ich Paser helfen, dem, der mich besiegt hat. Sagt ihm, daß Qadasch meine Aussage mit Amuletten erkauft hat. Außergewöhnliche Stücke, mit denen sich sein ehemaliger Gutsverwalter befaßt. Wenn er einen solchen Preis zahlt, muß die Angelegenheit ungeheuer sein. Ungeheuer . . .«

Dies waren die letzten Worte des Obersten Arztes Neb-Amun, der starb, während er Neferet noch mit den Augen verschlang.

*

Paser entsann sich des verdorbenen Gutsverwalters von Qadasch, dem Zahnheilkundler; in der Tat war dieser schon einmal in den Schleichhandel solcher Gegenstände verwickelt gewesen, nach denen es dessen früheren Gebieter selbst gelüstete. Ein schönes Amulett aus Lapislazuli ließ sich leicht gegen einen randvoll mit frischem Fisch gefüllten Korb tauschen. Lebende wie Tote wünschten sich diesen Zauberschutz gegen die Kräfte der Finsternis. In Gestalt eines vollständigen Auges, eines Beins, eines Arms, einer Himmelsleiter, von Werkzeugen, Lotos oder Papyrus, oder gar eine Gottheit darstellend, waren Amulette Träger und Behältnisse wirkungsvoller Kräfte. Viele Ägypter, ohne Unterschied des Alters oder der Schicht, trugen sie liebend gerne um den Hals, in unmittelbarer Fühlung mit der Haut.

Qadaschs Person gewann allmählich an Kontur. Daher setzte Paser seine Verwaltung auf die Spuren seines ehemaligen Verwalters an. Die Nachforschungen kamen rasch und aufschlußreich zum Ende; der Mann hatte eine ähnliche Stellung auf einem großen Anwesen in Mittelägypten erhalten. Einer Besitzung, die einem ausgezeichneten Freund von Qadasch gehörte, dem Warenbeförderer Denes.

*

Während der allwöchentlichen Anhörung, die der Wesir seinen nächsten Gefolgsleuten gewährte, wurden zahlreiche Fragen besprochen. Bagi schätzte kurze, bündige Einlassungen und verabscheute die Schwätzer; seine eigenen Beschlüsse waren knapp und unwiderruflich. Ein Gerichtsschreiber nahm sie auf, ein anderer wandelte sie in Verwaltungsentscheidungen um, die der Wesir mit seinem Petschaft versah.

»Irgendwelche Vorschläge, Richter Paser?«

»Einen einzigen: die Ablösung des Vorstehers der Ordnungskräfte. Monthmose ist seines Amtes nicht würdig. Die Verstöße, die er begangen hat, sind zu schwerwiegend, um verziehen zu werden.«

Des Wesirs persönlicher Schreiber empörte sich.

»Monthmose hat dem Land große Dienste erwiesen. Er hat die Ordnung mit beispielhafter Gewissenhaftigkeit aufrechtzuerhalten gewußt.«

»Der Wesir kennt meine stichhaltigen Beweisgründe«, hob
Paser hervor. »Monthmose hat gelogen, Unterlagen gefälscht und vertuscht und die Gerechtigkeit verhöhnt. Lediglich der frühere Älteste der Vorhalle ist bestraft worden;
weshalb sollte sein Helfershelfer unbelangt bleiben?«
»Der Vorsteher der Ordnungskräfte kann doch wohl kaum
ein argloses Lämmchen sein!«
»Es genügt«, schritt der Wesir ein. »Die Sachverhalte sind
bekannt und stehen fest, der Vorgang weist keine Zweideu-
tigkeiten auf. Lest, Gerichtsschreiber.«
Die Anschuldigungen waren erdrückend. Ohne Ausschmückung hatte Paser Monthmoses Umtriebe klar heraus-
gestellt.
»Wer möchte Monthmose in seinem Amt beibehalten?« frag-
te der Wesir nach Anhören der Klagegründe.
Keine Stimme erhob sich zu Monthmoses Gunsten.
»Monthmose ist abgesetzt«, entschied der Wesir. »Falls er
Berufung einzulegen wünscht, wird er vor mir erscheinen
müssen. Wird er dann erneut für schuldig befunden, hieße
dies Straflager. Schreiten wir augenblicklich zur Ernennung
seines Nachfolgers. Wen schlagt Ihr vor?«
»Kem«, tat Paser mit gemessener Stimme kund.
»Unerhört«, begehrte einer der Gerichtsschreiber auf.
Andere pflichteten ihm bei.
»Kem verfügt über eine langjährige Erfahrung«, beharrte
Paser. »Er hat bis ins Innerste an dem gelitten, was er als
Ungerechtigkeit erachtet hatte, und stand dennoch stets auf
der Seite der Ordnung. Gewiß, er ist kaum ein Menschen-
freund zu nennen, übt seinen Beruf jedoch wie ein heiliges
Amt aus.«
»Ein Nubier von niedriger Abkunft, ein ...«
»Ein fähiger Mann auf seinem Gebiet, frei von Wunschden-
ken und Täuschungen. Niemandem wir es gelingen, ihn zu
verführen oder zu bestechen.«
Der Wesir unterbrach den Wortwechsel.
»Kem ist zum Vorsteher der Ordnungskräfte von Memphis
benannt. Falls jemand sich dem widersetzt, möge er seine

Einwände vor meinem Gericht vortragen. Sollte ich sie als unzulässig erachten, wird er wegen Verunglimpfung verurteilt. Die Sitzung ist geschlossen.«

*

Im Beisein des Ältesten der Vorhalle händigte Monthmose Kem den elfenbeinernen Stab aus, der in einer Hand endete, welche die Vollmacht des Vorstehers der Ordnungskräfte veranschaulichte, sowie ein Amulett in Gestalt eines Halbmondes, auf dem ein Auge und ein Löwe, Sinnbilder der Wachsamkeit, eingeschnitten waren. Seiner Ernennung zum Trotz hatte der Nubier es abgelehnt, Bogen, Pfeile, Schwert und Knüttel gegen die Tracht eines Würdenträgers einzutauschen.

Kem verabschiedete Monthmose, der kurz vor einem Schlaganfall zu stehen schien, ohne ein Wort des Dankes. Keine Ansprache wurde gehalten. Argwöhnisch probierte der Nubier das Petschaft sogleich aus, um sich zu versichern, daß der ehemalige Vorsteher der Ordnungskräfte es nicht gefälscht hatte.

»Seid Ihr zufrieden?« fragte Monthmose mit näselnder Stimme.

»Ich diene nur als Zeuge, daß die vom Wesir ausgesprochene Weisung eingehalten wird«, antwortete Paser schlicht. »In meiner Eigenschaft als Ältester der Vorhalle vermerke ich die Übergabe der Würdenzeichen.«

»Ihr seid es, der Bagi überzeugt hat, mich meines Amtes zu entheben.«

»Der Wesir hat seiner Pflicht gemäß gehandelt. Es sind Eure eigenen Verfehlungen, die Euch verdammen.«

»Ich hätte Euch ...«

Monthmose wagte nicht, das Wort auszusprechen, das ihm auf den Lippen brannte. Des Nubiers Blick hielt ihn davon ab.

»Eine Morddrohung ist ein Vergehen«, bekundete dieser streng.

»Eine solche habe ich nicht ausgestoßen.«

»Versucht nichts mehr gegen den Richter Paser. Sonst werde ich einschreiten.«

»Eure Untergebenen erwarten Euch«, machte der Richter deutlich. »Ihr würdet gut daran tun, Memphis schnellstmöglich zu verlassen.«

Zum Oberaufseher für Fischerei im Delta ernannt, würde Monthmose seinen Wohnsitz fortan in einer kleinen Küstenstadt haben, in der man keine anderen Ränke schmiedete als die Berechnung des Preises der Fische nach deren Gewicht und Größe.

Er suchte nach einer verletzenden Erwiderung, doch der Anblick des hieratisch wirkenden Nubiers ließ ihn stumm bleiben.

*

Kem hatte seine Hand der Gerechtigkeit und sein amtliches Amulett auf dem Grund einer Holztruhe, unter seiner Sammlung asiatischer Dolche, verstaut. Nachdem er die Verwaltungsaufgaben seinen – in dieser lästigen Mühsal wohl geübten – Schreibern übertragen hatte, zog er die Tür von Monthmoses Amtszimmer hinter sich zu, in dem festen Entschluß, dort nur zu äußerst kurzen Aufenthalten zu erscheinen. Die Straße, die Felder, die Natur waren seine liebsten Bereiche und würden es auch bleiben; man machte keine Schuldigen durch Lesen schöner Papyri dingfest. In Pasers Gesellschaft reisen zu können, erfüllte ihn deshalb mit Freude.

Sie gingen in Hermopolis, der Heiligen Stadt des Gottes Thot, des Herrn der Heiligen Sprache, an Land; auf Eseln, die eigens für die Beförderung angesehener Persönlichkeiten ausgebildet waren, durchquerten sie eine prächtige und friedliche Landschaft. Die Saatzeit war gerade angebrochen; nach dem Abfließen der Nilwasser bot die Erde sich, mit Schlamm angereichert, den Pflügen und Hacken dar, die die Schollen brachen. Die Sämänner, Kopf und Hals mit Blumen verziert, streuten mit ausholender Bewegung Körner auf den Boden, bis ihre kleinen Säcke aus Papyrusfasern leer waren.

Schafe, Ochsen und Schweine brachten das Saatgut durch Einstampfen unter die Erde. Ab und zu stöberte einer der Ackersleute einen in einem Pfuhl gefangenen Fisch auf. Widder führten ihre Herden auf die richtigen Felder; wenn nötig bedienten sich deren Hirten eines Lederriemens, dessen Knall die Widerspenstigen auf den rechten Weg zurückbrachte. Einmal unter die Erde gebracht, würde die Saat, nach einem der Auferstehung des Osiris ähnlichen mystischen Vorgang, Ägypten zu einem fruchtbaren und reichen Land machen.

Denes' Landgut war riesig. Drei Dörfer gehörten dazu. In dem größten davon tranken Paser und Kem Ziegenmilch und labten sich an gesalzener sahniger, in irdenen Krügen aufbewahrter Dickmilch, die sie, mit Gewürzkräutern bestreut, auf Brotscheiben strichen. Die Bauern verwendeten Alaun, das aus der Oase Charga stammte, um die Milch gerinnen zu lassen, ohne daß sie sauer wurde, und so hochgeschätzten Käse herzustellen.

Gestärkt wanderten die beiden Männer zu Denes' ungeheurem Gutshof, der aus mehreren Gebäudeflügeln, Kornkammern, einem Weinkeller, einem Kelterhaus, Ställen, Pferdestallungen, Geflügelhof, Backhaus, Schlachthaus und Werkstätten bestand. Nachdem sie sich Füße und Hände gewaschen hatten, verlangten der Richter und der Ordnungshüter, den Verwalter des Anwesens zu sehen. Ein Pferdeknecht ging unverzüglich zu den Stallungen, um ihn zu holen.

Sobald der gewichtige Mann Paser erblickte, nahm er seine Beine in die Hand. Kem rührte sich nicht. Sein Babuin stürmte los und warf den Flüchtigen in den Staub. Als die Reißzähne sich ins Rückenfleisch gruben, hörte der Verwalter auf, wild um sich zu schlagen. Kem fand diese Haltung durchaus passend für ein ernsthaftes Verhör.

»Hocherfreut, Euch wiederzusehen«, sagte Paser. »Unsere Gegenwart scheint Euch in Schrecken zu versetzen.«

»Entfernt diesen Affen!«

»Wer hat Euch eingestellt?«

»Der Warenbeförderer Denes.«

»Auf Empfehlung von Qadasch?«

Der Verwalter zögerte mit der Antwort. Die Kiefer des Pavians schlossen sich wieder.

»Ja, ja!«

»Er hat es Euch demnach nicht verübelt, ihn bestohlen zu haben. Dafür gibt es vielleicht eine einfache Erklärung: Denes, Qadasch und Ihr seid Verbündete. Wenn Ihr versucht habt zu fliehen, dann versteckt Ihr sicher Beweisstücke in diesem Gutshof. Ich habe bereits die Vollmacht für eine umgehende Durchsuchung ausgestellt. Willigt Ihr ein, uns zu helfen?«

»Ihr irrt Euch.«

Kem hätte liebend gern seinen Affen bemüht, doch Paser zog eine weniger forsche und planvollere Lösung vor. Der Verwalter wurde auf die Beine gestellt, gefesselt und unter Bewachung durch mehrere Bauern gestellt, die seine drangsalierende Herrschaft haßten. Sie gaben dem Richter den Hinweis, daß der Beschuldigte den Zugang zu einem der Lager verbot, dessen Tür mehrere hölzerne Sperriegel sicherten. Mit einem Dolch brach Kem diese sogleich auf.

Im Innern fand sich eine Vielzahl von Truhen, deren bald flache, bald ausgewölbte, bald dreieckige Deckel von Schnüren zugehalten wurden, die um je zwei Knaufe, einer auf der Seite, der andere oben auf dem Deckel, gewickelt waren. Diese Truhen in den verschiedensten Größen verrieten auf den ersten Blick ihren Wert. Kem schnitt die Schnüre durch. In mehreren Behältern aus Sykomorenholz lagen Leinentuche von erster Güte, Gewänder und Laken.

»Der Schatz von Dame Nenophar?«

»Wir werden von ihr die Ausgangsbescheinigungen der Webereien verlangen.«

Die beiden Männer nahmen nun aus Weichholz gefertigte Truhen, die mit Ebenholz verkleidet und mit flächigen Einlegearbeiten verziert waren, in Augenschein. Sie enthielten Hunderte von Amuletten aus Lapislazuli.

»Ein wahrhaftiges Vermögen!« rief der Nubier aus.

»Die Ausführung ist derart edel, daß die Herkunft dieser Stücke leicht festzustellen sein wird.«

»Ich kümmere mich darum.«

»Denes und seine Spießgesellen verkaufen sie sicher für Goldes Wert in Libyen, Syrien, im Libanon und in anderen, auf ägyptische Zauberei versessenen Ländern. Vielleicht bieten sie sie gar den Beduinen an, um sie unverwundbar zu machen.«

»Ein Angriff auf die Sicherheit des Reiches?«

»Denes wird leugnen und den Verwalter beschuldigen.«

»Selbst als Ältester der Vorhalle zweifelt Ihr an der Gerechtigkeit.«

»Seid nicht so schwarzseherisch, Kem; sind wir nicht von Amtes wegen hier?«

Unter drei Kästchen mit flachen Deckeln verborgen, verdutzte sie ein ungewöhnlicher Gegenstand.

Eine massive vergoldete Akazienholzschatulle, an die dreißig Zentimeter hoch, zwanzig breit und fünfzehn tief. Auf dem Ebenholzdeckel zwei in Vollendung geschnitzte Elfenbeinzapfen.

»Dieses Meisterwerk ist eines PHARAOS würdig«, murmelte Kem.

»Man könnte meinen ... es handele sich um ein Stück aus einer Grabausstattung.«

»In dem Fall haben wir nicht das Recht, es anzurühren.«

»Ich muß den Inhalt aufnehmen.«

»Werdet Ihr damit keine Freveltat begehen?«

»Es gibt keinerlei Inschrift.«

Kem ließ den Richter das Schnürchen selbst abnehmen, das die Elfenbeinzapfen des Deckels mit den an der Seite eingelassenen verband. Paser hob den Deckel behutsam an.

Der Glanz des Goldes blendete ihn.

Ein handtellergroßer Skarabäus, aus gediegenem Gold! Daneben, zu beiden Seiten, ein kleiner Dächsel aus Himmelseisen und ein Udjat-Auge aus Lapislazuli.

»Das Auge des Wiederhergestellten, der Dächsel, durch den ihm in der Anderen Welt der Mund geöffnet wird, und der an die Stelle des Herzens gelegte Skarabäus, auf daß seine Wandlungen ewig seien.«

Auf dem Bauch des Skarabäus war eine hieroglyphische Inschrift dermaßen tief ausgehämmert worden, daß man sie nicht mehr entziffern konnte.

»Es muß sich da um einen König handeln«, bekräftigte Kem erschüttert. »Einen König, dessen Grab geplündert worden ist.«

Zur Zeit Ramses' des Großen erschien eine solche Schandtat unmöglich. Mehrere Jahrhunderte zuvor hatten Beduinen das Delta überrannt und die Totenstädte geplündert. Seit der Befreiung wurden die Pharaonen im Tal der Könige beigesetzt und Tag und Nacht bewacht.

»Nur ein Fremder kann ein derart ungeheuerliches Vorhaben ersonnen haben«, fügte der Nubier an, dessen Stimme zitterte.

Aufgewühlt schloß Paser der Deckel wieder.

»Tragen wir diesen Schatz zu Kani. In Karnak wird er in Sicherheit sein.«

18. KAPITEL

Der Hohepriester von Karnak befahl den Handwerkern des Tempels, die Schatulle und deren Inhalt genauestens zu untersuchen. Als er das Ergebnis der Begutachtung erhielt, rief er Paser sofort zu sich. Die beiden Männer wandelten durch einen Säulengang, der vor der Sonne Schutz bot.

»Es ist unmöglich, den Eigentümer dieser Wunderwerke zu ermitteln.«

»Ein König?«

»Die Größe des Skarabäus ist verwirrend, doch dieser Anhaltspunkt reicht nicht aus.«

»Kem, der neue Vorsteher der Ordnungskräfte, denkt an eine Grabmalsschändung.«

»Unwahrscheinlich. Sie wäre angezeigt worden, niemand hätte dieses unerhörte Geschehnis vertuschen können. Wie sollte ein solches Verbrechen, das schlimmste von allen, unbemerkt bleiben? Fünf Jahrhunderte schon ist es nicht mehr begangen worden! Ramses hat es gebrandmarkt, und die Namen der Schuldigen wären auf ewig vor den Augen und im Wissen der gesamten Bevölkerung ausgetilgt worden.«

Kani hatte recht. Das Entsetzen des Nubiers war wohl grundlos.

»Es ist wahrscheinlich«, meinte Kani, »daß diese bewundernswerten Stücke aus einer Werkstätte geraubt worden sind. Entweder gedachte Denes, sie feilzubieten, oder er bestimmte sie für sein eigenes Grab.«

Da er um die Eitelkeit des Mannes wußte, neigte Paser zur zweiten Möglichkeit.

»Habt Ihr in Koptos ermittelt?«

»Ich fand noch nicht die Zeit dazu«, antwortete der Richter,

161

»und ich grüble noch über der angemessenen Vorgehensweise.«

»Seid sehr vorsichtig.«

»Irgendein neuer Umstand?«

»Die Goldschmiede von Karnak haben sich eindeutig ausgesprochen: Das Gold des Skarabäus stammt aus dem Bergwerk von Koptos.«

*

Koptos, in geringer Entfernung nördlich von Theben gelegen, war eine eigenartige Stadt. In den Gassen begegnete man Unmengen von Bergleuten, Steinbrucharbeitern und Wüstenerforschern, die einen am Vorabend ihres Aufbruchs, die anderen gerade zurückgekehrt von einem langen Aufenthalt in der Hölle der glühendheißen, felsigen und einsamen Ödnisse. Ein jeder schwor sich, bei seinem nächsten Versuch die dickste Ader zu entdecken. Karawanenführer verkauften ihre Waren, die sie aus Nubien herbeigeschafft hatten; Jäger brachten den Tempeln und den Vornehmen Wild, Nomaden suchten sich in die ägyptische Gesellschaft einzugliedern.

Jeder wartete auf den nächsten Erlaß von PHARAO, der den Freiwilligen gebieten würde, eine der zahlreichen Wüstenstraßen einzuschlagen, die in Richtung der Jaspis-, Granitoder Porphyrsteinbrüche führten, oder zum Hafen von Koser am Roten Meer, oder auch zu den Türkislagerstätten von Bia.* Man träumte von Gold, verborgenen und unausgebeuteten Minen, von jenem Fleisch der Götter, das der Tempel den Gottheiten und den Pharaonen vorbehielt. Tausendmal waren Machenschaften ausgeheckt worden, um sich dessen zu bemächtigen; tausendmal waren sie gescheitert wegen der Allgegenwart des Trupps eigens damit betrauter Ordnungskräfte, »jener mit dem scharfen Blick«; von furchterregenden und unermüdlichen Hunden begleitet, roh und ohne Erbarmen, kannten sie jeden Weg, das kleinste Trockental,

* Die Sinai-Halbinsel

fanden sich mühelos in einer feindseligen Welt zurecht, in der ein Unkundiger nicht lange überlebt hätte. Diese Jäger von Tieren und Menschen erlegten Steinböcke, -ziegen und Gazellen und brachten die aus den Gefängnissen entflohen Sträflinge zurück. Ihre liebste Beute waren die Beduinen, die immer wieder versuchten, die Karawanen anzugreifen und die Reisenden auszuplündern; zahlreich und gut ausgebildet, boten »jene mit scharfem Blick« ihnen selten Gelegenheit, bei ihren feigen Unternehmungen Erfolg zu haben. Falls eine Schar gerissenerer Beduinen unglücklicherweise ihr Ziel doch erreichte, gaben sich die Ordnungshüter der Wüste die Weisung weiter: sie einzuholen und auszulöschen. Seit etlichen Jahren hatte sich kein Plünderer mehr seiner Heldentat brüsten können. Die Beaufsichtigung der Bergwerke war scharf; daher bestand für die Diebe nicht die geringste Aussicht, eine bedeutende Menge des kostbaren Metalls zu entwenden.

Während er auf den prächtigen Tempel von Koptos zuging, wo jene uralten Karten mit den Lagerstätten der Bodenschätze Ägyptens aufbewahrt wurden, begegnete Paser einer Gruppe von Ordnungshütern, die Gefangene vor sich her stießen, welchen die Hunde übel zugesetzt hatten.

Der Älteste der Vorhalle war voller Ungeduld und Unbehagen. Ungeduld, da er endlich vorankommen und erfahren wollte, ob Koptos ihm unverhoffte Enthüllungen bringen würde; Unbehagen, weil er fürchtete, der Obere des Tempels könnte mit den Ränkeschmieden unter einer Decke stecken. Bevor er irgend etwas unternahm, mußte er diesen Verdacht ausräumen oder ihn bestätigen.

Die nachdrückliche Empfehlung des Hohenpriesters von Karnak erwies sich als äußerst wirkungsvoll; beim Anblick des Schriftstücks öffneten sich Tore, und der Vorsteher empfing ihn noch zur selben Stunde.

Der Mann war betagt, wohlbeleibt und sich seiner selbst sicher; die Würde des Priesters hatte die Vergangenheit eines Mannes der Tat nicht ausgelöscht.

»Welche Ehren und Aufmerksamkeiten!« spöttelte er mit

einer dunklen Stimme, die seine Untergebenen zittern ließ.
»Ein Ältester der Vorhalle mit der Erlaubnis, meinen be-
scheidenen Tempel zu durchstöbern, das ist doch wohl eine
Achtungsbezeigung, die ich nicht erwartet hatte. Steht Euer
Trupp Ordnungshüter bereit, in diese Stätte einzufallen?«
»Ich bin alleine gekommen.«
Der Obere von Koptos runzelte die struppigen Augen-
brauen.
»Ich werde nicht klug aus Eurem Schritt.«
»Ich hoffe auf Eure Hilfe.«
»Hier, wie anderswo, hat man viel über die Gerichtsverhand-
lung geredet, die Ihr gegen den Heerführer Ascher ange-
strengt habt.«
»Wie hat man sich geäußert?«
»Der Heerführer hat weit mehr Anhänger als Widersacher.«
»Welchem Lager gehört Ihr an?«
»Er ist ein Gauner!«
Paser verbarg seine Erleichterung. Falls der Obere nicht log,
klärte sich der Horizont auf.
»Was legt Ihr ihm zu Last?«
»Ich bin ein ehemaliger Bergmann, und ich habe den Ord-
nungskräften der Wüste angehört. Seit einem Jahr sucht
Ascher ›jene mit dem scharfen Blick‹ unter seinen Einfluß zu
bringen. Solange ich lebe, wird ihm dies nicht gelingen!«
Der Zorn des Tempelvorstehers war nicht geheuchelt.
»Ihr allein könnt mir Auskunft erteilen über den befremdlichen Weg einer großen Menge Himmlischen Eisens, das in
Memphis in der Wirkstätte eines Forschers namens Scheschi
aufgefunden wurde. Selbstredenderweise war ihm die Anwesenheit dieses kostbaren Metalls gänzlich fremd, und er
behauptet, Opfer eines Komplotts zu sein. Indes befaßt er
sich mit der Herstellung unzerbrechlicher Waffen, zweifelsohne zum Nutzen von Heerführer Ascher. Scheschi hat
folglich Bedarf an diesem außergewöhnlichen Eisen.«
»Derjenige, der Euch das erzählte, hat Euch zum Narren
gehalten.«
»Weshalb?«

164

»Weil das Himmelseisen nicht unzerbrechlich ist! Es stammt von Fallenden Sternen.«*

»Nicht unzerbrechlich . . .«

»Die Mär ist weitverbreitet, doch es ist nur eine Mär.«

»Kennt man die Fundstellen dieser Fallenden Sterne?«

»Sie können überall niedergehen, doch ich verfüge über eine Karte. Allein eine amtliche Erkundungsfahrt unter der Aufsicht der Ordnungskräfte der Wüste ist befugt, das Himmelseisen zu bergen und es nach Koptos zu schaffen.«

»Ein ganzer Brocken ist unterschlagen worden.«

»Nicht verwunderlich. Eine Bande von Plünderern wird auf einen Fallenden Stern gestoßen sein, dessen Lage nicht aufgenommen worden war.«

»Würde Ascher sich seiner bedienen?«

»Wozu? Er weiß, daß das Himmelseisen für den rituellen Gebrauch vorbehalten ist. Wenn er Waffen aus diesem Metall fertigen ließe, würde er sich ernsten Unannehmlichkeiten aussetzen. Es in der Fremde zu verkaufen, vor allem bei den Hethitern, wo es hochgeschätzt ist, würde ihm dagegen neue Mittel oder gar Hilfstruppen verschaffen.«

Verkaufen, schachern, handeln . . . Dies waren nicht die ureigenen Gebiete von Ascher, sondern die des so sehr nach Gütern gierenden Warenbeförderers Denes! Nebenher erhielte auch Scheschi hierbei seine Vergütung. Paser hatte sich geirrt. Der Metallkundler spielte bloß die Rolle eines Hehlers in Denes' Dienst. Dessenungeachtet wünschte Heerführer Ascher, die Ordnungskräfte der Wüste an sich zu binden.

»Ist ein Diebstahl edler Metalle in Euren Lagern begangen worden?«

»Ich werde von einer Heerschar Ordnungshütern, Priestern und Schreibern bewacht, ich bewache sie, und wir beobachten uns voller Argwohn gegenseitig. Solltet Ihr mich etwa verdächtigt haben?«

»Ja, ich muß es gestehen.«

---

* Meteoriten.

»Ich schätze Eure Offenheit. Bleibt einige Tage hier, und Ihr werdet begreifen, weshalb jegliche Plünderung unmöglich ist.«

Paser beschloß, dem Oberen sein Vertrauen zu schenken.

»Unter den von einem Schwarzhändler angehäuften Reichtümern habe ich einen Skarabäus von ungewöhnlicher Größe aus gediegenem Gold entdeckt. Gold aus dem Bergwerk von Koptos.«

Der ehemalige Bergmann war verdutzt.

»Wer behauptet das?«

»Die Goldschmiede von Karnak.«

»Dann stimmt es also.«

»Ich vermute, ein solches Stück ist in Euren Verzeichnissen vermerkt.«

»Der Name des Eigentümers?«

»Die Inschrift ist flachgehämmert worden.«

»Ärgerlich. Jedes Körnchen Gold, das seit den ältesten Zeiten aus der Mine hervorging, ist in der Tat aufgenommen worden, und Ihr werdet dessen Spur in unserer Schriftenverwahrung finden. Seine Bestimmung ist genau angegeben: der Tempel ist genannt, der PHARAO, der Goldschmied. Ohne Namen werdet Ihr jedoch keinen Erfolg haben.«

»Werden denn handwerkliche Arbeiten in der Mine selbst durchgeführt?«

»Manchmal. Der eine oder andere Goldschmied hat an den Förderstätten selbst Gegenstände gestaltet. Dieser Tempel steht Euch ganz zur Verfügung; durchsucht ihn von Grund auf.«

»Das wird nicht nötig sein.«

»Ich wünsche Euch gutes Gelingen. Befreit Ägypten von diesem Heerführer Ascher; er bringt Unglück.«

*

Paser war zu der Gewißheit gelangt, daß der Vorsteher von Koptos unschuldig war. Ganz offensichtlich würde es ihm unmöglich sein, die Herkunft des Himmlischen Eisens fest-

zustellen, dieses Gegenstandes eines neuerlichen Schleichhandels von Denes, dessen Tüchtigkeit auf diesem Gebiet
unerschöpflich zu sein schien. Es ergab sich jedoch der
Eindruck, daß Bergleute, Goldschmiede oder Ordnungshüter der Wüste entweder auf Rechnung von Denes oder auf
die von Ascher oder gar für beide edle Steine und Metalle
entwendeten. Könnten sie, wenn sie miteinander verbündet
waren, nicht ein riesiges Vermögen anhäufen, um zu einem
Angriff überzugehen, dessen wahre Beschaffenheit der Richter noch immer nicht klar zu umreißen vermochte?

Wenn es ihm gelänge zu beweisen, daß der mörderische
Heerführer an der Spitze einer Bande von Golddieben
stand, würde Ascher einer strengen Verurteilung nicht entgehen. Wie jedoch ließe sich dies bewerkstelligen, außer
man mischte sich unter die Schürfer?

Einen genügend furchtlosen Mann dafür zu finden war
schwierig, wenn nicht unmöglich. Das Unternehmen versprach gefährlich zu werden. Er hatte es Sethi nur vorge-
schlagen, um ihn herauszufordern.

Die einzige Lösung bestand darin, sich selbst zu verpflichten,
nachdem er Neferet von der Notwendigkeit dieses Schrittes
überzeugt hätte.

*

Bravs Bellen erfreute sein Herz. Der Hund preschte in
wilder Hatz los und blieb hechelnd vor den Füßen seines
Herrn stehen, der ihn mit Streicheln verwöhnte. Da er das
argwöhnische Wesen seines Esels kannte, ging Paser dann
schnell zu ihm, um auch ihm seine Zuneigung zu bekun-
den. Wind des Nordens' glücklicher Blick lohnte es ihm
voller Dankbarkeit.

Als er schließlich Neferet in seine Arme schloß, spürte der
Richter sogleich, daß sie besorgt und erschöpft war.

»Es ist ernst«, sagte sie. »Sethi hat bei uns Zuflucht gesucht.
Seit einer Woche vergräbt er sich in einem Zimmer und
weigert sich, vor die Tür zu kommen.«

»Was hat er getan?«

»Er wird nur mit dir reden. Heute abend hat er sehr viel getrunken.«

*

»Da bist du ja endlich!« rief Sethi übererregt aus.

»Kem und ich haben einige wesentliche Anhaltspunkte entdeckt«, erklärte er.

»Wenn Neferet mich nicht versteckt hätte, wäre ich nach Asien verschleppt worden!«

»Welcher Missetat hast du dich schuldig gemacht?«

»Heerführer Ascher bezichtigt mich der Abtrünnigkeit, der Beleidigung eines höheren Offiziers, des unerlaubten Entfernens, des Verlustes von Dienstwaffen, der Feigheit vor dem Feind und des Rufmords.«

»Du wirst dein Gerichtsverfahren gewinnen.«

»Sicher nicht.«

»Was befürchtest du?«

»Als ich aus dem Heer trat, habe ich es versäumt, gewisse Schriftstücke auszufüllen, die mich von jeder Verpflichtung entbunden hätten. Die rechtmäßige Frist dafür ist abgelaufen. Ascher hat mit Fug und Recht auf meine Nachlässigkeit gesetzt. Ich bin nun tatsächlich ein Abtrünniger und mit dem Straflager der Streitkräfte zu bestrafen.«

»Das ist mißlich.«

»Ein Jahr Arbeitslager in Asien, genau das steht mir bevor. Du kannst dir vorstellen, wie die Spießgesellen des Heerführers mich behandeln werden! Ich werde dort nicht mehr lebend herauskommen.«

»Ich werde dazwischentreten.«

»Ich bin schuldig, Paser! Du, Ältester der Vorhalle, du würdest dich gegen das Gesetz stellen?«

»Dasselbe Blut fließt in unseren Adern.«

»Und du wirst mit mir stürzen! Die Falle ist gut ausgeheckt. Es bleibt mir nur eine Lösung: deinen Vorschlag annehmen und als Goldschürfer aufbrechen, mich in der Wüste un-

168

sichtbar machen. Ich würde Dame Tapeni, Panther und diesem Mörder von Heerführer entwischen und ein Vermögen machen. Die Goldstraße! Gibt es einen schöneren Traum?«

»Wie du selbst feststellen wirst, gibt es auch keinen gefährlicheren.«

»Ich bin nicht für das seßhafte Dasein geschaffen. Die Frauen werden mir fehlen, aber ich baue auf mein Glück.«

»Wir lassen dich nur ungern ziehen«, wandte Neferet ein.

Er sah sie bewegt an.

»Ich werde wiederkommen. Ich werde reich, mächtig und geehrt zurückkommen! Alle Aschers dieser Welt werden bei meinem Anblick zittern und mir zu Füßen kriechen, aber ich werde kein Erbarmen kennen und sie mit der Ferse zertreten. Ich werde wiederkommen, um euch auf beide Wangen zu küssen und das Festmahl zu genießen, das ihr für mich vorbereitet haben werdet.«

»Meines Erachtens«, fand Paser, »wäre es besser, gleich zu feiern und deine Säufervorhaben aufzugeben.«

»Ich habe niemals so klar und nüchtern gesehen. Falls ich bleibe, werde ich verurteilt, und dann werde ich dich in meinem Sturz mitreißen; starrköpfig, wie du bist, wirst du dich darauf versteifen, mich zu verteidigen und für eine von vornherein verlorene Sache zu kämpfen. Somit werden all unsere Anstrengungen vergebens gewesen sein.«

»Ist es denn nötig, solche Wagnisse einzugehen?« fragte Neferet.

»Wie könnte ich mich ohne Gewaltstreich aus dieser üblen Lage herauswinden? Das Heer ist mir fortan verwehrt, so bleibt nur noch dieser verfluchte Beruf, nämlich der des Goldsuchers! Nein, ich bin nicht irre geworden. Diesmal werde ich zu Reichtum gelangen. Ich fühle es, in meinem Kopf, in meinen Fingern, in meinem Bauch.«

»Ist dein Entschluß unwiderruflich?«

»Ich drehe mich seit einer Woche im Kreise, ich habe Zeit zum Nachdenken gehabt. Selbst du wirst mich nicht davon abbringen.«

Paser und Neferet blickten sich an; Sethi scherzte nicht.

»In diesem Fall muß ich dir etwas mitteilen.«

»Über Ascher?«

»Kem und ich haben einen Schmuggel mit Amuletten aufgedeckt, in den Denes und Qadasch verwickelt sind. Es ist möglich, daß der Heerführer etwas mit Veruntreuungen von Gold zu schaffen hat. Mit anderen Worten, die Verschwörer häufen Reichtümer an.«

»Ascher ein Golddieb! Das ist ja wunderbar! Das hieße Verurteilung zum Tode, nicht wahr?«

»Sofern der Beweis erbracht ist.«

»Du bist mein Bruder, Paser!«

Sethi umarmte den Richter.

»Diesen Beweis, den werde ich dir erbringen. Ich werde nicht nur reich werden, ich werde auch noch dieses Ungeheuer von seinem hohen Sockel stoßen!«

»Verrenne dich nicht, es ist lediglich eine Annahme.«

»Nein, die Wahrheit!«

»Falls du weiter darauf beharrst, werde ich deine Entsendung amtlich machen.«

»Auf welche Weise?«

»Mit Kems Einverständnis stehst du seit zwei Wochen bei den Ordnungskräften der Wüste in Dienst. Dir wird sogar ein Sold ausgezahlt.«

»Zwei Wochen ... demnach vor den Bezichtigungen des Heerführers!«

»Kem macht sich nichts aus Schreibkram. Alles wird vorschriftsmäßig sein, das ist die Hauptsache.«

»Laßt uns trinken!« forderte Sethi.

Neferet widersprach nicht.

»Verpflichte dich bei den Bergleuten«, empfahl ihm Paser, »und sprich mit niemandem über deinen Stand als Ordnungshüter. Enthülle ihn nur, um dich aus einer Gefahr zu retten.«

»Verdächtigst du irgend jemand Bestimmten?«

»Ascher will die Ordnungskräfte der Wüste unter seine Befehlsgewalt bringen. Infolgedessen hat er sicher Spitzel ein-

geschleust oder das eine oder andere Gewissen erkauft. Das
gleiche gilt für die Bergleute. Wir werden versuchen, entwe-
der durch eine Art Briefwechsel oder irgendein anderes
Mittel, das dich nicht in Gefahr bringt, miteinander in
Verbindung zu bleiben. Wir müssen unbedingt über das
Fortschreiten unserer jeweiligen Ermittlungen unterrichtet
bleiben. Mein Kennwort wird ... Wind des Nordens lauten.«
»Wenn du anerkennst, daß du ein Esel bist, bleibt dir der
Weg der Weisheit zugänglich.«
»Ich fordere jedoch ein Versprechen.«
»Du hast es.«
»Erzwinge dein ach so berühmtes Glück nicht. Falls die Lage
zu bedrohlich wird, kehr zurück.«
»Du kennst mich.«
»Eben darum.«
»Ich für meinen Teil werde im geheimen wirken; du, du bist
eine herausgehobene Zielscheibe.«
»Möchtest du etwa beweisen, daß ich ein größeres Wagnis
eingehe als du?«
»Wenn die Richter klug werden, besitzt dieses Land noch
eine Zukunft.«

19. KAPITEL

Denes zählte die Dörrfeigen wieder und wieder. Nach mehreren Überprüfungen schloß er auf Diebstahl. Acht Früchte fehlten gemäß der Bestandsaufnahme seines Schreibers der Obstbäume. Wutentbrannt rief er seine Dienerschaft zusammen und drohte mit den allerschlimmsten Strafmaßnahmen, falls der Schuldige sich nicht stellte. Eine betagte Köchin, die auf ihre Ruhe bedacht war, trieb darauf einen Knaben von fünfzehn Jahren mit Knuffen herbei: des Schreibers eigener Sohn! Jener wurde mit zehn Stockschlägen und der Junge mit fünf bestraft. Der Warenbeförderer legte nämlich größten Wert auf die Wahrung der Sittlichkeit; das geringste seiner Güter mußte als solches geachtet werden. In Abwesenheit von Dame Nenophar, die mit den Behörden des Schatzhauses ihre Händel austrug und danach trachtete, Bel-ter-ans Einfluß einzudämmen, sorgte Denes für Ordnung auf dem Anwesen.

Sein Zorn hatte ihn hungrig gemacht. Er ließ sich gebratenes Schwein, Milch und Frischkäse auftragen. Als dann Richter Paser zu einem unerwarteten Besuch eintraf, war ihm die Freude am Essen sogleich vergangen. Dennoch lud er ihn mit fröhlicher Miene ein, seine karge Stärkung zu teilen. Der Älteste der Vorhalle setzte sich auf das Mäuerchen aus Nilschlammziegeln, das die Laube umschloß, und sah den Warenbeförderer scharf an.

»Warum habt Ihr Qadaschs früheren Verwalter eingestellt, der unehrlicher Handlungen schuldig war?«

»Mein für Einstellungen zuständiges Schreibzimmer hat einen Fehler begangen. Qadasch und ich waren überzeugt, daß dieser verächtliche Mensch den Gau Memphis verlassen hätte.«

»Er hat ihn verlassen, sicher, allerdings um die Verwaltung Eures größten Landgutes nahe Hermopolis zu übernehmen.«

»Er muß einen falschen Namen benutzt haben. Seid gewiß, daß ich ihn schon morgen entlasse.«

»Das wird nicht nötig sein. Er ist im Gefängnis.«

Der Warenbeförderer strich seinen dünnen Bartkranz glatt, aus dem einige Haare abstanden.

»Im Gefängnis! Welches Verbrechen hat er begangen?«

»War Euch seine Tätigkeit als Hehler etwa fremd?«

»Hehler, welch ein abscheuliches Wort!«

Denes schien entrüstet.

»Schwarzhandel mit Amuletten, die in Truhen gelagert waren«, verdeutlichte Paser.

»Bei mir, auf meinem Hof? Unglaublich, ungeheuerlich! Ich möchte Euch um die allergrößte Verschwiegenheit bitten, mein werter Paser; mein Ruf darf unter den Missetaten dieses Verächtlichen nicht leiden.«

»Ihr seid also eines seiner Opfer?«

»Er hat mich auf die niederträchtigste Art hintergangen, wußte er doch, daß ich mich nie zu meinem Gut begebe. Meine Geschäfte halten mich in Memphis zurück, und ich schätze das Land nicht sonderlich. Ich wage auf eine äußerst strenge Bestrafung zu hoffen.«

»Verfügt Ihr über keinerlei Hinweise auf die Umtriebe Eures Verwalters?«

»Nicht einen! Das kann ich auf Treu und Glauben versichern.«

»Wußtet Ihr, daß ein wahrer Schatz auf Eurem Hof versteckt war?«

Der Warenbeförderer wirkte wie vor den Kopf gestoßen.

»Nun auch noch ein Schatz! Von welcher Art?«

»Die Ermittlungen verpflichten mich zu Stillschweigen. Wißt Ihr, wo sich Euer Freund Qadasch aufhält?«

»Ja, hier. Auf Grund seines Erschöpfungszustandes habe ich ihm meine Gastfreundschaft angeboten.«

»Dürfte ich ihn sehen, wenn seine Gesundheit dies erlaubt?«

Äußerst gereizt schickte Denes nach dem Zahnheilkundigen. Mit wilden Armbewegungen und ohne stillsitzen zu können, stürzte Qadasch sich dann in eine Folge verworrener Erklärungen, in denen er sich dagegen verwahrte, einen Verwalter eingestellt zu haben, den er doch von seinem Anwesen gejagt habe, wie er beteuerte.

Auf Pasers Fragen antwortete er nur mit verquast-schwülstigen Sätzen ohne Hand und Fuß. Entweder verlor der Zahnheilkundler mit dem weißen Haar allmählich den Verstand, oder er versuchte sich als Schauspieler.

Der Richter unterbrach ihn.

»Ich glaube zu verstehen, daß Ihr nichts gewußt habt, weder der eine noch der andere. Dieser Amulettschmuggel vollzog sich ohne Euer Wissen.«

Denes beglückwünschte den Richter zu seinen Schlußfolgerungen. Qadasch verschwand ohne einen Gruß.

»Man muß ihn entschuldigen; das Alter, eine vorübergehende Überanstrengung . . .«

»Die Untersuchungen gehen weiter«, fügte Paser hinzu. »Der Verwalter ist lediglich ein Stein im Spiel; ich werde erfahren, wer es ersonnen und seine Regeln festgesetzt hat. Seid versichert, daß ich Euch darüber verständigen werde.«

»Ihr würdet mich sehr verpflichten.«

»Ich möchte mich auch gerne mit Eurer Gemahlin unterhalten.«

»Mir ist gänzlich unbekannt, wann sie aus dem Palast heimkehren wird.«

»Ich werde heute abend wiederkommen.«

»Ist das denn notwendig?«

»Unerläßlich.«

*

Dame Nenophar gab sich gerade ihrem liebsten Vergnügen, der Fertigung von Gewändern, hin. So wurde der Richter in ihre Werkstatt geführt.

Sorgfältig geschminkt, nähte sie gerade den Ärmel eines langen Kleides und bekundete offen ihre Verärgerung.

»Ich bin es müde. In meinem eigenen Haus belästigt zu werden ist mir recht unangenehm.«

»Ihr seht mich darüber betrübt. Eure Arbeit ist beachtenswert.«

»Beeindrucken Euch meine Anlagen zur Näherei etwa?«

»Sie berücken mich geradezu.«

Nenophar wirkte verunsichert.

»Was bedeutet . . .«

»Woher stammen die Stoffwaren, die Ihr verwendet?«

»Das geht nur mich etwas an.«

»Ihr unterliegt einem Irrtum.«

Die Gemahlin des Warenbeförderers ließ von ihrer Arbeit ab und erhob sich empört.

»Ich fordere Euch auf, Euch zu erklären.«

»Auf Eurem Hof in Mittelägypten fanden sich unter anderen verdächtigen Gegenständen Leinenwaren, Gewänder und Laken. Ich nehme an, sie gehören Euch.«

»Verfügt Ihr über einen Beweis dafür?«

»Einen dinglichen nicht.«

»In diesem Fall verschont mich mit Euren Vermutungen, und macht Euch davon!«

»Ich bin dazu gezwungen, doch ich beharre auf einem Punkt: Ich bin kein einfältiger Tor.«

*

Panther hatte ihr Werk vollbracht.

Haare eines am Vorabend an Krankheit Verstorbenen, einige Korn Gerste, aus dem Grab eines Kindes gestohlen, bevor jenes geschlossen worden war, Apfelkerne, Blut eines schwarzen Hundes, saurer Wein, Eselsharn und Sägespäne: Der Zaubertrunk würde wirkungsvoll sein. Zwei Wochen lang hatte die goldhaarige Libyerin sich abgequält, um die Zutaten zusammenzutragen. Wohl oder übel würde ihre Nebenbuhlerin das Gemisch trinken. Und von Liebe verzehrt, doch auf immer unfähig zur Lust, würde sie Sethi bald enttäuschen. Er würde sie ohne Säumen verlassen.

Panther vernahm ein Geräusch.

Irgend jemand war soeben durch das Gärtchen in das kleine weiße Haus eingedrungen.

Sie löschte die Lampe, die die Küche erhellte, und griff nach einem Messer. Demnach hatte sie es also gewagt! Dieser Plagegeist forderte sie unter ihrem eigenen Dach heraus, zweifelsohne mit der Absicht, sich ihrer zu entledigen!

Die ungebetene Besucherin drang in das Zimmer, öffnete einen Reisebeutel und warf kunterbunt einige Kleidungsstücke hinein. Panther riß ihre Waffe hoch.

»Sethi!«

Der junge Mann drehte sich um. Da er sich bedroht glaubte, warf er sich zur Seite. Die Libyerin ließ das Messer fallen.

»Bist du wahnsinnig geworden?«

Er stand wieder auf und hielt ihr die Handgelenke fest, den Fuß auf der Klinge.

»Ist das nicht ein Messer?«

»Um *sie* zu durchbohren!«

»Von wem sprichst du?«

»Von der, die du geheiratet hast.«

»Vergiß sie, und vergiß mich.«

Panther zitterte.

»Sethi . . .«

»Du siehst, ich gehe fort.«

»Wohin?«

»Geheime Entsendung.«

»Du lügst, du ziehst zu ihr!«

Er brach in Gelächter aus, stopfte einen letzten Schurz in seinen Beutel und warf ihn sich über die Schulter.

»Sei beruhigt, sie wird mir nicht folgen.«

Panther klammerte sich an ihren Geliebten.

»Du machst mir angst. Erkläre es mir, ich flehe dich an!«

»Ich werde als Abtrünniger angesehen und muß Memphis schnellstmöglich verlassen. Falls Heerführer Ascher Hand an mich legt, werde ich in einem Straflager sterben.«

»Beschützt dich dein Freund Paser denn nicht?«

»Ich bin nachlässig gewesen und habe mich schuldig ge-

176

macht. Wenn ich die Aufgabe erfülle, die er mir anvertraut hat, werde ich Ascher besiegen und zurückkommen.«
Er küßte sie mit Ungestüm.
»Falls du mich belogen hast«, versprach sie, »werde ich dich töten.«

*

Kem ermittelte in den berühmtesten Fertigungsstätten prächtiger Amulette mit Hilfe von Kanis unmittelbaren Gefolgsleuten. Seine Nachforschungen blieben indes fruchtlos. Der Vorsteher der Ordnungskräfte verließ Theben und bestieg das Schiff nach Memphis, wo er die gleiche Art von Untersuchung mit ebenfalls enttäuschendem Ausgang führte.
Darauf ging der Nubier mit sich zu Rate.
Die herrlichen Amulette, allesamt Gegenstände eines ungesetzlichen Handels, entstammten keiner wohlbekannten Werkstätte mit eigenem Hause. Somit befragte er zahlreiche Gewährsleute, die sich von der Gegenwart des Babuins einschüchtern ließen. Einer von ihnen, ein Zwerg syrischer Herkunft, willigte ein zu reden, sofern er drei Sack Gerste und einen weniger als drei Jahre alten Esel erhielte. Ein schriftliches Gesuch abzufassen und den vorschriftsmäßigen Rechtsweg einzuhalten, hätte zuviel Zeit in Anspruch genommen. Der Nubier opferte also sein Gehalt und drohte dem Zwerg, ihm die Rippen zu brechen, falls er ihn zu hintergehen versuchte. Jener erwähnte das Vorhandensein einer seit zwei Jahren geöffneten heimlichen Wirkstätte im nördlichen Viertel, nahe einer Schiffswerft.
In einen Wasserträger verwandelt, beobachtete Kem einige Tage lang das dortige Kommen und Gehen. Nach Arbeitsschluß auf der Werft schlichen sich befremdliche Arbeiter in eine Gasse ohne erkennbaren Ausgang und kamen erst vor Morgengrauen wieder heraus; mit sich trugen sie dann verschlossene Körbe, die sie einem Flußschiffer übergaben.
In der vierten Nacht zwängte der Nubier sich in den engen Durchgang. Dieser endete an einer Wand aus Binse, die mit

getrocknetem Lehm verputzt war, um Mauerwerk nachzuah-
men. Einen kräftigen Anlauf nehmend, rammte er sie ein.
Vier Männer wurden von dem plötzlichen Eindringen des
schwarzen Hünen völlig überrascht, dem der Babuin auf
dem Fuße folgte. Kem schlug den Schwächlichsten sofort
nieder, der Affe biß dem zweiten in die Wade, der dritte
entfloh. Was den vierten und ältesten anbelangte, so wagte
er nicht einmal mehr zu atmen. In seiner linken Hand ruhte
ein herrlicher Isisknoten aus Lapislazuli. Als Kem näherkam,
ließ er ihn auf den Boden fallen.
»Bist du der Vorsteher?«
Er schüttelte den Kopf. Der kleine Dickbäuchige starb beina-
he vor Angst. Kem hob den Isisknoten auf.
»Wunderbare Arbeit. Du bist kein Lehrling, sollte man mei-
nen; wo hast du deinen Beruf erlernt?«
»Im Tempel des Ptah«, stammelte er.
»Weshalb hast du ihn verlassen?«
»Ich bin davongejagt worden.«
»Aus welchem Grund?«
Der Handwerker senkte den Kopf.
»Diebstahl.«
Der Werkstatt mit niedriger Decke fehlte es an Belüftung.
Entlang der Wände aus getrocknetem Nilschlamm waren
Truhen aufgestapelt, die aus fernen Gebirgslandschaften
stammende Lapislazulibrocken enthielten. Auf einem nied-
rigen Tisch lagen gelungene Amulette, in einem Korb die
mißratenen Stücke und der Bruch.
»Wer hat dich angestellt?«
»Ich ... ich entsinne mich nicht mehr.«
»Na, komm, mein Guter! Lügen ist töricht. Außerdem treibt
das meinem Affen die Haare zu Berge. Er hat sich seinen
Namen ›Töter‹ ehrlich verdient, mußt du wissen. Ich will den
Namen desjenigen, der an der Spitze dieses Schwarzhandels
steht.«
»Werdet Ihr mich schützen?«
»Im Straflager der Diebe wirst du in Sicherheit sein.«
Der kleine Mann war glücklich, Memphis zu verlassen, und

sei es in Richtung Höllenfeuer. So glücklich, daß er zu antworten vergaß.

»Ich höre«, beharrte Kem.

»Das Straflager ... gibt es keine Möglichkeit, dem zu entgehen?«

»Das hängt ganz von dir ab. Und vor allem von dem Namen, den du mir nennen wirst.«

»Er hat keinerlei Spuren hinterlassen, er wird alles ableugnen, und meine Aussage wird nicht ausreichen.«

»Sorge dich nicht um die gerichtlichen Folgen.«

»Besser wäre, mich freizulassen.«

Auf die Untätigkeit des Nubiers hoffend, deutete der Handwerker einen Schritt zum Gäßchen an. Eine mächtige Pranke umschloß seinen Hals.

»Den Namen, rasch!«

»Scheschi. Der Metallkundler Scheschi.«

*

Paser und Kem schritten den Kanal entlang, auf dem Frachtschiffe verkehrten. Die Seeleute, die gerade einliefen oder ablegten, fuhren einander derb an und schmetterten Lieder. Ägypten gedieh, glücklich und in Frieden. Gleichwohl litt der Älteste der Vorhalle an Schlaflosigkeit und ahnte ein Verhängnis voraus, ohne die Ursachen des Übels ausmachen zu können. Jede Nacht sprach er darüber mit Neferet, der er seine Besorgnis mitteilte. Trotz ihrer heiter-zuversichtlichen Grundhaltung erkannte die junge Frau an, daß ihres Gatten Furcht begründet war.

»Ihr habt recht«, sagte Paser zum Vorsteher der Ordnungskräfte.

»Scheschis Verfahren würde in einer Niederschlagung münden. Er wird lauthals seine Unschuld beteuern, und das Wort eines Diebes, der aus einem Tempel verstoßen wurde, wird kein Gewicht haben.«

»Obwohl er nicht gelogen hat.«

»Daran zweifele ich nicht.«

179

»Die Gerechtigkeit ...« grummelte der Nubier. »Wozu ist sie gut?«

»Laßt mir etwas Zeit. Wir kennen nunmehr die Freundschaftsbande, die Denes mit Qadasch, Qadasch mit Scheschi vereinen. Diese drei sind Bundesgenossen. Darüber hinaus ist Scheschi wahrscheinlich Heerführer Aschers getreuer Diener. Da haben wir die vier für mehrere Schandtaten verantwortlichen Verschwörer. Sethi muß uns den Beweis für Aschers Schuldhaftigkeit bringen; ich bin davon überzeugt, daß er das Himmelseisen entwendet hat und einen Schmuggel von edlen Steinen und Metallen wie Lapislazuli oder vielleicht sogar Gold unterhält. Seine Stellung als Fachmann unserer Belange in Asien verleiht ihm völlig freie Hand auf diesem Gebiet. Denes ist ein Ehrgeizling, begierig nach Reichtum und Macht; er lenkt Qadasch und Scheschi, welcher der Verschwörung seine Sachkunde beisteuert. Und auch Dame Nenophar darf da nicht außer acht gelassen werden, die so gewandt ist im Umgang mit jener Nadel, die in den Nacken meines Meisters gestoßen wurde.«

»Vier Männer und eine Frau ... Wie könnten diese allein Ramses ins Wanken bringen?«

»Diese Frage geht mir nicht aus dem Sinn, und ich bin außerstande, darauf zu antworten. Weshalb, sofern es sich dabei tatsächlich um dieselben handelt, haben sie ein Königsgrab geplündert? Es verbleiben derart viele Ungewißheiten, Kem; unsere Arbeit ist weit davon entfernt, beendet zu sein.«

»Meinem Titel zum Trotz werde ich weiterhin allein ermitteln. Ich habe nur in Euch Vertrauen.«

»Ich werde Euch von allen Verwaltungsobliegenheiten befreien.«

»Wenn ich mich erkühnte ...«

»Redet.«

»Seid so vorsichtig wie ich.«

»Nur Sethi und Neferet werden von mir in unsere Geheimnisse eingeweiht.«

»Er ist Euer Blutsbruder, sie ist Eure Schwester für die

180

Ewigkeit. Falls der eine oder die andere Euch betrügen, werden sie hienieden und im Jenseits verdammt sein.«

»Weshalb so viel Argwohn?«

»Weil Ihr vergeßt, eine wesentliche Frage zu stellen: Sind die Verschwörer fünf oder mehr?«

*

In tiefer Nacht, den Kopf von einem langen Tuch bedeckt, schlich sie sich in das Lagerhaus, wo sie, im Namen ihrer Freunde, ein Treffen mit dem Schattenfresser verabredet hatte. Das Los war auf sie gefallen, um den Meuchelmörder zu treffen und ihm ihre Anweisungen zu übermitteln. Dies war nicht die übliche Vorgehensweise; doch die Dringlichkeit der Lage erforderte eine unmittelbare Fühlungnahme und die Gewißheit, daß die Befehle genauestens verstanden werden würden. Über die Maßen geschminkt, völlig entstellt, mit dem groben Gewand einer Bäuerin bekleidet und Papyrussandalen an den Füßen, lief sie keine Gefahr, von irgend jemandem erkannt zu werden.

Aufgrund der Entdeckungen von Richter Paser hatte der Warenbeförderer Denes seine Verbündeten eilig zusammengerufen. Wenngleich die Beschlagnahme der Barren Himmelseisen lediglich einen geschäftlichen Verlust darstellte, erwies sich die Auffindung der Cheops gehörenden Grabbeigaben als weit unangenehmer. Gewiß, Paser könnte weder den König in Erfahrung bringen, dessen Name sorgfältig ausgehämmert worden war, noch die Zwangslage Ramses des Großen erkennen, der zum Schweigen genötigt war. Nicht ein einziges Wort durfte dem Mund des mächtigsten Mannes des Erdenrunds entweichen, der, in völliger Einsamkeit eingeschlossen, niemandem gestehen konnte, daß er die Sinnbilder der Herrschaftsgewalt, ohne die sein Machtanspruch jede Gültigkeit verloren hatte, nicht mehr besaß.

Denes hatte sich für stilles Abwarten ausgesprochen; die Umtriebe des Ältesten der Vorhalle erschreckten ihn nicht. Doch die Mehrheit der Verschwörer hatte gegen ihn ge-

stimmt. Selbst wenn Paser keinerlei Möglichkeit hatte, zur
Wahrheit zu gelangen, störte er doch zunehmend ihre jeweiligen Tätigkeiten. Der Metallkundler Scheschi hatte das mei-
ste Gift versprüht; schließlich hatte er soeben die beträchtlichen Gewinne seines Schwarzhandels mit Amuletten eingebüßt. Verbissen, geduldig und unnachgiebig würde der Richter letzten Endes eine Verhandlung anstrengen; eine oder
mehrere angesehene Persönlichkeiten würden angeklagt,
vielleicht verurteilt oder gar eingekerkert werden. Einerseits
wäre die Verschwörung hiervon ernsthaft geschwächt; andererseits würden die Opfer der richterlichen Gehässigkeit
jene Ehrbarkeit verlieren, deren sie doch, am Morgen nach
Ramses' Abdankung, dringend bedürften.
Die Frau war bei ihrer Benennung erst zusammengefahren,
dann aber darüber entzückt gewesen. Ein wonniglicher
Schauder hatte sie durchrieselt gleich jenen, den sie ehedem, da sie sich vor dem Oberaufseher des Sphinx von Gizeh
entblößt, verspürt hatte. Durch ihre Lockungen hatte sie
seine Wachsamkeit erlahmen lassen und die Pforten des
Todes aufgestoßen. Ihre Reize waren es, die den Erfolg
gesichert hatten.
Vom Schattenfresser wußte sie nichts, außer daß er Verbre-
chen geradezu auf Bestellung beging, und zwar mehr aus
Lust am Töten denn wegen des hohen Entgelts. Als sie ihn
erblickte, wie er so auf einer Kiste saß und eine Zwiebel
schälte, war sie von Grauen erfüllt und gebannt zugleich.
»Ihr habt Euch verspätet. Der Mond steht bereits jenseits des
Hafens.«
»Ihr müßt erneut tätig werden.«
»Gegen wen?«
»Die Aufgabe ist sehr heikel.«
»Eine Frau, ein Kind?«
»Ein Richter.«
»Man ermordet keine Richter in Ägypten.«
»Ihr sollt ihn nicht töten, sondern handlungsunfähig ma-
chen.«
»Schwierig.«

»Was wünscht Ihr dafür?«

»Gold. Eine hübsche Menge.«

»Ihr werdet es bekommen.«

»Wann?«

»Schlagt erst zu, wenn Ihr Euch ganz sicher seid. Ein jeder soll überzeugt sein, Paser wäre Opfer eines Unglücks geworden.«

»Den Ältesten der Vorhalle selbst! Erhöht die Menge an Gold!«

»Wir werden keinen Mißerfolg dulden.«

»Ich ebenfalls nicht. Paser wird geschützt; einen Zeitpunkt festzusetzen ist mir unmöglich ...«

»Das nehmen wir hin. Aber je früher, desto besser.«

Der Schattenfresser stand auf.

»Eine Kleinigkeit noch ...«

»Welche?«

Flink wie eine Schlange, verrenkte er ihr den Arm, bis er zu brechen drohte, und zwang sie, ihm den Rücken zuzudrehen.

»Ich wünsche einen Vorschuß.«

»Ihr werdet es nicht wagen ...«

»Einen dinglichen Vorschuß.«

Er hob ihr Gewand hoch. Sie schrie nicht.

»Ihr seid wahnsinnig!«

»Und du sei vorsichtig. Dein Gesicht ist mir einerlei, ich will nicht wissen, wer du bist. Wenn du dich entgegenkommend gibst, wird es um so besser für uns beide werden.«

Als sie sein Geschlecht zwischen ihren Schenkeln spürte, widersetzte sie sich nicht länger. Einem Mörder beizuschlafen, erregte sie weit mehr als ihre gewöhnlichen Zweikämpfe. Über diesen Zwischenfall würde sie Stillschweigen bewahren. Der Ansturm war jäh und ungestüm nach Wunsch.

»Euer Richter wird Euch nicht mehr behelligen«, versprach der Schattenfresser.

20. KAPITEL

Palmen, Feigen- und Karobebäume spendeten reichlich Schatten. Nach dem Mittagsmahl und bevor sie ihre Behandlungen wieder aufnahm, kostete Neferet die Stille ihres Gartens, die schon bald von den Sprüngen, dem Ansturm und den Schreien der kleinen grünen Äffin gestört wurde, die nur allzu erfreut war, ihrer Herrin eine Frucht bringen zu können. Schelmin beruhigte sich erst, als Neferet sich niederließ; besänftigt glitt sie unter den Stuhl und beobachtete das Hin und Her des Hundes.

Glich nicht ganz Ägypten einem Garten, in dem PHARAOS wohltuender Schatten den Bäumen in der Freude des Morgens wie im Frieden des Abends zu gedeihen erlaubte? Es kam nicht selten vor, daß Ramses höchstselbst über die Pflanzungen von Öl- oder Perseabäumen wachte. Er liebte es, durch Blumengärten zu wandeln und Obsthaine zu schauen. Die Tempel standen ihm Schutz hohen Blattwerks, in dem Vögel, die Boten des Heiligen, nisteten. Die Umtriebigkeit, so sagten die Weisen, sei ein Baum, der an seiner Herzenstrockenheit zerspringe; die Ruhe hingegen trage Früchte und verbreite um sich eine liebliche Frische.

Neferet setzte eine Sykomore in die Mitte einer Kuhle; ein durchlässiges irdenes Gefäß, das die Feuchtigkeit bewahren sollte, schützte das junge Pflänzchen. Unter dem Druck der sprießenden Wurzeln würde das zerbrechliche Gefäß zerplatzen, und die Tonscherben würden sich mit der Erde vermischen und den Nährboden anreichern. Neferet trug noch Sorge, den Rand aus getrocknetem Schlamm zu verstärken, der das Wasser nach dem Gießen zurückhalten sollte.

Bravs Gebell kündigte Pasers baldiges Eintreffen an; eine Viertelstunde bevor dieser die Schwelle überschritt und zu welchem Zeitpunkt des Tages auch immer, ahnte der Hund das Kommen seines Herrn voraus. Wenn dieser sich für längere Zeit entfernte, verlor Brav jeden Appetit, und er beachtete nicht einmal mehr Schelmins Herausforderungen. Der Würde seines Amtes ungeachtet, kam der Älteste der Vorhalle an der Seite seines Hundes herbeigelaufen, der an seinem Schurz hochsprang und die Abdrücke seiner schlammigen Pfoten darauf hinterließ. Der Richter entblößte sich und legte sich neben seiner Gemahlin auf eine Matte.

»Wie mild die Sonne doch ist.«

»Du wirkst übermüdet.«

»Die übliche Menge an Störenfrieden ist reichlich überschritten worden.«

»Hast du an dein Kupferwasser gedacht?«

»Ich habe nicht die Zeit gefunden, mich zu pflegen. Meine Amtsstube wollte sich nicht leeren; von der Kriegerwitwe bis zum Schreiber, der eine Beförderung entbehrte, fehlte heute wirklich niemand.«

Sie streckte sich neben ihm aus.

»Ihr seid unvernünftig, Richter Paser. Bewundert Euren Garten.«

»Sethi hat recht, ich bin in eine Falle gegangen. Ich möchte wieder Dorfrichter werden.«

»Dein Schicksal besteht nicht darin, dich rückwärts zu wenden. Ist Sethi nach Koptos aufgebrochen?«

»Heute morgen, mit Sack und Pack. Er hat mir versprochen, mit Aschers Kopf und einem Berg Gold zurückzukommen.«

»Jeden Tag werden wir zu Min, dem Schutzgott der Erkundungsfahrer, und zu Hathor, der Herrscherin der Wüsten, beten. Unsere Freundschaft wird den Raum überwinden.«

»Und deine Kranken?«

»Manche von ihnen bereiten mir Sorge. Ich warte auf einige seltene Pflanzen, um meine Heilmittel zuzubereiten, doch die Arzneiwirkstätte des Großen Siechenhauses vermerkt meine Bestellungen nicht.«

Paser schloß die Augen.

»Dich bewegen andere Kümmernisse, mein Liebling.«

»Wie könnte ich sie dir verbergen? Sie betreffen dich.«

»Sollte ich das Gesetz übertreten haben?«

»Die Nachfolge im Amt des Obersten Heilkundigen des Reiches ist eröffnet. In meiner Eigenschaft als Ältester der Vorhalle muß ich die rechtliche Gültigkeit der Bewerbungen überprüfen, die dem Rat der Weisen weitergeleitet werden. Ich bin gezwungen gewesen, die erste gelten zu lassen.«

»Wer ist der Anwärter?«

»Der Zahnheilkundler Qadasch. Falls er gewählt wird, wird die Unterlage, die Bel-ter-an zu deinen Gunsten vorbereitet, auf den Grund einer Unratgrube flattern.«

»Bestehen für ihn denn Aussichten auf Erfolg?«

»Ein Brief von Neb-Amun stellt ihn als den Nachfolger dar, den er wünschte.«

»Eine Fälschung?«

»Zwei Zeugen haben das Schriftstück als echt bescheinigt und Neb-Amuns gesunden Geisteszustand bekräftigt: nämlich Denes und Scheschi. Diese Schurken verstecken sich nicht einmal mehr!«

»Was kümmert mich schon meine Laufbahn, es macht mich glücklich, heilen zu können. Mein eigenes Sprechzimmer genügt mir.«

»Sie werden versuchen, es zu schließen. Und du selbst wirst irgendwie belastet werden.«

»Wird der beste aller Richter mich denn nicht verteidigen?«

»Qadasch ... Zu lange schon frage ich mich nach seiner wahren Rolle; der Schleier hebt sich allmählich. Welches sind die Vorrechte des Obersten Arztes?«

»PHARAO zu behandeln, die Chirurgen, Heiler und Arzneiheilkundler zu ernennen, die der im Palast bestallten Gemeinschaft angehören, alle giftigen Stoffe, Gifte sowie gefährlichen Heilmittel zu bekommen und zu überprüfen, die notwendigen Richtlinien zum Erhalt der Volksgesundheit zu erlassen und sie nach Billigung des Wesirs und des Königs zur Anwendung zu bringen.«

»Qadasch, mit solchen Vollmachten ausgestattet ... Das ist wahrlich der Platz, den er begehrt.«

»Es ist nicht einfach, den Rat zu beeinflussen, der darüber beschließt.«

»Täusche dich nicht. Denes wird versuchen, dessen Mitglieder zu bestechen. Qadasch ist betagt, dem Augenschein nach achtsam, mit einer langjährigen Erfahrung ausgestattet, und ... Und Ramses leidet lediglich an einer nennenswerten Erkrankung: an Zahngicht! Diese Ernennung ist ein Abschnitt ihres Vorhabens. Man muß sie am Erfolg hindern.«

»Auf welche Weise?«

»Das weiß ich noch nicht.«

»Befürchtest du etwa, Qadasch könnte PHARAO nach der Gesundheit trachten?«

»Nein, das wäre zu gewagt.«

Schelmin sprang auf Pasers Bauch und zog an einem Haar, in Höhe des Sonnengeflechts. Der Richter, der überempfindlich war, stieß einen Schmerzensschrei aus, doch seine rechte Hand griff ins Leere. Die grüne Äffin hatte sich bereits unter den Stuhl ihrer Herrin geflüchtet.

»Wenn dieses verfluchte Tier nicht in unsere erste Begegnung verwickelt gewesen wäre, hätte ich ihm bereits eine gehörige Tracht Prügel verpaßt.«

Reumütig kletterte Schelmin auf eine Palme und warf, Verzeihung heischend, eine Dattel hinunter, die Paser im Flug auffing. Brav lief herbei und verschlang sie sofort.

Traurigkeit verschleierte plötzlich Neferets Blick.

»Bedauerst du etwas?«

»Ich hatte etwas ganz und gar Unvernünftiges ins Auge gefaßt.«

»Was wolltest du?«

»Ich habe es mir bereits aus dem Sinn geschlagen.«

»Vertraue es mir an.«

»Wozu soll das gut sein?«

Sie schmiegte sich an ihn.

»Ich hätte mir ein ... Kind gewünscht.«

»Auch ich habe bereits daran gedacht.«

»Möchtest du es denn?«

»Solange nicht in alles Licht gebracht sein wird, würden wir unrecht handeln.«

»Ich habe mich gegen diese Vorstellung aufgelehnt, aber ich glaube, daß dein Gedanke richtig ist.«

»Entweder verzichte ich auf diese Untersuchung, oder wir gedulden uns.«

»Branirs Ermordung zu vergessen würde uns zum schändlichsten aller Paare machen.«

Er umschlang sie.

»Hältst du es für angebracht, dieses Kleid anzubehalten, wo die Abendluft doch so lau ist?«

*

Der Auftrag des Schattenfressers versprach kein leichtes Unterfangen zu werden. Zunächst einmal würde er sicher die Aufmerksamkeit auf sich ziehen, wenn er seine amtliche Stellung zu häufig und zu lange verließ; nun handelte er aber alleine, ohne Helfershelfer, die allzugern zu Verrat neigten, und mußte doch Pasers Gewohnheiten in Erfahrung bringen, folglich mit umsichtiger Geduld vorgehen. Außerdem hatte man ihm ja befohlen, den Ältesten der Vorhalle handlungsunfähig zu machen, ihn jedoch nicht zu töten, und den Anschlag als Unglück zu tarnen, auf daß keine Untersuchung eröffnet werden würde.

Die Ausführung dieses Vorhabens barg ungeheure Schwierigkeiten. Aus diesem Grunde hatte der Schattenfresser drei Barren Gold verlangt, ein hübsches Vermögen, das ihm erlauben sollte, sich im Delta niederzulassen, dort einen Hof zu erwerben und frohgemut in den Tag hineinzuleben. Er würde lediglich noch zum Vergnügen töten, wenn die Lust unwiderstehlich wäre, und Gefallen daran finden, ein Heer von Bediensteten zu befehligen, das bereitwillig seine leisesten Wünsche befriedigte.

Sobald er das Gold erhalten hätte, würde er die Jagd aufnehmen, mit der erregenden Vorstellung, sein Meisterwerk zu vollbringen.

*

Der Ofen war bis zur Weißglut angeheizt. Scheschi hatte Formen angeordnet, in die das geschmolzene Metall hineinfließen sollte, um darin zu Barren von beachtlicher Größe zu erstarren. In der Werkstätte herrschte eine unerträgliche Hitze; dennoch schwitzte der Metallkundler mit schwarzem Schnurrbart nicht, während Denes vor Schweiß troff.

»Ich habe die Zustimmung unserer Freunde erhalten«, erklärte er.

»Ohne Gewissensbisse?«

»Wir haben keine andere Wahl.«

Aus einem groben Leinenbeutel zog der Warenbeförderer Cheops' Goldmaske und das ebenso goldene Pektoral hervor, das den Oberkörper seiner Mumie geziert hatte.

»Wir werden zwei Barren daraus gewinnen.«

»Und der dritte?«

»Den kaufen wir Ascher ab. Seine Goldveruntreuungen sind vollendet eingefädelt, doch mir entgeht nichts.«

Scheschi betrachtete das Antlitz des Erbauers der Großen Pyramide. Die Züge waren streng und lauter, von einer außerordentlichen Schönheit. Der Goldschmied hatte einen Eindruck ewiger Jugend geschaffen.

»Er macht mir angst«, gestand Scheschi.

»Das ist bloß eine Totenmaske.«

»Seine Augen . . . Sie leben!«

»Verfalle doch nicht in Hirngespinste. Dieser Richter hat uns um ein Vermögen gebracht, als er uns das ganze Himmelseisen, das wir den Hethitern verkaufen wollten, und den goldenen Skarabäus abgejagt hat, den ich mir für mein Grab vorbehalten wollte. Die Maske und das Pektoral aufzubewahren wird zu gefahrvoll; außerdem benötigen wir sie, um den Schattenfresser zu entlohnen. Beeile dich.«

Scheschi gehorchte Denes, wie immer. Das erhabene Antlitz und der Brustschmuck verschwanden im Ofen. Bald würde das Gold in geschmolzenem Zustand in eine Rinne laufen und die Formen füllen.

»Und der goldene Krummstab?« fragte der Metallkundler.

Denes' Gesicht leuchtete auf.

»Der könnte uns nützen ... für den dritten Barren! Wir werden die Dienste des Heerführers entbehren können.«
Scheschi schien zu zögern.
»Besser wäre, ihn uns vom Halse zu schaffen«, bekräftigte der Warenbeförderer. »Bewahren wir nur das Wesentliche: das Testament der Götter. Dort, wo es sich befindet, kann Paser es unmöglich finden.«
Denes kicherte, als Cheops' Krummstab im Ofen schmolz.
»Schon bald, mein guter Scheschi, wirst du eine der bedeutendsten Persönlichkeiten des Reiches sein. Heute abend wird dem Schattenfresser die erste Rate seiner Entlohnung überbracht werden.«

*

Der Ordnungshüter der Wüste maß mehr als zwei Meter. Am Gurt seines Schurzes hingen zwei Dolche mit abgewetzten Griffen. Er trug niemals Sandalen; er war so viel über das Gestein gegangen, daß selbst ein Akaziendorn die unter seinen Füßen entstandene Hornhaut nicht mehr durchbohrte.
»Dein Name?«
»Sethi.«
»Woher kommst du?«
»Aus Theben.«
»Dein Beruf?«
»Wasserträger, Leinpflücker, Schweinezüchter, Fischer ...«
Ein Bluthund mit leeren Augen beschnupperte den jungen Mann. Er mußte mindestens siebzig Kilo wiegen. Seine Haardecke war glatt und kurz, sein Rücken mit Narben bedeckt. Er schien auf dem Sprung.
»Weshalb willst du Grubenarbeiter werden?«
»Ich mag das Abenteuer.«
»Magst du auch den Durst, die Gluthitze, die Hornnattern, die schwarzen Skorpione, die Gewaltmärsche, die verbissene Arbeit in engen Stollen, wo man keine Luft bekommt?«
»Jeder Beruf hat seine Nachteile.«
»Du bist auf dem falschen Weg, mein Junge.«

190

Sethi lächelte so dümmlich wie nur möglich. Der Ordnungshüter ließ ihn durch.

In der Schlange von Wartenden, die in die Schreibstube für Einstellungen mündete, machte er eher einen guten Eindruck. Sein draufgängerisches Gebaren und seine beeindruckenden Muskeln stachen deutlich vom kränklichen Anblick mehrerer ganz offenkundig ungeeigneter Anwärter ab. Zwei betagte Bergleute stellten ihm dieselben Fragen wie der Ordnungshüter, er brachte dieselben Antworten vor. Er fühlte sich wie ein Zugtier begutachtet.

»Zur Zeit wird eine Erkundung vorbereitet. Stehst du zur Verfügung?«

»Aber sicher. Mit welcher Bestimmung?«

»In unserer Zunft gehorcht man und stellt keine Fragen. Die Hälfte unserer Neulinge brechen unterwegs zusammen und müssen dann selbst zusehen, wie sie ins Tal zurückkehren. Wir kümmern uns nicht um Memmen und Weichlinge. Aufbruch heute nacht, zwei Stunden vor Morgengrauen. Hier ist deine Ausrüstung.«

Sethi erhielt einen Rohrstock, eine Matte und eine zusammengerollte Decke. Mit einer Schnur würde er Decke und Matte um den in der Wüste unerläßlichen Stock binden. Durch Klopfen auf die Erde trieb der Geher die Schlangen damit in die Flucht.

»Und Wasser?«

»Das wird man dir zuteilen. Vergiß das Wertvollste nicht.«

Sethi hing sich den kleinen Lederbeutel um den Hals, in den der glückliche Finder Gold, Karneol, Lapislazuli oder jeden anderen Edelstein steckte. Der Inhalt des Säckchens gehörte ihm, zuzüglich zu seinem Sold.

»Der nimmt nicht viel auf«, bemerkte er.

»Viele Beutel bleiben leer, Junge.«

»Alles Ungeschickte.«

»Du hast ein flinkes Mundwerk; die Wüste wird dich Schweigen lehren.«

*

Mehr als zweihundert Mann hatten sich am Ausgang des Dorfes, am Saum der Wüstenstraße, versammelt. Die meisten beteten zum Gott Min, daß er ihnen die drei folgenden Wünsche erfüllen mochte: gesund und wohlbehalten heimzukehren, nicht an Durst zu sterben und edle Steine in ihrem Lederbeutel zurückzubringen. An ihren Hälsen hingen Amulette. Die Gebildetsten hatten einen Sterndeuter aufgesucht, manche hatten der Unternehmung wegen eines ungünstigen Standes der Gestirne entsagt. Den Falsch- und den Ungläubigen gaben die Alten die Botschaft ihrer Zunft mit auf den Weg: »Man bricht ohne GOTT in die Wüste auf und kehrt mit ihm ins Tal zurück.«

Der Anführer des Erkundungszuges, Ephraim, war ein bärtiger Hüne mit nicht endenden Armen. Den Körper mit schwarzer und dichter Behaarung bedeckt, glich er einem Asienbär. Als sie ihn erblickten, gaben mehrere Anwärter ihr Vorhaben auf; Ephraim galt als gewalttätig und grausam. Er schritt seinen Trupp ab, verharrte bei jedem neuen Freiwilligen.

»Bist du Sethi?«

»Ich habe das Glück.«

»Angeblich bist du ein Ehrgeizling.«

»Ich komme nicht zum Steineklopfen her.«

»Einstweilen wirst du erst einmal meinen Beutel tragen.«

Der Hüne bürdete ihm sein schweres Gepäck auf, das Sethi sich auf die linke Schulter legte. Ephraim kicherte.

»Nutze die gute Zeit. Bald wird dir dein eingebildetes Getue vergehen.«

Der Trupp setzte sich vor Sonnenaufgang in Bewegung und marschierte bis zur Morgenmitte durch eine kahle und dürre Landschaft vorwärts. Die Männer vom Lande hatten, auf das Gelände schlecht vorbereitet, rasch blutende Füße; Ephraim vermied den glühenden Sand und schlug Pfade, übersät mit Felssplittern, ein, die so scharf wie Metall waren. Die ersten Berge versetzten Sethi in Erstaunen; sie schienen ein unüberwindbares Hindernis zu bilden, das den Sterblichen den Zugang zu einem geheimen Land verwehrte, in dem die reinsten, allein für die Wohnstätten der Götter vorbehaltenen Steinblöcke entstanden. Dort war eine gewaltige Kraft zusammengeballt; das Gebirge gebar den Fels, es trug die kostbaren Gesteine in seinem Bauch, enthüllte seine Reichtümer nur den geduldigsten und hartnäckigsten Liebhabern. Überwältigt legte er seine Last ab.

Ein jäher Fußtritt in die Lenden ließ ihn über den Sand kullern.

»Ich habe dir nicht erlaubt, dich auszuruhen«, sagte Ephraim spöttisch.

Sethi stand wieder auf.

»Reinige meinen Beutel. Während der Stärkung wirst du ihn nicht auf die Erde abstellen. Da du mir nicht gehorcht hast, wirst du kein Wasser erhalten.«

Sethi fragte sich, ob er nicht verraten worden war; doch auch andere Freiwillige wurden Opfer von Schikanen. Ephraim mochte es, seine Untergebenen zu prüfen, indem er sie bis zum Äußersten trieb. Ein Nubier, der Anstalten machte, die Faust zu erheben, wurde augenblicklich niedergeschlagen und am Wegesrand zurückgelassen.

Gegen Ende des Nachmittags gelangte der Zug zu einem Sandsteinbruch. Steinmetze schlugen Blöcke heraus, die sie mit dem Kennzeichen ihres Arbeitstrupps versahen. Schmale Spalten waren mit großer Sorgfalt entlang jeder Gesteinsader und um den begehrten Block gehauen worden; der Vorarbeiter trieb dann mit dem Schlägel Holzkeile in die mittels einer Richtschnur aneinandergereihten Auskerbungen, um den Quader aus dem Mutterfels herauszulösen, ohne ihn zu brechen.

Ephraim grüßte ihn.

»Ich bringe eine Horde Faulpelze zu den Bergwerken. Falls du Hilfe brauchst, zögere nicht.«

»Die nähme ich mit Vergnügen an, aber sind sie nicht den ganzen Tag gewandert?«

»Wenn sie essen wollen, sollen sie sich nützlich machen.«

»Das ist nicht sonderlich statthaft.«

»Über das Gesetz bestimme ich hier!«

»Wir müßten an die zehn Gesteinsblöcke von der oberen
Ebene des Steinbruchs herunterschaffen; mit ungefähr drei-
ßig Mann wäre das schnell getan.«
Ephraim suchte sogleich die Betreffenden aus, darunter
auch Sethi, dem er sein Gepäck abnahm.
»Trink und klettere hinauf.«
Der Vorarbeiter hatte eine Gleitrampe eingerichtet, die jedoch auf halber Schräge zusammengefallen war. Folglich
mußten die Blöcke mit Stricken bis zu dieser Stelle in der
Schwebe zurückgehalten werden, bevor man sie loslassen
konnte, damit sie ihren Weg selbständig gleitend fortsetzten.
Ein dickes Tau, zu beiden Seiten von je fünf Männern
gehalten, war in der Waagrechten gespannt worden, um eine
zu schnelle Talfahrt aufzuhalten. Sobald die Gleitrampe
wiederhergestellt wäre, würde diese Maßnahme unnötig
sein. Der Vorarbeiter war indes im Rückstand, und so kam
ihm Ephraims Angebot sehr zupaß.
Der Zwischenfall ereignete sich, als der sechste Block zu
schnell auf das Tau traf. Die ermüdeten Männer vermochten
ihn nicht abzubremsen. Das Tau erhielt einen Schlag von
solcher Wucht, daß die Arbeiter zur Seite geschleudert wurden, mit Ausnahme eines Fünfzigjährigen, der kopfüber auf
die Gleitrampe stürzte. Er versuchte noch, sich an Sethis
Arm zu klammern, den zwei seiner Gefährten mit Macht
zurückrissen; doch vergebens.
Das Brüllen des Unglücklichen erstarb beinahe sofort. Der
Block zermalmte ihn, rutschte aus seiner Bahn und zerbarst
mit Donnergrollen in Trümmer.
Dem Vorarbeiter kamen die Tränen.
»Wir haben trotz allem die Hälfte der Arbeit getan«, befand
Ephraim.

21. KAPITEL

Auf einem überhängenden Fels lagernd, die beiden langen gebogenen Hörner gen Himmel gereckt, das Kinn von einem kurzen Bart geziert, beobachtete der Steinbock die Bergarbeiter, die unter der gleißenden Sonne dahinzogen. In der hieroglyphischen Sprache war das Tier das Sinnbild der friedlich-heiteren Erhabenheit, die man sich zum Ende eines dem göttlichen Gesetz gemäßen Lebens erworben hatte.

»Dort drüben!« schrie einer der Arbeiter. »Töten wir ihn!«

»Sei still, Trottel«, erwiderte Ephraim. »Das ist der Beschützer der Grube. Wenn wir ihn anrühren, sterben wir alle.«

Das große Tier klomm einen äußerst steilen Hang hinauf und verschwand mit einem erstaunlichen Sprung auf der anderen Bergseite.

Fünf Tage Gewaltmarsch hatten die Männer erschöpft; nur Ephraim wirkte noch genauso frisch wie in der ersten Stunde. Sethi hielt sich wacker; die unbarmherzige Pracht der Landschaft flößte ihm wieder Kraft ein. Weder die Roheit ihres Anführers noch die beschwerlichen Bedingungen des Erkundungszugs minderten seine Entschlossenheit.

Der bärtige Hüne befahl den Männern, sich zu sammeln, und kletterte auf einen Gesteinsblock, um so auf diese armseligen Barfußgänger herabzublicken.

»Die Wüste ist unermeßlich«, verkündete er mit donnernder Stimme, »und ihr seid weniger als Ameisen. Ohne Unterlaß klagt ihr wie lahme alte Weiber über Durst. Ihr seid nicht würdig, Bergleute zu werden und die Eingeweide der Erde zu durchwühlen. Dennoch habe ich euch hierhergeführt. Die Metalle sind mehr wert als ihr. Wenn ihr den Berg aufschlitzt, werdet ihr ihm Schmerz zufügen; er wird versuchen, sich zu rächen, und euch verschlingen wollen. Die Unfähigen werden selbst schuld sein, wenn es sie trifft! Richtet das Lager her, die Arbeit beginnt morgen früh in der Dämmerung.«

Die Arbeiter schlugen die Zelte auf, angefangen mit dem des Anführers der Erkundung, das so schwer zu tragen war, daß es fünf Mann erschöpft hatte. Es wurde mit großer Behutsamkeit entrollt, unter Ephraims wachsamem Blick aufgestellt, und thronte schließlich in der Mitte des Lagers. Man bereitete das Mahl zu, besprenkelte den Boden, um dem Staub entgegenzuwirken, und erfrischte sich mit dem Wasser, das die Schläuche kühl gehalten hatten. An dem kostbaren Naß würde kein Mangel herrschen dank des Brunnens, den man neben dem Bergwerk gegraben hatte.

Sethi schlummerte bereits, als ihn ein Fußtritt in die Seite traf.

»Steh auf«, befahl Ephraim.

Der junge Mann bezähmte seine Wut und gehorchte.

»Alle, die hier sind, haben sich irgend etwas vorzuwerfen. Und du?«

»Das bleibt mein Geheimnis.«

»Rede.«

»Laß mich in Ruhe.«

»Ich verabscheue Heimlichtuer.«

»Ich habe mich dem Frondienst entzogen.«

»Wo?«

»In meinem Dorf, nahe Theben. Man wollte mich nach Memphis bringen, um dort die Kanäle auszuschlämmen. Ich habe es vorgezogen, zu fliehen und mein Glück als Bergmann zu versuchen.«

»Ich mag dein Gesicht nicht. Ich bin sicher, du lügst.«

»Ich will zu Reichtum kommen. Niemand, selbst du nicht, wird mich daran hindern.«

»Du reizt mich, Kleiner. Ich werde dich zerschmettern. Laß uns mit bloßen Fäusten gegeneinander kämpfen.«

Ephraim bestimmte einen Schiedsrichter. Seine Aufgabe sollte allein darin bestehen, den, der beißen würde, auszuschließen; alle anderen Schläge waren erlaubt.

196

Ohne Vorwarnung stürzte sich der Bärtige auf Sethi, packte ihn um den Brustkorb, stemmte ihn vom Boden hoch, ließ ihn einige Male über seinen Kopf wirbeln und schleuderte ihn dann mehrere Meter weit.

Zerschunden und mit schmerzender Schulter stand der junge Mann sofort wieder auf. Die Hände in den Hüften, maß ihn Ephraim voller Verachtung. Die Grubenarbeiter lachten.

»Greif an, wenn du Mut hast.«

Die Herausforderung beantwortete Ephraim ohne Zögern. Diesmal jedoch gingen seine langen Arme ins Leere. Sethi, der im letzten Augenblick geschickt entschlüpft war, gewann wieder Zuversicht. Sich seiner Kraft allzu sicher, kannte Ephraim lediglich einen Griff. Auch wenn sie nicht existieren sollten, dankte Sethi den Göttern, daß sie ihn mit einer streitlustigen Kindheit beschenkt hatten, in deren Verlauf er sich zu schlagen gelernt hatte. Ein gutes Dutzend Mal wich er den kopflosen Angriffen seines Widersachers aus. Indem er seinen Grimm anstachelte, ermüdete er ihn und raubte ihm jede Umsicht. Der junge Mann durfte keinen einzigen Fehler begehen; einmal in der Zwinge gefangen, würde er zerquetscht werden. Auf seine Schnelligkeit bauend, brachte er seinen Gegner durch Beinstellen aus dem Gleichgewicht, glitt dann unter den stürzenden Hünen und nutzte dessen eigenen Schwung, um einen Nackenhebel anzusetzen. Ephraim fiel schwer auf den Boden. Sethi setzte sich ihm ins Genick und drohte, es ihm zu brechen; der Besiegte schlug, seine Niederlage anerkennend, mit der Faust in den Sand.

»Ist gut, Kleiner.«

»Du verdienst zu sterben.«

»Wenn du mich tötest, werden die Ordnungskräfte der Wüste dich nicht verschonen.«

»Das ist mir einerlei. Du wärst nicht der erste, den ich in die Hölle schickte.«

Ephraim bekam Angst.

»Was willst du?«

»Schwöre, daß du die Männer des Trupps nicht länger quälen wirst.«

Die Bergleute lachten nun nicht mehr. Sie traten aufmerksam näher.

»Beeil dich, sonst drehe ich dir den Hals um.«

»Ich schwöre es, beim Namen des Gottes Min!«

»Und vor Hathor, der Herrin des Westens. Wiederhole!«

»Vor Hathor, der Herrin des Westens, schwöre ich es!«

Sethi lockerte seinen Griff. Ein Eid, dazu vor so vielen Zeugen geleistet, konnte nicht gebrochen werden. Würde er seinem Gelübde untreu, sähe Ephraim seinen Namen auf ewig getilgt und würde zur völligen Auslöschung verdammt sein.

Die Bergarbeiter stießen Freudenschreie aus und trugen Sethi jubelnd über ihren Köpfen umher. Als die Freude abgeebbt war, sprach er zu ihnen mit fester Stimme:

»Der Anführer hier ist Ephraim. Er allein kennt die Wüstenwege, die Wasserstellen und die Gruben. Ohne ihn würden wir das Tal nie wiedersehen. Gehorchen wir ihm, möge er sein Wort halten, und alles wird gut verlaufen.«

Verblüfft legte der Bärtige seine Hand auf Sethis Schulter.

»Du bist stark, Kleiner, aber auch klug.«

Ephraim zog ihn darauf beiseite.

»Ich habe dich falsch eingeschätzt.«

»Ich will zu Reichtum kommen.«

»Wir könnten Freunde werden.«

»Unter der Bedingung, daß es mir nützt.«

»Das könnte schon sein, Kleiner.«

*

Trägerinnen von Opfergaben, bekleidet mit weißen Gewändern, die ein zwischen den entblößten Brüsten hindurchführendes Bändchen hielt, und einem Tuch darüber, das ein Netz aus rautenförmig angeordneten Perlen zierte, traten langsamen Schrittes in den Palast der Prinzessin Hattusa. Mit ihrem von zarten Schleiern zusammengehaltenen Zopfperücken auf den Häuptern kamen sie so frisch und hübsch einher, daß Denes sein Blut in Wallung geraten fühlte. Im Verlauf einer jeden seiner Reisen betrog er Nenophar mit vollendetem und zwingend gebotenem Takt. Aufsehen und Anstoß zu erregen hätte ihn in Verruf gebracht; daher auch besaß er keine feste Geliebte und begnügte sich mit kurzen Begegnungen ohne Zukunft. Zwar schlief er seiner Frau von Zeit zu Zeit bei, doch Nenophars offen zur Schau getragene Gefühlskälte rechtfertigte seine außerehelichen Abenteuer.

Der Verwalter des Harems kam ihn im Garten holen. Er dachte kurz daran, ihn nach einem Mädchen zu fragen, sah jedoch davon ab; ein Harem war ein Hort des Handels und Wandels, in dem Pflichtgefühl und nicht liederliches Vergnügen obenan stand. Als Warenbeförderer hatte Denes von Amts wegen um eine Unterredung bei der hethitischen Gemahlin von Ramses ersucht. Sie empfing ihn in einem Saal mit vier Säulen und hellgelb gestrichenen Wänden. Am Boden prangte ein Mosaik grüner und roter Fliesen.

Hattusa saß auf einem Stuhl aus Ebenholz mit vergoldeten Lehnen und Füßen. Mit ihren schwarzen Augen, der sehr weißen Haut und den langen zarten Händen besaß sie den bezaubernden Reiz der Asiaten; Denes war auf der Hut.

»Ein unerwarteter Besuch«, befand sie säuerlich.

»Ich bin Warenbeförderer, Ihr leitet einen Harem. Wer würde sich über unsere Begegnung verwundern?«

»Ihr hieltet dies gleichwohl für gefährlich.«

»Die Lage hat sich sehr verändert. Paser ist Ältester der Vorhalle geworden; in dieser Eigenschaft stört er meine Tätigkeiten.«

»Inwiefern bin ich davon betroffen?«

»Solltet Ihr Eure Ansichten geändert haben?«

»Ramses hat mich verhöhnt, er demütigt mein Volk! Ich verlange Rache!«

Zufrieden befühlte Denes die weißen Haare seines feinen Bartkranzes.

»Ihr werdet sie bekommen, Prinzessin. Unsere Ziele bleiben dieselben. Dieser König ist ein Gewaltherrscher und Unfähiger; er ist überholten Sitten und Gebräuchen verhaftet und besitzt keinerlei Vorstellungen über die Zukunft. Die Zeit

199

arbeitet für uns, doch manche meiner Freunde werden ungeduldig; und deshalb haben wir beschlossen, Ramses' Unbeliebtheit zu steigern.«

»Wird dies genügen, ihn ins Wanken zu bringen?«

Denes bezähmte seine Fahrigkeit, durfte er doch nicht allzuviel verlauten lassen. Die Hethiterin war die Verbündete eines Augenblicks, die man nach dem Sturz des Herrschers schnellstmöglich beiseite schieben müßte.

»Vertraut uns: Unser Winkelzug ist meisterhaft.«

»Nehmt Euch in acht, Denes; Ramses ist ein Krieger, gewandt und tapfer.«

»Ihm sind die Hände und Füße gebunden.«

Ein Leuchten der Erregung glomm in Hattusas Blick.

»Sollte ich nicht ein wenig mehr darüber erfahren?«

»Unnötig und auch unklug.«

Hattusa verzog schmollend das Gesicht; ihr unterdrückter Zorn machte sie nur um so anziehender.

»Was schlagt Ihr vor?«

»Den Verkehr der Waren zu zerschlagen. In Memphis wird mir das ohne Mühe gelingen. In Theben benötige ich Eure Mithilfe. Das Volk wird murren, PHARAO wird dafür verantwortlich gemacht werden. Die Schwächung des Handels im Lande wird seinen Thron ins Wanken bringen.«

»Wie viele Gewissen wird man erkaufen müssen?«

»Wenige, aber für Goldes Wert. Die obersten Schreiber, die die Beförderung der Lebensmittel beaufsichtigen, müssen wiederholt Irrtümer begehen. Die Untersuchungen innerhalb der Verwaltung werden zeitaufwendig und schwierig sein, über mehrere Wochen wird sich Unruhe einnisten.«

»Meine Vertrauensmänner werden dementsprechend handeln.«

Denes glaubte kaum an die Wirksamkeit dieses Plans; als neuerlicher gegen den König gerichteter Schlag würde er nur begrenzte Folgen zeitigen. Doch er hatte den Argwohn der Hethiterin eingelullt.

»Ich kann Euch noch eine weitere vertrauliche Mitteilung machen«, murmelte er.

»Ich höre.«

Er näherte sich ihr und sagte mit gesenkter Stimme: »In einigen Monaten werde ich über eine bedeutende Menge himmlischen Eisens verfügen.«

Hattusas Blick verriet, wie begierig sie diese Kunde aufnahm. Zu magischen Zwecken verwandt, würde dieses seltene Metall zu einer neuen Waffe gegen Ramses werden.

»Und Euer Preis?«

»Drei Barren Gold bei Auftrag, drei bei Lieferung.«

»Wenn Ihr den Harem verlaßt, werden sie sich in Eurem Gepäck befinden.«

Denes verneigte sich. Dieses Geschäft sollte seinen Bundesgenossen verborgen bleiben und die Prinzessin das Himmelseisen nicht erhalten. Zu verkaufen, was er nicht mehr besaß, und einen Gewinn von solchem Ausmaß zu verwirklichen, erfüllte Denes mit tiefem Frohlocken. Die Prinzessin zu vertrösten würde ein leichtes sein. Falls sie allzu großen Unwillen bekundete, würde er die Verantwortung auf Scheschi abwälzen. Die Beflissenheit des Metallkundlers mit dem kleinen Schnurrbart hatte ihm bereits großen Nutzen gebracht.

*

Die Dienerin brachte Oliven, Radieschen und Gartenlattich. Silkis übernahm selbst das Würzen.

»Habt Dank, unsere Einladung angenommen zu haben«, sagte Bel-ter-an zu Neferet und Paser. »Euch beide an meiner Tafel zu wissen ist eine Ehre.«

»Zwischen uns bedarf es keiner Förmlichkeit«, unterstrich der Richter.

Auf einer Kupferplatte, die von einem kleinen runden Tisch getragen wurde, richtete der Koch geröstete Lammrippenstücke, Gurkenkürbis und Erbsen an. Ihre Frische erfreute den Gaumen der Tafelgäste. Silkis, die wundervolle Ohrgehänge, mit Schleifen und Spiralen gezierte Scheiben, zur Schau stellte, gestand unvermittelt: »Ich hatte einen erstaunlichen Traum. Darin habe ich mehre Male warmes Bier getrunken! Ich war darüber derart verängstigt, daß ich den Traumdeuter zu Rate gezogen habe. Sein Befund hat mich in Schrecken versetzt! Dieser Traum bedeutet, daß mir alle Habe geraubt werden wird.«

»Seid nicht allzu besorgt«, empfahl Neferet, »die Traumdeuter irren sich häufig.«

»Mögen die Götter Euch hören!«

»Meine Gattin ist zu ängstlich«, meinte Bel-ter-an. »Könntet Ihr ihr nicht ein Mittel verordnen?«

Am Endes des Mahls, während Neferet Silkis beruhigende Kräuterabsude verschrieb, gingen Bel-ter-an und der Richter ein wenig durch den Garten.

»Ich habe kaum Muße, die Natur zu genießen«, beklagte der Beamte des Schatzhauses, »meine Arbeit nimmt mich mehr und mehr in Anspruch. Wenn ich abends heimkehre, sind meine Kinder bereits zu Bett. Sie nicht aufwachsen zu sehen, nicht mit ihnen spielen zu können, ist mir ein schmerzliches Opfer. Die Verwaltung der Kornhäuser, meine Papyruspflanzung, die Obliegenheiten im Schatzhaus ... Die Tage sind allzu kurz! Empfindet Ihr nicht wie ich?«

»Doch, allzu häufig. Ältester der Vorhalle zu sein ist kein geruhsames Amt.«

»Kommt Ihr in Euren Ermittlungen über den Heerführer Ascher voran?«

»Schritt für Schritt.«

»Ich möchte Euch auf ein befremdliches Vorkommnis hinweisen, das mich in höchstem Maße besorgt. Ihr wißt, daß die Prinzessin Hattusa ein eher streitsüchtiges Wesen besitzt und Ramses nicht verzeiht, sie ihrem Land entrissen zu haben.«

»Eine beinahe offen erklärte Feindschaft.«

»Wohin wird diese sie führen? Sich offen gegen den König zu stellen, Ränke gegen ihn schmieden zu wollen, wäre selbstmörderisch. Gleichwohl hat sie vor kurzem einen sonderbaren Besuch erhalten: den des Warenbeförderers Denes.«

»Seid Ihr Euch dessen sicher?«

»Einer meiner Gefolgsmänner, der sich dort aufhielt, hat ihn zu erkennen geglaubt. Erstaunt hat er sich dann versichert, daß er sich nicht getäuscht hat.«

»Ist Denes' Schritt denn so ungehörig?«

»Hattusa besitzt ihren eigenen Verband an Handelsschiffen. Der Harem ist eine feste Einrichtung des Reiches, in der ein Warenbeförderer keine Rolle zu spielen verstünde. Angenommen, es handelte sich um einen Freundschaftsbesuch, welche Bedeutung könnte man ihm dann beimessen?«

Ein Bündnis zwischen der hethitischen Königstochter, Nebengemahlin des Königs, und einem Mitglied der Verschwörung ... Bel-ter-ans Enthüllung gewann eine gewisse Bedeutsamkeit. Sollte Hattusa denn der Kopf des Ganzen sein und Denes einer der Ausführenden? Die Schlußfolgerung erschien übereilt. Niemand kannte den Gehalt der Unterredung, die indes für sich genommen eine Verknüpfung von Belangen erahnen ließ, welche dem Wohle des Reiches allesamt abträglich waren.

»Dieses geheime Einverständnis ist verdächtig, Paser.«

»Wie ließe sich dessen Ausmaß einschätzen?«

»Das weiß ich nicht. Denkt Ihr nicht an die Vorbereitung eines Einfalls im Norden? Gewiß, Ramses hat die Hethiter unterworfen, aber werden die auf immer ihrem Ausdehnungsstreben entsagen?«

»In diesem Fall könnte Ascher ein zwingender Verbindungspunkt sein.«

Je deutlicher sich die Umrisse des Feindes zeigten, desto schwieriger schien der Kampf und die Zukunft immer ungewisser zu werden.

*

Am selben Abend brachte ein Palastbote Neferet eine Nachricht, die mit dem Petschaft von Tuja, der Mutter Ramses des Großen, gesiegelt war. Die Hohe Dame wünschte, die Heilkundige baldigst zu Rate zu ziehen. Wenngleich sie völlig zurückgezogen lebte, blieb Tuja eine der einflußreichsten

Persönlichkeiten am Hof. Die überaus stolze Frau, die Mittelmaß und Kleinheit verabscheute, beriet, ohne zu befehlen, und wachte mit eifersüchtiger Sorgfalt über die Größe des Landes. Ramses empfand ihr gegenüber Bewunderung und Zuneigung; seit dem Hinscheiden seiner geliebten Gemahlin Nefertari hatte er seine Mutter zur wichtigsten Vertrauten gemacht. Manch einer behauptete gar, er träfe keine Entscheidung, ohne sich mit ihr besprochen zu haben.

Tuja herrschte über einen zahlreichen Hausstand und verfügte in jeder Stadt von Bedeutung über einen eigenen Palast. Der von Memphis bestand aus ungefähr zwanzig Räumen und einem weiten Saal mit vier Säulen, in dem sie ihre Gäste von Rang empfing. Ein Kammerherr geleitete Neferet jedoch in das Gemach der Königsmutter.

Mit ihren sechzig Jahren war Tuja eine schlanke Frau mit durchdringenden Augen, einer geraden und schmalen Nase, ausgeprägten Wangenknochen und einem kleinen, beinahe eckigen Kinn. Sie trug die rituelle Perückenhaube, die ihrer Stellung gebührte und dem Balg eines Geiers nachempfunden war, dessen Flügel ihr Gesicht umrahmten.

»Euer Ruf ist bis zu mir gelangt. Wesir Bagi, der wenig zu Lob und Schmeicheleien neigt, spricht von Euren Wundertaten.«

»Ich könnte Euch eine lange Aufstellung meiner Mißerfolge nennen, Hoheit. Ein Heilkundiger, der sich seiner Erfolge brüstet, sollte den Beruf wechseln.«

»Ich bin leidend und bedarf Eurer Begabungen. Neb-Amuns Helfer sind Dummköpfe.«

»Woran leidet Ihr, Hoheit?«

»Die Augen machen mir zu schaffen. Außerdem bohren heftige Schmerzen in meinem Bauch, zudem höre ich schlecht, und mein Nacken ist steif.«

Neferet stellte ohne Mühe ungewöhnliche Absonderungen der Gebärmutter fest. Sie verordnete Räucherbehandlungen auf der Grundlage von Terebinthenharz, mit hochwertigem Öl vermengt.

Die Untersuchung des Auges beunruhigte sie weit mehr:

Körnerkrankheit – körnige Bindehautentzündung mit Ausdehnung auf das Augenlid* und der Gefahr eines Stars.

Die Königsmutter bemerkte die Verwirrung der Heilerin.

»Seid aufrichtig.«

»Ein Leiden, das ich kenne und das ich heilen werde. Die Behandlung wird jedoch langwierig sein und Euch sehr große Sorgfalt abverlangen.«

Nach dem Aufstehen würde die Königsmutter sich die Augen mit einer Hanf-Lösung auswaschen müssen, die äußerst wirksam gegen Star war. Dasselbe Mittel, unter Honig vermengt und als Balsam örtlich aufgetragen, würde die Schmerzen der Gebärmutter lindern. Eine andere Arznei, deren wesentlicher Wirkstoff schwarzer Feuerstein war, würde die Entzündung der Lidwinkel sowie die schädlichen Säfte verschwinden lassen. Um von der Körnerkrankheit zu genesen, sollte die Kranke auf ihre Lider eine Salbe aus Ladanum, Bleiglanz, Schildkrötengalle, gelber Ockererde sowie Nubischer Erde auftragen. Schließlich und endlich müßte sie sich mit Hilfe einer hohlen Geierfeder ein Augenwasser einträufeln. Aloe, Goldleim,** Koloquintenmehl, Akazienblätter, Ebenholzspäne und kaltes Wasser sollten hierfür vermischt, zu einer Paste zerrieben, getrocknet und wieder in Wasser zermahlen werden. Das Gebräu mußte dann, um Tau aufzunehmen, eine Nacht im Freien aufbewahrt und dann geseiht werden. Von den Einträufelungen abgesehen, sollte sie es für Umschläge verwenden, die viermal am Tage aufgelegt werden mußten.

»Nun bin ich tatsächlich recht schwach und alt geworden«, bemerkte sie. »Mich derart um mich selbst zu kümmern, mißfällt mir.«

»Ihr seid leidend, Hoheit; nehmt Euch die Zeit, Euch zu pflegen, und Ihr werdet gesunden.«

»Ich muß Euch wohl gehorchen, obgleich es mir schwerfällt. Nehmt bitte dies zum Dank.«

---

* Trachom, die sogenannte Ägyptische Augenkrankheit. *(Anm. d. Ü.)*
** Oder: Chrysokoll, a. Kupfergrün, Kieselkupfer. *(Anm. d. Ü.)*

Tuja reichte der Heilkundigen ein prächtiges Pektoral von sieben Reihen Perlen aus Karneol und Nubischem Gold; die beiden Teile des Verschlusses waren als Lotosblüten gefertigt. Neferet zögerte.

»Wartet wenigstens die Ergebnisse meiner Behandlung ab.«

»Ich fühle mich bereits wohler.«

Die Königsmutter schloß höchstselbst das Pektoral und beurteilte seine Wirkung.

»Ihr seid sehr schön, Neferet.«

Die junge Frau errötete.

»Überdies seid Ihr glücklich. Die mir Nahestehenden behaupten, Euer Gemahl sei ein außerordentlicher Richter.«

»Maat zu dienen ist der Sinn seines Lebens.«

»Ägypten benötigt solche Menschen wie Euch und ihn.«

Tuja rief nach ihrem Mundschenk. Er trug Süßbier und Früchte auf. Die beiden Frauen ließen sich auf Hockern mit behaglichen Kissen nieder.

»Ich habe die Laufbahn und die Untersuchung des Richters Paser verfolgt. Zunächst belustigt, dann neugierig, schließlich empört! Seine Verschleppung war eine widerrechtliche und unerhörte Tat. Zum Glück hat er einen ersten Sieg davongetragen; seine Stellung als Ältester der Vorhalle erlaubt ihm nun, das Ringen mit mehr und besseren Mitteln fortzusetzen. Kem zum Vorsteher der Ordnungskräfte zu benennen war eine ausgezeichnete Anregung; Wesir Bagi tat recht daran, ihm beizupflichten.«

Diese wenigen Sätze waren nicht nur so dahingesagt. Wenn Neferet sie Paser zutrüge, würde er außer sich vor Freude sein; durch Tujas Stimme hindurch war es PHARAOS nächste Umgebung, die sein Vorgehen guthieß.

»Seit dem Tode meines Gatten und der Thronbesteigung meines Sohnes wache ich über das Glück unseres Landes. Ramses ist ein großer König; er hat das Schreckgespenst des Krieges vertrieben, die Tempel reich gemacht, sein Volk genährt. Ägypten bleibt weiterhin das von den Göttern geliebte Land. Doch ich bin beunruhigt, Neferet; willigt Ihr ein, meine Vertraute zu sein?«

»Wenn Ihr mich dessen für würdig erachtet, Hoheit.«

»Ramses ist zunehmend voller Sorge, bisweilen abwesend, als ob er jäh gealtert wäre. Sein Wesen hat sich verändert; sollte er denn aufgeben wollen, sich zu schlagen, Schwierigkeit um Schwierigkeit zu lösen, den Hindernissen zu spotten?«

»Könnte er erkrankt sein?«

»Mit Ausnahme seiner Zahnschwäche bleibt er der kräftigste und unermüdlichste aller Männer. Zum ersten Male jedoch hütet er sich vor mir. Ich nehme seine geheimen Absichten nicht mehr wahr. Diese Tatsache würde mich nicht weiter bestürzen, wenn er, seinen Gewohnheiten getreu, mir seine Beschlüsse von Angesicht zu Angesicht verkündete. Doch er flieht mich, weshalb, ist mir rätselhaft. Sprecht mit Richter Paser darüber. Ich habe Angst um Ägypten, Neferet. So viele Morde in den letzten Monaten, so viele ungelöste Rätsel, und der König entfernt sich von mir und entwickelt einen völlig neuen Hang zur Einsamkeit ... Paser soll seine Nachforschungen fortsetzen.«

»Scheint Euch PHARAO bedroht?«

»Er wird geliebt und geachtet.«

»Munkelt das Volk nicht, sein Glück verließe ihn?«

»Sobald eine Regentschaft lange währt, geht es immer so. Ramses weiß um die Lösung: ein Verjüngungsfest feiern, seinen Bund mit den Gottheiten festigen und den Seelen seiner Untertanen wieder Freude einhauchen. Dieses Gemunkel beschäftigt mich kaum; aber weshalb hat der König jene Erlasse verkündet, mit denen er seine Macht bekräftigt, welche niemand anficht?«

»Befürchtet Ihr etwa ein heimtückisches Übel, das seinen Geist schwächen könnte?«

»Der Hof würde rasch dessen Auswirkungen bemerken. Nein, seine geistigen Fähigkeiten sind unversehrt; gleichwohl ist er nicht mehr derselbe.«

Das Bier war süß nach Wunsch, das Fruchtmus köstlich. Neferet spürte, daß sie keine Fragen mehr stellen durfte. Es war nun an Paser, diese außerordentlichen Bekenntnisse einzuschätzen und sie angemessen zu nutzen.

»Ich habe Eure würdige Haltung bei Neb-Amuns Ableben sehr geschätzt«, fügte Tuja an. »Der Mann war nichts wert, doch er hatte sich durchzusetzen verstanden. Er war Euch gegenüber von einer seltenen Ungerechtigkeit; so habe ich denn entschieden, diese wiedergutzumachen. Er und ich waren die Verantwortlichen des Großen Siechenhauses von Memphis. Er ist tot, ich bin keine Ärztin. Morgen wird ein Erlaß veröffentlicht, der Euch die Leitung dieses Siechenhauses überträgt.«

22. KAPITEL

Zwei Diener gossen Krüge lauwarmen Wassers über Paser, der sich die Haut mit einem Natronlaib abrieb. Nach seinem Schwallbad bürstete er sich die Zähne mittels eines Duftschilfrohrs und spülte den Mund mit einem Gemisch aus Alaun und Dillfenchel. Um seinen Bart zu scheren, benutzte er sein Lieblingsmesser in Form eines Schreinerbeitels und salbte sich dann den Hals mit Öl von wilder Minze, um die Fliegen, Stechmücken und Flöhe abzuwehren. Den übrigen Körper rieb er sich mit einem Balsam auf der Grundlage von Natron und Honig ein. Falls nötig, würde er im Laufe des Tages ein aus Karobeholz und Weihrauch zubereitetes Mittel gegen Körpergeruch benutzen.

Als seine Körperpflege beendet war, trat das Unabänderliche ein.

Er nieste zweimal, fünfmal, zehnmal. Dieser Schnupfen, dieser hartnäckige Schnupfen, von einem in Anfällen auftretenden Husten und von Ohrensausen begleitet. Gewiß, er war selbst schuld: Überanstrengung, nicht genügend sorgfältige Behandlung, Schlafmangel. Mit Sicherheit jedoch benötigte er ein neues Heilmittel.

Wie Neferets Rat einholen, da sie doch gegen sechs Uhr aufstand und kurz danach zum Großen Siechenhaus aufbrach, das nun unter ihrer Obhut stand? Seit einer Woche sah er sie nicht mehr. Bestrebt, ihre neuen Aufgaben mit Erfolg zu bewältigen, verausgabte sie sich, ohne Maß zu halten; war sie doch von nun an verantwortlich für Ägyptens bedeutendsten Mittelpunkt der Krankenpflege. Der Erlaß der Königsmutter Tuja, vom Wesir sogleich gebilligt, hatte die Zustimmung sämtlicher Heilkundigen, Chirurgen und Arzneikundler geerntet, die im Siechenhaus wirkten. Der einstweilige Verweser, der die Lieferungen von Arzneimitteln an die junge Frau gesperrt hatte, war zum Krankenpfleger zurückgestuft worden und kümmerte sich nun um die Bettlägerigen.

Den mit der Verwaltung beschäftigten Schreibern hatte Neferet verdeutlicht, daß ihre Berufung im Heilen bestand und nicht in der Leitung eines Stabes von Beamten; daher bat sie diese, Anweisungen aus dem Hause des Wesirs getreu zu befolgen, die sie nicht zu beanstanden gedachte. Diese Klarstellung eroberte etliche Gemüter für die Sache der neuen Vorsteherin, die in engem Zusammenwirken mit den verschiedenen Fachkräften arbeiten wollte. Ins Siechenhaus kamen zumeist Schwerstkranke, welche zu heilen die Ärzte in Stadt und Land außerstande gewesen waren, und eher wohlhabende Leute, die eine vorbeugende Behandlung wünschten, um das Auftauchen oder die Verschlimmerung gewisser Übel zu vermeiden. Neferet schenkte der Arzneiwirkstätte große Aufmerksamkeit, der die Zubereitung der Heilmittel und das Handhaben der giftigen Stoffe oblag.

Da sich seine Nebenhöhlenvereiterung recht ungünstig entwickelte und er auf sich selbst gestellt war, beschloß Paser, sich zum einzigen Ort zu begeben, wo man ihm einige Aufmerksamkeit gewähren würde: dem Großen Siechenhaus von Memphis. Die Gärten zu durchschreiten, die sich vor dem Gebäude erstreckten, war eine Wonne. Nichts kündigte die doch so nahe Gegenwart des Leidens an.

Eine freundliche Krankenpflegerin empfing den Besucher.

»Was kann ich für Euch tun?«

»Ein Notfall. Ich möchte die Vorsteherin des Siechenhauses, Neferet, um Beistand ersuchen.«

»Heute ist das unmöglich.«

»Selbst ihrem Gemahl?«

»Solltet Ihr der Älteste der Vorhalle sein?«

»Ich fürchte ja.«

»Folgt mir bitte.«

Die Krankenpflegerin führte ihn durch ein wahrhaftiges Badehaus, das zahlreiche Räume umfaßte, die mit drei steinernen Becken ausgestattet waren, einem ersten für völliges

Eintauchen, das zweite für Sitzbäder, das dritte für die Beine und Arme. Andere Räumlichkeiten waren den auf Schlaf beruhenden Heilverfahren vorbehalten. Kleine, gut durchlüftete Kammern beherbergten die Kranken, die von den Heilkundigen ständig überwacht wurden.

Neferet überprüfte gerade eine anzufertigende Rezeptur und vermerkte die Gerinnungszeit eines Stoffes, indem sie eine Wasseruhr zu Rate zog. Zwei erfahrene Arzneikundler standen ihr hilfreich zur Seite. Paser wartete das Ende des Versuchs ab, bevor er auf sich aufmerksam machte.

»Könnte einem Leidenden deine Pflege zugute kommen?«

»Sollte er es so eilig haben?«

»Ein Notfall.«

Während sie nur mit großer Mühe ernst bleiben konnte, zog sie ihn in ein Sprechzimmer. Der Richter nieste ein gutes dutzendmal, auf donnernde Weise.

»Hm ... du schwindelst nicht. Bereitet dir das Atmen Mühe?«

»Ich habe ein Pfeifen in der Brust, seit du dich nicht mehr um mich kümmerst.«

»Und die Ohren?«

»Das linke ist verstopft.«

»Fiebrig?«

»Ein wenig.«

»Strecke dich auf der Steinbank aus. Ich muß dein Herz abhorchen.«

»Du kennst seine Stimme bereits.«

»Wir sind hier an einem achtbaren Ort, Richter Paser. Ich bitte Euch, allergrößte Ernsthaftigkeit zu wahren.«

Während der Untersuchung verhielt der Älteste der Vorhalle sich ruhig.

»Du hast dich mit Recht beklagt. Eine neuerliche Behandlung ist unerläßlich.«

In der Arzneiwirkstätte bediente Neferet sich eines Zauberstabs, um das geeignete Heilmittel zu wählen. Er schlug über einem kräftigen Gewächs mit breiten, blaßgrünen, fünflappigen Blättern und roten Beeren aus.

»Die Weiße Zaunrübe«, erklärte sie ihm. »Ein furchtbares

Gift. In Lösung verwendet, wird sie die Beengung beseitigen, an der du leidest, und deine Atemwege frei machen.«

»Bist du dir dessen sicher?«

»Ich stehe dafür ein.«

»Behandle mich schnell. Die Schreiber dürften mein Zuspätkommen verfluchen.«

*

In den Amtsräumen des Richters herrschte ein ganz und gar erstaunliches Treiben. Üblicherweise waren sie gemessene Leute, gewohnt, mit leiser Stimme und ohne große Armbewegungen zu sprechen; jetzt fuhren die Beamten sich gegenseitig heftig an, so unsicher waren sie, wie sie sich verhalten sollten. Die einen predigten abwartende Haltung in Abwesenheit ihres Vorstehers; andere Festigkeit, sofern sie sich ihrer nicht selbst befleißigen mußten; wieder andere riefen nach dem Einschreiten der Ordnungskräfte. Auf dem Boden lagen überall zerbrochene Tafeln und zerrissene Papyri.

Pasers Eintreffen erzwang endlich Ruhe.

»Solltet Ihr angegriffen worden sein?«

»In gewisser Weise«, antwortete ein Dienstälterer niedergeschlagen. »Wir haben dieses rasende Weib nicht zurückhalten können. Sie hat sich bei Euch eingenistet.«

Verdutzt durchschritt Paser den weiten Saal, in dem die Schreiber arbeiteten, und betrat sein eigenes Amtszimmer.

Auf einer Matte kniete Panther und wühlte in seinen abgelegten Schriften.

»Was ist in Euch gefahren?«

»Ich will wissen, wo Ihr Sethi versteckt habt.«

»Steht auf und geht hinaus.«

»Nicht bevor ich es weiß!«

»Ich werde keinerlei Gewalt gegen Euch gebrauchen, doch ich werde mich an Kem wenden.«

Die Drohung zeigte Wirkung. Die goldhaarige Libyerin gehorchte augenblicklich.

»Unterhalten wir uns draußen.«

Sie ging ihm unter den beunruhigten Blicken der Schreiber voraus.

»Räumt auf und begebt Euch wieder an die Arbeit«, befahl er.

Paser und Panther gingen raschen Schritts durch eine verstopfte Gasse. An diesem Markttag drängten sich die Käufer um die Bauern, welche Früchte und Gemüse in dem aufgeregten Lärm allgemeinen Feilschens anboten. Der Richter und die Libyerin entkamen dem Menschenstrom und nahmen Zuflucht in einem verwaisten und stillen Gäßchen.

»Ich will wissen, wo sich Sethi versteckt«, beharrte sie, den Tränen nahe. »Seit seinem Aufbruch denke ich nur an ihn. Ich vergesse darüber, mich mit Duftöl einzusalben und mich zu schminken, ich verliere das Gefühl für Zeit und irre durch die Straßen.«

»Er versteckt sich nicht, sondern erfüllt einen heiklen und schwierigen Auftrag.«

»Mit einer anderen Frau?«

»Allein und ohne Hilfe.«

»Er ist trotz allem verheiratet!«

»Dieser Bund schien ihm notwendig im Rahmen seiner Nachforschung.«

»Ich liebe ihn, Richter Paser, ich liebe ihn ganz furchtbar! Könnt Ihr das begreifen?«

Paser lächelte.

»Besser, als Ihr es Euch vorstellt.«

»Wo ist er?«

»Es handelt sich um eine geheime Entsendung, Panther. Wenn ich darüber spreche, bringe ich ihn in Gefahr.«

»Nicht bei mir, ich schwöre es Euch. Meine Lippen werden geschlossen bleiben.«

Bewegt und von der Aufrichtigkeit der glühenden Geliebten überzeugt, widerstand der Richter nicht länger.

»Er hat sich bei einer Mannschaft von Bergleuten verpflichtet, die von Koptos aufgebrochen ist.«

Trunken vor Glück, küßte Panther ihn auf die rechte Wange.

»Niemals werde ich Euch Eure Hilfe vergessen. Falls ich gezwungen bin, ihn zu töten, werdet Ihr als erster davon benachrichtigt.«

*

Das Gerücht breitete sich in allen Gauen aus, vom Norden zum Süden. In Piramesse, der Großen Königlichen Wohnstatt im Delta, in Memphis wie in Theben erreichte es rasch die unterschiedlichen Verwaltungen und säte Unruhe in den Geistern der Vorsteher, welche die Weisungen des Wesirs anzuwenden beauftragt waren.

Nachdem er einen Liegenschaftenfall gelöst, der zwei Vettern entzweit hatte, welche dasselbe Stück Land von einem unredlichen Verkäufer erworben hatten, der daraufhin verurteilt worden war, das zweifache an erhaltenen Gütern zurückzuerstatten, las der Älteste der Vorhalle nun seinerseits Aschers Bericht über den Zustand des ägyptischen Heeres, der die Ursache der wildesten Befürchtungen bildete.

Der hohe Krieger erachtete die Lage in Asien als unbeständig aufgrund der fortgesetzten Ausdünnung der ägyptischen Streitkräfte, die zur Überwachung jener kleinen Fürstenreiche abgestellt waren, welche sich allzeit bereitwillig unter dem Hirtenstab des nicht zu packenden Libyers Adafi verbündeten. Die Bewaffnung wäre ungenügend. Seit dem Sieg über die Hethiter kümmerte sich niemand mehr darum. Und was den Zustand der Kasernen im Innern des Landes anlangte, böte dieser kaum mehr Anlaß zur Zufriedenheit: schlecht gepflegte Pferde, beschädigte und nicht instand gesetzte Streitwagen, Mangel an Zucht und Gehorsam, schlecht ausgebildete Hauptleute. Wäre Ägypten im Falle eines Eroberungsversuchs zur Gegenwehr überhaupt in der Lage?

Die Wirkung einer solchen Schrift konnte nur tiefgreifend sein und lange anhalten. Welchen Zweck verfolgte Ascher? Falls die Zukunft ihm recht gäbe, erschiene der Heerführer als trefflicher Hellseher und bekäme einen äußerst starken

Stand, nämlich den eines möglichen Retters. Falls Ramses ihm Glauben schenkte, würde Ascher seine Forderungen durchsetzen und seinen Einfluß stärken.

Paser dachte an Sethi. Welche ausgedörrte Wüstenstraße hatte er zu dieser Stunde eingeschlagen auf der Suche nach einem unwirklichen Beweis gegen diesen Mörder, der dem Land seine Vorstellungen zur Kriegskunst aufzwingen wollte?

Der Richter ließ Kem einbestellen.

»Könnt Ihr eine rasche Untersuchung über die Große Kaserne von Memphis durchführen?«

»Mit welchem Ziel?«

»Stimmung bei den Truppen, Zustand der Ausrüstung, Gesundheit der Männer und Pferde.«

»Ohne Schwierigkeit, sofern ich über eine gesetzliche Handhabe verfüge.«

Der Richter deutete einen glaubhaften Beweggrund an: die Suche nach einem Streitwagen, welcher mehrere Personen umgefahren hätte und die Spuren des Aufpralls tragen müßte.

»Macht schnell.«

Paser eilte darauf zu Bel-ter-an, der mit der Buchführung der Kornernten rang. Die beiden Männer stiegen zur Terrasse des Verwaltungsgebäudes hinauf, um vor neugierigen Ohren sicher zu sein.

»Habt Ihr Aschers Bericht gelesen?«

»Erschreckende Feststellungen.«

»Vorausgesetzt, sie treffen zu.«

»Solltet Ihr gegensätzlicher Ansicht sein?«

»Ich verdächtige ihn, die Lage schwarzzumalen, um daraus Nutzen zu ziehen.«

»Habt Ihr Anhaltspunkte dafür?«

»Laßt sie uns schnellstmöglich zusammentragen.«

»Ascher wird bloßgestellt werden.«

»Das ist nicht sicher. Ramses braucht nur seinen Standpunkt einzunehmen, und schon wird der Heerführer freie Hand haben. Wer wagte es dann noch, den Erretter des Vaterlandes anzugreifen?«

215

Bel-ter-an pflichtete ihm kopfnickend bei.

»Ihr wünschtet, mir zu helfen, der Zeitpunkt ist gekommen.«

»Was erwartet Ihr von mir?«

»Auskünfte über unsere in der Fremde abgestellten Verbände und über die Ausgaben für Kriegsausrüstung während der letzten Jahre.«

»Das wird nicht einfach sein, aber ich werde es versuchen.«

Zurück in seinem Amtszimmer, schrieb Paser einen langen Brief an Kani, den Hohenpriester von Karnak, den er um Auskünfte bat hinsichtlich des Zustandes er im thebanischen Bezirk stehenden Heereskräfte und des Wertes ihres Rüstzeugs. Die Botschaft faßte er mittels einer Geheimschrift ab, welche auf dem Begriff »Heilpflanze«, Kanis ureigenem Gebiet, fußte, und händigte sie dann einem vertrauenswürdigen Boten aus.

*

»Nichts Besonderes zu melden«, verkündete Kem.

»Seid deutlicher«, verlangte Paser.

»Die Kaserne ist ruhig, die Gebäude sind in gutem Zustand, die Ausrüstung ebenfalls. Ich habe fünfzig Streitwagen begutachtet, welche die Hauptleute mit derselben Sorgfalt pflegen wie ihre Pferde.«

»Was denken sie über Aschers Bericht?«

»Sie nehmen ihn ernst, sind jedoch davon überzeugt, daß er andere Kasernen betrifft. Aus Gewissenhaftigkeit habe ich noch die besichtigt, die am weitesten südlich der Siedlung liegt.«

»Mit welchen Ergebnissen?«

»Gleichlautend: nichts zu melden. Auch dort glaubt man den Tadel gerechtfertigt ... nämlich bei anderen.«

Paser und Bel-ter-an trafen sich auf dem Vorplatz vom Tempel des Ptah, wo zahlreiche Müßiggänger, dem Kommen und Gehen der Priester gegenüber gleichgültig, miteinander plauderten.

»Zum ersten Punkt habe ich lediglich widersprüchliche Auskünfte erhalten, insofern als der Heerführer sämtliche Berichte über das Asien-Heer vorenthält. Amtlicherseits sollen unsere Verbände abgenommen haben, während der Aufruhr wieder aufflammte; ein Schreiber der Einberufung hat mir jedoch versichert, die Verzeichnisse der Truppenstärken blieben unverändert. Zum zweiten Punkt war die Wahrheit leichter festzustellen, da die Aufstellung der Mittel der Streitkräfte im Schatzhaus niedergelegt ist. Die Aufwendungen sind seit mehreren Jahren beständig, es wurde kein Mangel an Rüstzeug gemeldet.«

»Ascher hat also gelogen.«

»Sein Bericht ist ein fein gesponnenes Gewebe aus Andeutungen und Befürchtungen. Viele höhere Offiziere stützen ihn, etliche Höflinge fürchten die hethitischen Umtriebe, Ascher ist ein Held . . . Bewirkt er nicht ein heilsames Aufschrecken?«

*

Brav schlief zusammengerollt auf dem Schoß seines Herrn, der neben einem Wasserbecken saß, in dem Lotos blühte. Ein leiser Wind sträubte sacht das Fell des Hundes und des Richters Haar. Neferet nahm Einblick in einen Papyrus zur Heilkunst, den Schelmin trotz der Ermahnungen der jungen Frau hartnäckig aufzurollen versuchte. Die letzten Strahlen des Tages tauchten den Garten des Herrenhauses in ein Rotgelb; Meisen, Rotkehlchen und Schwalben sangen ihre Abendweisen.

»Der Zustand unseres Heeres ist ausgezeichnet. Aschers Bericht ist ein Gespinst von Aberwitzigkeiten, dessen Zweck es ist, die Obrigkeiten in Schrecken zu versetzen und die Zuversicht der Truppen zu schwächen, um sie besser in die Gewalt zu bekommen.«

»Weshalb rügt ihn Ramses nicht?« fragte Neferet.

»Er hat Vertrauen in ihn wegen seiner vergangenen Großtaten.«

»Was kannst du unternehmen?«

»Die Ergebnisse meiner Ermittlungen Wesir Bagi aushändigen, der sie PHARAO übermitteln wird. Sie werden von Kem und von Kani bestätigt, dessen Antwort ich soeben erhalten habe. In Theben wie in Memphis gibt unsere Streitmacht keinerlei Grund zur Beanstandung. Der Wesir wird die Überprüfungen auf das gesamte Land ausdehnen und gegen Ascher einschreiten.«

»Ist dies das Ende des Heerführers?«

»Noch sollten wir das Siegesbanner nicht hissen. Er wird sich dagegen verwahren, lauthals sein reines Gewissen und seine Liebe zum Lande beteuern, seine Untergebenen bezichtigen, ihm falsche Auskünfte weitergegeben zu haben. Doch er wird in seinem Schwung aufgehalten werden. Und ich gedenke wohl, meinen Vorteil zu nutzen.«

»Auf welche Weise?«

»Indem ich ihm unmittelbar die Stirn biete.«

*

Heerführer Ascher beaufsichtigte eine Streitwagenübung am Rand der Wüste. Zwei Männer standen in jedem Gefährt; der Hauptmann schoß mit Pfeil und Bogen auf ein bewegliches Ziel, sein Gefolgsmann führte die Zügel und trieb den Wagen mit voller Geschwindigkeit vorwärts. Wer sich ungeschickt zeigte, wurde aus dem Einsatzverband ausgeschlossen. Zwei Fußsoldaten baten den Ältesten der Vorhalle, doch zu warten und sich nicht auf das Übungsgelände vorzuwagen. Einen unvorsichtig Daherschlendernden könnte leicht ein verirrter Pfeil treffen.

Von Staub bedeckt, gab Ascher das Zeichen zur Rast. Ohne Eile kam er auf den Richter zu.

»Hier befindet Ihr Euch nicht an Eurem Platz.«

»Kein Teil des Bezirks ist mir verwehrt.«

Das Nagetiergesicht verkrampfte sich jäh. Ascher, klein, mit breitem Oberkörper und kurzen Beinen ausgestattet, kratzte sich gereizt die Narbe, die ihm quer über die Brust, von der Schulter bis zum Nabel, lief.

»Ich werde mich waschen und umkleiden. Begleitet mich.«

218

Ascher und Paser betraten das Gebäude für Körperpflege, das den höheren Offizieren vorbehalten war. Während ein niederer Krieger den Heerführer mit Wasser übergoß, ging der Richter zum Angriff über.

»Ich fechte Euren Bericht an.«

»Aus welchem Grund?«

»Falsche Angaben.«

»Ihr seid nicht Soldat, Eure Einschätzungen sind ohne jeden Wert.«

»Es handelt sich nicht um Einschätzungen, sondern um Tatsachen.«

»Die widerlege ich.«

»Ohne sie zu kennen!«

»Sie lassen sich leicht erahnen! Ihr seid in zwei oder drei Kasernen herumgewandelt, man hat Euch ein paar nagelneue Streitwagen und über ihre Lage hocherfreute Krieger gezeigt. Arglos und unwissend, wie Ihr seid, wurdet Ihr getäuscht.«

»Solltet Ihr auch den Vorsteher der Ordnungskräfte und den Hohenpriester von Karnak mit denselben Worten schelten?«

Die Frage brachte den Heerführer in Verlegenheit. Er entließ den Soldaten und rieb sich selbst trocken.

»Dies sind neue Männer, so unerfahren wie Ihr.«

»Der Einwand ist schwach.«

»Wonach strebt Ihr nun wieder, Richter Paser?«

»Stets nach demselben Schatz: der Wahrheit. Euer Bericht ist Lug und Trug. Und aus diesem Grund habe ich dem Wesir meine Bemerkungen und Beanstandungen zugestellt.«

»Ihr habt es gewagt ...«

»Das ist nicht Kühnheit, sondern eine Pflicht.«

Ascher stampfte vor Zorn auf.

»Dieser Schritt ist töricht! Ihr werdet ihn noch bitter bereuen.«

»Wesir Bagi wird darüber urteilen.«

»Der Fachmann hier bin ich!«

»Unsere Streitmacht ist keineswegs geschwächt, das wißt Ihr genau.«

219

Der Heerführer kleidete sich mit einem kurzen Schurz. Seine fahrigen Bewegungen verrieten seine Gereiztheit.

»Hört mir zu, Paser: Was scheren die Einzelheiten, es zählt doch allein der Geist meines Schreibens.«

»Erhellt mich doch bitte.«

»Ein guter Heerführer muß die Zukunft voraussehen können, um die Verteidigung des Landes zu gewährleisten.«

»Rechtfertigt diese etwa besorgniserregende und unbegründete Verlautbarungen?«

»Ihr könnt das nicht durchschauen.«

»Besteht da eine Verbindung zu Scheschis Tätigkeiten?«

»Laßt ihn in Frieden.«

»Ich würde ihn gerne dazu befragen.«

»Unmöglich. Sein Aufenthaltsort ist geheim.«

»Auf Euren Befehl hin?«

»Auf meinen Befehl hin.«

»Ich bin untröstlich, darauf beharren zu müssen.«

Aschers Stimme wurde salbungsvoll.

»Wenn ich mich bemüht habe, die Aufmerksamkeit des Königs, des Wesirs und des Hofes zu wecken, indem ich Nachdruck auf unsere Schwäche im Kriegswesen legte, dann doch nur in der Absicht, diese auszumerzen und das endgültige Einverständnis zur Herstellung einer neuen Waffe zu erwirken, die uns unbesiegbar machen wird.«

»Eure Einfalt verwundert mich, Heerführer.«

Aschers Augen verengten sich wie die einer Katze.

»Was wollt Ihr damit andeuten?«

»Eure ach so treffliche Waffe ist zweifelsohne ein mit Himmelseisen gefertigtes unzerbrechliches Schwert.«

»Schwert, Lanze, Dolch ... Scheschi arbeitet in einem fort daran. Ich werde verlangen, daß ihm die im Tempel des Ptah aufbewahrten Barren zurückerstattet werden.«

»Folglich gehören sie ihm.«

»Wesentlich ist, daß er sie nutzt.«

»Mancher Glaube vermag die mißtrauischsten Geister zu betrügen.«

»Was bedeutet?«

»Daß das Himmlische Eisen nicht unzerbrechlich ist.«

»Ihr faselt irres Zeug!«

»Scheschi belügt Euch oder betrügt sich selbst. Die Sachkundigen von Karnak werden Euch meine Äußerungen bestätigen. Der rituelle Gebrauch dieses seltenen Metalls hat Euch – zu Unrecht – zur Träumerei verleitet. Mit dem erzwungenen Einverständnis der höchsten Obrigkeit wolltet Ihr Euch mit einem Werkzeug der Macht ausstatten, und Ihr seid gescheitert!«

Das Nagergesicht war in allergrößter Verblüffung aufgelöst. Kam es Ascher zu Bewußtsein, daß er von seinem eigenen Helfershelfer an der Nase herumgeführt worden war?

Sobald der Richter das Gebäude zur Körperpflege verlassen hatte, griff der Heerführer zu einem irdenen Gefäß voll lauwarmen Wassers und zerschmetterte es an der Wand.

23. KAPITEL

Sethi streifte den Riemen ab und entrollte seine Matte auf einem ebenen Stein. Zerschlagen streckte er sich auf dem Rücken aus und betrachtete die Sterne. Die Wüste, das Gebirge, der Fels, das Bergwerk, die überhitzten Stollen in denen man nur kriechen konnte und sich dabei die Haut aufschürfte ... Die meisten klagten und bereuten bereits ein eher erschöpfendes denn einträgliches Abenteuer. Sethi aber fühlte sich überglücklich. Bisweilen vergaß er gar den Heerführer Ascher darüber, so sehr nahm ihn die Landschaft in sich auf. Er, der die Freuden der Stadt liebte, hatte keinerlei Mühe, sich mit diesen feindseligen Gefilden innigst anzufreunden, so als hätte er immerzu darin gelebt.

Im Sand zu seiner Linken vernahm er ein unverkennbares Zischen. Eine Hornotter schlängelte nahe der Matte vorüber und ließ ihre Wellenlinie hinter sich. In der ersten Nacht hatte er das Treiben dieser Kriechtiere noch bang verfolgt; die Gewöhnung hatte inzwischen die Furcht verdrängt. Aus sicherem Gespür heraus wußte er, daß sie ihn nicht beißen würden; Skorpione und Schlangen erschreckten ihn nicht. Als ein auf ihrem Gebiet geduldeter Gast achtete er ihre Gebräuche und fürchtete sie weniger als den Sandfloh, der, gierig nach Blut, bevorzugt über manche Bergleute herfiel. Der Biß war schmerzhaft, das Fleisch schwoll an und entzündete sich. Glücklicherweise reizte Sethi diesen Floh offenbar nicht, gegen den auch Ephraim ankämpfte, indem er sich mit einer Lösung auf der Grundlage von Ringelblume besprenkelte.

Trotz des ermüdenden Tages konnte der junge Mann nicht einschlafen. Er stand auf, ging gemächlichen Schrittes in Richtung eines Trockentals, das das Mondlicht durchflutete. Sich allein und dazu noch des Nachts in einer Wüste zu

222

bewegen, war völlig unvernünftig; furchterregende Gottheiten und schaurige Tiere schweiften dort umher und verschlangen die Unvorsichtigen, deren Leichen man nie wiederfand. Falls man sich seiner entledigen wollte, waren Zeitpunkt und Ort bestens dafür geeignet.

Ein Geräusch ließ Sethi aufschrecken. Auf dem Grund einer Senke, wo bei Gewitterregen Wasser sprudelte, stand eine Antilope mit Hörnern in Form einer Leier und scharrte auf der Suche nach einer Quelle beharrlich den Boden auf. Dann kam eine andere Antilope mit äußerst langem, kaum gekrümmtem Gehörn und weißem Haarkleid hinzu; diese Vierhufer waren die Verkörperung des Gottes Seth, dessen unerschöpfliche Kraft und Ausdauer sie besaßen. Ihr Gespür hatte sie nicht getrogen; bald leckten ihre Zungen die kostbare Flüssigkeit, die zwischen zwei runden Steinen herausrieselte. Kurz darauf folgten ihnen ein Hase und ein Strauß. Gebannt ließ sich Sethi nieder. Die edle Würde der Tiere und ihr zufriedenes Glück waren ein geheimes Schauspiel, das er wie ein unvergängliches Andenken in sich bewahren würde.

Plötzlich legte sich Ephraims Hand auf seine Schulter.

»Du liebst die Wüste, Kleiner. Das ist ein Laster. Wenn du fortfährst, es zu nähren, wirst du zuletzt noch das Ungeheuer mit Löwenkörper und Falkenkopf sehen, das kein Jäger je mit seinen Pfeilen durchbohren oder mit seiner Wurfschlinge fangen wird. Für dich ist es dann zu spät. Das Ungeheuer wird dich mit seinen Klauen packen und in die Finsternis schleppen.«

»Weshalb haßt du die Ägypter?«

»Ich bin hethitischer Herkunft. Niemals werde ich den Sieg Ägyptens ertragen. Hier, auf diesen Wüstenpfaden, bin ich der Gebieter.«

»Seit wann leitest du Grubenarbeitertrupps?«

»Seit fünf Jahren.«

»Hast du kein Vermögen gemacht?«

»Du bist zu neugierig.«

»Wenn du gescheitert wärst, würde ich erst recht Mühe haben, es zu schaffen.«

»Wer hat dir denn gesagt, daß ich gescheitert bin?«

»Du beruhigst mich.«

»Freu dich nicht zu früh.«

»Wenn du reich bist, weshalb mühst dich dann hier noch schwitzend ab?«

»Ich verabscheue das Tal, die Felder und den Fluß. Auch wenn ich im Gold ersticken sollte, so würde ich meine Bergwerke nicht verlassen.«

»Im Gold ersticken ... Der Ausdruck gefällt mir. Bisher hast du uns nur taube Gruben erkunden lassen.«

»Du bist ein guter Beobachter, Kleiner. Gibt es eine bessere Ertüchtigung? Wenn die ernste Arbeit anfängt, werden die Kräftigsten bereit sein, die Eingeweide des Bergs zu durchwühlen.«

»Je früher, desto besser.«

»Hast du es so eilig?«

»Weshalb noch warten?«

»Viele Narren sind der Spur des Goldes gefolgt, beinahe alle sind gescheitert.«

»Weiß man denn nicht, wo sich die Adern befinden?«

»Die Karten gehören den Tempeln und verlassen diese nicht. Wer Gold zu stehlen versucht, wird augenblicklich von den Ordnungskräften der Wüste festgesetzt.«

»Ist es völlig unmöglich, ihnen zu entwischen?«

»Ihre Hunde sind überall.«

»Du aber, du hast die Karten doch in deinem Kopf.«

Der Bärtige setzte sich neben Sethi.

»Wer hat dir das verraten?«

»Niemand, sei ganz ruhig. Du bist nicht der Mann, der Schriftstücke woanders aufbewahrt.«

Ephraim hob einen Stein auf, schloß seine Finger darum und zermalmte ihn.

»Falls du mich hintergehen willst, werde ich dich vernichten.«

»Wie oft soll ich dir noch sagen, daß Reichtum mein einziges Ziel ist? Ich will ein riesiges Anwesen, Pferde, Wagen, Diener, einen Pinienwald, ein ...«

»Einen Pinienwald? Den gibt es in ganz Ägypten nicht!«
»Wer redet von Ägypten? Ich kann in diesem verfluchten
Land nicht mehr bleiben. Asien ... In Asien möchte ich
mich niederlassen, in einem Fürstenreich, das PHARAOS Heer
nicht betritt.«
»Du beginnst mich neugierig zu machen, Junge. Du bist ein
Verbrecher, nicht wahr?«
Sethi blieb stumm.
»Die Ordnungskräfte suchen nach dir, und du hoffst, ihnen
zu entrinnen, indem du dich unter den Bergleuten ver-
steckst. Aber das sind sture Spürhunde. Sie werden alles
daransetzen, um dich zu schnappen.«
»Diesmal werden sie mich nicht lebend fangen.«
»Hast du im Gefängnis gesessen?«
»Nie wieder werde ich mich einsperren lassen.«
»Wer ist der Richter, der dich verfolgt?«
»Paser, der Älteste der Vorhalle.«
Ephraim stieß einen bewundernden Pfiff aus.
»Du bist ein ordentliches Stück Wild! Beim Tod dieses Rich-
ters werden viele Leute wie du ein gehöriges Festmahl fei-
ern.«
»Er ist halsstarrig.«
»Das Schicksal wird ihm vielleicht nicht gewogen sein.«
»Meine Börse ist leer, ich habe es eilig.«
»Du gefällst mir, Kleiner, aber ich werde kein Wagnis einge-
hen. Morgen beginnen wir ernsthaft zu graben. Wir werden
sehen, zu was du fähig bist.«

*

Ephraim hatte seine Leute in zwei Mannschaften aufgeteilt.
Die erste, die größere an Zahl, schürfte Kupfer, das für die
Herstellung von Werkzeugen, insbesondere der Steinmetz-
meißel, unerläßlich war; gehämmert und gewaschen, wurde
das Metall an der Förderstätte selbst geschmolzen und in
Formen gegossen. Bia und die Wüsten lieferten bedeutende
Mengen von Kupfer, das man dennoch zusätzlich aus Syrien

und Vorderasien einführen mußte, so begierig waren die verschiedenen Baumeistergemeinschaften nach ihm. Auch das Heer verwandte es zum Legieren mit Zinn, um daraus gediegene Waffen zu schmieden.

Die zweite Mannschaft, bei der Sethi sich befand, umfaßte nur an die zehn ausgesuchte Männer. Jeder wußte, daß die tatsächlichen Mühen und Schwierigkeiten erst begannen. Vor ihnen lag nun der Eingang eines Stollens wie ein sich zu den Tiefen hin öffnender Höllenschlund, welcher vielleicht einen Schatz verbarg. Am Hals der Bergleute hing der Lederbeutel, der im Falle des Erfolgs bis zum Platzen gefüllt sein würde. Sie trugen nur einen Lederschurz und hatten sich den Körper mit Sand eingerieben.

Wer ginge als erster hinein? Dies war der beste Platz, und der gefährlichste zugleich. Irgend jemand knuffte Sethi. Er drehte sich um und schlug zu. Eine allgemeine Prügelei brach los. Ephraim beendete sie, indem er einen kleineren der Ringkämpfer bei den Haaren hochhob; der brüllte auf vor Schmerz.

»Du«, befahl er ihm, »du gehst voran.«

Die Reihe ordnete sich. Der Einstieg war eng, die Bergleute bückten sich, suchten nach Halt. Der Blick tastete die Wände ab, begierig auf das Auftauchen eines kostbaren Metalls, das Ephraim nicht weiter bezeichnet hatte. Der Führer drang zu rasch vor und wirbelte Staub auf; der Mann dahinter, der beinahe erstickte, stieß ihnen in den Rücken. Überrascht, verlor der erste das Gleichgewicht, rutschte die Schräge hinab bis zu einer Sohle, auf der die nachkommenden Männer sich endlich aufrichten konnten.

»Er ist ohnmächtig«, stellte einer seiner Genossen fest.

»Um so besser«, entgegnete ein anderer.

Nachdem sie in dieser stickigen Umgebung wieder zu Atem gekommen waren, drangen sie in den Bauch der Mine vor.

»Da, Gold!«

Der glückliche Finder wurde sogleich von zwei Neidern überrannt, die ihn niederschlugen.

»Dummkopf! Das war bloß glitzernder Fels.«

Sethi spürte die Bedrohung bei jedem Schritt. Die Nachfolgenden dachten nur daran, sich ihn vom Hals zu schaffen. Mit dem Gespür eines Raubtiers bückte er sich genau in dem Augenblick, da sie angriffen und ihm den Schädel mit einem dicken Stein einzuschlagen versuchten. Der erste Angreifer stürzte kopfüber, und Sethi brach ihm mit einem Fußtritt die Rippen. »Den nächsten zerschmettere ich«, kündigte er an. »Seid ihr wahnsinnig geworden? Wenn wir so weitermachen, wird niemand hier wieder herauskommen. Entweder bringen wir uns gleich gegenseitig um, oder wir teilen.«

Die unverletzten Männer entschieden sich fürs Teilen. Sie krochen in einen neuen Stollen. Am Rande der Bewußtlosigkeit gaben zwei auf. Die Fackel aus in Sesamöl getauchten Stoffetzen wurde Sethi anvertraut, der nicht zögerte, die Spitze zu übernehmen.

Tiefer dann, in völliger Dunkelheit – ein mattes Glänzen. Der junge Mann schluckte schwer, drang schneller vor, berührte endlich den Schatz. Und brüllte vor Zorn.

»Kupfer, das ist bloß Kupfer!«

*

Sethi hatte beschlossen, die Wahrheit aus Ephraim herauszuprügeln. Als er sich aus dem Stollen wand, war er sogleich verwundert über die ungewöhnliche Stille, die auf der Förderstätte herrschte. Die Grubenarbeiter waren in zwei Reihen versammelt worden, unter der Bewachung von ungefähr zehn Ordnungshütern der Wüste und deren Bluthunden. Ihr Anführer war kein anderer als der Riese, der Sethi vor seiner Einstellung befragt hatte.

»Da kommen die anderen«, erklärte Ephraim.

Sethi und seine Gefährten wurden gezwungen, in die Reihe zu treten, auch die Verletzten; die Hunde knurrten, bereit zuzubeißen. Die Ordnungshüter hatten einen mit neun Lederriemen versehenen Ring in der Hand, mit dem sie heftige und nachhaltige Hiebe versetzen konnten.

»Wir sind auf der Jagd nach einem Abtrünnigen«, tat der

Hüne kund. »Er hat sich dem Frondienst entzogen, gegen ihn wurde eine Klage eingereicht. Ich bin überzeugt, daß er sich unter euch versteckt hält. Die Spielregel ist einfach. Wenn er sich stellt, oder wenn ihr ihn uns nennt, ist die Sache schnell erledigt; wenn ihr euch hinter Schweigen verschanzt, werden wir Verhöre mit dem Lederriemenring durchführen. Niemand wird verschont. Wir werden so oft wie nötig wieder von vorne beginnen.«

Sethis und Ephraims Blicke kreuzten sich. Der Hethiter würde die Ordnungshüter der Wüste nicht gegen sich aufbringen; Sethi zu verraten könnte sein Ansehen bei den Ordnungskräften nur stärken.

»Ein wenig Mut«, forderte der Bärtige. »Der Flüchtling hat gespielt und hat verloren. Die Bergleute sind doch kein Haufen von Lumpen.«

Niemand trat aus den Reihen.

Ephraim näherte sich seinen Männern. Sethi hatte keinerlei Aussicht zu entkommen. Die Bergarbeiter selbst würden sich gegen ihn wenden.

Die Hunde bellten und zogen an ihren Leinen. Ruhig warteten die Ordnungshüter auf ihr Opfer.

Abermals packte Ephraim den vierschrötigen Ringer bei den Haaren und schleuderte ihn dem Anführer der Truppe vor die Füße.

»Der Abtrünnige gehört Euch.«

Sethi spürte den Blick des Hünen schwer auf sich lasten. Einen Augenblick glaubte er, dieser würde Ephraims Anzeige in Zweifel ziehen. Doch der Verdächtigte begann, aus Angst vor den Hunden, bereits mit seinem Geständnis.

*

»Du gefällst mir noch immer, Kleiner.«

»Du hast mich gefoppt, Ephraim.«

»Ich habe dich auf die Probe gestellt. Der, der aus dieser aufgegebenen Mine wieder herauskommt, wird sich aus jedem beliebigen Schlund zu retten wissen.«

»Du hättest mich vorwarnen müssen.«

»Der Versuch wäre nicht beweiskräftig gewesen. Jetzt kenne ich deine Fähigkeiten.«

»Bald werden die Ordnungshüter wegen mir zurückkehren.«

»Ich weiß. Deshalb werden wir uns hier nicht mehr lange aufhalten. Sobald ich die vom Baumeister von Koptos verlangte Menge Kupfer gefördert habe, werde ich dreiviertel der Leute den Befehl geben, das Metall ins Tal zu schaffen.«

»Und anschließend?«

»Anschließend werden wir mit den von mir ausgewählten Männern einen Erkundungszug unternehmen, der nicht vom Tempel aufgetragen worden ist.«

»Wenn du nicht an der Spitze der Bergleute zurückkehrst, werden die Ordnungskräfte einschreiten.«

»Wenn ich Erfolg habe, wird es zu spät sein. Dies wird meine letzte Erkundung sein.«

»Sind wir denn nicht zu viele?«

»Auf der Goldstraße braucht es Träger während eines Teils der Unternehmung. Für gewöhnlich, Kleiner, komme ich allein zurück.«

*

Wesir Bagi empfing Paser, bevor er sich zum Mittagsmahl nach Hause begab. Er entließ seinen persönlichen Schreiber und tauchte seine geschwollenen Füße in ein steinernes, mit lauwarmem und gesalzenem Wasser gefülltes Gefäß. Wenngleich ihn Neferets Heilverfahren vor einem neuerlichen Unwohlsein behütete, wollte der Wesir von der zu fetten Küche seiner Gattin nicht lassen und verschlimmerte damit seine Leber.

Paser gewöhnte sich allmählich an Bagis Kälte. Gebeugt, mit seinem wenig ansprechenden, länglichen und strengen Gesicht und dem bohrenden Blick war dem Wesir nicht im mindesten daran gelegen, irgendeine Sympathie zu erwekken.

An den Wänden seines Arbeitszimmers hingen die Karten

der Gaue, von denen er manche selbst gezeichnet hatte, als er noch sachkundiger Landvermesser gewesen war.

»Ihr seid kein ruhiger Geselle, Richter Paser. Üblicherweise begnügt sich ein Ältester der Vorhalle damit, seine vielfältigen Aufgaben zu erfüllen, ohne selbst vor Ort zu ermitteln.«

»Die Schwere des Falles erfordert dies.«

»Muß ich hinzufügen, daß das Kriegswesen nicht Eurer Zuständigkeit unterliegt?«

»Die Gerichtsverhandlung hat Heerführer Ascher nicht von jedem Verdacht reingewaschen; ich bin mit der Fortführung des Verfahrens betraut. Und es ist seine Person, mit der ich mich befasse.«

»Weshalb beschäftigt Ihr Euch so nachhaltig mit seinem Bericht zum Zustand unserer Truppen?«

»Weil er voller Lügen ist, wie es die unwiderlegbaren Aussagen des Vorstehers der Ordnungskräfte und des Hohenpriesters von Karnak beweisen. Wenn ich eine neuerliche Verhandlung eröffnen werde, wird dieser Bericht der Anklageschrift erschwerend hinzugefügt werden. Der Heerführer verdreht nach wie vor die Wahrheit.«

»Eine neue Verhandlung eröffnen ... Ist das tatsächlich Eure Absicht?«

»Ascher ist ein Mörder. Sethi jedenfalls hat nicht gelogen.«

»Euer Freund steckt in Schwierigkeiten.«

Paser hatte diesen Tadel befürchtet. Bagi hatte die Stimme nicht gehoben, schien jedoch verärgert.

»Ascher hat eine Klage gegen ihn eingereicht. Der Vorwurf ist ernst: Abtrünnigkeit.«

»Eine als unzulässig abzuweisende Klage«, wandte Paser ein.

»Sethi ist vor Erhalt des Schriftstücks bei den Ordnungskräften eingegliedert worden. Kems Verzeichnisse belegen dies ausdrücklich. Infolgedessen gehört der ehemalige Soldat Sethi, ohne Unterbrechung der Laufbahn und ohne jede Abtrünnigkeit, einer Körperschaft des Reiches an.«

Bagi vermerkte sich dies auf einem Täfelchen.

»Ich nehme an, Euer Vorgang ist unangreifbar.«

»Er ist es.«

»Was denkt Ihr wirklich von Aschers Bericht?«

»Daß er Verwirrung stiften soll, um den Heerführer als möglichen Retter erscheinen zu lassen.«

»Und falls er die Wahrheit sagt?«

»Meine ersten Nachforschungen belegen das Gegenteil. Gewiß sind sie begrenzt; Ihr hingegen besitzt die Möglichkeit, die Behauptungen des Heerführers zu nichts zu zerschlagen.«

Der Wesir dachte eine Weile nach. Mit einem Mal wurde Paser von einem grauenhaften Verdacht befallen. Machte Bagi gemeinsame Sache mit dem Heerführer? War das Bild des unnachgiebigen, redlichen, unbestechlichen Wesirs bloße Augenwischerei? In diesem Fall würde seine eigene Laufbahn wohl bald ihr Ende finden, unter irgendeinem amtlich begründeten Vorwand. Zumindest müßte Paser sich nicht lange gedulden. Je nach Bagis Antwort würde er wissen, woran er wär.

»Ausgezeichnete Arbeit«, urteilte der Wesir. »Ihr rechtfertigt Eure Ernennung jeden Tag neu und erstaunt mich immer wieder. Ich bin einem Irrtum erlegen, als ich dem Alter bei der Wahl der hohen Gerichtsbeamten den Vorzug gab; ich tröste mich nun, indem ich mir sage, daß Ihr eine Ausnahme seid. Eure Einschätzung von Aschers Bericht ist äußerst beunruhigend; der Rückhalt eines Vorstehers der Ordnungskräfte und eines Hohenpriesters von Karnak, obgleich beide erst seit kurzem ernannt sind, verleihen ihr großes Gewicht. Überdies haltet Ihr angesichts meiner Zweifel stand. Folglich stelle ich die Triftigkeit des besagten Schriftstücks in Abrede und ordne eine vollständige Bestandsaufnahme der Bewaffnung an, über die wir verfügen.«

Paser wartete, bis er in Neferets Armen lag, um vor Freude zu weinen.

*

Heerführer Ascher setzte sich auf die Deichsel eines Streitwagens. Die Kaserne schlief, die Wachtposten dösten. Was fürchtete ein derart machtvolles Land wie Ägypten, das um einen König geeint, fest gegründet auf vorväterlichen Werten errichtet war, die selbst die heftigsten Sturmwinde nicht zu erschüttern vermochten?

Ascher hatte gelogen, verraten und gemordet, um zu einem mächtigen und geachteten Manne zu werden. Er wollte ein Bündnis mit den Hethitern und den Ländern Asiens knüpfen, ein Reich schaffen, von dem Ramses höchstselbst nicht zu träumen gewagt hätte. Das Wunschbild zerbröckelte wegen einer unseligen Einflüsterung. Man lenkte und nasführte ihn seit Monaten. Scheschi, der mit Worten geizende Metallkundler, hatte sich seiner bedient.

Ascher der Große! Ein Hampelmann, bald ohne Macht, der dem wiederholten Ansturm dieses Richters Paser nicht standhalten würde. Ihm war nicht einmal die Freude vergönnt gewesen, Sethi in ein Straflager zu schicken, da der Freund des Ältesten der Vorhalle den Ordnungskräften beigetreten war. Eine abgeschmetterte Klage und ein vom Wesir selbst verworfener Bericht! Die erneute Überprüfung würde in einen Verweis münden. Ascher würde wegen Zersetzens der Stimmung innerhalb der Truppen bestraft werden. Wenn Bagi einen Fall an sich riß, wurde er so grimmig und halsstarrig wie ein Schlachterhund, der einen Knochen zwischen den Zähnen festhielt.

Weshalb hatte Scheschi ihn ermutigt, dieses Schreiben zu verfassen? Bei der Vorstellung, zum Erretter zu werden, die Größe eines Reichslenkers dabei zu gewinnen, das Einverständnis des Volkes herbeizuführen, hatte Ascher den Sinn für die Wirklichkeit verloren. Durch fortwährendes Täuschen der anderen hatte er sich schließlich selbst betrogen. Wie der kleine Metallkundler glaubte er an die Auslöschung von Ramses' Reich, an die Vermischung der Rassen, an eine Umwälzung der aus der Zeit der Pyramiden ererbten Sitten und Gebräuche. Doch er hatte dabei das Vorhandensein von altertümlichen Männern wie Wesir Bagi und Richter Paser, dieser Diener der Göttin Maat, dieser Wahrheitsliebenden, völlig außer acht gelassen.

Ascher hatte darunter gelitten, als ein Krieger ohne Geist-

und Willenskraft, mit vorgezeichneter Zukunft und ohne jeden Ehrgeiz, betrachtet zu werden. Seine Ausbilder hatten sich in ihm getäuscht. In eine Gattung eingestuft, aus der er nicht mehr herauskäme, ertrug der Heerführer die Streitkräfte nicht länger. Entweder würde er sie unter seinen Befehl bringen oder sie vernichten. Asien, seine an Arglist und Lüge gewöhnten Fürsten, seine unablässig in Gärung befindlichen Sippschaften entdeckt zu haben, hatte ihn dazu getrieben, Ränke zu schmieden und Bande mit Adafi, dem Anführer des Aufruhrs, zu knüpfen.

Ein Spielzeug in den Händen eines Schwindlers – sein dereinstiger Ruhm kippte ins Lächerliche. Seine falschen Freunden jedoch übersahen, daß ein verwundetes Tier ungeahnte Kräfte entwickelte. In den eigenen Augen zum Gespött geworden, würde Ascher die Bundesgenossen in seinem Sturz mitreißen und sich so wieder Ehren und Rechte verschaffen.

Weshalb hatte das Böse sich seiner bemächtigt? Er hätte sich damit begnügen können, PHARAO zu dienen, sein Land zu lieben und in die Fußstapfen all jener Heerführer zu treten, die damit zufrieden waren, ihre Pflicht zu erfüllen. Doch die Neigung zur Machenschaft hatte wie eine Krankheit allmählich von ihm Besitz ergriffen, noch verstärkt durch den Drang, das an sich zu reißen, was anderen gehörte.

Ascher ertrug Menschen nicht, die wie Sethi oder Paser aus Reih und Glied traten. Sie setzten ihn herab und hinderten ihn, sich zu entfalten. Die einen bauten auf, die anderen zerstörten; falls er zu dieser letzten Sorte gehörte, waren dann nicht die Götter dafür verantwortlich? Niemand vermochte etwas gegen ihren Willen.

Wie man geboren wurde, so starb man.

24. KAPITEL

Die Augen halb geschlossen, die winzigen, ständig bewegten Ohren aufgestellt und die Nüstern über der Wasserober-
fläche, gähnte das Nilpferd ausgiebig. Als ein anderer Bulle
es anstieß, grunzte es. Die beiden ungeheuren Krokodiltöter
führten die bedeutendsten Herden an, die sich den Nil
südlich von Memphis teilten. Den Fluß mit ihrem gewaltigen
Körper aufreißend, schwammen sie gerne in tiefem Gewäs-
ser, wo sie ihr plumpes Aussehen verloren und beinahe
anmutig wirkten.
Die mehr als zwei Tonnen schweren Tiere mochten es gar
nicht, während ihres Mittagsschlafs gestört zu werden; wenn
doch, rissen sie voller Jähzorn ihre Kiefer mit den riesigen
Eckzähnen weit auf, um den Störenfried zu erschrecken.
Gewöhnlich erklommen sie erst bei Nacht die Böschung und
nährten sich von frischem Gras; hierauf benötigten sie dann
einen ganzen Tag zur Verdauung und genossen dabei die
Sonne auf einem Sandstrand, fernab aller Siedlungen; wegen ihrer empfindlichen Haut mußten sie häufig ins Wasser
eintauchen.
Die beiden mit Narben bedeckten Bullen forderten sich
zähnebleckend heraus. Scheinbar von ihren Kampfesgelü-
sten abrückend, schwammen sie dann Seite an Seite in
Richtung Ufer. Dort jedoch, von jähem Wahnsinn gepackt,
verheerten sie sogleich die Felder, verwüsteten die Obstgärten, knickten Bäume um und stifteten heillosen Schrecken
unter den Landwirten. Ein Bürschchen, das nicht schnell
genug auswich, wurde niedergetrampelt.
Zweimal, dreimal begannen die Bullen erneut mit ihrem
Wüten, während die Kühe ihre Jungen vor den Angriffen
der Krokodile beschützten. Mehrere Ortsvorsteher wandten

sich hilfesuchend an die Ordnungskräfte. Kem begab sich augenblicklich vor Ort und richtete eine Jagd aus. Die beiden Bullen wurden erlegt, doch alsbald trafen andere Plagen das Land: Sperlingsschwärme, ungehemmte Vermehrung der Haus- und Feldmäuse, vorzeitiges Verenden von Rindern, Wurmbefall bei den Kornvorräten – ganz zu schweigen vom scharenweisen Einfall an Schreibern der Felder, die verbissen die gemeldeten Ernteerträge überprüfen wollten. Um den Fluch abzuwenden, trugen zahllose Bauern eine Halskette mit einem Karneolsplitter; die Flamme, die dieser barg, sollte der Gehässigkeit der schädlichen Mächte Einhalt gebieten. Dennoch machten reichlich Gerüchte die Runde. Das rote Nilpferd wäre zum Zerstörer geworden, weil die schützenden Kräfte von PHARAO schwächer würden. Kündigte sich nicht eine dürftige Nilschwelle an, was doch bewiese, daß die Macht des Herrschers über die Natur erschöpft wäre und daß er seinen Bund mit den Göttern erneuern müßte, indem er ein Verjüngungsfest beginge?

*

Das von Wesir Bagi angeordnete Verfahren nahm seinen Lauf. Gleichwohl blieb Paser besorgt; da er ohne Nachricht von Sethi war, hatte er eine Botschaft in Geheimschrift verfaßt, die ihn davon unterrichten sollte, daß die Lage des Heerführers Ascher zusehends heikler werde und daß es unnötig sei, zu große Gefahren einzugehen. In einigen Tage würde Sethis Auftrag vielleicht schon gegenstandslos sein.
Ein anderes Vorkommnis hatte schwarze Wolken aufziehen lassen; einem Bericht von Kem zufolge, war Panther verschwunden. Sie war mitten in der Nacht aufgebrochen, ohne gegenüber ihren Nachbarn irgend etwas über ihr Ziel zu äußern. Kein Gewährsmann hatte sie seither in Memphis ausgemacht. War sie enttäuscht und verletzt nach Libyen zurückgekehrt?
Das Fest des Imhotep, des Urbilds der Weisen und Schutz-

235

herrn der Schreiber, schenkte dem Richter einen Tag der
Ruhe, den er darauf verwandte, seinen Schnupfen und
seinen Husten zu behandeln, und hierfür Zaunrübenlösun-
gen einnahm. Auf einem Falthocker sitzend, bewunderte er
den großen, stufenförmig aufgetürmten Strauß, den Neferet
gebunden hatte und der Palmblattfasern, Perseablätter und
Unmengen von Lotosblütenblättern miteinander vereinigte.
Die Handhabung der sorgfältig verborgenen Schnur erforderte eine sichere Fingerfertigkeit. Ganz offenkundig gefiel
dieses kleine Meisterwerk Brav sehr; der Hund richtete sich
auf, legte die Vorderpfoten auf den kleinen Beistelltisch und
versuchte, die Lotosblüten zu fressen. Paser hatte ihn ein
gutes dutzendmal zurückgerufen, bis er ihm schließlich einen überaus verlockenden Knochen anbot.
Ein Gewitter zog drohend herauf. Dunkle schwere Wolken,
aus dem Norden gekommen, würden bald die Sonne ver-
decken. Tiere und Menschen wurden fahrig, fliegendes Ge-
tier angriffslustig; die Hausdienerin lief kopflos hin und her,
die Köchin hatte einen Krug zerbrochen. Jeder erwartete
und befürchtete den Regen; wolkenbruchartig würde er die
bescheidensten Häuser beschädigen und, in den Gebieten
nahe der Wüste, reißende Ströme aus Schlamm und Gestein
verursachen.
Trotz ihrer Tätigkeiten im Siechenhaus führte Neferet ihren
Hausstand mit Freundlichkeit und ohne die Stimme zu
heben. Die Bediensteten vergötterten sie, während sie Paser
fürchteten, wenn auch dessen strenges Gebaren nur Schüch-
ternheit verbarg. Gewiß, der Richter fand den Gärtner ein
wenig faul, die Hausdienerin zu langsam und die Köchin
gefräßig; doch die einen wie die anderen hatten Gefallen an
ihren Aufgaben. Daher schwieg er auch.
Mit einer leichten Bürste striegelte Paser eigenhändig Wind
des Nordens, der unter der erstickenden Hitze litt; frisches
Wasser und Grünfutter erfreuten den im Schatten einer
Sykomore zusammengesunkenen Esel. Schweißgebadet,
spürte Paser darauf Verlangen nach einem Schwallbad. Er
durchquerte den Garten, in dem die Datteln reiften, schritt

die Mauer entlang, die das Anwesen von der Straße abtrennte, ging am Geflügelhof vorbei, in dem die Gänse schnatterten, und trat in das weiträumige Gemäuer, an das er sich langsam zu gewöhnen begann.

Der Widerhall eines Gesprächs deutete darauf hin, daß der Baderaum besetzt war. Eine junge Dienerin stand auf einem Mäuerchen und goß den Inhalt eines Kruges auf Neferets goldfarbenen Körper. Das lauwarme Wasser rieselte über ihre samtene Haut, floß dann durch einen Ausguß ab, der sich in der Steinplatte am Boden öffnete.

Der Richter schickte die Dienerin fort und nahm ihren Platz ein.

»Welche Ehre! Der Älteste der Vorhalle in Person ... Würde er einwilligen, mich zu massieren?«

»Euer allerergebenster Diener.«

Sie gingen in den Salbraum hinüber.

Neferets schlanke Leibesmitte, ihre heitere, warme Sinnlichkeit, ihre festen und hoch angesetzten Brüste, die sanft geformten Hüften, die Zartheit ihrer Hände und Füße bezauberten Paser. Jeden Tag verliebter, schwankte er unschlüssig, ob er sie, ohne sie zu berühren, bewundern oder in einen Strudel von Liebkosungen hineinziehen sollte.

Sie streckte sich auf einer mit einer Matte bedeckten Steinbank aus, während Paser, nachdem er sich entkleidet hatte, Salbölfläschchen und -töpfchen aussuchte, die einen aus vielfarbenem Glas, die anderen aus Alabaster. Er verteilte das wohlriechende Erzeugnis auf dem Rücken seiner Gefährtin und glitt mit sanfter Hand von den Lenden zum Nacken hinauf. Neferet war der Ansicht, dies tägliche Durchkneten wäre eine Art Heilbehandlung von größter Wichtigkeit. Die Spannungen vertreiben, die Muskelverhärtungen beseitigen, die Nerven besänftigen, den Fluß der Lebenskraft in den Organen fördern, die allesamt mit dem Baum des Lebens verbunden waren, wo sich das Rückenmark bildete, all dies erhielte das Gleichgewicht und die Gesundheit.

Aus einer Schatulle in Gestalt einer nackten Schwimmerin, welche eine Ente vor sich hertrieb, deren Körper, mit beweglichen Flügeln versehen, als Behältnis diente, schöpfte Paser ein anderes, mit Jasmin veredeltes Salböl und rieb damit den Hals der jungen Frau ein.

Der Schauer, den diese Berührung hervorrief, entging ihm nicht. Seinen Fingern folgten seine Lippen; Neferet drehte sich um und empfing ihren Geliebten.

*

Das Gewitter brach nicht los.

Paser und Neferet aßen im Garten zu Mittag, zum allergrößten Glück von Brav, der unablässig um die kleinen rechteckigen Tische aus Rohr und Papyrusstengel strich, auf die eine Dienerin Schalen, Platten und Krüge abstellte. Der Richter hatte sich vergebens bemüht, seinen Hund zu erziehen, und ihm verboten, während des Mahls seiner Herren zu betteln. Brav hatte in Neferet eine Verbündete erkannte; wie sollte seine feine Witterung solch köstlichen Speisen denn widerstehen?

»Ich bin guter Dinge, Neferet.«

»Du bist selten so zuversichtlich.«

»Ascher dürfte uns nicht entrinnen. Ein Mörder und Verräter ... Wie kann man sich selbst derart beschmutzen! Ich habe nicht geglaubt, gegen das Böse schlechthin kämpfen zu müssen.«

»Vielleicht wirst du noch Schlimmerem begegnen.«

»Jetzt malst du aber schwarz.«

»Ich sehne mich nach Glück, doch ich fühle es bedroht.«

»Wegen der Fortschritte meiner Ermittlungen?«

»Du bist wachsenden Gefahren ausgesetzt, und das ohne Schutz. Wird Heerführer Ascher sich ohne Gegenwehr besiegen lassen?«

»Ich bin davon überzeugt, daß er lediglich ein Nebenspieler und nicht der Kopf der Verschwörung ist. Er hat sich über die Eigenschaften des Himmlischen Eisens einer Täuschung hingegeben; folglich haben seine Mittäter ihn hinters Licht geführt.«

»Hat er sich nicht bloß verstellt?«

»Gewiß nicht.«

Neferet legte ihre rechte Hand auf die ihres Gemahls. Durch diese Berührung öffneten sie sich einander. Weder das grüne Äffchen noch der Hund belästigten sie nun, in Ehrfurcht vor der Schönheit eines Augenblicks, in dem zwei Wesen sich in einer Einheit jenseits ihrer selbst erfüllten.

Die Köchin zerstörte die Glückseligkeit.

»Jetzt beginnt das schon wieder«, beklagte sie sich. »Die Hausdienerin hat die kleine Fischscheibe stibitzt, die mein Gericht zierte!«

Neferet erhob sich, zum Einschreiten gezwungen. Die Schuldige, die den Richter seiner bevorzugten Leckerei beraubt hatte, mußte sich im Bewußtsein ihrer Missetat versteckt haben. Die Köchin rief vergebens nach ihr, durchsuchte dann das Herrenhaus.

Ihr jäher Schrei erschreckte den Hund, der sich unter dem Tisch verkroch. Paser lief hinzu.

In Tränen aufgelöst, beugte sich die Köchin über die Hausdienerin, die wie eine zergliederte Puppe auf den Fliesen des Empfangssaals ausgestreckt lag. Neferet untersuchte sie bereits.

»Sie ist gelähmt«, stellte sie fest.

*

Als der Schattenfresser Richter Paser aus dem Herrenhaus treten sah, fluchte er über sein Mißgeschick. Hatte er seine Machenschaft denn nicht peinlich genau vorbereitet? Dank einer geschwätzigen Dienerin hatte er eine Menge Auskünfte über Pasers Vorlieben erhalten und schließlich, sich für einen Fischhändler ausgebend, der Köchin eine herrliche Meeräsche und eine zarte Fischscheibe von rosenrotem, köstlich anzusehendem Fleisch verkauft.

Um diese herzurichten, hatte der Schattenfresser die Leber eines Kugelfischs verwendet, jenes Fischs also, der sich mit Wasser aufblähte, wenn ein Raubfisch ihn bedrohte. Gleich

den Knochen und dem Kopf enthielt dieses Organ ein
tödliches Gift, zu vier Quentchen für ein Kilo. Der Schattenfresser hatte die Gabe auf ein einziges Quentchen verringert,
um damit lediglich eine unheilbare Lähmung hervorzuru-
fen.
Eine dumme Gefräßige brachte ihn um den sicheren Erfolg.
Er würde von neuem beginnen müssen, bis zum endgültigen
Sieg.

*

»Wir werden sie im Siechenhaus pflegen«, erklärte Neferet,
»ohne daß jedoch Hoffnung bestünde, ihren Zustand zu
verbessern.«
»Hast du den Stoff herausfinden können, der diese Läh-
mung verursacht hat?« fragte Paser erschüttert.
»Ich denke an einen Fisch.«
»Weshalb?«
»Weil unsere Köchin eine Meeräsche einem fahrenden
Händler abgekauft hat, der frischen und sowie vorbereiteten
Fisch feilbot. Die kleine Fischscheibe dürfte mit einem anderen Fleisch verarbeitet worden sein; manche Fische tragen
giftige Stoffe in sich.«
»Ein vorbedachtes Verbrechen ...«
»Die Gabe wurde genau berechnet, um zu lähmen, nicht um
zu töten. Und du warst das auserkorene Opfer. Man ermor-
det keinen Richter, nicht wahr? Doch man kann ihn daran
hindern, zu denken und zu handeln.«
Zitternd flüchtete Neferet sich in Pasers Arme. Sie stellte ihn
sich unbeweglich, mit starren Augen, Schaum an den Lippen und reglosen Gliedmaßen vor. Selbst so würde sie ihn bis
zum Tode lieben.
»Er wird es erneut versuchen«, bekräftigte Paser. »Hat die
Köchin eine Beschreibung geben können?«
»Sehr ungenau ... Ein Mann in mittleren Jahren, an den
man sich nicht erinnert.«
»Weder Denes noch Qadasch. Scheschi vielleicht oder ein

240

Mörder in ihrem Dienst. Er hat einen Fehler begangen: Er hat uns sein Vorhandensein offenbart. Ich setze Kem auf seine Spur an.«

*

Der Rat der Heilkundigen, Chirurgen und Arzneikundler, dem die Benennung des neuen Obersten Arztes des Reiches oblag, empfing die ersten Anwärter, deren Bewerbung von der Gerichtsbehörde als zulässig erkannt worden war. Es stellten sich ein Augenheilkundler, ein Arzt der allgemeinen Heilkunde aus Elephantine, der rechte Arm des verblichenen Neb-Amun und der Zahnheilkundler Qadasch vor.

Letzter antwortete, wie seine Standesbrüder, auf Fragen des Faches, legte die während seiner Laufbahn verwirklichten Entdeckungen dar, hob seine Mißerfolge und deren Ursachen hervor. Man befragte ihn lange zu seinen weiteren Vorhaben.

Die Wahlstimmen waren geteilt, keiner der Anwärter erlangte die erforderliche Mehrheit. Ein feuriger Verfechter von Qadasch verdroß die Ratsversammlung, die ihm eindringlich die nahe Vergangenheit zu bedenken gab; niemand wollte mehr jene Durchstechereien dulden, zu denen Neb-Amun ermutigt hatte. Der Eiferer strich die Segel.

Ein zweiter Wahlgang führte zu gleichen Ergebnissen. Zwangsläufig mußte festgestellt werden, daß das Reich weiter ohne Obersten Heilkundigen blieb.

*

»Ascher? Hier?«

Denes' Verwalter bestätigte die Anwesenheit des Heerführers am Eingang des Herrenhauses.

»Sagt ihm, daß . . . ach nein, laßt ihn eintreten. Nicht hier, in den Pferdestallungen.«

Der Warenbeförderer nahm sich die Zeit, seine Perücke herzurichten und sich zu salben. Dann schnitt er zwei zu lange

Haare ab, die die Vollkommenheit seines feinen weißen Bartkranzes störten. Sich mit diesem beschränkten Haudegen zu unterreden, mißfiel ihm in höchstem Maße; doch er konnte noch nützlich sein, insbesondere als Sündenbock.

Der Heerführer bewunderte ein prächtiges graues Pferd.

»Schönes Tier. Verkäuflich?«

»Alles ist käuflich, Heerführer; das ist das Gesetz des Lebens. Die Welt teilt sich in zwei Sorten Menschen auf; die, die kaufen können, und die anderen.«

»Erspart mir Eure billigen Weisheiten. Wo befindet sich unser Freund Scheschi?«

»Woher sollte ich das wissen?«

»Er ist Euer treuester Bundesgenosse.«

»Ich habe Dutzende davon.«

»Er arbeitete unter meinem Befehl an der Herstellung neuer Waffen. Seit drei Tagen ist er nicht mehr in der Werkstätte erschienen.«

»Ich bin untröstlich für Euch, doch Eure Schwierigkeiten bewegen mich nicht sonderlich.«

Der Mann mit dem Nagergesicht versperrte Denes den Weg.

»Ihr habt mich für einen Trottel gehalten, der leicht zu nasführen wäre, und unser Freund Scheschi hat mich in eine Falle gelockt. Warum?«

»Eure Einbildung leitet Euch in die Irre.«

»Verkauft mir Scheschi. Euer Preis wird der meine sein.«

Denes zögerte. Eines nahen oder fernen Tages würde Scheschi ihn langweilen vor lauter Untertänigkeit. Der Zeitpunkt war jedoch ungünstig. Er hatte für seine beste Stütze eine andere Rolle ersonnen.

»Ihr seid sehr fordernd, Ascher.«

»Lehnt Ihr ab?.«

»Ich halte Freundschaft in Ehren.«

»Ich bin töricht gewesen, doch Ihr seid Euch nicht über meine wahren Fähigkeiten im klaren. Es war ein Fehler, mich zum Narren zu halten.«

*

Qadasch fuchtelte wild herum. Die weiße Haarpracht zerzaust, ein langes Tuch um den Leib gewickelt, das sein Brusthemd aus Raubkatzenleder bedeckte, die Nase mit Äderchen übersät, die bald zu platzen drohten, rief er die Gottheiten des Himmels, der Erde und der Zwischenwelt zu Zeugen seines Mißgeschicks an.

»Beruhige dich«, forderte Denes, peinlich berührt. »Nimm dir ein Beispiel an Scheschi.«

Der Metallkundler mit dem kleinen schwarzen Schnurrbart saß im Schreibersitz im dunkelsten Winkel des Speiseraums, wo die drei Männer in düsterer Stimmung zu Mittag gegessen hatten. Dame Nenophar war noch immer damit beschäftigt, im Palast gegen Bel-ter-an zu wirken. Ihre mageren Fortschritte machten sie zunehmend gereizter.

»Mich beruhigen? Wie erklärst du dir die Ablehnung meiner Anwartschaft auf das Amt des Obersten Arztes?«

»Ein einstweiliger Mißerfolg.«

»Wir haben aber doch dieselben Heiler wie Neb-Amun bestochen.«

»Bloß eine Widrigkeit; verlaß dich darauf, ich werde sie an unseren Vertrag erinnern. Bei der nächsten Wahl wird es keine böse Überraschung mehr geben.«

»Ich werde Oberster Heilkundiger, du hast es mir versprochen! Wenn ich dann das Amt bekleide, werden wir über sämtliche Arznei- und Giftstoffe verfügen. Über die Gesundheitsfürsorge zu herrschen ist unerläßlich.«

»Sie wird uns in die Hände fallen wie alle anderen Einrichtungen der Macht.«

»Weshalb handelt der Schattenfresser nicht?«

»Er verlangt mehr Zeit.«

»Zeit, immer nur Zeit! Ich für meinen Teil bin schon recht alt, und ich möchte aus meinen neuen Vorrechten noch Gewinn ziehen.«

»Deine Ungeduld wird uns nicht helfen.«

Der weißhaarige Zahnheilkundler wandte sich an Scheschi.

»Sag du doch auch etwas! Sollten wir uns nicht beeilen?«

»Scheschi ist gezwungen, sich zu verbergen«, erklärte Denes.

Qadasch empörte sich.

»Ich glaubte, wir hätten die Zügel fest in der Hand!«

»Das haben wir auch, aber der Stand des Heerführers wird schwächer. Richter Paser hat seinen Bericht angefochten, und der Wesir hat sich seinen Schlußfolgerungen angeschlossen.«

»Schon wieder dieser Paser! Wann werden wir ihn nur endlich vom Halse haben?«

»Der Schattenfresser befaßt sich damit. Weshalb etwas überstürzen, wo das Volk doch jeden Tag lauter gegen Ramses murrt?«

Scheschi schlürfte ein süßes Getränk.

»Ich bin es müde«, gestand Qadasch. »Du und ich, wir sind reich. Weshalb noch mehr wollen?«

Denes' Lippen wurden schmal.

»Ich verstehe nicht, was du meinst.«

»Wenn wir dem Ganzen entsagten?«

»Zu spät.«

»Denes hat recht«, bemerkte der Metallkundler.

Qadasch fuhr Scheschi an: »Hast du ein einziges Mal daran gedacht, du selbst zu sein?«

»Denes befiehlt, ich gehorche.«

»Und wenn er dich in dein Verderben führt?«

»Ich glaube an ein neues Land, das nur wir zu errichten imstande sind.«

»Das sind Denes' Worte, nicht die deinen.«

»Solltest du etwa uneins mit uns sein?«

»Pah!«

Qadasch trat grollend beiseite.

»Ich gestehe Euch zu, daß es ärgerlich ist, die höchste Macht in greifbarer Nähe zu wissen«, räumte Denes ein, »und sich gedulden zu müssen. Aber gebt doch zu, daß wir keinerlei Wagnis eingehen, und daß das gesponnene Netz unzerreißbar ist.«

»Wird Ascher mich lange verfolgen?« sorgte sich Scheschi.

»Du bist außer Reichweite, er ist in die Enge getrieben.«

»Er ist stur und tückisch«, wandte Qadasch ein. »Ist er nicht hergekommen und hat dich belästigt, ja sogar bedroht?

Ascher wird nicht alleine untergehen. Er wird uns in seinen Sturz hineinreißen.«

»Das ist sicherlich seine Absicht«, erkannte Scheschi an, »doch er gibt sich einmal mehr einer Täuschung hin. Vergißt du, daß der Heerführer nichts in der Hand hat? Indem er sich als Erretter gebärdete, hat er sich selbst verurteilt.«

»Hast nicht du ihn darin ermutigt?«

»Wurde er denn nicht allzu hinderlich?«

»Mit Ascher hat Richter Paser zumindest an einem harten Brocken zu knabbern«, hob Denes belustigt hervor. »Zwischen ihnen wird es einen Zweikampf auf Leben und Tod geben; feuern wir sie doch an. Je mehr er sich verschärft, desto geblendeter wird der Richter sein.«

»Und falls der Heerführer einen Gewaltstreich gegen dich versuchte? Er ahnt, daß du Scheschi versteckst.«

»Malst du dir etwa aus, er könnte mein Herrenhaus an der Spitze einer Heerschar angreifen?«

Beleidigt zog Qadasch ein verdrießliches Gesicht.

»Wir sind wie Götter«, versicherte Denes. »Wir haben einen Strom erschaffen, dessen Lauf kein Staudamm mehr aufhalten wird.«

*

Neferet bürstete den Hund, Paser las den mit Fehlern gespickten Bericht eines Schreibers. Plötzlich wurde sein Blick von einem sonderbaren Schauspiel angezogen.

Annähernd zehn Meter entfernt, auf dem Randstein eines Lotosteichs, fiel eine Elster mit grimmigen Schnabelhieben über ihre Beute her.

Der Richter legte den Papyrus ab, erhob sich und verjagte die Elster. Voller Abscheu entdeckte er eine Schwalbe mit ausgebreiteten Flügeln und blutigem Kopf. Die Elster hatte ihr ein Auge ausgehackt und die Stirn zerfetzt. Schwaches Zucken deutete noch auf Leben in dem unglücklichen Vogel – eine der Formen, die PHARAOS Seele annahm, um in den Himmel aufzusteigen.

245

»Neferet, komm schnell!«

Die junge Frau eilte herbei. Wie Paser hegte sie tiefe Verehrung für den schönen Vogel, deren Namen in Hieroglyphenschrift für »Größe« und »Erhabenheit« standen. Seine fröhlichen Reigen im Gold und im Rotgelb der untergehenden Sonne weiteten das Herz.

Neferet kniete nieder und nahm die Verwundete in ihre Hände. Der kleine Körper überließ sich ihnen warm und sanft, allzu glücklich, eine Zuflucht zu finden.

»Wir können sie nicht retten«, klagte sie.

»Ich hätte mich nicht einmischen dürfen.«

Paser warf sich seine Leichtfertigkeit vor. Der Mensch durfte weder in das grausame Spiel der Natur eingreifen, noch sich zwischen das Leben und den Tod stellen.

Die Krallen des Vogels gruben sich in Neferets Fleisch. Er krallte sich an sie wie an den Zweig eines Baumes. Trotz der Schmerzen ließ er sie nicht los.

Aus der Fassung gebracht, hatte Paser eine Sünde wider den Geist begangen. War er, der einer Schwalbe unnötige Leiden auferlegte, indem er sie ihrem Geschick entriß, überhaupt würdig zu richten? Hoffärtig und töricht unterwarf er jenes Wesen, das er zu retten gesucht hatte, einer unnötigen Qual.

»Wäre es nicht besser, sie zu töten? Wenn es sein muß, werde ich . . .«

»Dazu bist du nicht imstande.«

»Ich bin an ihrem Todeskampf schuld. Wer könnte mir noch sein Vertrauen schenken?«

25. KAPITEL

Prinzessin Hattusa träumte von einer anderen Welt. Sie, die Gemahlin von Ramses zum Wohle des Landes, Ägypten dargeboten, um den Frieden zu besiegeln, sie war nichts als eine vernachlässigte Frau.

Der Reichtum ihres Harems tröstete sie nicht. Sie hatte die Liebe erhofft, die innige Zuneigung von PHARAO, und mußte eine noch entsetzlichere Einsamkeit als die einer Einsiedlerin erdulden. Je mehr sich ihr Leben im Wasser des Nils auflöste, desto mehr haßte sie Ägypten.

Wann würde sie die Hauptstadt des Hethiterreiches wiedersehen, die, auf einer Hochebene errichtet, an der Grenze zu einer unwirtlichen Landschaft lag, welche nur aus Schluchten, Klammen und schroffen Hügeln bestand und auf dürre Einöden folgte? Das Gebirge behütete die Stadt vor einem Einfall. Die aus ungeheuren Quadern auf der Kuppe einer Anhöhe errichtete Feste überragte Hügel und eingeschlossene Täler, als Sinnbild des Stolzes und der Wildheit der ersten Hethiter, der Krieger und Eroberer. Ihre Wallmauern, die sich der Form des Geländes fügten und den Bergspitzen und Felsvorsprüngen anpaßten, wehrten durch ihre alleinige Gegenwart jeden Eindringling ab. Als Kind war Hattusa durch die abschüssigen Gäßchen gelaufen, hatte die mit Honig gefüllten Töpfe gestohlen, die zur Besänftigung der Geister auf die Felsen gestellt wurden, hatte Ball gespielt mit den Knaben, die an Geschick und Kraft miteinander gewetteifert hatten.

Dort hatte sie die Stunden nicht gezählt.

Nie war eine Königstochter, aus der Fremde gekommen, um als Unterpfand des Bundes und der Achtung eines Vertrages am Hofe Ägyptens zu leben, jemals wieder in ihre Heimat

247

zurückgekehrt. Einzig und allein das hethitische Heer könnte sie aus diesem Gefängnis mit goldenen Gitterstäben befreien. Weder ihr Vater noch ihre Sippe hatten ihrer Absicht entsagt, sich des Deltas und des Niltals zu bemächtigen; sie würden daraus ihr Fronland und einen ungeheuren Kornspeicher machen. Hattusa mußte ihrerseits die Grundmauern untergraben, das Reichsgebäude von innen aushöhlen, Ramses schwächen und sich als Landesherrin aufdrängen. Etliche Frauen hatten in der Vergangenheit geherrscht, und ebenso waren es Frauen gewesen, die zum Befreiungskrieg gegen die asiatischen Wandervölker angeregt hatten, welche sich einst im Norden des Landes niederließen. Hattusa hatte keine andere Wahl; indem sie sich selbst befreite, würde sie ihrem Volk den schönsten aller Siege bescherten.

Als er ihr das Himmelseisen angeboten hatte, war Denes sich nicht bewußt gewesen, ihre Überzeugung und ihre Kräfte zu stärken. Wer je bei den Hethitern dieses Metall besaß, erwirkte sich die Gunst der Götter. Gab es einen besseren Mittler, um Zwiesprache mit ihnen zu halten, als diesen aus den Tiefen des Weltenraums stammenden Schatz? Sobald sie in Besitz der Barren wäre, würde Hattusa daraus Amulette, Pektorale, Armreife und Ringe schneiden lassen. Sie würde sich mit Himmlischem Eisen behängen und als Tochter jener Steine aus Feuer erscheinen, die die Wolken aufrissen.

Denes war ein ehrgeiziger Dummkopf, doch er würde ihr nützlich sein. Den Handel von Lebensmitteln zu untergraben, würde Ramses' hohem Ansehen einen gehörigen Schlag versetzen; eine andere Strategie jedoch wäre noch wirkungsvoller, um der Eroberung den Weg zu bahnen.

Hattusa wappnete sich, die entscheidende Schlacht zu liefern. Hierfür mußte sie einen Mann, einen einzigen, dazu bringen, Ägypten zu spalten und so eine Bresche zu schlagen, in die sich die Hethiter hineindrängen würden.

*

Zur Mittagszeit schlummerte Karnak. Von den drei Opferritualen, welche der Hohepriester im Namen des Königs beging, war das der Tagesmitte das kürzeste. Er begnügte sich dann, den Naos zu verehren, in dem die während der langen morgendlichen Kulthandlung wiederbelebte Götterstatue ruhte, und sich zu versichern, daß der Unsichtbare das ungeheure Schiff aus Stein, das für den Einklang der Welt bürgte, mit seiner Kraft befruchtete.

Der Gärtner Kani, zum Obersten Priester des Amun-Tempels und zum dritten Mann im Reiche nach PHARAO und dem Wesir geworden, hatte nichts von seiner bäuerlichen Lebensart eingebüßt.

Dem Würdenträger mit den wie gemeißelten Gesichtszügen, faltiger Haut und schwieligen Händen war die salbungsvolle Hochmut der in den besten Schulen der Hauptstadt unterrichteten Schreiber völlig fremd, und er leitete seine Gefolgsleute, wie er die Pflanzen gedeihen ließ. Trotz der Last seiner körperlichen Mühen überließ er niemandem die Sorge, sich um den Garten zu kümmern, in dem er Heilpflanzen anbaute.

Zur allgemeinen Verwunderung erntete Kani das Wohlwollen der sonst nicht leicht zu betörenden geistlichen Hierarchie. Der ehemalige Gärtner scherte sich nicht um lang erworbene Vorrechte und verlangte, daß die Besitzungen des Tempels blühten und daß der Gottesdienst in getreuer Achtung der Lehren der Maat gewährleistet war. Da das Leben ihn keine andere Vorgehensweise gelehrt hatte als die Arbeit und die Liebe zum wohlgetanen Werk, hielt er sich weiterhin daran. Seine häufig allzu unumwundenen Äußerungen erregten Anstoß bei den an weit mehr Feinheit gewöhnten Verwaltern; doch der neue Hohepriester setzte sich selbst bei allem mit Leib und Leben ein und verstand sich durchzusetzen. Kein ernsthafter Widerstand zeigte sich; allen düsteren Voraussagen zum Trotz gehorchte Karnak dem Kani. Die Höflinge versäumten es nicht, die vortreffliche Entscheidung von Ramses dem Großen zu begrüßen.

Possen, in Hattusas Augen.

Der König, als äußerst geschickter Taktiker, hatte eine starke Persönlichkeit gemieden, die früher oder später seinen Argwohn erregt hätte. Seit dem Reich des Echnaton waren die Beziehungen zwischen PHARAO und dem Hohenpriester des Amun gespannt. Karnak war zu reich, zu mächtig, zu groß; dort herrschte der Gott der Siege. Zwar benannte der König den Obersten Priester; doch einmal im Amt, versuchte ein solcher Würdenträger seine Vollmachten stets auszuweiten. An dem Tage, an dem es zum Bruch zwischen einem Hohenpriester, dem Gebieter des Südens, und einem König käme, der sich darauf beschränken müßte, über den Norden zu herrschen, wäre Ägypten zum Untergang verdammt.

Kanis Ernennung war die Gelegenheit, daß dies endlich einträfe. Ein Mann des Volkes, ein Bauer, ließe sich sicher vom Prunk und vom Reichtum berauschen: Zum König eines Tempels geworden, würde er bald danach streben, die Gaue Mittelägyptens und schließlich das gesamte Land zu lenken. Er wußte es noch nicht, doch für Hattusa bestand daran kein Zweifel. So war es an ihr, sich Kani zu offenbaren, verzehrenden Ehrgeiz zu wecken, ein Bündnis gegen Ramses zu knüpfen. Kein Werkzeug wäre wirkungsvoller als der Hohepriester von Karnak.

*

Hattusa hatte sich mit aller Schlichtheit gekleidet, ohne Pektoral und Geschmeide; die Nüchternheit geziemte dem ungeheuren Säulensaal, in dem der Hohepriester sie zu empfangen eingewilligt hatte. Niemand hätte Kani von den anderen Priestern unterscheiden können, hätte er nicht den Goldenen Ring, das Wahrzeichen seines Amtes, getragen. Mit seinem kahlgeschorenen Schädel und dem mächtigen Brustkorb fehlte ihm jede Anmut. Die Prinzessin beglückwünschte sich zu ihrem Gewand; der ehemalige Gärtner dürfte Gefallsucht sicher verabscheuen.

»Gehen wir ein wenig«, schlug er vor.

»Dieser Ort ist wahrlich erhaben.«

»Er erdrückt und erhöht uns.«

»Ramses' Baumeister sind außerordentlich schöpferische Geister.«

»Sie bringen nur PHARAOS Willen zum Ausdruck, wie ich, wie Ihr.«

»Ich bin lediglich seine Nebengemahlin, ein Ausdruck der Notwendigkeiten reichsverweserischer Kunst.«

»Ihr verkörpert den Frieden mit den Hethitern.«

»Ein Sinnbild zu sein erfüllt mich nicht.«

»Wünscht Ihr, Euch in den Tempel zurückzuziehen? Die Sängerinnen des Amun würden Euch mit Freuden aufnehmen. Seit dem Tode Nefertaris, der Großen Königlichen Gemahlin, fühlen sie sich wie Waise.«

»Ich habe andere, ehrgeizigere Vorhaben.«

»Sollten sie mich anbelangen?«

»In erster Linie.«

»Ihr seht mich davon überrascht.«

»Wenn das Schicksal des Landes auf dem Spiel steht, könnte der Hohepriester dann gleichgültig bleiben?«

»Dieses Schicksal liegt in Ramses' Händen.«

»Selbst wenn er Euch verachtete?«

»Diesen Eindruck habe ich nicht.«

»Weil Ihr ihn schlecht kennt. Seine Doppelzüngigkeit hat mehr als einen getrogen. Das Amt des Hohenpriesters des Amun ist ihm eine Last; er hat kurzfristig keine andere Lösung, als es abzuschaffen und selbst zu bekleiden.«

»Ist dies nicht bereits der Fall? PHARAO ist der einzige Mittler zwischen dem Heiligen und seinem Volk.«

»Ich sorge mich nicht um Glaubenslehren; Ramses ist ein Gewaltherrscher. Eure Vollmachten sind ihm lästig.«

»Was schlagt Ihr vor?«

»Daß Theben und sein Hoherpriester diese Alleinherrschaft ablehnen.«

»Sich PHARAO zu widersetzen heißt, das Leben verneinen.«

»Ihr kommt aus einer einfachen Schicht, Kani; ich bin eine Königstochter. Seien wir Verbündete; wir werden das Gehör

251

des Volkes und der Höflinge finden. Wir werden ein neues Ägypten erschaffen.«

»Den Süden und den Norden gegeneinanderzustellen, würde bedeuten, das Rückgrat des Landes zu brechen und es tiefgreifend zu versehren. Falls PHARAO die beiden Länder nicht mehr eint, werden Elend, Armut und feindliche Einfälle unser Los werden.«

»Ramses ist es doch, der uns in dieses Unheil führt; wir allein können ihn daran hindern. Wenn Ihr mir beisteht, werdet Ihr reich!«

»Hebt den Kopf, Prinzessin. Gibt es denn einen größeren Reichtum, als die Gottheiten zu schauen, die auf ewig im Stein lebendig sind?«

»Ihr seid die allerletzte Zuflucht, Kani. Wenn Ihr nicht einschreitet, wird Ramses Ägypten in den Untergang stürzen.«

»Ihr seid eine enttäuschte Frau, die nach Rache giert. Das Mißgeschick beklemmt Euch, Ihr wünscht, Euer Gastland zu verderben. Ägypten zu entzweien, ihm das Rückgrat zu zerschlagen, eine hethitische Besitzung daraus zu machen ... Sind dies Eure geheimen Absichten?«

»Und wenn dem so wäre?«

»Hochverrat, Prinzessin. Die Richter werden die Todesstrafe fordern.«

»Ihr tretet Euer Glück mit Füßen.«

»Im Herzen dieses Tempels gibt es weder Glück noch Unglück, lediglich den Dienst am Heiligen.«

»Ihr geht in die Irre.«

»Wenn es denn Irrtum ist, PHARAO treu zu sein, so verdient es diese Welt nicht länger zu bestehen.«

Hattusa war gescheitert. Ihre Lippen bebten.

»Werdet Ihr mich verraten?«

»Der Tempel liebt die Stille. Bringt in Euch selbst die Stimme der Zerstörung zum Schweigen, und Ihr werdet die Ruhe der Seele erfahren.«

*

Die Schwalbe versteifte sich darein, leben zu wollen. Neferet hatte sie in einen mit Stroh ausgefüllten Korb gebettet, vor Katzen oder anderen Raubtieren wohlbehütet. Sie befeuchtete ihren verletzten Schnabel. Mit angelegten Flügeln daliegend und unfähig, sich zu nähren, gewöhnte sich der Vogel allmählich an die Gegenwart der jungen Frau.

Paser machte sich weiterhin sein törichtes Einschreiten zum Vorwurf.

»Weshalb verhörst du Dame Nenophar nicht noch einmal?« erkundigte sich Neferet. »Schwerer Verdacht lastet auf ihr.«

»Kammerfrau der Stoffe, außerordentlich geschickt in der Handhabung der Nadel, ich weiß. Dennoch kann ich mir nur schlecht vorstellen, wie sie Branir kaltblütig ermordet. Überschwenglich, lautstark, selbstsicher, von ihrer eigenen Bedeutsamkeit ganz durchdrungen ...«

»Oder aber eine treffliche Heuchlerin?«

»Sie besäße auch die körperliche Kraft, das räume ich ein.«

»Hat der Mörder Branir nicht von hinten überfallen?«

»In der Tat.«

»Zielsicherheit zählt dabei mehr als Kraft. Fügen wir dem noch eine sichere Kenntnis des Körperbaus hinzu, um an der richtigen Stelle zuzustechen.«

»Neb-Amun bleibt der einleuchtendste Verdächtige.«

»Bevor er starb, war er aufrichtig. Er ist nicht schuldig.«

»Wenn ich Nenophar vor Gericht erscheinen lasse, wird sie alles abstreiten und freigesprochen werden. Ich verfüge bloß über beunruhigende Anhaltspunkte, aber über keinerlei Beweise. Neuerliche Verhöre werden fruchtlos bleiben. Sie wird lauthals ihre Unschuld beteuern, sich dabei auf ihre Beziehungen berufen, Klage wegen fortwährender Quälerei einreichen. Ich bräuchte einen neuen Hinweis.«

»Hast du Kem von dem versuchten Giftanschlag unterrichtet?«

»Er bewacht mich Tag und Nacht. Sein Babuin und er schlafen abwechselnd.«

»Könnte er nicht Ordnungshüter abstellen?«

»Dieser Ansicht bin ich wohl auch, aber er vertraut ihnen nicht.«

253

»Lehne seinen Schutz nicht ab.«

»Manchmal fällt er mir lästig.«

»Ältester der Vorhalle, Eure Pflichten haben Vorrang vor Euren Neigungen.«

»Betrachtest du mich etwa als einen alten Beamten?«

Sie schien leicht sorgenvoll nachzudenken.

»Die Frage verdient eine nähere Prüfung. Wir werden schon sehen, heute nacht, ob . . .«

Er nahm sie in seine Arme, hob sie hoch und schritt über die Schwelle des Herrenhauses.

»Der Greis wird sich so oft wie nötig mit dir vermählen. Weshalb bis heute nacht warten?«

*

Das Petschaft des Ältesten der Vorhalle blieb über dem Papyrus schweben.

Seit den ersten Morgenstunden beglaubigte er zahllose Schriftstücke, die sich auf den ordnungsgemäßen Ablauf der Feldarbeiten, die Überprüfung von Bodenerträgen und die Lieferung von Lebensmitteln bezogen. Paser las schnell und erfaßte in wenigen Augenblicken den Gehalt eines Berichts. Und dieser besondere erregte Anstoß bei ihm.

»Eine Verspätung von fünf Tagen bei der Beförderung frischer Früchte?«

»Ganz genau«, bestätigte der Schreiber.

»Unannehmbar. Ich weigere mich, dafür zu bürgen. Habt Ihr eine Buße verlangt?«

»Ich habe den Antrag meinem Standesgenossen von Theben übermittelt.«

»Und seine Antwort?«

»Sie ist uns nicht zugekommen.«

»Weshalb?«

»Sie werden von Verspätungen selbiger Größenordnung überschwemmt.«

»Nun herrscht dieses Durcheinander schon eine ganze Woche, und niemand benachrichtigt mich davon!«

Der Schreiber stammelte einige Worte der Entschuldigung.

»Wichtigere Ermittlungen ...«

»Wichtiger? Dutzenden Dörfern droht der Mangel an frischen Nährmitteln! Der Zwischenfall erscheint Euch nebensächlich wegen der Wülste Eures Bauches!«

Zusehends befangener, legte der Schreiber einen Stapel Papyri auf die Matte des Richters.

»Man zeigt uns weitere Verspätungen für andere Erzeugnisse an. Einem erschreckenden Vermerk zufolge, soll das Gemüse aus Richtung Mittelägypten erst in ungefähr zehn Tagen zu den Kasernen von Memphis gelangen.«

Paser wurde bleich.

»Könnt Ihr Euch die Wirkung bei den Soldaten vorstellen? Zu den Hafenbecken, schnell!«

*

Kem lenkte selbst den Streitwagen, der an dem längs zum Nil verlaufenden Kanals, den Speicherhäusern, den Kornkammern entlangfuhr und schließlich an den Einlaufbecken hielt. Paser war bereits abgesprungen und lief zum Amtszimmer für die Erfassung frischer Nährmittel. Ein Knäblein fächelte zwei dösenden Beamten zu.

»Nenn mir den Vorratsbestand an Früchten und Gemüse!« befahl Paser.

»Wer seid Ihr?«

»Der Älteste der Vorhalle.«

Die beiden Männer sprangen erschreckt auf und verneigten sich vor dem hohen Gerichtsbeamten.

»Verzeiht uns. Seit einigen Tagen sind wir gänzlich unbeschäftigt, die Lieferungen sind unterbrochen worden.«

»Wo werden die Schiffe aufgehalten?«

»Nirgendwo. Sie kommen wohl in Memphis an, doch nicht mit den richtigen Ladungen. Heute, zum Beispiel, hat das größte Früchte-Frachtschiff Steine befördert. Was können wir dafür?«

»Liegt es noch an der Hafenmauer?«

»Es läuft bald wieder nach Theben aus.«

Von dem Pavian des Ordnungshüters begleitet, durchquerten Paser und Kem eine Schiffswerft und erreichten den Ablegehafen, wo gerade ein seetüchtiges Schiff, mit Zypern als Bestimmung, auslief. Auf dem Früchte-Frachtboot hißte man bereits die Segel. Der Richter schickte sich an, den Laufsteg zu betreten.

»Einen Augenblick«, forderte Kem, ihn am Arm zurückhaltend.

»Wir haben es eilig.«

»Ich habe ein ungutes Gefühl.«

Der hochaufgerichtete Babuin hatte die Nüstern geweitet.

»Ich gehe voran.«

Sogleich begriff der Nubier den Grund für die Aufgeregtheit seines Affen. Unter den an Deck gelagerten Kisten stand ein Käfig. Hinter den Gitterstäben aus Holz schlich ein Panther hin und her.

»Den Schiffsführer!« verlangte Paser.

Ein Mann von ungefähr fünfzig Jahren mit niedriger Stirn und plumper Gestalt verließ das Steuerruder und trat dem Richter entgegen.

»Ich lege gerade ab. Steigt von meinem Schiff herunter.«

»Ich bin der Vorsteher der Ordnungskräfte«, erklärte Kem.

»Ich schreite unter der Aufsicht des hier anwesenden Ältesten der Vorhalle ein.«

Der Schiffsführer wurde kleinlaut.

»Bei mir ist alles vorschriftsgemäß, wenn die Hafenverwaltung meine Fracht Sandsteine auch nicht angenommen hat.«

»Erwartete sie denn nicht Gemüse und Früchte?«

»Doch, aber ich bin mit Beschlag belegt worden.«

»Mit Beschlag belegt?« verwunderte sich Paser. »Von welchem Amt des Reiches?«

»Ich für meinen Teil gehorche nur den Schreibern. Ich will keinen Ärger.«

»Zeigt mir Euer Fahrtenverzeichnis.«

Während Paser das Schriftstück prüfte, ließ Kem eine der

256

Kisten öffnen. Sie enthielt Sandstein, der für die Bildhauer der Tempel bestimmt war.

Das Fahrtenverzeichnis führte eine ungeheure Ladung frischer Früchte an, die am Ostufer von Theben eingeschifft, in der Flußmitte von Schreibern der Handelsschiffahrt beschlagnahmt und in Westtheben gelöscht worden war. Das Frachtschiff war dann gen Süden bis zu den Steinbrüchen von Silsila gefahren, wo die Steinbrucharbeiter es mit Kisten voller Sandstein beladen hatten, Sandstein, bestellt von ... Karnak. Seinen ersten Anweisungen gemäß hatte das Schiff dann nach Memphis abgelegt; und der Prüfer der Hafenspeicher hatte die nicht ordnungsgemäße Ware zurückgewiesen.

Mißtrauisch untersuchte Kem den Inhalt weiterer Kisten; sie waren allesamt mit Sandsteinblöcken gefüllt.

*

Der Schattenfresser folgte Paser seit dem Morgen. Die Anwesenheit von Kem und dem Pavian erschwerte seine bereits äußerst knifflige Aufgabe. Er würde einen neuen Plan ersinnen und den Augenblick abpassen müssen, da die Bewachung nachließe.

Dann ergab sich eine Gelegenheit.

Er mischte sich unter eine Gruppe von Seeleuten, die die Verpflegung für die Mannschaft an Deck trugen, und versteckte sich dort hinter dem Hauptmast. Paser unterhielt sich lebhaft mit dem Schiffsführer, während Kem und der Babuin den Frachtraum erkundeten. Kriechend näherte sich der Schattenfresser dem Käfig.

Einen nach dem anderen zog er vier der fünf Gitterstäbe heraus, die das Gefängnis des Raubtiers verschlossen. Als ob der Panther seine Absicht erkannt hätte, verharrte er regungslos, zum Sprung in die Freiheit bereit.

Paser ereiferte sich gerade.

»Wo befindet sich das Siegel der Ordnungskräfte des Nils?« fragte er den Bootsführer zum drittenmal.

»Sie haben vergessen, es aufzudrücken, sie . . .«

»Verlaßt Memphis nicht!«

»Das ist unmöglich! Ich muß diesen Sandstein liefern.«

»Ich nehme Euer Fahrtenverzeichnis mit, um es ausführlich zu prüfen.«

Und schon wandte der Richter sich zum Laufsteg.

Als er an dem Käfig vorüberkam, zog der Schattenfresser den fünften Stab heraus und preßte sich auf die Planken.

Pasers rascher Schritt reizte das Raubtier, das sofort aus dem Käfig sprang und fauchend vor dem Übergang zur Laufbrücke innehielt. Das in der Nubischen Wüste eingefangene Tier war prachtvoll.

Wie gebannt, erstarrt vor Angst, tauchte der Richter seinen Blick in den der Raubkatze. Er entdeckte darin keinerlei Feindschaft. Sie würde sich lediglich deshalb auf ihn stürzen, weil er ein Hindernis auf ihrem Weg war.

Ein jähes Brüllen ließ die gesamte Mannschaft erschaudern. Der Babuin stürmte unversehens aus dem Laderaum und warf sich zwischen den Panther und den Richter. Mit aufgerissenem Maul, hochroten Augen, gesträubtem Fell und baumelnden Armen wie ein Ringer bot er dem Angreifer die Stirn.

In der Grassteppe ließ sogar ein ausgehungerter Panther von seiner Beute ab, wenn eine Horde Großaffen ihn bedrohte. Mutig bleckte dieser hier jedoch die Reißzähne und zeigte die Krallen. Der Babuin hüpfte erregt auf der Stelle.

Mit einem Dolch in der Hand stellte Kem sich an dessen rechte Seite. Er würde seinen besten Ordnungshüter sich nicht alleine schlagen lassen.

Der Panther wich zurück in den Käfig. Kem trat vor und schob, ohne ihn aus den Augen zu lassen, die Stäbe nacheinander wieder hinein.

»Dort drüben, da flieht ein Mann!«

Der Schattenfresser hatte das Boot verlassen, indem er an einem Tau hinuntergerutscht war, und entschwand nun hinter der Ecke eines Speicherhauses.

»Könntet Ihr mir eine Beschreibung geben?« fragte Paser den Seemann.

258

»Leider nein! Ich sah nur die Gestalt eines Flüchtenden.«
Der Richter dankte dem Babuin, indem er seine Hand in die
mächtige behaarte Pranke legte. Der Affe hatte sich beru-
higt; Stolz war aus seinem Blick zu lesen.
»Man hat versucht, Euch zu töten«, bemerkte Kem.
»Eher, mich grausam zu verletzen; Ihr hättet mich sicher den
Krallen des Panthers entrissen, aber in welchem Zustand?«
»In meiner Eigenschaft als Vorsteher der Ordnungskräfte
habe ich gute Lust, Euch in Eurem Haus einzusperren.«
»In meiner Eigenschaft als Ältester der Vorhalle würde ich
mich aufgrund willkürlicher Haft rasch befreien. Daß unsere
Gegner in dieser Weise vorgehen, beweist, daß wir in der
richtigen Richtung vorangehen.«
»Ich habe Angst um Euch.«
»Habe ich eine Wahl? Wir müssen Fortschritte erzielen.«
»Dieser Gegenstand wird Euch dabei helfen.«
Kem öffnete die Hand. Sie enthielt den Stopfen eines Kru-
ges.
»Von dieser Art gibt es an die zehn im Kielraum: nämlich im
Weinvorrat des Schiffsführers. Dank der Inschriften wissen
wir nun den Namen der Eigentümerin des Frachtschiffs.«
Die Zeichen waren rasch hingeworfen, doch lesbar. Auf dem
Stopfen stand geschrieben: »Harem der Prinzessin Hattusa.«

26. KAPITEL

Ohne sich lange bitten zu lassen, hatte der Führer des Frachtschiffes gestanden, daß er tatsächlich für die Prinzessin Hattusa arbeitete. Sich weder mit dem Beweisgegenstand noch mit dieser Erklärung zufriedengebend, vertiefte Paser seine Ermittlungen.

Kem rief die örtlichen Leiter der Ordnungskräfte des Nils zu sich. Es stellte sich heraus, daß niemand von ihnen Befehl gegeben hatte, die Fahrt eines Frachtschiffs mit Früchten und Gemüse in Höhe von Theben aufzuhalten; und eben deshalb fand sich im Fahrtenverzeichnis des Schiffsführers kein amtliches Siegel. Paser ließ jenen erneut vorführen.

»Ihr habt mich belogen.«

»Ich habe Angst bekommen.«

»Vor wem?«

»Der Gerichtsbehörde, vor Euch, vor ihr hauptsächlich ...«

»Der Prinzessin Hattusa?«

»Ich stehe seit zwei Jahren in ihren Diensten. Sie ist großzügig, aber sehr fordernd. Sie war es, die mir aufgetragen hatte, so zu handeln.«

»Seid Ihr Euch bewußt, daß Ihr die Beförderung frischer Lebensmittel stört?«

»Ich hatte zu gehorchen oder wäre fortgejagt worden. Und ich war nicht der einzige ... Meine Berufsgenossen haben es mir nachgemacht.«

Zwei Gerichtsbeamte hielten die Aussage des Schiffsführers fest. Paser las die Schreiben durch, versicherte sich, daß sie gleichlautend waren. Der Schiffsführer bestätigte seine Erklärungen.

Angespannt und bang ließ der Richter Bel-ter-an eine Botschaft überbringen.

Die beiden Männer trafen sich im Viertel der Töpfer, wo Handwerker mit geschickten Fingern und behenden Füßen tausendundein Gefäß, vom kleinsten Salböltöpfchen bis zum großen, für die Aufbewahrung von Dörrfleisch bestimmten Krug, fertigten. Etliche Lehrjungen unterstützten die Arbeit eines Meisters, bevor sie sich selbst darin üben würden.

»Ich brauche Euch.«

»Mein Stand ist nicht allzu behaglich«, offenbarte ihm Belter-an. »Dame Nenophar führt einen wahrhaftigen Krieg gegen mich. Sie trachtet danach, eine Gefolgschaft von Höflingen zu bilden, die auf meiner Absetzung bestehen. Manche sollen des Wesirs geneigtes Ohr haben.«

»Bagi wird nach Beweisen urteilen.«

»Und genau deshalb verbringe ich meine Nächte damit, die Buchführungsunterlagen nachzuprüfen. Niemand wird die geringste Unregelmäßigkeit in meiner Amtsführung entdecken.«

»Über welche Waffen verfügt Nenophar?«

»Heimtücke und Einflüsterung. Ich unterschätze deren Wirkung nicht; meine einzige Antwort ist die Arbeit.«

»Ich habe soeben einige Sachverhalte festgestellt, die Euch schaden könnten.«

»Welche?«

»Versuch einer Zerrüttung des Handels von frischen Erzeugnissen.«

»Ein einfacher Verwaltungsirrtum?«

»Nein, wohlüberlegte Absicht.«

»Dann drohen uns Streiks, vielleicht auch Aufruhr.«

»Seid unbesorgt, ich habe die Schuldige ausfindig gemacht.«

»Eine Frau?«

»Die Prinzessin Hattusa.«

Bel-ter-an zog seinen Schurz zurecht.

»Seid Ihr Euch dessen sicher?«

»Mein Vorgang enthält Belege und Aussagen.«

»Diesmal ist sie zu weit gegangen! Sich jedoch an sie heranzuwagen, hieße, den König mit hineinzuziehen.«

»Sollte Ramses sein Volk denn aushungern wollen?«

»Die Frage entbehrt jeder Grundlage; wird man mich indes seine Gemahlin, das Sinnbild des Friedens mit den Hethitern, anklagen lassen?«

»Sie hat einen schweren Verstoß begangen. Wenn die Hohen der Gerechtigkeit entwischen, was wird dann aus dem Reich? Ein Land der Verderbnis, der Bevorrechtigungen und der Lüge. Ich werde die Angelegenheit nicht vertuschen, doch ohne eine amtliche Klage des Schatzhauses wird Hattusa den Rechtsweg unterbinden.«

Bel-ter-an zögerte nicht lange.

»Meine Laufbahn steht auf dem Spiel, aber Ihr werdet Eure Klage bekommen.«

*

An die zehnmal im Laufe des Tages hatte Neferet den Schnabel der Schwalbe befeuchtet. Der Vogel hatte den Kopf dem Licht zugedreht; die Heilkundige streichelte ihn und redete mit ihm, verzweifelt bestrebt, ihn einem sicheren Tod zu entreißen.

Paser kehrte am späten Abend ermattet heim.

»Lebt sie noch?«

»Sie scheint weniger zu leiden.«

»Ein wenig Hoffnung?«

»Aufrichtig gesagt, nein. Ihr Schnabel bleibt verschlossen. Sie erlischt leise; wir sind Freunde geworden. Aber was quält dich?«

»Prinzessin Hattusa sucht Memphis und die Dörfer im Gau auszuhungern.«

»Aberwitzig! Wie könnte ihr das gelingen?«

»Mit Hilfe von Bestechlichkeit, wobei sie auf die Trägheit der Verwaltung setzt. Aber es ist tatsächlich aberwitzig. Die Überwachung und Aufsicht ist zu engmaschig. Sie hat den Verstand verloren. Das Schatzhaus reicht vermittels Bel-ter-an Klage ein, und ich breche nach Theben auf, um die Prinzessin in den Anklagestand zu versetzen.«

»Entfernst du dich nicht von Branir, dem Heerführer Ascher und deinen Verschwörern?«

»Vielleicht nicht, sofern Hattusa die Verbündete von Denes ist.«

»Erst die Verhandlung des angesehensten Heerführers, dann die einer Königlichen Gemahlin ... Ihr seid kein gewöhnlicher Gerichtsbeamter, Richter Paser!«

»Du bist keine gewöhnliche Frau. Pflichtest du mir bei?«

»Mit welchen Vorsichtsmaßnahmen kannst du dich umgeben?«

»Mit keiner. Ich muß sie verhören und ihr die wesentlichen Klagegründe aufzeigen. Anschließend werde ich den Fall dem Wesir überstellen; Bagi würde eine liederliche gerichtliche Untersuchung zurückweisen.«

»Ich liebe dich, Paser.«

Sie küßten sich.

»Das Gift, der Panther ... Was heckt der Mann, der dich zum Krüppel machen will, jetzt aus?«

»Ich weiß es nicht, aber sei beruhigt; Kem und ich reisen auf einem Boot der Ordnungskräfte des Nils.«

Nach dem Nachtmahl ging er die Schwalbe besuchen. Zu seiner großen Überraschung hob sie den Kopf. Das ausgestochene Auge war vernarbt, mehr Lebenskraft durchströmte den kleinen Körper.

Verblüfft wagte Paser nicht, sich zu rühren. Neferet las einige Strohhalme auf und brachte sie unter die Füße des Vogels, um ihm damit eine Stange zu bieten. Die Schwalbe klammerte sich sofort daran.

Und plötzlich, mit erstaunlicher Lebhaftigkeit, schlug sie mit den Flügeln und stieg auf.

Alsogleich tauchte aus den östlichen Gefilden des Himmels ein Dutzend ihrer Artgenossen auf und umkreiste sie; eine von ihnen schien sie zu küssen wie eine Mutter, die ihr Kind wiederfände. Dann eine zweite, eine dritte und schließlich die ganze Familie, wie toll vor Freude. Die Schwalbengemeinschaft gaukelte eine ganze Weile über Neferet und Paser, die ihre Tränen nicht zurückhalten konnten.

»Welch innige Verbundenheit!«

»Du hast nicht falsch gehandelt, als du sie dem Tod entrissen hast. Jetzt lebt sie unter den ihren. Was kümmert sie das Morgen.«

*

Der Himmel war licht, die Sonne erhaben.

Am Bug des Schiffes bewunderte Paser die Landschaft. Er dankte den Göttern, daß sie ihn auf dieser Erde voller Zauber, in diesem Land der Gegensätze zwischen bebauten Feldern und Wüste hatten zur Welt kommen lassen. Unter den Palmenkronen floß das wohltuende Naß der Bewässerungskanäle und fanden die weißen Häuser friedlicher Dörfer Schutz. Das Gold der Ähren flimmerte, das Grün der Palmenhaine entzückte den Blick. Der Weizen, der Lein, die Obstgärten keimten, von Bauern während etlicher Geschlechterfolgen gehegt, aus der schwarzen Krume. Akazien und Sykomoren wetteiferten an Schönheit mit den Tamarisken und den Perseabäumen; an den Ufern des Nils, fernab der Anlegestellen, gediehen Papyrus und Schilf. Aus dem Sand der Wüste schossen die Pflanzen beim geringsten Regen auf; und die Tiefen bewahrten über Wochen hinweg das Himmelswasser in Quellen, welche die Stäbe der Zauberer aufspürten. Das Delta und seine fruchtbaren Weiten, das Tal mit dem Gott-Fluß, der sich zwischen ausgedörrten Bergen und kargen Hochebenen seinen Weg bahnte, bezauberten die Seele und versetzten den Menschen an seinen rechtmäßigen Platz in der Schöpfung, nach den Tieren, den Gesteinen und den Gewächsen, wie es die Lehre der Weisen besagte. Allein das Menschengeschlecht, in seiner Hoffart und seinem Wahn, versuchte bisweilen, das Leben zu verderben; und eben deshalb hatte die Göttin Maat ihm die Gerechtigkeit geschenkt, auf daß der krumme Stock wieder gerichtet werde.

»Ich bin gegen diesen Schritt«, merkte Kem an.

»Glaubt Ihr etwa an die Unschuld der Prinzessin?«

»Ihr werdet Euch die Flügel versengen.«

»Meine Klageschrift ist hieb- und stichfest.«

»Welchen Wert wird sie noch haben angesichts der Verwahrungen einer Königlichen Gemahlin? Ich frage mich, ob Ihr dem Gesindel, das Euch das Kreuz bricht, nicht noch Beistand leistet! Könnt Ihr Euch Hattusas Zorn ausmalen? Selbst Wesir Bagi wird Euch nicht schützen können.«

»Sie steht nicht über dem Gesetz.«

»Ein schöner Gedanke, fürwahr! Schön und lachhaft.«

»Wir werden ja sehen.«

»Woraus schöpft Ihr nur Eure Zuversicht?«

»Aus dem Blick meiner Gemahlin und, seit kurzem, aus dem Flug einer Schwalbe.«

*

Mit einem Mal erhob sich ein heftiger Wind, unvorhersehbare Wirbel pflügten den Nil auf. Der Bugmann, der den Fluß mit einem langen Stock ausloten sollte, war außerstande, seine Pflicht zu erfüllen. Von der Jähe des Sturms überrascht, ging die Besatzung nicht schnell genug zu Werke; die Rahen zerbrachen, der Hauptmast verdrehte sich, das Ruder gehorchte nicht mehr. Steuerlos treibend, stieß das Schiff auf eine Sandbank. Man warf Anker; der Gesteinsblock mit einem Gewicht von elf Kilo sollte das Gefährt in der Mitte des Stroms halten. Auf Deck herrschte heilloses Durcheinander; mit seiner mächtigen Stimme stellte Kem wieder Ruhe her. Im Beisein des Schiffsführers machte er eine Bestandsaufnahme der Schäden und gab Befehl, die nötigen Ausbesserungen vorzunehmen.

Hin und her geschüttelt und durchnäßt, fühlte Paser sich nutzlos. Kem hieß ihn in die Hütte gehen, während zwei abgehärtete Seeleute in den Fluß sprangen, um den Zustand des Rumpfs zu begutachten. Glücklicherweise hatte er nicht allzusehr gelitten; sobald der Zorn des Nils sich legen würde, konnte die Fahrt wiederaufgenommen werden.

»Die Mannschaft ist besorgt«, erklärte der Nubier. »Vor der

Abfahrt hat der Schiffsführer vergessen, die Udjat-Augen zu beiden Seiten des Bugs übermalen zu lassen. Diese Nachlässigkeit könnte einen Schiffbruch verursachen, da sie das Boot blind macht.«

Aus seinem Reisebeutel zog der Richter eine Schreiberausrüstung hervor. Er rührte eine pechschwarze, beinahe wasserfeste Tinte an und frischte dann selbst, mit sicherer Hand, die Schutzaugen auf.

*

Vom Schiffsführer des Früchte- und Gemüsefrachters der Prinzessin Hattusa auf verschlungenen Pfaden vorgewarnt, warteten fünf Leibwachen aus ihrem Harem, an die fünfzig Kilometer nördlich von Theben in Stellung gegangen, auf die Durchfahrt des Schiffes der Ordnungskräfte, das Richter Paser beförderte. Ihr Auftrag war einfach: es aufzuhalten, auf welche Weise auch immer. Als Gegenleistung für ihre Ergebenheit hatten sie ein Stück Land, zwei Kühe, einen Esel, zehn Sack Korn und fünf Krüge Wein erhalten.

Das schlechte Wetter erfüllte sie mit Entzücken; welche Bedingungen könnten einem Schiffbruch und einem Tod in den Fluten günstiger sein? Für einen Richter wäre es ein schönes Ende, vom Nil verschlungen zu werden; besagten die Überlieferungen denn nicht, daß die Ertrunkenen unmittelbare Aufnahme in den Gefilden der Glückseligen erhielten, sofern sie fromme Menschen wären?

An Bord eines kleinen, mit Rudern ausgestatteten Schnellseglers machten die fünf Männer sich die Gewitternacht mit ihrem von schwarzen Wolken verhangenen Himmel zunutze, um sich dem Boot ihres Opfers zu nähern, das noch immer neben der Sandbank ankerte. Ungefähr zwanzig Meter vor ihm hielten sie an, sprangen ins Wasser und schwammen bis zum Heck, das sie ohne Mühe erklommen. Mit einem Schlegel streckte ihr Anführer den wachhabenden Ordnungshüter nieder. Dessen Gefährten schliefen, auf Matten ausgestreckt und in Decken gewickelt. So blieb ihnen nur noch, die Tür der Hütte aufzubrechen, sich des Richters zu bemächtigen und ihn zu ertränken. Sie selbst würde keine Schuld treffen; denn es wäre der Nil, der ihn töten würde. Barfüßig bewegten sie sich geräuschlos vorwärts und hielten vor der verschlossenen Tür inne. Zwei Männer bewachten die Seeleute, die drei übrigen sollten sich um Paser kümmern.

Unversehens schoß ein schwarzer Körper vom Dach der Hütte herab und stürzte sich auf die Schultern des Anführers, der einen Schmerzensschrei ausstieß, als die Reißzähne des Babuins sich ihm ins Fleisch bohrten. Die Tür aus Leichtholz einrammend, stürmte Kem, einen Dolch in jeder Hand, auf die Eindringlinge. Zwei von ihnen traf er tödlich. Die beiden letzten versuchten entsetzt zu fliehen, doch vergebens; auch wenn sie jäh aus dem Schlaf gerissen waren, die Seeleute streckten sie auf die Planken.

Der Pavian lockerte seine Umklammerung erst auf Kems Befehl. Blutüberströmt drohte der Anführer das Bewußtsein zu verlieren.

»Wer hat dich geschickt?«

Der Verwundete leistete Widerstand.

»Wenn du dich weigerst zu reden, wird mein Affe dich verhören.«

»Die Prinzessin Hattusa«, flüsterte der Mann.

*

Der Harem blendete Richter Paser aufs neue. In Vollendung unterhaltene Kanäle speisten die ausgedehnten Gärten, in denen die Hohen Damen von Theben gerne lustwandelten; sie kamen eigens her, um die Kühle unter dem schattigen Blattwerk zu genießen und ihre neuesten Gewänder vorzuzeigen. Wasser war im Überfluß vorhanden, die Blumenbeete prangten in ihren lebhaften Farben, Musikantinnen übten die Weisen ein, die sie anläßlich der nächsten Festmahle spielen würden. In den Töpfer- und Webwerkstätten arbeitete man zwar hart, doch in einer zugleich prachtvollen und erholsamen Umgebung; die Facharbeiter der Glasflußkunst und der kostbaren Hölzer gestalteten ihre Kunstwerke von Sonnenaufgang an, während Träger ein Handelsschiff mit irdenen Krügen voll wohlriechender Öle beluden.

Den Gebräuchen entsprechend, war der Harem der Prinzessin Hattusa eine kleine Stadt, in der Handwerker von außerordentlicher Begabung sich die nötige Zeit nahmen, um die Schönheit in ihren Herzen und in ihren Händen zu leben, auf daß sie sie den Gegenständen oder Erzeugnissen ohne Fehl übertragen konnten.

Paser wäre stundenlang durch diese wohlgeordnete Welt gewandelt, in der die Mühsal leicht schien, wäre über die mit Sand bestreuten Wege geschlendert, hätte sich mit den Gärtnern unterhalten, welche unerwünschte Pflänzchen ausrissen, hätte die Früchte gekostet und dabei mit den betagten Witwen geplaudert, die diesen Ort zu ihrer Wohnstatt erkoren hatten, wenn er nicht in seiner Eigenschaft als Ältester der Vorhalle um eine Unterredung ersucht hätte.

Der Kammerherr geleitete ihn in den Empfangssaal, in dem Prinzessin Hattusa thronte, von zwei Schreibern eingerahmt.

Paser verneigte sich.

»Ich bin äußerst beschäftigt, daher würde ich Euch bitten, Euch kurz zu fassen.«

»Ich möchte mich gerne unter vier Augen mit Euch besprechen.«

»Der amtliche Wesenszug Eures Schrittes verbietet uns dies.«

»Ich glaube vielmehr, daß er uns dazu nötigt.«

Paser entrollte einen Papyrus.

»Wünscht Ihr, daß Gerichtsschreiber die Hauptanklagepunkte aufnehmen?«

Mit wütender Gebärde schickte sie die Schreiber hinaus.

»Seid Ihr Euch der Begriffe vollends bewußt, die Ihr gebraucht?«

»Prinzessin Hattusa, ich bezichtige Euch der Unterschlagung von Lebensmitteln und des Mordversuchs an meiner Person.«

Die schönen schwarzen Augen loderten auf.

268

»Wie könnt Ihr es wagen!«

»Ich verfüge über Beweise, Zeugenaussagen und schriftliche Einlassungen. Ich betrachte Euch folglich als Angeklagte; bevor ich nun eine Gerichtsverhandlung anberaume, fordere ich Euch auf, Euch über Eure Machenschaften zu erklären.«

»Niemand hat jemals in diesem Ton mit mir gesprochen.«

»Keine Königliche Gemahlin hat bisher derartige Missetaten begangen.«

»Ramses wird Euch zerschmettern.«

»PHARAO ist Sohn und Diener der Maat. Da die Wahrheit meine Worte beseelt, wird er sie nicht unterdrücken. Euer Rang wird Eure Frevel nicht verschleiern können.«

Hattusa stand auf und entfernte sich von ihrem Thronsessel.

»Ihr haßt mich, mich, die Hethiterin!«

»Ihr wißt, daß das nicht stimmt. Kein heimlicher Groll leitet meine Schritte, obgleich Ihr mein Verschwinden befohlen habt.«

»Euer Schiff aufzuhalten, Euch daran zu hindern, in Theben anzukommen, das hatte ich verlangt!«

»Eure Schergen werden es falsch verstanden haben.«

»Wer könnte das Wagnis eingehen, einen Richter von Ägypten zu beseitigen? Das Gericht wird Eure Behauptung zurückweisen und Eure Zeugen als Lügner behandeln.«

»Eure Verteidigung ist geschickt; doch wie rechtfertigt Ihr das Unterschlagen von frischen Nährmitteln?«

»Wenn Eure falschen Beweise so überzeugend wie Eure Darlegungen sind, wird meine Glaubwürdigkeit als offenkundig erscheinen!«

»Nehmt Einsicht in dieses Schriftstück.«

Hattusa las den Papyrus.

Ihr feines Gesicht legte sich in Falten, ihre langen Hände schlangen sich ineinander.

»Ich werde leugnen.«

»Die Zeugenaussagen sind klar und deutlich, die Tatsachen erdrückend.«

Sie maß ihn hoheitsvoll.

»Ich bin die Gemahlin PHARAOS.«

»Euer Wort hat nicht mehr Bestand als das des demütigsten Bauern. In Anbetracht Eurer Stellung sind Eure Handlungen noch unentschuldbarer.«

»Ich werde Euch daran hindern, ein Gerichtsverfahren abzuhalten.«

»Wesir Bagi wird ihm vorsitzen.«

Sie setzte sich niedergeschmettert auf eine Stufe.

»Weshalb wollt Ihr meinen Sturz?«

»Welchen Ehrgeiz verfolgt Ihr, Prinzessin?«

»Wünscht Ihr wahrhaftig, es zu wissen, Richter von Ägypten?«

Angespannt hielt Paser einem Blick von äußerster Heftigkeit stand.

»Ich hasse Euer Land, ich hasse seinen König und seine Macht! Sehen zu können, wie die Ägypter an Hunger sterben, die Kinder wimmern, das Vieh eingeht, wäre mein größtes Glück! Indem er mich als Gefangene in diesem goldenen Käfig festhielt, hat Ramses geglaubt, mein Grimm würde vergehen. Doch er wächst unaufhörlich! Ungerechtigkeit – ich muß sie erdulden, und ich ertrage sie nicht länger! Ägypten soll verschwinden, es soll von den Meinen oder von irgendeinem Barbarenstamm überrannt werden! Ich werde die beste Stütze von PHARAOS Feinden sein. Glaubt mir, Richter Paser, sie werden zunehmend zahlreicher!«

»Der Warenbeförderer Denes, zum Beispiel?«

Die Überschwenglichkeit der Prinzessin erstarb.

»Ich bin nicht Euer Spitzel.«

»Seid Ihr nicht in eine Falle geraten?«

»Ich habe Euch die Wahrheit gesagt, die ach so kostbare Wahrheit, die Ägypten so sehr liebt!«

27. KAPITEL

Wie gewöhnlich war der Empfang überaus glanzvoll gewesen. Dame Nenophar hatte sich in prächtigem Putz zur Schau gestellt und mit Genuß die eilfertigen Artigkeiten ihrer Gäste entgegengenommen. Denes hatte einige lohnende Verträge abgeschlossen, hoch befriedigt über das stete Gedeihen seines Warenbeförderungsgeschäfts, welches die Bewunderung aller, die in Ägypten etwas zählten, erzwang. Niemand wußte, daß er die höchste Macht in seinen Händen hielt. Ohne jede Ungeduld, wenn auch recht angespannt, verspürte er insgeheim zunehmend erregendere Empfindungen; schon bald würde, wer immer ihn bekrittelt hatte, noch tiefer als der Erdboden erniedrigt, und wer ihn gestützt hatte, belohnt werden. Die Zeit wirkte für ihn.

Ermüdet hatte Nenophar sich in ihre Gemächer zurückgezogen. Als die letzten Geladenen gegangen waren, wandelte Denes durch seinen Obsthain, um sich zu vergewissern, daß keine Frucht geraubt worden war.

Plötzlich tauchte eine Frau aus der Nacht auf.

»Prinzessin Hattusa! Was macht Ihr in Memphis?«

»Sprecht meinen Namen nicht mehr aus. Ich erwarte Eure Lieferung.«

»Ich verstehe nicht.«

»Das Himmelseisen.«

»Seid geduldig.«

»Unmöglich. Ich benötige es, und zwar sofort.«

»Weshalb diese Eile?«

»Ihr habt mich in eine Verrücktheit hineingerissen.«

»Niemand wird die Sache bis zu Euch zurückverfolgen.«

»Dem Richter Paser ist es gelungen.«

»Gewiß nur ein Einschüchterungsversuch.«

»Er hat mich schwer beschuldigt und gedenkt offenbar, mich als Angeklagte vor Gericht erscheinen zu lassen.«

»Großsprecherei!«

»Ihr kennt Ihn schlecht.«

»Seine Unterlagen sind leer.«

»Im Gegenteil, mit Beweisen, Zeugenaussagen und Einlassungen angefüllt.«

»Ramses wird einschreiten.«

»Paser vertraut den Fall dem Höchsten Richter Bagi an; der König wird sich dem Gesetz unterwerfen müssen. Ich werde verurteilt, Denes, meiner Ländereien beraubt und bestenfalls in irgendeinem Gaupalast eingesperrt werden. Die Strafe könnte jedoch noch schwerer sein.«

»Ärgerlich.«

»Ich will das Himmelseisen.«

»Ich besitze es noch nicht.«

»Spätestens morgen dann. Andernfalls ...«

»Andernfalls?«

»Verrate ich Euch an Richter Paser. Er verdächtigt Euch, weiß aber nicht, daß Ihr der Anstifter der Unterschlagung von frischen Lebensmitteln seid. Die Geschworenen werden mich anhören, ich werde zu überzeugen wissen.«

»Räumt mir eine längere Frist ein.«

»Der Mond wird in zwei Tagen voll sein; dank des Himmlischen Eisens wird mein Zauber dann wirksam. Morgen abend, Denes, oder Ihr stürzt mit mir.«

*

Unter den erstaunten Augen von Schelmin, Neferets grüner Äffin, nahm Brav ein Bad. Mit vorsichtiger Pfote wagte der Hund sich in den Lotosteich und fand das Wasser nach seinem Geschmack.

An diesem Ruhetag der Dienerinnen zog Neferet selbst den Krug vom Grund des Brunnens hoch. Ihr Mund glich einer Lotosknospe, ihre Brüste beschworen Liebesäpfel; Paser sah ihrem Kommen und Gehen zu, wie sie Blumen auf einem Altar zu Branirs Gedenken niederlegte, die Tiere fütterte, den Blick hinauf zu den Schwalben hob, die sich jeden Abend über ihrem Haus tummelten. Unter ihnen auch die gerettete, mit weit ausgebreiteten Flügeln.

Neferet hatte ein wachsames Augen auf die Früchte der Sykomore; noch waren sie von hübscher gelblicher Färbung, mit der Reife würden sie rot werden. Im Frühsommer würde sie die Früchte noch am Baum öffnen, damit sie sich vom Ungeziefer entleerten, das sich in ihnen gütlich tat. Süß und fleischig, wären die Eselsfeigen dann eßbar.

»Ich habe Hattusas Vorgang noch einmal durchgelesen, meine Gerichtsschreiber haben ihn hinsichtlich der Form geprüft. Ich kann ihn nun mitsamt meinen Schlußfolgerungen dem Wesir übergeben.«

»Fürchtet die Prinzessin ihn?«

»Sie kennt meine Entschlossenheit.«

»Was wird sie dagegen unternehmen?«

»Völlig einerlei. Es liegt nun an Bagi, das Gerichtsverfahren zu leiten; keine Einmischung wird ihn von seinem Tun abhalten.«

»Selbst wenn PHARAO ihn aufforderte, davon abzusehen?«

»Er kann mich entheben, doch ich werde nicht aufgeben. Sonst wäre meine Seele auf ewig beschmutzt; selbst du könntest sie nicht reinwaschen.«

»Kem hat mir anvertraut, daß ein dritter Anschlag gegen dich verübt worden ist.«

»Hattusas Schergen hofften wohl, ich würde ertrinken; zuvor hat jedoch ein einzelner Mann versucht, mich handlungsunfähig zu machen.«

»Hat der Vorsteher der Ordnungskräfte ihn ausmachen können?«

»Noch nicht. Der Bursche scheint außergewöhnlich durchtrieben und geschickt. Kems Gewährsleute bleiben stumm. Was hat der Rat der Heilkundigen entschieden?«

»Die Wahl ist vertagt worden. Neue Anwärter sind eingeladen, sich vorzustellen; Qadasch hält seine Bewerbung auf-

recht und stattet den Mitgliedern des Rates Besuch um
Besuch ab.«
Sie legte ihren Kopf auf seinen Schoß.
»Was auch geschieht, wir werden das Glück gelebt haben.«

*

Paser setzte sein Petschaft unter das Urteil eines Gau-
gerichts, welches einen Dorfvorsteher wegen verleumderi-
scher Bezichtigung mit zwanzig Stockschlägen und einer
schweren Buße belegte. Dieser würde wahrscheinlich Beru-
fung einlegen; falls man seine Schuld bestätigte, würde die
Strafe zweimal so hoch ausfallen.
Kurz vor Mittag empfing der Richter Dame Tapeni. Die klei-
ne, zierliche Frau mit sehr schwarzem Haar verstand es, ihren
Liebreiz auszuspielen, und hatte die barschen Schreiber
überredet, ihr die Tür des Ältesten der Vorhalle zu öffnen.
»Was kann ich für Euch tun?«
»Das wißt Ihr wohl.«
»Klärt mich auf.«
»Ich wünsche, den Ort zu erfahren, wo sich Euer Freund
Sethi, der auch mein Gatte ist, verkriecht.«
Paser hatte diesen Ansturm erwartet. Nach Panther blieb
auch Tapeni dem Schicksal des Abenteurers gegenüber
nicht gleichgültig.
»Er hat Memphis verlassen.«
»Aus welchem Grund?«
»Ein amtlicher Auftrag.«
»Selbstverständlich werdet Ihr mir dessen Inhalt nicht anver-
trauen.«
»Ausgeschlossen.«
»Geht er eine Gefahr ein?«
»Er glaubt an sein Glück.«
»Sethi wird zurückkommen. Ich bin keine Frau, die man
vergißt und sitzenläßt.«
Die Stimme klang mehr nach einem Befehl denn nach
Zärtlichkeit. Paser wagte einen Versuch.

»Gewisse hohe Damen sollen Euch in letzter Zeit belästigt haben?«

»In Anbetracht meiner Stellung suchen sie gerne um die besten Stoffe nach.«

»Nichts Ernsteres?«

»Ich verstehe nicht.«

»Hat etwa Dame Nenophar, zum Beispiel, Euch zum Schweigen aufgefordert?«

Tapeni wirkte verwirrt.

»Ich habe mit Sethi über sie gesprochen, weil sie die Nadel bewundernswert handhabt.«

»Sie ist nicht die einzige in Memphis. Weshalb habt Ihr gerade ihren Namen preisgegeben?«

»Eure Fragen sind reichlich lästig.«

»Sie sind gleichwohl unerläßlich.«

»Zu welchem Zweck?«

»Ich ermittle wegen eines ernsten Vergehens.«

Ein sonderbares Lächeln umspielte unversehens Tapenis Lippen.

»Sollte Nenophar darin verwickelt sein?«

»Was wißt Ihr genau?«

»Ihr habt nicht das Recht, mich hier zurückzuhalten.«

Flink wandte sie sich zur Tür.

»Ich weiß vielleicht viel, Richter Paser, doch weshalb sollte ich Euch meine Geheimnisse anvertrauen?«

*

Konnte der reibungslose Betrieb eines Siechenhauses einem je Befriedigung bereiten? Sobald ein Kranker geheilt war, ersetzte ihn ein anderer, und der Kampf begann von neuem. Neferet wurde der Pflege nicht überdrüssig; das Leid zu besiegen schenkte ihr unerschöpfliche Freude. Die Bediensteten halfen ihr mit Ergebenheit, die Schreiber der Verwaltung gewährleisteten eine rechtschaffene Führung; und so widmete sie sich ganz ihrer Kunst, verfeinerte die bekannten Arzneien, strebte stetig danach, neue zu entdecken. Jeden

Tag schnitt sie Geschwülste heraus, richtete gebrochene Gliedmaßen, tröstete die unheilbar Kranken. Ein Stab von Heilern, die einen erfahren, die anderen noch Neulinge, umgab sie; ohne daß sie die Stimme heben mußte, gehorchten sie ihr freudig.

Der Tag war mühevoll gewesen. Neferet hatte einen Mann von vierzig Jahren gerettet, der an einem Darmverschluß litt. Erschöpft nahm sie gerade etwas frisches Wasser zu sich, als Qadasch unversehens in den Saal eindrang, in dem sich die Heiler wuschen und umkleideten. Der Zahnheilkundler mit weißer Haarpracht fuhr Neferet mit rauher Stimme an.

»Ich will Einsicht in das Verzeichnis der Arzneistoffe nehmen, die das Siechenhaus besitzt.«

»In welcher Eigenschaft?«

»Ich bin Anwärter auf das Amt des Heilkundigen Arztes und benötige diese Aufstellung.«

»Was gedenkt Ihr, damit zu machen?«

»Ich muß meine Kenntnisse vervollständigen.«

»Als Zahnheilkundler verwendet Ihr nur einige ganz bestimmte Stoffe.«

»Her mit dieser Aufstellung!«

»Euer Ansinnen ist unbegründet. Ihr gehört dem eigens geschulten Stab des Siechenhauses nicht an.«

»Ihr erfaßt die Lage nicht recht, Neferet. Ich muß meine Fähigkeiten beweisen. Ohne eine Aufzählung der Arzneistoffe wird meine Bewerbung unvollständig bleiben.«

»Der Oberste Arzt des Reiches allein könnte mich zwingen, Euch zu gehorchen.«

»Der zukünftige Oberste Arzt bin ich!«

»Neb-Amuns Nachfolger ist noch nicht bestimmt, soweit ich weiß.«

»Führt meine Befehle aus, Ihr werdet es nicht bereuen.«

»Das liegt nicht in meiner Absicht.«

»Wenn es sein muß, werde ich die Tür zu Eurer Wirkstätte aufbrechen.«

»Ihr würdet dafür schwer bestraft.«

»Widerstrebt mir nicht länger. Morgen werde ich Euer Vorgesetzter sein. Wenn Ihr Euch der Zusammenarbeit verweigert, werde ich Euch aus Eurem Amt jagen.«

Von dem Zank aufgeschreckt, hatten mehrere Gehilfen Neferet umringt.

»Eure Meute beeindruckt mich nicht.«

»Verlaßt diesen Raum«, befahl ein junger Heilkundiger.

»Ihr tut unrecht daran, in diesem Ton mit mir zu sprechen.«

»Ist Euer Benehmen eines Heilers würdig?«

»Es handelt sich um einen dringenden Fall«, befand Qadasch.

»Von Eurem alleinigen Standpunkt aus«, berichtigte Neferet.

»Das Amt des Obersten Arztes muß einem Mann mit Erfahrung zugesprochen werden. Ihr alle hier, Ihr achtet mich. Weshalb also geraten wir derart aneinander? Wir wirken im selben Wunsch, anderen zu dienen.«

Qadasch verteidigte seine Sache mit Gemüt und Überzeugung; er führte seine lange Laufbahn an, seine Aufopferung gegenüber den Kranken, seinen Willen, dem Land dienlich zu sein, ohne von einer lächerlichen Verwaltungsmaßnahme dabei gehemmt zu werden.

Neferet jedoch blieb unnachgiebig. Wenn Qadasch die Aufstellung der Gifte und Arzneistoffe erhalten wolle, solle er deren Gebrauch rechtfertigen; solange Neb-Amuns Nachfolger nicht benannt sei, bleibe sie deren wachsame Hüterin.

*

Der Führer von Aschers Stab beklagte die Abwesenheit seines Vorgesetzten. Richter Paser blieb jedoch beharrlich.

»Es handelt sich hier nicht um einen Höflichkeitsbesuch. Ich muß ihn verhören.«

»Der Heerführer hat die Kaserne verlassen.«

»Wann?«

»Gestern abend.«

»Mit welcher Bestimmung?«

»Die ist mir nicht bekannt.«

»Nötigen die Vorschriften ihn denn nicht, Euch über seine Ortswechsel in Kenntnis zu setzen?«

»Doch.«

»Wie kommt es dann zu diesem Versäumnis?«

»Woher soll ich das wissen?«

»Ich kann mich mit solch ungenauen Erklärungen nicht zufriedengeben.«

»Durchstöbert die Kaserne, wenn Ihr es wünscht.«

Paser befragte zwei andere Hauptleute, ohne weitere Aufklärung zu erhalten. Mehreren Aussagen zufolge war der Heerführer in einem Streitwagen gen Süden aufgebrochen.

Da eine List nicht auszuschließen war, begab der Richter sich in das Haus für Fremdländer: Amtlicherseits war kein Erkundungszug in Asien ausgerichtet.

Paser bat Kem, den Heerführer schnellstmöglich aufzufinden. Der Vorsteher der Ordnungskräfte säumte nicht lange, dessen Fahrt zu den Mittleren Gauen zu bestätigen, ohne Genaueres sagen zu können; Ascher hatte Sorge getragen, seine Spur zu verwischen.

*

Der Wesir war erzürnt.

»Sind Eure Behauptungen nicht unmäßig, Richter Paser?«

»Eine ganze Woche ermittele ich nun bereits.«

»Und in den Kasernen?«

»Keinerlei Spur von Ascher.«

»Und im Amt für Fremdländer?«

»Es hat ihm keinen Auftrag erteilt, es sei denn, dieser wäre geheim.«

»Dann wäre ich darüber unterrichtet worden. Was nicht der Fall ist.«

»Dann drängt sich eine Schlußfolgerung auf: Der Heerführer ist verschwunden.«

»Unannehmbar. Seine Obliegenheiten verbieten ihm solch unerlaubtes Entfernen!«

»Er wollte dem Netz entrinnen, das über ihm niederzugehen droht.«

278

»Könnte Euer unablässiges Bestürmen ihn zermürbt haben?«

»Meines Erachtens hat er Euer Einschreiten gefürchtet.«

»Was bedeutet, daß die Gerichtsbehörde ihn verurteilt hätte.«

»Seine Freunde haben ihn wahrscheinlich im Stich gelassen.«

»Aus welchem Grund?«

»Ascher ist zu Bewußtsein gekommen, daß er nur gelenkt wurde.«

»Aber Flucht, bei einem Soldaten!«

»Er ist ein Feigling und Mörder.«

»Falls Eure Anschuldigungen zutreffen, weshalb hat er sich dann nicht Richtung Asien gewandt, um dort zu seinen wahren Verbündeten zu stoßen?«

»Sein Aufbruch nach Süden ist vielleicht bloß eine Täuschung.«

»Ich werde Befehl geben, die Grenzen zu schließen. Ascher wird Ägypten nicht verlassen.«

Wenn ihm keine Beihilfe zugute käme, würde Ascher sich aus der Falle nicht mehr befreien können. Wer würde es wagen, einen gefallenen Heerführer zu unterstützen und einem Gebot des Wesirs zuwiderzuhandeln?

Paser hätte sich über diesen großartigen Sieg freuen müssen. Der Heerführer konnte seine Entfernung von der Truppe nicht rechtfertigen; von den Verrätern verraten, würde er diese seinerseits während einer zweiten gegen ihn angestrengten Gerichtsverhandlung verraten. Ohne Zweifel hatte er sich an Denes und Scheschi zu rächen versucht; angesichts seines Scheiterns hatte er es dann vorgezogen, sich davonzumachen.

»Ich lasse den Gaufürsten einen Befehl zustellen, der Aschers augenblickliche Festsetzung gebietet. Kem soll ihn den Ordnungskräften übergeben.«

Dank Eilboten würde binnen vier Tagen überall nach Ascher gefahndet werden.

»Eurer Werk ist nicht beendet«, fuhr der Wesir fort. »Wenn

der Heerführer lediglich Ausführender ist, müßt Ihr bis zum Kopf vorstoßen.«

»Das ist auch meine Absicht«, bekräftigte Paser, dessen Gedanken zu Sethi eilten.

*

Denes führte die Prinzessin Hattusa zu der geheimen Schmiede, in der Scheschi arbeitete. In einem vom einfachen Volk bewohnten Vorort gelegen, verbarg sie sich hinter einer Garküche unter freiem Himmel, die Bedienstete des Warenbeförderers unterhielten. Dort stellte der Metallkundler Versuche mit Legierungen an und prüfte die Wirkung von Pflanzensäuren auf Kupfer und Eisen.

Die Hitze war sengend. Hattusa legte Überwurf und Haube ab.

»Ein königlicher Besuch«, verkündete Denes heiter.

Scheschi blickte nicht auf. Seine ganze Aufmerksamkeit blieb weiterhin bei seiner Tätigkeit, einer Lötung, bei der sich Gold, Silber und Kupfer miteinander verbinden sollten.

»Der Knauf eines Prunkdolchs«, erklärte er. »Nämlich der des zukünftigen Königs, wenn der Gewaltherrscher gestürzt sein wird.«

Mit dem rechten Fuß trat Scheschi in gleichmäßigen Abständen auf einen Blasebalg, um das Feuer zu schüren; er handhabte die Metallstücke mit Hilfe einer Bronzezange und mußte dabei sehr rasch vorgehen, weil diese bei gleicher Wärme wie Gold schmolz.

Hattusa fühlte sich unbehaglich.

»Eure Versuche sind mir gleichgültig. Ich will das Himmelseisen, das ich gekauft habe.«

»Ihr habt nur einen Teil davon bezahlt«, hob Denes hervor.

»Liefert es mir, und Ihr werdet den Rest erhalten.«

»Noch immer so ungeduldig?«

»Ich schätze Eure Unverschämtheit nicht! Zeigt mir, was mir zusteht.«

»Ihr werdet warten müssen.«

»Das genügt, Denes! Solltet Ihr mich belogen haben?«

»Nicht ganz.«

»Gehört dieses Metall Euch etwa nicht?«

»Ich werde es wiederbeschaffen.«

»Ihr habt mich zum Narren gehalten!«

»Ihr faßt es völlig falsch auf, Prinzessin; es handelt sich um eine einfache Vorauszahlung. Wir wirken doch gemeinsam an Ramses' Verderben, ist das nicht das wichtigste?«

»Ihr seid bloß ein Dieb.«

»Euer Zorn ist unnötig. Wir sind dazu verdammt, geeint zu bleiben.«

Ein Blick der Verachtung umhüllte den Warenbeförderer.

»Ihr täuscht Euch, Denes. Ich werde Eure Hilfe entbehren können.«

»Unseren Vertrag zu brechen wäre töricht.«

»Öffnet die Tür, und laßt mich gehen.«

»Werdet Ihr schweigen?«

»Ich werde meinen Belangen entsprechend handeln.«

»Euer Wort ist mir unerläßlich.«

»Geht mir aus dem Weg.«

Da Denes regungslos stehenblieb, schob Hattusa ihn beiseite. Grimmig stieß Denes sie zurück. Als sie nach hinten taumelte, geriet sie an die glühend heißen Zangen, die Scheschi auf einem Stein abgelegt hatte. Sie schrie auf, stolperte, fiel in die Esse. Ihr Gewand fing sogleich Feuer.

Weder Denes noch Scheschi griffen ein, wobei der letztere auf die Anweisungen des ersteren wartete. Als der Warenbeförderer die Tür aufriß und entfloh, folgte ihm der Metallkundler. Und die Schmiede brannte lichterloh.

28. KAPITEL

Bevor er an diesem Tag die ständige Sitzung des Gerichts vor der Pforte des Ptah-Tempels leitete, hatte Paser eine für Sethi bestimmte Nachricht in Geheimschrift verfaßt.

Ascher ist verschwunden. Geh kein Wagnis mehr ein. Kehre augenblicklich zurück.

Der Richter hatte das Schreiben einem von Kem gebührend bevollmächtigten Briefboten der Ordnungskräfte anvertraut; sogleich nach seiner Ankunft in Koptos würde dieser es den Ordnungshütern der Wüste aushändigen, die gehalten waren, Sendschaften an die Bergleute weiterzuleiten.

Das Gericht verhandelte eine Reihe von Straftaten, die von der Nichterstattung einer Schuld bis zum ungerechtfertigten Fernbleiben von der Arbeit reichten. Die Schuldigen gestanden ihre Vergehen ein, die Geschworenen waren nachsichtig. Unter diesen fand sich auch Denes. Am Ende der Anhörung sprach der Warenbeförderer den Richter an.

»Ich bin nicht Euer Feind, Paser.«

»Ich bin nicht Euer Freund.«

»Eben. Ihr solltet Euch vor denen in acht nehmen, die sich als Eure Freunde ausgeben.«

»Was deutet Ihr damit an?«

»Euer Vertrauen ist bisweilen fehl am Platze. Sethi, zum Beispiel, ist seiner kaum würdig. Er verkaufte mir Auskünfte über Eure Untersuchung und über Euch selbst im Tausch für eine dingliche Sicherheit, die er bisher vergeblich anstrebte.«

»Mein Amt untersagt es mir, Euch zu schlagen, aber ich könnte ja den Verstand verlieren.«

»Eines Tages werdet Ihr mir danken.«

*

Sogleich bei ihrem Eintreffen im Siechenhaus wurde Neferet von mehreren Heilkundigen um Hilfe gebeten; sie versuchten seit Mitte der Nacht eine hochgradig Verbrannte dem Tod zu entreißen. Das Feuer war in einem vom einfachen Volk bewohnten Viertel ausgebrochen, wo eine Schmiede in Brand geraten war. Die Unglückliche mußte irgendeine Unbesonnenheit begangen haben; es bestand wohl keine Aussicht, daß sie überlebte.

Auf das gemarterte Fleisch hatte der wachhabende Heiler Schwarzschlamm sowie in gegorenem Bier gesottenen und zerstoßenen Kleintierkot aufgetragen. Neferet zermahlte sofort geröstete Gerste und Koloquinte, vermischte dies mit gedörrtem Akazienharz und weichte das Erzeugnis in Öl ein; dann fertigte sie daraus ein Fettpflaster, das sie auf die Verbrennungen aufbrachte. Die weniger tiefen Wunden behandelte sie mit in Sykomorensaft zerstoßener gelber Ockererde, Koloquinte und Honig.

»Sie wird nun weniger leiden«, meinte sie.

»Wie werden wir sie ernähren?« fragte der Krankenpfleger.

»Im Augenblick ist das unmöglich.«

»Wir müssen ihr aber Flüssigkeit einflößen.«

»Führt ein Schilfrohr zwischen ihre Lippen und laßt gekupfertes Wasser hineintröpfeln. Überwacht sie ohne Unterlaß. Verständigt mich beim kleinsten Vorkommnis.«

»Und das Fettpflaster?«

»Wechselt es alle drei Stunden. Morgen werden wir ein Gemisch aus Wachs, ausgelassenem Ochsentalg, Papyrus und Karobe anwenden. Legt eine große Menge sehr feiner Binden in ihrer Kammer zurecht.«

»Habt Ihr noch Hoffnung?«

»Ehrlich gesagt, nein. Weiß man, wer sie ist? Man muß Ihre Nächsten benachrichtigen.«

Der Verwalter des Siechenhauses hatte Neferets Frage befürchtet. Er zog sie beiseite.

»Ich ahne arge Unbilden voraus. Unsere Kranke ist keine gewöhnliche Person.«

»Ihr Name?«

Der Verwalter zeigte einen herrlichen Silberreif vor. Im Innern war der Name der Eigentümerin eingeschnitten, den die Flammen nicht ausgelöscht hatten: Hattusa, Gemahlin des Ramses.

*

Ein heißer Wind aus Nubien stellte die Nerven auf eine harte Probe. Er wirbelte den Wüstensand auf und bedeckte damit die Häuser. Ein jeder mühte sich nach Kräften, die Öffnungen zu verstopfen, und dennoch drang ein feiner gelber Staub überallhin und zwang zu unaufhörlichem Reinemachen. Zahlreiche Bewohner beklagten sich über Atembeschwerden und nötigten die Heilkundler zu häufigen Hilfeleistungen. Auch Paser blieb nicht verschont. Zwar beruhigte ein Augenwasser seine gereizten Augen, doch mußte er beständig gegen eine bleierne Müdigkeit ankämpfen. Kem hingegen schien für die Widrigkeiten des Wetters ebenso unempfänglich wie sein Babuin. Die beiden Männer und der Affe schöpften frische Luft unter dem Schattendach einer Sykomore, neben dem Lotosteich; zunächst zaudernd, war Brav schließlich auf den Schoß seines Herrn gesprungen, ließ jedoch den Pavian nicht aus den Augen.

»Keine Neuigkeit über Ascher.«

»Außer Landes zu gelangen ist ihm unmöglich«, meinte der Richter.

»Er kann sich über Wochen verkriechen, aber seine Anhänger werden weniger werden und ihn irgendwann verraten. Die Befehle des Wesirs sind völlig unzweideutig. Weshalb hat der Heerführer bloß so gehandelt?«

»Weil er wußte, daß er seine Gerichtsverhandlung diesmal verlieren würde.«

»Haben seine Bundesgenossen ihn fallenlassen?«

»Sie brauchten ihn nicht mehr.«

»Was schließt Ihr daraus?«

»Daß es weder eine Verschwörung der Streitkräfte noch einen Einfallversuch gibt.«

»Trotzdem, Prinzessin Hattusas Anwesenheit in Memphis ...«

»Auch sie wurde aus dem Weg geräumt! Die Verschwörer bedürfen ihrer Unterstützung wohl nicht. Was haben Eure Nachforschungen ergeben?«

»Die unerlaubte Schmiede gehörte niemandem. Die Garküche unter freiem Himmel führten Bedienstete von Denes.«

»Was konnten wir Besseres erhoffen?«

»Es ließ sich nichts finden, was ihn auf eindeutige Weise belastet.«

»Bei jedem Schritt stoßen wir auf ihn! Wurde der Brand nicht vorsätzlich gelegt?«

»Man hat Leute entfliehen sehen, aber die Zeugenaussagen gehen hinsichtlich ihrer Anzahl auseinander, und ich habe lediglich wirre Beschreibungen erhalten.«

»Eine Schmiede ... Scheschi arbeitete darin.«

»Sollte er Hattusa in einen Hinterhalt gelockt haben?«

»Eine Frau lebendig zu verbrennen, ich wage nicht, es zu glauben. Haben wir es etwa mit Ungeheuern zu tun?«

»Wenn dies die Wahrheit ist, sollten wir uns auf harte Prüfungen einstellen.«

»Ich nehme an, daß es unnötig ist, Euch um die Aufhebung der Schutzmaßnahmen bezüglich meiner Person zu bitten?«

»Selbst wenn ich nicht Vorsteher der Ordnungskräfte wäre, selbst wenn Ihr mir gegenteilige Befehle erteiltet, behielte ich meine Bewachung bei.«

Paser würde niemals hinter Kems Geheimnis dringen. Kalt, sehr zurückhaltend, stets Herr seiner selbst, mißbilligte er Pasers Handeln, half ihm jedoch ohne Hintergedanken. Der Nubier würde niemals einen anderen Vertrauten haben als seinen Babuin; er war an seinem Leib verletzt, noch viel mehr aber an seiner Seele. Die Gerechtigkeit? Ein Trugbild. Paser indes glaubte an sie, und Kem setzte Vertrauen in Paser.

»Habt Ihr den Wesir benachrichtigt?«

»Ich habe ihm einen ins einzelne gehenden Bericht zugestellt. Hattusa hat niemanden von ihrer Reise nach Memphis unterrichtet, wie es scheint. Neferet wacht Tag und Nacht über sie.«

*

Am fünften Tag zerrieb die Heilkundige Koloquinte, gelbe Ockererde und Kupferteilchen zu einem sämigen Brei.
Diesen brachte sie dann auf die Verbrennungen auf und verband sie mit unendlicher Behutsamkeit. Trotz der Schmerzen stand Hattusa es durch.
Am sechsten Tage dann veränderte sich ihr Blick. Sie schien aus einem langen Schlaf zu erwachen.
»Gebt nicht auf. Ihr seid im Großen Siechenhaus von Memphis. Die schwierigste Wegstrecke ist überwunden. Von nun an bringt jede gewonnene Stunde Euch der Genesung näher.«
Die schöne Hethiterin war entstellt. All den Pflastern und Salbölen zum Trotz, würde ihre prachtvolle Haut nur noch aus hellroten Streifen bestehen. Neferet fürchtete den Augenblick, da die Prinzessin einen Spiegel verlangen würde.
Hattusas rechte Hand hob sich und umklammerte Neferets Handgelenk.
»Ein Leiden, das ich kenne und das ich heilen werde«, versprach Neferet.

*

Paser beobachtete seine Gemahlin während des Schlafs.
Endlich war sie gewillt gewesen, sich etwas Ruhe zu gönnen. Neferet hatte sich erbittert bemüht, Hattusa zu retten, hatte selbst alle Verbände und Arzneien bereitet, die nun nach und nach die grauenhaften Verbrennungen abheilen ließen.
Seine Liebe für sie wuchs und erblühte wie die Krone einer Palme. Jedes Erwachen brachte ihm eine neue, unverhoffte, erhabene Farbe. Neferet besaß die Gabe, das Leben lächeln zu lassen und selbst die finsterste aller Nächte zu erhellen. Kämpf-

te Paser denn nicht noch immer mit unbeeinträchtigter Begeisterung, weil er sie stetig zu gewinnen und ihr zu beweisen suchte, daß sie keinem Irrtum erlegen war, als sie ihn geheiratet hatte? Jenseits seiner Schwächen stand flammend das sichere Wissen um einen Bund, dem weder die Zeit noch die Gewohnheiten und Prüfungen etwas anhaben konnten.

Ein Sonnenstrahl erleuchtete das Schlafgemach und beschien Neferets Antlitz. Die junge Frau wachte sanft auf.

»Hattusa ist gerettet«, murmelte sie.

»Vergißt du mich etwa zugunsten deiner Kranken?«

Sie schmiegte sich an ihn.

»Wie wird eine so junge und schöne Prinzessin das Unheil annehmen, das sie schlägt?«

»Hat Ramses sich bereits geäußert?«

»Mittels der Stimme des Kammerherrn seines Palasts. Sobald sie befördert werden kann, wird sie dort aufgenommen werden.«

»Es sei denn, ihre Bekenntnisse verwehrten ihr eine solche Gunst.«

Besorgt setzte Neferet sich auf den Bettrand.

»Ist sie nicht genügend gestraft worden?«

»Verzeih mir, doch ich muß sie befragen.«

»Sie hat noch nicht ein einziges Wort gesagt.«

»Sobald sie in der Lage ist zu sprechen, benachrichtige mich.«

*

Hattusa verleibte sich Gerstengrütze ein und trank etwas Karobesaft. Ihre Lebenskraft erwachte wieder, doch ihr Blick blieb weiter abwesend, wie in einem Alptraum umherirrend.

»Wie ist es geschehen?« fragte Neferet.

»Er hat mich gestoßen. Ich wollte aus der Schmiede hinausgehen, und er hat mich daran gehindert.«

Die Worte quollen langsam und schmerzvoll aus ihrem Mund. Aufgewühlt wagte Neferet nicht mehr, ihre Kranke weiter zu befragen.

»Die Bronzezangen ... Sie haben mein Gewand berührt, es

hat sofort Feuer gefangen, ich bin gegen die Esse gestoßen, dann stand ich plötzlich lichterloh in Flammen.«

Ihre Stimme wurde jäh gellend.

»Sie sind geflohen, sie haben mich im Stich gelassen!«

Verstört suchte Hattusa in die Vergangenheit zurückzugelangen und das Verhängnis ungeschehen zu machen, das ihre Schönheit und ihre Jugend vernichtet hatte. Erschöpft und besiegt kauerte sie sich zusammen.

Mit einem Mal fuhr sie wieder hoch und schrie ihren Schmerz heraus.

»Sie sind geflohen, diese Verdammten ... Denes, Scheschi!«

*

Neferet verabreichte Hattusa ein Beruhigungsmittel und harrte bei ihr aus, bis sie einschlief.

Als sie daraufhin aus dem Siechenhaus trat, sprach unversehens die Vorsteherin des Hauses der Königsmutter sie an.

»Hoheit wünscht Euch auf der Stelle zu sehen.«

Neferet wurde eingeladen, in einer Sänfte Platz zu nehmen. Die Männer sputeten sich.

Tuja empfing die Heilkundige ohne Förmlichkeiten.

»Wie steht es um Eure Gesundheit, Hoheit?«

»Dank Eurer Heilbehandlung ausgezeichnet. Seid Ihr über den Beschluß unterrichtet, den der Rat der Heilkundigen gefällt hat?«

»Nein.«

»Die Lage wird unerträglich, der Oberste Arzt des Reiches wird nächste Woche gewählt werden. Die Beratungen müssen einen Namen erbringen.«

»Ist dem nicht notwendigerweise so?«

»Der Zahnheilkundler wird bloß noch Hampelmänner zu Gegnern haben! Er hat seine Widersacher zu entmutigen verstanden. Neb-Amuns ehemalige Freunde, die Schwachen und die Unentschlossenen, werden für ihn stimmen.«

Der Zorn der Königsmutter betonte noch ihren von Natur aus bestehenden Hang zur Feierlichkeit.

»Ich weigere mich, diese unselige Zwangsläufigkeit hinzunehmen, Neferet! Qadasch ist ein Stümper und unwürdig, ein Amt von solcher Bedeutung zu bekleiden. Seit jeher bekümmert mich die allgemeine Gesundheitsfürsorge; es müssen Maßnahmen ergriffen werden, um das Wohlergehen der Bevölkerung zu fördern, wir müssen über die Reinlichkeit und die Gesundheitserhaltung wachen, auf daß wir gegen Seuchen gefeit bleiben. Dieser Qadasch schert sich keinen Deut um all das! Er will die Macht und den Ruhm, nichts anderes. Er ist schlimmer als Neb-Amun. Ihr müßt mir helfen.«

»Auf welche Weise?«

»Indem Ihr gegen ihn antretet!«

*

Neferet erlaubte Paser, die Kammer zu betreten, in der die Prinzessin Hattusa ruhte. Ihr Gesicht und ihre Gliedmaßen waren verbunden. Um Wundbrand und Entzündungen entgegenzuwirken, hatte die Heilkundige die Wunden mit einer Salbe behandelt, die den schlimmsten Fällen vorbehalten war. Kupferstückchen, Goldleim, frisches Terebinthenharz, Kümmel, Natron, Stinkasant, Wachs, Cinnamomum, Weiße Zaunrübe, Öl und Honig waren dafür ganz fein zerstoßen und zu einer sämigen Masse verrührt worden.

»Dürfte ich mit Euch sprechen, Prinzessin?«

»Wer seid Ihr?«

Eine zarte Binde bedeckte ihre Lider.

»Richter Paser.«

»Wer hat Euch erlaubt . . .«

»Neferet, meine Gemahlin.«

»Auch sie ist also meine Feindin.«

»Mein Gesuch erging von Amts wegen. Ich ermittle wegen des Brandes.«

»Der Brand . . .«

»Ich will die Schuldigen ausfindig machen.«

»Die Schuldigen?«

289

»Habt Ihr nicht die Namen von Denes und Scheschi ange-
führt?«

»Ihr irrt Euch.«

»Weshalb habt Ihr diese nicht genehmigte Schmiede aufgesucht?«

»Besteht Ihr tatsächlich darauf, es zu wissen?«

»Wenn Ihr so gütig seid.«

»Ich kam Himmelseisen holen, um den Zauber gegen Ramses auszuführen.«

»Ihr hättet Euch vor Scheschi hüten sollen.«

»Ich war allein.«

»Wie erklärt Ihr Euch . . .«

»Ein Unglück, Richter Paser. Ein einfacher Unfall.«

»Weshalb noch lügen?«

»Ich hasse Ägypten, seine Errungenschaften und seine Werte.«

»So sehr, daß Ihr gegen Eure Henker nicht aussagen wollt?«

»Wer immer danach trachtet, Ramses zu vernichten, wird
sich meines Wohlwollens erfreuen. Euer Land verweigert die
einzige Wahrheit: den Krieg! Allein der Krieg erregt die
Leidenschaften und offenbart das Wesen des Menschen.
Mein Volk tat unrecht daran, Frieden mit Euch zu schließen,
und ich, ich bin die Geisel dieses Irrtums. Ich wollte die
Hethiter aufwecken, ihnen den rechten Weg aufzeigen . . .
Von nun an werde ich in einem dieser Paläste eingesperrt
sein, die mir verhaßt sind. Andere jedoch werden Erfolg
haben, davon bin ich fest überzeugt. Und Ihr werdet nicht
einmal die Freude haben, über mich zu Gericht zu sitzen. Ihr
seid nicht grausam genug, um eine Verkrüppelte noch mehr
zu quälen.«

»Denes und Scheschi sind Verbrecher. Denen sind Eure
Werte und Wünsche völlig gleichgültig.«

»Meine Entscheidung ist getroffen. Nicht ein einziges weiteres Wort wird aus meinem Mund kommen.«

*

In seiner Eigenschaft als Ältester der Vorhalle billigte Paser Neferets Bewerbung für das Amt des Obersten Arztes des Reiches von Ägypten. Die junge Frau verfügte über Titel und die erforderliche Erfahrung; ihre Stellung als Leiterin des Großen Siechenhauses von Memphis, die insgeheime Unterstützung der Königsmutter und die herzlichen Ermutigungen etlicher ihrer Standesbrüder verliehen den Unterlagen der jungen Frau ein gewisses Gewicht.

Gleichwohl fürchtete sie die Prüfung, die sie nicht gewünscht hatte. Qadasch würde sich der niederträchtigsten Vorgehensweisen bedienen, um sie abzuschrecken; dabei war ihr einziger Ehrgeiz, Kranke zu pflegen, und nicht, Ehren und Verantwortlichkeiten zu erhalten, die sie nicht begehrte. Paser konnte ihr keine Kraft geben; er selbst war von Hattusas Wahn zutiefst erschüttert; sie war nunmehr zur hoffnungslosesten Einsamkeit verdammt. Ihre Aussage hätte Denes' und Scheschis Sturz herbeigeführt; so entgingen sie, einmal mehr, ihrer Strafe.

Stieß der Richter nicht fortwährend auf Mauern, die nicht niederzureißen waren? Ein böser Geist schützte die Verschworenen und gewährleistete ihnen Straffreiheit. Diesen Heerführer Ascher dem Untergang preisgegeben zu wissen, sich sicher zu sein, daß keine Verschwörung der Streitkräfte Ägypten bedrohte, hätte ihm ein Trost sein müssen; doch noch immer erfüllte ihn eine dumpfe Bangigkeit. Er konnte den Grund derart vieler Verbrechen sowie das verächtliche Selbstvertrauen eines Denes nicht begreifen, das kein Schlag zu erschüttern schien. Besaßen der Warenbeförderer und seine Spießgesellen denn eine geheime Waffe, die außerhalb von Pasers Einfluß lag?

Sich ihrer jeweiligen Not bewußt, dachten Paser und Neferet doch zuerst an den anderen, bevor sie sich um sich selbst sorgten. Und als sie sich dann liebten, sahen sie eine neue Morgenröte anbrechen.

29. KAPITEL

Die Ordnungshüter und ihre Hunde, die von gefährlichen Stätten in der Wüste des Ostens zurückkehrten, gönnten sich einen Tag der Erholung, bevor sie wieder auf den Wüstenpfaden aufbrachen, um ihre Überwachungspflicht zu erfüllen. »Jene mit dem scharfen Blick« tauschten die Neuigkeiten aus, die sie während ihrer Streifzüge aufgelesen hatten, und brachten Beduinen und Strolche ins Gefängnis, die sie in ungesetzlichen Situationen aufgegriffen hatten. Dann kam die Stunde, ihre Wunden zu versorgen, sich durchkneten zu lassen und das Haus des Bieres zu besuchen, in welchem entgegenkommende und fügsame Mädchen ihnen ihren Körper für eine Nacht verkauften.

Der Riese, der damit betraut war, die Anwerbung der Bergarbeiter zu überwachen, versorgte zunächst seine Windhunde und begab sich dann zum Schreiber des Briefverkehrs.

»Irgendwelche Sendschaften?«

»Ungefähr zehn.«

Der Ordnungshüter überflog die Namen der Empfänger.

»Sieh an, Sethi ... merkwürdiger Kerl. Irgendwie sieht der nicht wie ein Bergmann aus.«

»Das kümmert mich nicht«, erwiderte der Schreiber. »Füllt die Empfangsbestätigung aus.«

Der Hüne verteilte die Briefe selbst. Im Vorübergehen fragte er die Empfänger über die Herkunft der Briefe aus. Drei waren unauffindbar: zwei Altgediente, die in einer Kupfermine arbeiteten, und Sethi. Die folgende Überprüfung ergab, daß der Erkundungszug, den Ephraim geleitet hatte, am Vorabend nach Koptos zurückgekehrt war. So begab der Ordnungshüter sich zum Haus des Bieres, besuchte die Herbergen und forschte in den Zeltlagern nach. Vergebens;

die Oberste Aufsichtsstelle teilte ihm schließlich mit, daß Ephraim, Sethi und fünf Mann es versäumt hatten, sich bei dem betreffenden Schreiber zu melden, der das Kommen und Gehen der Grubenarbeiter festhielt.

Aufgebracht setzte er das Suchverfahren in Gang.

Die sieben Arbeiter waren verschwunden. Andere hatten vor ihnen bereits versucht, mit Edelsteinen zu entfliehen. Alle waren festgenommen und streng bestraft worden. Weshalb hatte sich ein Mann von Erfahrung wie Ephraim in dieses unsinnige Abenteuer gestürzt? »Jene mit dem scharfen Blick« würden sich bald in Bewegung setzen. Diese Jäger aus tiefster Seele, die weder Rast noch Ruhe kannten, entzückte nichts mehr als ein Beutestück von Rang.

Der Riese würde die Verfolgung selbst leiten. Mit Einverständnis des für den Briefverkehr zuständigen Schreibers und aus Gründen höherer Gewalt öffnete er die an den Flüchtigen gerichtete Botschaft. Die einzeln lesbaren Hieroglyphen bildeten ein unverständliches Ganzes. Eine Geheimschrift! Demnach hatte der Ordnungshüter sich also nicht getäuscht. Dieser Sethi war kein Bergmann wie die anderen. Doch welchem Herrn diente er?

*

Die sieben Männer hatten eine unwegsame Wüstenstraße in Richtung Südosten eingeschlagen. Die einen so widerstandsfähig wie die anderen, wanderten sie mit gleichmäßigem Schritt, aßen wenig und gewährten sich lange Rasten an den Wasserstellen, deren Vorhandensein allein Ephraim bekannt war. Der Anführer des Trupps hatte unbedingten Gehorsam gefordert und duldete keine Frage über ihr Ziel.

Am Ende der Unternehmung wartete der Reichtum.

»Da drüben, ein Ordnungshüter!«

Der Bergarbeiter wies mit dem Arm auf eine sonderbare, reglose Gestalt.

»Geh weiter, Trottel!« befahl Ephraim. »Das ist bloß ein Wollbaum.«

Die erstaunliche, drei Meter hohe Pflanze besaß eine bläuliche und zerfurchte Rinde; ihre breiten, ovalen, grünen und rosenfarbenen Blätter erinnerten an den Stoff, aus dem man die Überwürfe der kalten Jahreszeit fertigte. Die Flüchtigen bedienten sich des Holzes, um ein Feuer zu entfachen und hierüber eine am Morgen erlegte Gazelle zu braten. Ephraim hatte sich versichert, daß dieser Wollbaum keiner von jener besonderen Sorte war, dessen Gummimilch Herzstillstand verursachte. Er erntete die Blätter ab, knetete sie, zerrieb sie zu Pulver und teilte dieses mit seinen Gefährten.

»Ein ausgezeichnetes Abführmittel«, merkte er an, »und eine wirksame Arznei gegen Geschlechtskrankheiten. Wenn ihr reich seid, werdet ihr euch wunderbare Weiber gönnen.«

»Aber nicht in Ägypten«, beklagte sich ein Bergmann.

»Die Asiatinnen sind heißblütig und kraftvoll. Die werden euch die Mädchen eurer Gaue schon vergessen lassen.«

Mit vollem Bauch und erfrischter Kehle setzte sich die kleine Gruppe wieder in Bewegung.

*

An der Ferse von einer Hornotter gebissen, starb einer der Bergleute unter entsetzlichen Krämpfen.

»Der Dummkopf«, murmelte Ephraim vor sich hin. »Die Wüste verzeiht Unachtsamkeit nicht.«

Der beste Freund des Opfers empörte sich.

»Du führst uns alle in den Tod! Wer wird dem Gift dieser Geschöpfe entgehen?«

»Ich, und diejenigen, die mir auf dem Fuß folgen werden.«

»Ich will wissen, wohin wir gehen.«

»Ein Schwätzer wie du würde mit dem Wind reden und uns verraten.«

»Antworte.«

»Willst du etwa, daß ich dir den Schädel einschlage?«

Der Grubenarbeiter blickte sich um. Die unendliche Weite bestand nur aus Fallen. Entmutigt hob er seine Ausrüstung auf.

»Wenn solche Versuche wie der unsrige gescheitert sind«, tat Ephraim kund, »dann war nicht der Zufall daran schuld. Immer schlich sich ein Spitzel in die Gruppe ein, der imstande war, die Ordnungskräfte über ihre Ortswechsel zu unterrichten. Diesmal habe ich meine Vorsichtsmaßnahmen getroffen. Aber ich will die Anwesenheit eines Söldners nicht ausschließen.«

»Wen verdächtigst du?«

»Dich, und alle anderen. Jeder von euch kann bestochen worden sein. Wenn es diesen Spitzel gibt, wird er sich verraten, früher oder später. Und für mich wird es ein Vergnügen sein.«

*

»Jene mit dem scharfen Blick« durchkämmten die Wüste vom letzten bekannten Aufenthaltsort Ephraims und seines Trupps an und berechneten ihre Bewegungsmöglichkeiten, wobei sie auf einen raschen Marsch setzten. Eilboten warnten ihre Berufsgenossen, vom Norden bis zum Süden, vor der Flucht gefährlicher Straffälliger auf der Suche nach kostbaren Gesteinen. Die Menschenjagd würde wie gewöhnlich in einen vollen Erfolg münden.

Allein Sethis Anwesenheit bereitete dem Hünen Sorge. Mit Ephraim verbündet, der die Pfaden, Wasserstellen und Gruben so gut wie die Ordnungshüter kannte, könnte er vielleicht das Vorgehen der Ordnungskräfte hintertreiben. So änderte er die herkömmlichen Pläne und verließ sich ganz auf sein Gespür. An Ephraims Stelle hätte er das Gebiet der aufgegebenen Bergwerke zu erreichen gesucht. Keine Wasserstelle, bleierne Hitze, Schlangen in Hülle und Fülle, weit und breit kein Schatz ... Wer würde sich in diese Hölle wagen? Ein wunderbares Versteck, fürwahr, und vielleicht mehr noch, sofern man annahm, die Adern wären nicht vollständig ausgebeutet worden. Wie es die Vorschriften verlangten, nahm der Riese zwei erfahrene Ordnungshüter und vier Hunde mit sich. Wenn er die üblichen Wege querfeldein abschnitt, würde er die Flüchtigen in einer Hügellandschaft abfangen, in der einige Wollbäume wuchsen.

*

Kem waren Hände und Füße gebunden. Wie gerne hätte er die Spur des noch immer verschollenen Heerführers Ascher aufgenommen! Doch der Schutz von Richter Paser erforderte seine Anwesenheit in Memphis. Keiner seiner Untergebenen besaß die notwendige Wachsamkeit.

An der Aufgeregtheit seines Affen erkannte der Nubier, daß Gefahr drohte. Gewiß, nach den beiden vorangegangenen Mißerfolgen mußte der Angreifer sicher weit mehr Vorsicht walten lassen, um nicht entdeckt zu werden. Da er nun nicht mehr auf Überraschung bauen konnte, würde es ihm zunehmend schwerer fallen, einen Unfall einzufädeln; aber würde der Mann sich deswegen nicht zu einer gewalttätigeren und somit entscheidenden Tat durchringen?

Paser zu retten wurde zum obersten Anliegen des Vorstehers der Ordnungskräfte. In seinen Augen verkörperte der Richter eine Form unwirklichen Lebens, die man um jeden Preis beschützen mußte. All die langen Jahre hindurch, in denen er mehr gelitten hatte, als ihm gebührte, war Kem keinem Wesen diesen Schlags begegnet. Niemals würde er Paser die Bewunderung gestehen, die er für ihn empfand, aus Angst, er könnte ein kriechendes und schleimiges Tier nähren – jene Eitelkeit nämlich, die nur allzuschnell die Herzen verdarb.

Der Babuin wachte auf. Der Nubier gab ihm Dörrfleisch und Süßbier, lehnte sich dann gegen das Mäuerchen der Terrasse, von wo aus er des Richters Herrenhaus bewachte. Während der Affe seinen Posten bezog, konnte er sich nun etwas Schlaf gönnen.

*

Der Schattenfresser verfluchte sein Mißgeschick. Es war ein Fehler gewesen, diesen Auftrag anzunehmen, der außerhalb seiner Kunstfertigkeit, nämlich schnell und ohne Spuren zu töten, angesiedelt war. Einen Augenblick hatte er gewisse Lust verspürt, sein Vorhaben aufzugeben; doch seine Auftraggeber hätten ihn angezeigt, und sein Wort würde gegenüber dem ihren kaum Gewicht haben. Außerdem hatte er sich selbst herausgefordert. Bisher hatte sein Ansehen durch keinen Mißerfolg gelitten; daß ein Richter sein prächtigstes Opfer darstellen würde, erregte ihn in höchstem Maße.

Leider erfreute sich dieses Opfer dichten und wirkungsvollen Schutzes. Kem und sein Affe waren ernstzunehmende Gegner, deren Wachsamkeit zu überlisten unmöglich schien. Seit dem fehlgeschlagenen Angriff des Panthers folgte der Vorsteher der Ordnungskräfte dem Richter auf Schritt und Tritt und ließ seine eigene Bewachung durch mehrere besonders befähigte Ordnungshüter ergänzen.

Des Schattenfressers Geduld war jedoch unendlich. Er würde die kleinste Schwachstelle, das winzigste Erlahmen der Aufmerksamkeit abzuwarten imstande sein. Während er über den Markt von Memphis schlenderte, wo die Verkäufer fremdartige, aus Nubien kommende Erzeugnisse anboten, kam ihm ein Einfall. Ein Einfall, der geeignet war, die wichtigste Verteidigungslinie des Gegners zu unterbrechen.

*

»Es ist spät, Liebling.«

Vor Paser, der sich im Schreibersitz niedergelassen hatte, lagen Dutzende entrollter Papyri, von zwei auf Füßen stehenden Lampen beleuchtet.

»Diese Schriftstücke rauben mir jedes Verlangen nach Schlaf.«

»Worum handelt es sich?«

»Um die Abrechnungen von Denes.«

»Wo hast du dir die beschafft?«

»Sie stammen aus dem Schatzhaus.«

»Du hast sie doch nicht gestohlen?« fragte sie lächelnd.

»Ich habe einen amtlichen Antrag bei Bel-ter-an eingereicht. Er hat ihm sofort entsprochen und mir diese Schriften übermittelt.«

»Was hast du entdeckt?«

»Unregelmäßigkeiten. Denes hat gewisse Abgaben zu begleichen vergessen und scheint bei seinen Steuern gemogelt zu haben.«

»Was droht ihm schon, außer einer Buße?«

»Wenn Bel-ter-an sich auf meine Schlußbemerkungen stützt, wird er den geschäftlichen Frieden von Denes zu stören verstehen.«

»Immerzu dieselbe Besessenheit.«

»Weshalb ist der Warenbeförderer so selbstsicher? Ich muß seinen Panzer durchdringen, auf welche Weise auch immer.«

»Neuigkeiten von Sethi?«

»Keine. Er hätte mir eine Botschaft schicken müssen; die Ordnungskräfte der Wüste hätten sie weitergeleitet.«

»Er wird daran gehindert worden sein.«

»Das ist sicher.«

Pasers Zögern erstaunte Neferet.

»Was vermutest du?«

»Nichts.«

»Die Wahrheit, Richter Paser!«

»Während der letzten Gerichtssitzung hat Denes einen möglichen Verrat von Sethi angedeutet.«

»Du würdest dich in so eine Falle locken lassen?«

»Möge Sethi mir verzeihen.«

*

»Zwei in den rechten Stollen, zwei in den zur Linken«, befahl Ephraim. »Sethi und ich, wir werden den in der Mitte nehmen.«

Die Bergleute verzogen das Gesicht.

»Sie sind in sehr schlechtem Zustand. Die Streben sind

morsch; alles wird einstürzen, und wir werden nicht lebend herauskommen.«

»Ich habe euch in diese Hölle geführt, weil die Ordnungskräfte der Wüste sie für taub halten. Keine Wasserstelle und nur völlig abgebaute Minen, genau das behauptet man in Koptos! Den alten Brunnen habe ich euch bereits gezeigt; den Schatz dieser Stollen, den müßt ihr schon selbst aufspüren.«

»Zu gewagt«, entschied einer der Bergarbeiter. »Ich gehe nicht hinein.«

Ephraim trat auf den Feigling zu.

»Wir im Innern und du ganz alleine draußen ... das gefällt mir nicht.«

»Pech für dich.«

Ephraims Faust hieb mit unglaublicher Gewalt auf den Schädel des Widerspenstigen ein. Sein Opfer brach zusammen. Einer seiner Genossen beugte sich mit verstörtem Blick über ihn.

»Hast du ihn getötet?«

»Ein Verdächtiger weniger. Laßt uns in die Stollen gehen.«

Sethi eilte Ephraim voraus.

»Nicht so schnell, Kleiner. Taste die Balken über deinem Kopf ab.«

Sethi kroch über einen roten steinigen Boden. Das Gefälle war recht flach, die Decke aber sehr niedrig. Ephraim hielt die Fackel.

In der Finsternis tauchte plötzlich ein weißer Schimmer auf. Sethi streckte die Hand aus. Das Metall war glatt und kühl.

»Silber ... goldhaltiges Silber!«

Ephraim reichte ihm die Werkzeuge.

»Eine ganze Ader, Kleiner. Löse sie heraus, ohne sie zu beschädigen.«

Unter dem weißen Glimmer des Silbers glitzerte Gold; mit diesem erhabenen Metall wurden der Plattenbelag gewisser Tempelsäle sowie Weihegegenstände überzogen, um deren Reinheit zu bewahren. Bestand nicht auch die aufgehende Sonne aus Silbersteinen, die das Urlicht weitersandten?

»Und tiefer, gibt es da Gold?«
»Nicht hier, Kleiner. Dieses Bergwerk ist nur eine erste Rast auf unserem Weg.«

*

Die vier Hunde führten die Ordnungshüter. Seit über zwei Stunden schon nahmen sie die Anwesenheit von Menschen im Gebiet der aufgegebenen Bergwerke wahr. Der Hüne und seine Gefährten hielten ihre Freude zurück; sie bereiteten Bogen und Pfeile vor und wechselten kein Wort mehr.

Bäuchlings auf der Kuppe eines Hügels liegend, beobachteten die Hunde mit hängenden Zungen, wie die Bergarbeiter mehrere Silberklumpen von bewundernswerter Größe und Güte aus der Mine schafften. Ein wahrhaftiges Vermögen.

Als die Diebe sich zusammenscharten, um ihren Erfolg zu feiern, schossen die Bogenschützen und ließen die Hunde los. Zwei der Arbeiter wurden von Pfeilen durchbohrt, ein anderer erlag den Bissen. Sethi suchte Deckung in einem Stollen, ihm folgten bald darauf Ephraim, der einen Bluthund mit einer Hand erwürgt hatte, sowie der letzte Überlebende des Trupps.

»Lauf!« brüllte Ephraim.

»Wir werden ersticken.«

»Gehorch, Kleiner.«

Ephraim übernahm die Spitze. Einen Stein ergreifend, begann er, das Ende des Stollens nach oben hin auszuhauen. Trotz Staub und zerbröckelnder Stützpfosten trieb er ungerührt einen schmalen Schacht in den mürben Fels. Die Füße gegen die Wände gestemmt, zog er Sethi hinauf, der dem letzten Gefährten in gleicher Weise half. Schließlich konnten die drei Männer sich aus der Mine winden und schnappten gierig nach der frischen Luft.

»Trödeln wir nicht länger hier herum, die Ordnungskräfte lassen nicht so leicht von ihrer Beute ab. Wir werden zwei Tage lang marschieren müssen, allerdings ohne Wasser.«

*

Der Hüne streichelte die Hunde, während seine Genossen die Gräber für die Leichen aushoben. Der erste Teil des Streifzugs war ein Erfolg; sie hatten die meisten Flüchtigen zur Strecke gebracht und eine hübsche Menge Silber beschlagnahmt. Übrig blieben noch drei Diebe auf der Flucht.

Die Ordnungshüter berieten sich. Der Riese beschloß, allein, nur mit dem widerstandsfähigsten Hund, Wasser und Verpflegung weiterzuziehen; seine beiden Gefährten sollten das kostbare Metall nach Koptos bringen. Die Flüchtigen hatten nicht die geringste Aussicht zu überleben; da sie sich verfolgt, von Pfeilen und Bluthunden bedroht wußten, würden sie große Eile vorlegen müssen. Und nicht eine Wasserstelle im Umkreis von drei Tagesmärschen. Wenn sie sich nach Süden wandten, mußten sie zwangsläufig auf einen Erkundungstrupp der Grenzüberwachung treffen.

Der Riese und sein Hund würden keinerlei Wagnis eingehen und sich damit begnügen, das Wild vor sich herzutreiben und ihm jegliche Rückzugsmöglichkeit abzuschneiden. Einmal mehr würden »jene mit dem scharfen Blick« letztendlich das Gesindel besiegen.

*

Am Morgen des zweiten Tages leckten die drei Flüchtigen den Tau auf, der die Steine der Wüstenstraße benetzte. Der davongekommene Bergmann trug an seinem Hals noch den Beutel, in den er einige Silbersplitter gesteckt hatte. Die Hände um seinen Schatz gekrallt, war er der erste, dem die Kräfte versagten. Seine Beine knickten zusammen, er fiel mit den Knien auf das spitze Gestein.

»Laßt mich nicht im Stich«, flehte er.

Sethi ging zurück.

»Falls du ihm zu helfen versuchst«, warnte Ephraim, »werdet ihr alle beide sterben. Folge mir, Kleiner.«

Wenn er den Grubenarbeiter auf dem Rücken weitertrug, würde Sethi rasch zurückbleiben. Sie würden sich in dieser sengend heißen Wüste verlieren, wo nur Ephraim imstande war, einen Weg ausfindig zu machen.

Mit brennender Lunge und rissigen Lippen folgte der junge Mann Ephraim.

*

Der Schwanz des Bluthundes wedelte in gleichmäßigem Takt. Der Ordnungshüter lobte ihn für seine Entdeckung: die Leiche eines Bergarbeiters, die der Hüne mit dem Fuß umdrehte. Der Flüchtling war noch nicht lange tot. Seine Hände umklammerten den Lederbeutel so fest, daß der Riese gezwungen war, sie durchzuhauen, um die Silbersplitter an sich zu nehmen.

Er setzte sich, schätzte den Wert seines Fangs, fütterte seinen Hund, gab ihm zu trinken und stärkte sich selbst. An endlose Wanderwege gewöhnt, spürten weder der eine noch der andere die stechende Sonne. Sie hielten die nötigen Rastzeiten ein und vergeudeten nicht eine Unze ihrer Kraft.

Nunmehr hieß es zwei gegen zwei, und die Entfernung zwischen Ordnungshütern und Dieben nahm unaufhörlich ab. Plötzlich drehte der Riese sich um. Wiederholt hatte er den Eindruck gehabt, verfolgt zu werden; der angespannt seine Opfer witternde Hund vermeldete nichts.

So reinigte er seinen Dolch im Sand, befeuchtete sich die Lippen und nahm die Jagd wieder auf.

*

»Noch eine kleine Kraftanstrengung, Kleiner. In der Nähe der Goldmine gibt es einen Brunnen.«

»Gespeist?«

Ephraim antwortete nicht. All die vielen Qualen durften nicht vergeblich sein.

Ein Kreis aus Steinen wies auf das Vorhandensein einer Wasserstelle hin. Ephraim, dem Sethi bald zu Hilfe kam, grub mit bloßen Händen. Zuerst nur Sand und Steine; dann

eine etwas lockerere, beinahe feuchte Erde; endlich eine Art
Ton, nasse Finger und schließlich Wasser, Wasser, das aus
dem Unterirdischen Nil aufstieg.

*

Der Ordnungshüter und der Bluthund wohnten dem Schauspiel bei. Eine Stunde zuvor waren sie auf die Flüchtigen
gestoßen und beobachteten sie aus der Ferne. Sie hörten sie
singen, sahen sie in kleinen Schlucken trinken, sich gegenseitig beglückwünschen und dann zu der aufgegebenen
Goldmine gehen, die auf keiner Karte verzeichnet war.
Ephraim hatte sein Spiel gerissen betrieben. Er hatte sich
niemandem anvertraut, ein Geheimnis für sich behalten, das
er wahrscheinlich einem alten Bergmann entrissen hatte.
Der Ordnungshüter überprüfte Bogen und Pfeile, trank
einen Schluck frisches Wasser und bereitete sich auf das
allerletzte Gefecht vor.

*

»Das Gold ist hier, Kleiner. Die letzte Ader eines vergessenen
Stollens. Genügend Gold, um zwei guten Freunden zu er-
möglichen, glückliche Tage in Asien zu verleben.«
»Gibt es noch andere Orte wie diesen hier?«
»Einige.«
»Weshalb beuten wir sie dann nicht aus?«
»Die Zeit ist vorbei. Wir müssen uns davonmachen, wir und
unser Anführer.«
»Wer ist es?«
»Der Mann, der uns in der Grube erwartet. Zu dritt werden
wir das Gold herausholen und es dann mit Schlitten bis zum
Meer schaffen. Ein Boot wird uns zu einem Wüstengebiet
bringen, wo einige Wagen versteckt sind.«
»Hast du viel Gold mit deinem Herrn gestohlen?«
»Er würde deine Fragen nicht mögen. Sieh nur, da ist er.«
Ein Mensch von kleinem Wuchs, mit kräftigen Schenkeln

und dem Kopf eines Wiesels schritt auf die zwei Davonge-
kommenen zu. Trotz der glühenden Sonne gefror Sethi das
Blut in den Adern.

»Wir haben die Ordnungskräfte auf den Fersen«, verkündete Ephraim. »Laßt uns das Gold hinausschaffen und aufbrechen.«

»Da hast du mir aber einen merkwürdigen Gesellen herge-
führt«, wunderte sich Heerführer Ascher.

Seine letzten Kräfte einsetzend, floh Sethi in Richtung Wüste. Es bestand keine Aussicht für ihn, Ephraim und den mit
einem Schwert bewaffneten Ascher niederzuschlagen. Zunächst mußte er ihnen entwischen, dann überlegen.

Ein Ordnungshüter und sein Hund versperrten ihm plötzlich den Weg. Sethi erkannte den Riesen, der die Anwerbung
der Bergarbeiter überwachte. Der Mann spannte seinen
Bogen; der Hund wartete bloß auf ein Wort, um loszuspring-
gen.

»Geh nicht weiter, Junge.«

»Ihr seid mein Retter!«

»Ruf die Götter an, bevor du stirbst.«

»Ihr täuscht Euch in Eurer Zielscheibe. Ich bin in einem
Auftrag hier.«

»Auf wessen Befehl?«

»Des Richters Paser. Ich sollte die Beteiligung des Heerführers Ascher an einem Schmuggel mit edlen Metallen beweisen ... Und diesen Beweis habe ich jetzt! Zu zweit werden wir
ihn festsetzen können.«

»Dir fehlt es nicht an Kühnheit, Junge, aber dein Glück hat
dich verlassen. Ich arbeite für Heerführer Ascher.«

30. KAPITEL

Neferet hob den Flügeldeckel ihrer Schatulle für Körperpflege hoch, die in mehrere mit roten Blüten ausgemalte Fächer unterteilt war. Sie enthielten Salböltöpfchen, Schönheitsmittel, Schminke für die Augen, Bimsstein und Duftstoffe. Während die ganze Hausgemeinschaft, einschließlich der kleinen grünen Äffin und des Hundes, noch schlief, liebte sie es, sich schön zu machen, um dann barfüßig durch den Tau zu wandeln, dem ersten Gesang der Meisen und Wiedehopfe lauschend. Die Morgenröte war ihre Stunde, dieses wiedererstehende Leben, das Erwachen einer Natur, in der sich in jedem Laut die göttliche Stimme mitteilte. Die Sonne hatte soeben die Finsternis nach einem langen und gefahrvollen Kampf bezwungen; ihr Sieg nährte die Schöpfung, ihr Licht wandelte sich in Freude, beseelte die Vögel am Himmel und die Fische im Fluß.

Neferet kostete das Glück, das die Götter ihr geschenkt hatten und das sie ihnen wiederschenken mußte. Es gehörte ihr nicht, sondern floß wie eine kraftspendende Strömung durch sie hindurch, aus der Quelle hervorgehend und zur Quelle zurückkehrend. Wer je sich die Geschenke des Jenseits anzueignen suchte, verdammte sich dazu, wie ein toter Ast zu verdorren.

Vor dem neben dem Teich errichteten Altar kniend, legte die junge Frau auf diesem eine Lotosblume nieder. In ihr verkörperte sich der neue Tag, in dem die Ewigkeit sich im Augenblick erfüllen würde. Der ganze Garten sammelte sich in Andacht, das Blattwerk der Bäume verneigte sich im zarten Morgenwind.

Als Bravs Zunge ihre Hand leckte, wußte Neferet, daß das Ritual beendet war. Der Hund hatte Hunger.

*

»Habt Dank, daß Ihr mich noch empfangt, bevor Ihr zum Siechenhaus aufbrecht«, sagte Silkis. »Der Schmerz ist unerträglich. Letzte Nacht hat er mir den Schlaf geraubt.«

»Legt den Kopf zurück«, bat Neferet, während sie das linke Auge von Bel-ter-ans Gattin untersuchte.

Vor Bangigkeit konnte Silkis nicht still sitzen.

»Ein Leiden, das ich kenne und das ich heilen werde. Eure Wimpern wachsen ungewöhnlich stark nach innen, berühren das Auge und reizen es.«

»Ist das schlimm?«

»Höchstens unangenehm. Wünscht Ihr, daß ich mich auf der Stelle damit befasse?«

»Wenn es nicht zu schmerzhaft ist . . .«

»Der Eingriff ist völlig harmlos.«

»Neb-Amun hat mich sehr leiden lassen, als er meinen Körper umgestaltete.«

»Mein Eingriff wird bei weitem leichter sein.«

»Ich vertraue Euch voll und ganz.«

»Bleibt sitzen und entspannt Euch.«

Augenkrankheiten waren derart häufig, daß Neferet in ihrem eigenen Arzneivorrat zu jeder Zeit über etliche Mittel verfügte, auch über so seltene wie Fledermausblut, das sie mit Olibanum vermischte, um eine klebrige Salbe zu erhalten, die sie auf die störenden Wimpern auftrug, welche sie zuvor straff gezupft hatte. Während sie trockneten, hielt sie sie fest und riß sie dann ohne Mühe mitsamt den Haarwurzeln aus. Um zu verhindern, daß sie nachwuchsen, verabreichte sie eine zweite, aus Goldleim und Bleiglanz zusammengesetzte Salbe.

»So, nun seid Ihr gerettet, Silkis.«

Bel-ter-ans Gemahlin lächelte erleichtert.

»Eure Hand ist wundertätig . . . ich habe nichts gespürt!«

»Das freut mich sehr.«

»Ist eine zusätzliche Heilbehandlung erforderlich?«

»Nein, Ihr seid nun von dieser kleinen Mißbildung befreit.«

»Ich würde so sehr wünschen, daß Ihr meinen Gatten pflegen könntet! Seine Hautkrankheit besorgt mich sehr. Er ist

derart beschäftigt, daß er nicht an sein Wohlergehen
denkt ... Ich sehe ihn fast nicht mehr. Er geht früh am
Morgen fort und kehrt am späten Abend, mit Papyri beladen, heim, die er die halbe Nacht lang bearbeitet.«
»Diese Überanstrengung wird wahrscheinlich wie alles ihre
Zeit haben.«
»Ich fürchte, nein. Im Palast schätzt man seine Sachkunde;
im Schatzhaus kann man nicht ohne ihn auskommen.«
»Das sind doch eher gute Nachrichten.«
»Von außen betrachtet, ja, doch für unser Familienleben, auf
das wir beide, er und ich, großen Wert legen ... Die Zukunft
macht mir angst. Man spricht von Bel-ter-an bereits als dem
zukünftigen Vorsteher der Beiden Weißen Häuser! Die ganze
Einnahmen- und Ausgabenverwaltung Ägyptens in seinen
Händen, welch eine erdrückende Verantwortung!«
»Empfindet Ihr nicht Stolz darüber?«
»Bel-ter-an wird sich mehr und mehr von mir entfernen,
aber was kann ich machen? Ich bewundere ihn so sehr!«

*

Die Fischer breiteten ihre Fänge vor Monthmose aus, dem
ehemaligen Vorsteher der Ordnungskräfte, den der Wesir
abgesetzt und im Range des Obersten Fischereiaufsehers
des Deltas in eine kleine Stadt, nahe der Küste, verbannt
hatte. Fett, schwerfällig und behäbig, versank Monthmose in
einer Tag um Tag dumpferen Langeweile und wurde zunehmend teigiger. Er haßte seine armselige Dienstbehausung,
ertrug die stete Fühlung mit den Fischern und Fischhänd-
lern nicht und neigte zu heftigen Zornausbrüchen anläßlich
nichtigster Kleinigkeiten. Wie nur aus diesem Loch herauskommen? Stand er doch mit keinem Höfling mehr in Verbindung.
Als er Denes am Ende der Hafenmauer auftauchen sah,
glaubte er Opfer einer Sinnestäuschung zu sein. Er vergaß
sein Gegenüber und heftete den Blick starr auf die massige
Gestalt des Warenbeförderers, das eckige Gesicht, den zarten

weißen Bartkranz. Er war es tatsächlich, einer der wohlhabendsten und einflußreichsten Männer von Memphis.

»Verschwindet«, befahl Monthmose dem Eigentümer einer
Fischerei, der um eine Genehmigung ersuchte.

Denes sah sich das Schauspiel mit spöttischer Miene an.

»Da habt Ihr Euch nun recht weit von den Tätigkeiten eines
Ordnungshüters entfernt, teurer Freund.«

»Verlacht Ihr etwa mein Unglück?«

»Ich möchte Euch Eure Beschwernis erleichtern.«

Während seiner Laufbahn hatte Monthmose viel gelogen.
Auf dem Gebiet der Arglist, des Verschleierns und der Fall-
gruben betrachtete er sich als wahren Meister, erkannte
jedoch bereitwillig an, daß Denes ihm in all dem durchaus
ebenbürtig war.

»Wer schickt Euch?«

»Ich komme aus eigenem Antrieb. Wollt Ihr Euch rächen?«

»Mich rächen . . .«

Monthmoses Stimme war näselnd geworden.

»Haben wir nicht einen gemeinsamen Feind?«

»Paser, den Richter Paser . . .«

»Ein hinderlicher Mensch«, befand Denes. »Seine Stellung
als Ältester der Vorhalle hat sein Feuer nicht gedämpft.«

Jähzornig ballte der ehemalige Vorsteher der Ordnungskräfte die Fäuste.

»Mich durch diesen mittelmäßigen Nubier ersetzt zu haben,
der wilder ist als sein Affe!«

»Ungerecht und töricht, das ist wahr. Laßt uns diesen Irrtum
wiedergutmachen, wollt Ihr?«

»Was habt Ihr vor?«

»Das Ansehen von Richter Paser zu schädigen.«

»Ist er denn nicht untadelig?«

»Dem Anschein nach, werter Freund! Jeder Mann hat seine
Schwächen. Andernfalls werden wir sie erfinden. Kennt Ihr
dies hier?«

Denes öffnete die rechte Hand. Sie enthielt einen Petschaftring.

»Er bedient sich seiner zum Besiegeln seiner Rechtsvorgänge.«

»Habt Ihr ihn gestohlen?«

»Ich habe ihn nach dem Muster nachmachen lassen, das mir ein Schreiber seiner Verwaltung beschafft hat. Wir werden es auf ein Schriftstück setzen, das ausreichend belastend sein wird, um Richter Pasers Laufbahn ein Ende zu setzen und Euch wieder zu Ehren zu bringen.«

Die Seeluft, obgleich mit strengen Gerüchen befrachtet, erschien Monthmoses Nase mit einem Mal sehr lieblich.

*

Paser stellte die Ebenholzschatulle zwischen Neferet und sich. Er zog das Schubfach auf, nahm Spielsteine aus gebranntem, mit Glasfluß überzogenem Ton heraus, die er auf den dreißig Feldern aus Elfenbein anordnete. Neferet war als erste am Zug; die Spielregel bestand darin, einen Stein aus der Finsternis zum Licht vorzurücken, wobei darauf zu achten war, ihn nicht in eine der auf seinem Weg befindlichen Fallen geraten zu lassen und etliche Pforten hinter sich zu bringen.

Paser beging bereits bei seinem dritten Zug einen Fehler.

»Du bist nicht sonderlich aufmerksam.«

»Ich habe keine Nachricht von Sethi.«

»Ist das tatsächlich ungewöhnlich?«

»Ich fürchte.«

»Wie könnte er mitten in der Wüste mit dir in Verbindung treten?«

Des Richters Gemüt heiterte sich nicht auf.

»Wagst du etwa, allen Ernstes einen Verrat in Betracht zu ziehen?«

»Er müßte zumindest ein Lebenszeichen von sich geben.«

»Denkst du nicht eher an Schlimmeres?«

Paser erhob sich, das Spiel hatte er schon vergessen.

»Du hast unrecht«, behauptete die junge Frau. »Sethi ist am Leben.«

*

Das Gerücht festigte sich und hatte die Wirkung eines Donnerschlages: Bel-ter-an, bereits Oberster Schatzmeister und Oberverwalter der Kornhäuser, war gerade zum Vorsteher der Beiden Weißen Häuser ernannt worden, demnach also zu dem an des Wesirs Weisungen gebundenen Pharaonischen Rat für Handel und Wandel in Ägypten. Ihm oblag nun die Einnahme und Bestandsverwaltung aller edlen Gesteine und Metalle, der eigens für die Tempelbauvorhaben und Handwerksgemeinschaften bestimmten Gerätschaften und Werkzeuge, der Sarkophage, Salböle, Stoffe, Amulette und kultischen Gegenstände. Er würde, von zahlreichen und befähigten Bediensteten unterstützt, den Bauern ihre Erträge entgelten und die Steuern festsetzen.

Als sich die Überraschung gelegt hatte, focht niemand diese Ernennung an. Etliche Beamte am Hofe hatten sich persönlich beim Wesir eingesetzt, um diesen Bel-ter-an zu empfehlen; wenn sein Aufstieg auch nach dem Geschmack mancher etwas zu rasch vonstatten gegangen war, so hatte er doch beachtliche verwalterische Fähigkeiten bewiesen. Neuordnung der Behörden, Verbesserung der Ergebnisse, genauere Überwachung der Ausgaben konnten ihm als Erfolge angerechnet werden, seiner schwierigen Wesensart und einem ausgeprägtem Hang zu obrigkeitlicher Lenkung zum Trotz. Neben ihm gab der ehemalige Oberste Verwalter eine blasse Erscheinung ab; weichlich und behäbig, hatte jener sich in Gewohnheiten verstrickt, und dies mit einer sträflichen Halsstarrigkeit, die selbst seine allerletzten Anhänger entmutigte. Auch wenn er ohne Zutun ein begehrtes Amt erlangt hatte und für eine zähe Arbeit belohnt worden war, ließ Bel-ter-an gleichwohl niemanden über seine Absicht im unklaren, die ausgetretenen Pfade zu verlassen sowie Ansehen und Einfluß der Beiden Weißen Häuser stetig zu mehren. Wesir Bagi, gewöhnlich selbst für einstimmige Loblieder unempfänglich, war schließlich doch von der Fülle günstiger Urteile beeindruckt gewesen.

Bel-ter-ans Amt nahm ein beachtliches Gelände im Herzen von Memphis ein; am Eingang überprüften zwei Wächter die

Besucher mit besonderer Schärfe. Neferet gab sich zu erkennen und geduldete sich, bis ihre Einbestellung bestätigt wurde. Sie ging an einem Verschlag mit Rindern und einem Kleintiergehege entlang, wo die Schreiber der Buchführung die Steuern in Form von Lebendvieh entgegennahmen. Eine Treppe führte zu den Kornspeichern, die sich im Wechselspiel der Abgaben leerten und füllten. Eine Heerschar von Schreibern, unter einem Stoffhimmel sitzend, nahm ein ganzes Stockwerk des Gebäudes ein. Der leitende Steuereinnehmer überwachte ständig den Eingang der Vorratshäuser, wo die Bauern Früchte und Gemüse ablegten.

Die Heilkundige wurde gebeten, in ein anderes Gebäude zu treten; Neferet durchquerte eine aus drei Sälen bestehende Vorhalle, die von vier Säulen unterteilt war, wo hohe Beamte Anhörungen vornahmen und schriftlich festhielten. Ein persönlicher Schreiber geleitete sie dann in einen weiten Saal mit sechs Säulen, in dem Bel-ter-an die Besucher von Rang empfing. Der neue Vorsteher der Beiden Weißen Häuser gab gerade seine Richtlinien und Weisungen an drei seiner Gefolgsleute aus; er sprach schnell, sprang von einem Gedanken zum anderen über, behandelte mehrere Vorgänge gleichzeitig.

»Neferet! Habt Dank, daß Ihr gekommen seid.«

»Eure Gesundheit wird zu einer Reichsangelegenheit.«

»Sie darf meine Tätigkeiten nicht behindern.«

Bel-ter-an entließ seine Untergebenen und zeigte der Heilerin sein linkes Bein. Ein großer roter, von weißen Pusteln umsäumter Fleck breitete sich über mehrere Zentimeter aus.

»Eure Leber ist überlastet, und Eure Nieren arbeiten schlecht. Auf die Haut werdet Ihr einen aus Akazienblüten und Eiweißen zusammengesetzten Balsam auftragen; zudem werdet ihr mehrmals am Tage zehn Tropfen Aloesaft zu Euch nehmen, ohne Eure gewohnten Heilmittel zu vergessen. Seid geduldig und pflegt Euch regelmäßig.«

»Ich muß Euch gestehen, oft nachlässig zu sein.«

»Diese Erkrankung kann ernst werden, wenn Ihr nicht darauf achtgebt.«

»Wie soll ich mich um alles kümmern? Ich würde meinen Sohn gerne öfter sehen, ihm begreiflich machen, daß er mein Erbe sein wird, ihm den Sinn für seine zukünftigen Verantwortlichkeiten schärfen.«

»Silkis beklagt sich über Eure häufige Abwesenheit.«

»Meine liebe und sanfte Silkis! Sie erfaßt die Bedeutsamkeit meiner Anstrengungen. Wie steht es um Paser?«

»Der Wesir hat ihn gerade zu sich bestellt, wahrscheinlich, um mit ihm über Heerführer Aschers Verhaftung zu reden.«

»Ich bewundere Euren Ehemann. Meiner Meinung nach ist er ein Auserkorener mit Vorherbestimmung; in ihm ist ein höherer Wille festgeschrieben, den kein widriger Zufall von seinem Wege abbringen wird.«

*

Bagi war über eine Gesetzesschrift gebeugt, welche die unentgeltliche Benutzung der Fähren für Personen mit geringen Einkünften betraf. Als Paser sich vor ihm einstellte, hob er nicht einmal den Kopf.

»Ich hatte Euch früher erwartet.«

Der schroffe Ton überraschte den Richter.

»Setzt Euch, ich muß meine Arbeit beenden.«

Mit seinen hängenden Schultern, dem runden Rücken, dem länglichen und wenig einnehmenden Gesicht war dem Wesir deutlich die Last der Jahre anzumerken.

Paser, der Bagis Freundschaft geweckt zu haben glaubte, bildete plötzlich den Gegenstand eines kalten Zorns, ohne den Grund hierfür zu wissen.

»Der Älteste der Vorhalle muß sich untadelig zeigen«, tat der Wesir mit belegter Stimme kund.

»Ich habe mich selbst dafür geschlagen, daß dieses Amt nicht mehr länger von Unregelmäßigkeiten befleckt sei.«

»Heute nun bekleidet Ihr es.«

»Erhebt Ihr etwa einen Vorwurf gegen mich?«

»Schlimmer als das, Richter Paser. Wie rechtfertigt Ihr Euer Betragen?«

312

»Wessen werde ich bezichtigt?«

»Ich hätte mehr Aufrichtigkeit geschätzt.«

»Werde ich denn ein weiteres Mal grundlos verurteilt?«

Außer sich stand der Wesir auf.

»Vergeßt Ihr, mit wem Ihr redet?«

»Ich lehne Ungerechtigkeit ab, woher sie auch kommen mag.«

Bagi ergriff ein mit Hieroglyphen bedecktes Holztäfelchen und hielt es Paser unter die Augen.

»Erkennt Ihr dieses Petschaft am Ende des Schreibens?«

»In der Tat.«

»Lest.«

»Es handelt sich um eine Lieferung Fisch erster Wahl in ein Vorratshaus von Memphis.«

»Eine Lieferung, die Ihr angeordnet habt. Nun gibt es aber dieses Lagerhaus nicht. Ihr habt jene Ware ihrer tatsächlichen Bestimmung, nämlich dem Markt der Stadt, hinterzogen. Die Kisten sind in den Nebengebäuden Eures Herrenhauses wiederaufgefunden worden.«

»Eine erfreulich entschieden durchgeführte Ermittlung!«

»Ihr seid angezeigt worden.«

»Von wem?«

»Ein nicht unterzeichneter Brief, dessen Einzelheiten jedoch zutrafen. In Abwesenheit des Vorstehers der Ordnungskräfte war es einer seiner Untergebenen, der sich sogleich um die Nachprüfungen gekümmert hat.«

»Ein ehemaliger Gefolgsmann von Monthmose, nehme ich an.«

Bagi wirkte etwas betreten.

»Stimmt.«

»Habt Ihr nicht die Möglichkeit einer Machenschaft in Erwägung gezogen?«

»Aber gewiß doch. Die Anhaltspunkte weisen in diese Richtung: die Fischhandlungen, für die Monthmose verantwortlich ist, das Einschreiten eines seiner Getreuen, sein Wunsch nach Vergeltung ... Was jedoch bleibt, ist Euere Petschaft unter einem belastenden Schriftstück.«

Der Blick des Wesirs hatte sich gewandelt. Paser las darin die Hoffnung, eine andere Wahrheit zu entdecken.

»Ich besitze den förmlichen Beweis meiner Unschuld.«

»Nichts würde mich mehr erfreuen.«

»Eine schlichte Absicherung«, erklärte Paser. »Mit meinen vielen Prüfungen hat meine Einfalt nachgelassen. Muß nicht jeder rechtmäßige Inhaber eines Petschafts Vorsichtsmaßnahmen ergreifen? Ich ahnte bereits, daß meine Feinde sich früher oder später seiner bedienen würden. Auf jedem meiner amtlichen Schriftstücke drücke ich nach dem neunten und dem einundzwanzigsten Wort einen kleinen roten Punkt auf. Unter meinem Petschaft zeichne ich einen winzigen fünfzackigen Stern ein, der beinahe unter der Tinte zerfließt und nur aus nächster Nähe sichtbar ist. Wollt Ihr diese Tafel bitte genau untersuchen und das Fehlen dieser Kennzeichen nachprüfen.«

Der Wesir stand auf und näherte sich einem Fenster; ein Sonnenstrahl beschien das Schriftstück.

»Sie finden sich nicht darauf«, bestätigte er.

*

Bagi ließ nichts im dunkeln. Er durchforschte zahllose von Paser unterzeichnete Urkunden; weder die roten Punkte noch der kleine Stern fehlten darauf. Statt dieses Geheimnis offenzulegen, riet er dem Ältesten der Vorhalle, doch eher seine Kennzeichnung zu ändern und mit niemandem darüber zu reden.

Auf Befehl des Wesirs verhörte Kem den Ordnungshüter, der die verunglimpfende Anzeige erhalten und es unterlassen hatte, ihn darüber zu unterrichten. Der Mann brach zusammen und gab zu, der Bestechlichkeit erlegen zu sein, als Monthmose ihm die Zusicherung gegeben hatte, daß Richter Paser verurteilt werden würde. Äußerst erzürnt sandte der Nubier einen Trupp von fünf Fußsoldaten ins Delta, der den ehemaligen Vorsteher der Ordnungskräfte, welcher lauthals seine Unschuld beteuerte, nach Memphis zurückbrachte.

»Ich empfange Euch unter vier Augen«, wies Paser hin, »um Euch eine Verhandlung zu ersparen.«

»Man hat mich verleumdet.«

»Euer Mittäter hat gestanden.«

Monthmoses kahler Schädel färbte sich rötlich. Wenn auch von einem fürchterlichen Juckreiz heimgesucht, hielt er sich zurück. Er, in dessen Hand so viele Geschicke gelegen hatten, besaß keinerlei Einfluß auf diesen Gerichtsbeamten. So gab er sich salbungsvoll.

»Die Last des Unheils drückt mich zu Boden, böse Zungen greifen mich an. Wie soll ich mich verteidigen?«

»Gebt es auf und räumt Eure Schuld ein.«

Monthmose atmete schwer.

»Welches Los behaltet Ihr mir vor?«

»Ihr seid nicht würdig zu befehlen. Das bittere Gift, das in Euren Adern fließt, verdirbt alles, was Ihr berührt. Ich schikke Euch nach Byblos, im Libanon, weit entfernt von Ägypten. Ihr werdet einer Mannschaft zur Instandhaltung unserer Schiffe angehören.«

»Mit meinen Händen arbeiten?«

»Gibt es denn ein größeres Glück?«

Monthmoses näselnde Stimme war voller Zorn.

»Ich bin nicht der einzige Schuldige. Denes war es, der mir diese Tat eingeflüstert hat.«

»Wie kann ich Euch glauben? Die Lüge war Eure bevorzugte Fertigkeit.«

»Ich habe Euch gewarnt.«

»Eine befremdliche und unerwartete Güte.«

Monthmose kicherte.

»Güte? Gewiß nicht, Richter Paser! Es wäre eine Wonne, Euch vom Blitz erschlagen, in den Fluten ertränkt, unter einem Gesteinshagel begraben zu sehen! Das Glück wird Euch verlassen, Eure Feinde werden immer zahlreicher werden.«

»Verspätet Euch nicht; Euer Schiff legt in einer Stunde ab.«

31. KAPITEL

Steh auf«, befahl Ephraim.

Nackt, eine hölzerne Zwinge um den Hals, die Arme im Rücken in Höhe der Ellbogen gefesselt, konnte Sethi sich nur mühsam aufrichten. Ephraim zog ihn an einem Strick, der um den Leib geschlungen war.

»Ein Spitzel, ein dreckiger Spitzel! Ich habe mich in dir getäuscht, Kleiner.«

»Weshalb hast du dich in einen Trupp Bergarbeiter eingeschlichen?« fragte Heerführer Ascher sanft.

Sethis Lippen waren trocken, sein Körper durch Fausthiebe und Fußtritte gemartert, seine Haare voller Sand und Blut, aber er beschimpfte seinen Feind. Noch immer sprühte sein Blick Feuer.

»Laßt mich ihn mir vornehmen«, forderte der Ordnungshüter der Wüste im Dienste des Heerführers.

»Später, sein Stolz belustigt mich. Du hofftest, mir eine Falle stellen und beweisen zu können, daß ich an der Spitze eines Goldschmuggels stehe? Gute Eingebung, Sethi. Der Sold eines Heerführers genügte mir nicht. Da es mir unmöglich ist, den Herrscher dieses Landes zu stürzen, kann ich ebensogut meinen Reichtum genießen.«

»Ziehen wir uns weiter in den Norden zurück?« fragte Ephraim.

»Bloß nicht. Das Heer erwartet uns an der Grenze zum Delta. Laßt uns in den Süden aufbrechen und hinter Elephantine vorbei in die Wüste des Westens umschwenken, wo Adafi zu uns stoßen wird.«

Mit Karren, Verpflegung und Wasser könnte es gelingen.

»Ich habe die Karten der einzelnen Brunnen. Habt Ihr das Gold aufgeladen?«

Ephraim lächelte.

»Diesmal ist die Mine tatsächlich erschöpft! Sollten wir uns nicht dieses Kundschafters entledigen?«

»Laßt uns einen aufschlußreichen Versuch durchführen: Wie lange wird er überleben, wenn er den ganzen Tag marschiert und nur zwei Schluck Wasser trinkt? Sethi ist außerordentlich widerstandsfähig. Das Ergebnis wird uns bei der Ertüchtigung der libyschen Truppen von Nutzen sein.«

»Ich würde ihn trotzdem gerne noch verhören«, beharrte der Riese.

»Etwas Geduld. Bei der nächsten Rast wird er weniger starr-köpfig sein.«

*

Grimm. Ein zäher, im ganzen Körper, in jedem Muskel und jedem Schritt eingefressener Grimm. Dank seiner wollte Sethi kämpfen, bis sein Herz aufhören würde, in ihm zu schlagen. Als Gefangener von drei Folterknechten bestand für ihn nicht die geringste Aussicht, zu entwischen. Eben in dem Augenblick, als er Ascher endlich zu fassen glaubte, war sein Sieg in eine völlige Niederlage umgeschlagen. Und es gab keine Möglichkeit, mit Paser Verbindung aufzunehmen, ihn zu benachrichtigen, daß er entdeckt worden war. Seine Heldentat würde nutzlos bleiben, er würde fern von seinem Freund, von Memphis, dem Nil, den Gärten und den Frauen verschwinden. Sterben war töricht. Sethi wünschte keines-wegs, unter die Erde zu gelangen, Zwiesprache mit dem schakalköpfigen Anubis zu halten, Osiris und der Waage des Totengerichts mutig entgegenzutreten; er wollte sich Hals über Kopf verlieben, sich mit seinen Feinden schlagen, zu Pferd durch den Wüstenwind preschen, reicher werden als der vermögendste Würdenträger, und dies nur zu dem einzi-gen Vergnügen, darüber lachen zu können. Doch die Hals-zwinge lastete schwer und schwerer.

Er schleppte sich weiter, von dem Strick gezogen, der ihm

die Haut der Hüften, der Lenden und des Bauchs aufriß; er war an den hinteren Teil des mit Gold beladenen Karrens gebunden, und das Seil spannte sich, sobald er ein Bein nachzog. Die Räder drehten gemächlich, da das Gefährt den schmalen Wüstenweg nicht verlassen durfte, um nicht im Sand festzufahren; für Sethi beschleunigte sich ihre höllische Bewegung Meter um Meter und zwang ihn, das Äußerste aus seinem Körper herauszuholen. Aber immer wenn er aufgeben wollte, beseelte ihn eine neue Lebenskraft. Ein Schritt noch, und noch ein Schritt ...

Und der Tag verstrich durch seinen gequälten Leib.

Der Karren hielt schließlich an. Sethi blieb eine lange Weile stehen, völlig reglos, als verstünde er nicht mehr, sich zu setzen. Dann wurden seine Knie weich, und er sackte zusammen, mit dem Hintern auf die Fersen.

»Hast du Durst, Kleiner?«

Höhnisch schwenkte Ephraim einen Wasserschlauch vor seiner Nase.

»Du bist so stämmig wie ein wildes Tier, aber du wirst es nicht länger als drei Tage durchstehen. Ich habe mit dem Ordnungshüter gewettet, und ich hasse es zu verlieren.«

Ephraim gab dem Gefangenen zu trinken. Die kühle Flüssigkeit erfrischte seine Lippen und strömte in Leib und Seele. Plötzlich stieß ihn der Ordnungshüter mit einem Fußtritt in den Sand.

»Meine Freunde werden sich ausruhen; ich halte Wache und werde dich verhören.«

Der Bergmann trat dazwischen.

»Wir haben eine Wette abgeschlossen; du hast kein Recht, ihn zu zerschinden.«

Sethi blieb mit geschlossenen Augen auf dem Rücken ausgestreckt liegen. Ephraim entfernte sich, der Ordnungshüter strich weiter um den jungen Mann herum.

»Morgen wirst du sterben. Aber zuvor wirst du reden. Ich habe schon zähere Bergarbeiter als dich zerbrochen.«

Sethi vernahm kaum die Schritte, die über den Boden hämmerten.

»Du hast uns vielleicht alles über deinen Auftrag gesagt, aber ich will mir darüber Gewißheit verschaffen. Wie hieltest du die Verbindung mit Richter Paser aufrecht?«

Sethi zeigte ein armseliges Lächeln.

»Er wird mich holen kommen. Ihr drei, ihr werdet alle bestraft.«

Der Ordnungshüter ließ sich neben Sethis Kopf nieder.

»Du bist allein, es ist dir nicht gelungen, mit dem Richter Nachrichten auszutauschen. Niemand wird dir irgendeine Hilfe verschaffen können.«

»Das wird dein letzter Irrtum sein.«

»Die Sonne macht dich irre.«

»Vor lauter Verrat verlierst du den Sinn für die Wirklichkeit.«

Der Ordnungshüter gab Sethi eine Ohrfeige.

»Reiz mich nicht noch mehr, sonst wirst du zum Spielzeug von meinem Hund.«

Die Nacht brach herein.

»Hoffe nicht auf Schlaf; solange du nicht geredet hast, wird mein Dolch dir die Kehle kitzeln.«

»Ich habe alles gesagt.«

»Ich bin mir sicher, daß das nicht stimmt. Weshalb hättest du dich sonst kopfüber in eine Falle gestürzt?«

»Weil ich ein Trottel bin.«

Der Ordnungshüter hieb seinen Dolch haarscharf über dem Kopf des Gefangenen in den Boden.

»Schlaf gut, Kleiner; morgen wird dein letzter Tag sein.«

Trotz der Erschöpfung gelang es Sethi, nicht einzuschlummern. Aus den Augenwinkeln sah er, wie der Ordnungshüter mit dem Zeigefinger über die Spitze und dann über die Schneide seines Dolches fuhr. Gelangweilt legte er ihn dann neben sich. Sethi wußte, daß er sich seiner vor dem Morgengrauen bedienen würde. Sobald dieser merken sollte, daß Sethi schwächer wurde, würde er ihm die Kehle durchschneiden, nur allzu froh, sich eine unnötige Last vom Hals zu schaffen. Er würde sich ohne Mühe vor Heerführer Ascher rechtfertigen können.

Sethi kämpfte. Er wollte es nicht hinnehmen, überrumpelt zu sterben. Wenn der Rohling ihn angriffe, würde er ihm ins Gesicht spucken.

*

Der Mond, der erhabene Krieger, zeigte sein gekrümmtes Messer am Scheitelpunkt des Himmels. Sethi flehte ihn an, sich auf ihn herabzusenken und ihn zu durchbohren, um seine Qualen zu verkürzen. Konnten die Götter ihm denn als Vergeltung für seine Gottlosigkeit nicht diese kümmerliche Gunst gewähren?

Wenn er noch lebte, so einzig und allein wegen der Wüste. In tiefem Einklang mit der Gewalt dieser trostlosen Ödnis, der Dürre und der Einsamkeit, atmete er in ihrem Takt. Das Meer von Sand und Stein wurde sein Verbündeter. Statt ihn zu erschöpfen, gab es ihm wieder Kraft. Dieses Leichentuch, verbrannt von der Sonne und vom Wind gepeitscht, gefiel ihm weit besser als das Grab eines Vornehmen.

Der Ordnungshüter saß noch immer im Sand, auf die Ohnmacht des Gefangenen lauernd. Sobald diesem die Augen zufielen, würde er sich in seinen Schlummer schleichen, wie der räuberische Tod, und ihm seine Seele stehlen. Doch von der Erde genährt und vom Mond getränkt, hielt Sethi weiter stand.

Plötzlich stieß der Folterknecht einen rauhen Schrei aus. Er wedelte gleich einem verwundeten Vogel mit den Armen, versuchte aufzustehen und fiel nach hinten.

Aus der Nacht heraustretend, erschien die Göttin des Todes. In einem Augenblick der Klarsicht begriff Sethi, daß er von Wahnbildern heimgesucht wurde. Durchquerte er nicht bereits den furchterregenden Raum zwischen den Welten, wo abscheuliche Geschöpfe den Verstorbenen anfielen?

»Hilf mir«, forderte die Göttin. »Wir müssen die Leiche umdrehen.«

Sethi richtete sich seitlich auf.

»Panther! Aber wie ...«

»Später. Beeilen wir uns, ich muß den Dolch herausziehen, den ich ihm in den Nacken gebohrt habe.«

Die blonde Libyerin stützte ihren Geliebten, der sich mühsam erhob. Sie stieß den Körper mit den Händen, er mit den Füßen an. Panther riß die Waffe heraus, schnitt Sethis Fesseln durch, nahm ihm die Halszwinge ab und preßte ihn an sich.

»Wie gut es tut, dich zu spüren ... Paser war es, der dich gerettet hat. Er hat mir anvertraut, daß du als Bergmann nach Koptos aufgebrochen seist. Dort habe ich dann erfahren, daß du verschwunden wärst, worauf ich dem Trupp der Ordnungshüter gefolgt bin, der sich brüstete, dich wiederfinden zu können. Der Trupp ist schnell auf den Verräter zusammengeschrumpft, den ich beseitigt habe. Wir Libyer, wir sind mühelos in der Lage, in dieser Hölle zu überleben. Komm, trink etwas.«

Sie zog ihn mit hinter einen Hügel, von wo aus sie das Lager und die Karren beobachtet hatte, ohne gesehen worden zu sein. Mit unglaublicher Kraft hatte Panther zwei Schläuche mitgeschleppt, die sie an jeder Wasserstelle aufgefüllte hatte, sowie einen Beutel Dörrfleisch, einen Bogen und Pfeile.

»Ascher und Ephraim?«

»Die schlafen in den Wagen, in Gesellschaft eines riesigen Hundes. Es ist unmöglich, sie anzugreifen.«

Sethi verlor das Bewußtsein; Panther bedeckte ihn mit Küssen.

»Nein, nicht jetzt!«

Sie half ihm, sich niederzulegen, streichelte ihn und legte sich auf ihn. Trotz der äußersten Schwäche ihres Geliebten verspürte sie mit Wonne das Erwachen seiner Manneskraft.

»Ich liebe dich, Sethi, und ich werde dich retten.«

*

Ein Entsetzensschrei riß Neferet aus ihrem Schlaf. Paser bewegte sich, wachte aber nicht auf. Die junge Frau schlüpfte in ein Kleid und trat hinaus in den Garten.

Eine Dienerin, die frische Milch brachte, war in Tränen aufgelöst. Sie hatte ihre Töpfe fallen lassen, deren Inhalt sich über den Boden ergoß.

»Da«, jammerte sie, mit dem Zeigefinger auf die Steinschwelle weisend.

Neferet kauerte nieder.

Stücke roter Tongefäße, die, wenngleich zerschellt, den mit Pinsel und schwarzer Tinte eingezeichneten Namen von Richter Paser trugen, gefolgt von unverständlichen Zaubersprüchen.

»Der böse Fluch!« rief die Dienerin aus. »Wir müssen dieses Haus sofort verlassen.«

»Ist die Macht der Maat nicht gewaltiger als die der Finsternis?« fragte Neferet, wobei sie die Dienerin bei den Schultern packte.

»Das Leben des Richters wird zerschmettert werden wie diese Gefäße!«

»Glaubst du denn, ich würde ihn nicht verteidigen? Bewache die Bruchstücke. Ich gehe rasch in die Werkstatt.«

Neferet kehrte mit einem Leim zurück, welchen die Ausbesserer von Tongefäßen benutzten. Im Beisein der Dienerin breitete sie die Stücke vor sich aus und fügte sie, nachdem sie die Inschriften ausgewischt hatte, ohne Eile wieder zusammen.

»Du wirst diese Behältnisse dem Weißwäscher geben. Da sie von nun an das Wasser zum Auswaschen der Verschmutzungen aufnehmen, werden sie selbst geläutert.«

Die Dienerin küßte Neferet die Hände.

»Richter Paser hat großes Glück. Die Göttin Maat beschützt ihn.«

»Wirst du uns auch frische Milch bringen?«

»Ich werde meine beste Kuh melken gehen«, erwiderte sie und lief eiligst davon.

*

Der Bauer trieb einen Pfahl in die lockere Erde, der mehr als zweimal so hoch war wie er, und befestigte oben eine lange

biegsame Stange. An das dickere Ende band er ein Gegengewicht aus Lehmstroh und an das spitzere einen Strick, mit
einem Tonbehältnis daran. Mit gemächlicher, jeden Tag
hundertmal wiederholter Bewegung würde er dann an dem
Strick ziehen, das Gefäß in das Wasser des Kanals tauchen,
den Zug lockern, auf daß das Gegengewicht das Gefäß bis in
Höhe der Stange hinaufhöbe, und dessen Inhalt auf die
Erde seines Gartens gieße. In einer Stunde würde er auf
diese Art dreitausendvierhundert Liter schöpfen und seine
Pflanzungen damit bewässern. Dank dieser Vorrichtung wurde das Wasser zu den höher gelegenen Anbauflächen geschafft, welche die Überschwemmung nicht bedeckte.
Als er gerade den ersten Zug ausführen wollte, vernahm der
Bauer ein dumpfes, ganz und gar ungewöhnliches Geräusch.
Die Hände um den Strick geklammert, horchte er genauer
hin. Das Grollen wurde lauter. Besorgt verließ er seinen
Schöpfheber, erklomm den Hang und stellte sich breitbeinig
auf die Böschung.
Starr vor Entsetzen, sah er eine wilde Flutwelle auf sich
zustürzen, die alles auf ihrem Weg verwüstete. Flußaufwärts
war ein Damm gebrochen; Menschen und Vieh ertranken,
vergeblich gegen den schlammigen Strom ankämpfend.

*

Paser war der erste Beamte vor Ort. Zehn Tote, eine Rinder-
herde zur Hälfte vernichtet, fünfzehn zerstörte Schöpfheber ... Das Unglück hatte einen hohen Zoll gefordert.
Von Schanzsoldaten unterstützt, schichteten Arbeiter den
Damm bereits wieder auf; der Wasservorrat jedoch war verloren. Das Reich, vertreten durch die Person des Ältesten der
Vorhalle, der die Bevölkerung auf dem Marktplatz des
nächstgelegenen Dorfes zusammenrief, verpflichtete sich,
sie zu entschädigen und zu nähren. Doch ein jeder wollte
den Verantwortlichen für das Unheil erfahren; daher befragte Paser ausgiebig die beiden Beamten, denen an diesem Ort
die Instandhaltung der Kanäle, Rückhaltebecken und Dei-

che oblag. Kein Fehler war begangen worden; die den Vorschriften entsprechend durchgeführten Überwachungsgänge hatten nichts Außergewöhnliches erkennen lassen. So sprach der Richter die beiden Amtmänner bei einer öffentlichen Sitzung von aller Schuld frei.

Jedermann wußte nun zu benennen, was einzig an allem schuld sein konnte: der böse Fluch. Ein Unsegen war auf den Deich herniedergefahren, bevor er nun das Dorf, dann den Gau und schließlich das ganze Land heimsuchen würde.

PHARAO übte seine beschützende Macht nicht mehr aus. Falls er im laufenden Jahr sein Verjüngungsfest nicht beginge, was würde dann aus Ägypten werden? Das Volk indes blieb trotz allem noch zuversichtlich. Seine Stimme und seine Ansprüche würden bis zu den Vorstehern der Marktflecken, den Gaufürsten, den Würdenträgern am Hofe und bis zu Ramses höchstselbst dringen. Jeder wußte, daß der König viel umherreiste und daß ihm nichts unbekannt war von den Sehnsüchten jener, über die er herrschte. Einer Schwierigkeit gegenübergestellt, bisweilen in der Wirrnis arger Not verloren, hatte er stets den rechten Weg eingeschlagen.

*

Endlich sah der Schattenfresser eine Möglichkeit, zum Ziel zu gelangen. Um sich Richter Paser zu nähern und ihn zum Opfer eines Unglücks zu machen, mußte er zunächst seine Beschützer aus dem Weg räumen. Der gefährlichste von beiden war nicht Kem, sondern der Babuin des Ordnungshüters, mit Reißzähnen, so lang wie die eines Panthers; er war imstande, jedes beliebige Raubtier niederzustrecken. Gleichwohl hatte der Schattenfresser einen angemessenen Gegner aufgestöbert, wenn auch zu einem hohen Preis.

Kems Pavian würde einem anderen Männchen, einem größeren und stämmigeren, nicht standhalten. Der Schattenfresser hatte das Tier angekettet, geknebelt, es zwei Tage lang nicht gefüttert und lauerte nun auf den günstigen Augenblick. Dieser ergab sich dann um die Mittagszeit, als

Kem seinem Affen zu fressen gab. Töter hatte gierig nach dem Stück Ochsenfleisch gegriffen und begann gerade, sich am anderen Ende jener Terrasse daran gütlich zu tun, von wo aus der Nubier Pasers Anwesen beobachtete; dieser aß mit seiner Gemahlin zu Mittag.

Der Schattenfresser ließ seinen Babuin von der Kette und nahm ihm vorsichtig den Maulkorb ab. Vom Geruch des Fleisches angelockt, erklomm er lautlos die weiße Außenmauer und richtete sich jäh vor seinem Artgenossen auf.

Mit vor Zorn geröteten Lippen, blutunterlaufenen Augen und blaurotem Hinterteil bleckte der Angreifer, zu beißen entschlossen, die Zähne. Der Babuin des Ordnungshüters ließ von seinem Mahl ab und trotzte ihm in gleicher Weise. Der Einschüchterungsversuch mißlang; beide sahen im Blick des anderen dieselbe Kampfeslust. Keiner hatte bis dahin einen Laut von sich gegeben.

Als Kems Gespür ihm gebot, sich umzudrehen, war es bereits zu spät. Die beiden Affen brüllten gleichzeitig los und stürzten sich aufeinander.

Es war nun unmöglich, sie zu trennen oder den Feind zu erschlagen; die Paviane bildeten nur noch einen einzigen Körper in unbändiger Bewegung, der sich mal nach links, mal nach rechts drehte. Mit unglaublicher Wildheit und schrille Schreie ausstoßend, zerfleischten sie sich gegenseitig.

Der Kampf dauerte nicht lange. Der unförmige Knäuel hielt jäh inne.

Kem wagte nicht, sich diesem zu nähern.

Sehr langsam tauchte ein Arm hervor und stieß die Leiche des Besiegten zurück.

»Töter!«

Sofort eilte der Nubier zu seinem Affen und konnte ihn gerade noch stützen, als er blutüberströmt zusammenbrach. Um den Preis tiefer Wunden war es ihm gelungen, dem Angreifer die Kehle durchzubeißen.

Der Schattenfresser spie aus vor Wut und machte sich davon.

*

Der Babuin starrte Neferet unentwegt an, während sie seine Verletzungen reinigte, bevor sie sie dann mit Nilschlamm bestrich.

»Leidet er sehr?« fragte Kem fahrig.

»Nur wenige Menschen wären so tapfer.«

»Werdet Ihr ihn retten?«

»Ganz ohne Zweifel. Sein Herz ist so stark wie ein Fels, doch er wird die Verbände und eine verhältnismäßige Bewegungsunfähigkeit über mehrere Tage hinnehmen müssen.«

»Er wird mir gehorchen.«

»Eine Woche lang solltet Ihr ihn nur mäßig füttern. Benachrichtigt mich beim kleinsten Zwischenfall.«

Töters Pfote legte sich auf die Hand der Heilkundigen. In den Augen des Affen stand grenzenlose Dankbarkeit.

*

Der Rat der Ärzte trat zum zehntenmal zusammen.

Zu Qadaschs Gunsten sprachen das Alter, die Bekanntheit, die Erfahrung und sein Fachgebiet als Zahnheilkundler, das PHARAO würde zu schätzen wissen; für Neferet ihre ganz und gar außergewöhnlichen Begabungen als Heilerin, ihre täglich im Siechenhaus bewiesene Sachkunde, die Gewogenheit etlicher Berufsgenossen und die Unterstützung der Königinmutter.

»Meine werten Standesbrüder«, fand der Altersvorsitzende, »die Lage wird zum Ärgernis.«

»Nun, dann laßt uns Qadasch wählen!« griff Neb-Amuns ehemaliger rechter Arm ein. »Mit ihm gehen wir keinerlei Wagnis ein.«

»Was haltet Ihr Neferet vor?«

»Sie ist zu jung.«

»Wenn sie das Siechenhaus nicht mit derartiger Hingabe leiten würde«, hob ein Chirurg hervor, »hätte ich Eure Ansicht geteilt.«

»Das Amt des Obersten Arztes erfordert einen gemessenen Mann, der etwas darstellt, und nicht eine junge Frau, so begabt sie auch sein mag.«

»Im Gegenteil! Sie verfügt über eine Tatkraft, die Qadasch nicht mehr beseelt.«

»In solchen Begriffen von unserem geachteten Standesbruder zu sprechen ist beleidigend.«

»Geachtet ... aber nicht von allen! Soll er nicht in dunkle Geschäfte verwickelt sein, und wird er nicht von Richter Paser verfolgt?«

»Dem Gatten von Neferet, so muß gesagt werden!«

Die Auseinandersetzungen wurden erhitzter, der Ton schärfer.

»Meine werten Brüder, ein wenig Würde!«

»Bringen wir es zu Ende und verkünden Qadaschs Wahl.«

»Das kommt nicht in Frage! Neferet, und niemand sonst!«

Trotz aller Versprechen endete die Sitzung wie gehabt. Ein unerschütterlicher Beschluß wurde gefaßt: Im Lauf der nächsten Zusammenkunft des Rates sollte der neue Oberste Heilkundige des Reiches benannt werden.

*

Bel-ter-an führte seinen Sohn durch sein Anwesen. Der Knabe spielte mit den Papyri, hüpfte auf den Falthockern, zerbrach einen Schreiberpinsel.

»Das genügt«, befahl ihm sein Vater. »Achte die Ausrüstung des hohen Beamten, der du einst sein wirst.«

»Ich will wie du werden und anderen Befehle erteilen, ohne zu arbeiten.«

»Ohne Anstrengung wirst du es nicht einmal zum Schreiber der Felder bringen.«

»Ich will lieber reich sein und Ländereien besitzen.«

Pasers Ankunft unterbrach das Zwiegespräch. Bel-ter-an übergab seinen Sohn einem Diener, der ihn zum Übungsplatz brachte, wo er das Reiten lernte.

»Ihr wirkt besorgt, Paser.«

»Ich habe keinerlei Kunde über Sethis Schicksal.«

»Und Ascher?«

»Nicht die geringste Spur. Die Grenzfesten haben nichts vermeldet.«

»Sehr ärgerlich.«

»Wie steht es Eurer Ansicht nach um Denes' Buchführung?«

»Unregelmäßigkeiten, gewiß, erkennbar absichtliche Fehler und Unterschlagungen.«

»Genügt es, um ihn unter Anklage zu stellen?«

»Ihr steht kurz vor Eurem Ziel, Paser.«

*

Die Nacht war lau. Nach einer irren Jagd um den Lotosteich schlief Brav zu Füßen seines Herrn. Von einem langen Tag im Siechenhaus ermattet, war Neferet eingeschlummert. Und der Richter bereitete im Schein zweier Lampen die Anklageschrift vor.

Ascher hatte sich durch seine Flucht, welche die vorherigen Klagegründe bestätigte, selbst verurteilt. Denes hatte das Schatzhaus betrogen, Waren veruntreut, Gewissen bestochen. Scheschi stand an der Spitze ungesetzlicher Geschäfte. Qadasch konnten als Mitwisser all diese dunklen Umtriebe nicht verborgen geblieben sein. Zahlreiche genau dargelegte Sachverhalte und niederschmetternde Zeugenaussagen, ob nun mündliche oder schriftliche, würden den Geschworenen unterbreitet werden.

Das hohe Ansehen der vier Männer würde die Gerichtsverhandlung nicht überstehen, mehr oder minder schwere Strafen müßten ihnen auferlegt werden. Der Richter könnte damit die Verschwörung vielleicht zerschlagen, doch bliebe ihm dann noch, Sethi wiederzufinden und seinen Weg zur Wahrheit fortzusetzen; einen Weg, der schließlich zum Mörder seines Meisters Branir führen würde.

32. KAPITEL

Der Strauß witterte die Gefahr und hielt inne. Wenn auch außerstande davonzufliegen, schlug er mit den Flügeln, führte einige Tanzschritte aus, um die aufgehende Sonne zu begrüßen, und preschte dann blitzschnell in Richtung einer Düne davon. Sethi hatte vergebens versucht, seinen Bogen zu spannen. Seine Muskeln schmerzten, wie von Starrkrampf befallen. Panther versuchte, seine Muskulatur zu lockern, und rieb ihn mit einer Salbe ein, die sie in einer kleinen bauchigen Flasche an ihrem Gurt verwahrte.

»Wie oft hast du mich betrogen?«

Sethi stieß einen Seufzer der Erbitterung aus.

»Wenn du dich weigerst, mir zu antworten, verlasse ich dich. Vergiß nicht, daß ich einen Wasserschlauch und Dörrfleisch besitze.«

»So viele Mühen, um es dahin zu bringen?«

»Wenn man die Wahrheit erfahren will, ist keine Prüfung zu schwer. Richter Paser hat mich überzeugt.«

Sethi überkam ein augenblickliches Wohlgefühl. Bald würden Ephraim und Ascher den Tod des Ordnungshüters bemerken und die Suche nach dem Gefangenen beginnen.

»Wir sollten uns schnellstens davonmachen.«

»Antworte mir erst.«

Der Dolch schwebte über Sethis Leib.

»Wenn du mich betrogen hast, mache ich dich zum Eunuchen!«

»Du weißt ja von meiner Heirat mit Tapeni.«

»Ich werde sie mit meinen eigenen Händen erwürgen. Sonst noch eine?«

»Selbstverständlich nicht.«

»Und in Koptos, dieser Stadt der Ausschweifungen ...«

»Ich habe mich als Bergarbeiter verpflichtet. Danach kam sofort die Wüste.«

»In Koptos bleibt niemand keusch.«

»Ich schon.«

»Ich hätte dich gleich töten sollen, als ich dir begegnet bin.«

»Sieh!«

Ephraim hatte soeben die Leiche entdeckt. Er band den Hund los. Dieser schnüffelte in den Wind, war jedoch nicht willens, von seinem Herrn zu weichen. Der Bergmann beriet sich mit Ascher; und schon nahmen sie ihren Weg wieder auf. Aus Ägypten zu fliehen und das Gold zu retten, schien ihnen wichtiger, als einem stark geschwächten Gegner nachzustellen. Da der Ordnungshüter beseitigt war, mußten sie nur noch durch zwei teilen.

»Sie ziehen weiter«, flüsterte Panther.

»Folgen wir ihnen.«

»Hast du den Verstand verloren?«

»Ascher wird mir nicht entwischen.«

»Vergißt du deinen Zustand?«

»Dank dir bessert er sich mit jeder Stunde. Das Gehen wird mich wieder kräftigen.«

»Ich bin in einen Wahnsinnigen verliebt.«

*

Auf der Terrasse seines Herrenhauses sitzend, bewunderte Paser den Himmel im Osten. Da er keinen Schlaf fand, hatte er sein Gemach verlassen, um sich der Sternennacht anzuvertrauen. Der Himmel war so klar, daß er im Norden die Umrisse der Pyramiden von Gizeh erspähte, in ein dunkles Blau gehüllt, in dem das erste Blut des Morgens zum Vorschein kam. Fest verwurzelt in einem Jahrtausende währenden Frieden, aus Stein, Liebe und Wahrheit geschaffen, entfaltete Ägypten sich im Geheimnis der bevorstehenden Geburt des Tages. Paser war nicht mehr der Älteste der Vorhalle, ja nicht einmal mehr Richter; ganz in der Unendlichkeit aufgegangen, in der sich die unwirkliche Vermählung des Sichtbaren und des Unsichtbaren feierlich vollzog, im Seelenbündnis mit dem Geist der Ahnen, deren Gegenwart in jedem Raunen seiner Erde fühlbar blieb, suchte er sich selbst zu vergessen.

Barfüßig und lautlos tauchte Neferet neben ihm auf.

»Es ist noch so früh ... Du solltest schlafen.«

»Das ist meine liebste Stunde. In wenigen Augenblicken wird das Gold den Saum der Berge erleuchten und der Nil wieder aufleben. Weshalb bist du so besorgt?«

Wie ihr gestehen, daß er, der sich seiner Wahrheiten sichere Gerichtsbeamte, Opfer eines Zweifels war? Man hielt ihn für unerschütterlich, den Ereignissen gegenüber unempfindlich, während doch das geringste dieser Vorkommnisse ihn bisweilen wie eine Verletzung zeichnete. Paser vermochte das Vorhandensein des Bösen nicht hinzunehmen und sich an das Verbrechen nicht zu gewöhnen. Die Zeit löschte Branirs Tod nicht aus, den zu rächen er außerstande war.

»Es überkommt mich die Lust, allem zu entsagen, Neferet.«

»Du bist erschöpft.«

»Ich teile Kems Ansicht. Die Gerechtigkeit ist, sofern es sie gibt, nicht anwendbar.«

»Fürchtest du etwa einen Mißerfolg?«

»Meine Klageschriften sind unangreifbar, meine Anschuldigungen stichhaltig, meine Beweisgründe zwingend ... Denes, oder einer seiner Spießgesellen, könnte sich jedoch noch einer rechtlichen Waffe bedienen und das geduldig errichtete Gebäude zerstören. Wenn dem so ist, weshalb dann noch weitermachen?«

»Das ist bloß ein Augenblick des Überdrusses.«

»Die höchste Vorstellung von Ägypten ist Erhabenheit, doch sie verhindert nicht, daß es einen Heerführer Ascher geben kann.«

»Ist es dir nicht geglückt, seine Umtriebe zu bremsen?«

»Nach ihm kommt ein anderer, dann noch einer ...«

»Nach einem Kranken kommt ein anderer, dann noch einer ... Sollte man deswegen die Pflege einstellen?«

Er ergriff zärtlich ihre Hände.

»Ich bin meines Amtes nicht würdig.«

»Die unnötigen Worte beleidigen Maat.«

»Zweifelt ein wahrhaftiger Richter etwa an der Gerechtigkeit?«

»Du stellst nur dich selbst in Frage.«

Die junge Sonne überflutete sie mit einem zugleich elfenbeinernen und liebkosenden Strahl.

»Es ist unser Leben, das ich aufs Spiel setze, Neferet.«

»Wir ringen nicht für uns selbst, sondern um das Licht, das uns eint, heller erstrahlen zu lassen. Von unserem Weg abzuweichen wäre verbrecherisch.«

»Du bist stärker als ich.«

Sie lächelte belustigt.

»Morgen wirst du es sein, der mich stützt.«

Geeint erlebten sie die Geburt des Tages.

*

Bevor er zum Haus des Wesirs aufbrach, nieste Paser ein dutzendmal und beklagte sich über einen starken Schmerz im Nacken. Neferet bekundete keinerlei Aufgeregtheit; sie hieß ihn einen Absud von Blättern und Rinde der Weide* trinken, ein Arzneimittel, das sie häufig anwendete, um Fieber und die verschiedensten Leiden zu heilen.

Die Linderung erfolgte rasch. Paser atmete leichter und stellte sich gestärkt vor einem zunehmend gebeugteren Bagi ein.

»Hier überbringe ich Euch den vollständigen Vorgang Heerführer Ascher betreffend sowie den Warenbeförderer Denes, den Metallkundler Scheschi und den Zahnheilkundler Qadasch. In meiner Eigenschaft als Ältester der Vorhalle erbitte ich von Eurer Seite die Durchführung einer Gerichtsverhandlung mit den Hauptanklagepunkten des Hochverrats, des Angriffs auf die Sicherheit des Reiches, des Tötungsver-

---

* Einige Weidenarten (Salix) enthalten Seligenin, verwandt mit der Salizylsäure, den wesentlichen Bestandteil des Aspirin.

suchs mit Vorbedacht, der Veruntreuung, Unterschlagung und Pflichtverletzung im Amt. Manche Sachverhalte stehen zweifelsfrei fest, andere bleiben noch im dunkeln. Die Beweise sind indes derart, daß es mir unnötig schien, noch länger zu warten.«

»Die Angelegenheit ist von einer außerordentlichen Bedenklichkeit.«

»Dessen bin ich mir bewußt.«

»Die Beklagten sind namhafte Persönlichkeiten.«

»Ihre Vergehen sind deshalb nur um so sträflicher.«

»Ihr habt recht, Paser. Ich werde die Verhandlung nach dem Fest der Göttin Opet* eröffnen, obwohl Ascher weiter unauffindbar bleibt.«

»Sethi ebenfalls.«

»Ich teile Eure Besorgnis. Daher auch habe ich einer Einheit Fußsoldaten befohlen, im Beisein von ortskundigen Ordnungshütern die Wüste rund um Koptos zu durchkämmen. Habt Ihr in Euren Schlußfolgerungen den Mörder von Branir benannt?«

»Da bin ich gescheitert. Ich verfüge über keinerlei Gewißheit.«

»Ich will seinen Namen erfahren.«

»Niemals werde ich die diesbezüglichen Ermittlungen fallenlassen.«

»Neferets Bewerbung für das Amt des Obersten Arztes ist etwas hinderlich. Einige werden nicht versäumen hervorzuheben, daß Qadaschs Anklage den Weg für Eure Gattin freimacht, und werden sie herabzuwürdigen suchen.«

»Darüber habe ich bereits nachgesonnen.«

»Was meint Neferet dazu?«

»Falls Qadasch Mittäter ist, muß er bestraft werden.«

»Ihr dürft Euch keinen Mißerfolg erlauben. Weder Denes noch Scheschi werden leichte Beute abgeben. Und ich fürchte eine jener plötzlichen Wendungen, die man von

---

* Nilpferdgöttin, verkörpert die Fruchtbarkeit, sowohl im spirituellen als auch im materiellen Sinne.

Ascher gewohnt ist. Die Verräter besitzen eine besondere Gabe, Ihre Frevel zu rechtfertigen.«

»Ich setze meine Hoffnungen in Euer Gericht. Die Lüge wird dort scheitern.«

Bagi legte die Hand auf das kupferne Herz, das er am Hals trug. Mit dieser Gebärde stellte er das Bewußtsein seiner Pflicht über alles.

*

Die Verschwörer hatten sich in dem aufgegebenen Hof zusammengefunden, in dem sie sich in dringenden Fällen zu bereden pflegten. Denes, gewöhnlich siegesgewiß und selbstsicher, schien bekümmert.

»Wir müssen sehr rasch handeln. Paser hat eine Klageschrift bei Bagi eingereicht.«

»Gemunkel oder Tatsache?«

»Die Sache steht bereits im Sitzungsverzeichnis des Wesirs und wird nach dem Opet-Fest verhandelt werden. Daß Ascher mit einbezogen wird, ist eine Genugtuung, doch ich will mein Ansehen nicht gefährdet sehen.«

»Sollte der Schattenfresser Richter Paser nicht handlungsunfähig machen?«

»Das Mißgeschick hat gegen ihn gewirkt, aber er wird von seinem Opfer nicht ablassen.«

»Ein nettes Versprechen, das die Anklageerhebung gegen Euch indes nicht verhindert!«

»Wir sind Herr der Lage, vergeßt das nicht. Es wird genügen, uns eines Bruchteils unserer Macht zu bedienen.«

»Ohne uns bloßzustellen?«

»Das wird nicht nötig sein. Ein einfacher Brief wird ausreichen.«

Denes' Vorhaben wurde gebilligt.

»Um solche Ängste nicht mehr erleben zu müssen«, fügte er hinzu, »schlage ich vor, einen der Abschnitte unseres Plans vorzuziehen: nämlich die Ablösung des Wesirs. Damit werden Richter Pasers zukünftige Schritte wirkungslos sein.«

»Ist das nicht ein wenig zu früh?«

»Überzeugt Euch selbst: Der Zeitpunkt ist günstig geworden.«

*

Unter Aschers und Ephraims überraschten Blicken sprang der riesige Bluthund aus dem Karren und stieb auf eine kleine, mit Geröll bedeckte Kuppe zu.

»Seit dem Tod seines Herrn«, sagte Ephraim, »ist er wie toll.«

»Wir brauchen ihn nicht mehr«, meinte der Heerführer. »Ich habe jetzt die Gewißheit, daß wir den Erkundungsrunden entwischt sind. Der Weg ist frei.«

Mit Schaum vor den Lippen führte der Bluthund unwahrscheinliche Sprünge aus. Er schien von Fels zu Fels zu fliegen, dem scharfen Feuerstein gegenüber unempfindlich. Sethi zwang Panther, sich flach in den Sand zu drücken, und spannte den Bogen. In Reichweite der Pfeile blieb der Hund stehen.

Mensch und Tier beäugten sich herausfordernd. Im Bewußtsein, das Ziel nicht verfehlen zu dürfen, wartete Sethi den Angriff ab. Einen Hund zu töten mißfiel ihm. Plötzlich stieß das Tier einen verzweifelten Laut aus und kauerte sich nach Art eines Sphinx nieder. Sethi legte seinen Bogen ab und ging auf den Hund zu. Gefügig ließ dieser sich streicheln. In seinen Augen war Überdruß und Furcht zu lesen. Würde er, von einem unerbittlichen Herrn befreit, angenommen werden?

»Komm.«

Der Schwanz wedelte fröhlich. Sethi hatte einen neuen Verbündeten.

*

Betrunken und schwankend betrat Qadasch das Haus des Bieres. Die Gerichtsverhandlung, in die er zwangsläufig hineingezogen werden würde, erfüllte ihn mit Schrecken. Trotz

Denes' Zusicherungen und des sicheren Fundamentes der
Verschwörung war dem Zahnheilkundler zunehmend ängst-
licher zumute. Er fühlte sich nicht in der Lage, Richter Paser
zu trotzen, und fürchtete, infolge seiner Anklage dem Amt
des Obersten Heilkundigen auf immer entsagen zu müssen.
Daher verspürte er ein unbändiges Bedürfnis, sich zu betäu-
ben; und weil der Wein ihm keine ausreichende Erleichterung verschaffte, gedachte er, sich von seiner Anspannung
im Schoß einer Dirne zu befreien.
Sababu hatte wieder die Leitung des größten Freudenhauses
von Memphis übernommen, dessen guten Ruf sie weiterhin
bewahrte. Ihre Mädchen verstanden sich darauf, Gedichte
aufzusagen, zu tanzen und Musik zu machen, bevor sie ihre
Liebeskunst einer vornehmen und wohlhabenden Kund-
schaft feilboten.
Qadasch stieß den Türhüter, schob eine Flötenspielerin beiseite und stürzte sich auf eine äußerst junge Nubierin, die
eine mit feinen Backwaren bedeckte Platte trug. Er warf sie
auf die vielfarbigen Kissen und versuchte, sie zu vergewalti-
gen. Das Geschrei des Mädchens ließ Sababu herbeilaufen,
die den Zahnheilkundler mit aller Kraft zurückriß.
»Ich will sie.«
»Diese Kleine ist nur eine Dienerin.«
»Ich will sie trotzdem!«
»Verlaßt augenblicklich dieses Haus.«
Das junge Ding flüchtete sich in Sababus Arme.
»Ich werde bezahlen, was Ihr fordert.«
»Behaltet Eure Habe und verschwindet.«
»Ich werde sie bekommen, ich schwöre Euch, ich werde sie
bekommen!«
Qadasch entfernte sich nicht vom Haus des Bieres. In der
Dunkelheit kauernd, beobachtete er den Ausgang der Be-
diensteten. Kurz nach Tagesanbruch traten die Nubierin
und andere junge Dienerinnen den Heimweg an.
Qadasch folgte seinem Opfer. Als sie schließlich in ein men-
schenleeres Gäßchen gelangten, packte er sie um den Leib
und preßte ihr eine Hand auf den Mund. Die Nubierin

wehrte sich nach Kräften, doch der Zahnheilkundler war derart außer Rand und Band, daß sie ihm kaum Widerstand leisten konnte. Qadasch riß ihr das Gewand herunter, ließ sich schwer auf sie fallen und vergewaltigte sie.

*

»Meine werten Standesbrüder«, hob der Altersvorsitzende des Rates der Heilkundigen an, »wir können die Ernennung des Obersten Arztes des Reiches nicht länger hinauszögern. Da sich kein anderer Anwärter vorgestellt hat, müssen wir also zwischen Neferet und Qadasch wählen. Wir werden die Beratungen fortsetzen, bis eine Entscheidung gefällt ist.« Diese Vorgabe fand allgemeine Zustimmung. Jeder der Heiler meldete sich zu Wort, mal mit Ruhe, mal mit Ungestüm. Qadaschs Anhänger versprühten Gift gegen Neferet. Nutze sie die Stellung ihres Gemahls nicht aus, um den Zahnheilkundigen anklagen zu lassen und ihn somit aus dem Weg zu räumen? Einen dermaßen berühmten Standesbruder zu verunglimpfen und seinen guten Ruf zu beschmutzen seien schändliche Vorgehensweisen, welche die Untauglichkeit der jungen Frau erkennen ließen.

Ein Chirurg im Ruhestand fügte hinzu, daß Ramses der Große zusehends häufiger an den Zähnen leide und den Beistand eines erfahrenen Fachmannes sicherlich vorziehen werde. Müsse man nicht zuallererst an die Person von PHARAO denken, von der Gedeih und Wohlstand des Landes abhänge? Niemand focht diese Begründung an.

Gegen Ende der vier Stunden dauernden Wortgefechte schritt man zur Wahl.

»Qadasch wird der nächste Oberste Arzt des Reiches sein«, erklärte der Altersvorsitzende zum Schluß.

*

Zwei Wespen schwirrten um Sethi und griffen dann den Bluthund an, der an einem Stück Dörrfleisch kaute. Der

junge Mann beobachtete ihr Treiben und machte endlich
ihr in einem Erdloch verborgenes Nest aus.

»Das Glück kehrt zurück. Zieh dich aus.«

Panther erfreute die Aufforderung. Nackt schmiegte sie sich
an ihn.

»Lieben werden wir uns später.«

»Aber weshalb . . .«

»Jeder Zoll meines Körpers muß geschützt sein. Ich werde
einen Teil des Nestes ausgraben und es in einen Wasserschlauch stecken.«

»Wenn sie dich stechen, wirst du sterben! Diese Wespen sind
gefährlich.«

»Ich habe die feste Absicht, sehr alt zu werden.«

»Um mit anderen Frauen zu schlafen?«

»Hilf mir, mich zu vermummen.«

Nachdem er die genaue Stelle gefunden hatte, begann Sethi
zu graben. Panther lenkte seine Bewegungen aus der Ferne.
Trotz des wütenden Ansturms drangen die Stacheln der
Wespen nicht durch den Stoff. Sethi verstaute ein Gutteil des
brummenden Schwarms in dem Schlauch.

»Was beabsichtigst du damit?«

»Eine geheime Kriegslist.«

»Hör auf, mich zu verspotten.«

»Hab Vertrauen.«

Sie legte die Hand auf seine Brust.

»Ascher darf nicht entkommen.«

»Sei unbesorgt, die Wüste ist mir vertraut.«

»Wenn wir seine Spur verlören . . .«

Sie kniete nieder und streichelte ihm die Oberschenkel mit
einer derart boshaften Langsamkeit, daß Sethi unfähig war,
ihr zu widerstehen. Zwischen einem Nest blindwütiger Wespen und einem dösenden Bluthund genossen sie ihre Jugend mit ungestillter Leidenschaft.

*

Neferet war erschüttert.

Seit sie ins Siechenhaus gebracht worden war, weinte die junge Nubierin unaufhörlich. An Leib und Seele verletzt, klammerte sie sich wie eine Schiffbrüchige an das Handgelenk der Heilkundigen. Der rohe Mensch, der sie vergewaltigt und ihr dabei die Jungfräulichkeit geraubt hatte, war entflohen, doch mehrere Personen hatten eine recht genaue Beschreibung von ihm abgegeben. Indes würde einzig die unmittelbare Aussage des Opfers zu einer förmlichen Anklage führen.

Neferet behandelte die gemarterte Scheide und verordnete dem jungen Mädchen Beruhigungsmittel. Das nervlich bedingte Zittern ließ nach, sie willigte ein, etwas zu trinken.

»Möchtest du reden?«

Der wirre Blick der hübschen Schwarzen heftete sich auf ihre Beschützerin.

»Werde ich wieder gesund werden?«

»Das verspreche ich dir.«

»Da sind Geier in meinem Kopf, sie zerfleischen meinen Leib . . . Ich will kein Kind von diesem Ungeheuer!«

»Du wirst keines bekommen.«

»Und wenn ich schwanger würde?«

»Dann würde ich selbst die Leibesfrucht abtreiben.«

Die Nubierin brach erneut in Tränen aus.

»Er war alt«, verriet sie zwischen zwei Schluchzern, »und er roch nach Wein. Als er mich im Haus des Bieres angegriffen hat, habe ich seine roten Hände, seine vortretenden Backenknochen und die blauroten Äderchen auf seiner großen Nase bemerkt. Ein Dämon, ein wahrer Dämon mit weißen Haaren!«

»Kennst du seinen Namen?«

»Meine Herrin kennt ihn.«

*

Es war das erste Mal, daß Neferet sich in diese Stätte der Lüste wagte, in der aller Zierat und jegliche Düfte zur Hingabe der Sinne verleiteten. Um diese anzuregen, hatte Sababu einen etwas schwülstigen, doch wirkungsvollen Geschmack entfaltet. Die Freudenmädchen durften hier keine Mühe haben, die an Liebesmangel leidenden Besucher zu betören. Die Eigentümerin ließ die Heilkundige nicht warten, von der sie einst in Theben behandelt worden war.

»Ich bin glücklich, Euch empfangen zu können. Fürchtet Ihr nicht um Euren guten Ruf?«

»Er ist mir gleichgültig.«

»Ihr habt mich geheilt, Neferet. Seitdem ich Eure Anweisungen wortgetreu befolge, ist mein Muskel- und Gelenkreißen verschwunden. Ihr wirkt so angespannt, so bekümmert ... Sollte dieser Ort Euch sittlich entrüsten?«

»Eine Eurer Dienerinnen ist auf die niederträchtigste Art vergewaltigt worden.«

»Ich glaubte, diese Freveltat gebe es in Ägypten nicht mehr!«

»Ein nubisches Mädchen, das ich im Siechenhaus gepflegt habe. Der Körper wird wieder gesunden, doch sie wird nie wieder vergessen. Sie hat mir eine Beschreibung des Unholds geliefert und behauptet, Ihr kenntet seinen Namen.«

»Falls ich ihn Euch nenne, werde ich dann vor Gericht erscheinen müssen?«

»Mit Sicherheit.«

»Vertraulichkeit und Zurückhaltung sind meine einzigen Glaubensgrundsätze.«

»Wie Ihr wollt, Sababu.«

Die Heilkundige wandte sich um.

»Ihr müßt mich verstehen, Neferet! Wenn ich erscheine, wird man feststellen, daß mein Stand ungesetzlich ist.«

»Mich kümmert allein der Blick dieses Mädchens.«

Sababu biß sich auf die Lippen.

»Wird Euer Gatte mir helfen, dieses Haus zu behalten?«

»Wie könnte ich Euch das zusagen?«

»Der Verbrecher heißt Qadasch. Er hat sich bereits hier im Haus auf die Kleine gestürzt. Er war betrunken und gewalttätig.«

*

Düster und verdrossen ging Paser unruhig auf und ab.

»Ich weiß nicht, wie ich dir die schlechte Nachricht enthüllen soll, Neferet.«

»Ist es so schlimm?«

»Eine Ungerechtigkeit, eine Ungeheuerlichkeit!«

»Nun denn, gerade über ein Ungeheuer wollte ich mit dir reden. Du mußt es auf der Stelle festsetzen.«

Er trat auf sie zu und nahm ihr Gesicht in seine Hände.

»Du hast geweint.«

»Die Angelegenheit ist sehr ernst, Paser. Ich habe eine Nachforschung angestellt, nun ist es an dir, die Sache zu Ende zu bringen.«

»Qadasch ist zum Obersten Heilkundigen des Reiches erwählt worden. Die amtliche Bestallung wurde mir soeben zugestellt.«

»Qadasch ist ein Mörder der übelsten Sorte: Er hat ein jungfräuliches Mädchen vergewaltigt.«

33. KAPITEL

Ephraim und Ascher legten eine Rast ein, bevor sie, Elephantine umgehend, die Grenze im Süden überschreiten würden. Sie wählten eine Höhle, in der sie eine friedliche Nacht verbringen wollten, nachdem sie den Karren im Innern in Deckung gebracht hatten. Der Heerführer kannte die Standorte der Grenzbefestigungen und würde durch die Maschen des Netzes zu schlüpfen verstehen. Danach würde er seinen Reichtum in Libyen, bei seinem Freund Adafi, genießen und Beduinen ausbilden, die für Unsicherheit in Ägypten sorgen sollten. Und falls sich die Zukunft als glücklich erwiese, könnte man letzten Endes vielleicht doch einen Einfall ins Delta und die Aneignung der besten Böden im Nordwesten erwägen.

Ascher lebte nur noch dafür, seinem Heimatland zu schaden. Als er ihn in die Flucht trieb, hatte Richter Paser einen Feind geschaffen, dessen Hinterlist und Beharrlichkeit zerstörerischer sein sollten als ein ganzes Heer. Zufrieden schlief der Heerführer ein, während sein Spießgeselle Wache bezog.

*

Den Wasserschlauch in der rechten Hand, kroch Sethi zur Kante des Felsvorsprungs, der über den Höhleneingang ragte. Mit zerkratzter Brust kam er nur mühsam voran, wobei er achtgab, keinen Stein zum Rollen zu bringen, der seine Gegenwart verraten hätte. Würde er flink genug sein, das Nest aus dem Schlauch herauszubringen, ohne gestochen zu werden, geschickt genug, um es ins Innere der Höhle zu werfen? Sethi hatte nur diesen einen Versuch.

Am äußersten Punkt des Überhangs angelangt, sammelte er sich. Auf dem Bauch liegend, kam er wieder zu Atem und lauschte. Nicht ein Laut. Hoch am Himmel zog ein Falke seine Kreise. Sethi nahm den Stopfen ab, ließ seinen Arm wie ein Pendel schwingen und schleuderte das Nest in Richtung des Unterschlupfs seiner Feinde.

Ein höllisches Brummen brach in die Stille der Wüste. Ephraim lief aus der Höhle. Er war von wütenden Wespen umschwirrt. Taumelnd versuchte er, sie zu verscheuchen, doch vergebens. Von hundert Stichen heimgesucht, sackte er zusammen, griff sich mit den Händen an den Hals und starb einen Erstickungstod.

Ascher hatte unter den Karren springen können und sich nicht mehr gerührt. Als die Wespen verschwunden waren, trat er mit dem Schwert in der Hand aus der Höhle.

Ihm gegenüber standen Sethi, Panther und der Bluthund.

»Drei gegen einen ... Fehlt es dir an Mut?«

»Wie wagt es ein Verräter nur, von Tapferkeit zu reden?«

»Ich besitze viel Gold. Fändet ihr beide nicht Gefallen an Reichtum?«

»Ich werde dich töten, Ascher, und deinen Schatz an mich nehmen.«

»Du träumst wohl. Dein Hund hat seine Angriffslust verloren, und du hast keine Waffe.«

»Ein weiterer Irrtum, Heerführer.«

Panther hob den Bogen und die Pfeile auf und reichte sie Sethi. Ascher wich zurück, das Nagergesicht verzerrte sich.

»Wenn du mich tötest, wirst du dich in der Wüste verirren.«

»Panther ist eine ausgezeichnete Führerin. Und ich selbst fühle mich in diesem Gebiet allmählich heimisch. Wir werden überleben, sei ganz sicher.«

»Ein menschliches Wesen hat nicht das Recht, die Hand gegen ein anderes menschliches Wesen zu erheben, so lautet das Gesetz. Du wirst es nicht wagen, mich zu töten.«

»Wer soll glauben, du wärst noch ein menschliches Wesen?«

»Rache erniedrigt. Wenn du dich eines Mordes schuldig machst, wirst du von den Göttern verdammt werden.«

»Daran glaubst du nicht mehr als ich. Falls es sie gibt, werden sie mir dankbar sein, die giftigste aller Nattern beseitigt zu haben.«

»Die Ladung im Wagen ist nur ein Teil meines Schatzes. Komm mit mir, und du wirst reicher sein als ein thebanischer Vornehmer.«

»Und wohin soll es gehen?«

»Zu Adafi, nach Libyen.«

»Er wird mich pfählen.«

»Ich würde dich als meinen treuesten Freund einführen.«

Panther hielt sich hinter Sethi. Er hörte sie näher kommen. Libyen, ihr Land! Mußte Aschers Vorschlag sie nicht locken? Sethi in ihre Heimat mitnehmen, ihn ganz für sich haben, im Wohlstand leben ... Wie all diesen Versuchungen widerstehen? Dennoch drehte er sich nicht um. Zogen Verräter es nicht vor, meuchlings zuzuschlagen?

Panther gab Sethi einen Pfeil.

»Du tust unrecht«, fügte Ascher mit pfeifender Stimme hinzu. »Wir sind wie geschaffen, einander zu verstehen. Du bist ein Abenteurer wie ich; Ägypten erstickt uns. Wir brauchen weitere Horizonte.«

»Ich habe dich einen Ägypter foltern sehen, einen wehrlosen Mann, der vor Angst umkam. Du hast nicht das geringste Mitleid bekundet.«

»Ich wollte sein Geständnis. Er drohte, mich anzuzeigen. Du hättest dich genauso verhalten wie ich.«

Sethi spannte seinen Bogen und schoß. Der Pfeil bohrte sich zwischen die Augen.

Panther fiel ihrem Geliebten um den Hals.

»Ich liebe dich, und wir sind reich!«

*

Kem hatte Qadasch in seinem Haus, zur Stunde des Mittagsmahls, festgenommen. Er las ihm die Anklageschrift vor und fesselte ihm die Hände. Mit schwerem Kopf und trübem Blick begehrte der Zahnheilkundige nur schwach auf. Er wurde sogleich zu Richter Paser geführt.

»Gebt Ihr Eure Schandtat zu?«

»Selbstverständlich nicht!«

»Zeugen haben Euch erkannt.«

»Ich bin im Haus des Bieres von Dame Sababu eingekehrt, habe einige unangenehme Mädchen weggestoßen und bin fast augenblicklich wieder gegangen. Keine gefiel mir.«

»Sababus Erklärung weicht stark von Eurer ab.«

»Wer wird dieser alten Dirne glauben?«

»Ihr habt ein nubisches Mädchen, Dienerin bei Sababu, vergewaltigt.«

»Rufmord! Die Lügnerin möge es wagen, dies vor mir zu behaupten!«

»Eure Richter werden entscheiden.«

»Ihr habt doch nicht die Absicht . . .«

»Die Verhandlung wird morgen durchgeführt.«

»Ich will in mein Heim zurück.«

»Ich lehne eine vorläufige Freilassung ab. Ihr könntet ein anderes Kind angreifen. Kem wird Eure Sicherheit im Gebäude der Ordnungskräfte gewährleisten.«

»Meine . . . Sicherheit?«

»Das gesamte Viertel will Vergeltung an Euch üben.«

Qadasch klammerte sich an den Richter.

»Ihr habt die Pflicht, mich zu beschützen!«

»Das ist leider wahr.«

*

Dame Nenophar begab sich zur Weberei in der festen Absicht, wie eh und je die besten Stoffe zu erwerben und ihre Nebenbuhlerinnen vor Wut erblassen zu lassen. Wie viele köstliche Stunden lagen vor ihr, die sie damit verbringen würde, höchstselbst die prunkvollen Gewänder zu fertigen, die sie mit einer Anmut ohnegleichen zu tragen verstand.

Tapeni reizte sie zwar mit ihren schelmischen Augen und ihrem überheblichen Gehabe; doch sie verstand sich zur Vollendung auf ihren Beruf und beschaffte ihr stets makellose Stoffe. Ihr war es zu verdanken, daß Nenophar dem neuesten Geschmack immer weit vorauseilte.

Tapeni hatte ein sonderbares Lächeln aufgesetzt.

»Ich benötige hochwertigstes Leinen«, forderte Nenophar.

»Das wird schwierig sein.«

»Verzeihung?«.

»Ehrlich gesagt, unmöglich.«

»Was ist in Euch gefahren, Tapeni?«

»Ihr seid sehr reich, ich nicht.«

»Habe ich Euch denn nicht immer bezahlt?«

»Von nun an verlange ich mehr.«

»Eine Teuerung im laufenden Jahr ... Das ist nicht sonderlich rechtmäßig, doch ich willige ein.«

»Stoff ist es nicht, was ich Euch zu verkaufen wünsche.«

»Was sonst?«

»Euer Gatte ist ein Mann in herausragender, ja in äußerst herausragender Stellung.«

»Denes?«

»Er ist zur Untadeligkeit verpflichtet.«

»Was unterstellt Ihr damit?«

»Die vornehme Gesellschaft ist grausam. Wenn eines ihrer Mitglieder der Sittenlosigkeit für schuldig befunden wird, büßt dieses schnell seinen Einfluß, ja sein Vermögen ein.«

»Werdet deutlicher!«

»Erregt Euch nicht, Nenophar; sofern Ihr verständig und großzügig seid, wird Eure Stellung nicht bedroht sein. Es wird genügen, mein Schweigen zu erkaufen.«

»Was wißt Ihr denn nur derart Bloßstellendes?«

»Denes ist kein treuer Ehemann.«

Dame Nenophar glaubte, das Dach der Weberei würde ihr auf den Kopf fallen. Falls Tapeni den leisesten Beweis für das besäße, was sie vorbrachte, falls sie sich bei den Vornehmen von Memphis oder Theben darüber ausließe, wäre die Gemahlin des Warenbeförderers der Lächerlichkeit preisgegeben und würde es nie wieder wagen, bei Hofe oder bei irgendeinem Empfang zu erscheinen.

»Ihr ... Ihr träumt Euch etwas zusammen.«

»Geht kein Wagnis ein, ich weiß alles.«

Nenophar unterließ jegliche Winkelzüge. Die Ehrbarkeit war ihr kostbarstes Gut.

»Was verlangt Ihr als Gegenleistung für Euer Schweigen?«

»Die Erträge eines Eurer Landgüter und, sobald als möglich, ein schönes Herrenhaus in Memphis.«

»Das ist unmäßig!«

»Seht Ihr Euch lieber als verhöhnte Frau und den Namen von Denes' Geliebten auf allen Lippen?«

In heillosem Schrecken schloß Nenophar die Augen. Tapeni empfand eine grimmige Freude. Ein einziges Mal das Lager von Denes, einem mittelmäßigen und verächtlichen Liebhaber, geteilt zu haben, eröffnete ihr den Weg zum Reichtum. Schon morgen würde sie eine große Dame sein.

*

Qadasch schäumte vor Wut. Er forderte seine augenblickliche Freilassung, in der Gewißheit, Denes hätte bereits alle Hindernisse beseitigt. Wieder nüchtern, prahlte er mit seinen neuen Ämtern, um aus seinem Kerker zu gelangen.

»Beruhigt Euch«, gebot ihm Kem.

»Ein wenig Ehrerbietung, mein Freund! Wißt Ihr denn, mit wem Ihr redet?«

»Mit einem Vergewaltiger.«

»Völlig unnötig, solch große Worte zu gebrauchen.«

»Die schlichte und abscheuliche Wahrheit, Qadasch.«

»Wenn Ihr mich nicht auf freien Fuß setzt, werdet Ihr ernste Schwierigkeiten bekommen.«

»Ich werde Euch diese Tür öffnen.«

»Endlich ... Ihr seid kein Narr, Kem. Ich werde mich erkenntlich zu zeigen wissen.«

In dem Augenblick, da der Zahnheilkundler die Luft der Straße einsog, packte der Nubier ihn an der Schulter.

»Eine gute Nachricht, Qadasch: Richter Paser hat die Geschworenen rascher als vorgesehen zusammengebracht. Ich bringe Euch zum Gericht.«

*

Als Qadasch Denes unter den Mitgliedern der Geschworenenversammlung erblickte, sagte er sich, daß er gerettet war. Es herrschte eine ernste und gespannte Stimmung unter der Vorhalle vor dem Tempel des Ptah, wo Paser das Gericht einberufen hatte. Eine zahlreiche, von Mund zu Mund vorab benachrichtigte Menge wünschte der Verhandlung beizuwohnen. Die Ordnungskräfte hielten sie außerhalb des Holzgebäudes zurück, das aus einem Dach und dünnen Säulen bestand; im Innern fanden sich die Zeugen und Geschworenen, sechs Männer und sechs Frauen unterschiedlichen Alters und gesellschaftlichen Standes.

Paser, mit einem Schurz nach alter Sitte und einer Kurzhaarperücke bekleidet, schien einer heftigen Gemütsbewegung ausgesetzt. Nachdem er die Erörterungen unter den Schutz der Göttin Maat gestellt hatte, verlas er die Anklageschrift.

»Der Zahnheilkundige Qadasch, Oberster Arzt des Reiches, wohnhaft in Memphis, ist angeklagt, gestern morgen bei Tagesanbruch ein Mädchen vergewaltigt zu haben, das als Dienerin bei Dame Sababu arbeitete. Das Opfer, derzeit noch im Siechenhaus, möchte nicht erscheinen und wird somit ausnahmsweise von der Heilkundigen Neferet vertreten.«

Qadasch war erleichtert. Er konnte sich keine bessere Ausgangslage erhoffen. Er bot seinen Richtern die Stirn, und die Dienerin einer Dirne versteckte sich! Von Denes abgesehen, entdeckte der Heiler drei weitere Geschworene, einflußreiche Persönlichkeiten, die zu seinen Gunsten entscheiden würden. Er würde nicht nur reingewaschen das Gericht verlassen, sondern Sababu belangen und eine Entschädigung erhalten.

»Erkennt Ihr die Sachverhalte an?« fragte Paser.

»Ich weise sie zurück.«

»So möge Dame Sababu als Zeugin aussagen.«

Alle Blicke richteten sich auf die berühmte Herrin von Ägyptens bekanntestem Haus des Bieres. Die einen hatten sie tot geglaubt, die anderen im Gefängnis. Etwas zu stark geschminkt, doch prächtig und hocherhobenen Hauptes, trat sie mit Selbstvertrauen vor.

»Ich erinnere Euch, daß Falschaussage mit einer schweren Strafe geahndet wird.«

»Der Zahnheilkundige Qadasch war betrunken. Er hat sich gewaltsam Zutritt in mein Haus verschafft und sich auf die jüngste meiner nubischen Dienerinnen gestürzt, deren einzige Aufgabe darin besteht, den Kunden Backwaren und Getränke darzureichen. Wenn ich nicht eingeschritten wäre, um ihn hinauszuwerfen, hätte er die Kleine geschändet.«

»Seid Ihr Euch dessen sicher?«

»Erscheint Euch ein steifes Glied als ein hinreichender Beweis?«

In der Zuhörerschaft wurde Gemurmel laut. Die Grobheit der Sprache entrüstete die Geschworenenversammlung. Qadasch bat ums Wort.

»Diese Person ist in ungesetzlichem Stand. Tagtäglich beschmutzt sie das Ansehen von Memphis. Weshalb befassen sich die Ordnungskräfte und die Gerichtsbehörde nicht mit dieser Dirne?«

»Wir sitzen hier nicht über Sababu zu Gericht, sondern über Euch. Überdies hat Eure Sittlichkeit Euch nicht daran gehindert, sich in ihr Haus zu begeben und ein kleines Mädchen anzugreifen.«

»Ein Augenblick der Irrung ... Wem ist so etwas schon unbekannt?«

»Ist die nubische Dienerin in Eurem Freudenhaus vergewaltigt worden?« fragte Paser Sababu.

»Nein.«

»Was ist nach der Tätlichkeit geschehen?«

»Ich habe die Kleine beruhigt, sie hat die Arbeit wiederaufgenommen und das Haus im Morgengrauen verlassen, um nach Hause zu gehen.«

Auf Sababu folgte Neferet, die den körperlichen Zustand des Mädchens nach der Missetat beschrieb. Sie ersparte der Versammlung nicht die geringste Einzelheit und löste Grauen vor so viel Roheit aus.

Qadasch griff erneut ein.

»Ich ziehe die Feststellungen meiner wertgeschätzten Standesgenossin nicht in Zweifel, und ich beklage die Mißgeschicke dieser Kleinen, doch inwiefern bin ich davon betroffen?«

»Ich erinnere«, tat Paser mit feierlichem Ernst kund, »daß die einzige auf eine Vergewaltigung anzuwendende Ahndung die Todesstrafe ist. Heilkundige Neferet, besitzt Ihr den zwingenden Beweis, daß Qadasch der Schuldige ist?«

»Die von dem Opfer gegebene Beschreibung stimmt mit seiner Person überein.«

»Ich erinnere meinerseits«, griff Qadasch ein, »daß die Heilkundige Neferet danach getrachtet hat, das Amt des Obersten Arztes zu erhalten. Sie ist gescheitert und zieht hieraus einigen Verdruß. Überdies steht es ihr nicht zu, Ermittlungen durchzuführen. Hat Richter Paser die Aussagen des kleinen Mädchens aufgenommen?«

Qadaschs Einwände zeitigten Wirkung. Der Älteste der Vorhalle hieß darauf die Anwohner vortreten, die den Zahnheilkundler nach seiner Freveltat hatten flüchten sehen können. Alle erkannten ihn.

»Ich war betrunken«, begehrte er auf. »Zweifelsohne bin ich an jenem Ort eingeschlafen. Genügt dies etwa, mich eines Verbrechens zu bezichtigen, auf das ich, sofern ich selbst Geschworener wäre, das Gesetz ohne Zögern anwenden würde?«

Qadaschs Verteidigung bewirkte wieder einen ausgezeichneten Eindruck. Das kleine Mädchen war geschändet worden, der Zahnheilkundige hatte sich tatsächlich in der Gegend aufgehalten und zuvor versucht, sie anzufallen: Die Anhaltspunkte liefen allesamt darauf hinaus, ihn als den Vergewaltiger hinzustellen, doch in Ehrfurcht vor dem Gesetz der Maat war Richter Paser außerstande, über einen, wenn auch

schweren, Verdacht hinauszugelangen. Seine Verbindung
mit Neferet schwächte die wesentliche Zeugenaussage zudem noch ab, auf die Qadasch hatte Argwohn lenken können.
Der Älteste der Vorhalle indes bat jene, sich erneut im
Namen des Mädchens auszusprechen, bevor er seine Schlußbemerkungen abgeben und den Beratungen der Geschworenen vorsitzen wollte.
Unversehens ergriff eine zitternde Hand die von Neferet.
»Begleite mich«, flehte die Nubierin, die sich neben die
Heilkundige geschlichen hatte. »Ich werde reden, aber nicht
allein.«
Zögerlich, über jedes Wort stolpernd, beschwor sie die erdul-
deten Gewalttaten, den grauenvollen Schmerz, die Verzweif-
lung.
Als sie schwieg, erfüllte drückende Stille die Vorhalle. Mit
trockener Kehle stellte der Richter ihr die entscheidende
Frage.
»Erkennt Ihr den Mann wieder, der Euch vergewaltigt hat?«
Das Mädchen zeigte auf Qadasch.
»Dieser war es.«

*

Die Beratung dauerte nicht lange. Die Geschworenen wandten das althergebrachte Gesetz an, das so abschreckend war,
daß in Ägypten seit zahllosen Jahren keine Vergewaltigung
mehr begangen worden war. Aufgrund seiner herausragenden Stellung als Heiler und Oberster Arzt kamen Qadasch
keine mildernden Umstände zugute. Einstimmig wurde er
von der Geschworenenversammlung zum Tode verurteilt.

34. KAPITEL

Ich werde Berufung einlegen«, erklärte Qadasch.
»Ich habe das Verfahren angestrengt«, machte Paser ihn
aufmerksam. »Über der Vorhalle steht einzig und allein noch
das Gericht des Wesirs.«
»Er wird diesen unbilligen Spruch aufheben.«
»Gebt Euch keinen Wunschträumen hin. Bagi wird das Ur-
teil bestätigen, wenn Euer Opfer seine Beschuldigungen
bekräftigt.«
»Das wird es nicht wagen!«
»Täuscht Euch nicht.«
Der Zahnheilkundler schien nicht erschüttert.
»Glaubt Ihr tatsächlich, ich würde bestraft? Armer Richter!
Ihr werdet klein beigeben.«
Qadasch brach in tönendes Gelächter aus. Verdrossen ver-
ließ Paser die Gefangenenzelle.

*

Ende September, dem zweiten Monat einer mittelmäßigen
Überschwemmung, feierte Ägypten das Fest der geheimnisvollen Göttin Opet, die Überfluß und Großzügigkeit verkörperte. Für die Dauer von zwanzig Tagen, während der sich
der Nil allmählich zurückzog und einen Fruchtbarkeit spen-
denden Schlamm hinter sich zurückließ, würden die Ein-
wohner die Uferböschungen bevölkern, wo fahrende Händler Wasser- und Zuckermelonen, Trauben, Granatäpfel,
Brot, Feingebäck, geröstetes Geflügel und Bier anpriesen.
Garküchen unter freiem Himmel boten reichhaltige Mahle
zu niedrigem Preis, während ausgebildete Musikantinnen
und Tänzerinnen Ohr und Auge ergötzten. Ein jeder wußte,

daß die Tempel die Wiedergeburt der Schöpfungskraft begingen, die zum Ende eines langen Jahres, in dessen Verlauf die Gottheiten die Erde befruchtet hatten, verbraucht war. Damit jene nicht aus der Welt der Menschen wichen, mußte ihnen die Freude und Dankbarkeit eines ganzen Volkes dargeboten werden, in dem niemand an Hunger oder Durst starb. Der Nil würde so seine Leben spendende Kraft bewahren, die er aus dem Urmeer gewonnen hatte, in welchem der Erdenkreis schwamm.

Zum Höhepunkt des Festes öffnete Kani, Hoherpriester des Amun, den Naos, in dem die Statue des Gottes wohnte, dessen wahre Gestalt auf ewig unzugänglich bleiben würde. Mit einem Schleier bedeckt, wurde sie in einen Nachen von vergoldetem Holz gelegt, den vierundzwanzig Priester mit kahlgeschorenen Schädeln und langen leinenen Gewändern trugen. Amun verließ seinen Tempel in Gesellschaft seiner Gemahlin Mut, der Göttlichen Mutter, und seines Sohnes Chons, welcher die Himmelsgefilde in Gestalt des Mondes durchwanderte. Zwei feierliche Prozessionen bildeten sich in Richtung des Tempels von Luxor, eine auf dem Fluß, die andere auf dem Landwege.

Dutzende von Wasserfahrzeugen geleiteten das ungeheure Schiff der mit Gold bedeckten Göttlichen Dreiheit, während Trommel-, Sistrum- und Flötenspielerinnen deren Reise zum Heiligtum des Südens ihren Gruß entboten. Paser, Ältester der Vorhalle von Memphis, war zum Ritual geladenen worden, das im Großen Hof des Tempels von Luxor abgehalten wurde. Draußen herrschte Freude und Jubel; hinter den hohen Mauern des Heiligtums Stille und Andacht.

Kani opferte der Göttlichen Dreiheit Blumen und brachte ihr zu Ehren ein Trankopfer dar. Dann teilten sich die Reihen der Höflinge, um den Weg freizugeben für den PHARAO von Ägypten, vor dem sie sich alle zur gleichen Zeit verbeugten. Die angeborene Vornehmheit und der Ernst des Herrschers beeindruckten Paser; von mittlerem, doch stämmigem Wuchs, mit Adlernase, breiter Stirn, rötlichem, unter einer blauen Krone gehaltenem Haar, schenkte er nieman-

353

dem einen Blick und sah unentwegt die Statue des Amun an, Inbild des Geheimnisses der Schöpfung, dessen Verwahrer PHARAO war.

Kani las aus einer Schrift, die die mannigfachen Daseinsformen des Gottes besang, welcher sich in Wind, Stein oder dem Widder mit gewundenen Hörnern verkörperte, ohne sich auf die eine oder andere dieser Erscheinungen zu beschränken. Dann trat der Hohepriester vor dem Herrscher zurück, der ganz allein die Schwelle des bedachten Tempels überschritt.

*

Fünfzehntausend Laibe Brot, zweitausend Kuchen, hundert Körbe Dörrfleisch, zweihundert mit frischem Gemüse, siebzig Krüge Wein und einhundertfünfzig mit Bier, Früchte in Hülle und Fülle fanden sich auf der Tafel des Festmahls, das PHARAO ausgerichtet hatte, um den Abschluß des Opet-Festes zu begehen. Mehr als hundert stufenförmig aufgebundene Sträuße schmückten die Tische, an denen die Gäste die Verdienste von Ramses' Herrschaft und den Frieden Ägyptens rühmten.

Paser und Neferet erhielten die herzlichsten Beglückwünschungen von seiten der Höflinge; wegen seines Mutes im Falle Qadasch, was den Richter betraf, und Neferet, weil sie nach der Absetzung des Verbrechers vom Rat der Heilkundigen einstimmig in das Amt des Obersten Arztes des Reiches berufen worden war. Man wollte die Flucht des weiterhin gesuchten Heerführers Ascher und die noch immer unaufgeklärte Ermordung von Branir vergessen, wie auch das rätselhafte Verschwinden der Altgedienten, welche die Ehrenwache des Sphinx gebildet hatten. Der Richter blieb für diese Freundschaftsbezeigungen unempfänglich; Neferet, deren Anmut und Schönheit auch die Sprödesten verzückten, maß ihnen nicht wesentlich mehr Bedeutung bei. Sie konnte das verstörte Gesicht eines kleinen Mädchens mit unheilbaren Wunden nicht vergessen.

Kem, der Vorsteher der Ordnungskräfte, gewährleistete die Sicherheit des Empfangs. Von seinem Babuin unterstützt, nahm er jede der Persönlichkeiten, die sich dem Richter näherten, genauestens in Augenschein, fest entschlossen, nachhaltig einzuschreiten, falls Töter oder er selbst die geringste Gefahr wahrnehmen sollten.

»Ihr seid das Ehepaar des Jahres«, bemerkte Denes. »Die Verurteilung eines angesehenen Mannes wie Qadasch erreicht zu haben ist eine wahre Großtat, die unser Rechtswesen ehrt; und eine derart bemerkenswerte Frau wie Neferet an der Spitze unserer Gemeinschaft der Heiler zu sehen, beweist deren Vorzüglichkeit.«

»Ergeht Euch nicht in Schmeicheleien.«

»Eure Gemahlin und Ihr seid wahrlich dazu begabt, siegreich aus Prüfungen hervorzugehen.«

»Ich habe Dame Nenophar nirgendwo gesehen«, wunderte sich Neferet.

»Sie ist leidend.«

»Erlaubt mir, Ihr eine unverzügliche Genesung zu wünschen.«

»Nenophar wird von Eurer feinfühligen Fürsorge angetan sein. Darf ich Euch Euren Gatten für einige Augenblicke entführen?«

Denes zog Paser beiseite in den Schutz eines Lusthäuschens, wo frisches Bier und Trauben gereicht wurden.

»Mein Freund Qadasch ist ein biederer Mann. Die Aussicht, Oberster Arzt zu werden, hat ihm den Kopf verdreht; er hat sich betrunken und sich in beklagenswerter Weise betragen.«

»Nicht einer der Geschworenen ist für Nachsicht eingetreten; Ihr selbst seid stumm geblieben und habt der Todesstrafe zugestimmt.«

»Das Gesetz ist eindeutig, doch es läßt Reue unberücksichtigt.«

»Qadasch zeigt keine.«

»Ist er nicht verzweifelt?«

»Ganz im Gegenteil, er prahlt und droht.«

»Dann hat er tatsächlich den Verstand verloren.«

»Er ist überzeugt, der äußersten Strafe entrinnen zu können.«

»Ist der Tag der Hinrichtung bereits festgesetzt?«

»Das Gericht des Wesirs hat die Berufung abgeschmettert und das Urteil bestätigt. In drei Tagen wird der Vorsteher der Ordnungskräfte dem Verurteilten das Gift aushändigen.«

»Habt Ihr nicht von ›drohen‹ gesprochen?«

»Falls man Qadasch in die Selbsttötung triebe, würde er nicht allein im Nichts versinken. Er hat mir ein Geständnis versprochen, bevor er das tödliche Gebräu einnehmen würde.«

»Armer Qadasch! So hoch aufgestiegen zu sein und so tief zu sinken ... Wie könnte man angesichts dieses Sturzes nicht Traurigkeit und Bedauern empfinden? Erleichtert ihm doch bitte seine letzten Augenblicke.«

»Kem ist kein Henker. Qadasch wird einwandfrei behandelt.«

»Nur ein Wunder könnte ihn retten.«

»Wer sollte eine solche Freveltat vergeben?«

»Auf bald, Richter Paser.«

*

Der Rat der Heilkundigen empfing Neferet zur allerletzten Prüfung. Ihre Widersacher stellten ihr tausend fachliche Fragen, auf den unterschiedlichsten Gebieten. In Anbetracht der wenigen falschen Antworten wurde die Wahl bestätigt.

Seit Neb-Amuns Ableben waren etliche Vorgänge bezüglich der allgemeinen Gesundheitsfürsorge in der Schwebe geblieben. Neferet erbat sich gleichwohl eine gewisse Übergangszeit, während der sie ihren Nachfolger im Siechenhaus ausbilden wollte. Ihre neuen Obliegenheiten schienen ihr derart erdrückend, daß sie die Lust überkam, ihnen zu entfliehen, Zuflucht im Amt einer Landärztin zu suchen, den Kranken nahe zu bleiben, um sich an jedem Augenblick ihrer Genesung zu erfreuen. Nichts hatte sie darauf vorbereitet, eine erlauchte Schar erfahrener Heiler und einflußreicher Höflinge, ein Heer von Schreibern zu lenken, welches über die Herstellung und Ausgabe von Arzneimitteln wachte, Entscheidungen zu fällen, die Wohlergehen, Erhaltung und Förderung der allgemeinen Gesundheit sichern sollten. Einst galten ihre Bemühungen nur einem einzigen Dorf; nunmehr einem so mächtigen Reich, daß es die Bewunderung seiner Verbündeten wie seiner Feinde erzwang. Neferet träumte davon, mit Paser fortzugehen, sich in einem Häuschen in Oberägypten, am Rain der Anbauflächen im Angesicht des thebanischen Berggipfels, zu verstecken, um die Weisheit der Morgen und Abende zu genießen.

Sie hätte sich liebend gerne Paser anvertraut, doch schien dieser zu verstört, als er aus seiner Amtsstube heimkehrte.

»Lies diesen Erlaß«, forderte er sie auf und reichte ihr einen Papyrus von bewundernswerter Qualität, der mit Pharaos Siegel gezeichnet war. »Lies ihn doch bitte laut vor.«

»›Ich, Ramses, ich wünsche, daß Himmel und Erde von Freude erfüllt seien. Daß jene, die sich versteckten, hervorkommen, daß niemand leide wegen seiner vergangenen Verfehlungen, daß die Gefangenen befreit und die Unruhestifter zu Frieden finden mögen, daß man singe und tanze in den Gassen.‹ Ein Gnadenerlaß?«

»Ein allgemeiner.«

»Ist das nicht außergewöhnlich?«

»Mir ist kein anderes Beispiel bekannt.«

»Weshalb hat Pharao diesen Beschluß getroffen?«

»Das entzieht sich meiner Kenntnis.«

»Schließt er etwa auch Qadaschs Freilassung mit ein?«

»Ein allumfassender Gnadenerlaß«, wiederholte Paser entrüstet. »Qadaschs Freveltat ist ausgetilgt, Heerführer Ascher wird nicht länger gesucht, die Morde sind vergessen, die Gerichtsverhandlung gegen Denes ist ausgesetzt.«

»Siehst du nicht etwas zu schwarz?«

»Das ist der Mißerfolg, Neferet. Der vollständige und endgültige Mißerfolg.«

»Willst du den Wesir nicht um Beistand anrufen?«

*

Kem öffnete die Tür des Verlieses. Qadasch schien nicht beunruhigt.

»Läßt du mich laufen?«

»Woher weißt du das?«

»Unvermeidlich. Ein Mann von Rang siegt letzten Endes immer.«

»Du kommst in den Genuß eines allgemeinen Gnadenerlasses.«

Qadasch wich zurück. Unbändige Wut sprach aus dem Blick des Nubiers.

»Erhebe nicht die Hand gegen mich, Kem! Dir wird keinerlei Nachsicht zuteil werden.«

»Wenn du vor Osiris erscheinst, wird er dir den Mund verschließen. Die mit Messern bewehrten Geister werden dein Fleisch in Ewigkeit martern.«

»Behalte deine kindischen Mären für dich! Du hast mich mit Verachtung behandelt, deine Schmähungen mißfallen mir. Schade ... Du hast dein Glück vorüberziehen lassen, wie dein Freund Paser. Erfreue dich noch etwas deines Amtes; du wirst nicht mehr sehr lange Vorsteher der Ordnungskräfte sein.«

*

Bagi, dessen Hände und Füße wieder geschwollen und dessen Schultern gebeugt waren, hatte sich verspätet. Wegen seines Erschöpfungszustandes hatte er eingewilligt, sich von Trägern in sein Amtsgebäude bringen zu lassen. Zahlreiche hohe Beamte wünschten, wie jeden Morgen, sich mit ihm zu besprechen, ihm die Schwierigkeiten zu unterbreiten, die ihnen begegneten, und seine Meinung dazu zu hören. Obwohl Paser sich zuvor nicht angemeldet hatte, empfing Bagi ihn als ersten.

Der Richter ließ seinem Zorn freien Lauf.

»Dieser Gnadenerlaß ist unannehmbar.«

»Gebt acht auf Eure Worte, Ältester der Vorhalle. Die Weisung geht von PHARAO in eigener Person aus.«

»Ich kann es einfach nicht glauben.«

»Es ist gleichwohl die Wahrheit.«

»Habt Ihr den König gesehen?«

»Er hat mir das Schreiben höchstselbst zur Niederschrift vorgesprochen.«

»Habt Ihr keine Einwände erhoben?«

»Ich habe ihm meine Verwunderung und mein Unverständnis zur Kenntnis gebracht.«

»Ohne ihn umstimmen zu können?«

»Ramses hat keine Beanstandung geduldet.«

»Es ist unmöglich, daß ein Ungeheuer wie Qadasch der Strafe entgeht!«

»Der Gnadenerlaß ist allumfassend, Richter Paser.«

»Ich weigere mich, ihn anzuwenden.«

»Ihr müßt gehorchen, wie ich.«

»Wie könnte man ein solches Unrecht billigen?«

»Ich bin alt, Ihr seid jung. Meine Laufbahn geht ihrem Ende zu, die Eure beginnt erst. Wie auch immer meine Ansicht dazu sein mag, bin ich doch genötigt zu schweigen. Und Ihr solltet keine Torheit begehen.«

»Mein Entschluß ist gefaßt, die Folgen sind mir einerlei.«

»Qadasch wurde freigelassen, das Verfahren ist aufgehoben.«

»Ist Ascher wieder in sein Amt eingesetzt?«

»Seine Tat ist getilgt. Wenn er sich rechtfertigen kann, wird er seinen Titel behalten.«

»Allein der Mörder von Branir entgeht der Vergebung, da er noch nicht ermittelt worden ist!«

»Ich bin so verbittert wie Ihr, doch Ramses hat gewiß nicht leichtfertig gehandelt.«

»Seine Beweggründe kümmern mich nicht.«

»Wer sich wider PHARAO erhebt, erhebt sich wider das Leben.«

»Ihr habt recht, Wesir Bagi. Und eben deshalb bin ich außerstande, meine Aufgabe weiter zu erfüllen. Noch heute werdet Ihr meine Abdankung erhalten. Von diesem Augenblick an bin ich nicht mehr Ältester der Vorhalle.«

»Überdenkt es noch einmal, Paser.«

»Hättet Ihr an meiner Stelle einen anderen Standpunkt eingenommen?«

Bagi antwortete nicht.

»Mir bleibt nur noch, Euch um eine Gunst zu bitten.«

»Solange ich Wesir bin, wird meine Tür Euch offen stehen.«

»Eine ungerechte Bevorzugung widerspräche der Gerechtigkeit, die wir beide, Ihr und ich, aus ganzer Seele lieben. Ich bitte Euch, Kem an der Spitze der Ordnungskräfte beizubehalten.«

»Das ist auch meine Absicht.«

»Was wird aus Neferet werden?«

»Qadasch wird den zeitlichen Vorrang seiner Wahl anführen und eine Verhandlung anstreben, um den Titel des Obersten Arztes zurückzuerlangen.«

»So braucht er sich diese Mühe nicht zu machen: Neferet beabsichtigt nicht zu kämpfen. Sie und ich werden Memphis verlassen.«

»Welch ein Wirrwarr und welch ein Verlust!«

*

Paser malte sich aus, wie Denes mit seinen Freunden ausgiebig feierte. Der überraschende Erlaß von PHARAO verschaffte ihnen wieder die unverhofftteste Makellosigkeit. Es würde genügen, daß sie jeden weiteren falschen Schritt mieden, um auch in Zukunft achtbare Untertane zu bleiben, und sie könnten weiterhin eine Verschwörung schmieden, deren Wesen rätselhaft und Paser auf immer unzugänglich bliebe. Heerführer Ascher würde nicht lange säumen, wieder in Erscheinung zu treten, und seine Abwesenheit zweifelsohne zu rechtfertigen wissen. Doch welche Rolle hatte Sethi währenddessen gespielt, und wo befand er sich, sofern er überhaupt noch lebte? Niedergeschmettert und angewidert wie er war, merkte der Richter mit einem Mal, daß ein Dutzend Schwalben über ihn hinwegflogen. Dieser ersten Schar gesellte sich eine zweite hinzu, dann eine dritte, und weitere noch. Freudige Rufe ausstoßend umschwirrten ihn schließlich an die hundert Vögel während seines ganzen Rückwegs. Dankten sie ihm, eine der Ihren gerettet zu haben? Die Gaffer waren von diesem ungewöhnlichen Schauspiel gerührt; sie gedachten des Sprichwortes: »Wer die Gunst der Schwalben besitzt, dem wird die des Königs zuteil.« Pfeilschnell, anmutig und fröhlich begleiteten die bläulichen Flügel Paser mit lieblichem Säuseln bis zur Pforte seines Herrenhauses.

Neferet saß am Rande des Lotosweihers, wo sich Meisen tummelten. Sie trug lediglich ein kurzes durchsichtiges Kleid, das die Brüste entblößt ließ. Als er sich ihr näherte, wurde Paser von süßen Düften umhüllt.

»Wir haben soeben frische Waren erhalten«, erklärte sie, »und ich bereite die Salben und Duftöle für die nächsten Monate zu. Falls sie uns eines Morgens fehlen sollten, könntest du mir Vorwürfe machen.«

Die Stimme klang belustigt. Paser küßte seine Gemahlin auf den Hals, schlüpfte aus seinem Schurz und setzte sich ins Gras. Zu Neferets Füßen standen irdene Gefäße. Sie enthielten Olibanum, ein braunes durchscheinendes Harz, das von bestimmten Weihrauchbäumen stammte; im Land Punt gelesenes, zu kleinen roten Kügelchen verklumptes Myrrheharz; aus Persien eingeführtes grünes Galbanum-Gummiharz; in Griechenland und auf Kreta erworbenes dunkles Ladanumharz. Dickbauchige Fläschchen enthielten Blütenauszüge. Die Heilkundige würde Olivenöl, Honig und Wein verwenden, um erlesene Mischungen zu bereiten.

»Ich habe abgedankt, Neferet. Zumindest habe ich nun nichts mehr zu befürchten, da ich über keinerlei Macht mehr verfüge.«

»Was meint der Wesir hierzu?«

»Das einzig Zulässige: Ein königlicher Erlaß wird nicht beanstandet.«

»Sobald Qadasch sein Amt als Oberster Arzt einfordert, werden wir Memphis verlassen. Er wird das Recht auf seiner Seite haben, nicht wahr?«

»Das stimmt leider.«

»Sei nicht traurig, mein Liebling. Unser Schicksal liegt in den Händen GOTTES, nicht in den unsrigen. Unser Glück, das können wir selbst bauen. Ich bin erleichtert; gemeinsam mit dir unter dem Schutz eines jahrhundertealten Palmenbaums leben, die Demütigsten pflegen, uns die Zeit nehmen, einander zu lieben, ist das nicht das beste aller Geschicke?«

»Wie könnten wir Branir vergessen? Und Sethi ... Ich muß fortwährend an ihn denken. Mein Herz brennt wie Feuer, und ich schnaube wie ein Esel vor Widerwillen.«

»Vor allem bleibe dir selbst treu.«

»Ich werde dir kein großes Haus und keine so schönen Gewänder mehr bieten können.«

»Ich werde ohne sie auskommen. Und dieses hier kann ich auch gleich ausziehen.«

Neferet ließ die Träger von ihren Schultern gleiten. Nackt legte sie sich auf Paser. Ihre Körper fanden in vollendetem Einklang zusammen, ihre Lippen vereinten sich mit einer derartigen Leidenschaft, daß sie trotz der angenehmen Wärme des Sonnenuntergangs zitterten. Neferets samtene Haut war ein Garten der Glückseligkeit, in dem allein die Lust gebot. Paser verlor sich in ihr, verschmolz im Rausch mit der Welle, die sie hinforttrug.

*

»Mehr Wein!« brüllte Qadasch.

Der Diener sputete sich zu gehorchen. Seit sein Gebieter in sein Heim zurückgekehrt war, verlustierte dieser sich mit zwei jungen Syrern. Nie wieder wollte der Zahnheilkundige ein Mädchen anrühren. Vor seinem mißlichen Abenteuer hatte er eine mäßige Neigung für diese Gattung empfunden; von nun an wollte er sich mit hübschen fremdländischen Knaben begnügen, die er, ihrer einmal überdrüssig, den Ordnungskräften anzeigen würde.

Am Abend wollte er sich zu dem von Denes anberaumten Zusammentreffen der Verschwörer begeben. Ihr nicht unterzeichneter Brief an Ramses hatte die beabsichtigten Folgen gezeitigt. In einem dichten Netz gefangen, war der König gezwungen gewesen, ihren Forderungen nachzugeben und einen allgemeinen Gnadenerlaß auszusprechen, bei dem der Fall des Warenbeförderers unter allen anderen unterging. Einziger dunkler Punkt: die mögliche Rückkehr Heerführer Aschers, der ihnen von keinerlei Nutzen mehr war. Denes würde sich seiner zu entledigen wissen.

*

Der Schattenfresser drang durch den Garten in Qadaschs Anwesen ein. Er bewegte sich über die Randsteine voran, um keinerlei Spuren seines Durchkommens auf dem mit Sand bedeckten Weg zu hinterlassen, und schlich zur Küche. Unter dem Fenster kauernd, lauschte er dort der Unterhaltung zweier Diener.

»Ich bringe ihnen den dritten Krug Wein.«

»Muß ich einen vierten ziehen?«

»Ganz ohne Zweifel. Der Alte und die beiden Jungen trinken mehr als eine durstige Heereseinheit. Ich gehe, sonst fährt er noch aus der Haut.«

Der Kellermeister öffnete einen Vorratskrug Wein, der aus der Stadt Imet im Delta stammte und das Schildchen »Fünftes Jahr des Ramses« trug. Ein schnell zu Kopfe steigender, lange nachschmeckender Rotwein, der die Sinne enthemmte. Als seine Arbeit beendet war, trat der Mann aus der Küche und erleichterte sich an der Umfriedungsmauer.

Der Schattenfresser machte sich dies zunutze, um seinen Auftrag zu erfüllen. In den Krug schüttete er ein tödliches

Mittel aus Pflanzenauszügen und Natterngift. Qadasch würde ersticken, sein Körper sich in Krämpfen winden, und er würde in Gesellschaft seiner beiden fremdländischen Liebhaber sterben, die wahrscheinlich der Missetat bezichtigt werden würden. Niemand hätte einen Gewinn davon, dieses schmutzige Sittlichkeitsverbrechen öffentlich zu machen.

*

Während der Zahnheilkundler nach einem schmerzvollen, mehrere Minuten dauernden Todeskampf seine Seele dem Gott der Unterwelt übergab, genoß Denes die Liebkosungen einer hübschen Nubierin mit prallem Hintern und schweren Brüsten. Er würde sie nie wiedersehen, hätte er sich ihrer erst einmal auf seine gewohnt rohe Weise bedient. Waren die Frauen nicht Tiere, die zur Befriedigung der Männer geschaffen waren?
Der Warenbeförderer würde seinen Freund Qadasch vermissen. Er hatte sich ihm gegenüber stets untadelig gezeigt; hatte er ihm nicht das seit dem Anbeginn der Verschwörung zugesicherte Amt des Obersten Arztes verschafft? Leider war der Zahnheilkundler stark gealtert. Am Rande der Greisenhaftigkeit, Fehler über Fehler begehend, war er schließlich gefährlich geworden. Hatte er sich nicht selbst verurteilt, als er Paser Enthüllungen zu machen drohte? Auf Denes' Vorschlag hin hatten die Verschwörer das Einschreiten des Schattenfressers verlangt. Gewiß, sie würden den Verlust des Amtes des Obersten Arztes beklagen; doch die Abdankung des Richters Paser, die schnell in aller Munde gewesen war, befriedigte ihre Wünsche. Niemand würde sich ihrem Erfolg mehr in den Weg stellen.
Die allerletzten Schritte rückten näher: sich zuerst des Wesirats bemächtigen und dann der höchsten Macht.

35. KAPITEL

Ein heftiger Wind fegte über die Totenstadt von Memphis hinweg, durch die Paser und Neferet in Richtung auf Branirs Wohnstatt der Ewigkeit schritten. Bevor sie die große Stadt verließen und gen Süden aufbrachen, wollten sie ihrem unter abscheulichen Umständen umgekommenen Meister die Ehre erweisen und ihm versichern, daß sie trotz ihrer geringen Möglichkeiten bis zu ihrem letzten Atemzug danach trachten würden, seinen Mörder aufzuspüren.

Neferet hatte sich den Gurt von Amethystperlen um den Leib gelegt, den Paser ihr geschenkt hatte. Der leicht fröstelnde ehemalige Älteste der Vorhalle schützte sich mit einem Tuch um die Schultern und einem wollenen Überwurf. Sie begegneten dem Priester, der mit der Instandhaltung des Grabes und seines Gärtchens betraut war; der betagte und umsichtige Mann erhielt eine angemessene Entlohnung vom Amt des Stadtvorstehers von Memphis, um über den tadellosen Zustand des Grabmals zu wachen und die Opfer zu wiederholen.

Im Schatten einer Palme erquickte die Seele des Verstorbenen sich oftmals in Gestalt eines Vogels, an einem Teich frischen Wassers, nachdem sie aus dem Licht die Kraft der Auferstehung geschöpft hatte. Jeden Tag wandelte sie in der Umgebung der Grabkapelle, um sich am Duft der Blumen zu erfreuen.

Paser und Neferet teilten Brot und Wein im Gedenken an ihren Meister, und er wohnte ihrem Mahl bei, dessen Widerhall sich bis ins Unsichtbare verbreitete.

*

»Habt doch etwas Geduld«, empfahl Bel-ter-an. »Sehen zu müssen, daß Ihr Memphis verlaßt, ist ein Jammer.«

»Neferet und ich sehnen uns nach einem einfachen und ruhigen Leben.«

»Weder Ihr noch sie habt bisher Euer ganzes Können aufgeboten«, beharrte Silkis.

»Sich dem Schicksal entgegenzustellen ist Hoffart.«

An ihrem letzten Abend in Memphis hatten der Richter und die Heilkundige die Einladung des Vorstehers der Beiden Weißen Häuser und seiner Gemahlin angenommen. Bel-ter-an, wieder einmal Opfer eines Nesselausschlags, hatte sich von Neferet überzeugen lassen, seine verschleimte Leber zu pflegen und eine gesündere Lebensweise anzunehmen. Sein Geschwür am Bein näßte zunehmend häufiger.

»Trinkt mehr Wasser«, riet ihm die Heilkundige, »und dringt bei Eurem zukünftigen Heiler darauf, daß er Euch ableitende Mittel verordnet. Eure Nieren sind angegriffen.«

»Eines Tages werde ich vielleicht die Zeit haben, mich um mich selbst zu kümmern! Das Schatzhaus überhäuft mich mit Ansinnen, die noch zur selben Stunde bearbeitet werden müssen, ohne dabei die allgemeinen Belange aus dem Blick zu verlieren.«

Bel-ter-an wurde jäh von seinem Sohn unterbrochen. Er beschuldigte seine Schwester, ihm den Pinsel gestohlen zu haben, mit dem er schöne Hieroglyphen zu zeichnen lernte, um einmal so reich zu werden wie sein Vater. Bitter erbost, beschuldigt zu werden, und sei es auch zu Recht, hatte die Rothaarige nicht gezögert, ihn zu ohrfeigen, und damit einen Weinkrampf ausgelöst. Ganz bedachte Mutter, führte Silkis die Kinder hinaus und versuchte, den Streit zu schlichten.

»Da seht Ihr, Paser, wir brauchen einen Richter!«

»Die Untersuchung wäre allzu schwierig zu führen.«

»Ihr wirkt so gelöst, beinahe zufrieden«, wunderte sich Bel-ter-an.

»Das ist nur dem Anschein nach so; ohne Neferet wäre ich der Verzweiflung verfallen. Dieser Straferlaß hat all meine

Hoffnungen, die Gerechtigkeit siegen zu sehen, zunichte gemacht.«

»Daß ich nun wieder mit Denes zu schaffen habe, belustigt mich äußerst wenig. Ohne Euch als Ältesten der Vorhalle, befürchte ich heftige Auseinandersetzungen.«

»Vertraut dem Wesir Bagi; er wird keinen Unfähigen ernennen.«

»Man munkelt, er schicke sich an, seine Ämter aufzugeben, um einen wohlverdienten Ruhestand zu genießen.«

»Der Beschluß des Königs hat ihn ebenso erschüttert wie mich, und seine Gesundheit ist wahrlich nicht die beste. Aber weshalb hat Ramses so gehandelt?«

»Zweifelsohne glaubt er an die Segnungen der Großmut.«

»Seine Beliebtheit geht hieraus nicht gestärkt hervor«, urteilte Paser. »Das Volk fürchtet, seine überirdische Macht würde sich abschwächen und er verliere nach und nach die Fühlung mit dem Himmel. Verbrechern die Freiheit wiederzugeben ist eines Königs nicht würdig.«

»Seine Herrschaft ist indes mustergültig.«

»Versteht Ihr seine Entscheidung, und billigt Ihr sie?«

»PHARAO blickt weiter als wir.«

»Das war auch meine Gewißheit, vor dem Gnadenerlaß.«

»Faßt euch wieder, Paser; das Reich braucht Euch wie auch Eure Gattin.«

»Ich fürchte, ebenso halsstarrig wie mein Ehemann zu sein«, bedauerte Neferet.

»Was könnte ich noch dagegenhalten, um Euch zu überzeugen?«

»Die Gerechtigkeit wiederherstellen.«

Bel-ter-an füllte selbst die Kelche mit kühlem Wein.

»Würdet Ihr nach meiner Abreise die Güte haben«, bat Paser, »die Nachforschungen, was Sethi betrifft, weiter zu verfolgen? Kem wird Euch sicher dabei zur Hand gehen.«

»Ich werde mich bei den Obrigkeiten des Rechtswesens verwenden. Aber wäre es denn nicht wirkungsvoller, in Memphis zu bleiben und an meiner Seite zu arbeiten? Neferets

Ansehen ist so gesichert, daß ihr Sprechzimmer sich nie leeren würde.«

»Meine Vermögensmittel sind äußerst beschränkt«, gestand Paser ein. »Ihr würdet mich bald als hinderlich und unfähig erachten.«

»Was beabsichtigt Ihr also?«

»Uns in einem Dorf am Westufer von Theben niederzulassen.«

Silkis, die die beiden Kinder zu Bett gebracht hatte, hörte noch Neferets Antwort.

»Gebt dieses Vorhaben auf, ich flehe Euch an! Wollt Ihr Eure Kranken im Stich lassen?«

»Memphis wimmelt von ausgezeichneten Heilern.«

»Aber Ihr seid die meinige, und ich habe nicht den Wunsch, Euch durch einen anderen zu ersetzen.«

»Unter uns«, sagte Bel-ter-an mit einigem Ernst, »darf es keine Schwierigkeiten materieller Art geben. Welches auch immer Eure Bedürfnisse seien, Silkis und ich verpflichten uns, sie zu befriedigen.«

»Unsere Dankbarkeit ist Euch gewiß, doch ich bin nicht länger imstande, einen höheren Rang in der Hierarchie zu bekleiden. Mein Ideal ist zerstört worden; ich habe nur noch den einen Wunsch, in die Stille einzutauchen. Das Land und die Tiere lügen nicht; dank der Liebe von Neferet hoffe ich, daß die Finsternis weniger undurchdringlich sein wird.«

Die Feierlichkeit dieser Worte setzte ihrem Gespräch ein Ende. Die beiden Paare plauderten noch über die Schönheit des Gartens, die Erlesenheit der Blumenbeete und die Güte der Speisen, während sie die Last des Morgen vergaßen.

*

»Wie fühlst du dich, mein Schatz?« fragte Denes seine auf Kissen dahingestreckte Gemahlin.

»Sehr gut.«

»Was hat der Heilkundler festgestellt?«

»Nichts, da ich nicht leidend bin.«

»Ich verstehe nicht ...«

»Kennst du die Fabel vom Löwen und der Ratte? Das Raubtier hatte den Nager gepackt und schickte sich an, ihn zu verschlingen. Die Ratte flehte den Löwen an, sie zu verschonen; wie sollte sie, die so klein war, ihn sättigen? Eines Tages vielleicht könnte sie ihm behilflich sein, sich aus einer Notlage zu befreien. Der Löwe zeigte sich gnädig. Einige Wochen später nahmen Jäger die große Raubkatze mit einem Netz gefangen. Die Ratte nagte die Maschen durch, befreite den Löwen und glitt in seine Mähne.«

»Jeder Schüler kennt diese Geschichte.«

»Du hättest dich ihrer entsinnen sollen, als du Tapeni beigeschlafen hast.«

Das eckige Gesicht des Warenbeförderers verkrampfte sich.

»Was malst du dir da aus?«

Nenophar erhob sich, mit herrischem Gesichtsausdruck und von kaltem Zorn beseelt.

»Weil sie deine Geliebte war, führt sich dieses Luder wie die Ratte in der Erzählung auf. Aber sie ist dabei auch der Jäger! Sie allein kann dich von dem Netz befreien, in das sie dich gebannt hat. Eine Erpressung! Wir sind Opfer einer Erpressung, nur wegen deiner Untreue!«

»Du übertreibst.«

»Nein, mein zärtlicher Gatte. Die Achtbarkeit ist ein äußerst kostspieliges Gut; deine Geliebte hat eine derart spitze Zunge, daß sie unseren guten Ruf leicht zerstören wird.«

»Ich werde sie zum Schweigen bringen.«

»Du unterschätzt sie. Besser wäre, ihr das zu geben, was sie verlangt; sonst werden wir, du wie ich, lächerlich gemacht.«

Denes lief unruhig auf und ab.

»Du scheinst zu vergessen, mein Lieber, daß Ehebruch ein schlimmes Vergehen, eine wahre Schandtat ist, die das Gesetz bestraft.«

»Es handelt sich bloß um eine kleine Verfehlung.«

»Wie viele Male hat diese sich schon wiederholt?«

»Du versteigst dich.«

»Eine vornehme Dame an deinem Arm für die Empfänge, und Jugend in deinem Bett! Nun ist es zuviel, Denes. Ich wünsche die Scheidung.«

»Du bist irre!«

»Im Gegenteil, ganz und gar klarsichtig. Ich behalte das eheliche Anwesen, mein persönliches Vermögen, die Mitgift, die ich beigesteuert habe, und meine Ländereien. Aufgrund deines schlechten Betragens wird das Gericht dich dazu verurteilen, mir eine Leibrente und zudem noch eine Buße zu zahlen.«

Der Warenbeförderer biß die Zähne zusammen.

»Deine Scherze belustigen mich nicht.«

»Deine Zukunft kündigt sich heikel an, mein Lieber.«

»Du hast nicht das Recht, unser Dasein zu zerstören; haben wir nicht gemeinsam schöne Jahre verlebt?«

»Solltest du etwa zu einem Gefühl fähig sein?«

»Wir sind seit langer Zeit enge Verbündete.«

»Du bist es, der unseren Bund gebrochen hat. Die Scheidung ist die einzige Lösung.«

»Kannst du dir das öffentliche Ärgernis vorstellen?«

»Ich ziehe es der Lächerlichkeit vor. Dich wird es treffen, nicht mich; ich werde mit vollem Recht als das Opfer erscheinen.«

»Dieser Schritt ist unsinnig. Nimm meine Entschuldigung an und laß uns weiter Haltung bewahren.«

»Du hast mich verhöhnt, Denes.«

»Das lag nicht in meiner Absicht, du weißt das. Wir sind Teilhaber; wenn du mich zugrunde richtest, eilst du deinem Untergang entgegen. Unsere Geschäfte sind derart miteinander verquickt, daß eine jähe Trennung unmöglich ist.«

»Ich kenne sie besser als du. Du verbringst deine Zeit mit Großtuerei, und ich die meine mit Arbeit.«

»Dir entgeht wohl, daß ich für die höchsten Geschicke auserkoren bin. Wünschst du nicht, sie mit mir zu teilen?«

»Drücke dich klarer aus.«

»Dies alles ist nur ein Gewitter, meine Teure; welches Paar hat die nicht erlebt?«

»Ich glaubte mich vor solchen Albernheiten sicher.«

»Laß uns eine Waffenruhe schließen, um jede Überstürzung zu vermeiden. Sie würde uns schaden. Ein Nagetier wie diese Tapeni wäre nur allzu glücklich, ein geduldig errichtetes Gebäude zu unterhöhlen.«

»Nun, dann wirst du aber mit ihr verhandeln.«

»Ich wollte dich gerade darum bitten.«

*

Wind des Nordens war bereits an Bord des Schiffes gestiegen, das bald Richtung Theben ablegen sollte; auf den Fluß schauend, tat der Esel sich an frischem Grünfutter gütlich. Schelmin, Neferets kleine grüne Äffin, war ihrer Herrin entwischt, um auf die Mastspitze zu klettern. Brav, zurückhaltender und eher besorgt bei der Vorstellung einer langen Überfahrt, drückte sich zwischen Pasers Beine. Der Hund schätzte weder Schlingern noch Stampfen, folgte aber seinem Herrn selbst auf ein entfesseltes Meer.

Ihr Auszug war rasch vonstatten gegangen; der ehemalige Älteste der Vorhalle überließ das Herrenhaus und die Einrichtung einem möglichen Nachfolger, den zu benennen Bagi nicht geneigt war; da es keine ernsthaften Anwärter gab, zog er es vor, das Amt unter seiner Obhut zu behalten. Bevor er sich selbst zurückziehen wollte, zollte der alte Wesir Paser damit seine Hochachtung, der sich in seinen Augen untadelig verhalten hatte.

Der Richter trug die Matte aus seiner Anfangszeit, Neferet ihren Beutel mit Arzneien und Bestecken. Um sie herum standen Kisten voller irdener Krüge und Töpfe. Sie reisten in Gesellschaft von Händlern, die, das große Wort führend, sich darin übten, die Güte ihrer Erzeugnisse zu rühmen, welche sie auf Thebens großem Markt feilbieten wollten.

Nur eines bereitete Paser Enttäuschung: Kems Abwesenheit. Ohne Zweifel billigte der Nubier sein Verhalten nicht.

»Neferet, Neferet! Fahrt nicht ab!«

Die Heilkundige wandte sich um. Atemlos klammerte sich Silkis an ihren Arm.

»Qadasch ... Qadasch ist tot!«

»Was ist geschehen?«

»Eine Schauerlichkeit ... Kommt etwas beiseite.«

Paser hieß Wind des Nordens an Land gehen und rief nach Schelmin. Als sie ihre Herrin sich entfernen sah, sprang die kleine grüne Äffin auf die Hafenmauer. Brav machte zufrieden kehrt.

»Qadasch und seine beiden jungen fremdländischen Liebhaber haben sich vergiftet«, berichtete Silkis in einem Atemzug. »Ein Diener hat Kem benachrichtigt, der am Ort des Unglücks geblieben ist. Einer seiner Männer hat soeben Bel-ter-an benachrichtigt ... Und deshalb bin ich hier! Alles hat sich mit einem Schlag gewendet, Neferet. Die Wahl, die Euch als Oberste Heilkundige bestimmt hat, gewinnt wieder Gesetzeskraft ... Und Ihr werdet mich weiterhin behandeln!«

»Seid Ihr sicher, daß ...«

»Bel-ter-an behauptet, Eure Berufung könnte nicht in Frage gestellt werden. Ihr bleibt in Memphis!«

»Wir haben kein Haus mehr, wir ...«

»Mein Gatte hat bereits eines für Euch gefunden.«

Unentschlossen ergriff Neferet Pasers Hand.

»Du hast keine Wahl«, sagte der.

Brav bellte in ungewöhnlicher Weise auf. Nicht etwa wütend, sondern vielmehr freudig überrascht. Er begrüßte das Einlaufen eines Zweimasters aus Richtung Elephantine.

»Sethi!« schrie Paser.

*

Das Festmahl war zwar aus dem Stegreif entstanden, aber dennoch verschwenderisch. Bel-ter-an und Silkis feierten gleichzeitig Neferets ehrenvolle Wiedereinsetzung und Sethis Heimkehr. Der Held stand im Mittelpunkt aller Aufmerksamkeit und erzählte seine Großtaten; jeder wollte auch die geringste Einzelheit erfahren. Der Abenteurer berichtete von seiner Verpflichtung bei den Bergarbeitern, dem Entdecken der sengend heißen Hölle, dem Verrat der Ordnungskräfte der Wüste, der Begegnung mit Heerführer Ascher, von dessen Aufbruch zu einem unbekannten Ziel und seiner eigenen wundersamen Flucht dank Panthers Eingreifen. Lachend berauschte sich die Libyerin an edlem Wein, ohne die Augen von ihrem Geliebten zu lassen.

Wie versprochen überließ Bel-ter-an Paser von ein kleines Haus in der nördlichen Vorstadt von Memphis, bis Neferet eine Dienstunterkunft zugeteilt werden würde. Das Paar nahm bereitwillig Sethi und Panther auf. Die Libyerin ließ sich auf ein Bett fallen und schlief sogleich ein. Neferet zog sich in ihr Gemach zurück. Die beiden Freunde stiegen auf die Dachterrasse hinauf.

»Der Wind ist recht kühl; in manchen Nächten war es in der Wüste eisig kalt.«

»Ich habe auf deine Botschaft gehofft.«

»Es war mir unmöglich, sie dir zukommen zu lassen; falls du mir eine zugesandt hast, hat sie mich nicht erreicht. Habe ich mich während des Nachtmahls verhört: Neferet ist tatsächlich Oberste Heilkundige des Reiches, und du bist wirklich von deinem Amt als Ältester der Vorhalle zurückgetreten?«

»Dein Gehör ist noch immer unversehrt.«

»Hat man dich davongejagt?«

»Aufrichtig gesagt, nein. Ich bin aus freien Stücken gegangen.«

»Verzweifelst du langsam an dieser Welt?«

»Ramses hat einen allgemeinen Gnadenerlaß verkündet.«

»All die Mörder sind demnach für unschuldig erklärt ...«

»Man könnte es nicht besser ausdrücken.«

»Deine feine Gerechtigkeit zerbirst also zu Trümmern.«

»Niemand versteht des Königs Entscheidung.«

»Allein das Ergebnis zählt.«

»Ich muß dir ein Geständnis ablegen.«

»Ein ernstes?«

»Ich habe an dir gezweifelt. Ich habe geglaubt, du hättest mich verraten.«

Sethi duckte sich, als wollte er gleich aufspringen.

»Ich werde dir den Schädel einschlagen, Paser.«

»Eine gerechte Strafe, aber du verdienst die gleiche.«

»Weshalb?«

»Weil du mich angelogen hast.«

»Dies ist unsere erste ruhige Unterhaltung. Ich konnte dir doch wohl nicht die Wahrheit sagen vor diesem Biedermann Bel-ter-an und seiner Zierpuppe. Bei dir hatte ich keine Hoffnung, dich zu täuschen.«

»Wie hätte ich denn annehmen können, daß du die Spur des Heerführers Ascher tatsächlich aufgegeben hast? Dein Bericht stimmt bis zum Augenblick Eurer Begegnung. Danach glaube ich ihm nicht mehr.«

»Ascher und seine Henkersknechte haben mich in der Absicht gefoltert, mich ganz langsam sterben zu lassen. Die Wüste ist jedoch eine Verbündete geworden, und Panther war mein guter Geist. Unsere Freundschaft hat mich gerettet, als ich gerade den Mut verlor.«

»Und als du dich wieder frei bewegen konntest, bist du des Heerführers Fährte gefolgt. Was war sein Plan?«

»Über den Süden Libyen zu erreichen.«

»Gewitzt. Hatte er Helfershelfer?«

»Einen ruchlosen Ordnungshüter und einen erfahrenen Bergmann.«

»Tot?«

»Die Wüste ist grausam.«

»Was suchte Ascher in dieser Ödnis?«

»Gold. Er gedachte, seinen angehäuften Reichtum bei seinem Freund Adafi genießen zu können.«

»Du hast ihn getötet, nicht wahr?«

»Seine Feigheit und Weichlichkeit kannten keine Grenzen.«

»War Panther Zeugin?«

»Mehr noch. Sie hat ihn verurteilt, indem sie mir den Pfeil reichte, den ich abgeschossen habe.«

»Hast du ihn bestattet?«

»Der Sand wird sein Leichentuch sein.«

»Du hast ihm jede Aussicht auf ein Weiterleben geraubt.«

»Verdiente er es denn?«

»Demnach wird dem ruhmreichen Heerführer der Gnadenerlaß nicht zugute kommen ...«

»Über Ascher ist gerichtet worden, ich habe das Urteil voll-
streckt, das dem Gesetz der Wüste gemäß hätte gefällt werden
müssen.«

»Du hast das Verfahren drastisch abgekürzt.«

»Ich fühle mich nun viel leichter. In meinen Träumen liegt
auf dem Gesicht des Mannes, den Ascher gefoltert und
gemordet hat, endlich Frieden.«

»Und das Gold?«

»Kriegsbeute.«

»Fürchtest du keine Untersuchung?«

»Du wirst sie doch durchführen.«

»Der Vorsteher der Ordnungskräfte wird dich befragen. Kem
ist ein geradliniger und wenig umgänglicher Mensch. Obendrein hat er seine Nase wegen eines Goldraubs verloren,
dessen er ungerechterweise bezichtigt wurde.«

»Ist er nicht dein Schützling?«

»Ich bin nichts mehr, Sethi.«

»Ich bin reich! Ein solches Glück vorüberziehen zu lassen
wäre dumm.«

»Das Gold ist den Göttern vorbehalten.«

»Besitzen sie denn nicht im Überfluß davon?«

»Du läßt dich auf ein sehr gefährliches Abenteuer ein.«

»Das schwerste liegt hinter mir.«

»Wirst du Ägypten verlassen?«

»Das ist keineswegs meine Absicht, und ich wünsche, dir zu
helfen.«

»Ich bin nur noch ein niederer Landrichter ohne Macht, wie
ehedem.«

»Du wirst nicht aufgeben.«

»Ich habe nicht mehr die Mittel, weiterzukämpfen.«

»Trittst du etwa dein Leitbild mit Füßen, ist dir etwa das Bild
von Branirs Leichnam entfallen?«

»Die Verhandlung gegen Denes sollte gerade eröffnet werden; sie wäre ein entscheidender Schritt zur Wahrheit gewesen.«

»Die in deiner Schrift angeführten Klagegründe sind getilgt, aber wie steht es mit den anderen?«

»Was willst du damit sagen?«

»Meine Freundin Sababu hat ein geheimes Tagebuch verfaßt. Ich bin überzeugt, daß es spannende Einzelheiten enthält; darin wirst du gewiß neue Nahrung finden.«

»Bevor Neferet in ihre vielfältigen Aufgaben eingespannt wird, solltest du dich von ihr untersuchen lassen. Dein Streifzug dürfte Spuren hinterlassen haben.«

»Ich gedachte wohl, sie zu bitten, mich wieder auf die Beine zu bringen.«

»Und Panther?«

»Die Libyerin ist eine Tochter der Wüste, sie besitzt die Verfassung eines Skorpions. Gebe der Himmel, daß sie mich bald sitzenlassen möge.«

»Die Liebe ...«

»Sie nutzt sich so rasch ab wie Kupfer, und ich ziehe das Gold vor.«

»Wenn du es dem Tempel von Koptos zurückerstatten würdest, käme dir sicher eine Belohnung zugute.«

»Scherze nicht. Welch eine Kleinigkeit wäre das neben dem Inhalt meines Karrens! Panther will sehr reich sein. Die Goldstraße eingeschlagen zu haben und als Sieger zurückzukehren ... Gibt es denn ein prächtigeres Wunder? Da du an mir gezweifelt hast, fordere ich eine strenge Sühne.«

»Ich bin bereit.«

»Wir werden für zwei Tage verschwinden. Wir brechen zum Fischen ins Delta auf. Ich habe große Lust, das Wasser zu sehen, zu baden, mich über fette Wiesen und durch grünes Gras zu wälzen, in einem Kahn durch die Sümpfe zu fahren!«

»Neferets feierliche Einsetzung ...«

»Ich kenne deine Gemahlin: Sie wird uns diese Freiheit gewähren.«

»Und Panther?«

»Wenn du bei mir bist, wird sie Vertrauen haben. Sie wird Neferet dabei helfen, sich vorzubereiten; die Libyerin versteht sich bestens auf das Herrichten und Flechten von Perücken. Und wir werden mit ungeheuren Fischen heimkehren!«

36. KAPITEL

Ärzte der allgemeinen Heilkunde, der Chirurgie, der Zahn-, der Augenheilkunde und anderer Bereiche hatten sich zusammengefunden, um Neferets feierlicher Einsetzung beizuwohnen. Die Heiler erhielten Einlaß im nicht überdachten Großen Hof des Tempels der Göttin Sechmet, welche die Krankheiten über die Welt brachte, während sie zugleich das Geheimnis aller Arzneimittel enthüllte, die imstande waren, jene zu heilen. Wesir Bagi, dessen tiefe Mattigkeit von jedem bemerkt wurde, saß den Feierlichkeiten vor. Eine Frau an die Spitze der Hierarchie des Heilwesens gelangen zu sehen entrüstete niemanden in Ägypten, wenngleich ihre Standesbrüder sich einige krittelnde Worte bezüglich ihrer geringeren Widerstandskraft und ihres Mangels an Durchsetzungsvermögen nicht versagten.

Panther hatte mit großem Geschick gewirkt. Sie hatte nicht allein Neferets Haarschmuck besorgt, sondern sich auch noch um ihre Kleidung gekümmert; und so erschien die junge Frau nun in einem langen Leinengewand von strahlendem Weiß. Ein breites Karneolpektoral um den Hals, Bänder aus Lapislazuli an den Handgelenken und Fesseln und eine Riefenperücke verliehen ihr ein königliches Aussehen, das starken Eindruck auf die Anwesenden machte, der Sanftheit des Blickes und der Zartheit ihrer anmutigen Gestalt zum Trotz.

Der Altersvorsitzende der Bruderschaft der Heilkundigen bekleidete Neferet mit einem Pantherfell, um kenntlich zu machen, daß sie – gleich dem Priester, dem es oblag, der Königsmumie während des Wiedererweckungsritus erneut Leben einzugeben – die Pflicht hatte, jenem ungeheuren Leib, der Ägypten bildete, fortwährende Lebenskraft einzuhauchen. Hierauf überreichte er ihr das Petschaft des Obersten Arztes, das ihr Befehlsgewalt über alle Heiler des Reiches gab, und das Schreibzeug, mit dem sie die Erlasse bezüglich der Volksgesundheit abfassen würde, die sie sodann nur noch dem Wesir vorzulegen hätte.

Die hierauf folgende feierliche Ansprache dauerte nicht lange; sie hob Neferets Obliegenheiten hervor und schärfte ihr ein, den Willen der Götter zu achten, um das Glück der Menschenwesen zu bewahren. Als seine Gemahlin den Eid ablegte, zog sich Richter Paser zurück, um zu weinen.

*

Trotz der Schmerzen, deren Ausmaß nur Kem wahrnahm, hatte der Babuin seine Körperkraft wiedererlangt. Dank Neferets behutsamer Pflege würde der große Affe keinerlei Nachwirkungen von seinen schweren Verletzungen spüren. Er nährte sich inzwischen wieder mit seiner gewohnten Freßlust und nahm seine Wachgänge von neuem auf.

Paser und Töter umarmten sich.

»Ich werde nie vergessen, daß ich ihm mein Leben verdanke.«

»Verhätschelt ihn nicht zu sehr, er würde seine Wildheit einbüßen und sich selbst in Gefahr bringen. Habt Ihr irgendwelche Zwischenfälle zu melden?«

»Seit meinem Rücktritt besteht für mich keine Gefährdung mehr.«

»Wie seht Ihr Eure Zukunft?«

»Eine Berufung in eine Vorstadt und den kleinen Leuten nach besten Kräften dienen. Falls sich ein schwieriger Fall einstellt, benachrichtige ich Euch.«

»Glaubt Ihr noch an die Gerechtigkeit?«

»Euch recht zu geben, zerreißt mir das Herz.«

»Auch ich habe einige Lust zurückzutreten.«

»Behaltet Euer Amt, ich flehe Euch an. Zumindest Ihr werdet Übeltäter festsetzen und die Sicherheit gewährleisten können.«

»Bis zum nächsten Gnadenerlaß ... Mich wundert nichts mehr, doch es schmerzt mich für Euch.«

»Selbst wenn unser Handlungsspielraum lächerlich klein ist, sollten wir uns dort, wo wir stehen, redlich betragen. Wißt Ihr, Kem, meine größte Sorge war, Eure Zustimmung nicht zu erlangen.«

»Ich habe darüber geflucht, daß ich bei Qadasch zurückgehalten wurde, statt mich auf der Hafenmauer von Euch verabschieden zu können.«

»Zu welchem Schluß seid Ihr gelangt?«

»Dreifache Vergiftung. Aber wer hat sie begangen? Die beiden Jünglinge waren Söhne eines Schauspielers auf der Durchreise. Die Trauerfeiern sind in allergrößter Stille, ohne jedes Gefolge, vonstatten gegangen. Allein die zuständigen Priester nahmen daran teil. Dieser Fall ist der schmutzigste, mit dem ich mich je befassen mußte. Die Leichname werden nicht in Ägypten ruhen; aufgrund von Qadaschs Herkunft sind sie den Libyern übergeben worden.«

»Könnte nicht eine vierte Person einen Mordanschlag verübt haben?«

»Denkt Ihr etwa an den Mann, der Euch nachstellte?«

»Während des Opet-Festes hat Denes mich ausgefragt, um in Erfahrung zu bringen, wie sich sein Freund Qadasch benahm. Ich habe ihm nicht verhehlt, daß der Zahnheilkundler mir zugesagt hatte, ein Geständnis abzulegen, bevor er das Gift trinken wollte.«

»Denes sollte demnach einen hinderlichen Zeugen beseitigt haben ...«

»Weshalb all diese Gewalt?«

»Ungeheure Belange müssen auf dem Spiel stehen. Selbstverständlich hat Denes die Dienste eines Dunkelmannes gedungen. Ich werde nicht innehalten, nach ihm zu fahnden. Da Töter genesen ist, nehmen wir unsere Nachforschungen wieder auf.«

»Etwas geht mir nicht aus dem Sinn: Qadasch schien sich gewiß, der höchsten Strafe zu entrinnen.«

»Er glaubte, daß Denes seine Freilassung erwirken würde.«

»Ohne Zweifel, doch er führte sich mit solcher Überheblich-
keit auf ... so als ob er den kommenden Gnadenerlaß vor-
ausahnte.«
»Eine heimliche Mitteilung?«
»Davon hätte ich Wind bekommen.«
»Da irrt Ihr; im Gegenteil, Ihr wurdet als letzter unterrichtet.
Der Hof kennt Eure Unversöhnlichkeit und wußte, daß die
Gerichtsverhandlung gegen Denes ungeheures Aufsehen er-
regt hätte.«
Paser verweigerte sich der grauenvollen Ahnung, die sich in
seinen Geist fraß: ein heimliches Einverständnis zwischen
Ramses dem Großen und Denes, die Verderbnis an der
Spitze des Reiches, das von den Göttern geliebte Land den
schändlichsten Begierden preisgegeben ...
Kem nahm die Verstörtheit des Richters wahr.
»Die Tatsachen allein werden uns erhellen. Aus diesem
Grund gedenke ich, eine Spur weiterzuverfolgen, die uns zu
Eurem Angreifer führen wird. Seine Enthüllungen werden
reich an Erkenntnissen sein.«
»Seid vorsichtig, Kem.«

*

Der Hinkende war einer der besten Verkäufer des geheimen Marktes von Memphis, der an einer nicht mehr benutzten Hafenmauer abgehalten wurde, wenn die mit allen
erdenklichen Erzeugnissen beladenen Frachtschiffe eintra-
fen. Die Ordnungskräfte hatten ein Auge auf diese Tätigkeiten; und die Schreiber der Steuern nahmen die Abgaben ohne Gemütsbewegung ein. An die sechzig Jahre zäh-
lend, hätte der Hinkende sich seit langem schon in sein
Herrenhaus am Flußufer zurückziehen können, fand jedoch Gefallen daran, endlos lange zu feilschen und Leicht-
gläubige zu prellen. Sein letztes Opfer war ein Schreiber
des Schatzhauses und Fachmann für Ebenholz gewesen.
Seiner Eitelkeit schmeichelnd, hatte der Hinkende ihm
Einrichtungsgegenstände zum Preis von Edelholz verkauft;

zwar waren sie in Vollendung nachgeahmt, doch aus schlichtestem Holz gefertigt.

Ein hübsches Geschäft hatte sich gerade angekündigt: Ein Neureicher wünschte, eine Sammlung nubischer Schilde von einem der kriegerischsten Stämme zu erwerben. Die Gefahr zu spüren und sich der sicheren Geborgenheit eines Stadthauses zu erfreuen war ein wonnevolles Gefühl, das ernsthafte Aufwendungen verdiente. Mit ausgezeichneten Handwerkern im Bunde, hatte der Hinkende falsche Schilde in Auftrag gegeben, die weit eindrucksvoller waren als die echten Waffen. Er selbst würde sie verbeulen, auf daß sie die Spuren ingrimmiger Kämpfe trügen.

Sein Lagerhaus war von ähnlichen Wunderdingen angefüllt, die er Stück für Stück mit unnachahmlicher Kunst unter die Leute brachte. Ihn reizten einzig und allein Opfer von Rang, deren Dummheit und Selbstgefälligkeit ihn immer wieder fesselten.

Während er den Riegel zurückschob, dachte er freudig auflachend an den folgenden Tag.

In dem Augenblick aber, da er die Tür aufstieß, fiel ihm ein schwarzes struppiges Fell über die Schultern. Von dem abscheulichen Tierbalg eingemummt, brüllte der Hinkende auf, fiel hin und flehte um Hilfe.

»Schrei nicht so laut«, gebot Kem, ihm ein wenig Luft lassend.

»Ach, du bist es ... was ist in dich gefahren?«

»Erkennst du dieses Fell?«

»Nein.«

»Lüg nicht.«

»Ich bin die Aufrichtigkeit selbst.«

»Du bist einer meiner besten Gewährsleute«, gestand ihm der Nubier ein, »doch diesmal befrage ich den Händler in dir. Wem hast du einen hochgewachsenen männlichen Babuin verkauft?«

»Der Handel mit Tieren ist nicht mein Gebiet.«

»Ein solch prachtvoller Vertreter seiner Gattung hätte von den Ordnungskräften aufgenommen werden müssen. Bloß ein Lump von deiner Sorte hat eine ungesetzliche Beförderung vermitteln können.«

»Du unterstellst mir finstere Absichten.«
»Ich kenne deine Gier.«
»Das war ich nicht!«
»Du reizt Töter.«
»Ich weiß nichts.«
»Töter wird überzeugender sein als ich.«
Der Hinkende hatte keine Ausfluchtmöglichkeit mehr.
»Ich hatte von diesem riesigen Babuin reden hören, der in der Gegend von Elephantine gefangen worden war. Ein nettes Geschäft in Aussicht, aber nicht für mich. Hingegen konnte ich die Beförderung gewährleisten.«
»Mit hübschem Gewinn, nehme ich an.«
»Plackereien und Kosten hauptsächlich.«
»Nötige mich nicht, dich zu bedauern. Mir ist nur an einer einzigen Auskunft gelegen: Wem hast du diesen Affen beschafft?«
»Das ist sehr heikel . . .«
Starren Blicks scharrte der Pavian des Ordnungshüters ungeduldig auf dem Boden.
»Sagst du mir Verschwiegenheit zu?«
»Ist Töter geschwätzig?«
»Niemand darf wissen, daß ich dir etwas gesagt habe. Geh zu Kurzbein.«

*

Der fragliche Mann verdiente seinen Beinamen. Ein dicker Kopf, eine behaarte Brust und zu kurze, wenn auch stämmige und kräftige Beine. Schon von früher Kindheit an hatte er Unmengen von Kisten und Kästen geschleppt; zu seinem eigenen Herrn geworden, herrschte er nunmehr über bald hundert kleine Landwirte, deren Früchte und Gemüse er vertrieb. Neben seinen öffentlichen Tätigkeiten hatte er an mehr oder minder einträglichen Gaunereien teil.
Kem und seinen Affen auftauchen zu sehen, bereitete ihm keinerlei Freude.
»Bei mir ist alles vorschriftsgemäß.«

»Du magst die Ordnungskräfte nicht sonderlich.«

»Und noch weniger, seit du sie leitest.«

»Sollte dich dein Gewissen quälen?«

»Stell deine Fragen.«

»Hast du es so eilig zu reden?«

»Dein Babuin wird mich sowieso dazu zwingen. Da können wir es auch gleich zu Ende bringen.«

»Wie es sich trifft, wollte ich gerade über einen Babuin mit dir reden.«

»Mir graut vor diesen Ungeheuern.«

»Und dennoch hast du dem Hinkenden einen abgekauft.«

Betreten machte Kurzbein Anstalten, Lattenkisten wegzuräumen.

»Eine Bestellung.«

»Für wen?«

»Ein merkwürdiger Kerl.«

»Sein Name?«

»Den weiß ich nicht.«

»Beschreib ihn mir.«

»Dazu bin ich nicht imstande.«

»Erstaunlich.«

»Für gewöhnlich bin ich eher ein guter Beobachter. Der Mann, der bei mir einen äußerst kräftigen Babuin bestellt hat, war eine Art Schatten, ohne Konturen und ohne besondere Gesichtszüge. Er trug eine Perücke, die ihm die Stirn bedeckte und beinahe über die Augen reichte, und ein Obergewand, das seinen Körper verbarg. Ich wäre nicht in der Lage, ihn wiederzuerkennen, zumal das Geschäft nur wenig Zeit in Anspruch nahm. Er hat nicht einmal um den Preis gefeilscht.«

»Und seine Stimme?«

»Sonderbar. Ich bin mir sicher, daß er sie verstellte. Wahrscheinlich mittels Fruchtkernen, die er sich zwischen Wangen und Kiefer gesteckt hatte.«

»Hast du ihn wiedergesehen?«

»Nein.«

Die Spur verlor sich hier. Der Auftrag des Mörders hatte mit

Pasers Sturz und Qadaschs Tod zweifelsohne sein Ende gefunden.

*

Belustigt steckte Sababu ihren Haarknoten mit Nadeln fest.
»Ein unerwarteter Besuch, Richter Paser; gestattet mir, daß
ich mein Haar zurechtmache. Sollte Euch etwa nach meinen
Diensten verlangen, und dazu noch zu einer derart morgendlichen Stunde?«
»Nicht nach Euren Diensten; aber daß Ihr mit mir redet.«
Der Ort, mit seinem offen ausgestellten Prunk, war voller
schwerer Düfte, die Schwindel verursachten. Paser suchte
vergebens nach einem Fenster.
»Ist Eure Gemahlin über Euren Schritt unterrichtet?«
»Ich verheimliche ihr nichts.«
»Um so besser. Sie ist ein Ausnahmewesen und eine vortreffliche Heilerin.«
»Ihr haltet Eure Erinnerungen schriftlich fest.«
»In welcher Eigenschaft befragt Ihr mich? Ihr seid nicht
mehr Ältester der Vorhalle.«
»Niederer Richter ohne Bestallung. Es steht Euch völlig frei,
mir zu antworten.«
»Wer hat Euch von meiner Gewohnheit erzählt?«
»Sethi. Er ist davon überzeugt, Ihr verfügtet über Hinweise,
die Denes in Schwierigkeiten bringen könnten.«
»Sethi, ein wunderbarer Junge und außergewöhnlicher Liebhaber ... Für ihn bin ich gerne zu einem Gefallen bereit.«
Voll Sinnlichkeit erhob sich Sababu und verschwand für
einige Augenblicke hinter einem Behang. Mit einem Papyrus in der Hand kam sie wieder hervor.
»Hier ist das Schriftstück, in dem ich die Wunderlichkeiten
meiner besten Kunden, ihre Verderbtheiten und ihre nicht
eingestehbaren Gelüste festgehalten habe. Bei nochmaligem
Durchlesen ist alles recht enttäuschend. Im ganzen betrachtet, sind die Vornehmen dieses Landes nicht sehr verdorben.
Sie schlafen auf natürliche Weise bei, ohne körperliche oder

geistige Quälereien. Ich kann Euch nichts enthüllen. Diese Vergangenheit sollte dem Vergessen anheimfallen.«

Sie riß den Papyrus in tausend Fetzen.

»Ihr habt mich gar nicht daran zu hindern gesucht. Und wenn ich Euch belogen hätte?«

»Ich setze Vertrauen in Euch.«

Sababu sah den Richter mit lüsternem Blick an.

»Ich kann Euch weder helfen noch Euch lieben, und das bedauere ich. Macht Neferet glücklich, denkt nur an ihr Glück, Ihr werdet das allerschönste Leben mit ihr verbringen.«

*

Geschmeidiger als ein im Wind sich wiegender Papyrusstengel glitt Panther an Sethis nacktem Leib hinauf. Sie hielt kurz inne, küßte ihn und setzte ihren unerbittlichen Aufstieg zu den Lippen ihres Geliebten fort. Seiner Untätigkeit überdrüssig, unterbrach er die zärtliche Erkundung und rollte sie auf die Seite. Ihre Beine gerieten ineinander, sie umschlangen sich mit dem Ungestüm des jungen Nils und schenkten einander im selben Augenblick brennende Wollust. Beide wußten, daß diese Vollkommenheit der Begierde und ihrer Erfüllung sie aneinander band, doch weder sie noch er mochten dies eingestehen. Panther war so feurig, daß eine einzige Bestürmung ihr nicht genügte; mit hingebungsvoller Liebkosung verstand sie es, Sethis Glut ohne Mühe neu zu entfachen. Der junge Mann schalt sie »libysche Katze«, wodurch er die Göttin der Liebe beschwor, die in Gestalt einer Löwin in die Wüste des Westens aufgebrochen und als Hauskatze zurückgekehrt war, lieblich und betörend, dennoch nie endgültig bezähmt. Noch die kleinste Bewegung von Panther erregte schillernde und schmerzhafte Leidenschaft; sie spielte mit Sethi wie auf einer Leier, ließ diese im Gleichklang mit ihrer eigenen Sinnlichkeit erklingen.

»Ich führe dich zum Mittagsmahl in die Stadt aus. Ein Grieche hat vor kurzem eine Schenke eröffnet, in der er mit

Fleisch gefüllte Weinblätter und Weißwein aus seinem Heimatland anbietet.«

»Wann werden wir das Gold holen gehen?«

»Sobald ich imstande sein werde, den Streifzug durchzuführen.«

»Du scheinst mir fast wiederhergestellt ...«

»Dich zu lieben ist leichter, zumindest aber weniger erschöpfend, als mehrere Tage durch die Wüste zu wandern; ich muß noch etwas Kräfte sammeln.«

»Ich werde an deiner Seite sein; ohne mich würdest du scheitern.«

»Wem können wir das Metall verkaufen, ohne verraten zu werden?«

»Die Libyer würden es annehmen.«

»Niemals. Wir sollten zusehen, daß wir eine Lösung in Memphis finden; sonst werden wir in Theben bleiben, um einen Weg auszumachen. Das Unternehmen ist gefährlich.«

»Und so erregend! Reichtum muß man sich verdienen.«

»Sag mal, Panther ... was hast du empfunden, als du den ruchlosen Ordnungshüter getötet hast?«

»Furcht, ihn zu verfehlen.«

»Hattest du zuvor schon einmal einen Menschen umgebracht?«

»Ich wollte dich retten, und ich habe es geschafft. Ich werde auch dich töten, falls du nochmals versuchst, mich zu verlassen.«

*

Sethi kostete verwundert die Stimmung von Memphis. Sie brachte ihn aus der Fassung, erschien ihm beinahe fremd nach seiner langen Wanderung in der Wüste. Im Herzen des Viertels der Sykomore drängte sich eine bunte Menge in der Umgebung des Tempels der Göttin Hathor, um einem Ausrufer zu lauschen, der die Zeitpunkte der nächsten Feste bekanntmachte. Rekruten wandten sich zum Bezirk der Streitkräfte, um ihre Ausrüstung entgegenzunehmen. Händler lenkten ihre Esel und Karren zu den Lagerhäusern, wo sie ihre Posten Getreide und Frischwaren erhalten würden. Am Hafen Perunefer, »Glückliche Ausfahrt«, wendeten Schiffe, und zum Landen bereite Seeleute stimmten die althergebrachten Ankunftsgesänge an.

Der Grieche hatte seine Schenke in einem Gäßchen der südlichen Vorstadt eröffnet, unweit der ersten Amtsstube von Richter Paser. Als Panther und Sethi sich gerade hineinbegaben, schreckten Entsetzensschreie sie auf.

Ein Wagen, von einem durchgehenden Pferd gezogen, raste in voller Fahrt die winzige Straße entlang. In ihrer heillosen Angst hatte die Frau darin soeben die Zügel losgelassen. Das linke Rad stieß gegen die Wand eines Hauses, der Kasten kippte, die Insassin wurde auf den Boden geschleudert. Einige Vorbeikommende brachten das Tier zum Stehen.

Sethi rannte hinzu und beugte sich über das Opfer.

Dame Nenophars Kopf war blutüberströmt, und sie atmete nicht mehr.

*

Die ersten Hilfsmaßnahmen wurden noch an Ort und Stelle geleistet, dann brachte man die Gemahlin des Warenbeförderers ins Siechenhaus. Sie litt an vielfachen Prellungen, einem dreifachen Bruch des linken Beins, einem eingedrückten Brustkorb und einer Verletzung am Genick. Ihr Überleben reichte an ein Wunder. Neferet und zwei Chirurgen führten unverzüglich einen Eingriff durch. Dank ihrer kräftigen Verfassung würde Nenophar dem Tod entrinnen, wäre jedoch gezwungen, sich mit Krücken fortzubewegen.

Da sie schon bald wieder in der Lage war zu sprechen, erhielt Kem die Erlaubnis, sie im Beisein von Paser zu befragen.

»Der Richter begleitet mich als Zeuge«, erläuterte der Vorsteher der Ordnungskräfte. »Ich ziehe es vor, daß ein Gerichtsbeamter unserer Unterredung beiwohnt.«

»Weshalb diese Vorsichtsmaßnahme?«

»Weil ich die Ursachen des Unfalls nicht recht erfasse.«

»Ein scheuendes Pferd . . . Es ist mir nicht gelungen, das Tier wieder in die Gewalt zu bringen.«

»Gehört es zu Euren Gewohnheiten, ein Gefährt wie dieses alleine zu lenken?« fragte Paser.

»Selbstverständlich nicht.«

»Nun, wenn dem so ist, was ist dann geschehen?«

»Ich bin als erste aufgestiegen, ein Diener sollte die Zügel übernehmen. Irgendein Wurfgeschoß, wahrscheinlich ein Stein, hat die Stute getroffen. Sie hat gewiehert, sich aufgebäumt und ist in wilder Hatz davongestoben.«

»Beschreibt Ihr da nicht einen Anschlag?«

Nenophar, deren Kopf einen Verband trug, ließ den Blick durch den Raum irren.

»Unwahrscheinlich.«

»Ich verdächtige Euren Ehemann.«

»Das ist widerwärtig!«

»Habe ich unrecht? Hinter seiner scheinbaren Ehrenhaftigkeit verbirgt sich ein hoffärtiger und gemeiner Mensch, der nur für seine Belange lebt.«

Nenophar wirkte erschüttert. Paser erweiterte die Bresche.

»Andere Verdachtsgründe lasten auf Euch.«

»Auf mir?«

»Branirs Mörder hat eine perlmutterne Nadel verwendet. Ihr selbst handhabt dieses Werkzeug mit einer beachtenswerten Fingerfertigkeit.«

Nenophar richtete sich verstört auf.

»Das ist abscheulich . . . Wie könnt Ihr es wagen, solche Anschuldigungen auszustoßen?«

»Bei der Gerichtsverhandlung, die der Gnadenerlaß verhindert hat, wärt Ihr des Schleichhandels mit Stoffen, Gewändern und Leintuchen angeklagt worden. Führt eine Missetat nicht zwangsläufig die nächste herbei?«

»Warum verbeißt ihr Euch derart?«

»Weil Euer Gatte im Mittelpunkt einer bösartigen Verschwörung steht. Könntet Ihr nicht seine beste Helfershelferin sein?«

Ein trauriges Lächeln umspielte krampfhaft Nenophars Lippen.

»Ihr seid schlecht unterrichtet, Paser. Vor diesem Unfall hatte ich die Absicht, mich scheiden zu lassen.«

»Solltet Ihr Eure Meinung geändert haben?«

»Durch mich hat man auf Denes abgezielt. Ich werde ihn mitten im Sturm nicht im Stich lassen.«

»Verzeiht mir meine Forschheit. Ich wünsche Euch baldige Wiederherstellung.«

*

Die beiden Männer ließen sich auf einer Steinbank nieder. Die Ruhe des Babuin zeigte an, daß sie nicht beobachtet wurden.

»Was denkt Ihr, Kem?«

»Ein augenscheinlicher Fall dauerhafter und unheilbarer Torheit. Sie ist unfähig zu begreifen, daß ihr Ehemann sich ihrer entledigen wollte, weil sie ihn durch die Trennung an den Bettelstab gebracht hätte. Nenophar besitzt nämlich das gesamte Vermögen. Denes hatte keine Ahnung, daß er einen siegreichen Streich führte, wie immer sein Unternehmen auch ausgehen mochte; entweder würde Nenophar bei dem Unfall sterben oder erneut zu seiner Verbündeten werden! Es dürfte schwierig sein, eine einfältigere Dame der Ober-schicht aufzustöbern.«

»Ein harter Spruch«, befand Paser, »doch ein überzeugen-der. Eines scheint mir nun festzustehen: Sie ist nicht Branirs Mörderin.«

37. KAPITEL

In der Mitte der kalten Jahreszeit, die frischer als gewöhnlich war, beging Ramses der Große die Feiern der Wiederauferstehung des Osiris. Auf die für alle sichtbare Fruchtbarkeit des Nils folgte die der Lebenskräfte, die über den Tod siegten; in jedem Heiligtum wurden Lampen entfacht, auf daß das ewige Licht der Wiedererstehung leuchten mochte.

Der König begab sich nach Sakkara; einen ganzen Tag lang sammelte er sich andächtig in der Stufenpyramide und anschließend vor der Statue seines ruhmreichen Vorgängers, des Pharaos Djoser.

Die einzige Pforte, die sich in der Umfriedung öffnete, durchschritten allein die Seele des abgeschiedenen PHARAOS oder der herrschende König, anläßlich des Festes der Erneuerung, in Gegenwart der Gottheiten des Himmels und der Erde.

Ramses flehte die zu Sternen am Himmelsgewölbe gewordenen Ahnen an, ihm die zu befolgende Verhaltensweise einzugeben, um aus der dunklen Schlucht hinauszugelangen, in die seine unsichtbaren Feinde ihn gestürzt hatten. Die Erhabenheit der Stätte, dem strahlenden Frieden des verklärten Lebens geweiht, heiterte ihn wieder auf; er labte seinen Blick am Spiel des Lichtes, das der riesigen Treppe aus steinernen Stufen, dem Mittelpunkt der ungeheuren Totenstadt, Leben verlieh.

Bei Sonnenuntergang keimte die Antwort in seinem Herzen.

*

Kem war kein Mann der Amtsstube. So befragte er Sethi, während sie am Nil entlang schlenderten.

391

»Welch ein sonderbares Abenteuer Ihr doch durchgestanden habt. Lebend aus der Wüste zu gelangen ist kein leichtes Unterfangen.«

»Ich hatte Glück. Es schützt mich besser als irgendeine Gottheit.«

»Ein wankelmütiger Freund, den man nicht allzusehr versuchen sollte.«

»Vorsicht langweilt mich.«

»Ephraim war ein abgefeimter Strolch. Sein Verschwinden dürfte Euch nicht betrübt haben.«

»Er ist in Gesellschaft von Heerführer Ascher entflohen.«

»Trotz Aufbietung aller Sicherheitskräfte bleibt er unauffindbar.«

»Ich konnte mir ein Bild von ihrer Geschicklichkeit machen, sich fortzubewegen, ohne den Ordnungskräften der Wüste zu begegnen.«

»Ihr seid ein Zauberer, Sethi.«

»Schmeichelei oder Tadel?«

»Aschers Fängen zu entrinnen ist eine übernatürliche Großtat. Weshalb hat er Euch ziehen lassen?«

»Das kann ich mir nicht erklären.«

»Er hätte Euch töten müssen, nicht wahr? Ein weiterer befremdlicher Punkt: Welchen Zweck verfolgte der Heerführer, als er im Gebiet der Bergwerke Zuflucht suchte?«

»Wenn Ihr ihn festnehmt, wird er es Euch enthüllen.«

»Gold ist der höchste Reichtum, der unerreichbare Traum. Wie Ihr machte sich Ascher nichts aus den Göttern; Ephraim kannte vergessene Adern, deren Lage er ihm verraten hat. Indem er Gold anhäufte, brauchte der Heerführer die Zukunft nicht mehr zu fürchten.«

»Ascher hat mich nicht ins Vertrauen gezogen.«

»Überkam Euch nicht die Lust, ihm zu folgen?«

»Ich war verletzt, am Ende meiner Kräfte.«

»Ich bin davon überzeugt, daß Ihr den Heerführer beseitigt habt. Ihr haßtet ihn so sehr, daß ihr bereit wart, beachtliche Wagnisse einzugehen.«

»Ein zu harter Gegner in meinem Zustand.«

»Ich bin selbst in dieser Lage gewesen. Der Wille vermag noch dem erschöpftesten Körper sein Gesetz aufzuzwingen.«

»Wenn Ascher zurückkehrt, wird ihm der Gnadenerlaß zuteil werden.«

»Er wird niemals zurückkehren. Die Geier und die Nager haben sein Fleisch gefressen, der Wind wird seine Knochen zerstreuen. Wo habt Ihr das Gold versteckt?«

»Ich besitze nichts als mein Glück.«

»Dieses Metall zu stehlen ist eine unverzeihliche Missetat. Niemand hat es bisher geschafft, das aus dem Bauch der Berge geraubte Gold zu behalten. Erstattet es zurück, bevor Euch Euer Glück verläßt.«

»Ihr seid ein wahrer Ordnungshüter geworden.«

»Ich liebe die Ordnung. Ein Land ist glücklich und gedeiht, wenn die Wesen und die Dinge an ihrem rechten Platz sind. Der Platz des Goldes ist im Innern des Tempels. Bringt Eure Beute nach Koptos zurück, und mein Mund wird verschlossen bleiben. Andernfalls betrachtet mich als Euren Feind.«

*

Neferet lehnte es ab, das Herrenhaus Neb-Amuns, des ehemaligen Obersten Arztes des Reiches, zu bewohnen; zu viele schädliche Schwingungen erfüllten die Stätte. Sie zog es vor, abzuwarten, daß die Obrigkeiten ihr eine andere Behausung zugedachten, und begnügte sich mit der bescheidenen Unterkunft, in der sie ihre kurzen Nächte zubrachte.

Bereits vom Morgen nach ihrer Einsetzung an hatten die verschiedenen Körperschaften der Gesundheitsfürsorge sie um Unterredungen gebeten, aus Angst, sie könnten Nachteile erleiden. Neferet besänftigte die Befürchtungen und beschwichtigte manche Ungeduld; bevor sie sich um möglicherweise anstehende Beförderungen kümmern konnte, mußte sie sich den Bedürfnissen der Bevölkerung widmen. Daher auch bestellte sie zunächst die Vorsteher der Wasserversorgung zu sich, damit kein Dorf die kostbare Flüssigkeit entbehrte; darauf nahm sie das Verzeichnis der Siechenhäuser und Behandlungsstätten in Augenschein und stellte fest, daß es manchen Gauen am Allernötigsten mangelte. Die Verteilung der Ärzte der allgemeinen und der besonderen Heilkunde zwischen dem Süden und dem Norden bot kaum Anlaß zur Zufriedenheit. Schließlich mußte sie, unter den ersten Dringlichkeiten, den fremden Ländern antworten, die um ägyptische Heiler ersuchten, um hochrühmliche Kranke zu behandeln.

Die junge Frau begann allmählich, das Ausmaß ihrer Berufung zu ermessen. Hinzu gesellte sich noch die höfliche Feindseligkeit jener Heiler, die seit dem Tode Neb-Amuns damit betraut waren, über Ramses' Gesundheit zu wachen; der Arzt der allgemeinen Heilkunde, der Chirurg und der Zahnheilkundler brüsteten sich ihrer Fähigkeiten und behaupteten, der Herrscher wäre angesichts ihrer Sorgfalt zufrieden.

Durch die Straßen zu schlendern, erquickte sie. So wenige Leute kannten ihr Gesicht, vor allem in den umliegenden Vierteln des Palastes, daß sie nach einem Tag ermattender Gespräche, bei denen ein jeder sie auf die Probe stellte, sich unbehelligt bewegen konnte.

Als Sethi plötzlich zu ihr stieß, wunderte sie sich darüber.

»Ich mußte unter vier Augen mit dir sprechen.«

»Schließt du Paser aus?«

»Für den Augenblick, ja.«

»Was fürchtest du?«

»Meine Vermutungen sind zu unbestimmt und derart grauenhaft ... Er würde sich zu Unrecht ereifern. Ich möchte lieber zuerst mit dir reden; du wirst darüber urteilen.«

»Panther?«

»Wie hast du das erraten?«

»Sie nimmt einen gewissen Platz in deinem Leben ein ... und du wirkst sehr verliebt.«

»Du bist im Irrtum, unser Einvernehmen ist rein sinnlich. Aber Panther ...«

Sethi zögerte. Neferet, die eine schnelle Gangart schätzte, verlangsamte den Schritt.

»Erinnere dich an die Umstände von Branirs Ermordung«, forderte er sie auf.

»Man hat ihm eine perlmutterne Nadel in den Nacken gestoßen, und zwar mit einer solchen Genauigkeit, daß der Tod augenblicklich eintrat.«

»Panther hat auf dieselbe Art und Weise den treubrüchigen Ordnungshüter mit Hilfe eines Dolchs getötet. Und der Mann war dazu noch ein Hüne.«

»Schlicht Zufall.«

»Das hoffe ich, Neferet, das hoffe ich von ganzem Herzen.«

»Quäle dich nicht länger. Branirs Seele ist mir so nahe, so lebendig, daß deine Anschuldigung in mir eine sofortige Gewißheit geweckt hätte. Panther ist unschuldig.«

*

Neferet und Paser verheimlichten sich nichts. Seit dem Augenblick, da die Liebe sie geeint hatte, herrschte tiefe Einmütigkeit zwischen ihnen, die der Alltag nicht verbrauchte und die Auseinandersetzungen nicht zermürbten. Als der Richter sich spät in der Nacht zu Bett legte, wachte sie auf und erzählte ihm von Sethis Besorgnis.

»Bei dem Gedanken, mit der Frau zu leben, die Branir ermordet haben könnte, fühlte er sich schuldig.«

»Seit wann verfolgt ihn dieser Wahn?«

»Ein Alptraum hat dies fest in ihm eingegraben.«

»Ausgeschlossen. Panther kannte Branir nicht einmal.«

»Jemand hätte sich ihrer unseligen Begabungen bedienen können.«

»Sie hat den Ordnungshüter aus Liebe niedergestreckt; beruhige Sethi.«

»Du scheinst deiner sicher zu sein.«

»Ich bin mir ihrer und seiner sicher.«

»Ich ebenfalls.«

*

Der Besuch der Königsmutter stieß den Ablauf der Empfänge um. Gaufürsten, die eigens gekommen waren, um Einrichtungen und Gerätschaften der Gesundheits- und Körperpflege zu erbetteln, verneigten sich, als Tuja an ihnen vorüberschritt.

Ramses' Mutter umarmte Neferet.

»Da seid Ihr nun endlich an Eurem wahren Platz.«

»Ich vermisse mein Dorf in Oberägypten.«

»Weder Bedauern noch Gewissensbisse; das sind nur Nichtigkeiten. Was zählt, ist allein Euer Auftrag im Dienste des Landes.«

»Wie steht es um Eure Gesundheit?«

»Ausgezeichnet.«

»Eine vorbeugende Untersuchung scheint doch geboten.«

»Einzig und allein, um Euch zu beruhigen.«

Trotz des Alters und der vorangegangenen Erkrankungen war das Sehvermögen der Königsmutter zufriedenstellend. Neferet bat sie dennoch, die Heilbehandlung gewissenhaft fortzusetzen.

»Eure Aufgabe wird nicht leicht sein, Neferet. Neb-Amun besaß die Kunst, Dringlichkeiten aufzuschieben und Vorgänge zu begraben; er umgab sich nur mit Getreuen ohne jede Persönlichkeit. Diese weichliche, geistig beschränkte und rückschrittliche Sippschaft wird sich Euren Anstößen und Unternehmungen widersetzen. Die Trägheit ist eine fürchterliche Waffe; laßt Euch nicht entmutigen.«

»Wie ist PHARAOS Befinden?«

»Er weilt derzeit im Norden und besichtigt stehende Heere. Ich habe das Gefühl, daß das Verschwinden Heerführer Aschers ihm Sorgen bereitet.«

»Habt Ihr wieder an seinen Gedanken teil?«

»Leider nein! Sonst hätte ich ihn nach den Gründen dieses verachtenswerten Gnadenerlasses gefragt, den unser Volk mißbilligt. Ramses ist müde, seine Macht bröckelt. Die Hohenpriester von Heliopolis, Memphis und Theben werden nicht mehr lange säumen, das Verjüngungsfest auszurichten, das ein jeder, völlig zu Recht, als notwendig erachtet.«

»Das Land wird in Freudentaumel verfallen.«

»Ramses wird wieder von diesem Feuer erfüllt sein, das ihm erlaubt hat, über die furchterregendsten Feinde zu siegen. Zögert nicht, meine Hilfe zu erbeten; von nun an nehmen unsere Beziehungen ein amtliches Gepräge an.«

Derart ermutigt zu werden, vervielfachte Neferets Tatkraft.

*

Nachdem die Arbeiterinnen gegangen waren, begutachtete Tapeni die Werkstatt. Ihr geschultes Auge entdeckte auch den geringsten Diebstahl: Weder ein Werkzeug noch ein Stück Stoff durften bei Androhung augenblicklicher Strafe aus ihrem Reich verschwinden. Nur die Strenge gewährleistete eine gleichbleibende Güte der Arbeit.

Ein Mann trat ein.

»Denes ... Was wünschst du?«

Der Warenbeförderer verriegelte die Tür hinter sich. Massig und mit undurchdringlichem Gesicht kam er langsamen Schrittes näher.

»Wir sollten uns doch nicht wiedersehen, deiner Ansicht nach.«

»Das stimmt.«

»Du hast einen Fehler begangen. Ich bin keine Frau, die man sitzenläßt, nachdem man sich ihrer bedient hat.«

»Du hast ebenfalls einen begangen. Ich bin keiner dieser Würdenträger, die man unter Druck setzt.«

»Entweder beugst du dich, oder ich zerstöre dein Ansehen.«

»Meine Ehefrau ist gerade einem Unglück zum Opfer gefallen; ohne die Barmherzigkeit der Götter wäre sie gestorben.«

»Dieser Zwischenfall ändert nichts an den mit ihr geschlossenen Übereinkünften.«

»Es wurde keine Übereinkunft geschlossen.«

Mit einer Hand packte Denes Tapeni an der Kehle und drückte sie gegen die Wand.

»Falls du fortfährst, mich zu belästigen, wirst auch du Opfer

eines Unfalls werden. Ich verabscheue deine Vorgehensweisen; bei mir sind sie zum Scheitern verurteilt. Versuche
nicht, dich gegen meine Gemahlin zu stellen, und streiche
unsere Begegnung aus deinem Gedächtnis. Begnüge dich
mit deinem Beruf, wenn du dein Alter genießen willst.
Lebwohl.«
Freigelassen, rang Tapeni gierig nach Luft.

*

Sethi versicherte sich, daß ihm niemand folgte. Seit dem
Verhör, das Kem geführt hatte, fürchtete er, unter Überwa-
chung gestellt worden zu sein. Des Nubiers Ermahnung
durfte nicht auf die leichte Schulter genommen werden;
selbst Paser könnte seinen Freund nicht schützen, wenn der
Vorsteher der Ordnungskräfte seine Schuld bewiese.
Zum Glück hatte der Argwohn, der auf seiner libyschen
Geliebten lastete, sich zerstreut; allerdings mußten Sethi und
Panther Memphis verlassen, ohne die Aufmerksamkeit des
Ordnungshüters auf sich zu lenken. Ihren sagenhaften
Reichtum aufs beste zu nutzen würde ein kniffliges Unternehmen werden, das Mitwisser erforderte; daher nahm der
junge Mann Fühlung mit einigen zweifelhaften Leuten auf,
anerkannten Hehlern mehr oder minder hohen Ranges,
ohne sein Geheimnis zu enthüllen. Er erwähnte lediglich
einen bedeutenden Handel, der eine langwierige Beförderung nötig machte.
Kurzbein erschien ihm als ein annehmbarer Helfer. Der
Geschäftsmann stellte keine Fragen und willigte ein, Sethi
widerstandsfähige Esel, Dörrfleisch und Wasserschläuche
am Ort seiner Wahl bereitzustellen. Es barg wohl etliche
Gefahren, das Gold aus der Höhle in die große Stadt zu
schaffen, es zu verstecken und feilzubieten, um ein pracht-
volles Herrenhaus zu erstehen und das große Leben zu
führen; doch Sethi fand immer mehr Gefallen daran, sein
Glück zu wagen. An der Schwelle zum Reichtum würde es
ihn nicht im Stich lassen.

Drei Tage später wollten Panther und er sich nach Elephantine einschiffen. Mit einem Holztäfelchen versehen, auf dem Kurzbein seine Anweisungen niedergeschrieben hatte, würden sie die Tiere und die Ausrüstung in einem Dorf, in dem niemand sie kannte, entgegennehmen. Danach wollten sie einen Teil des Goldes aus der Höhle herausholen und nach Memphis zurückkehren, in der Hoffnung, es auf einem der Schattenmärkte abzusetzen, den Griechen, Libyer und Syrer in Schwung zu halten suchten. Der Tauschwert des gelben Metalls war derart beachtlich, der edle Werkstoff in solch geringer Menge im Umlauf, daß Sethi wohl einen Käufer finden würde.

Zwar setzte er sich dabei einer lebenslangen Gefängnisstrafe, ja gar dem Tode aus. Doch wenn er erst einmal das schönste Gut Ägyptens besäße, würde er doch sicherlich herrliche Empfänge ausrichten, bei denen Paser und Neferet die Ehrengäste wären. Er würde seine Reichtümer wie Stroh lodern lassen, auf daß das Freudenfeuer bis zum Himmel aufstiege, wo die nicht existenten Götter mit ihm lachen würden.

*

Des Wesirs Stimme war rauh, seine Miene angespannt.

»Richter Paser, ich habe Euch herbestellt, um Euer Betragen anzusprechen.«

»Sollte ich eine Verfehlung begangen haben?«

»Ist Euer Widerstand gegen den Gnadenerlaß nicht allzu offenkundig? Ihr laßt keine Gelegenheit aus, ihn zur Schau zu tragen.«

»Zu schweigen hieße mich verstellen.«

»Seid Ihr Euch Eurer Unvorsichtigkeit bewußt?«

»Habt Ihr dem König denn Eure Feindseligkeit nicht gezeigt?«

»Ich bin ein alter Wesir, Ihr seid ein junger Gerichtsbeamter.«

»Wie könnte die Meinung eines niederen Stadtviertel-Richters Hoheit kränken?«

»Ihr wart Ältester der Vorhalle. Behaltet Eure Gedanken für Euch.«

»Sollte meine nächste Bestallung von meinem Schweigen abhängen?«

»Ihr seid gescheit genug, um diese Frage selbst zu beantworten. Ist ein Richter, der das Gesetz in Abrede stellt, etwa würdig, seine Tätigkeit auszuüben?«

»Wenn dem so ist, entsage ich diesem Amt.«

»Es ist doch aber Euer Lebenszweck.«

»Die Verletzung wird unheilbar sein, das gestehe ich ein; sie ist jedoch der Heuchelei vorzuziehen.«

»Seid Ihr nicht allzu unbeugsam und gesetzesstreng?«

»Aus eurem Mund ist diese Einschätzung ein Lob.«

»Ich verabscheue schwülstige Worte, aber ich glaube, daß dieses Land Eurer bedarf.«

»Indem ich meinem Leitbild der Vollkommenheit treu bleibe, hoffe ich, im Einklang mit dem Ägypten der Pyramiden, des thebanischen Berggipfels und der unvergänglichen Bahn der Sonne zu sein. Jenem Ägypten waren Gnadenerlasse fremd. Falls ich einem Irrtum erliege, wird die Gerechtigkeit ihren Weg ohne mich nehmen.«

*

»Guten Tag, Sethi.«

Der junge Mann stellte seinen Kelch ab, der mit frischem Bier gefüllt war.

»Tapeni!«

»Ich habe viel Zeit gebraucht, um dich wiederzufinden. Diese Schenke ist recht schäbig, aber du scheinst sie zu mögen.«

»Wie geht es dir?«

»Eher schlecht, seit du gegangen bist.«

»Eine hübsche Frau leidet nicht an Einsamkeit.«

»Solltest du dein Gedächtnis verloren haben? Du bist mein Ehemann.«

»Als ich dein Haus verlassen habe, war unsere Scheidung vollzogen.«

»Du täuschst dich, mein Liebling; ich betrachte dein Ausreißen als schlichte Abwesenheit.«

»Unsere Heirat erfolgte im Rahmen einer gerichtlichen Untersuchung; der Gnadenerlaß hat diese getilgt.«

»Ich nehme unseren Bund ernst.«

»Hör auf zu scherzen, Tapeni.«

»Du bist der Gemahl, den ich mir erträumte.«

»Ich bitte dich ...«

»Ich gebiete dir, deine libysche Hure zu verstoßen und in unser eheliches Heim zurückzukehren.«

»Das ist Unsinn!«

»Ich will nicht alles verlieren. Gehorche, oder du wirst es bitter bereuen.«

Sethi zuckte mit den Schultern und nahm einen kräftigen Schluck.

*

Brav tollte vor Paser und Neferet umher. Der Hund betrachtete das Wasser des Kanals, mied es jedoch, sich ihm zu nähern. Die kleine grüne Äffin klammerte sich an die Schulter ihrer Herrin.

»Mein Entschluß bestürzt Bagi, aber ich werde daran festhalten.«

»Wirst du dich auf dem Land einrichten?«

»Nirgendwo. Ich bin nicht mehr Richter, Neferet, da ich mich einer unbilligen Entscheidung widersetze.«

»Wir hätten früher nach Theben aufbrechen sollen.«

»Deine Standesbrüder hätten dich zurückgeholt.«

»Meine Stellung ist nicht so gefestigt, wie es scheint. Daß eine Frau das Amt des Obersten Arztes des Reiches bekleidet, mißfällt einigen einflußreichen Höflingen. Beim geringsten Fehler wird man meine Abdankung fordern.«

»Ich werde einen alten Traum verwirklichen: nämlich Gärtner zu werden. In unserem zukünftigen Haus wird mein Einsatz nicht unbeachtlich sein.«

»Paser ...«

»Zusammenzuleben ist ein Glück ohnegleichen. Wirke du für die Gesundheit Ägyptens, ich werde die Blumen und die Bäume pflegen.«

*

Seine Augen täuschten Paser nicht. Es handelte sich tatsächlich um eine Einbestellung des Obersten Richters von Heliopolis, der nördlich von Memphis gelegenen Heiligen Stadt. Diese Stätte, die unter dem Gesichtspunkt von Handel und Wandel ohne jede Bedeutung war, umfaßte nur Tempel, die rund um einen ungeheuren Obelisken, einen zu Stein gewordenen Sonnenstrahl, errichtet waren.

»Man bietet mir sicher die Stellung eines Gerichtsbeamten für Glaubensangelegenheiten an«, vermutete er. »Da in Heliopolis nie etwas geschieht, werde ich gewiß nicht überfordert sein. Für gewöhnlich beruft der Wesir betagte oder kranke Gerichtsbeamte dorthin.«

»Bagi ist zu deinen Gunsten eingetreten«, meinte Neferet. »Zumindest wirst du deinen Titel behalten.«

»Mich von den Strafsachen zu verdrängen . . . Gewitzt.«

»Weise diesen Ruf nicht zurück.«

»Falls man mir die geringste Unterwürfigkeit aufnötigt, falls man mich veranlassen will, dem Gnadenerlaß zuzustimmen, wird mein Besuch von kurzer Dauer sein.«

*

In Heliopolis weilten die Verfasser der Heiligen und der Ritualschriften sowie der mythischen Erzählungen, welche die Weisheit der Alten weitergeben sollten. Im Innern der Heiligtümer, von hohen Mauern eingeschlossen, widmete sich eine an Zahl begrenzte Priesterschaft dem Kult der Lebenskraft in ihrer Manifestation als Sonne.

Paser entdeckte eine stille Stadt, ohne Händler oder Verkaufsstände; in kleinen weißen Häusern wohnten Priester und Handwerker, die Ritualgegenstände schufen oder instandhielten. Der Lärm der Welt erreichte sie nicht.

Der Gerichtsbeamte stellte sich im Amtsgebäude des Obersten Richters ein, wo ein eisgrauer Schreiber, der sich offenkundig belästigt fühlte, ihn mürrisch empfing. Nachdem er die Einbestellung geprüft hatte, entfernte er sich.

Der Ort war ruhig, beinahe schläfrig, so fern des unruhigen Treibens von Memphis, daß Paser Mühe hatte zu glauben, daß Menschen hier arbeiteten.

Unversehens traten zwei mit Knüppeln bewaffnete Ordnungshüter herein.

»Richter Paser?«

»Was wollt Ihr?«

»Folgt uns.«

»Aus welchem Grund?«

»Höherer Befehl.«

»Ich weigere mich.«

»Jeder Widerstand ist zwecklos. Zwingt uns nicht, Gewalt anzuwenden.«

Paser war in eine Falle gegangen. Wer Ramses die Stirn bot, bezahlte den Preis dafür; es war kein Richteramt, das er erhalten würde, sondern ein Platz in der Totenstadt des Vergessens.

38. KAPITEL

Von zwei Ordnungshütern eingerahmt, wurde Paser zum Eingang des länglichen Gebäudes geführt, das sich an die Umfriedungsmauer vom Tempel des Re anlehnte.

Die Pforte öffnete sich, und es erschien ein betagter Priester mit kahlgeschorenem Schädel, faltiger Haut und schwarzen Augen, der ein Pantherfell trug.

»Richter Paser?«

»Diese Gefangennahme ist ungesetzlich.«

»Statt Dummheiten daherzureden, solltet Ihr eintreten, Euch die Hände und Füße waschen und Euch sammeln.«

Neugierig geworden, gehorchte Paser. Die beiden Ordnungshüter blieben draußen, die Tür schloß sich.

»Wo bin ich?«

»Im Haus des Lebens von Heliopolis.«

Der Richter war wie vor den Kopf geschlagen. Hier nämlich, in dieser den Gemeinen unerreichbaren Stätte, hatten die Weisen der Vergangenheit die *Pyramidentexte* geschaffen, welche die Wandlungen der Seele und den Vorgang der Wiedererstehung offenbarten. Das Volk wußte, daß die hochrühmlichsten Weisen in dieser geheimnisumwobenen Schule ausgebildet worden waren, in die einige wenige Menschen berufen wurden, ohne den Tag noch die Stunde zu kennen.

»Reinige dich.«

Zitternd kam der Richter der Aufforderung nach.

»Man nennt mich den Kahlen«, erklärte der Priester. »Ich bewache diese Pforte und lasse kein schädliches Wesen eintreten.«

»Meine Einbestellung . . .«

»Behellige mich nicht mit unnötigen Worten.«

Der Kahle besaß eine Ausstrahlungskraft, die Widerworte in der Kehle ersterben ließ.

»Ziehe deinen Schurz aus und lege dieses weiße Gewand an.«

Paser fühlte sich in eine andere Welt versetzt, aller Bezugspunkte beraubt. Das Licht drang lediglich durch schmale Luken in das Haus des Lebens; sie öffneten sich hoch oben in den Wänden, die keinerlei Inschriften zierten.

»Man nennt mich auch den Schlächter«, enthüllte der Kahle, »weil ich die Feinde des Osiris enthaupte. Hier werden die allerältesten Annalen der Götter, die Bücher der Wissenschaft und die Ritualbücher der Mysterien aufbewahrt. Dein Mund möge verschlossen bleiben über das, was du sehen und hören wirst. Das Schicksal schlägt die Geschwätzigen.«

Der Kahle ging Paser durch einen langen Gang voran, der auf einen mit Sand bedeckten Innenhof mündete. In dessen Mitte beschützte ein kleiner Hügel eine Osiris-Mumie, Behältnis des Lebens in seiner geheimsten Form. »Göttlicher Stein« genannt, war sie mit Salbölen einbalsamiert und von einem Widderfell bedeckt.

»In ihr stirbt und ersteht die Kraft, die Ägypten schafft«, verkündete der Kahle.

Um den Hof waren die Schriftenkammern und die Werkstätten angesiedelt; sie waren allein den Eingeweihten vorbehalten, die im Innern der Umfriedung arbeiten durften.

»Was nimmst du wahr, Paser?«

»Einen Sandhügel.«

»So verkörpert sich das Leben. Die Kraft strömt aus dem Urmeer hervor, in dem die Welten im Urzustand, im Keim, enthalten sind, sie nimmt Gestalt an in Form einer Rundung. Suche nach dem Höchsten, dem Wesentlichsten, und du wirst dich dem Ursprung nähern. Tritt in diesen Saal, und erscheine vor deinem Richter.«

Auf einem Thronsessel aus vergoldetem Holz saß ein Mann mit einer gelockten Perücke auf dem Haupt, die seine Ohren verbarg, und einem langen weißen Obergewand. Auf seiner Brust prangte ein großer Knoten; in seiner rechten

405

Hand ein Befehlszepter; in seiner linken ein langer Stab. Hinter ihm fand sich eine goldene Waage.

Die furchterregende Persönlichkeit, Vorsteher der Geheimnisse vom Hause des Lebens, Obwalter der Verteilung der Opfergaben, Hüter des Steins des Ursprungs, rief dem Eindringling zu:

»Du maßt dir an, ein rechtschaffener Richter zu sein.«

»Ich befleißige mich dessen.«

»Weshalb weigerst du dich, den von Ramses verfügten Gnadenerlaß anzuwenden?«

»Weil er unbillig ist.«

»Wagst du es, deine Ansicht an diesem abgeschlossenen Ort, fernab des Blicks der Gemeinen, und vor dieser Waage beizubehalten?«

»Ich behalte sie bei.«

»So kann ich nichts mehr für dich tun.«

Der Kahle packte Paser an der Schulter und zwang ihn, sich zurückzuziehen. Demnach gehörten diese hehren Worte also zum Hinterhalt. Die einzige Aufgabe dieser Priester war es, des Richters Widerstand zu brechen. Die Überredung war gescheitert, nun würden sie zur Gewalt greifen.

»Tritt hier ein.«

Der Kahle schlug die bronzene Tür zu.

Eine einzelne Lampe erhellte den kleinen Raum ohne jede Fensteröffnung. Zwei in den Stein getriebene Röhren ließen die unerläßliche Frischluft hinein.

Ein Mann blickte Paser an.

Ein Mann mit rötlichem Haar, breiter Stirn und Adlernase. Seine Handgelenke schmückten Armreife aus Gold und Lapislazuli, deren Oberseite von zwei Wildentenköpfen geziert waren. Ramses des Großen bevorzugtes Geschmeide.

»Ihr seid ...«

Paser wagte nicht, das Wort »PHARAO« auszusprechen, das ihm auf den Lippen brannte.

»Du, du bist Paser, der Gerichtsbeamte, der sein Amt als Ältester der Vorhalle aufgegeben und meinen Gnadenerlaß beanstandet hat.«

Der Ton war schroff und tadelnd. Des Richters Herz klopfte wild; im Angesicht des mächtigsten Herrschers der Erde verlor er seine sämtlichen Fähigkeiten.

»Nun, so antworte! Hat man mich, was dich betrifft, angelogen?«

»Nein, Hoheit.«

Dem Richter kam zu Bewußtsein, daß er es versäumt hatte, sich zu verneigen. Er beugte den Oberkörper und setzte beide Knie auf den Boden.

»Erhebe dich, Paser. Da du dich dem König entgegenstellst, betrage dich wie ein Krieger.«

Gekränkt stand Paser wieder auf.

»Ich werde nicht zurückweichen.«

»Was machst du meiner Entscheidung zum Vorwurf?«

»Schuldige reinzuwaschen und Verbrecher freizulassen sind Beleidigungen der Götter und Zeichen der Verachtung für das menschliche Leid. Falls Ihr diesen gefährlich abschüssigen Weg fortsetzt, werdet Ihr morgen die Opfer anklagen.«

»Solltest du unfehlbar sein?«

»Ich habe viele Irrtümer begangen, jedoch nie zum Schaden eines Unschuldigen.«

»Unbestechlich?«

»Meine Seele ist nicht käuflich.«

»Weißt du, daß du dich damit wider deinen König versündigst?«

»Ich achte das Gesetz der Göttin Maat.«

»Solltest du dieses etwa besser kennen als ich, der ich ihr Sohn bin?«

»Der Gnadenerlaß ist ein schlimmes Unrecht, er gefährdet das Gleichgewicht des Landes.«

»Glaubst du, daß du diese Worte überleben wirst?«

»So hätte ich zumindest das Vergnügen gehabt, Euch mein wahres Denken darzubieten.«

Ramses änderte den Ton. Auf die Streitbarkeit folgte eine ernste und bedächtige Rede.

»Seit deiner Ankunft in Memphis beobachte ich dich schon. Branir war ein Weiser, er handelte nicht leichtfertig. Er hatte dich aufgrund deiner Rechtschaffenheit auserkoren; seine andere Schülerin war Neferet, die heutige Oberste Heilkundige des Reiches.«

»Sie hatte Erfolg, ich bin gescheitert.«

»Du hast ebenfalls Erfolg gehabt, da du der einzige Richter Ägyptens mit Sinn für Redlichkeit bist.«

Paser war verblüfft.

»Trotz mannigfaltiger Einmischungen, unter anderem auch der meinen, ist deine Ansicht nicht erschüttert worden. Du hast dem König von Ägypten im Namen der Gerechtigkeit Trotz geboten. Du bist meine letzte Hoffnung. Ich, PHARAO, ich bin allein, in einer abscheulichen Falle gefangen. Bist du bereit, mir zu helfen, oder ziehst du deinen Frieden vor?«

Paser verbeugte sich.

»Ich bin Euer Diener.«

»Worte eines Höflings oder aufrichtige Verpflichtung?«

»Meine Taten bürgen für mich.«

»Aus diesem Grunde lege ich die Zukunft Ägyptens in deine Hände.«

»Ich ... ich verstehe nicht.«

»Wir sind an einem sicheren Ort; hier wird niemand hören, was ich dir jetzt enthülle. Überlege es dir gut, Paser; noch kannst du dich zurückziehen. Wenn ich geredet habe, wirst du mit der schwierigsten Aufgabe betraut sein, die je einem Richter überantwortet wurde.«

»Die Berufung, die Branir in mir geweckt hat, duldet keinen feigen Rückzug.«

»Richter Paser, ich ernenne dich zum Wesir von Ägypten.«

»Aber Wesir Bagi ...«

»Bagi ist betagt und müde. Wiederholt hat er mich in diesen letzten Monaten gebeten, ihn abzulösen. Deine Ablehnung des Gnadenerlasses hat mir erlaubt, seinen Nachfolger zu entdecken, all den Ratschlägen meiner Nächsten zum Trotz, die andere Namen erwogen haben.«

»Weshalb könnte Bagi die Aufgabe nicht auf sich nehmen, die Ihr mir zu überantworten wünscht?«

»Zum einen besitzt er nicht mehr die nötige Tatkraft, um die

Untersuchung durchzuführen; zum anderen fürchte ich die Schwatzhaftigkeit unter den Angehörigen seiner Verwaltung, die schon zu lange im Amte sind. Falls die geringste Kunde durchsickerte, würde das Land in die Hände von Dämonen aus der Finsternis fallen. Morgen wirst du der Erste Mann des Reiches nach PHARAO sein; doch du wirst alleine, ohne Freund und ohne Unterstützung sein. Vertraue dich niemandem an, gestalte die Ämterhierarchie von Grund auf um, umgib dich mit neuen Männern, doch schenke ihnen kein Vertrauen.«

»Ihr spracht von einer Untersuchung ...«

»Hier nun die Wahrheit, Paser. In der Großen Pyramide waren die Heiligen Kennzeichen der Königsmacht niedergelegt; sie wiesen die Rechtmäßigkeit eines jeden PHARAOS aus. Die Pyramide wurde geschändet und zerstört, dieser Schatz geraubt. Ohne ihn kann ich das Verjüngungsfest nicht begehen, das die Hohenpriester der wichtigsten Tempel und die Seele unseres Volkes mit vollem Recht fordern. In weniger als einem Jahr, wenn die Schwelle des Nils wiedererstehen wird, werde ich genötigt sein, zu Gunsten eines Räubers und Verbrechers abzudanken, der sich im Dunkeln versteckt hält.«

»Der Gnadenerlaß war also aufgezwungen.«

»Zum ersten Mal mußte ich mich dareinfügen, wider die Gerechtigkeit zu handeln. Man hat mir gedroht, die Plünderung der Pyramide bekanntzumachen und meinen Sturz zu beschleunigen.«

»Weshalb hat der Feind diesen Schritt nicht schon vor längerer Zeit unternommen?«

»Weil er noch nicht bereit ist. Sich des Throns bemächtigen zu wollen schließt jedes vorschnelle Handeln aus. Der Zeitpunkt meiner Abdankung wird der günstigste sein, und der frevlerische Verschwörer die Macht in aller Seelenruhe an sich reißen können. Ich habe den Forderungen der nicht gezeichneten Botschaft vor allem deshalb nachgegeben, weil ich sehen wollte, wer es wagen würde, sich gegen den Gnadenerlaß zu erheben. Außer Bagi und dir hat niemand

409

dessen Rechtmäßigkeit in Frage gestellt. Der alte Wesir hat nun ein Anrecht auf Ruhe; du wirst die Missetäter ausfindig machen, oder wir werden gemeinsam untergehen.«

Paser rief sich die wesentlichen Abschnitte seiner Nachforschungen ins Gedächtnis zurück, von jenem entscheidenden Augenblick an, da er das Sandkorn in einem teuflischen Räderwerk geworden war, indem er es abgelehnt hatte, die von der Verwaltung angeordnete Versetzung eines Altgedienten und Mitglieds der Ehrenwache des Sphinx amtlich zu bestätigen.

»Niemals ist eine solche Welle an Morden über das Land gebrandet. Ich bin überzeugt, daß sie mit dieser gräßlichen Verschwörung in Zusammenhang stehen. Weshalb hat man die fünf Altgedienten getötet? Weil der Sphinx nahe der Großen Pyramide von Gizeh steht. Diese Krieger behinderten die Verschwörer. Sie mußten sich ihrer entledigen, um in das Bauwerk gelangen können, ohne entdeckt zu werden.«

»Auf welchem Weg?«

»Durch einen unterirdischen Stollen, den ich für verschüttet hielt und der erkundet werden muß. Ich habe lange geglaubt, Heerführer Ascher stünde im Mittelpunkt der Machenschaft ...«

»Nein, Hoheit; das wurde nur vorgespielt.«

»Falls er weiter unauffindbar bleibt, dann ist er zur Zeit im Begriff, libysche Stämme gegen Ägypten zu verbünden.«

»Ascher ist tot.«

»Besitzt du den Beweis dafür?«

»Den Bericht meines Freundes Sethi.«

»Hat er ihn getötet?«

Paser zögerte mit der Antwort.

»Du bist mein Wesir. Zwischen dir und mir darf nichts im verborgenen bleiben; die Wahrheit wird unser Band sein.«

»Sethi hat den Mann umgebracht, den er über alles haßte. Er war Zeuge der Folter, die der Heerführer einem ägyptischen Krieger zufügte.«

»Ich habe lange an Aschers Treue und Ehrlichkeit geglaubt, und ich habe mich getäuscht.«

»Falls die Gerichtsverhandlung gegen Denes abgehalten worden wäre, hätten wir seine Schuldhaftigkeit ans Licht gebracht.«

»Dieser anmaßende Warenbeförderer!«

»Mit seinen Freunden Qadasch und Scheschi bildete er ein furchtbares Gespann. Der Zahnheilkundler wollte Oberster Arzt werden, der andere behauptete, an der Herstellung unzerbrechlicher Waffen zu arbeiten. Scheschi und Denes sind wahrscheinlich für den Unfall verantwortlich, dem die Prinzessin Hattusa zum Opfer fiel.«

»Beschränkt sich die Verschwörung auf diese drei Personen?«

»Das entzieht sich meiner Kenntnis.«

»Finde es heraus.«

»Bisher bin ich nur umhergeirrt, Hoheit; nun muß ich alles wissen. Welches sind die Heiligen Gegenstände, die aus der Großen Pyramide geraubt wurden?«

»Ein Dächsel aus Himmelseisen, der während des Wiedererweckungsrituals zur Mundöffnung der Mumie dient.«

»Dieser befindet sich in den Händen des Hohenpriesters des Ptah-Tempels von Memphis!«

»Amulette aus Lapislazuli.«

»Scheschi unterhielt einen Schwarzhandel damit; jene besonderen sind ohne Zweifel in Sicherheit in Karnak, beim Hohenpriester Kani.«

»Ein Goldskarabäus.«

Paser verspürte eine irre Hoffnung in sich aufkeimen.

»Ebenfalls bei Kani!«

Einen Augenblick glaubte der neue Wesir, er hätte, ohne es zu wissen, die Schätze der Pyramide gerettet.

»Die Plünderer«, fuhr Ramses fort, »haben Cheops die Goldmaske und dessen Pektoral entrissen.«

Der Richter blieb stumm. Die Enttäuschung verzerrte sein Gesicht.

»Falls sie sich wie die Schänder vergangener Zeiten aufgeführt haben, werden wir diese kostbaren Heiligtümer, wie auch den der Göttin Maat gewidmeten Krummstab nie wie-

411

derfinden. Sie werden sie eingeschmolzen, zu Barren gegossen und in der Fremde abgesetzt haben.«

Paser war den Tränen nahe. Wie konnten Menschen bloß so niederträchtig sein, die Schönheit zu vernichten?

»Was haben Eure Widersacher noch in Besitz, da ein Teil der Gegenstände gerettet und der andere zerstört ist?«

»Das Wesentliche«, antwortete Ramses. »Das Testament der Götter. Meine Goldschmiede sind durchaus in der Lage, einen neuen Krummstab zu fertigen; das Testament jedoch ist ein einzigartiges, von PHARAO zu PHARAO überliefertes Stück. Während des Verjüngungsfestes werde ich es den Gottheiten, den Hohenpriestern, den Erhabenen Freunden und dem Volk von Ägypten vorzeigen müssen. So will es das Gesetz der Könige, so war es gestern, so wird es morgen sein, und ich werde mich dem unterwerfen. In den Monaten, die uns vom Tag der Entscheidung trennen, werden unsere Feinde nicht untätig bleiben; sie werden danach trachten, mich zu schwächen, bloßzustellen und zu zermürben. Dir obliegt es nun, Gegenmaßnahmen zu ersinnen und ihre Vorhaben zu vereiteln; im Falle des Scheiterns fürchte ich, daß die Zivilisation unserer Väter verschwinden könnte. Wenn Mörder die Kühnheit besessen haben, das verehrungswürdigste unserer Heiligtümer zu schänden, so bedeutet das, daß sie die grundlegenden Werte verachten, in deren Zeichen wir leben. Im Angesicht dieses Belangs zählt meine Person überhaupt nicht; mein Thron hingegen ist das Sinnbild einer jahrtausendealten Dynastie und einer Überlieferung, auf die dieses Land errichtet ist. Ich liebe Ägypten, wie du es liebst, über unser Dasein, über die Zeit hinaus. Es ist sein Licht, das man auslöschen will. Handele und bewahre es, Wesir Paser.«

39. KAPITEL

Eine ganze Nacht verharrte Paser, im Schreibersitz niedergelassen, andächtig versunken vor der Statue des Gottes
Thot, in seiner Gestalt des von einer Mondscheibe bekrön-
ten Babuins. Tiefe Stille erfüllte den Tempel; auf dem Dach
beobachteten die Sterndeuter die Himmelsgestirne. Noch
unter der Erschütterung seines Gesprächs mit PHARAO, kostete Paser die letzten Stunden des Friedens vor seiner Einsetzung aus, bevor er die Schwelle zu einem neuen Leben
überschreiten würde, das er nicht gewünscht hatte. Er dachte an jenen köstlichen Augenblick zurück, da Neferet, Brav,
Wind des Nordens, Schelmin und er sich angeschickt hatten,
sich nach Theben einzuschiffen, an jene stillen Tage in
einem kleinen Dorf in Oberägypten, an die Lieblichkeit
seiner Gemahlin, an die gleichmäßige Abfolge der Jahreszeiten, fernab von Reichsangelegenheiten und menschlichem
Ehrgeiz. Doch dies alles war nur noch ein zerflatterter und
unerreichbarer Traum.

*

Zwei Ritualpriester geleiteten Paser zum Haus des Lebens,
wo ihn der Kahle empfing. Der zukünftige Wesir kniete sich
auf eine Matte; der Kahle legte ihm eine hölzerne Meßlatte
aufs Haupt und reichte ihm dann Wasser und Brot.
»Trink und iß«, befahl er ihm. »Bleibe wachsam in jeder
Lage, sonst wird dir diese Nahrung bitter. Durch dein Handeln möge sich die Mühsal in Freude wandeln.«
Gewaschen, geschoren und gesalbt, kleidete Paser sich mit
einem Schurz nach alter Sitte, einem leinenen Gewand und
einer Kurzhaarperücke. Die Ritualpriester führten ihn dar-

auf zum Königspalast, um den sich eine neugierige Menge drängte. Am Vorabend hatten die Ausrufer die Ernennung eines neuen Wesirs bekanntgegeben.

Gesammelt und dem Johlen gegenüber gleichgültig, betrat Paser den großen Empfangssaal, in dem PHARAO thronte als Träger der roten und der weißen Krone, deren Vereinigung zur Doppelkrone die Einheit von Ober- und Unterägypten versinnbildlichte. Zu beiden Seiten des Königs saßen die Erhabenen Freunde, unter denen sich auch Bagi, der ehemalige Wesir, und Bel-ter-an, der neue Vorsteher der Beiden Weißen Häuser, fanden. Zahlreiche Höflinge und Würdenträger hatten zwischen den Säulen Aufstellung genommen; unter ihnen machte Paser sogleich die Oberste Heilkundige des Reiches aus. Bewegt und nur ein leises Lächeln auf den Lippen, wandte Neferet kein Auge von ihm.

Paser blieb im Angesicht des Königs stehen. Der Hüter der Maat entrollte vor ihm den Papyrus, auf dem der Geist der Gesetze niedergeschrieben war.

»Ich, Ramses, PHARAO von Ägypten, ich ernenne Paser zum Wesir, dem Diener der Gerechtigkeit und der Stütze des Landes. In Wahrheit aber ist es keine Gunst, die ich dir gewähre, denn dein Amt ist weder süß noch angenehm, sondern bitter wie Galle. Handele gemäß der Maat, welches auch immer die Angelegenheit sein mag, mit der du dich befaßt; lasse jedem Gerechtigkeit widerfahren, welches auch immer sein Stand sein mag. Wirke so, daß man dich achtet aufgrund deiner Weisheit und deiner lauteren Worte. Wenn du befiehlst, trage Sorge, die Richtung zu weisen, kränke niemanden, versage dich der Gewalt. Verschanze dich nicht hinter der Schweigsamkeit, trotze den Unbilden, lasse den Mut nicht sinken vor den hohen Beamten. Daß deine Art zu richten durchschaubar, ohne Verstellung sei, und daß ein jeder deren Billigkeit erfasse; das Wasser und der Wind werden deine Taten und deine Worte dem Volk zutragen. Daß kein Menschenwesen dich bezichtige, ihm gegenüber ungerecht gewesen zu sein, weil du verabsäumt hättest, es anzuhören. Handele nie gemäß deinen Vorlieben; richte

414

denjenigen, den du kennst, wie jenen, den du nicht kennst, bekümmere dich nicht darum, zu gefallen oder zu mißfallen, begünstige niemanden, gib dich keinem Übermaß an Strenge oder Unnachsichtigkeit hin. Züchtige den Aufsässigen, den Hochmütigen und den Schwätzer, denn sie säen Unruhe und Zerstörung. Deine einzige Zuflucht sei die Lehre der Göttin Maat, die seit den Zeiten der Götter unwandelbar geblieben ist und noch Dauer hat, wenn das Menschengeschlecht einst erloschen sein wird. Deine einzige Lebensweise sei die Geradlinigkeit.«

Bagi verneigte sich vor PHARAO und führte die Hand zu dem kupfernen Herz an seinem Hals, um es abzunehmen und dem Herrscher zu übergeben.

»Behalte dieses Sinnbild«, beschied Ramses. »Du hast dich seiner würdig gezeigt während so vieler Jahre, daß du dir das Recht erworben hast, es ins Jenseits mitzunehmen. Von Stund an indes verlebe ein glückliches und friedliches Alter, ohne zu versäumen, deinen Nachfolger zu beraten.«

Der ehemalige und der neue Wesir umarmten sich gemessen, dann zeichnete Ramses Paser mit einem blitzend neuen, in den königlichen Werkstätten geschaffenen Kupferherzen aus.

»Du bist Herr über die Gerichtsbarkeit«, hob PHARAO hervor, »wache über das Glück Ägyptens und seiner Bewohner. Du bist das Kupfer, das das Gold schützt, der Wesir, der PHARAO schützt; handele getreu den Befehlen, die ich dir auftrage, aber sei weder weichlich noch unterwürfig und wisse mein Denken weiterzuführen. Alle Tage wirst du mir Rechenschaft über deine Arbeit abgeben.«

Die Höflinge entboten dem neuen Wesir voll Ehrerbietung ihren Gruß.

*

Die Fürsten der Gaue, die Statthalter der Besitzungen, die Schreiber, die Richter, die Handwerker, die Männer und Frauen Ägyptens sangen Loblieder auf den neuen Wesir.

Überall wurden zu seinen Ehren Festmahle ausgerichtet, bei denen man bestes Fleisch aß und auf Kosten des Reiches die erlesensten Biere trank.

Welches Los war beneidenswerter als das des Wesirs? Diener bemühten sich eifrigst, seine kleinsten Wünsche zu befriedigen; er fuhr auf einem Schiff aus Zedernholz dahin, die an seiner Tafel gereichten Speisen waren köstlich, er labte sich an den kostbarsten Tropfen, während Musikanten ihm liebreizende Weisen aufspielten; sein Winzer brachte ihm blaurote Trauben, sein Verwalter geröstetes und mit Kräutern gewürztes Geflügel und Fisch von zartestem Fleisch. Der Wesir nahm Platz auf ebenholzenen Sitzen und ruhte in einem Bett von vergoldetem Holz mit behaglicher Polsterung; im Raum der Salbung wurde sein Körper von der Müdigkeit befreit.

Doch dies alles war bloß besänftigender Schein. »Bitter wie Galle« würde seine Mühsal sein, wie es das Einsetzungsritual bekräftigte.

Neferet, Oberste Ärztin des Reiches, Kani, Hoherpriester von Karnak, Kem, Vorsteher der Ordnungskräfte ... Hatten die Götter sich nicht entschieden, die Gerechten zu begünstigen, indem sie ihnen erlaubten, ihr Leben Ägypten zu opfern? Der Himmel hätte klar und sein Herz festlich gestimmt sein müssen, doch Paser blieb düster und gequält.

Würde die von den Göttern geliebte Erde nicht in weniger als einem Jahr in tiefer Finsternis versunken sein?

Neferet legte ihren Arm auf Pasers Schulter und drückte ihn an sich. Der Wesir hatte ihr nichts verheimlicht von seiner Unterredung mit Ramses; durch das Geheimnis verbunden, würden sie dessen Bürde teilen. Ihr Blick verlor sich im lapislazulifarbenen Himmel, an dem die Sterne und die Seele ihres Meisters Branir funkelten.

*

Paser hatte das Herrenhaus, den Garten und die Ländereien angenommen, die PHARAO seinem Wesir gewährte. Von Kem ausgesuchte Ordnungshüter wurden am Eingang des weiträumigen, von Mauern eingefriedeten Anwesens aufgestellt, während andere es fortwährend von den benachbarten Häusern aus bewachten. Niemand näherte sich der Wohnstatt, ohne einen Geleitbrief oder eine Einbestellung in gebührender Form vorzuzeigen. Unweit des königlichen Palastes gelegen, bildete der Wohnsitz eine Insel herrlichen Grüns, in der fünfhundert Bäume gediehen, darunter siebzig Sykomoren, dreißig Perseabäume, einhundertsiebzig Dattelpalmen, hundert Doompalmen, zehn Feigenbäume, neun Weiden und zehn Tamarisken. Seltene Sorten, aus Nubien und Asien eingeführt, fanden sich jeweils nur einmal darin. Ein verlockend schillernder Weingarten lieferte eine nur dem Wesir vorbehaltene Lese.

Verzückt dachte Neferets grüne Äffin sich tausendundeine Kletterei und ebenso viele Festschmause aus. An die zwanzig Gärtner kümmerten sich um das Gut; dessen bebauter Teil war in Vierecke untergliedert, die Bewässerungsrinnen durchfurchten. Ein endloser Zug von Wasserträgern benetzte den Gartenlattich, den Lauch, die Zwiebeln und Gurken, die auf kleinen Wällen wuchsen.

In der Mitte des Gartens stand ein fünf Meter tiefer Brunnen. Vor Winden geschützt, erlaubte ein Lusthäuschen, zu dem ein sanfter Aufweg Zugang bot, die Sonne der kühlen Jahreszeit zu genießen; wogegen ein anderes, unter dem Blattwerk der höchsten Bäume, dem leichten Nordwind ausgesetzt und neben einem rechteckigen, zum Bade einladenden Teich gelegen, als Obdach während der heißen Zeit diente.

Paser hatte sich von seiner Matte des Bezirksrichters nicht getrennt, obgleich die üppige Einrichtung selbst die anspruchsvollsten Wünsche befriedigte. Die Güte der Fliegennetze begeisterte ihn, die der unzähligen Bürsten und Besen beruhigte seine Gemahlin, die darum besorgt war, ein derart großes Haus sauberzuhalten.

»Der Baderaum ist ein Traum.«

»Dich erwartet bereits der Bader; er wird dir jeden Morgen zu Diensten stehen.«

»Wie dir die Perückendienerin.«

»Wird es uns bisweilen gelingen, dem allen zu entfliehen?«

Er nahm sie in seine Arme.

»Weniger als ein Jahr, Neferet. Es bleibt uns weniger als ein Jahr, um Ramses zu retten.«

*

Denes fing Grillen. Gewiß, ihm kam erneut die bedingungslose Unterstützung seiner Gattin zugute, die noch lange bettlägerig und auf Lebenszeit behindert sein würde. Da die Scheidung abgewendet war, behielt er ihr Vermögen, und obendrein hatte er Tapenis Drohungen ausgeräumt. Mit Pasers unerwarteter Ernennung jedoch hatte sich der Horizont jäh verdunkelt. Der Plan der Verschwörer zerbröckelte; ihr Sieg blieb indes gesichert, da sie noch immer das Testament der Götter in ihrem Besitz hatten.

Der zunehmend fahriger werdende Metallkundler Scheschi empfahl die allergrößte Umsicht; nachdem sie das Amt des Obersten Arztes eingebüßt hätten und bei der Eroberung des Wesirats gescheitert seien, müßten die Verschworenen sich nun im verborgenen halten und sich ihrer unfehlbarsten Waffe, der Zeit, bedienen. Die Hohenpriester der wichtigsten Tempel hatten soeben den Zeitpunkt des Verjüngungsfestes auf den ersten Tag des neuen Jahres festgelegt, wenn der Aufgang des Sothis,* im Sternbild des Krebses, die Nilschwelle ankündigen würde. Am Vorabend seiner Abdankung würde Ramses den Namen seines Nachfolgers erfahren und diesem vor aller Augen die Macht übergeben.

»Hat der König sich Paser anvertraut?« fragte Denes.

»Selbstverständlich nicht«, meinte Scheschi. »PHARAO ist zum Schweigen verdammt; eine einziges Bekenntnis und er wankt. Paser ist nicht tugendhafter als ein anderer. Er würde sofort eine Sippschaft gegen den Herrscher zusammenrotten.«

* Sirius oder Hundsstern. *(Anm. d. Ü.)*

»Weshalb hat er diesen Paser auserwählt?«

»Weil dieser kleine Richter gerissen und ehrgeizig ist. Er hat Ramses zu betören verstanden, indem er eine trügerische Geradlinigkeit zur Schau trug.«

»Du hast recht. Der König begeht einen ungeheuren Fehler.«

»Hüten wir uns dennoch vor diesem Ränkeschmied; er hat gerade seine Fähigkeiten bewiesen.«

»Die Ausübung der Macht wird ihn trunken machen. Wenn er weniger töricht gewesen wäre, hätte er sich uns angeschlossen.«

»Zu spät. Nun betreibt er sein eigenes Spiel.«

»Wir sollten ihm keine Gelegenheit mehr bieten, uns irgendwie zu bezichtigen.«

»Erweisen wir ihm Ehre und überhäufen wir ihn mit Geschenken; dann wird er an unsere Unterwerfung glauben.«

*

Sethi wartete ergeben das Ende des Zornesausbruchs ab. Schier wahnsinnig vor Wut, hatte Panther Geschirr und Hocker zerschlagen, Kleider zerrissen und selbst eine Perücke von hohem Wert zertrampelt. Das kleine Haus war nur noch ein Ort der Verwüstung, doch die goldhaarige Libyerin wollte sich nicht beruhigen.

»Das lehne ich ab.«

»Gewähre mir ein wenig Geduld.«

»Wir wollten morgen aufbrechen.«

»Da sollte Paser noch nicht zum Wesir ernannt werden«, entgegnete Sethi.

»Das ist mir einerlei.«

»Mir nicht.«

»Was erhoffst du dir denn? Er hat dich doch schon vergessen! Laß uns aufbrechen, wie abgesprochen.«

»Nichts drängt uns.«

»Ich will unser Gold!«

»Es wird nicht davonlaufen.«

»Gestern noch sprachst du nur von unserer Reise.«

»Ich muß Paser sehen und seine Absichten erfahren.«

»Paser, immer dieser Paser! Wann werden wir ihn endlich vom Halse haben?«

»Schweig.«

»Ich bin nicht deine Sklavin.«

»Tapeni hat mich aufgefordert, dich fortzujagen.«

»Du hast es gewagt, dieses rachsüchtige Weib wiederzusehen!«

»Sie hat mich in einer Schenke angesprochen. Tapeni betrachtet sich als meine rechtmäßige Ehefrau.«

»Albern.«

»Der Schutz des Wesirs wird mir nützlich sein.«

*

Als erster besuchte ihn sein Vorgänger. Trotz seiner schmerzenden Beine ging Bagi ohne Stock. Mit gebeugtem Rücken und rasselndem Atem ließ er sich im Wintergartenhäuschen nieder.

»Euer Aufstieg ist verdient, Paser. Ich konnte mir keinen besseren Wesir wünschen.«

»Ihr seid mein Vorbild.«

»Mein letztes Amtsjahr war beschwerlich und enttäuschend, meine Ablösung unerläßlich. Zum Glück hat der König mich angehört. Eure Jugendlichkeit wird nicht lange ein Hemmnis bleiben; das Amt läßt den Mann reifen.«

»Was ratet Ihr mir?«

»Seid dem Geschwätz gegenüber unempfänglich, verweigert Euch den Höflingen, untersucht jeden Vorgang mit aller Gründlichkeit und weicht niemals von der äußersten Strenge ab. Ich werde Euch meinen engsten Gefolgsleuten vorstellen, und Ihr werdet Ihre Sachkunde prüfen können.«

Die Sonne stach durch die Wolken und durchflutete das Lusthäuschen. Da er sah, daß die Strahlen Bagi störten, schützte Paser ihn mit einem Sonnenschirm.

»Gefällt Euch diese Wohnstätte?« fragte der ehemalige Wesir.

»Ich habe noch nicht die Zeit gefunden, sie genau zu erkunden.«

»Sie war zu groß für mich; dieser Garten ist ein Hort an Scherereien. Ich ziehe meine Unterkunft in der Stadt vor.«

»Ohne Eure Hilfe werde ich scheitern; willigt Ihr ein, an meiner Seite zu bleiben und mich zu erhellen?«

»Das ist meine Pflicht. Laßt mir jedoch die Zeit, mich um meinen Sohn zu kümmern.«

»Schwierigkeiten?«

»Sein Herr ist mit ihm nicht zufrieden. Ich fürchte eine Entlassung, und meine Frau ist besorgt.«

»Wenn ich einschreiten kann ...«

»Das lehne ich von vornherein ab; Bevorrechtigungen zu gewähren wäre ein ernster Verstoß. Wenn wir vielleicht mit der Arbeit beginnen könnten?«

*

Paser und Sethi umarmten sich herzlich.

Der Abenteurer blickte sich um.

»Dein Anwesen gefällt mir. Ich will eines wie dies hier und werde unvergeßliche Feste geben.«

»Wünschst du etwa, Wesir zu werden?«

»Die Arbeit schreckt mich ab. Weshalb hast du eine derart niederschmetternde Aufgabe angenommen?«

»Ich bin in eine Falle gegangen.«

»Mein Reichtum ist ungeheuer; entfliehe, und wir werden das Leben nach Herzenslust genießen.«

»Unmöglich.«

»Entziehst du mir dein Vertrauen?«

»PHARAO hat mir einen Auftrag erteilt.«

»Du solltest nicht im Gewand eines steifen und von seiner Gewichtigkeit durchdrungenen hohen Beamten enden.«

»Hältst du mir vor, Wesir zu sein?«

»Verurteilst du meine Art, zu Vermögen zu kommen?«

»Arbeite an meiner Seite, Sethi.«

»Es wäre ein Verbrechen, mein Glück vorüberziehen zu lassen.«

»Wenn du eine Missetat begehst, werde ich dich nicht verteidigen.«

»Dieser Rückzieher besiegelt unseren Bruch.«

»Du bist mein Freund und wirst es bleiben.«

»Ein Freund droht nicht.«

»Ich will dich vor einem verhängnisvollen Fehler bewahren; Kem wird die Waffen nicht strecken und sich unerbittlich zeigen.«

»Ein ausgeglichener Zweikampf.«

»Fordere ihn nicht heraus, Sethi.«

»Schreibe mir mein Verhalten nicht vor.«

»Bleib, ich bitte dich. Wenn du die tatsächliche Bedeutung meiner Aufgabe kennen würdest, zaudertest du nicht einen Augenblick.«

»Das Gesetz verteidigen, welch ein Wunschtraum! Wenn ich es geachtet hätte, wäre Ascher noch immer am Leben.«

»Ich habe nicht gegen dich ausgesagt.«

»Du bist angespannt und besorgt. Was verheimlichst du mir?«

»Wir haben eine Verschwörung ausgehoben; doch das war nur ein Anfang. Laß uns gemeinsam fortfahren.«

»Ich ziehe das Gold vor.«

»Erstatte es dem Tempel zurück.«

»Wirst du mich verraten?«

Paser antwortete nicht.

»Der Wesir verdrängt den Freund, nicht wahr?«

»Verirre dich nicht in der Wüste, Sethi.«

»Sie ist eine schöne und feindliche Welt. Wenn die Macht dich enttäuscht hat, wirst du mir dorthin nachfolgen.«

»Ich trachte nicht nach der Macht, sondern nach dem Schutz unseres Landes, unserer selbst, unseres Glaubens.«

»Viel Glück, Wesir. Ich für meinen Teil begebe mich wieder auf die Straße des Goldes.«

Der junge Mann ließ den bewundernswerten Garten hinter sich, ohne sich umzudrehen. Er hatte versäumt, Tapenis Ansprüche zu erwähnen, doch war das so wichtig?

*

Bevor Sethi noch die Schwelle seiner Behausung überschritt, umstellten vier Ordnungshüter den jungen Mann und banden ihm die Hände hinterm Rücken zusammen.

Vom Kampflärm aufgeschreckt, eilte Panther mit einem Messer in der Hand heraus und versuchte, ihren Geliebten zu befreien. Sie verletzte einen der Schergen am Arm, stieß einen anderen um, wurde dann endlich bezwungen und gefesselt.

Die Ordnungshüter führten das Paar sogleich zum Gericht, des Ehebruchs auf frischer Tat überführt. Tapeni frohlockte; sie hatte ein derart durchschlagendes Ergebnis nicht erhofft. Zu der Verletzung der ehelichen Pflichten kam noch bewaffneter Widerstand gegen die Ordnungskräfte hinzu. Die Anklage der hübschen Dunkelhaarigen, die erst betört und dann sitzengelassen worden war, gefiel den Richtern, zumal sie von Panther noch beschimpft wurden. Sethis Begründungen wirkten kaum überzeugender.

Da Tapeni die Milde der Geschworenenversammlung erflehte, wurde Panther lediglich zu umgehender Verbannung aus den ägyptischen Landen und Sethi zu einem Jahr Haft verurteilt, nach deren Ablauf er durch Arbeit seine beschämte Gemahlin würde entschädigen müssen.

40. KAPITEL

Paser blickte auf den Sphinx; die Augen der riesigen Statue betrachteten die aufgehende Sonne, vertrauend auf ihren Sieg über die Kräfte der Zerstörung, den sie zum Ausgang eines erbitterten Kampfes in der Unterwelt errungen hatte. Als wachsamer Hüter der Hochebene, auf der sich die Pyramiden des Cheops, des Chephren und des Mykerinos erhoben, wirkte er mit an dem ewigen Ringen, von dem das Überleben des Menschengeschlechts abhing.

Der Wesir befahl einem Trupp Steinbrucharbeiter, die große, zwischen den Pfoten des Sphinx aufgestellte Stele zur Seite zu rücken. Dahinter erschienen ein gesiegeltes Gefäß und eine Platte, mit einem Ring versehen. Zwei Männer hoben sie an und legten den Zugang eines engen Ganges mit niedriger Decke frei.

Mit einer Fackel begab sich der Wesir als erster hinein. Unweit des Eingangs stieß er mit dem Fuß gegen eine Doleritschale. Er hob sie auf und setzte seinen Weg gebückt fort, bis er auf eine Wand stieß. Beim Schein der Flamme bemerkte er, daß mehrere Steine aus den Fugen gelöst worden waren; eine ganze Reihe ließ sich drehen. Auf der anderen Seite erschien die Untere Kammer der Großen Pyramide.

Der Wesir beschritt mehrere Male den Weg, den die Räuber zurückgelegt hatten, und untersuchte dann die Schale. Der Dolerit, eines der härtesten und am schwierigsten zu bearbeitenden Basaltgesteine, trug die Spuren eines sehr fetten Stoffes.

Stutzig geworden, zog Paser die Werkstatt des Ptah-Tempels zu Rate, und die Fachleute erkannten jenen Stoff als Steinöl,* dessen Gebrauch in Ägypten streng untersagt war. Beim

---

* Petroleum, Erdöl.

Abflämmen verschmutzte der Brennstoff die Wände und verrußte die Lungen der Arbeiter.

Der Wesir verlangte eine rasche Untersuchung seitens der Bergleute der westlichen Wüste und der für Dochte und Leuchtöle zuständigen Stellen. Dann begab er sich zum erstenmal in den Empfangssaal, in dem seine wichtigsten Gefolgsleute versammelt waren.

Als Oberster Baumeister von PHARAO, Vorsteher der Handwerkergemeinschaften und -trupps, dem es oblag, einem jeden seinen rechten Platz zuzuweisen, indem er ihn seine Pflichten lehrte und sein Wohlbefinden gewährleistete, als Verantwortlicher der Schriftenverwahrungen und der Verwaltung des Landes, als Vorsteher aller Schreiber, Befehlshaber der Streitkräfte sowie Bürge des inneren Friedens und der Sicherheit, mußte der Wesir sich einer deutlichen Sprache befleißigen, seine Gedanken abwägen, die Leidenschaften beschwichtigen, unerschütterlich in allen Stürmen bleiben und Gerechtigkeit in großen wie auch in kleinen Werken üben.

Seine Amtstracht war ein langes gestärktes Schurzgewand, das, aus dickem Tuch zugeschnitten, ihm bis zur Brust reichte und von zwei Bändern hinter dem Hals gehalten wurde. Über dem Lendenschurz mit Überschoß trug er ein Pantherfell; es gemahnte an die Notwendigkeit, daß der Erste Mann im Reiche nach PHARAO rasch und geistesgegenwärtig handelte. Eine schwere Perücke verbarg das Haar, ein breites Pektoral bedeckte die obere Hälfte der Brust.

Riemensandalen an den Füßen und ein Zepter in der Hand, schritt Paser zwischen zwei Reihen Schreibern hindurch, erklomm die Stufen, die eine Erhöhung hinaufführten, wo ein Stuhl mit hoher Lehne stand, und wandte dort sein Gesicht seinen Untergebenen zu. Zu seinen Füßen lag ein roter Stoff ausgebreitet, auf dem vierzig Stöcke angeordnet waren, dazu bestimmt, die Schuldigen zu züchtigen. Als der Wesir daraufhin eine kleine Maat-Figur an eine dünne Goldkette hängte, war die Anhörung eröffnet.

»PHARAO hat klar und deutlich die Pflichten des Wesirs be-

425

zeichnet, die sich nicht gewandelt haben seit dem ersten Königsgeschlecht, seit dem Tage, da unsere Väter dieses Land geschaffen haben. Wir leben von der Wahrheit, von der PHARAO lebt, und fahren gemeinsam darin fort, Gerechtigkeit widerfahren zu lassen, ohne Unterschiede aufzustellen zwischen dem Armen und dem Reichen. Unser Ruhm besteht darin, diese über das gesamte Land zu verbreiten, auf daß sie als Lebensodem in der Nase der Menschen verweile und das Böse aus ihren Körpern jage. Behüten wir den Schwachen vor dem Starken, verschließen wir unser Ohr dem Schmeichler, widersetzen wir uns der Unordnung und der rohen Gewalt. Ein jeder von uns ist es sich schuldig, ein Musterbild abzugeben; wer immer einen persönlichen Gewinn aus seiner Obliegenheit zieht, wird seinen Titel und sein Amt einbüßen. Niemand wird mein Vertrauen dank schöner Reden gewinnen; allein die Taten werden es nähren.«

Die Kürze der Ansprache, ihre unzweideutige Strenge und die Klarheit der Stimme verblüfften die hohen Beamten. Diejenigen, die aus der Jugendlichkeit und der Unerfahrenheit des neuen Wesirs Nutzen zu ziehen gedachten, um ihre schaffensfreien Zeiten zu verlängern, verzichteten sogleich auf solche Absichten; jene, die sich durch Bagis Ausscheiden Vorteile erhofft hatten, sahen sich jäh enttäuscht.

Die erste öffentliche Weisung des Wesirs würde den Ton angeben. Unter seinen Vorgängern hatten sich die einen zuallererst um das Heer gekümmert, die anderen um die Bewässerung und wieder andere um die Steuer.

»Es möge der Verantwortliche der Honigerzeugung vortreten.«

*

Ein eisiger Wind fegte über die Wüste, die die Oase Charga umschloß. Der alte Imker, der zu Haft bis ans Ende seiner Tage verurteilt war, dachte an seine Bienenstöcke, große irdene Krüge, in denen die Bienen ihre Waben bauten. Er hatte den Honig stets ohne Schutz entnommen, da er sie nicht fürchtete und die geringste Gereiztheit wahrnahm. War eines der Sinnbilder von PHARAO nicht die Biene, diese unermüdliche Arbeiterin, Landvermesserin und Zauberin, die eßbares Gold zu schaffen imstande war? Von der rotesten bis zur durchscheinendsten hatte der alte Imker bald hundert Sorten von verschiedener Güte gewonnen, bis zu jenem Tage, als ein mißgünstiger Schreiber ihn in einen Diebstahl hineingezogen hatte. Dieses kostbare Nahrungsmittel zu entwenden, dessen Beförderung die Ordnungskräfte überwachten, war ein schlimmes Vergehen. Nie wieder würde er dies Gold in die kleinen Töpfe gießen, die mit Wachs versiegelt und mit einer Kennzahl versehen wurden; nie wieder würde er dem Brummen des Bienenstocks, seiner liebsten Melodie lauschen. Als der Himmel dereinst geweint hatte, hatten sich einige Tränen, da sie auf die Erde fielen, in Bienen verwandelt. Aus dem göttlichen Licht geboren, hatten sie die Natur geschaffen.

Doch Gott Re beschien nur noch den ausgemergelten Leib eines Sträflings, der damit beschäftigt war, widerliche Speisen für seine unglückseligen Leidensgenossen zu kochen.

Mit einem Mal bemerkte er das ungewöhnliche Treiben ringsum und ließ von seinen Öfen ab, um den anderen Gefangenen zu folgen.

Ein wahrhaftiger Heereszug näherte sich dem Arbeitslager: ungefähr fünfzig Krieger, Streitwagen, Pferde und Karren. Handelte es sich etwa um einen libyschen Angriff? Er rieb sich die Augen und machte ägyptische Fußsoldaten aus. Die Wachen verneigten sich bald darauf vor einem Mann, der ohne Zögern auf die Kochstelle zuschritt.

Völlig fassungslos erkannte der Greis Paser wieder.

»Du ... du hast überlebt?«

»Deine Ratschläge waren trefflich.«

»Weshalb kommst du zurück?«

»Ich habe mein Gelöbnis nicht vergessen.«

»Flieh, schnell! Sie werden dich wieder einfangen!«

»Sei unbesorgt, ich bin es nun, der den Wächtern Befehle erteilt.«

»Demnach ... bist du wieder Richter geworden?«

»PHARAO hat mich zum Wesir ernannt.«

»Treibe keinen Spott mit einem alten Mann.«

Zwei Soldaten führten einen fetten, von einem Doppelkinn verunstalteten Schreiber herbei.

»Erkennst du ihn?« fragte Paser.

»Das ist er! Das ist dieser Lügner, der mich hat verurteilen lassen.«

»Ich schlage dir einen Tausch vor: Er tritt deinen Platz im Straflager an, und du nimmst den seinen ein, an der Spitze des Amtes für Honigversorgung.«

Dem alten Imker schwanden die Sinne, und er sank in die Arme des Wesirs.

*

Ein klarer und kurzgefaßter Bericht – der Richter lobte den Schreiber. Das größtenteils in der Wüste des Westens entdeckte Steinöl reizte die Libyer in höchstem Maße. Wiederholt hatten sie es zu fördern versucht, um Handel damit zu treiben, doch PHARAOS Heer war stets dazwischengetreten. Die ägyptischen Gelehrten betrachteten dieses Steinöl, wie Adafi sich ausdrückte, als schädlichen und gefährlichen Stoff.

Ein einziger Fachkundler bei Hofe war damit beauftragt, diesen Brennstoff genauestens zu untersuchen, um seine Eigenschaften herauszufinden. Er allein hatte Zugang zu dem in einem Lagerhaus des Reiches aufbewahrten und unter Aufsicht der Streitkräfte stehenden Vorrat. Als der Wesir dessen Namen las, dankte er den Göttern und begab sich sogleich zum Königspalast.

*

»Ich habe das Gewölbe erkundet, das vom Sphinx zur Unteren Kammer der Großen Pyramide führt.«

»So möge der Zugang auf ewig verschlossen werden«, befahl PHARAO.

»Die Maurer sind bereits am Werk.«

»Welche Anhaltspunkte hast du entdeckt?«

»Eine Schale aus Dolerit, in der man zum Zwecke der Beleuchtung Steinöl verbrannt hat.«

»Wer hat sich diesen Stoff beschafft?«

»Der mit dessen Untersuchung betraute Fachmann.«

»Sein Name?«

»Der Metallkundler Scheschi, Sklave und Sündenbock von Denes.«

»Weißt du, wo du ihn findest?«

»Scheschi versteckt sich bei Denes, der letzten von Kem gelieferten Auskunft zufolge.«

»Haben sie noch Bundesgenossen, oder sind sie die Seele der Verschwörung?«

»Ich werde es erfahren, Hoheit.«

*

Dame Tapeni hinderte den Streitwagen des Wesirs daran, loszupreschen.

»Ich will mit Euch sprechen!«

Der Hauptmann, der für das Lenken des Gefährts und Pasers Sicherheit zuständig war, hob drohend seine Peitsche. Paser unterband seine Absicht.

»Ist es so dringend?«

Tapeni tat geziert.

»Meine Äußerungen werden Euch fesseln.«

Er stieg vom Wagen.

»Faßt Euch kurz.«

»Ihr verkörpert die Gerechtigkeit, nicht wahr? Nun, so werdet Ihr stolz auf mich sein! Eine betrogene, hintergangene, in den Schmutz gezogene Ehefrau ist doch wohl als Opfer zu bezeichnen?«

»Gewiß.«

»Mein Ehemann hat mich verhöhnt, das Gericht hat ihn bestraft.«

»Euer Ehemann ...«

»Ja, Euer Freund Sethi. Seine libysche Hure ist aus dem Lande gewiesen und er zu einem Jahr Gefängnis verurteilt worden. In Wahrheit eine recht leichte Strafe und eine recht milde Haft; das Gericht hat ihn nach Tjaru, in Nubien, verbannt, wo er das stehende Heer verstärken wird. Der Ort ist nicht sonderlich anheimelnd, so munkelt man, doch Sethi wird die Gunst zuteil, an der Verteidigung seines Landes gegen die barbarischen Schwarzen mitzuwirken. Wenn er zurückkommt, wird er einem Trupp Briefbeförderer zugeteilt und mir eine Unterhaltszahlung entrichten.«

»Ihr solltet Euch doch in Frieden trennen.«

»Ich habe meine Meinung geändert; ich liebe ihn, was soll ich machen, und ich ertrage es nicht, daß man mich sitzenläßt. Falls Ihr zu seinen Gunsten eingreift, werdet ihr Euch an den Lehren der Maat vergehen, und ich werde es öffentlich machen.«

Ihr Lächeln war drohend.

»Sethi wird seine Strafe abbüßen«, räumte der Wesir ein, seinen Zorn zurückhaltend. »Doch bei seiner Rückkehr ...«

»Wenn er mich angreift, wird er des versuchten Mordes angeklagt und in ein Arbeitslager geschleppt werden. Er ist mein Sklave, und das für immer. Seine Zukunft bin ich.«

»Die Untersuchungen zum Mord an Branir sind noch nicht abgeschlossen, Dame Tapeni.«

»Es ist an Euch, den Schuldigen ausfindig zu machen.«

»Das ist mein größter Wunsch. Habt Ihr mir nicht anvertraut, Ihr wüßtet einige Geheimnisse?«

»Nur Gerede.«

»Oder Unvorsichtigkeit? Seid Ihr nicht selbst eine hervorragende Meisterin der Nadel?«

Tapeni schien verwirrt.

»In meinem Beruf ist dies zwingend.«

»Ich grübele vielleicht zuviel; könnte der Mörder nicht zum Greifen nahe sein?«

Die hübsche Dunkelhaarige hielt des Wesirs Blick nicht stand und drehte sich auf dem Absatz um.

Paser hätte sich zum Vorsteher der Ordnungskräfte begeben müssen, zog es jedoch vor, sich der Richtigkeit von Tapenis Äußerungen zu versichern. So ließ er sich den Sitzungsbericht der Verhandlung und das Sethi betreffende Urteil bringen. Die Schriftstücke bestätigten das Unheil. Der Wesir fand sich in der allerschlimmsten Lage; wie konnte er seinem Freund beistehen, ohne das Gesetz zu brechen, dessen Bürge er doch war? Düster und ohne einen Blick für das drohende Gewitter, stieg er in seinen Wagen. Zusammen mit Kem mußte er unbedingt einen Plan ausarbeiten.

*

Neferet hatte ihrem überladenen Tagesablauf einige Minuten abgerungen, um Silkis' Leberkolik zu behandeln. Trotz ihrer Jugendlichkeit nahm Bel-ter-ans Gemahlin schnell an Rundungen zu, sobald die Naschhaftigkeit ihren Willen zum Abnehmen besiegte.

»Zwei Tage Fastenkost scheinen mir unerläßlich.«

»Ich glaubte sterben zu müssen ... Das ständige Erbrechen hat mir den Atem genommen!«

»Es erleichtert Euren Magen.«

»Ich bin so müde ... Aber ich schäme mich neben Euch! Wo ich doch nichts anderes tue, als für meine Kinder und meinen Gatten zu sorgen.«

»Wie geht es ihm?«

»Er ist unbeschreiblich glücklich, unter Pasers Befehl zu arbeiten, den er so sehr bewundert! Zu zweit, mit ihren jeweiligen Gaben, werden sie den Wohlstand unseres Landes sichern. Fürchtet Ihr nicht die Einsamkeit wie ich?«

»Welchen Zwängen wir auch immer unterworfen sein mögen, wir werden uns jeden Tag sehen und unsere Gedanken austauschen. Außerhalb der Bande, die uns einen, würden wir scheitern.«

»Verzeiht mir meine Taktlosigkeit ... Wünscht Ihr Euch kein Kind?«

431

»Nicht bevor Branirs Mörder gefunden ist. Wir haben im Angesicht der Götter ein Gelübde abgelegt, und wir werden uns daran halten.«

*

Ein schwarzer Schleier bedeckte Memphis. Es wehte kein Wind, und dicke Wolken standen beharrlich über der Stadt. Zahllose Hunde heulten. Denes zündete mehrere Lampen an, so wenig Licht war geblieben. Seine Gattin hatte ein Beruhigungsmittel eingenommen und schlief inzwischen; Nenophars allbekannte Tatkraft und Lebhaftigkeit waren verschwunden und einem fortwährenden Überdruß gewichen. Gefügig, ja unterwürfig, wie sie nun war, würde sie ihm keine Unannehmlichkeiten mehr bereiten.
Er suchte Scheschi in der Werkstätte auf, in der der Metallkundler seine Zeit damit verbrachte, Messer- und Schwertklingen zu veredeln; auf diese Art befreite sich der Handwerker mit dem kleinen Schnurrbart von seiner Unruhe.
Denes reichte ihm einen Kelch Bier.
»Ruhe dich ein wenig aus.«
»Neuigkeiten von Paser?«
»Der Wesir befaßt sich mit der Honiglese. Seine Ansprache hat die hohen Beamten beeindruckt, aber das waren bloß Worte. Die Sippen werden nicht lange säumen, sich gegenseitig zu zerfleischen; er wird all dem nicht gewachsen sein.«
»Du bist recht zuversichtlich.«
»Ist die Geduld nicht eine wesentliche Tugend? Wenn Qadasch dies begriffen hätte, wäre er noch von dieser Welt. Während der Wesir eifrig arbeitet, werden wir die Freuden des Daseins genießen, in Erwartung jener der höchsten Macht.«
»Nur um einige Monate älter sein – das ist mein einziger Traum.«
»Unauffällig, wirkungsvoll, unermüdlich ... Du wirst ein bemerkenswerter Mann der Reichslenkung sein. Dank dir wird die ägyptische Wissenschaft einen gewaltigen Sprung nach vorne machen.«

»Das Steinöl, die Arzneien, die Metallkunde ... Dieses Land wird unzureichend gefördert. Wenn wir all die Fertigkeiten entwickeln, die Ramses mißachtet hat, werden wir uns der überkommenen Bräuche entledigen.«

Scheschis Begeisterung erstarb jäh.

»Draußen ist jemand.«

»Ich habe nichts gehört.«

»Ich werde nachsehen.«

»Zweifelsohne ein Gärtner.«

»Die treiben sich nicht in der Nähe der Treppe herum.«

Argwöhnisch musterte Scheschi Denes.

»Solltest du den Schattenfresser herbestellt haben?«

Die Züge des Warenbeförderers verhärteten sich.

»Qadasch ist vom rechten Pfad abgerückt, du nicht.«

Ein Blitz durchzuckte den Himmel, der Donner grollte. Der Metallkundler trat aus der Werkstatt, tat einige Schritte in Richtung des Herrenhauses und lief zu Denes zurück. Letzter hatte seinen Mitverschwörer noch nie so bleich gesehen; er klapperte mit den Zähnen.

»Ein Gespenst!«

»Beruhige dich!«

»Eine Gestalt, schwärzer als die Nacht, mit einer Flamme an Stelle des Gesichts!«

»Fasse dich wieder, und komm mit mir.«

Widerstrebend willigte der Metallkundler ein.

Der linke Flügel des Herrenhauses brannte.

»Wasser, schnell!«

Denes stürzte los, doch eine schwarze Gestalt schien der Feuersbrunst zu entsteigen und stellte sich ihm in den Weg. Der Warenbeförderer wich zurück.

»Wer ... wer seid Ihr?«

Das Gespenst schwang eine Fackel.

Scheschi, der seine Kaltblütigkeit teilweise wiedergefunden hatte, griff in der Werkstatt nach einem Dolch und trat auf den sonderbaren Widersacher zu. Was ihm wahrlich schlecht bekam, da die Erscheinung ihm die Fackel ins Gesicht bohrte. Haut verbrannte, der Metallkundler brüllte auf und fiel auf

die Knie, während er noch versuchte, den Gegenstand seiner
Qual wegzureißen. Das Geschöpf hob den Dolch auf, den er
losgelassen hatte, und schnitt ihm die Kehle durch.
Von Grauen gepackt, rannte Denes zum Garten. Die Stimme
des Gespenstes ließ ihn wie angewurzelt stehenbleiben.
»Willst du noch immer wissen, wer ich bin?«
Er drehte sich um. Es war ein menschliches Wesen und nicht
etwa ein Dämon der anderen Welt, das ihn herausforderte.
Neugierde trat an die Stelle des Entsetzens.
»Schau her. Sieh dir dein Werk und das von Scheschi an.«
Es war so dunkel, daß der Warenbeförderer näher treten
mußte.
In der Ferne erschollen Schreie. Man hatte gerade die
Feuersbrunst bemerkt.
Das Gespenst entschleierte sich. Das feine Gesicht war nur
noch eine schlecht vernarbte Wunde.
»Erkennst du mich wieder?«
»Prinzessin Hattusa!«
»Du hast mich zerstört, nun zerstöre ich dich.«
»Ihr habt Scheschi ermordet ...«
»Ich habe meinen Henker gestraft. Wer getötet hat, nach dem
greift das eigene Verbrechen und bemächtigt sich seiner.«
Sie tauchte ihren Dolch in die Flamme, als ob ihre Hand
dieser gegenüber unempfindlich wäre.
»Du wirst mir nicht entkommen, Denes.«
Hattusa trat auf ihn zu, die rotglühende Klinge in der Hand.
Mit einem Sprung hätte er sie niederstoßen können; doch
der rasende Wahn der hethitischen Prinzessin schreckte ihn
ab, sie anzugreifen. Die Ordnungskräfte würden sich damit
befassen, sie festzusetzen.
Ein Blitz zerriß jäh den Himmel und fuhr auf das Herrenhaus nieder, eine Feuerzunge brach aus einer sogleich ein-
stürzenden Wandfläche heraus und steckte Denes' Kleider
in Brand. Er ließ sich fallen, rollte sich über die Erde, um die
Flammen zu ersticken.
Und unversehens stand das Gespenst mit dem toten Gesicht
über ihm.

41. KAPITEL

Der Troß bewegte sich langsam vorwärts. Kem bewachte ihn bis zur Grenze; Hattusa saß im hinteren Teil eines Karrens und blieb so reglos wie eine seelenlose Statue. Als er sie am Ort des Unheils festgenommen hatte, hatte sie keinerlei Widerstand geleistet. Diener, die herbeigelaufen waren, um das Feuer zu löschen, hatten noch gesehen, wie sie die Leichen von Scheschi und Denes in die Feuersglut schleifte. Ein gewaltiger Regen war kurz darauf über Memphis niedergegangen und hatte die Flammen erstickt und das Blut von den Händen der hethitischen Prinzessin gewaschen.

Die Missetäterin beantwortete keine der Fragen des Wesirs, welcher derart erschüttert war, daß seine Stimme bebte. Sobald er Ramses die Tatsachen berichtet hatte, befahl dieser den Balsamierern, die Körper der beiden Verschwörer notdürftig herzurichten und sie auf einer abgelegenen Stätte, fernab einer Totenstadt, und ohne jedes Ritual beizusetzen; durch Hattusas Arm hatte das Böse die Männer der Finsternis geschlagen.

Im Einverständnis mit dem Wesir beschied der König, die Prinzessin in ihr Land zurückzuschicken; die Kunde dieser Freilassung, die sie so sehr herbeigesehnt hatte, löste keine Regung bei ihr aus. Mit abwesendem, gebrochenem Blick schwebte sie in einer Welt, die niemandem außer ihr selbst zugänglich war.

Das amtliche Schriftstück, das Kem einem hethitischen Hauptmann aushändigte, führte eine unheilbare Krankheit an und die daher notwendige Rückkehr der Prinzessin in ihre Familie. Die Ehre des fremdländischen Herrschers blieb unversehrt, kein Zerwürfnis würde den teuer errungenen Frieden stören.

*

Unter Pasers wachsamer Leitung durchstöberten Arbeiter die Trümmer von Denes' Wohnsitz und trugen ihre dürftigen Fundstücke zusammen. Ramses nahm sie höchstselbst in Augenschein. Man glaubte, der König bezeige damit seine Anteilnahme am verhängnisvollen Geschick des Warenbeförderers und des Metallkundlers, während er – allerdings vergeblich – nach einer Spur des in der Großen Pyramide geraubten Testaments der Götter suchte.

Die Enttäuschung war furchtbar.

»Sind alle Verschwörer vernichtet?«

»Das weiß ich nicht, Hoheit.«

»Wen verdächtigst du noch?«

»Denes schien mir ihr Anführer zu sein. Er hat danach getrachtet, Heerführer Ascher und die Prinzessin Hattusa zu lenken, um Bande mit fremdländischen Mächten herzustellen; ohne Zweifel wollte er eine auf dem Handel fußende Änderung der Reichsführung.«

»Den Geist Ägyptens dem allgegenwärtigen Streben nach Gütern zu opfern ... Fürwahr das verderblichste alle Vorhaben! Hat seine Gemahlin ihm dabei geholfen?«

»Nein, Hoheit. Sie ist sich nicht einmal bewußt, daß ihr Gatte sie aus dem Weg räumen wollte. Ihre Diener haben sie gerettet; sie hat Memphis verlassen und weilt nun bei ihren Eltern, im Norden des Deltas. Den Heilkundigen zufolge, die sie untersuchten, hat sie den Verstand verloren.«

»Weder sie noch Denes besaßen die nötige Größe, um sich an den Thron heranzuwagen.«

»Nehmt einmal an, der Warenbeförderer hätte das Testament tatsächlich bei sich aufbewahrt; könnte es dann bei der Feuersbrunst nicht verbrannt sein? Wenn niemand, weder Ihr noch Euer Widersacher, es während des Verjüngungsfestes vorweisen kann, was wird dann geschehen?«

Eine schwache Hoffnung keimte.

»In deiner Eigenschaft als Wesir wirst du die höchsten Würdenträger des Landes zusammenrufen und ihnen die Lage erläutern; danach wirst du dich an das Volk wenden. Was mich betrifft, werde ich eine Zeit der ›Wiederholung der

Geburten‹ begehen, die von der Abfassung eines neuen Bundes mit den Göttern geprägt sein wird. Vielleicht werde ich scheitern, da das Verfahren lang und schwierig ist; zumindest jedoch wird es kein Mann der Finsternis sein, der daraufhin die Macht ergreifen wird. Wenn du nur recht hättest, Paser; und wenn doch nur Denes der Anstifter dieser Verschwörung gewesen wäre.«

*

Wie jeden Abend vollführten die Schwalben ihren Reigen über dem Garten, in dem Paser und Neferet sich nach einem ausgefüllten Arbeitstag wiederfanden. Sie streiften sie mit den Flügeln, ließen schrille und fröhliche Rufe vernehmen, führten rasche Wendungen in vollem Fluge aus, zogen weite Kreise am blauen Winterhimmel.

Verschnupft und mit Atemschwierigkeiten, hatte der Wesir eine gründliche Untersuchung bei der Obersten Heilkundigen erwirkt.

»Meine schwache Gesundheit müßte mir dieses Amt verbieten.«

»Sie ist ein Geschenk der Götter«, fand Neferet, »da sie dich zwingt nachzudenken, statt wie ein Widder mit blinder Gewalt vorwärts zu stürmen. Überdies hemmt sie deine Tatkraft nicht im mindesten.«

»Du wirkst beklommen.«

»In einer Woche lege ich dem Rat der Heiler die zu treffenden Maßnahmen vor, um die Volksgesundheit zu verbessern. Manche werden ihnen nicht gefallen, doch ich betrachte sie als unerläßlich. Die Auseinandersetzung wird hart werden.«

Brav und Schelmin hatten Waffenruhe geschlossen. Der Hund schlief zu Füßen seines Herren, die kleine grüne Äffin unter dem Stuhl ihrer Herrin.

»Der Zeitpunkt des Verjüngungsfestes ist im gesamten Land ausgerufen worden«, enthüllte Paser. »Anläßlich der nächsten Nilschwelle wird Ramses der Große wiedererstehen.«

»Ist seit Denes' und Scheschis Verschwinden irgendein anderer Verschwörer aufgetreten?«

»Nein.«

»Das Testament wäre demnach in den Flammen vernichtet worden.«

»Das ist zunehmend wahrscheinlicher.«

»Trotzdem zweifelst du noch.«

»In einem Herrenhaus ein Schriftstück von solchem Wert zu verwahren, scheint mir aberwitzig; andererseits war Denes derart eingebildet, daß er sich unverwundbar wähnte.«

»Und Sethi?«

»Der Urteilsspruch ist rechtmäßig ergangen; ohne jeden Formfehler.«

»Wie kann man ihm helfen?«

»Ich sehe keine rechtliche Möglichkeit.«

»Falls du eine Flucht in die Wege leitest, muß dir ein Meisterstreich gelingen.«

»Du liest zu gut in meinen Gedanken. Diesmal wird Kem mir nicht helfen; wenn der Wesir an solch einem Unternehmen teilnimmt, wird Ramses dadurch befleckt und das Ansehen Ägyptens getrübt. Aber Sethi ist mein Freund, und wir haben uns Hilfe und Beistand in welcher Lage auch immer geschworen.«

»Denken wir gemeinsam darüber nach; laß ihn wenigstens wissen, daß du ihn nicht aufgibst.«

*

Sie hatte noch Dutzende von Kilometern vor sich und nur einen Wasserschlauch sowie einige Dörrfische als dürftige Wegzehrung; allein und ohne Waffe, bestanden für Panther kaum Aussichten zu überleben. Die ägyptischen Ordnungshüter hatten sie an der libyschen Grenze zurückgelassen und ihr bei Androhung einer schweren Strafe aufgetragen, nie wieder auf die Erde der Pharaonen zurückzukehren.

Im besten Fall würde sie von einer Bande plündernder Beduinen aufgespürt und vergewaltigt werden – und am Leben bleiben, bis die ersten Falten auftauchten.

Die goldhaarige Libyerin kehrte ihrem Geburtsland den Rücken zu. Niemals würde sie Sethi im Stich lassen. Vom Nordwesten des Deltas bis zu der nubischen Feste, in der ihr Geliebter gefangen war, würde der Weg endlos und gefährlich sein. Sie mußte schlechte Pfade einschlagen, Wasser und Nahrung finden, den umherstreunenden Banden entwischen. Doch Tapeni würde aus dem von ferne geführten Kampf nicht siegreich hervorgehen.

*

»Krieger Sethi?«
Der junge Mann antwortete dem Hauptmann nicht.
»Ein Jahr Strafhaft in meiner Feste ... Die Richter haben dir ein hübsches Geschenk gemacht, mein Junge. Du wirst dich seiner würdig erweisen müssen. Auf die Knie.«
Sethi blickte ihm fest und gerade in die Augen.
»Ein Starrkopf ... Das liebe ich. Magst du diesen Ort nicht?«
Der Gefangene schaute sich um. Die Ufer eines wilden Nils, die Wüste, die von der Sonne versengten Hügel, ein Himmel von kräftigem Blau, ein Fische fangender Pelikan, ein Krokodil, das es sich auf einem Fels behaglich machte.
»Tjaru mangelt es nicht an Reiz. Eure Anwesenheit ist eine Beleidigung für die Stadt.«
»Und ein Witzbold dazu. Etwa auch Sohn reicher Leute?«
»Ihr könnt Euch das Ausmaß meines Vermögens nicht vorstellen.«
»Du beeindruckst mich.«
»Das ist nur ein Anfang.«
»Auf die Knie. Wenn man sich an den Befehlshaber dieser Feste wendet, ist man höflich.«
Zwei Soldaten schlugen Sethi in den Rücken. Er fiel mit dem Gesicht auf die Erde.
»So ist es besser. Du bist nicht hier, um dich auszuruhen, mein Junge. Von morgen an wirst du Wache in unserer vorgerücktesten Stellung stehen; ohne Waffe, selbstverständlich. Wenn ein nubischer Stamm angreifen sollte, werden wir

durch dich gewarnt. Ihre Foltern sind derart wirkungsvoll,
daß die Schreie der Opfer sehr weit zu hören sind.«
Von Paser zurückgestoßen, von Panther auf ewig getrennt,
von allen vergessen, würde Sethi nicht lebend aus Tjaru
herauskommen, es sei denn, der Haß verliehe ihm die Kraft,
sein Schicksal zu bezwingen.
Sein Gold wartete auf ihn, und Tapeni ebenfalls.

*

Bak war achtzehn Jahre alt. Er entstammte einer Offiziers-
familie, war ziemlich klein, fleißig und mutig; er hatte
schwarzes Haar, ein rassiges Gesicht und eine wohlklingende
feste Stimme. Nachdem er unschlüssig zwischen der Laufbahn des Waffenhandwerks und der der Schreiberpalette
geschwankt hatte, war er schließlich kurz vor Pasers Ernennung dem Amt der Schriftenverwahrung beigetreten. Den
Neuankömmlingen fielen die undankbarsten Aufgaben zu,
namentlich das Einordnen der Schriftstücke, die der Wesir
während der Bearbeitung eines Vorgangs benutzte. Und
auch aus diesem Grunde bekam Bak die das Steinöl betreffenden Unterlagen in die Hände; nach Scheschis Tod hatten
sie ihre Wichtigkeit verloren.
Gewissenhaft legte er sie in eine Holzschatulle, die der Wesir
selbst versiegeln und die allein auf seinen Befehl hin wieder
geöffnet werden würde. Eigentlich hätte er die Arbeit
schnell zu Ende gebracht, doch Bak trug Sorge, jeden Papyrus in Augenschein zu nehmen. Was sein Glück war. Auf
einem von ihnen fehlte die Anmerkung des Wesirs, der von
diesem Schriftstück folglich nicht Kenntnis genommen hatte. Dieser Umstand schien gänzlich unbedeutend, da das
Verfahren eingestellt worden war; dennoch verfaßte der
junge Schriftenverwahrer einen Bericht und übergab ihn
seinem Vorgesetzten, auf daß er den üblichen Dienstweg
ginge.

*

Paser bestand darauf, die Gesamtheit der Stellungnahmen, Bemerkungen und Einwände seiner Gefolgsleute zu lesen, welchen Rang auch immer sie bekleideten; auf diese Weise entdeckte er den Bericht von Bak.

Der Wesir rief den Beamten gegen Ende des Morgens zu sich.

»Was habt Ihr Ungewöhnliches festgestellt?«

»Es fehlt Euer Petschaft auf dem Bericht eines Bediensteten des Schatzhauses, der entlassen worden ist.«

»Zeigt her.«

Paser entdeckte in der Tat ein unbesehenes Schriftstück. Zweifelsohne hatte ein Schreiber seiner eigenen Verwaltung es versäumt, dieses dem Futteral der Papyri mit Bezug auf das Steinöl beizufügen.

Ein Sandkorn in einer Machenschaft, sann der Wesir, indem er an den niederen Landrichter zurückdachte, der aus alleiniger Sorge um wohlgetane Arbeit ein Krebsgeschwür aufgespürt hatte, das Ägypten zugrunde zu richten drohte.

»Von morgen an werdet Ihr die Aufsicht der Schriftenkammern gewährleisten und mir höchstpersönlich jede Unregelmäßigkeit melden. Wir werden uns jeden Tag, zu Beginn des Morgens, sehen.«

Als er das Arbeitszimmer des Wesirs verlassen hatte, lief Bak auf die Straße; im Freien angelangt, stieß er einen Freudenschrei aus.

*

»Diese Unterredung erscheint mir ein wenig steif«, fand Bel-ter-an gelassen. »Wir hätten bei mir zu Mittag speisen können.«

»Ohne förmlich sein zu wollen«, verkündete Paser, »denke ich, daß wir, Ihr und ich, uns unseren jeweiligen Ämtern unterwerfen müssen.«

»Ihr seid der Wesir, ich bin der Vorsteher der Beiden Weißen Häuser und der Verantwortliche für Handel und Wandel; der Hierarchie zufolge schulde ich Euch Gehorsam. Habe ich Euren Gedanken gut wiedergegeben?«

»Auf die Art werden wir im Einvernehmen zusammenarbeiten.«

Bel-ter-an hatte zugenommen, sein rundes Gesicht war mondförmig geworden. Trotz der Kunst seiner Weberinnen steckte er nach wie vor in einem zu engen Schurz.

»Ihr seid ein Fachmann in Vermögensdingen, ich nicht; Eure Ratschläge werden mir willkommen sein.«

»Ratschläge oder Richtlinien?«

»Handel und Wandel dürfen nicht Vorrang haben vor der Kunst der Reichsführung, die Menschen leben nicht allein von dinglichem Hab und Gut. Die Größe Ägyptens geht aus seiner Sicht der Welt hervor, nicht aus seiner wirtschaftlichen Macht.«

Bel-ter-ans Lippen und Nasenflügel wurden schmal, doch er enthielt sich einer Erwiderung.

»Eine winzige Belanglosigkeit bereitet mir etwas Kummer. Habt Ihr Euch mit einem gefährlichem Stoff, dem Steinöl, befaßt?«

»Wer bezichtigt mich dessen?«

»Der Begriff ist übertrieben. Der Bericht eines Amtmannes, den Ihr entlassen habt, setzt Euch damit in Beziehung.«

»Wie lauten seine Vorwürfe?«

»Ihr sollt, für eine kurze Zeitspanne, das Verbot der Förderung des Steinöls in einem genau umgrenzten Gebiet der Wüste des Westens aufgehoben und einen geschäftlichen Absatz erlaubt haben, bei dem Ihr einen gewichtigen Anteil erzielt hättet. Eine einmalige und überaus gewinnbringende Unternehmung. Nichts Unrechtmäßiges, im übrigen, da Ihr das Einverständnis des zuständigen Fachmannes, des Metallkundlers Scheschi, erwirkt hattet. Nun war dieser jedoch ein Verbrecher, der in eine Verschwörung gegen das Reich verwickelt war.«

»Was deutet Ihr damit an?«

»Diese Verbindung bereitet mir Unbehagen. Es handelt sich gewiß um eine unselige Zufälligkeit; im Zeichen unserer Freundschaft bitte ich Euch um eine Erklärung.«

Bel-ter-an erhob sich.

Sein Mienenspiel veränderte sich derart jäh, daß Paser davon verblüfft wurde. Das leutselige und freundliche Gesicht wich einer gehässigen und überheblichen Fratze. Die Stimme, die für gewöhnlich aufgeregt, doch gemessen war, befrachtete sich mit Gewalt und Streitbarkeit.

»Eine Erklärung im Zeichen der Freundschaft ... Wieviel treuherzige Arglosigkeit! Wieviel Zeit habt Ihr, mein werter Paser, Jammergestalt von einem Wesir, doch gebraucht, um zu verstehen! Qadasch, Scheschi, Denes, meine Mittäter? Eher schon meine ergebenen Diener, ob sie sich dessen nun bewußt waren oder nicht! Wenn ich Euch gegen diese drei unterstützt habe, so geschah dies allein wegen Denes' törichtem Ehrgeiz; er wünschte, das Amt des Vorstehers der Beiden Weißen Häuser zu bekleiden und die Einkünfte des Landes unter seine Aufsicht zu bringen. Diese Rolle geziemte nur mir; dies war nur ein Schritt, um mich des Wesirats zu bemächtigen, das Ihr mir geraubt habt! Die gesamte Verwaltung anerkannte mich als den Befähigtesten, die Höflinge erwähnten nur meinen Namen, wenn PHARAO sie zu Rate zog, und Ihr, anrüchiger gefallener Richter, Ihr seid es, den der König erwählt hat. Ein hübsches Werk, mein Werter; Ihr habt mich erstaunt.«

»Ihr geht irre.«

»Nicht mit mir, Paser! Die Vergangenheit ist mir gleichgültig. Entweder ihr betreibt Euer eigenes Spiel und werdet alles verlieren; oder aber Ihr gehorcht mir und werdet sehr reich werden, ohne die Sorgen einer Macht zu haben, die auszufüllen Ihr unfähig seid.«

»Ich bin der Wesir Ägyptens.«

»Ihr seid nichts, da PHARAO verdammt ist.«

»Bedeutet dies, daß Ihr im Besitz des Testamentes der Götter seid?«

Ein krampfhaftes Grinsen der Befriedigung legte sich auf das Mondgesicht des Vermögensverwalters.

»Demnach hat Ramses sich Euch anvertraut. Welch ein Irrtum! Er ist wahrlich nicht würdig zu herrschen. Schluß mit den Ausflüchten, mein teurer Freund; werdet Ihr nun mit mir oder gegen mich sein?«

»Noch niemals habe ich einen solchen Ekel empfunden.«

»Eure Gemütsbewegungen kümmern mich nicht.«

»Wie ertragt Ihr Eure eigene Heuchelei?«

»Sie ist eine nützlichere Waffe als Eure lächerliche Rechtschaffenheit.«

»Wißt Ihr, daß die Raubgier ein tödliches Übel ist und daß sie Euch eine Grabstätte verwehren wird?«

Bel-ter-an brach in Gelächter aus.

»Eure Sittenlehre ist die eines zurückgebliebenen Kindes. Die Götter, die Tempel, die Wohnstätten der Ewigkeit, die Rituale ... All dies ist lächerlich und überholt. Ihr besitzt kein Bewußtsein der neuen Welt, in die wir eintreten. Ich habe große Vorhaben, Paser; noch bevor ich Ramses, diesen verknöcherten, in überkommenen Sitten und Gebräuchen verhafteten König, davonjagen werde, setze ich sie ins Werk. Öffnet die Augen, nehmt die Zukunft wahr!«

»Erstattet die in der Großen Pyramide geraubten Gegenstände zurück!«

»Gold ist ein seltenes Metall und von großem Wert; weshalb es in Form von Ritualgegenständen bannen, die allein ein Toter bewundert? Meine Verbündeten haben es eingeschmolzen. Ich besitze ein ausreichendes Vermögen, um etliche Gewissen zu erkaufen.«

»Ich kann Euch noch zur Stunde festnehmen lassen.«

»Nein, das könnt Ihr nicht. Mit einem Handstreich strecke ich Ramses nieder und ziehe Euch in seinen Sturz hinein. Doch ich werde zu meinem Zeitpunkt und nach dem vorgesehen Plan einschreiten. Mich in Haft zu setzen oder mich beiseite zu räumen, würde dessen Ablauf nicht unterbrechen. Euch und Eurem König sind Hände und Füße gebunden. Folgt keinem lebenden Toten, stellt Euch in meinen Dienst. Ich gewähre Euch eine letzte Möglichkeit, Paser; ergreift sie.«

»Ich werde Euch ohne Unterlaß bekämpfen.«

»In weniger als einem Jahr wird Euer Name aus den Annalen getilgt sein. Nutzt die Zeit mit Eurer hübschen Ehefrau gut aus; bald wird alles um Euch herum zusammenstürzen.

Eure Welt ist wurmstichig, ich habe das Gebälk zerfressen, das sie stützte. Ihr seid selbst schuld, Wesir von Ägypten; Ihr werdet es bereuen, mich falsch eingeschätzt zu haben.«

*

PHARAO und sein Wesir besprachen sich in der geheimen Kammer im Hause des Lebens von Memphis, fern anderer Augen und Ohren.

Paser enthüllte Ramses die Wahrheit.

»Bel-ter-an, der Papyrushersteller, der angesehene, mit der Verbreitung der Heiligen Texte betraute Mann, der Verantwortliche für Handel und Wandel in unserem Land ... Ich kannte ihn als Geschäftemacher, ehrgeizig und gewinnsüchtig, aber mir wäre nie der Gedanke gekommen, daß er ein Verräter, ein Zerstörer ist.«

»Bel-ter-an hat die Zeit gehabt, sein Netz zu spinnen, sich in allen Schichten unserer Gesellschaft Helfershelfer heranzuziehen, die Verwaltungen zu vergiften.«

»Wirst du ihn auf der Stelle absetzen?«

»Nein, Hoheit. Das Böse hat endlich sein wahres Gesicht entschleiert; nun ist es an uns, seine Listen zu durchschauen und einen gnadenlosen Kampf aufzunehmen.«

»Bel-ter-an besitzt das Testament der Götter.«

»Er steht wahrscheinlich nicht allein; ihn zu beseitigen sichert uns keineswegs den Sieg.«

»Neun Monate, Paser; es bleiben uns noch neun Monate, die Dauer einer Schwangerschaft. Zieh in den Krieg, finde Bel-ter-ans Genossen heraus, schleife ihre Festen, entwaffne die Krieger der Finsternis.«

»Entsinnen wir uns der Worte des alten Weisen Ptahhotep: *Erhaben ist die Maat, dauerhaft ihre Wirksamkeit; nie ward sie erschüttert seit der Zeit des Osiris. Das Unrecht vermag sich der Menge zu bemächtigen, doch niemals wird das Böse sein Unterfangen zum Gelingen führen. Gib dich keiner Machenschaft wider das Menschengeschlecht hin, denn Gott straft derlei Treiben ...«*

»Er lebte zur Zeit der Großen Pyramiden und war Wesir wie
du. Wünschen wir uns, daß er recht behalten möge.«

»Seine Worte haben die Zeiten überwunden.«

»Es ist nicht mein Thron, der auf dem Spiel steht, sondern
die Zukunft des Reiches. Entweder wird der Verrat den Sieg
davontragen, oder aber die Gerechtigkeit.«

*

Von Branirs Grabmal aus betrachteten Paser und Neferet die
ungeheure Totenstadt von Sakkara, welche die Stufenpyramide des Pharaos Djoser beherrschte. Die *ka*-Priester, Diener
der unsterblichen Lebenskraft, unterhielten die Gärten der
Gräber und legten Opfergaben nieder auf den Altären der
für die Pilger offenstehenden Kapellen. Steinmetzen setzten
eine Pyramide des Alten Reiches wieder instand, andere
hoben eine Gruft aus. Die Stadt der Toten erfüllte ein
heiteres, friedliches Leben.

»Was hast du entschieden?« fragte Neferet Paser.

»Zu kämpfen. Zu kämpfen bis zum Ende.«

»Wir werden Branirs Mörder finden.«

»Ist er nicht bereits bestraft? Denes, Scheschi und Qadasch
sind unter grauenhaften Umständen umgekommen; das Gesetz der Wüste hat den Heerführer Ascher verurteilt.«

»Der Schuldige schweift noch umher«, bekräftigte sie. »Wenn
die Seele unseres Meisters endlich ihren Frieden findet, wird
ein neuer Stern aufgehen.«

Das Haupt der jungen Frau legte sich sacht auf des Wesirs
Schulter. Von ihrer Kraft und ihrer Liebe beflügelt, würde
der Richter von Ägypten eine Schlacht führen, die von
vornherein verloren schien; er würde sie führen in der
Hoffnung, daß das Glück des Göttlichen Landes nicht ent-
schwände aus dem Gedächtnis des Nils, des Granits und des
Lichts.

Knaur

Historische Romane

(63003)

(63010)

(63007)

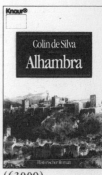
(63009)

(63000)